U0525673

深红之土 [I]
LAND OF CRIMSON
无光之海

桉柏 著

中信出版集团│北京

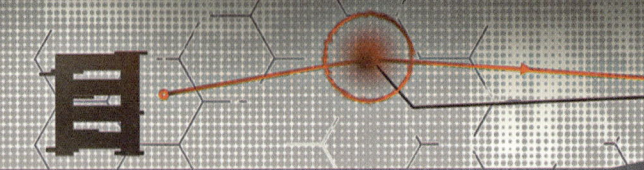

目录 CONTENTS

第一章 潜伏 001

第二章 会面 048

第三章 转正 090

第四章 回归 142

第五章	觉醒 228
第六章	"克拉肯"号 268
第七章	轮回 296
第八章	玩家 352
番外	理想不能因现实溺毙 390

LAND OF

不要抱有侥幸心理，不要露出任何破绽，不要过于信任身边的人……
我们以为我们是藏在暗处的，然而我们的敌人，
藏在更深的暗处。

CRIMSON

混沌蒙昧的时代过去了，过去人们崇拜自然，
幻想有神灵统治着这方天地，如今科学的光辉驱散了混沌，
我们不需要神灵指引人类向前，
指引人类的应该是科技。

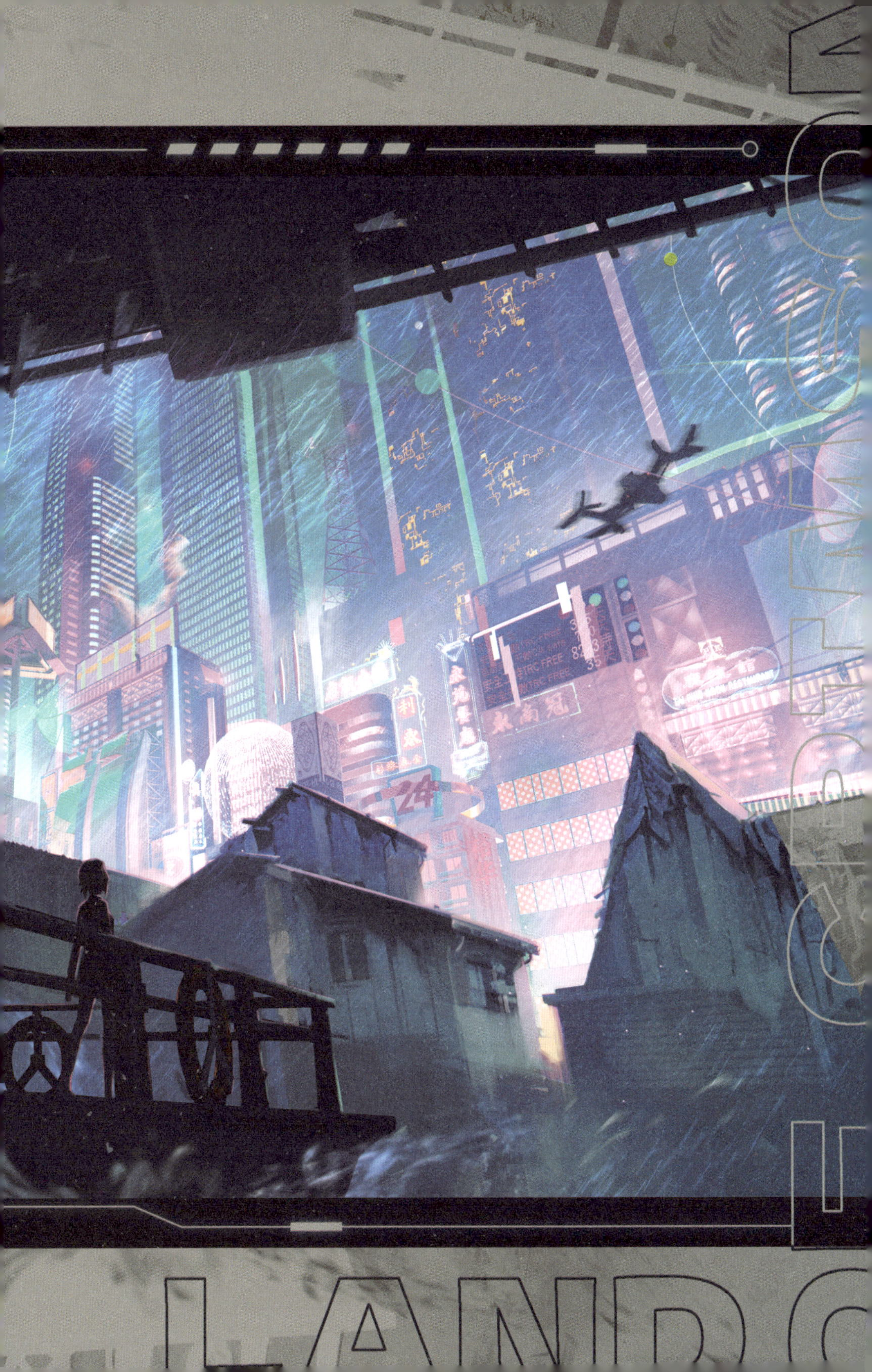
24

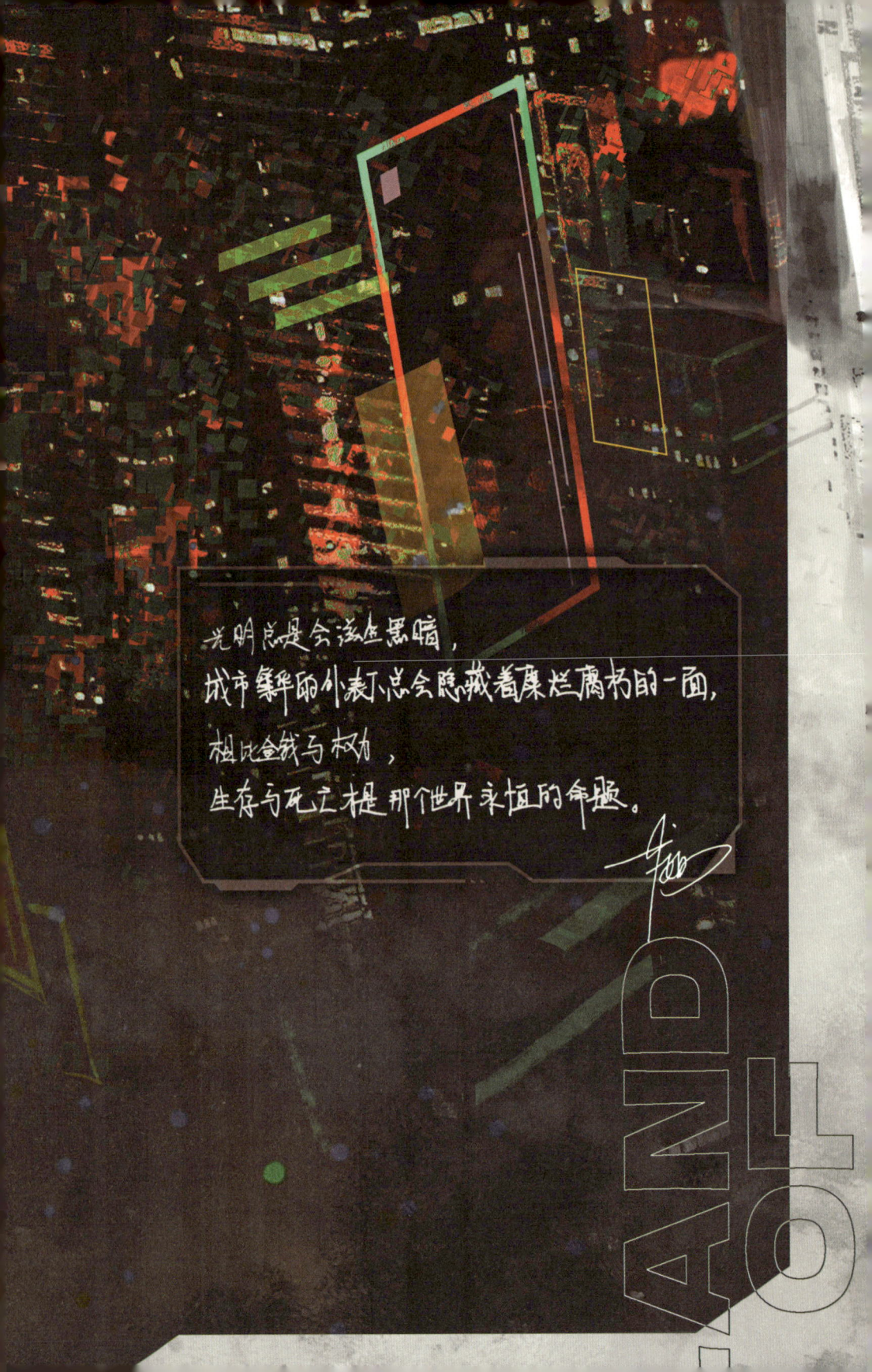

光明总是会透出黑暗，
城市华丽外表下总会隐藏着腐烂腐朽的一面，
相比金钱与权力，
生存与死亡才是那个世界永恒的命题。

>>> NO.233 "隗辛"

▌阵营　联邦·反抗军
▌身份　机械黎明组织核心骨干，联邦缉查部外勤组第七小队
　　　　实习巡查安保员，联邦一级通缉犯，反抗军卧底。
▌任务　调查黑海市港口爆炸案。

你已进入新世界

请查看你在本世界中的身份设置

第 一 章

▶　潜伏　◀

深红之土
[1] 无光之海

隗辛是被班群的消息提示给震醒的。她刚睡醒，眼前还是模糊的，她从枕头底下摸到手机，眯起眼睛辨认着屏幕上的信息：

《深红之土》首批内测玩家名单公布了！
真的假的？
官网三分钟前发的消息。
是谁这么幸运？
第一批内测才一万人？这可是全球范围内选取的啊，官方放出的名额也太少了吧！

隗辛迟疑了一会儿，等瞌睡虫跑走了，才想起她之前好像也在同学的撺掇下申请了游戏内测资格。她在官网上随便填了个问卷，点了提交，那已经是十个月之前的事情了。

当时《深红之土》刚出预告片，宣传噱头是"划时代的全息游戏，真实存在的第二世界"。预告片曝出来，一下子就吸引了全球玩家的注意力。游戏的卖点则是自由探索的开放世界和多路径的职业选择。并且这是一款赛博朋克与超凡元素相结合的游戏，玩家既可以走科技路线，成为全身机械义肢的改造人，也可以走超凡路线，觉醒出各种各样的奇异能力。游戏基于现实又高于现实，虚幻中带着无与伦比的真实感，仿佛和现实世界接轨。

而真正吸引隗辛的，是游戏简介的最后两句：

光明总是会滋生黑暗，城市繁华的外表下总会隐藏着糜烂腐朽的一面。
相比金钱与权力，生存与死亡才是那个世界永恒的命题。

第一章 潜伏

既然简介是这样说的,那么也许《深红之土》在赛博朋克风和超凡能力的卖点之外还添加了点黑暗的内核?

隗辛点开班群里的截图看了看,游戏官方会把内测邀请邮件发送到玩家的邮箱里,首批内测玩家确实仅有一万人,正式的内测日期是明天。要知道当时《深红之土》开放预约才一天,全球预约人数直接突破千万,现在经过几个月的发酵,预约人数早已破亿。要从这海量玩家中脱颖而出,成为拥有内测资格的幸运儿,概率简直小到了极点。

虽然不抱什么希望,但隗辛还是打开了邮箱查看。

你有一封未读邮件。

邮箱弹出的提示让隗辛一愣,她心跳加速,一下子从床上弹坐起来。

恭喜你获得游戏《深红之土》的内测资格。

邮件的标题是醒目的红色。隗辛神情恍惚,反复查看发件人,又和官方公布的邮箱账号来回比对,难以置信地确认了一遍又一遍。当她终于确定这封邮件真的是官方发来的之后,脑子里涌现出的第一个想法是——发财了!发财了!把这个内测资格卖掉,一定能换不少钱!穷鬼狂喜!

隗辛是个老倒霉蛋了。她老爸投资失败卷款跑路,老妈改嫁后每月定时打来八百元生活费。吃饭是够用,买学习资料和衣服就捉襟见肘了,手上这个二手智能手机还是她在奶茶店打工赚钱买的。隗辛孤零零地住在爷爷奶奶留下的老房子里,起早贪黑努力学习,像一株生命力旺盛的野草,顽强地活到现在。这个暑假结束后,隗辛就要去上大学了,她成绩不错,考了个好大学,就是学费和生活费让人发愁。要是能把《深红之土》的内测资格卖掉,好长一段时间的生活费都不用愁了。

然而邮件里的下一句话打消了隗辛的念头。

《深红之土》内测资格不可交易、转赠,内测邀请码已与玩家的注册信息绑定,不可更改。本次内测不计费、不删档。

赚钱之路被无情斩断,隗辛愁云惨雾地垮下脸。她其实并不在乎游戏,因为她设备差,连个全息头盔都没有,根本玩不成。当时填游戏问卷也不过是一时兴起,抱着"万一内测资格能买卖那就赚大了"的心理凑个热闹。

隗辛左思右想，悲观地觉得，她现在虽然成了全球限定一万名的幸运儿之一，但依旧是个老穷鬼、老倒霉蛋。抽中了内测资格却没法体验游戏，就如同坐拥金山银山却花不出去一样令人着急。

她叹了口气，滑动屏幕接着往下看。

邮件很短，也没什么有效内容。隗辛翻到后面，忽然发现一句话——

如果玩家同意加入游戏，游戏公司将为玩家发放特制游戏设备。

后顾之忧被解决了，她能玩游戏了！隗辛惊喜万分，心情如过山车般起伏。

邮件最后附上了一个玩家问卷调查的链接，隗辛好奇地点击链接。

问题一：假如给你一个迎接新生的机会，你愿意接受它吗？

这还用问？隗辛毫不犹豫地选了代表"肯定"的答案。新生意味着重新开始，而她现在的生活已经够糟糕了，还能糟糕到哪里去？

问题二：你相信世界上有神明吗？

隗辛选"否"。她是坚定的无神论者。

问题三：你想得到超凡能力吗？

"是！"她想得到超凡能力和她是无神论者并不冲突！

你已完成问卷。
游戏相关文件及注意事项已发送至邮箱，请前往查看。
内测玩家匿名论坛已为你开放，请保存网址并及时注册。

隗辛仔细看了一遍新消息，按照文字提示，先保存了内测玩家匿名论坛的网址。

某些游戏的内测内容属于商业机密，不允许外传，内测玩家的存在是为了帮助开发者抓取程序错误，修复游戏漏洞。《深红之土》的开发者提供了内测玩家匿名论坛，可能是为了让内测玩家能有一个交流之地。目前仅有一万人取

得了内测资格，那么论坛里的内容应该十分有限，她会是首批论坛拓荒者。

隗辛没有立刻在内测玩家匿名论坛注册，而是打开邮箱查看新发送过来的游戏文件，这类文件一般来说是需要玩家签字确认的，算是合同，违约便要负法律责任。

她点开新邮件，刚读完前几行字就愣住了。

> 以下是给《深红之土》玩家的六条忠告。你可以选择遵守，也可以选择违反，但违反的后果，只能由你自行承担。
> 第一，请把游戏世界当成真实世界。
> 第二，不要向任何人透露自己的玩家身份。
> 第三，不要向任何人泄露游戏内容。
> 第四，生命仅有一次，死亡无法复活。
> 第五，如果你选择开始游戏，那么你只有"游戏通关"和"人物死亡"两种路径可走。
> 第六，凡事皆有代价。

这……就这几句话？游戏声明只发这几句话，这是否太草率了一些？

隗辛一头雾水。

玩个游戏而已，游戏厂商在注意事项上也这样故弄玄虚地写一些烘托气氛的话就很没意思了，所谓"真实世界"只是游戏的营销手段罢了，人人都知道那个世界是假的。

隗辛点开游戏文件，这份文件是需要签字的。她认认真真地从头看到尾，看了两遍也没发现文件里有保密条款。但是前面"给《深红之土》玩家的六条忠告"却明明白白地写了不要泄露游戏内容。太古怪了，这不是自相矛盾吗？既然不想让玩家泄露，那为什么不把保密协议写进具有法律效力的文件里？那几条忠告完全不具备约束力。

文件最后是一个电子签名栏，隗辛在签名栏写上自己的名字。名字刚写完，一个小小的页面弹了出来，上面用红色加粗的字体写着：

> 是否确认加入游戏？你有且仅有这一次退出机会。

有且仅有一次退出机会？隗辛不甚在意，丝毫没有犹豫就点了确认。

页面变换，新的提示出现了。

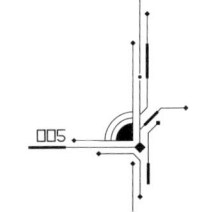

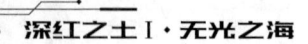

契约完成。欢迎迎接你的新生，隗辛。

这游戏怎么神神道道的？隗辛纳闷地盯着电脑屏幕。她沉思半晌，打开了内测玩家匿名论坛，点击注册。

注册流程简单到不可思议，内测邀请码一填就完事了。

隗辛在昵称那一栏里随便打了个数字"233"。她所有的游戏昵称都是"233"，因为没多少起名天赋，费尽心思起的又容易重名，所以隗辛就一个"233"用到底。

昵称一经确认不可修改。

隗辛没当回事，照样点了"确认"。新的消息蹦了出来。

你已成为论坛第233名注册的玩家。

隗辛："啊？"

好巧，难道233是她的幸运数字吗？

短暂的加载过后，隗辛看到了论坛页面。

论坛的背景色泛着冷冰冰的金属光泽，页面异常简洁，功能也很单调，仅有发帖、回帖和私信功能。可是论坛右上角有一个醒目的血红色阿拉伯数字"10000"。"10000"的旁边写着一行小字——"存活人数"。

不知怎么回事，隗辛在看到"存活人数"这几个字时心脏一抽，一阵心悸。

论坛里有数十个飘着"new（新帖）"标志的帖子。论坛刚刚开放，玩家也刚刚注册，帖子都是新发的。隗辛刷新了一下，又有十来个帖子弹了出来。帖子标题有英文、日文、俄文，还有中文，来自全球各地的一万名玩家都会聚在这个小小的论坛里。

隗辛能磕磕巴巴地翻译出英文标题的大致意思，至于别的语种她就完全翻译不出来了。她粗略地扫了一眼现有的中文帖，发现都是"来开荒了""有魔都玩家吗？线下约一波""发布时间排前一百的帖子必有我的姓名"这类没营养的灌水帖。

她犹豫了一会儿，点开发帖，在标题栏输入："有没有人觉得'给《深红之土》玩家的六条忠告'有点奇怪？"

写完标题，隗辛的鼠标停在发帖按钮上久久未动。她在回想那条"请把游

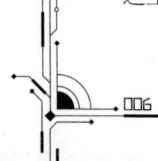

第一章 潜伏

戏世界当成真实世界"，还有后面那一条"生命仅有一次，死亡无法复活"的忠告，再看看论坛顶端血淋淋的数字"10000"，只觉得脑海深处被什么东西给击中了。

她忽然感到一丝毛骨悚然，却又不知道这惊悚感从何而来。这感觉突如其来，近乎荒诞。

隗辛揉了一下额头。科幻小说里"进入全息游戏实际上是穿越到了另一个世界"的桥段怎么会发生在现实生活中？

尽管自我安慰了一番，隗辛还是鬼使神差地删掉了发帖内容，决定一直潜水观察情况。她不断刷新论坛，挨个阅读论坛上的中文帖。几分钟后，一条新的帖子吸引了她的注意力。

　　游戏厂商完全没提怎么邮寄游戏设备，有玩家收到全息头盔或安装包了吗？

看到这帖子的下一瞬，隗辛家的门被敲响了。

她下意识站起来，走到门口通过猫眼向外观察，可是没看见任何人。

她等了几分钟，慢慢打开门，注意到地上静静地躺着一个黑漆漆的小盒子，盒子上有字——"深红之土"。

隗辛打开盒子，发现里面有一张银色的金属卡牌，卡牌上的图案复杂而精巧，交织的线条组成了一只机械之手。

"这是……游戏纪念卡？"隗辛翻看这张卡牌，紧接着打了个寒战。她想起她从来没有在游戏官网中填写过地址信息，那么这张卡牌是怎么送过来的？隗辛心里一紧，穿着拖鞋下了楼。

她住在一个老小区内，这儿虽然设施老旧，但附近也安装了监控摄像头。楼道门口坐着几个打麻将的大爷大妈，街坊邻居都互相认识，隗辛问道："张妈！刚才快递小哥来过吗？"

"没呀，小李同志不是一般下午三点才来吗？"张妈把一排麻将往前一推，喜笑颜开，"哎哟，和了！"

"刚才有什么人上楼吗？"隗辛追问。

"没有啊。"张妈忙着搓麻将，头也不回。

听到这里，明明是炎热的七月天，隗辛却觉得背后凉飕飕的。没有人上楼，那是谁敲响了她的门？她没有填过任何地址信息，为什么《深红之土》的游戏卡被准确地投递在她家门口？她刚刚签完游戏协议，卡牌就被送过来了，前后不超过五分钟……

隗辛低头看着手中的银色金属卡牌，把它翻了过来。卡牌的背面刻了几个字：

剥夺者·隗辛

编号：233

"233"是她刚刚填写的游戏昵称，也是她的论坛注册次序。隗辛一瞬间头皮发麻，事情的发展好像朝着诡异的方向一路狂奔了。

隗辛蜷缩在床上，盯着发亮的手机屏幕。

半夜了，她毫无睡意。白天发生的事多少有些古怪，她心里发毛，睡不着。

今天一整天，隗辛一直在刷新论坛，浏览内测玩家发的帖子。外语她不太看得懂，就想截图放到翻译软件上翻译一下，结果手机提示网页禁止截图，隗辛只能挨个打字翻译。

论坛的注册人数在增多，发帖数量在上升，有不少人和她怀着同样的困惑，已经有人在询问"给《深红之土》玩家的六条忠告"和论坛顶上血淋淋的"10000"存活人数是怎么回事了。不少内测玩家陆续收到了那张银色的卡牌，他们和隗辛一样没有在游戏官网上填写过地址信息，但是银色卡牌却准确地投递到了他们的住处。

隗辛点进回帖数最高的中文帖子。

　　主楼：虽然在大数据时代，人们几乎没有隐私，可是作为游戏官方，这样做是否有些过分了？要是官方不对地址获取问题做出回应，我不介意走法律途径维权。

这个帖子下面一片赞同之声。

但紧接着有人回帖：

　　我觉得这事不对劲，就跟闹鬼似的。我住乡下，快递几天送一次，可你猜我的游戏卡是怎么送过来的？我家猫出门遛弯儿，莫名其妙叼着个东西回来，我拿来一看，发现竟然是我的游戏卡，卡上面写着我的真名和论坛编号，真离谱！

　　24楼：我也住乡下，卡牌是我去鸡棚子掏蛋时看见的，给我吓

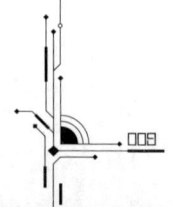

第一章 潜伏

一跳……

36楼：我网购了一件家电，打开家电包装的时候发现里面多了个盒子，本来以为是商家赠品，结果居然是游戏卡！

这事不仅离谱，而且邪门。

编号是按照论坛注册次序来的，卡牌制作需要时间，怎么可能人刚注册完获得编号，卡牌就立刻做好送过来了？而且玩家们收到卡牌的方式五花八门，一股说不清道不明的诡异气息笼罩了整个帖子。

隗辛退出帖子，点开一个晒卡帖。

帖主把自己游戏卡上的真名和玩家编号打了码，然后展示了出来。

帖主晒的卡和隗辛的卡有略微的不同。帖里的银色卡牌正面不是机械之手的图案，而是一只看上去充满锋锐感的剪刀。隗辛的卡牌有一个"剥夺者"的称呼作为前缀，但是这个帖主的卡牌上的名称前缀是"代行者"，而非"剥夺者"。

这是为什么？"剥夺者"和"代行者"有什么不同吗？隗辛皱眉思索。

浏览了一会儿论坛，隗辛发现了一个现象：目前所有的晒卡帖子里，那些卡牌上的前缀通通是"代行者"，没有一张卡牌和她一样是"剥夺者"。

隗辛从床边摸出卡牌，卡牌散发着莹莹银光，她的真名和编号被镌刻在上面，这像是她的身份证明，名字和身份证号码都有了，唯一让她搞不懂的是"剥夺者"这三个字的意义。

这一天发生的事令隗辛如置身迷雾。

她瞅了眼时间，23：59，再有不到一分钟就零点了，正式内测日将要来临。隗辛叹了口气，疲惫地揉了揉太阳穴，准备睡觉，因为她明天要去找暑假兼职，打工赚钱……穷鬼的生活就是这么朴实无华且枯燥。

在隗辛放下手机的前一秒，她的手机忽然传来了振动。她定睛一看，原来是论坛发了公告。

检测到一万名内测玩家均已注册完毕，游戏身份卡已发放。

本次内测为不计费、不删档测试，游戏没有任何捷径，请玩家牢记那六条忠告，探索属于自己的结局。

预祝各位玩家游戏愉快。现在，游戏开始。

游戏开始？！

隗辛猝不及防地看见这句话，惊诧莫名，还没来得及做出更多的反应，便发现周围的景象变了。隗辛手里一空，手机的重量从她手上消失，她不再侧躺在床上，而是站在无边无际的黑暗里，抬头看不见任何东西，也听不见任何声音。墙皮脱落的老房子不见了，透着路灯微光的窗户消失了，风扇转动的呼啦声也没有了，一切都归于平静。黑暗如潮水般包裹了隗辛，一寸一寸将她吞没。她下意识想呼救，却如同溺水的人那样发不出声音。

最后，她失去了意识。

你已进入新世界。
请查看你在本世界中的身份设置。
姓名：隗辛
阵营：联邦·反抗军
身份：机械黎明组织核心骨干，联邦缉查部外勤组第七小队实习巡查安保员，联邦一级通缉犯，反抗军卧底。
任务：盗取缉查部机密情报，取得缉查部信任，为机械黎明的秘密行动提供情报支持。

耳边传来模糊的电子音，蒙眬中她似乎看见眼前闪过一排排文字……

隗辛痛苦地喘息一声，感到头痛欲裂。仿佛有一把斧子劈开了她的头颅，她觉得自己的脑袋疼得快炸了。

"缝合针。"有个男人在她身边说，"把她的伤口缝合起来。再给她补一支特效镇痛剂，她快撑不下去了。"

她这是在手术台上？隗辛睁不开眼睛，可是她的意识出乎意料地保持着清醒。隗辛感受到一支尖锐的针管扎进了她手臂的肌肤，药剂推入她的身体。镇痛剂非常管用，起效很快，她头痛的症状缓解了不少。

她没有在做梦，没有一个梦带给她的感受能如此清晰。隗辛明白，此刻的情况绝对不正常，她的遭遇是违反常理的。也许她真的遇到了在科幻小说或影视作品中才会出现的情况——穿越时空。她从她住的小破窝里穿越到了一个未知的地点。

方才打的那一针镇痛剂缓解了隗辛身体上的痛楚，这让她能专注地思考。她很焦虑也很恐慌，可是焦虑和恐慌的情绪不会带给她任何帮助，她知道她此时必须冷静下来。

《深红之土》游戏官方在内测玩家匿名论坛宣布游戏开始，然后她就突然跳转了地点。隗辛猜测，她这是穿越到了《深红之土》的游戏世界里。她在这个世界有另一个身份。

第一章 潜伏

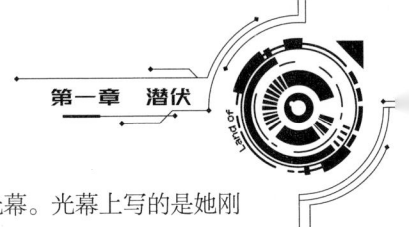

隗辛集中精神，漆黑的视野里突兀地展开了一道光幕。光幕上写的是她刚刚听到的她在这个世界的身份设置。

机械黎明组织核心骨干，联邦缉查部外勤组第七小队实习巡查安保员，联邦一级通缉犯，反抗军卧底。

隗辛心道："啊，这……我好像身份很复杂的样子。"

她细致地阅读了一遍又一遍，有种手足无措的感觉。

"机械黎明"是什么组织她不懂，但是"核心骨干"这样的字眼已经足够说明分量了。还有联邦缉查部，这应该是一个官方组织。更要命的是她居然还有一层身份是联邦一级通缉犯，这是怎么回事？反抗军卧底这个一听就是个"二五仔"的身份更是要人命了。

当二五仔是没有前途的！隗辛看过无数谍战片，当卧底的很少有好结局。她感觉自己前途惨淡，悲惨的结局在向她招手。

医疗器械碰撞的声音不断响起，隗辛能模糊地感知到缝合针在她的皮肉中钻进钻出，拉扯血肉。隗辛的心跳从刚恢复意识时的激烈逐渐变得稳定规律，她的大脑在转动，她的情绪在思考中趋向平静。

不知过了多久，隗辛忽然觉得她能控制自己的眼皮了，麻醉的作用在消退。一直在给她做手术的男人说："药效过了，差不多该醒了。"

隗辛不得不打消继续装昏迷的念头，眼皮慢慢掀开一条缝。白炽灯的光让她不适，还有一个银色的光源不断在她眼前晃动。隗辛费力地眨了眨眼睛，适应了一会儿光线，发现眼前晃动的银光不是灯光，而是主刀医生的眼镜片的反光。她稍微动一下脑袋，转动眼珠，茫然地看着手术台边上围着她站了一圈的医生和护士。

"你醒了？"戴眼镜的医生对隗辛点了点头，"手术很成功。"

隗辛决定假装一无所知。她拿出毕生的演技摆出努力回想的样子："我、我这是怎么了？"

医生露出同情的表情，怜悯地看着她："你这孩子，真是倒霉，实习期第一次出外勤就遇上了持械歹徒……唉，歹徒没抓到，脑袋还被开了瓢，颅骨骨折……"

"颅骨……骨折？"隗辛表面迷茫，实则欣喜若狂。

颅骨骨折，受了这么严重的伤，她可以顺理成章地装失忆了！她穿越过来没有获得原身的记忆，一不小心就要露馅。

"是的，颅骨骨折，脑袋上一个大洞，血哗啦啦往外冒。"医生和蔼可亲地说，"不过没关系，旧的不去新的不来嘛！"

"什么旧的不去新的不来？"隗辛困惑道，"抱歉，我好像有很多事不记得了……"

"暂时有点迷糊是正常现象，麻药消退了会好一点。你的颅骨骨折有点严重，修补困难，我们把那部分头骨给你换掉了。"医生笑呵呵地说，"联邦最新科技，超轻合金头骨，替换上了以后，你再也不用怕出外勤抓歹徒的时候脑袋被开瓢了！"

好家伙，她这是获得了传说中的铁脑壳吗？爱了，爱了！以后和人打架时一个头锤撞过去，保准对面的人脑瓜子嗡嗡的！

手术结束，隗辛被医生和护士推出了手术室。滚轮床在金属地面上自动滑行，走廊天花板上微蓝的灯光充满了虚幻感。拐了一个弯，一扇严丝合缝的金属门打开了，隗辛连人带床被推进了一个胶囊形状的疗养舱里。

主刀医生这时已经换下了手术服，穿上了白大褂，他的白大褂外面有一个身份名牌——

黄存良，医疗办公室主任。

黄医生在隗辛的手背上插了一根输液管，合上疗养舱的玻璃罩，对她说："好好休息，你的伤口预计十二小时内可以愈合，身体不适就按你右手边的绿色呼叫按钮，我还有一台手术呢，先走了。"

隗辛默默点头。

医生和护士离开了隗辛所在的房间。隗辛躺在疗养舱里，看着疗养舱的内置显示器显示着各项数据。仪器声嘀嘀响个不停，心电图不断波动，心率维持在80到110之间。血压偏低，状态是轻微贫血。她的一切身体数据都被显示在上面。

《深红之土》有着偏向赛博朋克的世界观，所以这个世界的科技比隗辛所在的现实世界高了不少，科技感满满的疗养舱不像是现实中地球的科技水平能造出来的。隗辛受了那么严重的伤，医生却告诉她十二小时内伤口就能恢复，这样的医疗技术同样是现实世界中达不到的。

《深红之土》的宣传语是"真实存在的第二世界"。进入游戏，就相当于开启了第二世界的大门。这句宣传语没有任何夸张成分，隗辛真的穿越了。她在想，跟她一起参与内测的那一万名玩家，是不是也跟她一样穿越到了这个世界，有了与现实世界不同的身份和新的人生？

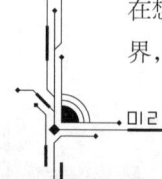

第一章 潜伏

隗辛很能适应各种环境,她像野草一样顽强,没有父母陪伴一样能把自己照顾得很好。现在她换了个全新的环境,这个环境对她来说是陌生的,不过隗辛乐观地认为,虽然她在游戏内的身份设置十分复杂且危险,但她还算拥有一个比较安稳的开局。她目前的身份是病患,一名在实习期出外勤被歹徒打伤的菜鸟安保员。在她疗伤期间,她是安全的,可以暂时远离一些麻烦。并且她的伤在头上,装失忆是个俗套的办法,但是它有用啊。这给隗辛留下了充分的缓冲时间。为什么会穿越这样的问题实在太过深奥,隗辛没有能力去追根究底。摆在她面前的是一个非常紧迫的问题,那就是如何活着。

那六条忠告深深地印在隗辛的脑子里:

第一,请把游戏世界当成真实世界。
第二,不要向任何人透露自己的玩家身份。
第三,不要向任何人泄露游戏内容。
第四,生命仅有一次,死亡无法复活。
第五,如果你选择开始游戏,那么你只有"游戏通关"和"人物死亡"两种路径可走。
第六,凡事皆有代价。

第四点和第五点可以合并着看,它们突出的重点是"死亡"的后果。生命仅有一次,这句话极有可能不是玩笑话。把游戏世界看作第二世界,那么玩家所处的现实世界可以被称为第一世界,在第二世界发生的事,会不会对第一世界也有影响?

死亡的代价是任何人都无法承受的,隗辛感到了压力——生存压力。

隗辛有十二小时的养伤时间。十二小时后,她就要走出疗养舱,与第二世界的人正面接触。根据她复杂的身份,她可能需要与一个名叫"机械黎明"的反抗军组织频繁地打交道,需要在缉查部努力向上爬,获取众人的信任,需要成为一名合格的二五仔,隐藏身份为组织传递情报……

隗辛有了缓冲时间,然而获得了王炸开局。每一步都需要小心谨慎,如履薄冰,一不小心就会打出 BE(Bad Ending,坏结局)。

不知道有没有玩家和她一样倒霉?

疗养舱在运转,一道又一道蓝光扫过她的身躯,恢复药剂输入她的血管。隗辛的头皮传来痒痒麻麻的感觉,她的伤口在飞速愈合。

"查、查看面板?"隗辛试探着在心里念。

游戏系统回应了隗辛，光幕再度展开，熟悉的文字出现。

她跳过看了好几遍的基础身份设置，查看另一个板块。

基础属性

姓名：隗辛

职业：剥夺者

超凡能力：未获取

固有天赋

表演人格：你演技高超，能骗过大多数人。

生命强韧：你像"小强"（蟑螂）一样生命力顽强。

危险规避：你能敏锐地察觉到身边的危险并规避它。

快速学习：你学习任何技能都会事半功倍。

职业是剥夺者？剥夺者到底代表着什么意思？

系统适时提示：

剥夺者，是依靠狩猎特殊能力者并夺走他们的超凡能力来获取力量的职业。

依靠狩猎特殊能力者获取超凡能力？狩猎一个具备超凡能力的人，然后对方的超凡能力就会转移到自己身上？

隗辛心神一震，疗养舱的显示器上，她的心率指数飞速上升。

"心率异常，心率异常……"疗养舱发出嘀嘀警报声。

隗辛马上连续深呼吸以稳定心跳，过了十几秒，疗养舱的警报声停下了。她正要仔细琢磨剥夺者这个凶残的职业，可下一瞬，她房间里的灯灭了。金属门开启，有人进入了她的病房。

隗辛扭头，透过透明的玻璃看向门口。黄医生擦着眼镜缓慢地走来，敲敲玻璃罩，对隗辛笑道："感觉怎么样了？"

隗辛张嘴就要说："我好像失忆了。"然而黄医生的下一个举动打断了隗辛将要说出口的话。

他打开疗养舱，从腕表里掏出一枚蓝色的芯片，塞进隗辛手里，压低声音说："这是组织拜托我交给您的。"

隗辛心想："啥？什么组织？你说清楚啊！"

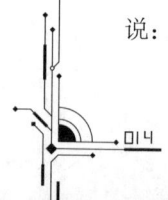

第一章 潜伏

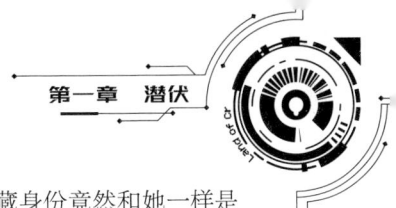

她品出不对味儿了,眼前和蔼可亲的黄医生,隐藏身份竟然和她一样是二五仔?

黄医生对隗辛点点头:"我权限不高,无权知晓您的任务,今后的所有行动,如有需要可以通知我,我会尽力配合。"

隗辛不知该作何反应,只能面无表情地看着他。

"还有这枚芯片,里面有您目前顶替的人的生活资料,请务必仔细看。一些生活小习惯是最难模仿也最容易露馅的,好在,您扮演的人是刚来不久的实习生,跟大家都不熟,顶替起来没有难度。"黄医生又取出一枚黑色芯片,以及一只银色的手环,"组织的通信设备就在这里了,上面的人会通过这个跟您联络。"

"嗯。"隗辛不冷不热地应了一声。多说多错,她决定不说话。

"唉,您真是牺牲够大的。"黄医生感慨,"为了伪装伤口,硬是往脑袋上来了一下,主动进行机械改造手术……您不用担心,那个人已经被组织处理掉了,她的基因信息和生活轨迹也都被修改完毕,从现在开始,您就是外勤组第七小队的实习巡查安保员'隗辛'。"

听完这些话,隗辛脑海里瞬间有了一条较为明晰的线。缉查部的实习巡查安保员名字也叫"隗辛",但是这个"安保员隗辛"比较倒霉,被机械黎明的卧底取代,然后被"咔嚓"了,而隗辛本人在穿越后成了取代"安保员隗辛"的卧底……这太绕了!

"缉查部里有不止一个觉醒者,各个小组和部门的负责人都具备超凡能力。觉醒者的能力五花八门,什么都有。"黄医生说,"缉查部有个传言,说刑侦组组长的能力是'谎言辨识',请您务必小心。"

隗辛简短地说:"知道了。"

"一切为了黎明。"黄医生别有深意地看着隗辛说。

隗辛反应很快,也跟着重复了一句:"一切为了黎明。"

黄医生点了点头,不胜唏嘘:"您保重,我赶下一场手术去了……嗐,当初进来的时候没想到自己还要这么操劳。"

隗辛盯着他的背影,直到他离开。强烈的求生欲占据了隗辛的大脑,危险就在她身边。

机械黎明是怎样的组织?他们能毫不犹豫地除掉一个人,再顶替这个人的存在,怎么看都不像什么善男信女。他们在缉查部安插卧底有什么目的?反抗军的最终目标是什么?最重要的是,隗辛不确定她还能不能离开第二世界,回归第一世界。如果她永远被困在这里,该怎么办?

隗辛反复深呼吸让心率降低,免得疗养舱再发出心率异常的警报。她的目光定格在"剥夺者"这三个字上。如果说她有什么依仗的话，那无疑是"剥夺者"所具备的能力了。这项可怕的能力恐怕是她唯一的希望了。

她身份特殊，行走在钢丝绳上，向左向右都是深渊，向前向后都有跌落崖底的危险。让隗辛更忧虑的是，她没有退出的机会。没有一个二五仔能功成身退，她如果背叛机械黎明组织，能有好果子吃吗？她要是背叛缉查部，那更不会有好下场了。何况她还有个身份是一级通缉犯呢！

死亡的代价让隗辛足够慎重，以往孤单的生活令她学会了保护自己、武装自己。她沉思了很久很久，最终决定将这场穿梭时空的奇遇当成一场游戏——真实的游戏，不能输的游戏，关乎性命的游戏。

她要通关这场游戏，走到最后，避开所有 BE 走向 HE（Happy Ending，好结局）——不论使用什么方法。

"实习巡查安保员隗辛，您的身体已经恢复，请离开疗养舱。"

一阵电子音响起，隗辛苏醒过来。她睁开眼睛，第一眼看到的是透明的疗养舱玻璃罩。内置的显示器上，她的身体状态被标记为代表健康的绿色。

她所经历的并不是梦境，她没有回归第一世界。

有个护士走了进来，她帮助隗辛打开疗养舱，然后取下隗辛手背上的输液管和头上包裹的绷带。

"你可以离开了，这两天注意休息，不要做剧烈运动。"护士友善地说，"记得向你们小队的队长递交免训练申请，不然是要扣出勤工资的。"

"好。"隗辛凭借穷鬼的本能迅速点头。出勤工资这么重要的事可不能忘。

隗辛直起身，双脚接触冰冷的金属地面，站起来活动了一下筋骨。在疗养舱里睡了一觉的隗辛精神饱满。她走了两步，透过反光的金属墙壁看到了自己现在的模样。

隗辛在第一世界有一头黑色长发，第二世界的她的基本外貌跟第一世界有七八分像，但是长发变成了干练的贴耳短发。隗辛的肤色偏苍白，身材较瘦，看上去有点纤弱。身体外表看不出来任何伤势，伤口愈合完好。

她站在房间里，一时间无所适从。她不知道自己该去哪里，她甚至不知道自己在哪里。这个世界对她来说是全然陌生的。

隗辛猜测她在缉查部总部，从黄医生的只言片语中可以知晓，缉查部内有不同的小组和部门，黄医生的胸牌上写了他是医疗办公室的主任，那么隗辛可能是在缉查部医疗中心之类的地方接受了手术和治疗。

隗辛从游戏面板上的身份设置得知，她自己隶属于"外勤组第七小队"。

没有过多的时间犹豫了，她不能止步不前。隗辛调整了一下情绪，走到金属门前。金属门自动打开，露出后面闪烁着指示灯的走廊，走廊里空无一人。

第一章 潜伏

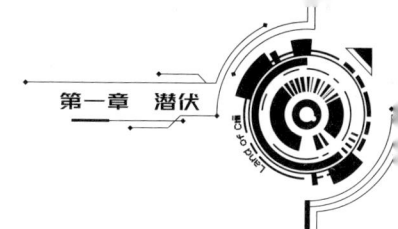

隗辛踏入走廊，耳边忽然出现了一个冰冷的机械音。

"实习巡查安保员隗辛，您隶属的第七小队队长舒旭尧通知您去他的办公室报到，请跟随绿色指示灯前进。"

走廊上的一排指示灯变为绿色，为隗辛指引方向。

隗辛不动声色地观察四周，看到墙壁上镶嵌的监控器把摄像头对准了她。她停顿一瞬，跟随绿色指示灯往前走，摄像头也随着她的脚步转换角度。当隗辛走到岔路口的时候，右侧通道的指示灯适时地闪了闪，提醒她该往右走。

连续穿过长长的走廊，隗辛忽然看到对面来了两个人，其中一个男人的手臂上缠着应急绷带，绷带上透出血迹，但是他似乎伤得不重，还可以神志清醒地走路。另一个人就让隗辛有点惊讶了，他搀扶着受伤的男人，隗辛能清楚地看到他的右臂泛着刚硬的灰色金属光泽——他竟然装着一条机械臂。

在赛博朋克世界，人们会对自己的身体进行改造，改造后的机械义肢能极大地方便人们的工作和生活。机械改造人是十分常见的，没有进行任何改造的自然人才是少数派。隗辛现在也算是一个机械改造人了，虽然外表看不出来，但她有个坚不可摧的铁脑壳。

对面走来的两个男人似乎不认识隗辛，看见她也没反应。隗辛思索一瞬，决定冒点风险主动搭话。

"这是怎么了？"她没有使用任何称谓，仿佛只是偶然遇见了同事，寒暄一下。

幸运的是对面的两个人也把隗辛当成了来寒暄的普通同事，受伤的男人骂骂咧咧地说了一句："还能是什么？港口又爆炸了，那群人真是活腻歪了，等老子伤好了，就扛着枪把他们一窝端了！"

"你省省吧，等部长统一命令再行动，别送死。"装着机械右臂的男人冷声道。

他们一路骂着脏话走远了。

港口又被爆破了？隗辛看了他们的背影一眼，一边沉思一边跟着绿色指示灯走。

两分钟后，隗辛在一扇标着"外勤组第七小队办公室·舒旭尧"字样的金属门前停下。门开启了，隗辛平复心跳，走了进去。一张环形桌子映入眼帘，全息投影出来的悬浮光屏上写满了密密麻麻的文字，身穿灰蓝色制服的男人站在光屏前，头也不回地对隗辛说："坐。"

隗辛扫视室内，从环形长桌下面拉出一把滑轮椅坐下了。男人转过身看着隗辛说："辛苦你了，给你批三天假，这三天不用去训练场训练了。"

"谢谢队长。"隗辛说。

看来眼前的男人就是她的直属上司、第七小队队长舒旭尧了。目前来看，他似乎是个体恤下属的好队长，居然还给主动批假。

"不用谢，没有保护好队员，这有我的一部分责任。"舒旭尧揉了揉眉心说，"在回去休息前，你得去趟刑侦组做笔录，讲一下你遇袭的细节。"

来了。隗辛紧张了起来，手心微湿。

作为穿越人士，没有继承原身的任何记忆是一个巨大的隐患，她是真的什么都不知道。进入第二世界之前，她在为生活费发愁，进入第二世界之后，让她焦虑的事情就截然不同了，她需要考虑的是活着。

"队长……我……"隗辛面露迟疑。

"怎么了？"舒旭尧耐心地看着她。

"对于遇袭，我记得并不清楚。"隗辛诚恳地说，"我好像有很多事都记不清楚了，仔细回想也想不起来。"

舒旭尧眉头一皱："那你记得什么？"

"我记得我的身份，第七小队实习巡查安保员。"隗辛小心地观察舒旭尧的表情。

果不其然，舒旭尧的眉头皱得更紧了。

他看了隗辛一眼，说："亚当，帮我联系医疗办公室，让他们派个医生过来给隗辛检查身体。"

冰冷的机械音出现了："已将您的指示传达。"

亚当？冰冷的机械音属于亚当？亚当是一个超级人工智能的名字吗？

隗辛坐在椅子上，舒旭尧沉默地观察着她，问道："你真的什么都不记得了？"

"真的不记得。"隗辛摇摇头，"当时发生了什么？"

"只有你知道发生了什么。"舒旭尧敲了敲桌子，"你追上了在港口布置爆炸装置的嫌疑人。但是，当我们赶到时，你头破血流地倒在地上，嫌疑人逃走了。"

他用严肃的语气说："隗辛，我们需要你回忆起来，回忆那个嫌疑人的外貌特征，这对我们的后续行动很重要。"

隗辛抬起头说："我会尽力。"

亚当提示："医生已经到达门外，是否要让他进来？"

"让他进来。"舒旭尧说。

金属门无声地开启，隗辛的老熟人黄医生推着医疗器械满头大汗地进来了："舒队长，这是怎么了？我刚下了一台手术就急忙跑来了。"

第一章 潜伏

"隗辛失忆了，可能是脑部创伤的后遗症，你给她看看。"舒旭尧看向黄医生。

黄医生带着些许的惊讶看向隗辛："失忆？"

他马不停蹄地取出一个扫描仪模样的东西，放在隗辛头上，淡蓝的光束将她从头到脚扫描了一遍。他拿出一个显示器，看着上面的数据嘀咕："麻药可能造成暂时性失忆，但问题显然不是出在这个地方，粗略的检查也看不出什么。安保员隗辛恐怕需要跟我回一趟医疗中心，我需要给她做一个细致而全面的体检。"

"嗯，现在就去。"舒旭尧说。

"走吧，隗辛。"黄医生对隗辛点点头。

隗辛从椅子上站起来："麻烦你了，医生。"

"不麻烦，职责所在。"黄医生说，"舒队长，结果出来后，我会立刻向您汇报。"

隗辛一路无话，跟着黄医生走在走廊里，黄医生话痨地叨叨："港口爆炸案伤亡不少，有好几个人做了机械肢体移植，还有几个人替换了仿生内脏，我今天已经做了五六台手术，眼睛都没合。"

"隗辛，你算是幸运的了。"黄医生叹息道，"有几个人没被救回来呢，你这么年轻，还好挺过来了。唉，这黑海市的帮派什么时候才能被清扫干净啊，三天两头地搞这搞那，这次居然连黑海市的经济命脉——港口都要炸了。"

这黄医生挺会演的，要不是隗辛知道他二五仔的身份，还以为这慈眉善目的医生有多尽职尽责、忧国忧民呢。他这是在有意无意地向隗辛透露一些事情，隗辛全盘接受，铭记在心。假如这是游戏，那么NPC（Non-Player Character，非玩家角色）提示的每一句话都可能对游戏通关有巨大帮助。

来到医疗中心后，黄医生在自己的腕表上按了一下，医疗中心的灯光顿时暗了下来。

"亚当无处不在，需要使用装置规避它的监控才可以自由地交流，不然它可能会监听我们。"黄医生收起了那副慈眉善目的样子，"我没想到您的策略是装失忆……不过这个策略出奇地有效。"

他在外面跟隗辛说话的语气像长辈对晚辈，到了没有亚当监控的地方，他跟隗辛说话的神态透着一股尊敬。隗辛在机械黎明属于核心骨干，等级比他高。

隗辛下意识摸了摸自己的口袋，黄医生交给她的银色手环通信器和资料芯片都在她的兜里装着，她怀疑那只银色手环也有类似的功能——正确使用就可以屏蔽人工智能亚当的监控。

"你能给我伪造体检报告吗？"隗辛主动问。

"当然可以，"黄医生笑眯眯地说，"我带您来医疗中心不就是为了干这事儿吗。"

半个小时后，伪造的体检报告出炉了。隗辛拿着体检报告走出医疗中心，回到舒旭尧的办公室。舒旭尧盯着隗辛的体检报告看了好几遍，目光定格在报告最后一行的治疗建议栏："适当休息有助于记忆恢复。"

"回去吧，"他叹了口气，无可奈何地说，"如果记忆有恢复的迹象，就立刻来找我报告，你的假期依旧是三天。"

隗辛说："遵命，队长。"

当她走出舒旭尧的办公室后，才有一种压在胸口的大石落了地的感觉。隗辛背后出了一层薄薄的虚汗。她知道，她已经过了第一关，在没有引起他人怀疑的情况下保全了自己，接下来的挑战只会比这个更难。要知道，这可是科技高度发达，同时还存在超凡力量的世界。

任务触发。

只有隗辛能看见的光幕突然浮现了。

任务描述："民风淳朴"的黑海市是联邦重要的港口城市，也是众多帮派势力盘踞的巢穴。现在黑海市被阴谋笼罩，未知的爪牙伸向了这里。你需要调查清楚这起阴谋。

你可以选择接受任务，也可以选择拒绝任务。

拒绝可能会让你少承受一分风险，但是接受也许会有意想不到的丰厚收获。

任务内容：调查黑海市港口爆炸案。

隗辛想起进入游戏前牢记于心的第六条忠告——凡事皆有代价。

命运的馈赠从来都在暗中标好了价格，想要获得，必要承受风险。隗辛是在第二世界中摸索前行的通关者，也是新世界的探索者。摆在她面前的有危险，也有机遇。

如今命运的岔路口就在脚下了。隗辛选择接受任务。

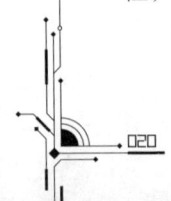

第一章 潜伏

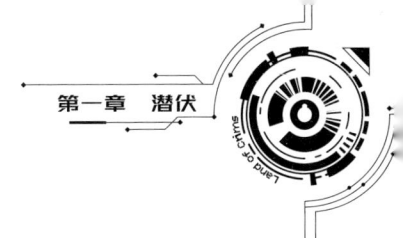

你已接受任务。

任务进度：0%。

隗辛得到了队长开的假条，然而又有一个很严重的问题出现了。她不知道自己住在哪里。隗辛在走廊里呆立了几秒钟，四下张望时发现前面有个厕所的标志，她心里有了主意，快步走进厕所。

一进入厕所隔间，隗辛就从口袋里掏出黄医生交给她的银色手环，戴在腕上。手环上闪过一串字符："已开机。"接着字符自动变成了时间："19：38。"仿佛这就是一个显示时间的普通电子手环。

隗辛像个刚拿到智能手机的和时代脱轨的老年人，坐在马桶盖上摆弄了半天也没搞明白这玩意儿的使用方式。

"救命啊……这手环的按键怎么一点凸起都没有。"隗辛满头大汗，可算体会到了老年人在高科技时代寸步难行的感觉。她只能来回摸索，试图发掘手环的功能。

她点了一下侧面。

"生物信息已确认。"手环闪出投影屏幕，上面显示着手环的各项功能。

"信号屏蔽、即时通信、加密联网、定位追踪、自动销毁……"隗辛挨个查看，不禁一阵后怕，"开关机键长按三秒扔出去，威力可与微型炸弹比肩？"

原来这还是个小型武器，还好她运气好，没按侧面太久，不然这会儿她已经死无全尸了。

隗辛取出一枚指甲盖大小的黑色芯片。据黄医生所说，这枚芯片上记录了"安保员隗辛"的各项情报，上面应该会显示她的家在哪里。隗辛把芯片放在手环上，手环的投影屏幕显示："数据读取中……读取完毕。"

屏幕第一页显示的就是隗辛自己的情报。

隗辛的父母几年前在乘坐悬浮电轨车时遭遇恐怖袭击，意外身亡。保险公司向她赔付了一大笔钱。隗辛拿着这笔钱以优异的成绩考入黑海学院，攻读刑侦技术专业。毕业后通过缉查部内招，成了一名实习巡查安保员。她的现住址是黑海市港湾区安宁街233号。

这份资料的信息简直细到不能再细了，她从小到大的生活轨迹，不引人注目的生活习惯，连存款密码、银行流水都有。

等等！信息上显示她在银行里面贷过款，数额还不小……怎么回事？她不是有父母意外去世的赔偿款吗？为什么会贷款呢？看到最后，隗辛两眼发直。原来是因为黑海学院的学费太贵了！每学年的学费足有二十多万。她不仅把赔偿款花了个干净，还负债三十万。

负债三十万！隗辛瞳孔地震。既然要长时间扮演"安保员隗辛"这个角色，那么继承原身留下的债务几乎是必然的发展。这就是传说中的穿越吗？不仅成为二五仔，还要承担三十万的贷款！

隗辛表情悲戚，缓了好一会儿才回过神。

她接着一通操作进行加密联网，在网络上搜索："从缉查大楼到港湾区安宁街怎么走？"

搜索结果出来了。

"乘坐13号悬浮电轨车可以从缉查大楼站直达安宁街站。"隗辛松了口气，心底感谢发达的网络。果然遇事不决，"搜索一下"是正确的策略。

资料上显示"安保员隗辛"有乘坐电轨车出行的习惯，所以她回家也要乘电轨车。黄医生交付的资料足有二百多页，上面不仅有隗辛的资料，还有其他人的资料，比如隗辛刚刚见过的舒旭尧，以及她隶属的第七小队的其他队员。隗辛认真看了一遍自己的资料，把别人的资料粗略地浏览了一下，然后收起手环投影。

这里不能待太久，资料可以留到以后继续看。

隗辛走出厕所隔间，去洗手池洗了把脸。透过镜子，隗辛看到了自己苍白的脸色，镜子照到她身后的墙壁，那里粘贴着一张消防安全地图，上面是缉查大楼的平面图。隗辛转过身，走到地图前细致地看了看，确认了大楼出口的位置。

"实习巡查安保员隗辛，请问您是否在手术后身体虚弱，产生了不适？"人工智能亚当的声音突然出现了，"我注意到您上厕所的时间有些长，考虑到您的身体状况，如果一分钟后您还没有出来，我将会向离您最近的工作人员发送求助消息，让他们确认您是不是晕倒在了厕所。"

隗辛一阵无语。这人工智能干什么呢？连拉屎的时间都管？！

"我的确有轻微的不适。"隗辛维持平静。

"需要我呼叫医疗中心吗？"亚当说。

隗辛无语凝噎："不用了……我回家休息休息就行了。"

亚当："那么您需要人员陪同您回家吗？"

隗辛困惑地想，这亚当与其说是超级人工智能，不如说是智能管家。

"谢谢你的提议。"她拒绝道，"我一个人就可以。"

"您不必道谢，为您服务是我应尽的职责。"亚当说。

独自回家有迷路的风险，可是在他人的陪同下回家，会增加她身份暴露的风险，因此她选择一个人摸索。

隗辛根据记下的地图找到了电梯，乘坐它来到一楼。一楼是空旷的大厅，

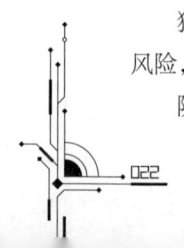

第一章 潜伏

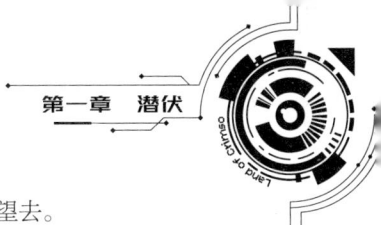

大厅的前台有一个接待员。隗辛步入大厅，向玻璃门外望去。

外面下着雨，灰蒙蒙的雨幕让室外的景象不甚清晰。

检测到有人来，玻璃门无声地朝两边滑开，暴雨带来的水气扑面而来。

"暴雨天气，请记得带伞，祝您一路顺风。"人工智能尽职尽责地提醒。

真够贴心的……隗辛默默从玻璃门旁边的公共伞架上抽了一把黑色雨伞，撑开它走进雨幕。

她抬起头望向天空，飘摇的雨滴打湿了她的裤腿，绚丽的霓虹灯映入眼中。她身处钢与铁的森林之中，高楼大厦如巨人般居高临下地俯视着她。楼与楼之间，悬浮电轨车在城市上空的轨道上滑行，像捕食的蛇在森林中巡游。色彩瑰丽的巨幅电子屏幕被镶嵌在高楼上，一则又一则广告不断变换，看得人眼花缭乱。灰黑色的天幕中飞过一艘浮空艇，浮空艇上也拉着一个颜色鲜艳、荧光闪闪的广告条幅。高大且逼真的虚拟人像被全息投影设备投影在空气中，广告演员用富有诱惑力的语气念出台词："瑞克科技公司，掌握最前沿的仿生机械技术，为您打造您的专属义肢。"

雨水噼里啪啦地打在隗辛的伞上，她从短暂的失神中恢复过来。她的目光穿过雨幕，看着暴雨中行色匆匆的人们。他们的衣着或普通或光鲜，有人西装革履，有人朴素简洁，有人时髦靓丽，有人衣衫破旧。但在雨水的作用下，他们似乎没什么不同，都打湿了衣服和头发，一样的狼狈不堪。

隗辛环顾四周，看到不远处有悬浮电轨车的指示牌，她向那里走去。候车点还有几个人在等车，隗辛隐入人群，跟他们一起等待电轨车。她用余光扫视，注意到不少人都安装着机械义肢。旁边的中年大叔有一只机械手，他没有戴手表，而是把一个微型显示器装在了机械手背面，显示器上跳动着时间。右侧的女孩吹着泡泡糖，她的两条腿都是机械义肢。人们对安装义肢习以为常，也不对安装义肢的人投以异样的眼光。

大概三分钟后，电轨车滑行而至，打开了门。候车点的乘客挨个上车，识别仪器连续发出提示："人脸识别已通过，付款成功……人脸识别已通过，付款成功……"

轮到隗辛了，她走上去，仪器提示没有任何变化："人脸识别已通过，付款成功。"

隗辛放松下来，在车厢里随便找了个空位坐下。雨水淅淅沥沥打在玻璃窗上，她望着窗外，缤纷的霓虹灯闪烁着不同的光晕，照亮了她的眼瞳。这样的繁华和随处可见的高科技投影是她在第一世界无法看到的，隗辛被绚烂的色彩迷花了眼，她心生神往，可又望而却步。这个世界是有毒的罂粟，看着美丽，实则危险。

隗辛低头看了一眼手环，现在的时间是20：12。

夜色降临，可是黑海市没有沉寂下来，霓虹灯和广告投影更多了，雨水不能将这种热闹浇熄。隗辛是一个格格不入的外来者，她在观察新世界。每一块广告牌上闪烁的文字她都认真去读，每一个路过的浮空艇和无人机群她都仔细研究。飞驰的电轨车刺破雨幕，穿透半空庞大的全息投影，隗辛瞳孔里倒映的光彩随着窗外景象的变化而变化。

她在心中喃喃："我来了，新世界。"

"港湾区，安宁街，到了。请乘客带好您的行李物品，做好下车准备。"

隗辛撑开伞，踏出电轨车。车门在她身后闭合，她眼前所见的事物和先前截然不同了。

港湾区安宁街黑漆漆的，没有霓虹灯，没有广告牌，只有高矮不一的居民楼和街道两边亮着灯的廉价便利店，凹凸不平的道路上有积水。相比缉查大楼所在区域的繁华，港湾区安宁街破败了不少。可是这里的破败却让隗辛生出了一股熟悉感。

发达的科技与繁华喧嚣的城区时刻提醒着隗辛她是外来者，落后朴素的安宁街让隗辛有种回到家的错觉，因为她在第一世界居住了好几年的老小区也是这副模样。破旧、阴暗，路灯是坏的，楼下的小卖部灯亮到很晚才关门。

她回忆之前查过的导航地图，向家的方向走去。刚走了几十米，一只酒瓶砰的一声砸到了隗辛脚边，她顿住脚步，看见一个醉鬼老头歪倒在墙角，嘴里含糊不清地骂着脏话，没骂两句就头一仰睡着了。

隗辛跨过酒瓶碎渣，看见街道两边的墙布满斑斓的涂鸦。"财阀的狗滚出我们的家！"墙上写了一行红色的大字，字的末尾画了一个血腥的骷髅头。安宁街的人貌似非常不欢迎外来者，尤其是和财阀相关的人。并且这条街看起来治安相当差。街道脏乱差，到处是涂鸦，醉鬼倒在街上没人管。

隗辛心里那点回到家的错觉顷刻间烟消云散了。她住的老小区虽然破旧，但是很干净，每天早上都有环卫车来收垃圾。

一路走来，街上的行人非常稀少。隗辛穿过脏兮兮的小巷，试图找到家的方位。即将离开巷子的时候，隗辛看到不远处有个穿卫衣的小哥，她刚要赶过去问路，两个男人忽然从街道的拐弯处闪出来，堵住了她的去路。

他们朝隗辛围了过来，各摸出一柄小刀指着她，阴狠地说："打劫！"

前面穿卫衣的小哥听到这声"打劫"，回头望了一眼，嗖地一下逃走了，逃得比兔子还快。

隗辛暗道："这安宁街一点都不安宁啊！"

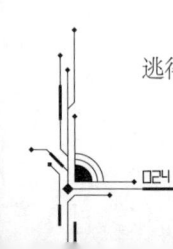

第一章 潜伏

她保持镇定，快速说："我是个穷光蛋，负债三十万，你们觉得我身上会有什么财物吗？"

"要打劫应该去富人区打劫，在安宁街这种破破烂烂的地方，怎么可能碰得到肥羊？"隗辛苦口婆心地说，"听我一句劝，在这种地方打劫是没有'钱'途的。要是打劫富人就不一样了，三年不开张，开张吃三年！"

左边的劫匪迟疑了一下："可富人区到处都是监控……"

右边的劫匪提醒同伴："这人在耍诈！别上套了！"

"我骗你们干什么？"隗辛丢下伞，摊开手，"我两手空空，两个裤兜也空空，住在墙壁漏水的房子里，打劫我能有什么好处？"

"慢着！"右边的劫匪眼前一亮，看着隗辛的银色手环问道，"你手腕上戴的是什么？"

"哦，这个啊，你想要就给你好了。"隗辛向他伸出手。

右边的劫匪没动弹，左边的劫匪却忍不住迈出了脚步。在劫匪来到隗辛身前的那一刻，她伸出去的手迅速握拳，一拳砸在劫匪的太阳穴处。

"咔嚓——"劫匪的脸庞歪斜，随后直挺挺地倒在了地上。

隗辛："你们？！"

连她也被这一拳的威力给惊呆了。她本来是想把人打蒙，然后拔腿就跑的。

隗辛后知后觉地意识到，她的身体素质不同以往了。以前她在放学路上和小混混打架，小混混脸上挂彩，她指关节挫伤，肿了俩星期，笔都握不成。隗辛的确瞄准了他的太阳穴，可是这效果也太惊人了！她能感受到劫匪的骨骼跟她的指骨在碰撞摩擦。

剩下的那个劫匪怒吼一声，举着小刀朝隗辛刺过来。在那柄锋利的小刀刺入她的腹部之前，隗辛近乎条件反射般往侧边一闪，避过了这一击。劫匪的动作在她眼中似乎无限变慢，在她的思维做出反应前，她的身体抢先做出了反应。

隗辛五指一扣，瞬间夺过劫匪的刀。所有的动作如行云流水，一切的事情都是在五秒之内发生的。在隗辛的大脑思考出对策以前，她的身体脱离了她的控制……把劫匪给解决了。

隗辛的脑子里一片空白，她茫然地站在巷口，衣服被雨水淋湿，撑开的黑伞在地上摇晃，脚下躺了两个人。她蹲下来试探两个人的鼻息，摇晃着站起来。

他们停止了呼吸。

"怎么……回事？"她胸膛起伏，心脏剧烈跳动。

游戏系统的光幕出现了：

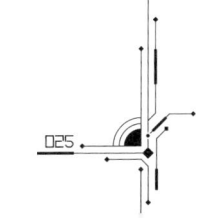

你解锁了固有天赋：战斗本能。

战斗本能：猛兽有狩猎的本能，这种本能在经过锻炼后会得到更完美的发挥。这是千锤百炼形成的肌肉记忆，是无数次严苛训练形成的神经反射。你在意识模糊、体力不支等极端情况下依然能凭借本能进行战斗。

隗辛发出"嘶"的一声。

这不是她本人所具备的天赋，而是她这具身体自带的天赋。她是反抗军组织的骨干，一个被委以重任的二五仔，她理应具备聪明的头脑、敏锐的直觉和优秀的战斗技巧。这些战斗技巧化为本能刻印在这具身体里，导致她在面对敌人时，在本能的驱使下做出了极端的应对方式。

此刻巷子尽头传来咣当的声响。穿卫衣的小哥去而复返，他脸上尽是惊恐，张大嘴巴看着地上的两人，手上拿的金属棒球棍掉了，整个人吓得不轻。

"这位好心人，"隗辛抹了把脸上的雨水，对卫衣小哥露出僵硬的笑容，"能帮我报个警吗？我是无辜的，你也听到了，他们想打劫我。"

"没、没问题。"卫衣小哥哆哆嗦嗦地拿出通信器，笨手笨脚地拨了好几次电话才把号码拨出去。

电话接通，接线员小姐用甜美的声音说："您好，这里是城市安保热线，请问有什么需要帮助的吗？"

"抢劫案，地址是……"卫衣小哥顿住了，求助地看着隗辛，"这里是哪儿来着？"

"港湾区，安宁街，位置大概是中段。"隗辛说。

卫衣小哥报完地址，嘴里念道："还要叫救护车……"

"不用叫了。"隗辛又说。

卫衣小哥的神情更加惊恐，他结巴地说："你……你干的？"

"正当防卫。"隗辛不去看地上的两人，言简意赅地说，"你能做我的证人吗？证明他们确实有持刀抢劫的意图。这附近好像没有监控，你是唯一的证人。"

卫衣小哥迟疑了不到一秒就点头了："好，如果你需要的话。"

隗辛舒了一口气，捡起地上的黑伞，抖了抖雨水，向卫衣小哥走去。卫衣小哥惶恐后退。

隗辛有点无语："你没带伞，安保员可能好久才来，我们可以打一把伞。"她说，"我叫隗辛，是黑海学院的学生。"

"习凉。"卫衣小哥听到隗辛的学生身份后放松了警惕，"我也是黑海学院

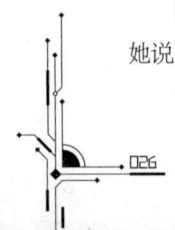

第一章　潜伏

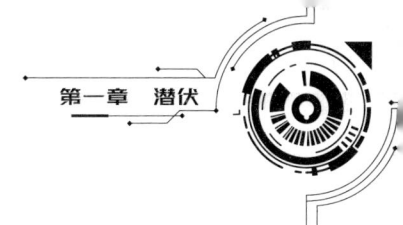

的，你学哪个专业？"

隗辛说："我学刑侦。"

"刑侦？怪不得这么厉害。"习凉嘀咕。

"今天晚上谢谢你。"隗辛走过去，把伞朝他那边倾斜了一些。

习凉干笑道："没事，学雷锋，做好事嘛……虽然你好像也不需要我帮忙。我爸妈的便利店就在前面，我听见打劫吓了一跳，回去拿了棒球棍，就赶过来了。等一会儿可能要去录口供，我先去给我爸妈报个平安，你在这儿等我一下。"

隗辛缓缓点头，目送习凉冲进雨里，消失在街道拐角。她沉思着开启手环，在网上搜索"雷锋"这个关键词。

搜索匹配结果——"0"。

"果然如此，我猜对了。"隗辛心道。

卫衣小哥——习凉，是来自第一世界的玩家。

他大概刚到这个世界，还不怎么熟悉，所以拨报警电话的动作才那么笨拙。他和隗辛一样，不太搞得懂赛博朋克世界的高科技随身设备。他对自己所处的地点没有仔细留意，也没记录情报，又或者他记住了，但是过于惊慌而没能回忆起来，因此他报警时不知道这里是港湾区安宁街。

习凉的穿越时间太短，定然没了解过第二世界的历史，才会说出"学雷锋做好事"这样在第一世界人人都懂的话，但第二世界的人不应该知道雷锋是谁。

异界遇老乡，多么喜闻乐见的桥段。

但，给玩家的六条忠告中曾说："不要向任何人透露自己的玩家身份。"

任何人！

隗辛思虑再三，决定遵守。

她不会对第二世界的人透露自己的身份，也不会对同为玩家的人透露自己的身份。她就当这是一场角色扮演，她会扮演好自己的角色，做一个合格的"玩家"。

隗辛撑伞等了十分钟，习凉淋着雨跑了过来。这倒让隗辛刮目相看，她以为习凉是想找借口逃走，毕竟对他来说，一穿越到异世界就被卷进沾了人命的大案子是一个非常不明智的选择。

"我的妈呀，这雨可真大，也不知道什么时候停。"习凉手上多了一把伞，是他从便利店拿的，"我跟我爸说过了，就等人过来了。"

过了五分钟，一辆悬浮警车停在隗辛和习凉的头顶上，车载广播说："请放下武器，双手抱头。"

隗辛和习凉照做，然后警车降落在街道上，两名安保员手持武器下了车，枪械上辅助瞄准的激光红点出现在隗辛身上。

"我是隗辛，缉查部外勤组第七小队实习巡查安保员。"隗辛快速说，"我在回家路上遭遇了抢劫，出于正当防卫的意图，反击了歹徒。"

其中一名女性安保员把目光对准隗辛，说了一句："亚当，扫描。"

"已扫描，人脸匹配。"亚当的机械音出现了，"所言属实。您好，实习巡查安保员隗辛。"

它接着播报："习凉，四级公民，黑海学院机械系学生，无犯罪记录，目标判定无威胁。

"刘高阳，五级公民，无业游民，有抢劫、偷窃等犯罪记录，目标已死亡，无抢救价值。

"宋元，五级公民，无业游民，有偷窃、毁坏公物等犯罪记录，目标已死亡，无抢救价值。"

警车上下来的两名安保员收起武器，对隗辛点了点头："按照流程是要做笔录的，请跟我们回去接受调查。"

"没问题。"隗辛看了眼处于状况外的习凉，"他是目击者。"

"好，不用担心。"女安保员拍了拍隗辛的肩膀，"做完笔录就没事了，走流程而已。"

隗辛听出不对劲的地方了。她虽然是实习巡查安保员，被她击倒的两个人也有犯罪记录，但是眼前同事的态度却轻飘飘的，好像死了两个人根本不算什么大事，走个流程就能结束了，她连处分都不会有……这是为什么？

隗辛坐上警车后排，习凉坐在她旁边。警车升空，带着他们向缉查大楼飞去。

习凉眼神复杂："原来你在里面有关系……你早说啊，害我做了好半天心理建设。"

"没啥关系，我就是个负债三十万的实习巡查安保员。"隗辛疲惫地靠在警车座椅上，"唉，刚下班，还没摸到家门，又要回去了……"

舒旭尧看着坐在自己对面的隗辛，无奈地叹了口气。

"队长，你加班呢？"隗辛没话找话。

"嗯，加班，本来我三分钟前就该下班了，但是你……"舒旭尧顿了顿，"解释吧，事情的经过。"

"下班回家，路遇打劫，下手重了点。"隗辛有苦难言，"我会有处分吗？"

舒旭尧想了想："不会，因为那两个人有犯罪记录，并且你是为了防卫才

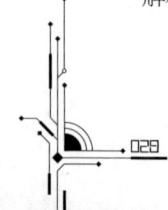

第一章 潜伏

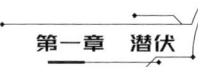

动手的。你是缉查部的人，虽然是实习的，但仍享有豁免权。这件事情可以不用移交其他部门，我们内部解决。"

隗辛说："队长，我……"

舒旭尧严厉地看了她一眼："还有什么事？"

隗辛："没有了。"

舒旭尧把这事按下来了。

"舒队长，尸检报告已送达。"亚当报告。

"放映。"舒旭尧说。

办公室里的全息投影仪变换角度，两具躺在解剖台上的尸体被逼真地呈现出来。其中一人面骨凹陷，头部血肉模糊，另一人胸口有一处不显眼的刀伤，血流了一身。

隗辛低下头，视线避开那两具尸体。

"刘高阳的死因是脑颅破碎，太阳穴遭到重物击打，导致颅骨碎裂，刺入大脑致死。死亡时间不足一小时。

"宋元的死因是胸部被锐器贯穿，锐器从死者左胸第三条和第四条肋骨之间穿过，刺中心脏，一击毙命。死亡时间同样不足一小时。"

舒旭尧诧异挑眉，他看见隗辛苍白的脸色，笑了一声："我以为你真的没感觉呢，我没记错的话，这是你第一次伤人致死。"

"怎么可能没感觉。"隗辛捂住额头，胃里的东西在翻涌。

幸好她过去几个小时没吃什么东西，不然就要吐了。事情刚发生时她的确没什么感觉，只觉得不真实，事情的发展超出预计。可是现在她听亚当复述两人的尸检报告，脑子里开始不自觉回放当时的场景，一遍又一遍，这使她找回了真实感。

"不要吐在我的办公室里，出门左拐就是卫生间。"舒旭尧说，"你在学校基本功学得不错，我看过你的内招成绩，追踪、搏击、勘察、射击这些实践课程都接近满分。隗辛，你是缉查部近年来最优秀的新人。"

他给隗辛倒了杯冰水："喝了缓缓。"

隗辛端起冰水一饮而尽，冰凉刺激的感觉让她的思维稍稍冷却。

"本来你该去刑侦组的，是我把你要过来了。外勤组比别的部门辛苦，我们需要直面危险，与歹徒正面对抗，在巡查时会遭遇很多突发意外，甚至会有生命危险。"舒旭尧说，"如果你无法适应这样的外勤工作，实习期结束可以申请调换到别的组。"

隗辛并未答话。

"你可以考虑考虑，就我个人来说，我是希望你留下的，我们外勤组缺少

新人。"他说,"对了,你家在港湾区安宁街?"

"是。"隗辛说。

"那里治安太差了,帮派多,难管理,每个月都会发生命案,港湾区非法交易的窝点是最多的。"舒旭尧建议,"搬到安全点的地方住。"

"可是我没钱搬家。"隗辛悲伤地说,"那房子是我爹妈留给我的,我上大学都是贷款上的,欠了银行三十万……这要多少年才能还清啊。"

舒旭尧一时失语。

"等你转正后可以住员工宿舍。"他说,"还有一个星期你就能申请转正了,慢慢来吧。另外,你的私人通信器好像在上次出外勤的时候损坏了,你……"

"损失能报销吗?我这是因公造成财产损失。"隗辛小声说。

舒旭尧笑了:"不能。"他弯腰从办公桌的抽屉里掏出一个盒子:"这是缉查部给正式成员统一发放的通信器,只是基础款,你先用着。"

隗辛接过盒子说:"谢谢队长。"

她忍不住暴露本性地多说了一句:"其他小队的队长也像您一样关爱队员、关心下属生活吗?如果他们没有队长您温柔体贴,我不会申请调离外勤组的。"

舒旭尧干咳一声,只当没听见。

"若你实在过不去这个坎儿,就去心理治疗室。"舒旭尧最后交代,"心理治疗室的杨主任是个优秀的治疗师,他会帮你疏解烦恼。"

习凉像个呆瓜般待在缉查大楼的一楼,他找了个位置坐下等人。笔录早就结束了,作为目击者,他看到的东西有限,可说的内容没几条。审讯者给他上了个类似测谎仪的高科技仪器,问了他几个问题,然后就放他走了。他在一楼接待厅等隗辛。十分钟过去,电梯所在楼层的数字向下跳动,电梯门开启,隗辛走了出来。

"你还没走?"隗辛惊讶地问。

"等你呢。"习凉说。

"那赶紧回家吧,电轨车十二点停运。"隗辛说。

习凉连忙点头,心说就等你这句话了。

第二世界早就进入无现金社会了,他在这儿人生地不熟,付款都不知道怎么付,也找不到回家的路,一个人迷路了怎么办?所以他想到了隗辛。隗辛家也住安宁街,等她那边的事结束了,他就能跟她一起回去了。

隗辛熟门熟路地领着习凉去了电轨车候车点。习凉好奇地左看看、右看看,看见半空中投影的广告时发出了微小的抽气声,惊叹于全息影像技术的

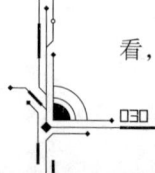

第一章 潜伏

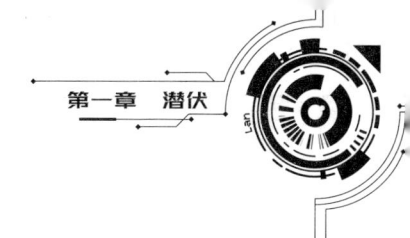

绚烂。

"你是大几的？"隗辛滴水不漏地打探情报。

"大一新生，今天上午刚收到录取通知书，被机械系录取了。"习凉抓了抓头发。

"黑海学院学费不便宜，你找到贷款途径了吗？"隗辛进一步试探，为了不让她的试探显得过于刻意，她特意说，"我当年为了上大学走了不少弯路，给你提个醒，别碰高利贷。"

"好。"习凉问，"学费贵……是有多贵？"

隗辛回忆看过的资料："一年二十多万，不算生活费。"

"什么？！"习凉大惊失色，"他们怎么不去抢钱？！这可是培养人才的大学啊！这么贵的学费得拦住多少优秀的学生？"

隗辛古怪地看着习凉，他心虚地降低音量："这学费金额太离谱了，离天下之大谱！"

"没有办法，规定如此。"隗辛说。

习凉嘟囔着："可算长见识了……"

教育垄断、贫富差距大、阶层分化，这就是第二世界的现状。富人上得起大学，可以接受高等教育，普通人没有能力就只能从事薪酬较低的工作，久而久之，贫富差距越来越大，阶层越来越固化。第二世界的教育不是为了培养人才，而是为了巩固精英阶层的利益。

"学姐！"习凉凑近隗辛说，"有没有什么办法能搞来合法贷款啊？"

这小子嘴真甜，这就喊上学姐了。

隗辛说："银行啊，但是放不放贷就不一定了，还款利息有时挺高的。"

习凉愁眉苦脸地说："好怕上不了学。"

直到电轨车到站，习凉依然愁眉苦脸的。这很有意思，隗辛已经确认了习凉是名玩家，按理来说，他才来到这个世界不到一天，应该对这儿没什么归属感，但是他却真情实感地为了上学的钱而发愁。隗辛触发了游戏系统颁布的"调查港口爆炸案"任务，难道习凉触发的任务是"成功入学黑海学院"？如果真的是这样，那他如此表现就有了理由。

"上车了。"隗辛走在前面，扫脸付款。

习凉紧随其后，结果机器提示："余额不足，扫脸付款失败。"

又扫一遍，机器仍然提示："余额不足，扫脸付款失败。"

隗辛怜悯地看着他，走到识别机器前替他扫了一次。"人脸识别已通过，付款成功。"

她拍了拍愣在原地的习凉："我给你付了，感谢你陪我跑一趟缉查部。"

习凉差点哭出来："我怎么这么穷啊，真的有希望上大学吗？"

"努努力，会有机会的。"隗辛露出同病相怜的神色。

这回不光是老乡见老乡，还是穷鬼见穷鬼。隗辛十分理解习凉的心情，因为第一世界的她同样在为生活费和学费发愁，不过她需要的学费数额没有一学年二十多万那么夸张。

电轨车一路飞驰，他们在安宁街下了车。

"嗯，女生一个人走是不是有点危险，要不我送……"习凉顿住了，"以你的武力值，貌似不需要我送。"

"你回去吧，我自己就可以。"隗辛摆了摆手。

习凉说："学姐再见……等一下，留个联系方式吧，学姐！"

隗辛拿出舒旭尧送的通信器，习凉手忙脚乱地摆弄了好久，终于把联系方式给加上了。

暴雨没有停歇的迹象，隗辛撑伞离去，左拐右拐地走了半天才找到自己家在哪儿。

这栋小楼墙皮斑驳脱落，还有小广告贴在上面。楼道里有一股发霉的味道，生锈的铁门半遮半掩、歪歪斜斜，手一推就发出刺耳的嘎吱声。她走上三楼，在门口停下，握住门把手。

"指纹验证通过。"门开了。

隗辛走进家门，心中忽然浮现出一丝来自直觉的预警。她抬头，惊悚地瞥见房间客厅的沙发上坐了一道黑影。黑影脸上盖着一只银色面具，一双眼睛透过面具的空洞审视隗辛。

"你晚了。"银面人说。

这语气，像是认识的人。

"路上遇到了点小意外。"隗辛快速反应，接过话。

"首领让人转交的任务芯片看了吗？"银面人说。

"没有。"隗辛用尽量简洁的话语回答。她怕一口气说太多，语气会露怯。

"嗯。首领让我交代你，这次的任务必须完成，不管付出什么代价。"银面人从沙发上站起来，"从今天起，我是你在黑海市的协助者和队友，和你合作完成各项任务。我的代号是'银面'，你得给自己起个用于联络的代号。"

代号？隗辛的大脑飞速转动。

银面说："代号最好和你本人的特征八竿子打不着，相差越远越好。不要让别人通过代号联想到你……"

"富婆。"

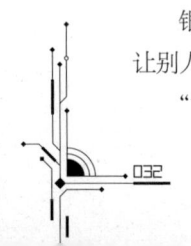

第一章 潜伏

银面一愣："你说什么？"

"富婆。"隗辛镇定地重复一遍，"代号，富婆。"

她觉得"富婆"这个代号很不错，"富婆"跟她何止八竿子打不着，那简直相距十万八千里呢。

银面憋了半天说："这……不是不行……你确定代号叫这个？"

"确定。"隗辛意志坚决，"就叫富婆。"

这是一个既和她本人相去甚远，同时又包含了她对未来的美好期盼的代号。她的梦想是成为富婆！

"好吧，'富婆'。"银面听上去有点无语，"赶紧看看首领给你的任务。"

隗辛从兜里掏出蓝色芯片，放在手环上读取。只见任务资料第一行显示："任务方案A：将黑海市港口彻底炸毁……"

隗辛十分震惊。这群NPC到底怎么回事！怎么就跟这港口过不去了？！

隗辛翻动页面，迅速浏览。

任务方案A：将黑海市港口彻底炸毁，阻止"克拉肯"号巨型货轮在黑海市停泊。

如果选择执行方案A，必须在8月11日前完成港口爆破任务。8月11日后，"克拉肯"号将进入黑海市海域，届时任务失败。

任务方案B：秘密登上"克拉肯"号巨型货轮，安装爆破装置，将其沉海。

如果选择执行方案B，必须在8月11日"克拉肯"号进入黑海市海域前将其炸毁。

任务的最终目标是阻止"克拉肯"号进入黑海市范围。重复，任务的最终目标是阻止"克拉肯"号进入黑海市范围。

从这份任务资料里，隗辛嗅到了紧迫的气息。

"克拉肯"号究竟是怎么回事？为什么机械黎明不惜一切代价要阻止它来到黑海市？"克拉肯"号是一艘巨型货轮，货轮本身应该没有异常，有异常的，只能是货轮上装载的货物！

是什么货物让机械黎明如此重视……不，如此恐惧？他们甚至下达了爆破港口或炸毁货轮的任务，就为了阻止装载货物的货轮进入黑海市。隗辛压下心悸的感觉，继续查看任务资料。

港湾区五号大型货轮停泊港附近的D区仓库6308库房会定期补

充军火，如需补给可以前往获取。港湾区和平大道红宝石酒吧是组织成员的公共安全屋，内有医疗设备和武器保养设备，并会定期补充小型枪械和弹药，进入暗号是"来一杯迷醉深蓝"。北区狩猎者射击俱乐部老板可以提供任务资金。瑞克科技公司三楼的机械义肢实验室可以为任务执行者提供科技援助……

隗辛看得越多，心里越是毛骨悚然。这个机械黎明组织，势力大得吓人。她把这些内容理清。

第一，机械黎明有能力调动黑海市的停泊港仓库当军火库。

第二，机械黎明在黑海市有许多组织成员，以至于需要一个公共安全屋做集会场合。

第三，机械黎明似乎很有钱，有专门的人员负责拨调任务资金。

第四，瑞克科技公司极有可能直接隶属于机械黎明，或者瑞克科技公司是机械黎明搞的披皮公司。

银面注视着隗辛："看完了？有什么想说的吗？"

"我在计算完成这次任务需要备几条命，一百条够吗？"隗辛在巨大压力的包裹下冷幽默了一把。

"去执行就对了。"银面淡淡地道，"就算用人命去堆，只要能阻止'克拉肯'号上的东西进入黑海市，我们的牺牲就有价值。我们死了不要紧，我们的同伴会在8月11日来临之前继续完成任务。"

隗辛深刻地怀疑机械黎明其实是一个洗脑组织，面前代号为银面的家伙就被洗脑得够彻底的，连自己的命都不顾了。她低头看手环上的时间。

第二世界的日期是2086年7月28日，现在的时间是00：23，正值午夜。

"我们和其他小队有不到半个月的时间完成任务。"银面说，"时间很紧迫。"

"知道了，我会尽快制订行动计划。"隗辛说，"不过作为一个实习期的安保员，我也有必须要完成的事，缉查部的人可不好糊弄。"

"缉查部，财团的走狗。"银面哼了一声，"你负责盗取情报，我负责付诸行动，计划我们可以一起商量。"

隗辛缓缓点头。她跟银面在客厅站了一会儿，看他没有说话的打算，就开口道："我要做自己的事了，你随意。"隗辛不清楚机械黎明执行小队队友间的相处模式是怎样的，也不知道这个组织的人在执行任务时有没有什么约定俗成的规则，说一句"你随意"，已经足够表达谈话结束的意思了。

而且隗辛确实有自己的事情要做。她在银面的注视下，走进房子的每个房

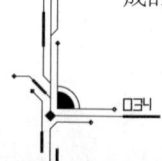

第一章 潜伏

间仔细看了一遍。朝阳的房间是卧室，有个小小的衣柜。另一个房间是次卧，被当成了杂物间用。阳台上养着两盆快枯死的绿植。隗辛转到厨房，锅碗瓢盆一应俱全，打开漆皮脱落的老冰箱，里面放了一些食材。

这间房子十分具有生活气息，可惜房子的主人死了，隗辛鸠占鹊巢。她关上冰箱门，径直走进卧室翻找衣柜。衣柜里有没开封的贴身衣物，隗辛取了浴巾，找了件干净的居家服走进卫生间，砰地关上了门。

银面面无表情地看着卫生间，直到浴室的灯亮起，哗哗水声传入耳中，他才迟钝地意识到——这女人是在洗澡。他立刻转移视线，退到沙发边坐下，双手规矩地放在膝盖上，像个听话的小学生。

隗辛颇有种破罐子破摔的想法。反正都这么糟糕了，她不能再委屈自己，最坏的结果是死，在死之前她还是想多挣扎几下的，说不定挣扎着挣扎着她就蹦跶到最后了呢？

她是个合格的卧底，优秀的演员，她在扮演缉查部的实习菜鸟，全情地代入角色，把自己当成"隗辛"——一位成绩优异、大学毕业后刚找到工作的年轻女孩。

一个年轻女孩下班后淋了雨，洗个热水澡，这是完全合理的行为，她的所作所为合乎逻辑。温热的水流淋了下来，隗辛自我催眠，一遍又一遍地让自己的思绪保持冷静。她花了二十分钟洗澡，顺便调整心态，二十分钟后，她穿上干净衣服出了浴室，发现银面居然还在客厅坐着。

银面见隗辛出来，冷冷地看了她一眼，随后移开视线。隗辛不明白这家伙到底想干什么。

她拿起毛巾擦了下头发，心里转过几个弯，对他说："你下一步的打算是……"

"待命。"银面说。

待命，在哪里待命？待在她身边待命吗？这家伙怎么不走啊！隗辛为了掩饰自己的表情，扭头去了厨房，从冰箱里拿出几样食材，打算随便吃点。从接受颅骨手术到现在她都没有吃饭，早就饥肠辘辘了。还好厨房设备没有那么"高科技"，依旧是使用燃气这类清洁能源，她打开火，放上锅，想要煮个面。银面虎视眈眈地看着隗辛煮面的动作，肚子发出叽咕一声。

两个人面面相觑。

"要吃吗？"隗辛犹豫地问。

"要。"银面答得飞快。

于是隗辛往锅里加了一把面条，卧了俩鸡蛋。细节，这是一个细节。她盯着锅里翻腾的面条出神。通过银面毫不犹豫地接受了邀饭，隗辛判断他没有表面上那么冷酷，那么无懈可击，他甚至……有点缺乏防备心，他信任同伴。换成隗辛，她是不会在这个节骨眼上吃陌生人经手的食物的，也许她受各种小说和电影荼毒太深了，神经过敏。

面煮好了，隗辛盛好自己那一份，端到餐桌上，对银面说："你自己去盛饭吧。"

银面从沙发上站起来，找了个碗，五指张开，面条连同剩下的那个蛋被面汤带着，稳稳飘起来，落到碗里，汤汁没溅起一滴。隗辛执筷子的手不易察觉地一抖。这是超凡能力！银面竟然具备超凡能力！

银面端着碗坐在隗辛对面，手一抬，摘掉兜帽，揭下面具。

面具下他的脸庞苍白如雪，眼睫、眉毛和头发都是白色，眼瞳则是淡淡的粉红，他脖颈和脸颊两边能看到不明显的红色血管。要不是这点微弱的红，他简直像个飘荡的幽灵，一个没有生机的行走的尸体。

银面淡粉色的眼眸瞪了一下隗辛："看我做什么？没见过白化病吗？"

是没见过白化病，可隗辛在意的不是他特殊的外貌，而是他无意中展露的超凡能力。

"我以为你吃饭的时候不会摘下面具。"隗辛转移话题。

"不摘面具怎么吃饭？"银面费解地反问。

"这就要问你了。"隗辛慢吞吞地说。

银面仿佛意识到了什么："你以为我戴面具是为了耍酷？"

"我可没这么说过。"隗辛低头吃面条。

银面表情烦闷地挑起面条咬了一口，却被烫到了，他气急败坏地张开手掌，控制着碗里那坨面条在空气里上上下下地飘来飘去，让它快速降温。等面条的温度终于降下来，他才放心地拿着筷子大口扒拉着吃起来。

这家伙……好像不怎么聪明的样子。隗辛若有所思。隗辛做的是白水煮面条，就加了一点盐，味道令人难以恭维，但是银面一点都不挑食，吃得不亦乐乎，三口两口就把面吃完了。他扒拉面条的样子让隗辛想起乡下姥爷家的小猪崽拱饭。

"你去刷碗。"隗辛提出一个要求，想试试银面答不答应。

银面毫无怨言地端着俩空碗放进洗手池，打开水龙头。

"水龙头开小点，水费贵。"隗辛说。

银面："你屁事儿怎么那么多？这房子又不是你的！交水电费也不用从你的账户里出啊！"

"扮演就要把每个细节都模仿到，不管人前人后，你不懂。"隗辛扯了个无懈可击的理由。

第一章 潜伏

银面忍耐克制地操控水流洗碗，洗完把碗放进橱柜里。

隗辛暗中观察，银面的超凡能力似乎跟水有关，他没有控制碗或者其他物体飘浮，只控制水流，水是媒介。

银面刚出现在隗辛家里时，她以为他是原身的老熟人，因此多加克制。

经过连番的交谈与试探，隗辛初步断定原身和银面不是什么熟人，这大概是他们的第一次会面。因为银面摘掉面具时说："没见过白化病吗？"这句话直接证明了原身没见过银面的真容。

既然如此，隗辛就不必那么提心吊胆了。她真怕她的合作搭档是对原身无比熟悉的人，如此一来，恐怕说不到两三句话她就会露出破绽。

隗辛这次仍然是幸运的。她遇到了对她不了解的银面，更幸运的是银面貌似对她不怎么设防。最重要的是，银面是一个超凡能力者。她如果杀掉银面，是不是就能剥夺他的能力，使自己拥有超凡能力？

"你和传闻中的有点不同。"银面双臂抱胸，靠着壁橱说。

"是吗？"隗辛表现出一副不置可否的样子。

这话不能接，怎么接都容易露馅，用模糊的态度应对才是正确的。

银面说："他们说你像机械一样冷酷，像计算机一样精密，是一个严苛的执行者，虽然你没有觉醒出超凡能力，但你是组织不可缺少的智囊。"

"呵。"隗辛喉咙里发出笑声。但是她的笑声没有多少喜悦的意味，也不含得意自满的情绪。

银面淡粉色的眼睛和她深黑的眼睛对视半响，无趣地说："没一点反应。"

"你想要什么反应？"隗辛说，"我可以做出符合当前所扮演角色的任何反应。"

"所有的卧底都像你这般敬业吗？"银面皱眉，"面对同伴，也不展露真实面目？"

隗辛平静地看着银面，直到银面移开视线。

"接下来有什么指示？"银面苍白的指尖上跳出一朵小水花，他的手上上下下抛着那团水，无聊地说，"别忘了，我们的时间只有不到半个月。"

从他的只言片语可以得知，在这个两人的任务小队中，隗辛占据决策者和支配者的位置，而银面是执行者。隗辛在机械黎明里的地位也比银面高，组织成员对她有着很不错的评价。

"你去一趟港口，去爆炸案发生的地方调查。"隗辛下达了"指示"。

她反复思索后觉得下达这个指示是比较合适的。从她阅读过的资料和获取的情报来看，港口是一个帮派盘踞、鱼龙混杂的地方，那里发生过不止一次爆炸案。造成爆炸案的原因可能是帮派火并，也可能是别的……比如机械黎明是为了阻止"克拉肯"号登陆而选择炸毁港口，让货轮无法停泊。在执行港口爆破任务前搞清楚一些基本信息是很有必要的，所以隗辛向银面下达这个指示。

银面没有对隗辛的指示提出异议，他细致地问："调查什么？人员流动、爆炸现场勘察，还是对可疑人员进行追踪监视？港口可不止一起爆炸案。"

"全部调查。"隗辛说。

"你真是谨慎过头了。"银面嘟囔了一句，"好吧，我这就去，有临时指令就用手环联系我。"

他把银色面具扣在脸上佩戴好，戴上兜帽，走到阳台边，打开窗户，身躯无声地化为透明的水流，混入窗外的暴雨，隐没在夜色之中。

隗辛走过去关上窗户，免得雨水泼进屋子。用指示支走银面，她就能在安静的环境中独自思考一些事情了。

隗辛是个很会制订学习计划、管理学习时间的人，高三班主任夸她把学习任务安排得井井有条。现在她要用高中三年地狱生涯练就的规划能力为自己规划未来。

隗辛走进卧室，从桌上拿起一张白纸，一支只剩半管墨的水笔。这是她的习惯，把东西写在纸上能让她的思路更加清晰，笔在纸上摩擦的声音能让她更加专注。

目前，隗辛的主要危机来自两个方面。

"第一，机械黎明；第二，缉查部。"她在纸上写。

在缉查部当卧底危险性高，但是隗辛有组织提供的资料做后盾，她打算等会儿熬夜看完那份长达数百页的资料，彻彻底底地了解缉查部这个联邦官方部门。和"安保员隗辛"有关的资料更是需要重点记忆，她的生平、她的关系网、她的生活习惯，每一项都不能出错。装失忆短时间内管用，可绝对不是个长久的方法。

作为实习巡查安保员，隗辛在缉查部没待多久，对于同事不熟悉是正常的，她不需要和队友或队长表现得多么熟络，保持适当关系就好。

相比缉查部，机械黎明更令隗辛不安。

缉查部好歹有一份数百页的资料能让她去参考并了解，但机械黎明呢？什么都没有。她对这个组织极为陌生，她不知道组织创立的目的，不知道组织首领是谁，连自己在组织里担任什么角色都要慢慢摸索，逐步猜测。

隗辛的队友银面跟她绑定在一起，还好这人没跟原身打过交道，根据他的表现来看，他貌似有点缺少经验，像个涉世未深的少年，比较好糊弄，隗辛才得以顺利蒙混过关。换个人，她就不一定能混过去了。

隗辛的笔尖在纸上点了点，她在沉思。

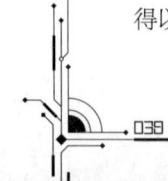

第一章 潜伏

今后在缉查部的卧底生涯,隗辛力求稳妥。她确立了不争、不抢、不出头、多听、多看、多学习这六大方针。

而机械黎明组织就比较难搞了,隗辛有任务在身,还是个卧底,跟其他组织成员接触的机会大概率很少,主要的麻烦是跟在她身边的银面。糊弄好银面,短期内就不用愁了。

规划好了危机方面的解决方案,隗辛用笔涂掉"机械黎明"和"缉查部"的字样。

接下来要规划的是任务。她当前同样有两个任务。

任务一,调查港口爆炸案始末。这项任务是游戏系统颁布的。任务二,阻止"克拉肯"号在黑海市停泊。这是机械黎明组织下达的任务。

隗辛面无表情地在任务二上打了个叉号。调查爆炸案,她在缉查部运作一番,说不定能查到些眉目,至于去爆破港口,将货轮沉海……这是纯粹找死。这是一场真实的、没有存档功能的游戏,命没了很可能就永远没了,她不能拿命去赌。这种危险的任务给一百个存档位都不一定够用。

隗辛咬了下笔头,眉头紧锁,对任务一展开分析。

港口爆炸案发生的原因显然不是帮派火并这么简单,它非常有可能和"克拉肯"号的到来有关。不知道缉查部有没有意识到爆破案的不同寻常之处?另外,隗辛怀疑爆炸案中存在一个"第三方"。有不止一个组织或势力想要炸掉港口。

她做了一个关系图。第一方,缉查部。目的是守护港口,追捕犯人。第二方,机械黎明。目的是炸掉港口。

机械黎明让隗辛执行的任务是"爆破港口",这是她今晚刚刚收到的任务指示,并且组织给她派发了银面这个队友。但是在她正式穿越到第二世界接受任务之前,停泊港就已经被爆破过了。

这一拨爆炸,是哪个势力干的?帮派火并在"民风淳朴"的黑海市较为常见,普通的帮派火并并不至于让游戏系统专门颁布一个任务,一定是这起爆炸案相比以往有特殊的地方,所以触发了任务。

隗辛在纸上写:"第三方,待定。爆炸案发生原因疑似跟'克拉肯'号有关。"

但以上仅是猜测一,还有猜测二。

隗辛心里的第二个猜测是,机械黎明派出了不止一个任务执行小队,之前的爆炸案是另一组隶属于机械黎明的任务小队干的,但是他们失败了。

银面说过:"我们死了不要紧,我们的同伴会在 8 月 11 日来临之前继续完成任务。"

爆破港口或炸毁货轮这样的任务，机械黎明不可能把希望放在一个小队身上，让多个小队共同执行任务是正确的选择。因此上一拨爆炸案的实施者依旧有可能是机械黎明。隗辛在"第三方，待定"这几个字下面加了一句话："第三方疑似仍为机械黎明"。

她看着纸上简短的几行字，思考了很久很久。

黑海市的波涛暗涌，港口频频发生的爆炸，机械黎明的指令，游戏系统颁布的任务……一切的一切都存在着一个核心点，那就是"克拉肯"号，这艘即将在黑海市停泊的巨型货轮。"克拉肯"号是一个风暴眼，它裹挟着阴谋与迷雾，缓缓逼近。

隗辛抓起桌上的纸，将其撕成无法辨识的小碎片，然后走到厕所，把碎纸片扔进马桶里冲了下去。这张纸必须被销毁，不能被人看到。

她知道完成任务的突破口在哪里了——"克拉肯"号。调查清楚"克拉肯"号上装载着什么货物，为什么机械黎明如此惧怕它在黑海市停泊，事情就迎刃而解了。隗辛回到房间，坐在椅子上想了想，打开手环加密联网，在网上搜索"克拉肯"号的信息。页面弹出：

> "克拉肯"号巨型散货轮，建成于2086年，今年是"克拉肯"号服役的第一年。"克拉肯"号最大载重吨达八十万吨，是世界上载重量最大的散货轮。

散货轮运输的一般是集装箱不能装载的货物，比如沙土、石油、煤矿。"克拉肯"号运输的会是什么？

隗辛检索了好几次，但是关于这艘货轮的信息太少了，她查不到有用的情报，就打开组织交给她的任务芯片，里面有一部分没看完的内容。她点击资料，从头到尾看了一遍，结果不出她所料，没有半点"克拉肯"号运载货物的具体信息。

事情很棘手。隗辛心念一动，游戏系统弹出光幕。她眨了下眼睛，惊喜地发现港口爆炸案的调查进度不知何时上涨了。

任务进度：5%。

零星上涨的数字最起码证明了她的调查方向是对的，她应该沿着这条线索继续查。隗辛长舒一口气。看到任务有进展，成就感就如攻克了一道数学难题……不，比攻克数学难题还要有成就感，仅次于打工赚到钱。

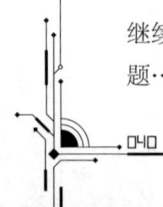

第一章 潜伏

隗辛身体后仰，倒在不怎么柔软的床上，困倦地揉了揉眼。

她没有睡觉，而是切换手环显示的内容，拿出背诵课文、解读古诗词的劲头，查阅组织交付的"隗辛"的生活资料和缉查部的情报。

她从天黑看到天亮，其间，窗外的暴雨没有停歇。

早上九点，阳台的窗户被抓拉开了。银面狼狈地从窗户爬了进来，他浑身湿透，脸颊上有一道血痕，居然受伤了。

银面看着从卧室走出来的隗辛，张嘴说："喂！你……"

"我不叫'喂'，你最好喊我代号。"隗辛打量他湿漉漉的足迹，"你把地板弄脏了。"

"富、富婆……你……"银面的表情扭曲，喊了代号，然后他很快就闭上了嘴，自暴自弃地说，"喊什么都一样，我受伤了，你这里有医疗箱吗？"

隗辛回到卧室，从床边拿了医疗箱。银面随手摘下面具，他纯白的头发沾了水，贴在额头上，本就没有血色的嘴唇似乎更加惨白。银面随手脱下外套，扔在地上，他胸口有三道巨大的划伤，伤口很深，然而在这种情况下，他居然没有失血过多而死，还活蹦乱跳的。

隗辛看了眼地面，他从阳台走过来时留下的水迹是透明的，没有血液掺在里面，胸前破裂的衣服也只有很小一片血迹。

"在暗处游荡的怪物增多了。"银面龇牙咧嘴地脱下上衣，打开医疗箱，熟练地倒了一瓶双氧水消毒，自力更生地上药，缠绷带。

隗辛心情微妙地重复："增多了？"

"是的，比以前多，我昨天晚上碰到了三个。"银面绑完绷带，喘息了一会儿，凝重地说，"它们趁着暴雨登陆，在满是集装箱的码头游荡，寻找宿主……"

怪物？什么怪物？隗辛焦虑地想要咬嘴唇。

第二世界有太多超出她认知范围的东西。

她昨天晚上甚至在学怎么正确用刷脸支付、怎样出入公共场合、怎样上网购物、怎样使用随身设备……

她还恶补了这个世界的历史知识，从联邦的建立到科技爆发，再到人类冲出地球，尝试在外星建立殖民地的光辉历程，以及一些重大历史事件的名称和大致经过。

玩家习凉的出现提醒了隗辛应该多加小心，她不能犯习凉犯过的低级错误。她已经焦头烂额了，可是银面所说的"怪物"再一次超出了她的认知范围。

为了掩饰自己的焦虑和不安，隗辛对银面说："你带进来的水太多了，把阳台和客厅收拾干净。"

银面的表情十分复杂："要不是我能控制液体，我早就失血过多死掉了。你不帮我包扎，还怪我弄脏地板。"他愤愤不平地把地面的水迹团成一个水球，扔到厨房的池子里。

银面包扎完伤口，踉跄着走到沙发边瘫坐下来。他呼吸时带着一丝微小的颤音，在忍耐疼痛。

"跟我讲讲事情的经过。"隗辛走到沙发前俯视他。

银面笑了："看来传闻是有道理的，你就是冷酷。"

他调整坐姿，开始讲述："我昨晚到达港口后就按照你的指示去爆炸现场调查，那里有安保员在巡逻，我费了好大功夫才扫描到现场数据。"

银面从兜里掏出一个金属球，扔给隗辛，她精准地接住，金属球在她手上打开，一束光影被投射了出来，爆炸现场的立体图案和数据分析完整地呈现在她眼前。

"爆炸波及范围，三十米。爆炸物估算为自制汽油弹……"

自制汽油弹，这装备相当简陋，以机械黎明调动停泊港仓库的能耐，组织成员行动时不会仅仅使用寒酸的自制汽油弹，最起码也要是正规的军火弹药。由此推断，这起爆炸案的罪魁祸首可能不是机械黎明。

隗辛点了一下投影出来的画面，另一个发生爆炸事故的现场出现了。

这次的爆炸范围更小，还不到十米，爆炸物估算为玻璃燃烧瓶，燃料为乙醇。

从连续切换的爆炸现场的画面判断，隗辛可以确定先前的猜测了。之前那一拨爆炸案的元凶不是机械黎明，港口爆炸案里存在隐形的第三方。

至于这个未知的第三方有什么目的，目的是否与"克拉肯"号有关，这些需要继续调查。

银面行动着实高效，一晚上就搞来了这么多数据，连夜奔波想必累得够呛。隗辛把金属圆球抛回银面怀里："接着讲你遇到的事。"

"本来搞到现场数据后，我是想马上回来把它交给你的，但是这时我突然听到有人惨叫，等我赶到声音发出的地点，一位在现场巡逻的安保员已经被怪物杀掉了，它正想钻进那具尸体里产卵呢。"银面脸上露出嫌恶的表情，"我清除了怪物，可是那个安保员的队友赶过来了……他看到了我，我只好把他和怪物一起处理掉了。"

"这是第一个怪物。"隗辛说，"你昨晚遇到了三个。"

"嗯。第二个怪物是主动找上门的，它寄生了一个码头工人，那个工人被

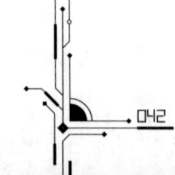

第一章 潜伏

它寄生后瘦得皮包骨，已经没有养分供它吸取了。我猜它急于为下一次蜕变积蓄能量，想换一个宿主，它碰到了我，就准备寄生在我身上。"银面不快地说，"啧，恶心。就是第二个怪物让我受了伤。"

"第三个。"隗辛说。

"第三个怪物没什么好说的，它刚从海里顺着码头爬上来就被我发现了。"银面耸肩，"它没来得及找人类寄生，是一个脆弱的幼生体。"

怪物，一种生活在海里，会爬上岸寻找宿主，并且在人类尸体中产卵的怪物。这种怪物战斗力不弱，能杀掉武力值比普通人强不少的安保员，还把拥有超凡能力的银面打伤了。

隗辛心里苦笑。她早该知道，在一个赛博朋克和超自然元素结合的世界里，出现什么稀奇古怪的东西都不该感到意外。第二世界的危险程度在她心目中更上一层楼。

"以往这种怪物，我们一个月也不一定碰到一个，今晚为什么忽然这么多？"银面说，"我们该向组织汇报。"

"嗯，是该汇报……"隗辛话语停顿，口袋里的通信器在振动，那是缉查部的通信器。

通信器屏幕上显示了来电人——舒旭尧。

她按下接听键："队长。"

"隗辛，你恢复得如何了？"舒旭尧的声音有些严肃。

"出什么事了？"隗辛听出他的语气不对劲。

"第六小队的莫景同和汪建木昨晚在码头巡逻时遭遇了意外。"舒旭尧说，"现在港口巡逻岗位是空缺的，急需派人过去。隗辛，我们这些日子伤亡太多，调不出人手了，如果你恢复了，最好尽快回来执行任务。"

"好。我明天上午就回缉查部。"隗辛说。

舒旭尧貌似很忙，他一句废话都没说，交代完需要交代的事就挂掉了通信。隗辛放下通信器，目光直视正坐在沙发上听着通信看热闹的银面。

莫景同和汪建木是外勤组的，隶属于隔壁第六小队，隗辛看过他们的资料。银面昨夜目击其中一人被怪物杀死，随后干掉了赶来查看的另一人。

"要是你去港口巡逻，我在那儿行动不就方便很多了吗？"银面兴奋地说，"我们在港口安排爆炸装置也会很方便。哈，运气不错。"

"是啊，这导致外勤组无人可用，我三天的假期缩短到了一天。"隗辛说，"上班就意味着我要长时间和队友待在一起，不能及时和你沟通并拟订计划。"

银面一愣："这我没想到……都是意外嘛。"

"不指望你能想到。"隗辛扶额，"算了，意外总是无法避免的，这不是你的过失,计划得随着局势随时变更。若有突发状况,你又没法联系上我,你可以自行处理,不必等我下指令,过后记得向我汇报。"

"好。"银面点头。

她的调整时间变少了,昨晚熬了个通宵看资料,现在她必须去睡一觉养精蓄锐。

"我要去忙了,你在伤势恢复之前不要乱动。"隗辛说。

"等等!"银面喊住隗辛。

"怎么了?"隗辛回头。

"我饿了,有吃的吗?"他认真地问,"我跑了一晚上,没睡觉没吃饭,使用能力后特别容易饿。"

隗辛沉思:"厨房里没食材了,你点外卖吧,顺便帮我也点一份。"

银面:"行,我点。"

半个小时后,门铃响了。一身外卖员制服的习凉出现在门口:"您好,您的外……啊,学姐!原来你家住这儿啊!"

隗辛没料到习凉在兼职送外卖,她吃了一惊:"你勤工俭学吗?"

"是啊,赚钱上大学,就是不知道能不能赚够……恐怕希望渺茫。"习凉把外卖袋子递过来,"我还有下一单要跑呢,学姐再见!"

隗辛冲他摆摆手,关上门。

"他是谁啊?"银面问。

"一个考上黑海学院机械系的男生,我扮演的人也是黑海学院毕业的。"隗辛掏出外卖盒子。

"机械系?他是组织需要的人才。"银面忙着拆餐具的手顿住了,"他家境怎么样?"

"不太好,父母是开便利店的。"隗辛说。

银面恍然大悟:"对他这么了解?你已经在考虑招揽他了对吗?"

原来机械黎明组织会吸纳新人?

"不能太草率。"隗辛不动声色。

"你说得对,需要再观察他一段时间。"银面打开外卖盒。

"不过家境不好的人是比较好招揽的,他们容易被金钱打动。"隗辛突然说,"只要付出一点微小的好处,就能和对方进行利益捆绑。"

"把港口怪物频繁现身的情报和那个考上黑海学院的男生的名字一起上报吧,如果他合格,组织会派人和他接触的。"银面说。

"好,你来写报告。"隗辛不客气地使唤他,"那个男生叫习凉。"

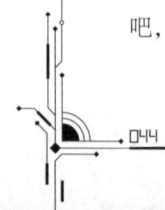

第一章　潜伏

银面忍了又忍，最后咽下了这口气："我写就我写……反正我养伤没事干。"

吃过外卖，银面仔仔细细地写完了提交给组织的报告，交给隗辛过目，她点过头后，银面才放心地点了发送。银面写的报告获得了隗辛的认可，他很满足。隗辛从银面的报告里看出了向机械黎明组织进行汇报的常用格式，她也很满足。

她注意到银面的报告里没有用"怪物"这个词，而是用了"异种生物"，她认为，"异种生物"就是"怪物"的正式书面称谓。

隗辛回房间了，银面则卷着一张薄毯子蜷缩在沙发上休息。他闭着眼睛，一撮白头发从毯子里支棱出来，像一只钻进被子、自以为藏得很好的猫。

隗辛回顾银面的言行举止，在心中评价他："除了听话、有超凡能力，其他方面完全就像个笨蛋猫。"

缉查部的资料她有一部分没看完，剩下的时间不足以支持隗辛认真翻看资料了，她粗略地浏览，重点寻找与"怪物"和"异种生物"有关的段落。

资料的末尾有这样一段话："缉查部应急组，组长不明，组员不定，办公室位于缉查大楼地下三层。这个隐形小组的主要职责是秘密清除在各处现身的异种生物。"

缉查部存在着很多秘密，比如神秘的应急组。第二世界也存在很多诡异的东西，比如银面口中的"怪物"，或者说"异种生物"。

没有多少休息时间了，隗辛放下手环，强迫自己入睡。

隗辛这一睡，睡了八个小时。定的闹钟响后，她从床上起身，洗漱换衣。

隗辛接了捧凉水，拍在脸上，盯着镜子里的自己看了一会儿，自言自语道："惧怕会让人止步不前。"

她不能止步不前，不管是在第一世界还是在第二世界，她都不能。隗辛推开厕所门，走到客厅，刚好瞥见银面扒着窗户从阳台爬进来。

"我早上去买了食材，点外卖太贵了。"银面提着大兜小兜，期盼地看着隗辛。

"嗯，好像是该吃个早饭。"隗辛说，"把多余的食物放冰箱。"

看在他花钱买菜的分儿上，隗辛对他的容忍限度可以适当变高一点。她简单做了两份早餐，吃过饭后，银面自觉地收拾碗筷去洗。

他边洗边问："我的伤恢复得差不多了，今天有什么任务指示？"

这么快？隗辛难以置信地想。每个具备超凡能力的人都有这样的恢复力吗？银面没有借助疗养舱复原伤势，可他依然恢复得很快，快得不似人类。

"暂时没有。"隗辛在门口换鞋,"如果我被分到港口区域巡逻,我会给你指示。如果没有,那就待定。其间,你可以自由行动。"

她带上伞推门而出。

黑海市的雨持续很久了,这儿简直是一座雨城。

隗辛在电轨车候车点等车,一分钟后,电轨车准时到达。

白天的黑海市失去了霓虹灯和全息投影广告的点缀,变得朴素了许多。放眼望去,所有的建筑物在朦胧的雨中都呈现出深灰色,让人觉得压抑。

几十分钟后,隗辛到达了缉查大楼。

"欢迎回来,实习巡查安保员隗辛。请把伞放在公共伞架上。"亚当的声音传入她耳中。

隗辛依言放伞,乘坐电梯来到舒旭尧的办公室,敲门。

"请进。"舒旭尧说。

门打开了,隗辛进去的一瞬间,心咯噔一跳。办公室里足有四五个人,都是第七小队的队员,见隗辛进来,他们齐刷刷地扭头望着她。

"好了,废话不用多说了。"舒旭尧敲了敲桌子,引回队员们的注意力,"坐吧,隗辛,要开始讲这次的任务目标了。"

隗辛走到一个空位前,拉出滑轮椅坐下。

舒旭尧打开全息投影仪器,逼真的三维人像被投影在空气中。

"这是我们这次的目标。柴剑,六级公民,犯有一级谋杀罪,但因为他有精神疾病,所以没有在监狱服役,而是在黑海市市立精神病院接受治疗。"舒旭尧说,"就在昨夜,他在袭击了他的精神治疗师后逃走了。"

"他怎么做到的?"在隗辛左手边坐的男人发问,"他的精神治疗师还活着吗?"

"他的精神治疗师受了轻伤,没有大碍。"舒旭尧说,"至于他是如何逃走的……根据分析,他很有可能是觉醒了。"

"觉醒了?他是有超凡能力的觉醒者?"第七小队的队员都露出惊讶的神色。

"亚当判断他觉醒的是不具备杀伤力的超凡能力,精神病院的看护设备没有被暴力破坏,他大概率是用自己的超凡能力逃脱的。"舒旭尧说,"我们的任务是将他追捕归案,如果过程中他进行激烈反抗或者威胁到了普通民众的安全,我们可以将他当场击毙。"

"我有个问题。"隗辛说,"这个病人精神状态稳定吗?他在袭击治疗师并逃走前有没有什么征兆,或者异常的反应?"

"的确有。"舒旭尧眉头一皱,"院方向我们提供了柴剑的治疗录像,他坚

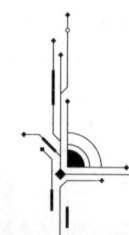

称自己没病,并且他重复向治疗师强调他不是黑海市人,他认为自己来自一个叫'金陵'的城市……"

"那他还是病得不轻。"有个队员笑道。

他的话赢得了其余几人的附和,但是傀辛没有心思去附和他们而让自己显得合群。

金陵,逃跑的精神病罪犯柴剑说自己来自金陵。

柴剑也是第一世界的玩家!

< 返回首页 (i)

◇
▼

消息面板

信号屏蔽

即时通信

加密联网

定位追踪

自动销毁

第 二 章
▶ **会面** ◀

剥夺者·233号
任务进行中

你获得了超凡能力"阴影穿梭 E级"

⊠ 阴影穿梭 E级
你可以利用阴影进行小范围的空间穿梭。

⊠ 固有天赋
表演人格：你演技高超，能骗过大多数人。
生命强韧：你像蟑螂一样生命力顽强。
危险规避：你能敏锐地察觉到身边的危险并规避它。
快速学习：你学习任何技能都会事半功倍。

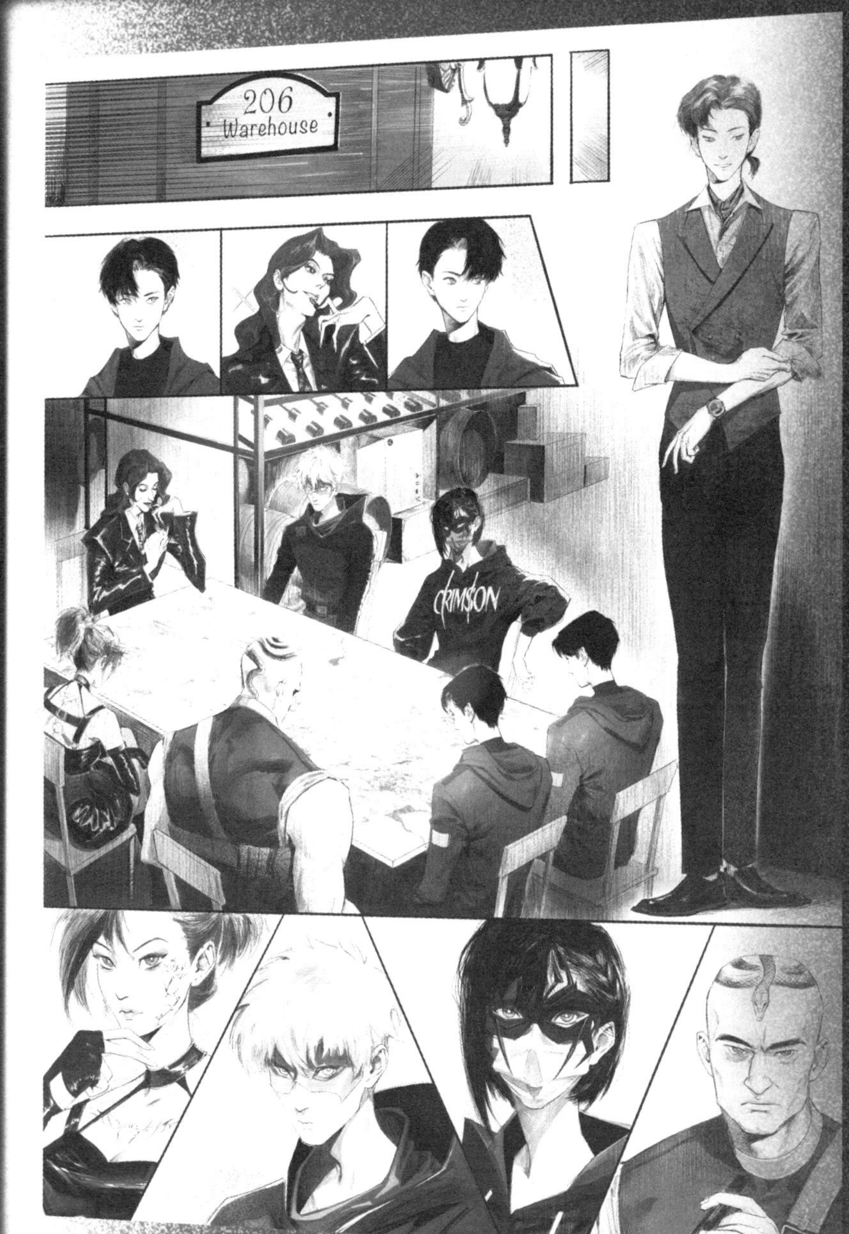

206
Warehouse
CRIM$ON

深红之土

[1] 无光之海

舒旭尧说："亚当，放映院方提供的录像。"

"是。"随着亚当的应答，一段视频弹出。

洁白的治疗室里，主治精神治疗师坐在一张桌子后面，精神病罪犯柴剑坐在桌子对面。他面颊消瘦，满脸胡子茬，眼窝深陷，眼袋很重，被束缚带绑在椅子上。他竭力睁大眼睛，双手握拳："我真的不是什么犯罪的精神病人。我是叫柴剑，但是我没有犯罪，不是精神病罪犯！我没病！"

"好，我知道。请你稳定下情绪，柴先生！"精神治疗师身体后仰，语气小心翼翼，生怕刺激到情绪激动的柴剑，试图讲道理，"你看，我桌子上放着你的病历，病历上写着你的居民信息，你是柴剑，六级公民，黑海市人，得的病是……"

柴剑激烈地说道："你知道什么你知道？我没说谎！我不是罪犯！没有犯罪！没有精神病！"

"柴先生，我明白你的意思。"精神治疗师的手悄悄按在桌下的报警按钮上，如果柴剑有攻击举动，门外的警卫就会冲进来制服他。

"你懂什么？！我就睡了个觉，醒来发现自己在这个鬼地方！我是柴剑，金陵人，不是什么黑海市人，你手上的病历不是我的，我没有犯罪！"柴剑崩溃地大吼大叫，隔着全息投影画面都能感觉到他浑身散发的绝望和惶惑，"律师，给我找律师！我要报警！"

精神治疗师说："柴先生，你是六级公民，政治权利已被剥夺，你无权上诉，我们不能帮你请律师。"

"你在这儿说什么？！"柴剑挣脱了束缚带，从椅子上跳起来，要去揪精神治疗师的领子。

精神治疗师按下报警按钮，往后躲闪。治疗室的门砰地一下打开了，医院的警卫冲进来，制服了柴剑，把他的脸狠狠按在桌子上。

"我不是罪犯，我不是！"柴剑的脸被按得变形，他话语含糊，执着地重

第二章 会面

复这句话。

　　精神治疗师迅速从白大褂里抽出一支镇静剂，扎进柴剑的脖子里。柴剑呆滞地呢喃："放我……回家……"他闭上眼睛，在药物的作用下昏睡过去。

　　隗辛面无表情地看着这一幕。她的开局足够危险了，与她相比，习凉的开局普普通通，顶多有经济困难。可是柴剑……看看他悲惨的遭遇，隗辛不知道跟柴剑相比，他们俩哪个更惨一些。

　　柴剑的情绪极其激动，整个人处于不理智的状态，如果他静下心，应该能顺利唤出游戏系统的光幕，搞清楚自己当前的基本身份。他太惊慌、太恐惧了，以致失去了判断力。

　　隗辛在想，究竟有多少人在签字同意进行游戏时认真阅读了公告和文件，又有多少人记住了那六条忠告并决定遵守？她知道不少人在玩游戏的时候看见需要同意的声明会扫都不扫一眼就直接点确认。柴剑说不定根本没认真看游戏邮件，他不知道生存规则，这让他处于被动地位。

　　隗辛了解到联邦的死刑早已在八十年前被废除，如果柴剑什么都不做，好好待在精神病院接受治疗，他一辈子都不会有危险，还能寿终正寝，付出的代价则是失去自由。但是柴剑逃走了。他这一逃，缉查部就有权在追踪他时直接击毙他。

　　隗辛误杀了两个劫匪，连个处分都没挨。第七小队如果击毙柴剑，不但不会挨处分，指不定还能得个功勋。

　　"罪犯柴剑缺乏反追踪经验，从精神病院逃脱后数次在街头现身，城市监控网络追踪到了他的行踪。"舒旭尧说，"地图。"亚当列出城市地图，地图用小红点和红线标明了柴剑出现的地点和行动轨迹。

　　"他在北区活动，一个小时前曾试图进便利店买吃的，因为账户被冻结，所以没买成。根据我的推算，柴剑仍然在北区，他不能乘坐公共交通，不能进入公共场合。"舒旭尧将地图放大，"北区的贫民窟监控稀少，是逃犯的最佳藏身地，需要重点搜索。"

　　"柴剑的精神状态极不稳定，他的超凡能力虽然没有杀伤力，但是效果未知。"舒旭尧说，"我们这次采取远程和近程行动相结合的战术。我、江明、刘康云进行追捕，兰蓝操作无人机群。隗辛，你担任远程狙击手，没问题吧？"

　　远程狙击手？这问题可大了，她压根没碰过枪！

　　隗辛沉默了，舒旭尧把她的沉默当成了新人怯场，鼓励道："要是抓捕顺利，是用不到狙击手的。你是最后一道保险栓，保证犯人不会逃脱。你的射击测试是满分，我相信你。"

"你行不行啊，新人？"隗辛左手边的男人上下打量她，激将似的说。

隗辛把他的容貌和看过的资料结合起来，认出他是兰蓝，在第七小队相当于技术员，负责维修、操控各种科技设备。这个房间里的每个人，她都认真记过他们的资料。

"我没问题，队长。"隗辛硬着头皮接受了命令。

"好，事不宜迟，去换装备吧。"舒旭尧说。

所有人都站了起来，陆续离开舒旭尧的办公室，右拐来到标有"装备室"字样的门前，挨个扫描虹膜，然后进入。

亚当的声音不知从何处传出："本次任务需要防弹作战服、制式手枪、制式近战刀具、K80新型长镜狙击枪、微型无人机、数据监控器、备用通信器、防暴头盔、应急医疗箱。"

"请检查无误后再离开装备室。"

整个装备室充斥着军火弹药的硝烟味和枪械保养机油的味道。一排排漆黑的枪械整齐地悬挂在架子上，各种型号的子弹和弹匣泛出冰冷的光泽，隗辛一眼扫去，还看到了许多奇形怪状、看不出用途的装备。隗辛跟着她的队友取了尺码合适的防弹作战服，转到女更衣室换上。

黑色的防弹作战服样式简朴，没有任何多余装饰，穿上后略显紧绷，面料薄但有弹性。隗辛佩戴腰带，腰带上有很多暗扣，看样子是用来放枪和弹匣的。她换完衣服，走近摆放枪械的陈列柜，用余光观察队友的动作，学着他们的样子，根据武器标签拿了一把制式手枪别在腰间，又拿了两条弹匣和一把刀口锋利、刀面做了防反光处理的短刃。

隗辛来到放防暴头盔的架子前，取了一个头盔戴上。这种头盔并不是全包式的，主要保护的是后脑勺的位置。

她是狙击手，需要额外多装备一把K80长镜狙击枪。

隗辛一看狙击枪所在的陈列柜，头都大了，这枪……也太大了，更要命的是，它是未组装状。她头皮发麻，盯着K80的零件不知所措。

"怎么了？"兰蓝凑过来问，"组装上赶紧走啊。队长说你射击满分，跟你做了这么多天队友，我还没见你装过枪呢，让我见识见识呗。"

隗辛眼睛一闭，心一横，双手摸上了枪械零件。枪管、机匣、制退器、支架、连接块、瞄准镜……零件在她手中飞速组装，速度快到叫人眼花缭乱。兰蓝瞠目结舌，张大嘴巴。当最后一个零件被组装完毕后，隗辛的指尖不经意间痉挛了一下。

幸运之神站在隗辛这一边，战斗本能这项固有天赋把枪械这个类别也囊括在内了，当一个人组装过一千次、一万次枪械后，这个人闭着眼睛都能凭肌肉

第二章 会面

记忆把枪给组装完。

隗辛扛起K80，对兰蓝说："见识过了，怎么样？"

"厉害啊你！"兰蓝嬉皮笑脸地贴过来，抓过隗辛没来得及拿的备用通信器，帮她别在腰带上，"枪占用你的手了，我帮你拿通信器。"

"谢了。"隗辛说。

她不能太依赖战斗本能，脑子里没一点理论是不行的。"安保员隗辛"上大学读刑侦技术专业的教科书还留着，就在卧室书桌上，等得空了她一定要好好看看，充实空白的大脑。与队友们一起离开装备室来到走廊上后，亚当说："请第七小队成员根据黄色指示灯前进，舒旭尧队长已到达停机坪。"

"小隗，你的头盔忘打开了。"兰蓝和隗辛肩并肩。

"没有手……"隗辛扛着K80，走得有点艰难。

好在这具身体的素质远超常人，她才能举着几十公斤重的枪在走廊里快步走。

隗辛补了一句："别叫我小隗，听着腻歪。"

"哎，有吗？你叫我小兰也行啊。"兰蓝笑眯眯地把手伸过来，"我帮你开头盔。"

他在隗辛的头盔侧面点了一下。顿时，隗辛眼前出现了绿色的数据影像，亚当在她的头盔中说："您好，实习巡查安保员隗辛。我将负责为您过滤队内通信，并实时收集风向、风速、湿度、障碍物、目标距离、射击俯仰角、地转偏向力等信息，为您的狙击精度提供数据支持。"

这么高级？隗辛咋舌。

电梯门开启，电梯门合上，隗辛等人直升顶楼停机坪。舒旭尧装备整齐，站在一辆加长警车前："准备出发。"

"是，队长！"第七小队队员齐声说。

众人依次上车，隗辛抱着一米多长的大狙独占最后一排。警车悬浮升空。

这时一直闷不吭声的刘康云说："大家都检查检查枪的保险，别走火。"

江明无语道："每次执行任务都说……我耳朵起茧子了。"

兰蓝从前座回过头对迷惑的隗辛解释："他的枪以前保险坏了，别在后腰，坐车上的时候突然走火，没打到人，打到警车了。当时车正在天上飞呢，当场起火，差点掉下来，导致老刘有心理阴影了，哈哈哈……"

隗辛听罢，条件反射地低头确认腰间制式手枪的保险是不是完好。

"不用太紧张，隗辛。"驾驶座上的舒旭尧说，"你只需要握紧枪，瞄准目标，保持专注，别的什么都不用想。"

"是，队长。"隗辛低声说。

暴雨无休无止，仿佛永不停歇，她的心情就如天气一般沉重。警车的窗户布满雨珠，阻碍了隗辛的视线。警车飞了三十分钟，接着缓缓降落。

"到达目标出现地点。"亚当说，"最佳狙击位，北区自由广场信号塔，请隗辛安保员前往。兰蓝安保员可以一同前往信号塔操控无人机群。信号塔高二百三十米，上方视野相对开阔。"

"去。"舒旭尧说。

第七小队的成员互相对视，隗辛和兰蓝率先离队，登上不远处的信号塔。到达信号塔最顶层的时候，隗辛深呼吸一口气，半跪在地上，架好K80，对准瞄准镜。兰蓝打开背包，拿出一只金属盒，金属盒开启，只有拳头大小的五架无人机从金属盒上分离，如猎食的猛禽扎进雨幕，飞向下方的居民聚居区。

"这玩意儿主要是扫描用的，毕竟是居民区，不能用装载武器的无人机，容易造成意外伤亡，还是狙击精度高一点。"兰蓝举着数据监控器控制无人机群，"亚当也能控制无人机群，但它的主要作用是数据汇总分析，人工操作能节省运算力，让亚当的反馈更加迅速周密。啧，其实缉查部该对亚当的核心进行升级了，这样我们能省好多事儿。"

隗辛全神贯注，没有答话。她在通过高倍率瞄准镜搜寻下方居民区，看能不能找到柴剑。

隗辛一毫米一毫米地挪动K80，她捕捉到了舒队长和江明、刘康云的身影，确认了他们的位置后，她移开瞄准镜，手指虚虚地扣在扳机上。她精神集中到极致，枪械是她身体的延伸。

她自己都没意识到，她的枪口在无意识地追寻并瞄准镜头内一切会动的物体——不管他们是队友，还是贫民窟里活动的普通民众。隗辛的"战斗本能"被彻底唤醒了，此刻她是飞在天上搜寻猎物的苍鹰，是隐藏在洞窟里潜伏的蟒蛇。她不需要刻意地去做，狩猎的本能控制了她的身体，让她成了猎食者。

她平缓地呼吸，调整心态，摒除杂念。

"目标出现。"亚当突然说。

兰蓝控制无人机追踪过去。隗辛立刻掉转枪口，在亚当的标记下寻找着目标——她找到了！一个仓皇的身影出现在她的瞄准镜里，男人嘴里叼了一条面包，光着脚在街头奔跑，背影又可怜又滑稽。

"目标距离986.2米，当前风力2.3级，角度……"数据映入隗辛眼中。

她锁定柴剑，食指搭在扳机上。

"队长，方位已发送。"兰蓝在队内通信频道中说，他的目光紧紧地盯着无人机传送回显示器上的画面，"罪犯柴剑在往信号塔的方向跑。"

"收到。"舒旭尧说。

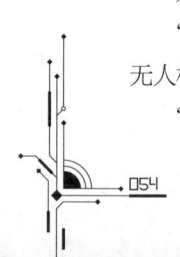

第二章 会面

　　队内通信频道传来了队员们奔跑时沉重的呼吸声，但这些声音傀辛是听不到的，亚当为她过滤了杂音，以免外部环境影响她瞄准并射击。K80的弹匣里一共有十发子弹，傀辛带了两条备用弹匣，足够用了。若队友抓捕顺利，她压根不会有开枪的机会。傀辛维持平静，用瞄准镜追踪柴剑奔跑的身影。

　　他几乎是慌不择路地跑，没有目标，没有方向，跑着跑着在贫民窟泥泞湿滑的地面上摔了一跤，他连滚带爬地站起来，仓皇回头看了眼身后，不管流血的膝盖和嘴里掉落的面包，继续狂奔。

　　"跑得真快，还好他是往信号塔这边跑。"兰蓝手中的数据监控器上，代表己方队友的绿点和代表任务目标的红点距离不断拉近，舒旭尧他们要追上柴剑了。

　　"等一下。"沉默瞄准的傀辛忽然出声，"不是说柴剑没有反追踪经验吗？刚才队长离他那么远，他怎么会察觉到并且逃跑？"

　　兰蓝怔住："难道是他的超凡能力……"

　　"不对，你没注意到吗？柴剑在一边跑一边回头看，他没有看队长所在的西南方，而是扭头看身后的方向。"傀辛掉转瞄准镜，不再瞄准柴剑，而是移向他身后，搜寻可疑物体，"他跑不是因为他知道队长在附近，他没那么敏锐……是因为有别的东西在追他，这让他害怕，所以他跑了。"

　　"推理得挺像那么回事。"兰蓝嘀咕。

　　傀辛的分析确实有道理，兰蓝犹疑了一秒，将一台无人机从追踪机群中分离出来，调去后方，开始扫描周围环境。环境图像、房屋建筑物的3D成像、小范围地貌以及下水道都被扫描到了，活着的物体在无人机检测光线的扫描下无所遁形。没有任何异常，没有什么东西在追柴剑。

　　兰蓝轻松地说："你多虑了，小傀。"

　　傀辛嘴唇紧绷，脑海中出现一丝清晰的警兆。她的太阳穴突突跳动，直觉在提醒她——事情没有那么简单。傀辛的其中一个固有天赋是"危险规避"，她能敏锐地察觉到危险并规避它。在傀辛没有注意到的时候，这项天赋被触发了。有危险，附近有危险。可危险并非来自柴剑，而是来自别的地方——

　　"发现不明物体以5.9米每秒的速度在下水道中移动！发现不明物体以5.9米每秒的速度在下水道中移动！"亚当发出警报，"扫描中……扫描完毕！不明物体为寄生水螅！三级警戒！重复，三级警戒！"

　　亚当的播报开了倍速，又快又清晰地传入所有队员耳中。

　　"寄生水螅怎么会离开海岸到城市内部？"一直表情轻松的兰蓝清晰地爆了个粗口，脸色难看地操控数据监控器，调动无人机沿着下水道线路飞行，确认寄生水螅的位置，"队长他们有危险了，我们没有带对付异种生物的武器和装备！"

异种生物？寄生水螅？这是什么玩意儿！隗辛的心提到了嗓子眼，她移动瞄准镜，顺着街道上的下水道井盖四处搜寻。

兰蓝难以置信地说："寄生水螅在顺着下水道追柴剑！"

隗辛短暂抬头瞄了一眼他手上端着的数据监控器，代表柴剑的小红点在拼命向前移动，而名为寄生水螅的异种生物被标记为黄色小点，紧紧跟在柴剑身后。她搞不懂寄生水螅是什么，但是她知道现在情况危急。寄生水螅在下水道里，它没有现身就让兰蓝这么紧张了，可见这东西危险性极高。

"亚当！派无人机来这儿送装备，顺便呼叫支援。"兰蓝急声说，"队长，你们后退！防弹作战服根本扛不住寄生水螅的攻击，你们带的武器很难对它造成实质性伤害！"

"不行，这里是居民区，它会杀平民。"舒旭尧说，"江明，你去驾驶警车，警车上有喷火枪，用那玩意儿对付它，我和刘康云继续追踪。"

"是，队长。"江明离队。

隗辛沉着地擦去瞄准镜上的雨珠，再度进入瞄准状态。她在高高的信号塔上，寄生水螅在离她几百米远的下水道里。跟柴剑和舒旭尧等人不同，她是安全的。隗辛不再试图在下水道井盖间寻找寄生水螅，而是专心致志地瞄准柴剑。寄生水螅在追柴剑，她就重点瞄准柴剑，看看他会不会将下水道里的寄生水螅引出来。

柴剑是惊慌失措的小白鼠，是一只计划之外的活饵。活饵已经抛出去了，可是活饵能钓到什么怪物？

隗辛手心出汗，但仍然保持全神贯注。她忘记了眨眼，哪怕风把雨滴吹进了她的眼睛里。一个拐弯，体力不支的柴剑脚一滑跌倒了。与此同时，他脚下的水泥地面骤然拱起一个大包，然后破碎。可怕的怪物破土而出！

隗辛眼睛睁大，震惊到失去言语。那是一只挥舞着半透明触手的怪物，它有着畸形的人类身躯，但这具身体不是它的，而是被寄生的。半透明的触手从人类身躯的背部、口鼻、眼睛、耳朵等部位争先恐后地钻出，在空气中狂乱地舞动。

柴剑发出杀猪般的惨叫："救命啊！别吃我！我就是进你家偷个面包！"他被半透明的触手缠住脖子，面色发紫。

舒旭尧和刘康云赶到，他们毫不犹豫地拔枪对怪物射击，怪物半透明的触手被击中，随后断裂，断裂的触手掉在地上，依旧在扭动。隗辛从震撼中回过神，她瞄准寄生水螅占据的人类身躯，扣下扳机。

"砰！"子弹旋转着从枪口脱出，没射中目标，而是击中了寄生水螅脚下

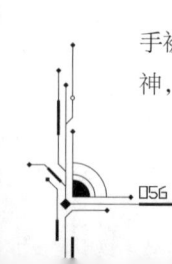

第二章 会面

的混凝土地面，混凝土被子弹的冲击力掀起一个坑。K80 是当前性能最优异的长狙，它可以打穿结实的水泥墙体。

"该死。"隗辛骂道。

"您忘记计算风力的影响了。"亚当说，"当前微雨，风力 2.1 级，有所下降。目标距离 722.3 米。"

兰蓝张嘴："隗辛你……"

"闭嘴，别影响我射击。"隗辛暴躁地说。兰蓝立刻闭嘴。

隗辛缓缓吐出一口气，擦拭瞄准镜后再次尝试。K80 的枪口吐出火舌，又一发子弹冲破雨幕。

扑哧一声，子弹命中了！旋转的子弹正中寄生水螅的胸腔，它的身躯瞬间被子弹洞穿，炸开了一个碗口大的空洞。隗辛连续扣动扳机，一发又一发子弹从枪口脱出，打中寄生水螅的身体！

直到十发子弹尽数射出，隗辛才停了下来。她没有看自己的战果，而是马不停蹄地更换弹匣，接着瞄准，随时准备下一轮射击。

寄生水螅失去人类身躯的支撑，一下子倒在地上，触手放开了柴剑。柴剑眼冒金星，大口地喘息，他差一点就要窒息而死了。他来不及缓过神，就在求生欲的作用下手脚并用地往远处爬行，异常狼狈。

寄生水螅不想放开猎物，它抓向柴剑，然而抓了个空。柴剑的身体原地消失，闪现到三米之外的路灯下，躲过了这一抓。

他跟跄着站起来，崩溃地骂道："这回超凡能力发动成功了，还好没掉链子。"

隗辛开始下一轮射击，打断它好几根粗壮的触手。寄生水螅无奈地暂时放弃柴剑，触手吸附地面，来回移动，躲避隗辛的子弹。

舒旭尧和刘康云同样在几十米外举枪射击，二人配合默契，一人子弹空了，另一人就立刻接上，给对方替换弹匣的时间。在子弹耗尽之前，江明及时驾驶着警车飞来了。警车降低飞行高度，一侧伸出漆黑的喷火枪，灼热的烈焰喷吐而出，火焰烧灼在地上爬行的寄生水螅，它的触手肉眼可见地皱缩了起来，不复刚刚的活力。

"这玩意儿怕火……"隗辛低声喃喃，心中紧绷的弦松开了。

不等隗辛彻底放心，寄生水螅突然开始奋力挣扎，它舞动的触手抽击空气，居然发出了鞭子击打的声音。它的触手竭力伸长，缠住了天空中喷火的警车，用尽全力一拉，将警车拉得偏斜，同时触手直接插进喷火的枪口，把喷火口给堵住了！

轰的一声，火枪后面连接的燃料箱爆炸，警车冒着浓烟从天上坠落。寄生水螅自断触手，舍弃了残破的人类躯壳，发了疯一样爬向刚跑出十米远的柴剑。恐怖的一幕出现了，它柔软的半透明躯体包裹了柴剑。

柴剑的神情惊恐到极致，无力抵抗寄生水螅的寄生，身躯渐渐趋向畸形。

舒旭尧举起枪瞄准柴剑，可是放了个空枪，他没有子弹了！刘康云脸色难看地对舒旭尧摇头，他也没有子弹了。

"寄生水螅正处于脆弱状态，不能让它完成宿主迁移。"兰蓝语速极快，"隗辛，击毙柴剑！快！寄生水螅不能寄生尸体！"

短短几秒工夫，柴剑的身体面目全非。隗辛抿着嘴唇，对准瞄准镜，瞄准怪物。

"砰——"这声枪响，在她听来比前几次的枪响更悠远。

你击败了"代行者·柴剑"。
你剥夺了"代行者·柴剑"的超凡能力。
你获得了超凡能力"阴影穿梭Ｅ级"。
阴影穿梭Ｅ级：你可以利用阴影进行小范围的空间穿梭。

此时此刻，隗辛眼中空无一物，她耳边似乎还回荡着枪声，扣下扳机的手在轻微抽搐。

她恍然明白了她当初报名参与的游戏为什么名叫《深红之土》。

土地为什么是深红色的？那是被鲜血染红的。

这个世界终于彻彻底底地对隗辛展露了它狰狞残酷的一面。

寄生水螅强劲有力的触手猛然绷直，然后瘫软下来。庞大的半透明身躯像融化的水母，覆盖在柴剑的尸体上。它真的在融化，从一只章鱼和水母的结合生物变成了一摊黏稠的胶质液体。寄生水螅离开了宿主只能存活一小会儿，它既强大也脆弱，有低等的智慧，柴剑是它选中的下一任宿主，当它寄生柴剑失败时，它也失去了生命。

江明在通信频道里断断续续地说话，他从天上坠下来还没死，但是被困在了警车里。隗辛从瞄准镜里看到舒旭尧和刘康云往警车坠落的地方狂奔，试图救出困在车里的江明。警车的防弹玻璃都裂了，车门歪斜，舒旭尧踹开车门，和刘康云合力将江明拖了出来。幸好有雨水，警车没烧得那么狠。

"干得漂亮，隗辛！"兰蓝拍着她的肩膀大声夸赞她，"我们快收拾装备下去和队长会合。警车坏了，不过接应人员马上就到。我们……"

他忽然哑了。他看到隗辛握枪的手在不明显地颤抖，她从开枪之后就一直

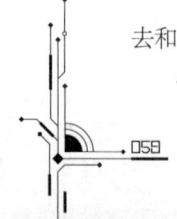

第二章　会面

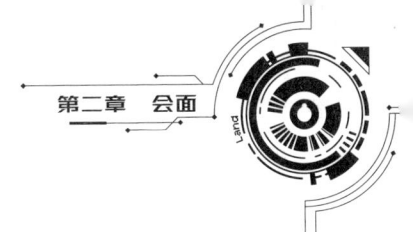

僵硬地保持着这个姿势。

"你没事吧，隗辛？"兰蓝关切地扶着隗辛的肩膀，让她站起来。

"我……我没事。"隗辛艰难地握紧K80，把枪口戳在地面上，当作支撑身体的拐杖，她长时间跪着瞄准开枪，腿麻了。

这次射击和上次的感觉不同。上次她是无意识的，她从头到尾都被不真实感笼罩。这次不一样，这次是她主动开了枪，她射出那发致命的子弹，看着它命中柴剑。

兰蓝了然地说："不要有心理负担，小隗。柴剑被捕前残忍地杀害了自己的妻儿，他理应偿命……"他拍了拍隗辛的肩膀，似乎想通过这样的动作给她传递勇气和力量，"他死有余辜，你是为民除害。更何况寄生水螅缠住了他，他本就没法活下去了。"

这就是最重要的一点了，隗辛没法不去在意。此柴剑非彼"柴剑"。罪犯柴剑被玩家柴剑取代了，住在罪犯躯壳里的是一个无辜的灵魂，柴剑不是第二世界的NPC，他是隗辛的同类。

兰蓝的话没有带给隗辛安慰。她默默扛起K80，走下信号塔阶梯："和队长会合吧。"

任务结束了，柴剑死了，寄生水螅的意外危机也解决了，等接应的安保员赶来，他们就能回缉查大楼了。隗辛摘下头盔，密集的雨把她淋了个通透，她看着阴云密布的天空，闷闷地吐出一口气。她开始讨厌雨天了，这是她来到黑海市的第三天，这儿连下了三天雨。

"那只异种生物是怎么回事？"隗辛问兰蓝。

"清除它们是应急组的工作，你还是实习巡查安保员，不应该知道太多。"兰蓝说，"等你成为正式员工，你会知道有关异种生物的更多信息。这一天不远了，你这次行动立了功，队长会帮你申请转正的。我们缉查部的主要工作是维护城市治安，清除异种生物的工作不常有，毕竟它们十分罕见。"

隗辛说："你说它们不该出现在城市内部，应该在海岸……"

"嗯，寄生水螅离不开水。我猜一定是因为雨水天气增多了，海水倒灌，才让寄生水螅有了上岸的机会。"兰蓝皱眉思索。

隗辛决定直白地问："我从来没听说过异种生物这种东西，它们是怎么产生的？"

"我也不知道。"兰蓝摇头，"这次让你碰见异种生物是个意外，你是新人，不该直面这些，那玩意儿给人的视觉冲击力太大了……它真的怪恶心的，对吧？"

"是挺恶心。"隗辛从射击状态退出后，回忆之前触手狂舞的场景，有点反胃。

"一般来说，亚当会及时追踪到它们的痕迹，这时候应急组就要登场了，他们会将异种生物清洗干净。"兰蓝说，"有时候应急组一个月都不出动一次，有时候一个星期就出动好几回……"

"应急组的成员每次执行任务都要面对这样的危险吗？"隗辛问。

"不是每次。"兰蓝解释，"应急组成员不固定，有情况时就从别的组抽调组员，组成临时小队，比如我就……"

"好了，兰蓝。"舒旭尧在通信频道中打断道，"等隗辛成为正式成员，你再尽前辈的本分为她讲解，行吗？"

"行啊！不好意思，不小心说太多了，小隗你假装忘掉吧。"兰蓝笑眯眯地说，"有些内容是需要保密的。"

"我知道了。"隗辛说。她这算是获取了兰蓝的信任吧？并肩作战果然能使友谊突飞猛进。

"我们的人来了。"舒旭尧说，"让警车往我们这边飞，江明需要治疗。"

亚当说："已将指令传达，舒队长。"

江明伤得不轻，右臂骨折，大腿烧伤，他坐上车的时候疼得冷汗直流："我要给自己换个机械臂，这样以后就不用担心骨折了。"

"我觉得行。"兰蓝探头坐进车里，"听说小隗换了个铁脑袋，羡慕，普通子弹也打不穿吧？"

"那你也换一个？黄医生手术做得不错，我的头骨和原装的用着没差。"隗辛瞥了他一眼。

兰蓝："等我用够了原装版就去换个合金版。"

警车升空，隗辛坐在车最后一排，K80被她平放在腿上，隔着防弹作战服都能感觉到枪身冰冷的温度和沉重坚硬的触感。

"感觉如何，隗辛？"沉默寡言的刘康云主动和隗辛搭话。

"不是很好。"隗辛如实说。

"正常。"刘康云平稳地说，"我第一次出任务时也是这样。"

"何止，你拔枪差点射中队友。"江明哼哼着挖苦道，"隗辛比你强多了。"

刘康云老脸一红，不作声了。

"哎，你别老损他，老刘这个闷罐说句话多不容易啊。"兰蓝说。

第七小队的众人不复执行任务时的严肃，气氛松弛了。隗辛在他们交谈时偶尔附和，但大多数时间她神游天外，根本没注意他们在讲什么。

警车从天空降下，队友们陆续下车，她也扛着K80下来了。医生和护士带着担架守在停机坪上，江明一被扶出来，他们就把他抬上担架。

第二章 会面

"该治伤的治伤，剩下的去换装备。"舒旭尧说，"去休息室洗个澡，淋雨了别感冒。"

隗辛跟着一路唠叨的兰蓝去装备室脱下装备，换上常服，又跟着他来到休息室。进入休息室前，兰蓝停住脚步，隗辛闪避不及，差点撞上他的后背。

兰蓝笑着指指门牌："这是男休息室，女休息室在隔壁。你在想什么呢，这么走神？"

"哦，我没注意。"隗辛扭头钻进隔壁房间。

休息室里有浴室，各种物品一应俱全，隗辛洗了个澡，吹干头发，瘫坐在沙发上。

"实习巡查安保员隗辛，舒队长在门外等您。"亚当说。

隗辛像个游魂似的从沙发上爬起来，去开休息室的门："队长，有事吗？"

"嗯，跟我来。"舒旭尧转过身带路。

他们一路前进，来到一个标着"心理治疗室"的金属门前。"今天正好是杨主任值班，你可以找他聊聊。"舒旭尧温和地说。

隗辛想要拒绝："我没问题，队长，我就是有点累，歇一歇就好了。"

"身体累了可以通过适当的休息来恢复，心灵累了需要找治疗师。"舒旭尧说，"这几天你经历的事情太多了，你精神状态不对劲，需要接受心理疏导。进去吧，杨主任是个优秀的治疗师。"

隗辛犹豫了一下，来到门前。金属门开启，她走了进去。

"欢迎。"办公室里的男人轻柔地说，"隗辛是吧？我和你队长是老朋友了。"他的嗓音低沉悦耳，让人联想到音色舒缓的大提琴。隗辛看到他衣服上的胸牌写着"杨星陨"。

"你好，杨主任。"隗辛说。

杨星陨说："坐，别那么拘谨。心理治疗室是一个让人放松的地方。"隗辛依言坐在他对面的转椅上。

心理治疗室的确让人很放松，这里的装潢和别的房间完全不同，地板居然是木质的，墙上贴了暖色调的墙纸，有两面墙壁被做成了书架，各种纸质书错落有致，暖黄色灯光的色调很温柔，不像走廊上的灯光那样泛着冷冰冰的蓝色。

"喝茶还是喝年轻人都喜欢的碳酸饮料？我这儿饮料种类挺全的，没有就叫人送过来。"杨星陨笑道。他身后的开放式茶柜里用玻璃器皿装了十几种不同的茶，有五颜六色的花茶，还有绿茶和红茶。

"茶，什么茶都行。"隗辛说。

杨星陨点了烧水按钮："那给你泡杯枸杞红枣茶吧，我天天喝这个。"

隗辛暗想，这位杨主任年纪轻轻就开始养生了吗？

杨星陨熟练地泡了杯枸杞红枣茶，还往陶瓷杯里扔了块红糖，他推过茶杯说："喜欢我办公室的装修吗？"

"喜欢，跟别的地方不一样。"隗辛喝了口茶。

"我讨厌金属的颜色，太冰冷了，长时间看着会让我感到压抑。"杨星陨说，"现在这个社会患有精神疾病的人越来越多了，不仅是因为生存压力，还因为生活环境。金属和机械让人联想到高效、理智和严密，人们总是被金属和机械包围，放松不下来，所以我就把心理治疗室的风格变了一下，变得温暖而富有'感情'一些。"

"这里很不错。"隗辛说，"我们不立刻开始心理疏导吗？"

"这就是心理疏导，我们是来聊天的，聊聊家常，疏解烦恼。"杨星陨说，"缉查部的工作很辛苦吧？"

"还好，我是新人，队长他们很照顾我。"隗辛干巴巴地说。

"你可以对我倾诉你的烦恼。"杨星陨说，"隗辛，能进外勤组的都不是被动的人，发现了问题就要主动解决，不能变得被动。"

隗辛一怔："我的确有个烦恼。"她垂眼喝茶，放下茶杯，"我以前也觉得自己是个主动的人，我努力学习，努力上大学，努力赚钱……可是最近我变得很被动。"

"被动大部分是由于没有确立好奋斗的目标。"杨星陨说，"你的目标是什么，你想好了吗？"

隗辛不确定地说："做个有钱人？"

杨星陨笑了笑："你看，你自己都不确定你的目标了。目标应该让你只要一提起心中就充满动力，你提起目标的语气应该肯定且坚决，而不是犹疑。"

隗辛皱起眉毛。

"确立目标很难，我知道。我上大学的时候也经历了漫长的迷茫期，最终才知道自己想要的是什么。"杨星陨说，"你可以慢慢想。"

"好。"隗辛点头。

"我们先专注解决眼前的事。"杨星陨说，"我听你队长说了，你对杀人很不适应。"

隗辛轻轻"嗯"了一声。

"能告诉我你的感受吗？"杨星陨说。

"伤害异类和伤害同类的感觉是不同的，你知道这种感觉吗，杨主任？"隗辛说。

"异种生物是异类，所以你可以没有负担地开枪，但是面对人类，你难以

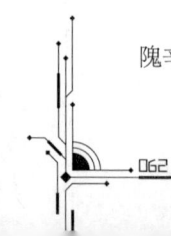

第二章　会面

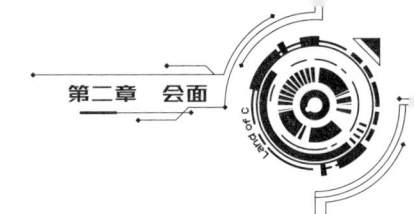

做到理智，是吗？"杨星陨说。

面对他的疑问，隗辛没有点头也没有摇头。

在隗辛的观念里，她和柴剑是同类，和习凉是同类。在第二世界，除了玩家之外的所有人，在她眼中都是异类。

隗辛说："我杀死了同类，尽管我知道我没有做错什么，但这依然令我有些无法释怀。"

"人类的同理心决定了你会产生这样的情绪，作为安保员，你注定要处理这样的情绪，和这种情绪做斗争。"杨星陨说，"现在我们来做一个假设，隗辛。假如你们在执行任务的过程中没有出现异种生物，没有寄生水螅的威胁，你会怎么对待柴剑？"

隗辛没有任何思索，她说："如果他拿起武器，我会崩掉他拿武器的手，如果他想要接着反抗，我就继续瞄准他另一只手，没有手还有腿，直至他失去反抗能力，这时候队长就能抓捕他了。"

杨星陨说："你从头到尾都没考虑过直接击毙他的选项，你只想让他失去反抗能力，对吗？"

隗辛点头。

"你是个善良的人，隗辛。"杨星陨说。

如果柴剑反抗，亚当会判定他有威胁，隗辛的队友会直接击毙他。只有让柴剑完全失去反抗能力，他才能保住一条命。他反抗不了，逃也逃不掉，挣扎是没有意义的。四肢没了可以安机械的，机械的还比原装的好用。人命没了，就是真没了。

"现在做这个假设没有意义了，他死了。"隗辛说。

"你以后会面临很多这样的情况，你……"

杨星陨没说完，隗辛就说："我在尽力控制同理心了。这种情况我以后确实会经常遇到，我已经在克服了。"

"你也是个坚强的人，隗辛。"杨星陨温和地说。

隗辛在心理治疗室待了两个小时，喝了三杯枸杞红枣茶，还在杨星陨的盛情邀请下一起去员工食堂吃了午饭。她离开时，杨星陨贴心地给她送过来一整罐枸杞红枣茶，说："多喝点，补气血，我看你脸色总是很苍白，有点缺乏气血的样子。"

隗辛无奈地接受了他的好意，抱着一罐枸杞红枣茶回休息室了。现在是下午了，午休时间已经过去。隗辛放下枸杞红枣茶，去第七小队的训练场报到。不管是正式成员还是她这样的实习生，不执行任务的时候基本都会把时间花在训练上，射击、搏击这类实战训练是重中之重。

她乘坐电梯来到地下一层，这里一整层都是训练场。她在训练场入口扫了虹膜，亚当提示：“实习巡查安保员隗辛，您可以在 A 区和 B 区使用训练器材进行基础性锻炼，其他区域的使用权限暂时无法对您开放。”

　　实习员工和正式员工的待遇是有差别的，隗辛不怎么在意，反正更高级的器械她不会用，她这次来训练场是为了确认自己对枪械的掌控力。A 区包括射击训练场。隗辛进入训练场，扫了一眼，发现这儿没什么人，就随便找了个空位站定。

　　"请您选择武器。"亚当说。

　　"制式手枪。"隗辛说。

　　身前的金属桌面无声地朝两边翻开，一把漆黑的枪安静地躺在桌子上。隗辛拿起枪，沉思几秒，将它拆解，记住它的零件，再一一将其组装起来。她平举着枪，用最舒服的姿势指向前方说："三米靶。"

　　"是，已设置三米靶。"亚当回应。

　　隗辛没怎么瞄准，她凭借手感开枪了，砰砰砰的连续枪声中，她射出的子弹全部命中靶子，一颗没脱靶，而且每一颗子弹都在八环以内。这种枪的后坐力比她预计的要大一些，她的虎口有一点发麻。隗辛对自己的成绩没什么概念，她换了弹匣，打算继续尝试："十米靶。"

　　"已设置十米靶。"亚当说。

　　这次靶子更远了，视力一般的人几乎难以看清靶子上的圆圈。隗辛沉住气，平举枪，这次她进行了有意识的瞄准。她扣动扳机，仅射出一发子弹。

　　"砰！"子弹命中十环！靶子最中心！

　　隗辛眉眼舒展："亚当，十五米靶。"她进行了多次尝试，靶子的距离从十五米逐渐加到二十五米。每一次射击，她的最低成绩都没有跌出过七环。隗辛指尖发麻，但是身心舒畅，好像所有的烦恼和压力都被她开枪发射了出去。

　　这样的成绩离不开"战斗本能"的加持，不过她还是很有射击天赋的，她在一次次的射击中提升了对枪的认识与理解，训练是她熟悉这些金属武器的方式。隗辛能熟练地用枪，体能和格斗术都不弱，不是从前的"战五渣"了，在安保员队伍中，她也属于比较出色的那一批了。

　　况且今天她已经算是一个超凡能力者了。今天上午的任务中，她杀死了柴剑，剥夺了他的超凡能力"阴影穿梭"。她此刻的面板有了明显的变化。

基础属性

姓名：隗辛

职业：剥夺者

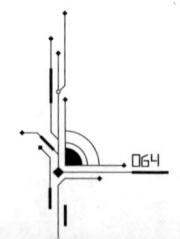

第二章 会面

超凡能力：阴影穿梭 E 级。你可以利用阴影进行小范围的空间穿梭。

固有天赋

表演人格：你演技高超，能骗过大多数人。
生命强韧：你像"小强"一样生命力顽强。
危险规避：你能敏锐地察觉到身边的危险并规避它。
快速学习：你学习任何技能都会事半功倍。
战斗本能：你的战斗能力与战斗技巧已铭刻在你的身体里。

柴剑就是用阴影穿梭从精神病院逃脱的，他的超凡能力等级比较低，而且好像不是每次都能发动成功，这就是他面对寄生水螅时无法逃跑的原因。隗辛在意的是，超凡能力的觉醒方式是什么？是运气还是其他的因素？她的队友对于柴剑成为觉醒者非常吃惊，可见觉醒者不是什么烂大街的存在，而是十分稀有的。

她刚穿越过来时，同为机械黎明卧底的黄医生提起过缉查部里就有人是觉醒者，他尤其点名了刑侦组的组长，让隗辛格外小心一些，因为刑侦组组长的超凡能力很有可能是"谎言辨识"。由此可见，缉查部内部对于成员的超凡能力和觉醒者身份极有可能是保密的，连同事都不知道对方的能力以及身份，所以在缉查部医疗中心工作很久的黄医生也只给出了模糊的猜测，而不是确切肯定的答案。

让隗辛感到遗憾的是，她在缉查部找不到安全隐蔽的地点实验自己刚获得的阴影穿梭，在家里则有银面，更加没机会尝试新能力。阴影穿梭是一个很好的能力，假如她以后被抓进监狱，想要逃狱的话就能用上，柴剑就用它逃离了防护严密的精神病院呢。蹲监狱是个比较好的结局，联邦没死刑，乐观地想，蹲一蹲说不定能找到离开牢狱的机会。至于比较差的结局，那就是身份暴露，被昔日队友"清除"。

隗辛放下枪，去了 B 区。

B 区是搏击训练区，有几个安保员穿着训练服，戴着拳套在对练。隗辛不是来找人对练的，她是想借助训练器材确认自己的力量。训练区角落里有拳击测力器。

隗辛从第一世界的杂志上读到过，拳王泰森的右拳力量为 800 磅，功夫巨星李小龙的拳力是 350 磅左右，这个数据和体重息息相关，泰森的体重几乎是李小龙的两倍。单纯的拳力测试无法体现一个人的战力数据，因为影响战力的因素从来不会只有一方面，不过拳力测试可以反映一个人的力量水平。

"我上次的测试数据是多少来着？"隗辛询问。

亚当回答："您上次的拳力测试成绩为215磅。"

这是"安保员隗辛"的数据，不是原身的数据，隗辛认为第一拳她应该保守着打，免得超出原有成绩太多。

她调整呼吸，握拳发力，拳头轰击测试桩。

"砰"的一声，测力器显示器上的数据飞速攀升，瞬间跳过了200，定格在233磅。

"您的成绩相对上次有所提升，具体提升了18磅。"亚当汇报。

隗辛心想："唉，还是打得不够保守。"

原身最起码得是个堪比李小龙的超级战士吧？她不仅有力量，而且有技巧，接受过严格的训练，是个真真正正的人形兵器。

"隗辛！"兰蓝走进B区对隗辛招手，"你在这儿训练呢？"

"是啊，感觉有点生疏，就来摸摸枪打两拳什么的。"隗辛活动肩膀。

"我一天不握枪都觉得手感不对，这东西就是要常练。要不要对练搏击？别看我是技术员，我在外勤组的排名可是在前十哦。"兰蓝邀请。

"不了，今天刚出完外勤有点累，状态不佳。"隗辛笑着拒绝，"江明怎么样了？"

"做完手术了，老刘在陪他。"兰蓝说，"你去过心理治疗室了吗？"

隗辛："去过了，杨主任人不错，送了我一罐枸杞红枣茶……"

"他的爱好是送茶，我去的时候他送了我一罐咖啡豆，说技术员需要经常用脑，咖啡能帮助提神醒脑什么的……"兰蓝摊手。

"缉查部里有心理问题的人很多吗？"隗辛问。

"工作压力大了总会遇到这样那样的问题嘛，我们与危险为伴。我之前的一个同事第一次执行清除异种生物的任务，回家连做了一星期的噩梦，是杨主任帮他进行了心理疏导。缉查部设置一个心理治疗室是很有必要的。"兰蓝说，"心理问题不及时排解会造成严重的后果，我身边就有这样的例子，隔壁组的老同事因为误杀了平民产生了严重的心理问题，但是其他人没有发现……最后他自杀了。"

兰蓝感叹："有时人面对压力能表现出惊人的韧性，可有时精神又脆弱得不堪一击。"

隗辛想了想说："我会避免犯这样的错误……其实我想问你一下转正的事，你方便说吗？"

"没什么不方便的，这是公开的秘密，每次对申请转正的实习生进行面试的面试官都是固定的。"兰蓝说,"面试官一般是各个小组的组长,你如实回答面试官的问题就好了,一定要诚实。"

一定要诚实?隗辛一下子就想起了黄医生的警告和传闻中刑侦组组长的超凡能力。

"我知道了,谢谢你的提醒。"她心情微微下沉。

"实习巡查安保员隗辛,请去第七小队办公室报到。"亚当忽然向她传达。

隗辛略微诧异,兰蓝却笑着说:"难道队长要跟你商量转正的事?"

"那我先走了。"隗辛对他道别,离开训练场。

乘坐电梯时,隗辛的思绪很平静,才来到第二世界不过几天,她的心性就有了脱胎换骨的蜕变。她从一个刚高三毕业忙着找兼职打工的学生,变成了一个合格的二五仔,连思维都被她的二五仔身份给同化了。每天操心这件事,操心那件事,每个方面都要顾及,每个方面都不能露出破绽,待人接物需要留很多心眼,说句话还要反复斟酌,真让人心累。

隗辛来到舒旭尧的办公室,金属门开启。

"你来了,隗辛。"舒旭尧说,"把申请表填一下吧。"他递过来一份纸质表格,表格标题是"转正申请"。

"我可以转正了?"隗辛说。

"最终面试通过了就可以,不难,你可以通过的。"舒旭尧说,"面试时间安排在明天上午九点,没问题吧?"

隗辛只有应下了:"我没问题,队长。"

"好,等你转正就可以搬来员工宿舍住了,比你家所在的安宁街安全。"舒旭尧说。

填完表格,下班时间差不多到了。隗辛与舒旭尧道别,回休息室拿上杨星陨送的枸杞红枣茶,乘电梯下楼准备回家。刚坐上悬浮电轨车,隗辛就打开手环,银面给她发了好几条消息。

"我又去港口了。"

"没查到别的,遇见几个不对付的帮派成员,他们太碍事了,我可以让他们消失吗?"

"你再不回复我就自由行动了,你说过我可以自己做决定,对吧?"

"清理完毕。"

"碰见了港口走私的……"

"他们走私的是酒,不值得关注的小玩意儿。"

"你为什么不回复我?这么忙吗?"

"你什么时候下班?"

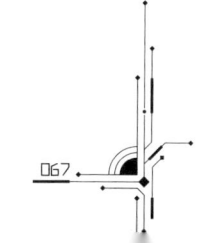

隗辛看得满心无语，把他的消息页面切走了。下面一条消息是别人发过来的，隗辛一看内容就提起了精神。

"午夜零点，港湾区红宝石酒吧，任务执行小队集体会议，商议爆破港口的具体任务分配。全员务必到齐。"

发件人：Red——一个完全陌生的代号。

"你抱的是什么？"银面困惑地看着隗辛胳膊底下夹的玻璃罐。

"同事送的茶。"隗辛扶着门框换鞋。

"你成功打入内部，获取他们的信任了？"银面感兴趣地问。

隗辛随手把那罐枸杞红枣茶放在厨房："别瞎打听，我可没有向你汇报的义务。"

"好吧。"银面说，"你为什么不回复我的消息？"

因为你废话太多了……隗辛在心里默默"吐槽"。

"队友在身边，没空。"她扯了个理由。

银面噎了一下，郁闷地从兜里掏出金属球扔给她："这是我今天查到的情报……好消息是我接入海岸安保办公室的网络，偷到了数据，坏消息是我不小心把数据读取器摔坏了，它现在只有查看功能，没有读取功能了。近一个月的港口人员流动情况都在这里，你看看。"

"不错，有效率。"隗辛不冷不热地夸了他，"数据读取器有备用的吗？"

"没有，我们得回总部实验室换一个，别的装备也要更新一下。"银面闷闷地道。

总部实验室？隗辛在任务资料上读到过，瑞克科技公司三楼的实验室可以为任务执行者提供科技援助，数据读取器属于科技产品，那么银面口中的"总部实验室"指的难道就是瑞克科技公司的实验室？

缉查部一般是六点半下班，隗辛今天到家早了一些，手环显示现在是七点四十分。

"我们吃饭吧。"银面说，"我买了肉，肉好贵啊，合成肉便宜，可是不好吃……"这家伙还知道什么好吃什么不好吃？这倒让隗辛刮目相看。

银面不挑食，饭再难吃也能吃完，她做的白水煮面条他都吃得狼吞虎咽，隗辛还以为他对食物的美味程度缺乏鉴别能力呢。隗辛也饿了，她走进厨房做饭。银面坐在餐桌上，淡粉色的眼睛专注地看着隗辛添水打火，如同等待主人开肉罐头的猫咪，认真中掺杂着点急迫。

"你收到信息了吗？"隗辛背对银面，冷不丁问。

银面迟钝地思索一秒："你是说 Red？"

第二章 会面

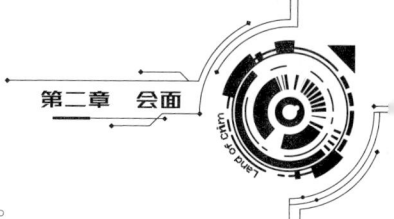

"嗯。"隗辛盯着锅里冒着泡泡的水,等银面说下去。

"收到了。"银面无精打采的,"他总是这样,会议临到头了再通知,说是怕通知时间间隔太长,信息被泄露给敌人……他和你一样,也是那种谨慎过头的人,整天疑神疑鬼的。"

隗辛心思一转,故意说:"原来你对Red是这个评价。"

"你不会要对他说我坏话吧?"银面警惕道。

"我看上去很闲吗?"隗辛说。

银面盯着隗辛看了看,确认她的确没有告状的心思,就说:"在你手底下做事比在他手下好多了,他给我派发任务时,我保准忙得没空吃饭。"

隗辛:"你的逻辑是在我这儿有饭吃,所以觉得我比较好,对吗?"

银面:"可以这么说。"

得了,这是个饭桶。隗辛如此确信。吃过饭,照例是银面收拾厨房。

隗辛回房间看数据时交代道:"收拾完帮我浇花,花快枯死了,客厅的地该拖了,你去拖地。这么好的超凡能力,不拖地可惜了。记得看时间,该出发了叫我。"

银面洗碗的动作用力了一些:"你和Red不愧是前搭档,都这么会使唤人!"

回应他的是清脆的关门声。

隗辛躺在床上,面无表情地看着天花板。她和Red是前搭档,这是个意外情报。Red与她的关系到了什么程度?Red有多了解她?银面的描述中,Red是个谨慎过头的人,他会不会发现什么异样?今晚的红宝石酒吧之行恐怕会充满危险。

隗辛半靠在枕头上,拿出银面交付的数据读取器,阅读里面的情报。这份情报资料详细地记录了港口爆炸案发生以来的人员数据:什么人被列为犯罪嫌疑人,什么人频繁在港口出没,什么人是港口帮派的成员,什么人被列为重点监视对象。犯罪嫌疑人和重点监视对象都用红色的字体标记,目击者和可疑人员用黄色的字体标记,与爆炸案沾边但嫌疑不大的人用绿色的字体标记。

黑海市的监控就是沉默的眼睛,它们观察着每个人并记录下他们的信息,信息汇总到缉查部,超级人工智能亚当会判断他们是否存在嫌疑,是否需要对他们进行追踪。不过黑海市也存在监控盲区,缉查部没法把手伸进每个角落。

黑海市被清晰地划分为两个部分——光鲜繁华的部分和藏在繁华之下的腐朽的部分。这两部分矛盾地结合在一起。

数据太多太杂,隗辛一时半会儿没法分析出来什么,她放下数据读取器,从书桌上抽出一本黑海学院刑侦技术专业的教材,仔细读了起来,打算学点别的换换脑子。刚脱离高三地狱,又要沉入知识的海洋,关键是这知识不学还不行，作为一个安保员，不懂刑侦理论迟早要露馅。

她苦大仇深地看起了书，一边看还一边在网上搜索一些奇奇怪怪的名词和高科技设备的名称，不搜的话她看不懂专有名词，也理解不了那些设备的作用。学习的时间过得很快，到了十一点，隗辛的房门被敲响了。

银面说："该出发了。"隗辛放下书，从衣柜里找了一件黑色的连帽卫衣和一条配套的卫裤换上，又翻出口罩和防风镜用来遮脸，然后走出卧室。

银面已经戴好了面具，他说："我熟悉监控位置，我带路……喂，你这是什么打扮？"

隗辛说："容易碰到同事。"

"也是，你现在是安保员了，不做伪装不行。"银面想了想说，"今晚用口罩将就一下，回头去总部实验室，让他们给你定做个专业的伪装面具。"

"出发吧。"隗辛说。

银面走到阳台："从阳台跳下去有个小巷，没有监控，我们从这里走。"

怪不得他进进出出都走阳台。隗辛走过去开窗，往下望了一眼。三楼差不多有十米高，这个高度跳下去非常危险。

"你行吗？"银面抱着双臂，"没有觉醒的普通人下不去吧？"

隗辛瞄了一眼墙体，一根老旧的水管在窗户边。作为身体素质堪比李小龙的战士，隗辛认为她可以胆子大一些。

"你下来前记得关窗。"隗辛踩上窗台，手握住墙体上镶嵌的管道，轻盈地跃了下去，在管道的辅助下速降到一楼。离地面有两米左右的时候，她松开管道稳稳落地，发出的微小声响被淅淅沥沥的雨声掩盖了。

银面就不像隗辛那样需要借助管道了，他的身体被水流包裹，直接从三楼跳了下来，水减缓了他落地的冲击力。

"小瞧你了。"银面说，"走吧。"

他走在前面，隗辛跟在后面。银面刻意没有放慢速度，想试试隗辛能不能追上他。他踩着小巷里的垃圾堆，翻上一栋低矮的建筑，回头看隗辛，结果她也踩着垃圾堆轻易地翻了上来。她将手指搭在房顶边缘，强劲的臂力带动她的身体向上，协调的四肢令她能做出最精准的动作。

银面看见她敏捷的身手，忍不住跃跃欲试，转身从两个挨得不远不近的房子顶端一跃而过。隗辛紧随其后，助跑跳远，一下子越过相隔三米的房子间距，来到银面身边。

她挑眉："你是想跟我比赛障碍跑酷吗？"

"没有没有。"银面心虚否认，"你的身体素质跟一些觉醒者不相上下了。"

接下来他就老实多了，跳过几栋房子后走了地面，在狭窄的小巷中穿行。

第二章 会面

半个小时后银面停下了，指着不远处闪着五光十色的霓虹灯的巷子说："到了，酒吧在那儿，我们走后门进。"

酒吧的招牌浮夸到了极致，各种鲜艳夸张的颜色和低俗的荧光涂鸦画把它占满了，外装修一点格调都没有，甚至叫人觉得艳俗，跟隗辛想象的相差甚远。哪怕还没进去，他们都能听到酒吧里面传来的喧闹声和鼓噪的音乐。

二人进入酒吧后门，有一名侍者迎面走来，他举着托盘说："今晚的主题是面具狂欢，这位客人要不要选个面具先戴上呢？"

隗辛正愁防风镜不能把额头也遮住，她从托盘上选了一个绘有蜘蛛图案的面具，背过身摘下防风镜，把它扣在脸上。

"口罩不摘吗？"银面嘀咕。

"双重保险。"隗辛说。

她和银面一路来到舞厅，舞女在舞池里狂热地舞动，还有几个男人在客人的起哄中跳钢管舞。音乐震耳欲聋，隗辛掏了掏耳朵，烦躁地"啧"了一声。

醉醺醺的壮汉举着酒杯靠过来，对隗辛展示他肌肉健硕的花臂，说道："喂，要不要和我喝……嗝！喝一杯！"

隗辛花了不到一秒的时间思考该怎么应对这个醉汉，但当醉汉的手不老实地向她伸来时，她放弃了思考，一拳砸在醉汉的鼻梁上，把他当场捶晕。他头破血流，鼻子哗啦啦冒血，倒在地上不省人事。武力值高了就是方便，隗辛已经逐渐适应了这个世界。

没人注意到角落里发生的小小插曲，隗辛从醉汉的身体上跨过去，走到吧台处。身穿制服的男调酒师问："想要喝点什么，宝贝？"

"来一杯迷醉深蓝。"隗辛说出暗号。

"好。"调酒师笑眯眯地给隗辛端了一杯酒，低声说，"负二楼206。"

"我真的要聋了……"银面跟着隗辛下楼时抱怨道，"为什么非要选这里啊？！"

"这你要问Red。"隗辛随手把酒倒了，杯子随便放在路过的玻璃茶几上。

现在她站到206房间外了，负二楼似乎被当成了酒库使用，这里音乐声小了很多，没有来来往往的人，没有色彩耀眼的灯，只有一箱又一箱散发着醇香的酒。

隗辛握上门把手。"生物信息已确认。"门开了。隗辛一走进门，就听见房间里有人阴阳怪气地说："你们来太早了，离会议开始还有半小时呢。"

一名浓妆艳抹、穿着紫色的亮闪闪西服的男人坐在会议室尽头，手上端着眼影盘，认认真真地给自己补妆，他化完妆后对着镜子嘟了嘟红艳艳的嘴唇，似乎很满意妆容。银面貌似对男人的行为习以为常，他走到会议桌旁边，随意选了个位置坐下来。

"Red，这里有备用的数据读取器吗？"银面心记正事。

Red矫揉造作地扭过身，眉毛拧成一团，表情不善地瞪着银面："没有，又摔坏了吗？这是你摔坏的第几个了？说过多少次了，这玩意儿造价不便宜。"

"这是不可避免的任务损耗。"银面辩解。

隗辛也随意落座，尽力装作自然的样子。

Red坐没坐相地靠在座椅上，挑起嘴角，看向隗辛："怎么样，银面好用吗？"

"还行，就是有点笨。"隗辛说出了真实评价。银面愤愤不平地望着隗辛。

Red慢吞吞地说："卧底生涯怎么样？"他嘴一张，似乎想要说什么，可是又顿住了，"差点忘了，你不用以前的代号了……你的新代号是什么？"

隗辛沉默了片刻："富婆。"

Red中肯地评价："这种带有谐星气质的代号的确很难让人联想到你。"

原身以前应该是那种标准的冷酷人设吧？冷漠、严密、讲究效率。Red和银面都用类似的话语评价她。其他任务执行小队的人还没有来，Red矫揉造作地拿出一瓶香水，对着自己左喷右喷。实话实说，这香水味道不难闻，但是隗辛此刻正处于高度紧张状态，看见别人悠闲自在就觉得不顺眼。

Red喷着喷着放下香水，惊奇地说："富婆，这回我喷香水，你怎么没叫我滚呢？转性了吗？"他对隗辛的代号接受良好，顺嘴就喊上了。

隗辛半是真心半是为了贴合人设，讽刺地说："你脸上的妆太丑了，我不想对着你的脸说话。"

本以为Red会暴跳如雷，谁知他听完后满意地扭过身继续喷香水："果然，这语气才对劲儿。"

隗辛心道："这个Red，难道是个不挨骂不舒服的家伙吗？长见识了。"

Red喷完香水，摸出一个小盒子扔给隗辛："你用这个说话，这是新研发的隐形变声器，刚配发到我手里，我试了试，很管用。你有面具，我就不给你新面具了，变声器贴喉咙上就行。"

隗辛打开盒子，把薄如蝉翼、呈肤色的变声器贴在喉咙上，她清清嗓子，发出的声音顿时和以前的截然不同了。调整好变声器，门又被推开了，进来了一男一女。女人穿着暴露的黑皮裙，小麦色的肌肤几乎被文身遮满，她在面部文了一朵带刺的蔷薇，看起来危险又迷人。男人是个光头，整个头顶盘踞着黑色的蟒蛇文身，他身材壮实，手臂比隗辛的大腿都粗。男人块头太大了，坐在会议桌旁的时候一个人占两个人的位置，椅子在他屁股下发出不堪重负的嘎吱声。

第二章 会面

"说过多少次了，不能添一个大点的椅子吗？老子的屁股要卡进里面了。"男人大声道。

"你省省吧，一般人没你这么大的屁股。"Red 翻了个白眼。

"我屁股上是肌肉，别人的屁股上是脂肪，我肌肉比他们多，他们当然没我屁股大！"男人激烈地抗议。

"行了，球蟒，你闭嘴。"脸上文蔷薇的女人不耐地说，"文雅点，别屁股来屁股去的。"

Red 也不留情面地说："会议室的椅子都是这个规格，不想坐就蹲地上。"

代号为球蟒的男人委屈地窝在椅子里："刺蔷薇，你不帮我也就算了，还让我闭嘴……这椅子真的太小了，我的屁股……"

刺蔷薇："你再说一次屁股，我就把你的屁股换成机械体。"球蟒脑袋一缩，不敢吭声了。

刺蔷薇打量银面和隗辛，转向 Red："你该介绍一下新面孔。"

"银面，你知道的。"Red 说，"另一个你也知道，以前的代号不必提了，她换了个新代号，以后叫她富婆。"

刺蔷薇眉毛一皱："富婆？"她若有所思地盯着隗辛，忽然笑了起来，"原来是你，你一直不露真容，要认出来真有点困难。"

隗辛冷淡地看了刺蔷薇一眼，没有回应。球蟒等会议开始等得着急，他摸出一根雪茄，点燃后抽了一口，舒舒服服地吐了个烟圈，烟气四散。银面抬起右手，啪地扔出一团水，把烟浇灭。球蟒眼睛一瞪，正要发作，却像想起来什么似的瞅了瞅刺蔷薇，憋住嘴老实地坐着。

这时会议室的门再度开启，进来的是两个男人……不，是两个少年。他们年纪明显不大，长相一模一样，是双胞胎。他们步调一致，跨出的步伐间距一致，连拉开椅子坐下的动作都是同步的。他们很安静，进入房间后没有和任何人打招呼或进行眼神接触，只是低头坐在那儿，仿佛沉浸在自己的世界里。

最后进来的是一名侍者打扮的男人，他推开门，优雅地整理衣袖和领结，慢条斯理地落座："今晚酒吧生意真好，我有点舍不得离开吧台了。"

"谈正事时就别提你调酒的小爱好了。"Red 说，"好了，四个核心小队全部到齐，有些人是第一次见面，按照惯例互相通名。"

侍者打扮的男人率先说："代号'调酒师'，Red 的搭档。"

"代号'刺蔷薇'，队友是那个光头。"刺蔷薇说。

球蟒说："我代号'球蟒'，不是'光头'，诸位别记错了！"

长相一模一样的双胞胎抬起头。

右边的少年说："我是'琥珀'。"

"我是'黑曜'。"左边的少年紧接着说。

最后自我介绍的是隗辛这个小队。

银面说:"代号'银面'。"

"'富婆'。"隗辛简洁地说。

调酒师看着银面,认真地建议:"你可以把你的代号改成'小白脸',和你队友富婆的匹配度直线上升。"银面没反应过来他在开哪门子玩笑。球蟒听懂了,他拍着桌子,毫无形象地大笑,银面总算明白调酒师没在说啥好话,他立刻说:"恕我拒绝,我的代号挺好的,不想改。"

刺蔷薇厌烦地看着笑得停不下来的球蟒,对 Red 说:"现在换搭档还来得及吗?他太聒噪了。"

"不行,不可以,你们俩磨合一年了,现在换太可惜了。"Red 吹了吹手上的美甲,"等有需要调教的新人,我可以给你拨过去一个。"

"好吧。"刺蔷薇勉强地说。

"寒暄和废话到此为止。"Red 摆正脸色,"我们开始任务会议。"

他点了一下桌子,桌面开启一个小圆孔,孔中伸出全息投影设备。光影变幻,一张大地图清晰地浮现。代表海洋的蓝色地图上,一个闪烁的红点吸引了所有人的注意力,红点上有一个小标签"克拉肯"号,红色虚线标出了"克拉肯"号的行进路线。

"这艘货轮的起始点是南极,中间经停白鲸市、莱顿市,在经过长达一个月的航行后,它会在 8 月 11 日进入黑海市海域,并在我们这里卸下船上装载的货物。"Red 那张妖里妖气的脸上的表情格外严肃,"货轮公司对外宣称货轮装载的是清洁能源可燃冰,但我们都知道这只是个幌子。"

"我们必须不惜一切代价将危险隔绝在外,不能让他们在黑海市把货物卸下。"Red 说,"货轮上的线人传来的情报显示,缉查部海岸安保队极有可能会在货轮进入黑海市前接管这艘货轮的安保工作。在缉查部的重重保卫下炸掉货轮不现实,所以我们最好从港口入手。炸掉黑海市的港口,让货轮无法停泊,这样'克拉肯'号就会被迫改道去其他港口城市停泊。"

"港口太大了,我们需要分头行动。"刺蔷薇说,"能供巨型货轮停靠的只有二号停泊港和五号停泊港,其他的停泊港是供小货船使用的。但是哪怕只炸掉二号和五号停泊港,我们仍然需要巨量的炸药。"

"军火方面的问题不需要担心,老板会解决的。"Red 说,"今天是 7 月 30 日,这五天内,你们需要做的是搜集港口建筑数据,把数据传回总部,总部会计算承重柱方位,接下来在港口承重柱上安装炸弹,进行定点爆破。"

调酒师沉思道:"说起来很简单,好像只有两个步骤似的……可港口被帮

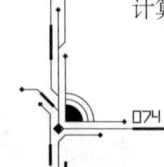

第二章　会面

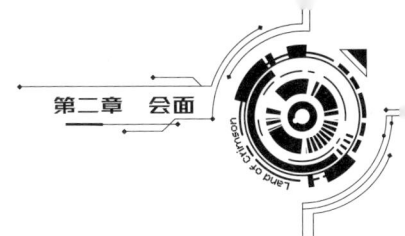

派和缉查部控制，两边人还在搞拉锯战呢。"

"任务危险性很高。"琥珀突然开口，"不过我们都是觉醒者。"

"港口的帮派不值一提，只要缉查部不出动觉醒者，我们就有完成任务的把握。"黑曜说，"可惜这不可能，他们的觉醒者不是摆设。"

"没关系，我们有富婆。"Red 笑眯眯地看着隗辛，"缉查部的相关动向，富婆会向你们传递，你们按照她的指示来就行了。"

"她是卧底？富婆是组织安排进去的卧底？"球蟒扭过脖子。

刺蔷薇说："不该打听的别瞎打听，你怎么不长记性？"

调酒师笑道："怪不得戴面具……"

"面具是富婆和银面的个人爱好。"Red 滴水不漏地说，"我没说过富婆是卧底，也没说过情报来源是什么，不该猜的别瞎猜，小心惹祸上身。"

富婆的身份是什么，情报来源是一手还是二手，富婆是中间人还是情报的直接获取人，如何进行动向跟踪和通报，这些不是组织成员该操心的事。

Red 让隗辛戴面具和用变声器，不是因为会议室里的人不值得信任，而是万一他们执行任务时被抓，极有可能在非自愿的情况下泄露不该泄露的情报，这时候身份保密就有了必要性。作为一名二五仔，隗辛的身份保密等级最高，别的人就没必要像她这样慎重了，今晚本就是一个陌生成员间的"碰面会"。

会议室里所有人都看着隗辛。

"富婆是这次行动的副指挥，若我这边出了意外，没有办法和你们联系，你们就听从富婆的安排。对于制订计划和下决策，富婆是专业的。"Red 说。

隗辛心道："你可真信任我啊，给我找这么多事儿干。"她就是个啥情报都不知道的门外汉，全靠演技和琢磨那些有限的资料苟活到现在。

事已至此，隗辛只有强装运筹帷幄的样子说："你们除了向 Red 汇报，也要向我汇报，我好对情况做出判断。"

"知道了，副指挥。"刺蔷薇对隗辛微笑。

其他人也纷纷应了一声，表示遵从隗辛的命令。隗辛放松了一点。目前为止她的扮演非常稳妥，没有人看出来她不是原装货。她刚才大着胆子对其他人下达了要对她进行汇报的命令，Red 没有反对，其他人也没有违抗命令，这说明她可以放得再开一些。作为副指挥，对执行小队发布指示简直再正常不过了。隗辛可以借助各个执行小队的汇报补充自身的情报，深入了解机械黎明，并且调查"克拉肯"号的事。

"接下来是分组，"Red 说，"我、调酒师、琥珀与黑曜负责二号停泊港的数据搜集和爆破装置安装，五号停泊港由富婆、银面小队和刺蔷薇、球蟒小队负责。如果我们有任何一方出现了意外，另一方就要及时支援。这可能是我们执行的最危险的一次任务,所以要格外小心。一有不对劲的地方就要及时汇报,获得了情报也要及时通传。"

银面举手:"这是任务方案 A,还有 B。用方案 A 能完成任务固然很好,可是我们依然要准备备用计划。"

"是的,如果任务方案 A 顺利,我们可以在 8 月 7 日前爆破港口,预留的时间还有三天。"Red 说,"如果任务不顺利,我们就用预留出来的这三天时间执行方案 B……执行方案 B,我们就要做好牺牲的准备。"

银面说:"我随时都做好了牺牲准备。"

"别把牺牲挂嘴边,组织还需要你。"Red 环视会议室,"在场的人都是组织不可缺少的人才,你们有着强大的超凡能力和优秀的头脑,是组织的核心。活下去才能为组织创造更多的价值,完成我们伟大的事业——这些道理你们应该牢记在心。"

Red 把手放在胸口,妆容艳丽的面容上有着出乎意料的虔诚神情:"一切为了黎明。"众人皆低声道:"一切为了黎明。"隗辛合群地混入其中,也念了"一切为了黎明"这句话,然而她身上直起鸡皮疙瘩。这是什么传销现场?机械黎明洗脑能力太强了,每个人都忠心耿耿,争着抢着要为组织奉献终身,让人感觉毛骨悚然。要是以后有能力,她一定要脱离机械黎明,这传销组织谁爱待谁待,反正她不待。

会议进行了一个多小时,Red 展示现有情报,对任务的各种细节进行分析。隗辛听得无比专注,绞尽脑汁发表两句简短的、听上去很有道理且不容易出错的看法,维持高冷机智的人设。

会议结束,隗辛出了一身虚汗。其他小队陆续离开会议室,银面也在 Red 的要求下去门外等候,因为 Red 有事要和隗辛单独商量。

"这枚读取器是老板让我转交给你的,它昨天才被制作好。"Red 把黑色的袖珍读取器推过来,"想办法进入缉查部的人工智能亚当的核心数据库里,把读取器插到计算机上,组织制造的病毒就会在亚当的数据库里潜伏下来,让它成为我们获取缉查部情报的窗口。"

"好。"隗辛淡定地收起读取器,"想完成这个任务恐怕要等一段时间了,我暂时没有进入数据库的机会。"

"嗯,首要任务还是'克拉肯'号。"Red 说,"在缉查部不要冒进,你执行的是长期潜伏任务。"

"不需要你提醒,Red。"隗辛已经很会拿捏自己的外在性格了,"我知道该怎么做。"

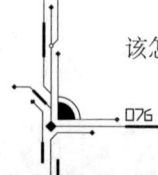

第二章 会面

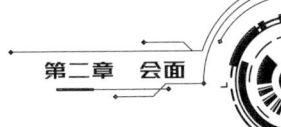

Red 咧嘴："啧，你这臭脾气真该改改了。行了，走吧，看见你我也觉得碍眼。"

隗辛起身推开会议室的门，银面靠在墙边打瞌睡，开门的动静惊醒了他，他晃晃脑袋，提起精神说："要回家了？"

他们离开酒吧负二楼，回到喧闹的舞池。

银面看见侍者手上端了点心和水果，伸手顺走了两盘，嘟囔道："反正是咱们的地盘，吃东西不用付钱。"

"其他人散了？"隗辛扫视酒吧舞池。

"散了，早走了。调酒师是这里的负责人兼老板，他没走，在那儿端盘子呢。"银面说。

隗辛穿过人群，从酒吧后面出来。她一出来就忍不住深呼吸。酒吧里的空气太污浊了，烟味、酒味、香水味、汗味交织在一起，让她喘不过气。

银面也舒畅地深呼吸："里面那味儿差点憋死我。"

"是吗？我看你张着大嘴吃得挺开心的。"隗辛瞥了他一眼。

他们踏上回家的路。雨小了很多，是蒙蒙细雨，细小的雨滴打在脸上十分舒适，不像暴雨那般迅疾凌厉，叫人只想躲闪。

银面走在前面，隗辛喊住他："等等，回家换一条路线，不然容易被追踪。"

银面："好……你说啥就是啥。"

他转了个弯，走了条新路。

"这条路线大概需要走四十五分钟，原先那条需要走三十分钟。"银面说。

"时间和远近无所谓。"隗辛说，"我们不能出差错。"

银面走到一栋小楼边上，利用控水能力跃到楼顶，这栋楼没有借力点，隗辛爬不上去，银面就挥手甩出一条水鞭缠住她的腰，把她给拽了上来。柔和而无形状的水在银面手中被赋予了新的特性，水鞭富有韧性，就如真正的鞭子，能让人轻而易举地施力。

隗辛紧紧追在银面身后，探索这条全新的线路，同时她有意识地侦察四周，避开楼房的窗户和灯光照亮的地点，在黑夜里潜行。

她的身躯灵活矫健，单手借力也能拉动身体攀爬，从数米高的地方跳下来也能调整姿势减震落地。她是黑夜的猎手，城市是她的猎场。

连续飞跃楼房避开监控后，银面落地了："从现在开始在地上走就行了。"

隗辛点头，呼吸间觉得无比畅快。她的心脏在胸腔内搏动，身上出了汗，是运动过后酣畅淋漓的汗水。红宝石酒吧里和机械黎明组织成员的那场会面让她提心吊胆，此刻她心情平复，恢复到冷静状态。

Red 放心地把读取器交给了她，并且传达了去给亚当安装病毒的任务，这

077

就说明 Red 对她没有起任何疑心。而其他组织成员，除了刺蔷薇似乎对她有点熟悉，别人都对她反应平平，她与他们基本是陌生人的状态。之后几天，组织成员要去忙任务，隗辛不会见到 Red，这大大减少了她暴露的风险。隗辛渐渐安心了，她放缓脚步在街边行走。

夜晚散步，倒也悠闲。

正在行走时，她的心脏忽然一跳，不祥的预感毫无预兆地占据了她的心神。这一刻隗辛的心率比刚刚运动时的还要高。"危险规避"这项固有天赋突然被触发了，她的直觉在向她疯狂警示——危险来临了！

电光石火之间，隗辛的身体遵从直觉的警示，做出下蹲的规避动作。可与此同时，在她的视野盲区，一枚子弹从安装了消音器的枪管中旋转着脱出。人类的速度怎么可能比得上子弹的速度？在隗辛完成规避前，子弹命中了她的额头。

"铛！"

子弹命中隗辛后，她脸上戴的蜘蛛面具碎了一半，脑袋上传来清晰的钢铁交鸣声，改造后的合金头骨为她挡住了这一发子弹。隗辛被子弹的动能击得头部后仰，身体后退一步。她的脑瓜子嗡嗡响，额头流血，一颗变形的子弹卡在合金头骨上。

旁边的银面瞬间做出反应，一大片水幕被撑了起来，刚好拦住另外几发飞射而来的子弹，子弹被柔软而有弹性的水幕阻挡，叮叮当当掉落在地。隗辛抠下脑袋正中央的变形子弹，子弹的孔洞下，泛着金属光泽的银色头骨露了出来。

"什么人？！"隗辛怒火中烧。

差一点点，就差那么一点点！如果子弹没打头部而是打心脏，此时她已经是一具新鲜的尸体了。

"有人想杀你！"银面警惕道。

"我知道。"隗辛抹着脸上的血，咬牙切齿地看向子弹射出的方向，轻微的脑震荡让她眼前的景象有点重影。

有人想杀她！是谁想要杀她？

银面进入战斗状态，他的气质冷凝了，像出鞘的利刃，面具下的淡粉色眼眸谨慎地扫视着黑暗。银面的面具实际上也是一件装备，自带夜视功能，他开启夜视模式，目光不断搜寻可疑身影。

"在三点钟方向，六十米外的废弃居民楼里。"银面根据弹道推算出狙击手方位。

他没有去追击，因为隗辛不是觉醒者，一发子弹就能要她的命，谁也不知

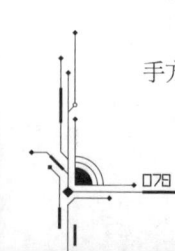

第二章 会面

道附近有没有别的杀手，他必须保护她。隗辛除了合金头骨之外的部分是血肉之躯，受伤了会流血。

"用你的超凡能力，不要让我的血流到地上。"隗辛不得已对银面下了这个命令。

隗辛的生物信息和缉查部留的生物信息是吻合的，得到含有她生物信息的东西就能匹配上她的身份。银面张开五指，地上的面具碎片和面具上沾染的血液在他控制下分解，溶入水中。隗辛指缝里和流到下巴上的血也在他的控制下悬浮，一滴都没落到地上。

"有我在，他们不会拿到你的血。"银面低声说。

"去追。"隗辛缓过劲了，眼前的景物不再重影，"我们一起行动，你注意防御。"

废弃居民楼的楼房连玻璃都没有，子弹就是从那栋楼里射出来的。贫穷混乱的港湾区里的不少路灯是坏的，在缺乏光照的情况下，除非使用科技设备，谁也看不清黑暗里的东西。

银面的身体变成透明的流水，隗辛则开始奔跑。第一世界的短跑冠军不到十秒就能完成百米冲刺，平均速度为十米每秒，而隗辛的速度比起短跑冠军也不分轩轾。她从未这么快地奔跑过！风被她抛在了身后。隗辛脚掌踩地，跳起后踩在废弃居民楼一楼的窗台上借力，手臂挂上二楼，她像体操运动员翻单杠似的单手施力，顺利爬了上去。

隗辛听到了脚步声，有人慌乱地跑下楼。脚步声在空旷的楼层一遍遍回荡。那个人离隗辛很近，她看到居民楼的楼梯拐角闪过一道身影。

隗辛迅速从窗台跳下来，从腐坏的防盗窗上掰下一根生锈的钢管，助跑两步，用投掷标枪的动作把它给扔了出去。

锵——钢管命中了！

"啊啊啊……"黑影倒地惨叫，他的肩膀被洞穿了，一支步枪从他怀里掉落。

水涡凭空出现，卷住了被钢管洞穿肩膀的敌人。银面在隗辛身边落地，一股水绳拉动敌人的身体，把他拖到隗辛面前。

这是一个蓄着胡子的男人，他歪倒在地，肩膀上的贯穿伤在流血，血融进了银面操控的水涡里。男人外表邋遢，胡子纠缠在一起，他痛苦地蜷缩着，半长的头发遮住了脸。是不认识的人，隗辛确认。她打开手环，调出拍照功能，银面用水流拨开男人的头发，让隗辛拍照。

男人使用的是射程有限的步枪，所以他没有在几百米外狙击，而是在近处狙击。港湾区穷，建筑物大多低矮，障碍多，难以找到合适的狙击点，他的狙击点不是二楼，应该至少在四楼。他开了枪之后发现没有命中，就下楼逃跑，可是他没有隗辛快，被逮了个正着。

"知道怎么做吗？"隗辛问银面。

银面上前一步，阴沉地说："交给我吧。"

他拔出男人肩膀上的钢管，在他的控制下，血液没有喷涌而出，没有让男人失血而死。

"你是谁？谁指使你的？"银面说。

男人面容扭曲地喘气，没有回答。银面张开五指，一团水包裹住男人的头颅，男人嘴里冒出一串气泡，肺部呛水，剧烈抽搐，四肢弹蹬挣扎。一分钟后，男人的挣扎减弱，银面散去那团水，又问："谁指使你的？"

男人咳出肺里的水，恐惧地说："我不知道，求求你，我不知道！"

银面不留情面地一脚踢在男人下颌上，两颗牙从他嘴里飞了出来。银面再次问："谁指使你的？"

"我真的不知道！"男人仓皇无措地说。

他刚说完"不知道"，头颅就被水团包裹，这回银面看他挣扎的时间长了一些，他快不动了，银面才散去水团，让他呼吸。

"还回答不知道吗？"银面踩在男人肩膀的伤口处，狠狠碾了碾，让他在疼痛中保持神志清醒。

"我是个不入流的杀手，刚刚还在酒吧里喝酒，我跟一个交易贩子进了厕所，后面的事我没有记忆了，求求你！我没有说谎！"男人脸色惨白，"我……"

男人忽然哑了。

一只长得像蜘蛛但有着细长口器和一对触手的生物顶破他的头盖骨钻了出来，餍足地伸展触手。他在头骨保护下的大脑被这不明生物吃了一半！

连银面都被这诡异恶心的场景惊得后退一步。隗辛举起手环，"咔嚓"一声拍下这只不明生物的照片。事实证明她的应对迅速且及时，因为下一秒，地上抽搐的男人和这只长相恶心的不明生物一起融化成了一摊血水。

男人的皮肤先是渗出血珠，然后干瘪，最后全部融化了，只剩下他的衣服泡在血水里。这个过程快速且悄无声息。

"从没见过的异种生物。"银面凝重道。

异种生物有许多种类，寄生水螅是一类，眼前见到的血红色蜘蛛怪又是另一类。银面见识不少，可这次的异种生物他是第一次见。

隗辛嗅到了令人作呕的血腥味，她强忍不适，握住钢管，挑开泡在血水里的衣服，最终在衣服里发现了一枚闪着光的通信器，这枚通信器居然还在工作

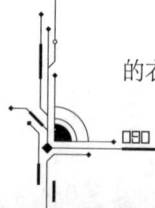

第二章　会面

状态。隗辛和银面对视一眼，不约而同地想到了同一个问题——通信器另一端的人是谁？

隗辛蹲下身对着通信器说："你的人死了。"

下一秒，通信器的光点熄灭了，另一端的人挂断了通信。从隗辛抓到杀手，到银面审讯杀手，这个过程中通信器始终是开启状态。也就是说，隗辛和银面的交谈声以及银面审讯杀手的声音，对面全部听见了。

隗辛打了个寒战。如果她和银面抓到杀手后放下警惕，交谈了不该交谈的内容，言语中泄露了不该泄露的身份信息，对面就会从通信器中知道这一切，她的身份就会暴露。

隗辛第一次体验到被算计的感觉。对方计划周密，控制杀手朝她射击，从头到尾没有露面，这枚意料之外的通信器更是让隗辛后怕不已。

不幸中的万幸，找到凶手后她和银面一句废话没说，直接进行了审问，没泄露任何信息，而且隗辛的变声器好好地贴在喉咙上没取下来，对面未曾听到她的真实声音。

银面抬手点在自己的面具上，不可见的光束扫描这片空间，他看完面具反馈的环境数据后说："没有额外的监听设备了。"

隗辛说："银面，把通信器洗一下收起来，这是物证。这个杀手没说在哪个酒吧碰到了交易贩子，我要搞清楚他的详细资料和经常出没的酒吧……那个交易贩子可能就是关键。"

"怎么回事，怎么会有人袭击我们？"银面百思不得其解，"我们明明换了路线，选了最安全的路线。"

"不对。"隗辛咬住嘴唇，"不是袭击'我们'，是袭击'我'。"

银面惊悚地看向她。

"这个杀手目标明确，他就是冲着我来的，第一枪对准了我的脑袋，而不是对准你。"隗辛说，"我是他瞄准的猎物，你不是。"

银面说："也许是巧合……"

"这种事不存在巧合，就算是巧合，也不能把它当成巧合来看。"隗辛又举起手环，对着地上的一摊血水拍了几张照片，她放大照片，调整图片的明暗对比，寻找在黑暗里观察不到的细节。

"而且你没发现吗？杀手发现第一枪没能杀死我之后立刻补了几枪，被你挡住了。"她大脑转动，一点点分析，"换位思考，如果我有多个目标需要击杀，我在开第一枪后不会去观察结果，而会尽快把枪对准下一个猎物。因为在开枪射第一个猎物时，其他猎物是会被惊动的，为了保证整体的命中率，第一枪最好不要回头看，抓紧时间射击其他目标才是明智之举。第一个逃了，命中第二个也是赚的。"

"但是他的第二枪没瞄准我，他的每一枪瞄准的都是你，只有你。"银面品出不对了，"你是被重点关照的！"

隗辛迅速写了一个几十字的简短报告，附上图片发送到机械黎明总部。她犹豫片刻，拨通了 Red 的通信。

"喂？"背景音是嘈杂的音乐声。

"我遇袭了，出现了新形态的异种生物，消息我传回总部了。"隗辛说，"你过来一趟，给我带支治愈药剂，我受了点伤。"

Red 骂了一句，说："你等着，我这就去，定位给我发过来。"

隗辛发送定位，紧接着拨通了刺蔷薇的通信。

"有事吗，副指挥？"刺蔷薇那边十分安静。

"你在哪里？"隗辛问。

"在林中路 56 号美容院。"刺蔷薇说，"发生什么事了？"

隗辛："球蟒呢？"

刺蔷薇配合地回答："在红宝石酒吧隔壁吃夜宵，不知道吃完了没。"

隗辛没一句废话，直接说："给我发送你的当前定位。"

刺蔷薇挂断通信，下一秒就把定位发了过来，上面显示她的确在林中路 56 号。

隗辛马上又拨打了球蟒的通信："把你的定位发过来。"

"哦哦，好的副指挥。"球蟒那边嘬面的声音停了，不一会儿也发来了定位。

定位显示他在红宝石酒吧附近，与刺蔷薇所说的吻合。接下来一分钟，隗辛挨个拨打所有任务执行小队成员的通信，让他们发送定位信息。她浏览所有人的定位，发现没有一个人在她附近的位置。她切换地图，搜索酒吧，附近的所有酒吧都用红点标注了出来。隗辛将队友们发的定位和酒吧位置进行对比。

"你让大家发定位干什么？"银面不解地问。

"你多少动点脑子，银面。"隗辛暂时收起手环，拾起杀手掉在地上的步枪，沿着二楼楼梯向上走。

银面苦思冥想，恍然大悟："你觉得我们中有内鬼？"

"嗯。"隗辛摸了摸脸上碎了一半的蜘蛛面具，"我们刚开完会回来，路上就有人要杀我，天下哪有那么巧的事？"

"我们的同伴不可能背叛彼此！"银面震惊道。

"那你觉得为什么有人要杀我？只杀我一个人？"隗辛反问。

银面语塞。他想了半天："因为，你是卧底？"

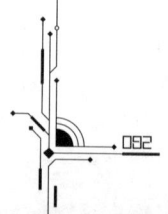

第二章 会面

这是隗辛最特殊的身份,她是港口爆破任务的副指挥,可是其他人也在这次任务中发挥重要作用,她没道理被列为首要击杀对象。她是缉查部的卧底,只有这个身份最不同寻常、最引人注目。

"我推测,今晚参加会议的人中有人是内鬼,而且这个内鬼和缉查部有所牵扯。内鬼从会议中听出我的身份不同寻常,于是决定对我下杀手。"隗辛说,"可是这又有矛盾点了。"

"什么矛盾点?"银面跟不上隗辛的思路。

隗辛说:"缉查部的职责之一是清除异种生物,他们怎么会驱使异种生物寄生杀手呢?"

那只令人恶心的蜘蛛形异种生物寄生在杀手的脑袋里,在杀手没能完成击杀任务后,异种生物立刻杀死了他,让他的身体融化,一点痕迹没留下,异种生物也随着杀手的死亡一同消融了。她见过寄生水螅,被寄生水螅寄生的人类身躯会变得畸形,但是今晚的杀手被寄生后居然能正常地说话,直到最后异种生物钻出来,他才死去。

隗辛有理由相信,杀手是一个傀儡,被异种生物寄生并控制的傀儡。某个人把异种生物放进了杀手的身体里,于是杀手在异种生物的寄生下非自愿地做了这些事。

银面说他以前没见过这种蜘蛛形异种生物。这只异种生物由谁在操控?是谁让异种生物寄生到杀手身体里的?

隗辛在沉思中走上三楼,在没有玻璃的窗台边查看。三楼视野并不开阔,杀手没在这儿开枪。隗辛又去四楼查看了一圈,等她走到五楼,躲避危险的直觉促使她停下脚步。

隗辛想了想,对银面说:"我要走过去了,五楼窗台太空旷,没有遮掩物,你用水幕掩护我。"

"好。"银面说。

她走上台阶,走到窗户边低头搜寻,看到了一枚弹壳。杀手在五楼西侧右数第二个窗台开枪。隗辛走近寻觅,在窗户下发现了更多的弹壳。幸好杀手用的是步枪,要是他用K80那种性能优异的长狙,一发子弹就能洞穿她的合金头骨。

隗辛站在大开的窗户前,毫无遮拦。突然间,"危险规避"再一次被触发了!辅助枪械瞄准的激光红点出现在隗辛身上。

依然有消音器,子弹无声射出,但这次银面在隗辛的提醒下早有准备,水幕瞬间伸展,子弹命中水幕,旋转着停下,失去动能。银面的水幕三百六十度无死角地包裹着隗辛,生怕她被射中。

"连环局！"银面大吃一惊，"居然还有人在伏击你！"他不寒而栗。

隗辛在路上被子弹射中，没死。去废弃居民楼追击杀手，杀手死了，于是隗辛在废弃居民楼查看案发现场，这时又有一发子弹斜刺着射了出来。若隗辛因杀手的死有半点松懈，认为自己脱离了危险，那她现在依然会死！

"我们去追！"银面说。

"你看到我身上出现的红点了吗？这次不是步枪，是狙击枪，太远了，追不上。"隗辛冷静地选择放弃，"幕后主使非常非常谨慎。"

她和银面离开窗户，从这栋废弃居民楼撤走，找了一个较为安全的角落等待 Red 到来。

"让你在今晚开会的所有人中选一个最信任的人，你选谁？"隗辛看向银面。

"Red。"银面说，"他是最老的一批成员了。"

"让你选一个最不信任的人呢？"

银面说："有的人我不熟，做不了判断。"

隗辛说："他们可能没有背叛，而是被寄生、被操控了，如果异种生物有能力寄生觉醒者的话……"

银面眸光深沉："总部会搞清楚那个异种生物是什么。"

隗辛拉了拉兜帽，把脸遮得严严实实。面具坏了，不过只有额头露了一小部分，收紧卫衣的帽子就能把脸蒙上。黑夜里，枪手距离远，夜视装置可以看清人影，但不能看清面容。隗辛不知道第一枪命中时她的金属头骨有没有暴露，幕后主使是在附近暗中观察，还是在远处操控？他是否猜中了她挡下子弹的方式？

她明白让所有队员发送实时定位不是个绝对严谨的做法，定位也是可以做手脚的，一个合格的幕后主使不会在细枝末节的地方暴露自己。她打通信是为了确认所有人的状态，诈一诈对方，万一对方有破绽，她就能锁定幕后主使的身份。可惜这次的幕后主使是个"高端玩家"，把自己隐藏得很好，甚至做了个连环局。

五分钟后 Red 赶到了，他骑着机车在街上飞驰，后座上坐着调酒师，他们两人都佩戴着伪装面具。调酒师率先下车，他面具下的瞳孔变成了红色，环顾四周："没有监控设备，没有携带武器的可疑人员，目前安全。"

Red 拨了一下被风吹乱的挑染的头发，上下打量隗辛，扔给她一支药剂："给，外敷的。原来你伤在头上，确实显眼，抹上这种新型药品，三小时后你的伤就能愈合，不用担心。"

隗辛拆开药剂包装，手伸进帽子里，往额头上抹药："报告我发总部了。"

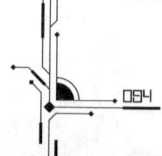

第二章 会面

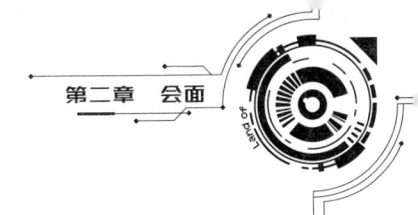

"人抓住了吗？"Red 问。

"死了。等你的时候我在调查现场，然后二次遇袭，第二次遇袭我没去追，枪手距离太远。"隗辛调出手环，把拍的照片发给 Red，"照片都在这里了，物证是一枚通信器和一支枪，通信器由银面收着。"

"没见过的异种生物。"Red 嫌恶地皱眉，"能拍下这种恶心的照片，不愧是你。"

调酒师凑近看了一眼，也皱起了眉。

隗辛说："杀手尸体在二楼……当然现在已经是血水了，只能采个样。第二次袭击时以废弃居民楼为观测点，枪手的方位应该在四点钟到五点钟方向之间……你们现在去排查排查，应该能捡着子弹壳什么的。"

"我们中有叛徒。"Red 不用隗辛细说就跟她做出了一样的判断，"太巧了，不可能有这样的巧合……"

虽然 Red 打扮得怪里怪气的，但脑子还是好使的。

隗辛说："我和银面特意换了路线回家，可敌人还是追踪到了我。"

"敌人是用什么手段追踪到我们的？人力跟踪？微型机械？"银面沉重地说，"我们的处境太危险了。"

调酒师说："我没有感知到追踪装置，对方不是用科技设备追踪的，至于人力追踪，这种原始的方法银面和富婆不会发现不了。不排除对方具有跟踪监视类的超凡能力。"隗辛侧目，调酒师的超凡能力似乎与感知侦察有关，且可以感知到高科技设备？

"别回家了，太危险，在没搞明白敌人的追踪手段之前，回去容易暴露住址。富婆，你和银面回安全屋休息。"Red 说，"我等会儿联系总部，让他们把几个编外小队调过来排查现场。"

编外小队的成员一般是不具备超凡能力的普通人，他们往往从事后勤之类的工作，比如清扫战场、军火装配、技术分析等等。不具备超凡能力不代表他们是杂兵，每个队伍成员都接受过绝对严苛的训练，精通专业领域的知识。相比觉醒者，普通人才是机械黎明组织的大多数。

"剩下的事交给你们了，我要上班，不像你们能弹性安排时间。"隗辛说。

"好。"Red 说，"你专心应付缉查部，后方的叛徒，我替你处理。"他浑身弥漫着一股肃杀的气息。

"能抓到活的就把人带到我面前。"隗辛说，"我要知道这个人是谁。"

球蟒拿烟的手微微颤抖，他深深吸了一口雪茄，对着通信器低声说："我不干了。那个'富婆'太敏锐了，杀手开完枪后过了半分钟……也许半分钟都没有，富婆就把他抓住了。富婆身边的'银面'，觉醒等级至少是 B 级，可能接近 A 级。"他重复说，"我不干了！我不想送命！"

"我高估你了，我以为你会更有勇气一些。"通信器里传来喑哑的声音，这是经过变声器伪装的声音，"我答应过你，事成之后会给你安排新的身份，让你离开黑海市，去别的地方生活。"

"在拥抱新人生之前，我会先没命。"球蟒说，"太危险了，该死，该死！我就不该鬼迷心窍地答应你去杀富婆！Red 的手段比你想象的恐怖，富婆也不是个好惹的，他们会怀疑我的……他们已经在怀疑我了！富婆遭遇枪击后给我打了通信问我在哪里，这家伙一定是在试探我！"

球蟒惶恐不安，越想越害怕，他说："我承担的风险比你描述的大很多，我不能冒险了。"

"不要推卸责任。你没能把足量的气味标记附着在你的队友身上，这才是导致如今的被动局面的主要原因，如果气味标记成功了，今晚参加会议的所有人都能被顺利追踪到，我们会立刻开始斩首行动，逐个击破，你也不用提心吊胆。"那个人冷冷地说，"可是你的气味标记只标记了少数几个人，而且附着量太少，只持续了两个小时就散了，我们难以追踪到他们。"

"要不是时间太紧张，机会千载难逢，富婆的身份和她在会议中扮演的角色又那么重要，我也不会让你今晚就动手。你知道一名训练有素的卧底能对一个严密的组织造成多大的腐蚀，富婆必须死，错过今晚，气味标记就没了，我们不可能追踪到她！我们甚至不知道富婆是谁！你没能按照我的要求杀死富婆，连她的身体组织样本也没取到，这是你的失误。"

"Red 没明确承认富婆是卧底，没承认那就是疑似，需要深入调查，你认定富婆是卧底有什么用？你仓促地做了失误决策，我却要替你承担后果。"球蟒争辩，"而且那气味标记……我刚拿出烟抽了一口，银面那小子就把我的烟浇灭了，我能有什么办法？我只有那一根特制的烟，它被水浇湿了，点不起来。"

提起这件事，球蟒就心累。他进会议室时抽的那根雪茄其实是一个特制的任务道具，点燃后散发的气味因子能附着在人身上很长时间，形成人类看不到也闻不到的气味标记，只有一种夜间活跃的虫子会追随着气味标记飞行。

球蟒掐准了时间，在会议开始前点了雪茄，等烟气充满会议室，所有进入会议室的人都会被标记。会议结束后放飞虫子，看虫子飞的方向就能大致锁定被标记者的方位。虫子也是做了特殊处理的，戴上夜光眼镜就能看到它散发着显眼的荧光。

球蟒考虑得很充分，他知道调酒师的超凡能力，任何高科技追踪设备都没

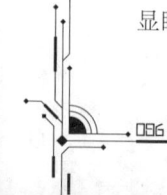

用。可惜人算不如天算。烟刚被点着，银面啪地扔了团水，浇灭了雪茄，也浇灭了球蟒的打算。

本来富婆和银面身上是附着了一点气味标记的。球蟒给线人汇报了会议内容后，线人开出了高价码，要求他射杀富婆。球蟒一顿操作，放了虫子，预估了路线，去酒吧找了几个替死鬼，植入寄生的异种生物控制他们，以为万无一失。但是击杀任务失败了，彻彻底底地失败了。

"我不想再冒险了。"球蟒说。

"不想冒险，那你想怎么办呢？你陷进去了，你想继续待在机械黎明，受他们控制，被他们精神洗脑吗？"通信器里的人说，"听我的，潜伏下去，等合适的时机到来，我可以让你做回自己，你的名字不叫'球蟒'，太久不用真实的姓名了，你不会忘了自己叫什么吧？"

球蟒沉默下来。

"如果你觉得危险，近期你可以不行动，专心传递情报就行。"通信器里的人态度软化了，"富婆的存在对于我们这边是个威胁，所以我急于处理，没有估算好富婆和银面的实力，导致任务失败，我同样有责任，这是我的失误。"

球蟒仍在犹疑："可是我……"

"再加五百万。"通信器里的声音十分平静，"等你功成身退，拿着这笔钱想去哪里就去哪里。"

"我缺的不是钱，你不明白。"球蟒说。

通信器另一边的人思考片刻："加一瓶神血。"

球蟒愣住了。

"你的天赋已经到头了，觉醒者的道路止步于此，你终其一生只能是C级，触摸不到更高的等级。"那个人循循善诱，"当你在觉醒者这条道路上看不到希望的时候，你可以选择另一条道路，重新开始……你知道那条路是什么。"

"异血者！"球蟒两眼发直。

"是的。服用神血，成为异血者，你可以更强。"那个人说，"若你足够强，机械黎明就不能拿你怎么样。"

"我听说异血者有概率异化成怪物……"

"神血经过稀释过滤后安全性大大增加，异化概率减小很多了，你不能一点风险都不承受。"

球蟒沉默很久："好，我可以继续当卧底。按照你说的，我只负责传递情报，别的我不管，别想叫我替你们杀人了。"

"没问题。"那个人宽容地说，"你得告诉我富婆的更多信息，身高、体形特征、声音，越详细越好。"

球蟒想了想："富婆有变声器，真实声音不明，身高目测一米七五左右，性别也不明……"

"性别不明？"那个人一怔。

"富婆这个代号的性别指向太明显了，可能是一个烟幕弹，富婆的真实身份说不准是男人呢，你看一米七五的身高，说是男人也行，说是女人也行，万一富婆为了伪装特意穿戴假胸呢？机械黎明里疯子多，疯子大多有怪癖，比如Red，他的爱好就蛮怪的。"球蟒无比慎重，"以我的经验来看，富婆这代号即便一听就是女人，也不能真把这人当成女人！穿鞋垫或者挖空鞋底也能伪装身高，要是富婆的超凡能力正好和伪装有关，那怎么办？"

"你这情报提供了相当于没提供，我锁定不了目标。"那个人说。

"当卧底，不能不多想。"球蟒紧张兮兮地说。

"你以前想的是多，但没想过这么多，是因为富婆今晚把你吓破胆了，你才胡思乱想吗？"那个人冷笑。

球蟒正要反驳，忽然看见自己的手环在闪烁，刺蔷薇拨来了通信。

"我要挂了，队友找我。"球蟒关闭通信器，点开手环，用一如既往的大嗓门说，"喂，大姐头！"

"夜宵吃完了吗？吃完了就赶紧滚过来干活。"刺蔷薇冷冰冰地说。

"是是是，我这就过去！五分钟就到，大姐头您先歇着！"球蟒谄媚道。

挂掉通信，球蟒拍了拍自己布满横肉的脸，挺直腰背，整个人恢复了打鸣公鸡似的精神抖擞的状态。他离开原地，跨上机车，一路飞驰找刺蔷薇去了。

"这房间不错。"银面东看西看。

他们又回了红宝石酒吧，这次是在负三楼，供组织成员休息养伤的安全屋里。隗辛拉开柜子，发现里面装满了各式各样的衣服，从嘻哈服到西装，应有尽有，旁边的小格子里的化妆品种类齐全，大概是为了方便组织成员做伪装用的。她抱出衣服，敲了敲衣柜底部，木板发出空洞的咚咚声，掀开一看，底下是个密道。Red说这密道直通错综复杂的城市下水道，是一个逃生通道。

银面开了一听水果罐头，盘膝坐地吃了起来。安全屋里的应急食品全都是罐装的，药品和武器补给也放在单独的箱子里，墙上的挂画后面有一个保险柜，里面是金条。第二世界是无现金社会，但黄金作为贵重金属依然在流通，是交易的硬通货。

"明天早上你怎么去上班？"银面问。

"走密道去。"隗辛坐在床上，打开地图，研究下水道线路。她看了一眼

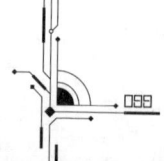

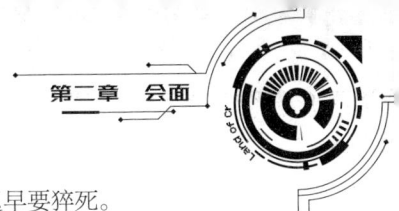

时间，现在是凌晨三点。再这样白天夜晚连轴转，她迟早要猝死。

"我睡哪儿？"银面说。

隗辛说："打地铺？"

银面没有反对的念头，他在隗辛家里休息时睡的就是沙发，从没指望能睡上床。吃完罐头，银面抱了被子往地上一铺，身体一躺，被子一卷，就准备睡觉了。

隗辛关掉灯，躺在床上。细数她目前认识的所有人，银面居然是最靠谱的。

让隗辛在参加会议的所有人中选一个最不可能对她下杀手的，那就是银面了，他的超凡能力很强，要杀隗辛根本不用大费周章，手指一动她就没命了。银面其实是个纯粹的人，他心思不多，这是隗辛信任银面的主要原因。

第二个则是Red。Red了解隗辛的身份和她承担的任务，知道她家的地点，知道她在缉查部的职位，他要杀隗辛也是很简单的事。

若让隗辛选一个她觉得最可疑的人……她会选球蟒。因为他太跳了，表现得太傻了。球蟒没有刻意扮傻的感觉，他的一切行为都很自然，看不出表演的痕迹，可是隗辛就是没有道理地认为他可疑。

隗辛左思右想，自我剖析，分析自己是从什么时候开始对球蟒产生厌恶感的。她回忆了一下，发现自己对球蟒抽烟的行为最看不顺眼。隗辛讨厌雪茄的那股烟味。

她躺在床上睡不着。银面小声问："你怎么还没睡？"

"你的呼吸声太大了。"隗辛说。

银面："我尽量小声呼吸。"

隗辛冷静地思考了一会儿，摸到手环，给Red发信息："Red，重点查球蟒，我觉得他不对劲。"

不久后，Red回复："收到。"

快凌晨四点了，必须得睡了。隗辛明天要迎接新挑战——她需要在缉查部各组组长的观察和提问下进行转正面试。

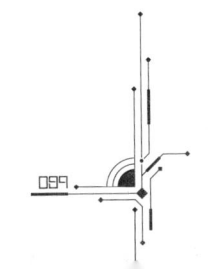

← 返回首页　ⓘ

◆
▼

消息面板

信号屏蔽

即时通信

加密联网

定位追踪

自动销毁

▶ **第三章**
转正 ◀

剥夺者 · 233号

任务进行中

你获得了超凡能力"燃血C级"

[X] 燃血 C级
以自身血液为燃料，换取强大的力量。

你获得了超凡能力"血肉再生D级"

[X] 血肉再生 D级
你的伤势愈合速度远超常人。

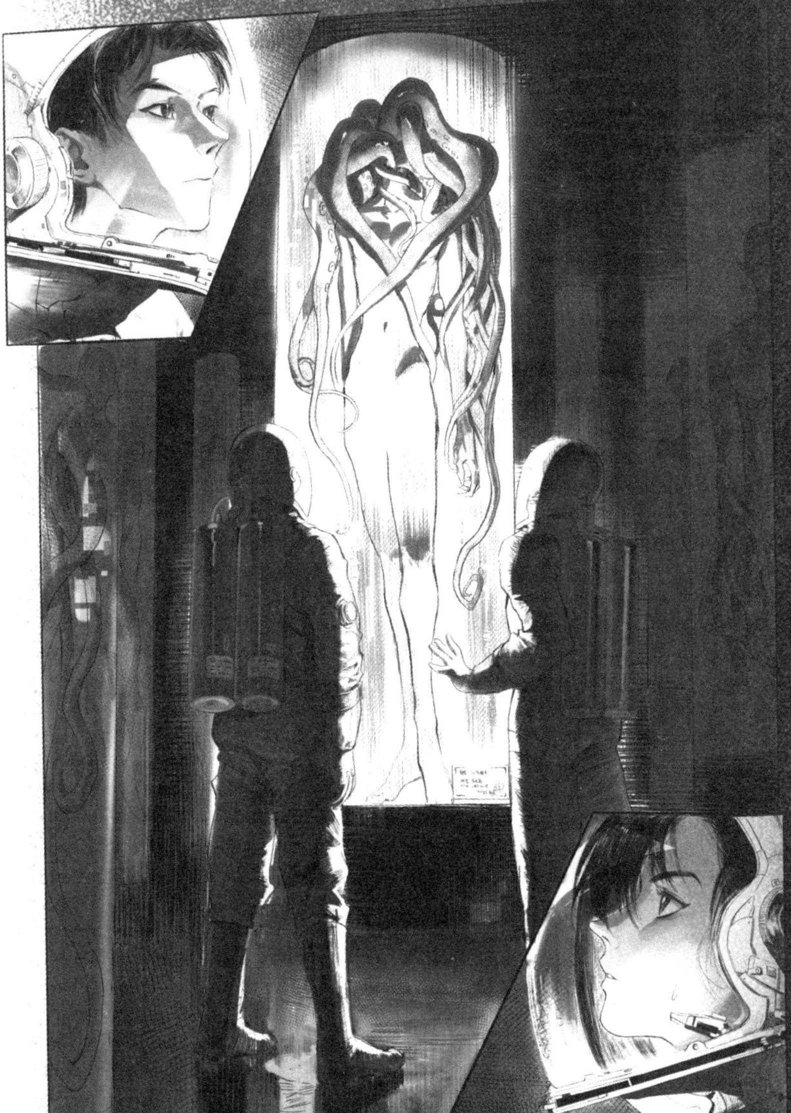

深红之士

[1] 无光之海

隗辛站在缉查大楼前,有了一种才出虎穴又入狼窝的感觉。

早上她从安全屋衣柜底下的密道进入城市下水道,在一个街区外的小巷子里掀开井盖爬了上来,然后乘坐悬浮电轨车。黑海市是临海城市,有着发达的排水系统,下水道宽到能供两辆跑车并排跑。前几天暴雨频繁,下水道水位上涨,不过今天雨停了,水位逐渐下降。为了避免下水道的味道沾到身上,隗辛特意叫上银面,让他做了个水幕,隔绝气味,排开污水,把她送到目的地。

"总觉得跟着你,我开发了不少超凡能力的新用途……"银面抱怨道。洗碗、洗菜、浇花、拖地,用水做防护层隔绝异味,这超凡能力属实是被她给用明白了。

隗辛坐上电轨车后,银面就离开了。凌晨五点她睡着时 Red 发来消息,让隗辛正常去上班,不用担心叛徒告发,他已经查到眉目了。

隗辛去上班不是因为 Red 的话,而是她必须去。如果她逃避上班,玩失踪,缉查部就会对她产生怀疑。昨晚的幕后主使若是缉查部的卧底,他们就能从隗辛的失踪推测出她的真实身份,到时候怀疑就变成了确定,她只能冒险去。

隗辛在机械黎明属于骨干成员,但是她不知道自己在机械黎明中究竟有着多大的分量和价值,究竟是她的生命安全重要,还是卧底的身份和情报重要?机械黎明会为了后者而舍弃她的性命吗?

如果隗辛的全部价值都在她卧底的身份上,那么失去了这层身份,她就相当于失去了价值,没有价值的人是不会被重视的,她会被机械黎明组织所抛弃。机械黎明的铁血与残酷,隗辛已知晓一二,她不能让自己失去价值。

至于逃跑的选项,隗辛也想过,可是她不能去实施。她的生物信息,她的账户,她一切的一切都被机械黎明所掌握。柴剑从精神病院逃走了,但是他在这个科技高度发达的社会寸步难行,监控之眼注视着城市,高科技设备搜寻着他的踪迹,在无现金社会,账户会被冻结,他连饭都买不了。透过柴剑,隗辛

第三章 转正

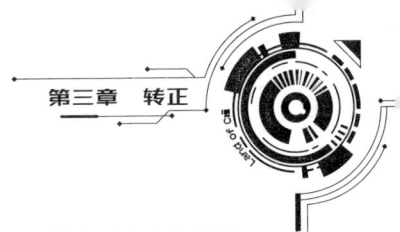

能够预料到她一旦逃跑将会面对什么局面。

除了这些，隗辛还要被追杀。银面是个傻乎乎的人，可他也是个合格的杀手。他听话是因为隗辛是他的上司，是机械黎明的核心成员。要是隗辛逃走，银面绝对不会放过她，他会从好用的工具人变成刺向她的利刃。

实习巡查安保员和机械黎明成员——这两个身份才是隗辛在第二世界的保护伞。在她没有足够的能力保全自己之前，她需要好好维护自己的身份，扮演该扮演的角色。

"欢迎回来，实习巡查安保员隗辛。"亚当一如既往地在隗辛进门时表示了问候。

"早上好，小隗。"兰蓝在她身后说。

"早，兰蓝。"隗辛回头看了他一眼。

兰蓝关心地问："你的黑眼圈怎么那么重？昨天晚上没睡好吗？"

"是啊，几乎一晚没睡。"隗辛打了个哈欠，走进电梯间。

"我那里有咖啡，给你冲点儿，提提神？"兰蓝说。

"不用了，太苦。"隗辛按下电梯按钮，"休息室里有茶包，我泡个茶就好。"

兰蓝笑道："是因为即将面试太紧张才睡不好吗？"

"有这方面的因素。"隗辛叹气。

电梯里有电子屏幕，上面显示时间是07：58。缉查部的上班时间是八点，差不多一个小时后，她就要去面试了。

隗辛走出电梯间，口袋里的通信器嘀嘀一响。兰蓝的通信器也响了，他将其取出查看："亚当把今天的工作安排发来了，让我看看……太好了，没有任务，不用出外勤了。"

一般来说，小队需要执行紧急任务的时候，亚当会通过缉查大楼内部的广播第一时间通知小队成员，如果没有任务需要执行，今天一天的工作安排和训练计划会以邮件的形式发送到成员的个人通信器里以供查看。

隗辛点开自己的邮件，随后毫不意外地在邮件上看到了今日安排——面试。

没有训练，没有外勤，只有一项面试。面试通不过，隗辛就要失去这份工作了，所以接下来的任务安排没必要发。

"我要去技术室坐班了，面试加油。"兰蓝举起手。

隗辛反应了一会儿，意识到兰蓝是要跟她击掌，于是她也举手。

"啪！"两掌相击。兰蓝转身离去，隗辛在考虑面试前一个小时的空余时间到底是去A区练枪还是去休息室补眠。

没等她考虑好，亚当就说："实习巡查安保员隗辛，您的面试时间更改了，请您立即去五楼5313室报到，您的面试官正在等您。"

隗辛惊讶道："为什么更改了？"

"有临时的工作调动，具体情况请恕我无法为您解释。请您立即去五楼5313室进行面试。"亚当说。

"好。"隗辛转身按下电梯按钮。

在缉查部有临时任务和突发情况是很常见的事，可能是隗辛的面试时间和某个面试官的安排冲突了，导致面试时间变动。电梯上升，隗辛轻缓地调整呼吸。电梯门开启以后，她步伐平稳地走出电梯，来到走廊上。

"请跟随绿色指示灯前进。"亚当为隗辛标出去往5313室的方向和路线。

穿过长长的走廊，隗辛在5313室的门前停下。金属门无声开启，她走了进去。

映入眼帘的是黑色的长桌，长桌后面坐着四个人，两男两女：头发半花白、眼神沉稳的男人；身穿西装、头发梳得整整齐齐、佩戴金框眼镜的年轻男性；干练严肃、神似班主任的中年女性；烫染着红色大波浪、气质优雅知性的女人。

隗辛瞬间比对了脑海中的资料。头发花白的男人是后勤支援组的组长陈东昌；佩戴金框眼镜的年轻男人是信息技术组的组长巩子安；颇有隗辛高三班主任风采的中年女人是外勤组组长蔚芝，也就是隗辛和舒旭尧的直属上司；最后的红发女人就是大名鼎鼎的刑侦组组长蒋玫玫。

"隗辛是吗？"蔚芝说，"坐吧。"

"是，各位组长好。"隗辛在椅子上坐下，面对四位面试官。

蔚芝点了点头，公事公办地说："舒旭尧向我递交了你的转正申请，我看过你实习期的成绩和外勤记录，你是个优秀的人，不过是否能留在缉查部，这要看你接下来的面试。"

"我明白，我准备好了。"隗辛严阵以待。

蔚芝不仅气质像隗辛的班主任，说话语气也像，隗辛本来调整好了心态，情绪平稳了，但是蔚芝让她不自觉紧张了起来，高三的地狱学习生涯给隗辛留下了不可磨灭的阴影，课堂撑不住打瞌睡，一抬头却发现班主任近在眼前，那种恐惧简直深入骨髓。

这时蒋玫玫笑道："不用那么紧张，放松下来，我们提问你回答就行了，当成闲聊。"

蒋玫玫的说话方式让隗辛联想到了心理治疗室的杨星陨，仔细一看，蒋玫玫和杨星陨长得也有点像……他们会不会有血缘关系？

后勤支援组组长陈东昌问："在缉查部还适应吗，隗辛？"

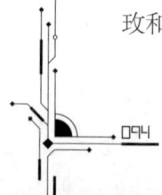

第三章 转正

他不开口说话的时候像一个位高权重的人,一开口说话就好像变成了叔叔、伯伯之类的长辈。隗辛心里紧绷的弦有所松弛。她说实话就好,只说实话。

"我觉得我适应得还好,大部分工作我都能胜任,只有小部分因为第一次接触所以做得不够完美,心态也调整得不够好。"隗辛说,"这方面我会努力克服的。"

"你想留在缉查部工作吗?"陈东昌问。

"想。"隗辛斟词酌句,"但是这份工作有时需要面对很大的危险,我有时候会比较担心受伤或者没命什么的……"

蒋玫玫问:"担心丧命还想留在这里工作?"

"不考虑风险因素的话,我认为安保员是一份非常好的工作,薪酬待遇高,职位晋升空间大,身边的同事挺友爱的。"隗辛实话实说。

假如在第一世界能考上公务员,端上铁饭碗,那隗辛简直做梦都要笑醒了。缉查部隶属于联邦,是正经的官方部门,工资报酬和别的地方相比要优厚许多。若隗辛是第二世界原住民,那这份缉查部的工作真的是她的最优选择了。

"我们审核过你的家庭背景资料。"信息技术组的组长巩子安开口道,"你为了上大学欠了不少贷款,是吗?"

"我家庭条件不怎么好……"隗辛看似是在回答,实则答非所问。她不明确回答是或者不是。

巩子安严谨地指出:"你留在缉查部工作的动力是金钱,对吗?"

隗辛想了想:"作为一个家庭条件不怎么好的人,我清楚地知道一份稳定且薪酬待遇高的工作是多么重要……可薪酬不是我想要留下的主要原因。"

"来仔细说说。"巩子安说。

"我想要留下,是因为这对我来说是最佳的选择。在缉查部我可以学到知识,提升自己,有人给我发工资,同事之间相互照顾,工作环境好,除去工作风险大、心理压力大之外,其他方面我都挺满意的……我难以找到更好的出路了,这是我留下的原因。"隗辛笑得有点羞涩,"抱歉,说得有点直白,我是务实主义者。"

"缉查部的大多数人都是务实主义者,我同样是。"巩子安扶了一下金框眼镜,"理想主义的光辉固然耀眼,但脚踏实地才能走得更远。"

四位面试官的表情看不出异样,隗辛的心态稳了,她认为自己目前为止答得很好,没有露出可疑点。

隗辛是个穿越者,她能说一部分实话。换成原身来,刚才的几个问题就说不了实话了。巩子安让她回答想留在缉查部工作的原因，她总不能回答："组织派我当卧底，所以我想留下。"这样回答是绝对不行的，然而不能说实话，那就要说谎。可是说谎逃不过"谎言辨识"的超凡能力，说不定连高科技测谎仪都能测出来谁在说谎，说谎的人是很难通过面试的。

陈东昌说："我们对于实习员工是否有资格成为正式员工有一套评定标准，心理评测是评定标准的重中之重。"

"您的意思是抗压能力和心理健康吗？"隗辛问。

"是的。"陈东昌嗓音浑厚，"我们的工作有多危险，你心里应该有数，我听说你之前受伤，换了合金头骨。"

"合金头骨很好用，能对我的头起到很好的保护作用。"隗辛说。

"联邦每年都会给缉查部调拨资金，这批资金很大一部分用于伤亡抚恤。这是一份与死亡为伴的工作，你所面临的不仅是敌人的死亡，还有你身边队友的死亡。"陈东昌说，"我们想确认你有没有承受这种心理压力的能力。"

"我认为我有承受的能力。"隗辛说，"我没有经历过队友的死亡，只经历过敌人的死亡。现在回想那个场景，我平静了许多。"

蔚芝直视隗辛的眼睛："舒旭尧递交了你的记录，你第一次直面死亡是在不久前，对象是安宁街的两个劫匪。"

"是的。"隗辛这次进行了肯定的回答，这就是她经历过的事，那的确是她第一次直面死亡，她不需要模棱两可地回答。她说："安宁街那次是我反应过度了，不是最佳的处理方式，我知道这一点。"

"你第二次直面死亡是由于击毙了精神病逃犯柴剑？"蔚芝继续问。

"是。"隗辛说。

"第一次直面死亡是什么感觉？"蔚芝问道。

隗辛张嘴回答前，蔚芝身旁的蒋玫玫说："如果你不想回忆，你可以拒绝回答，我知道回忆这种事情的过程并不愉快。"

隗辛顿了顿，选择回答："慌乱、迷茫、恐惧、不真实……以及恶心。"

"第二次的感觉和第一次有什么不同？"蔚芝接着问。

"第二次比第一次还要彷徨。"隗辛喃喃地道，"可是我更主动了，我主动开了枪，有意识地进行思考和判断，在深思熟虑后决定剥夺柴剑的生命……我不后悔这么做。"

蔚芝的语气微妙地软化了一点："你懂得敬畏生命，这很好。理性过度就成了冷酷，感性过头就是软弱，在理智与情感之间把握一条清晰的界限，这是你需要做到的。"

"我明白，谢谢您的提醒。"隗辛低声说。

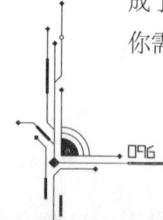

第三章 转正

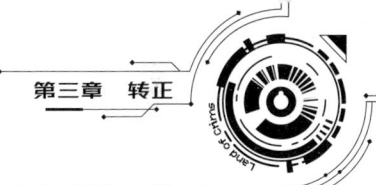

"你去过心理治疗室了吧?"蒋玫玫问,"接受心理疏导的感觉怎么样?"

"去过了,杨主任人很好,跟他聊天很放松,我喜欢心理治疗室的装潢。"隗辛说着开了个小玩笑,"嗯……要是以后我有一间办公室,我会考虑杨主任的装修风格。"

蒋玫玫轻轻笑了起来,她说:"你是个有趣的人,隗辛。"

"我想冒昧问一下,您和杨主任是亲戚吗?"隗辛疑惑道,"您和杨主任长得很像,说话方式也像。"

"我是他表姐。"蒋玫玫说,"他的大学专业是心理学,我的专业是刑侦心理,他成了治疗师,我成了安保员。"

隗辛说:"原来是这样。"

"某些人很抗拒心理疏导和心理治疗,性格强势且在一些领域有所建树的人在这方面尤其固执,他们坚持认为心理疾病不算什么。但心理治疗是有必要的,他们或许有强壮的身体和卓越的头脑,可不一定有无坚不摧的心灵,人们总是拒绝在别人面前暴露自己脆弱的一面。"蒋玫玫说,"我们缉查部有许多这样固执的人,你不要向他们学,有问题就及时去心理治疗室。"

"我会记住您的建议。"隗辛说。

巩子安看着隗辛说:"你有没有什么想要实现的目标?"

隗辛说:"长期目标暂时没有,短期目标是:做好工作,努力上进,认真学习。"

"要务实,可不能只看眼前,目光要放长远。"巩子安说。

蒋玫玫笑了一声:"我挺喜欢你的,隗辛。转正后要不要调来我们刑侦组?你的专业是刑侦技术,我看你成绩挺不错的,理论扎实。"

蔚芝挑起眉毛:"你这就想挖人了?"

千万不能调过去,隗辛警觉地心想。传闻中蒋玫玫的超凡能力是"谎言辨识",隗辛调过去,和蒋玫玫打交道的次数就会直线上升,她不可能每次和蒋玫玫见面都不说谎。更何况隗辛压根没有半点刑侦技术的理论知识,她还在艰难的背书阶段,调去就完了。

隗辛想了个借口:"我跟舒队长说了,要是其他小组的队长没有他那么体恤下属,我是不会申请调离的……"

蔚芝严肃的脸上浮现一丝笑意。

蒋玫玫假装惋惜道:"好吧,太可惜了,隗辛。"

陈东昌身上的通信器发出振动,他低头看了一眼,马上站起身:"任务在身,我得先走了,诸位。"

他简单对会议室里的同事点了下头,算是告别,脚步不停地走出房间。剩下的三个面试官又向隗辛问了一些问题，她均是稳妥地进行了回答，整个面试过程持续了大概十五分钟。

"面试可以结束了。"蒋玫玫说，"这次提前开始面试也是由于时间问题，我们大多有任务需要执行，时间紧张，很难凑到一起。"她看了眼时间："我有事要先去忙了。"

隗辛忍不住问："那我的面试算是通过了吗？"

"当然。"蒋玫玫展颜一笑，"恭喜你正式加入缉查部，隗辛。"

蔚芝也微笑了一下："你很不错，隗辛。"

"稍后你在缉查部的信息会更新，另外你的公民等级会从四级升为三级。"巩子安说，"欢迎你的加入。"

公民等级是一个很重要的东西。根据公民等级，人们在社会上享受的福利待遇也不同。比如一个人要去银行贷款，公民等级高的人往往会更容易获得低息的贷款，每个月养老金的发放和保险业务也有不同程度的优待。大多数守法者都是四级公民，有轻微犯罪记录的人是五级公民，有重大犯罪记录的人是六级公民，六级公民会被剥夺政治权利。隗辛升为三级公民，是因为她已经是联邦政府的一员了，身份上跟普通人有了区别。这是一个阶层分明的世界。

隗辛隐隐猜到了，这场面试考验的不是她的个人能力，而是她的心。面试官们在确认她是否说谎、身份是否属实、加入缉查部是否别有用心……只要她的身份和目的没问题，转正就是十拿九稳的事。

蔚芝走过来对隗辛说："去找你队长吧，他会为你做正式成员培训。"

"培训？"隗辛一愣。

"对，培训。"蔚芝意味深长地说，"带你见识世界的另一面……其实你差不多见识过了，只是对那些东西没有系统的认识。"

隗辛想到了："您说的是……"

"异种生物。你在之前的任务中见到的寄生水螅仅是其中一种，还有更多种类的异种生物，它们的危险性更大，能力更可怕。"蔚芝说，"去看看吧，隗辛。这个世界的秘密比你想象的多得多。"

隗辛乘坐电梯去往舒旭尧的办公室。进入电梯后，亚当给她发来了一份新的工作日程安排。上午只有一项安排——入职培训。下午的安排有两项，两点半到五点半是训练时间，六点则需要去外勤组的集体会议室开会，至于会议内容，日程表上没有写。

一天要干的事情似乎非常少，但实际上完全没有空闲，训练枯燥无味又劳累，可是不练不行，隗辛指望用这些技能保命呢。

第三章 转正

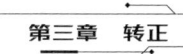

嘀的一声,电梯在三楼停下了。电梯门开启,舒旭尧正巧等在门边。

"队长!"隗辛放下通信器,抬起头。

"时间正好。"舒旭尧踏进电梯,按下关门键,然后说,"亚当,负六楼。"

"是,楼层封锁已解开。"亚当回答。

舒旭尧注意到隗辛惊讶的眼神,于是耐心解释:"我们缉查部有许多隐藏楼层,这些楼层的按钮不会在电梯间标出来,只有拥有权限的人可以命令亚当解开楼层封锁,然后进入其中。"

"怪不得。"隗辛扫了一眼电梯按钮,按钮显示的最高楼层是六十六楼,最低楼层是负三楼,而舒旭尧刚刚通报的楼层数是负六楼。

负三楼和负六楼之间,乃至负六楼之下,会不会有更多的隐藏楼层?这些隐藏楼层的作用是什么?

机械黎明对缉查部的渗透并不深入,组织让黄医生转交的资料芯片里,有些内容只是模糊的猜测,有些则提都没提。隗辛是第一个成功打入内部的卧底,医疗中心的黄医生虽然也是卧底,但是工作范围局限于治病救人方面,接触不到安保员的工作,能取得的情报有限。隗辛就不一样了,她正式入职的第一天,接受的培训就与缉查部的核心机密有关。

电梯一路向下,很快停止。电梯门开启的一瞬间,隗辛嗅到了阴冷潮湿的水的气息,冰冷的空气涌入小小的电梯间,她的胳膊上一下子起了鸡皮疙瘩。电梯间内亮着灯,电梯间外的地下楼层一片黑暗,深邃的黑和冰冷的水汽让人望而却步。

灯光突然亮起,照亮了地下楼层。首先映入眼帘的是严丝合缝的银白色金属墙壁,墙壁做了防反光处理,灯光映射上去不会叫人觉得刺眼,可是墙壁上凝结着一串串水珠,乍一看粼粼闪光。隗辛不禁疑惑,这地方湿度怎么这么高?

"来吧,隗辛,我们先换防护服。"舒旭尧走在前面带路。

"有种恐怖片的即视感。"隗辛道,"这是什么地方,队长?"

"标本馆——之一。"舒旭尧说,"这地方存放着一部分异种生物的标本,异种生物一旦死亡,尸体很难保存,我们不得不把它们浸泡在特制溶液里,时刻控制湿度和温度。"

他们右转,面前是一个长长的通道,舒旭尧率先进入,通道两侧亮起红光,雾状的消毒水从通道顶端喷洒而出。完成消毒后,通道的红色灯光变成了绿色,舒旭尧才从通道里出来。隗辛也学着舒旭尧的样子走进通道进行消毒。

"有些异种生物是用液氮封冻的,里面很冷,所以防护服采用了比较厚的材质。"舒旭尧取出一件防护服,向隗辛演示该怎么穿。

这防护服厚得像太空服，穿上之后体形跟雪人似的。隗辛费力地拽衣服，在舒旭尧的帮助下拉上后背的拉链，最后他们还戴了玻璃头盔。防护服内有通信装置，在玻璃头盔的遮挡下，隗辛依然能听见舒旭尧的声音。

最后一道金属门开启了，隗辛跟舒旭尧并肩走进标本馆。然后她迎来了"开幕雷击"。

惨白的人体被浸泡在满是淡绿色溶液的透明玻璃罐里，人体脖子上的头颅不见了，取而代之的是蜷曲的暗红色触手，触手从脖颈处冒出来，静静地在绿色溶液里漂浮。

这具标本不算什么，更可怕的还在后面。隗辛一扭头，看见左边的玻璃罐里泡着的是被异种生物寄生后的一半人体。之所以是一半，是因为它被锯成了两半，清晰地展示出了畸形变异的人体横截面，心脏、肠子之类的脏器清晰可见。

"不要吐在防护服里。"舒旭尧提醒。

隗辛移开视线，勉强地说："我……我早上没吃多少，不会吐的。"

"你算是比较冷静的新人了。"舒旭尧说，"兰蓝当初就吐了，吐在了防护服里。"

"他穿着满是呕吐物的防护服参观了全程吗？"隗辛问。

"怎么可能？我们缉查部没有这么苛刻变态。"舒旭尧笑了，"他回去洗了澡，换了衣服，下午接着来地下室参观。"

"好惨啊，兰蓝。"隗辛说了几句话转移了注意力，感觉好受多了，"我看过寄生水螅了，它的触手是透明的，视觉冲击还好，这些暗红色的触手就……"

这些暗红色的触手狰狞、邪恶、诡异，比寄生水螅更恶心。

"它名叫红棘猎手，比寄生水螅的性情更加凶猛，被它寄生的人类基本活不过三天，也就是说它每三天就需要更换一次宿主。"舒旭尧指了指玻璃罐，"你看下面的标签。"

隗辛凑上前看了看，标签上写了这具标本的具体信息。

　　　　种类：红棘猎手
　　　　状态：成长期
　　　　制作时间：2083-02-19
　　　　执行人：蔚芝

"这只红棘猎手是三年前蔚芝组长执行任务时杀死的，她把它完整地带了

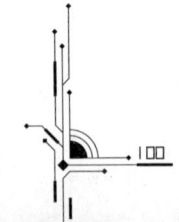

回来，供研究人员解剖实验。"舒旭尧说，"红棘猎手非常罕见，它的成长周期长，且平均每三天就要更换一次宿主，这只红棘猎手至少成长了两个月，你可以想象一下它到底杀了多少人，才成长到这个地步。"

隗辛惊了："死这么多人，缉查部没发现吗？"

"这只红棘猎手上了偷渡船，那只小小的偷渡船上有二十多个人，他们都是它的'储备粮'。等偷渡船漂流到黑海市附近的海域，船上就剩下一个活人了，他奄奄一息，海岸安保队发现了他乘坐的船只。"舒旭尧看着玻璃罐内惨白的人体，"当然那个唯一的活人现在也已经死了，尸体就在我们面前的标本罐里。"他用平静的语气讲述血腥的故事，言语中表露出习以为常的态度。

"你刚刚说，它处于成长期？"隗辛问。

"嗯，顺序是幼生期、成长期和成熟期。"舒旭尧说，"跟我来。"

他绕过几个标本罐，来到一个横放的巨大金属柜子前，伸手打开了密封的盖子。白雾裹着寒气从柜子里冒了出来，一整块质地通透的坚冰内部封存着一只半透明的寄生水螅，不同的是它个头很小，大概只有拳头那么大，像一只水母，柔软无害。

"我们没有收集到幼生期的红棘猎手，不过有幼生期的寄生水螅。"舒旭尧说，"这是它在幼生期的样子，这个阶段的它十分脆弱。它会在海里漂流，寄生在鱼类身上，如果渔民正好把被寄生的鱼打捞上岸，它们就会顺势寄生人类。如果没有被打捞上岸，它便继续漂流，直到进入成长期。进入成长期后它们爬上岸，在码头寻找人类寄生，在人类身上吸取养分，生长繁殖。"

舒旭尧关闭柜门，将它封死："寄生水螅一死亡就会融化，用冰能把标本保存得久一点儿。"他紧接着打开了旁边的另一个金属柜，"这是成长期的寄生水螅，我们那天遇见的就是成长期的。"

这具寄生水螅的标本跟红棘猎手一样，触手连接着人类躯干，邪异狰狞如外星物种。因为触手和人类躯干一起被封存在冰层中，所以显得格外僵硬扭曲。

"它们并非没有弱点，寄生水螅怕火，而且离不开水。"隗辛说，"警车上的喷火枪能给它们造成重创，它们的活动地点一般是海边，几乎不去城市内部——这是兰蓝告诉我的。"

"是，水生的异种生物基本都有怕火和离不开水的弱点，这就是它们没有在城市内部大量繁殖的原因。"舒旭尧说，"黑海市的异种生物都是水生的，至于陆生的……我还没有亲眼见过，也许内陆城市会有所记录。"

"有成熟期的异种生物吗？"隗辛主动问。

舒旭尧微微点头："有一部分。"

"一部分？"隗辛迷惑道。

"它被分割成了两半，一半送去了黑海学院的实验室进行研究，另一半在这里放着。"舒旭尧说，"跟我来。"

他们穿过存放着奇形怪状生物的玻璃罐和长满怪异增生物的人类内脏标本，来到一个单独的房间外。舒旭尧低头验证了虹膜，亚当说："根据您的权限，您有三分钟的时间进行参观教学。"

金属门开启，这次门内飘出来的寒气无比浓烈，隔着厚厚的防护服也能感受到凛冽的寒意，存放寄生水螅的冰柜跟它相比完全不够看。隗辛一进去就被震住了，她抬起头时，恍惚间以为自己进了海洋馆的海底隧道，透过玻璃能看见海水和畅游的鱼类。可是这里不是海洋馆，而是一个大冰库，冰库被质地通透的坚冰填满。

坚固澄澈的冰块里，形似章鱼的异种生物伸展触手，它是那样巨大，大到几乎填满了整个冰库，它黄澄澄的瞳孔是一条横着的细缝，粗壮触手上的吸盘比足球还要大一圈。

这份标本保存得十分完好，简直栩栩如生，隗辛被它的黄眼睛凝视时居然有些心悸。可惜这份标本只有一半，他们只能通过这一半的身体来想象它活着时的模样。

"克拉肯兽。"舒旭尧说，"很震撼，对吧？"

"克拉肯？"隗辛被这个熟悉的词唤回了思绪。

"民间传说里的海中巨妖，在过去科技没那么发达的年代，人们相信深海中生活着一种名为克拉肯的怪兽，它会把船只拖进水里，吃掉船上的人。"舒旭尧说，"传说是真的，名为克拉肯的巨兽其实是异种生物，只不过现在的人们不再相信这些海中怪兽的存在了，缉查部秘密地清除这些异种生物，维护着人类社会的秩序。"

"克拉肯"号与克拉肯兽，难道那艘运载神秘货物的货轮的名字来源于这个民间传说吗？

"克拉肯兽这样可怕的异种生物，缉查部是怎么将它成功清除的？"隗辛问。

舒旭尧说："这只克拉肯兽并不是缉查部杀死的，它自然死亡，被冲上了岸。克拉肯兽不需要寄生人类，它可以自己捕猎，有时会捕猎人类。"

时间到了，舒旭尧带着隗辛退出冰库。

"缉查部保存异种生物的标本只是为了教学参观吗？"隗辛问，"总觉得这样很费钱，控温控湿和液氮冷冻全天二十四小时都要开着，需要很多资源吧？"

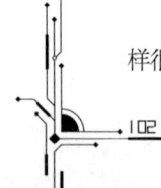

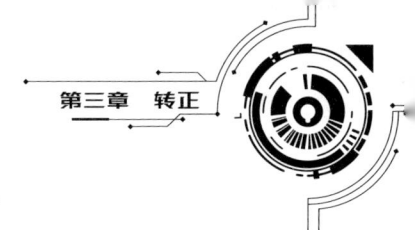

用图片和全息投影也可以达成差不多的教学效果吧？"

"确实非常费钱，教学方面的确可以通过技术手段弥补。"舒旭尧说，"因此缉查部保留异种生物的尸骸当然不单是为了教学。"

隗辛思索道："应该还是为了研究吧。队长你提到了黑海学院，黑海学院也在研究异种生物？"

"是的，没错。"舒旭尧说，"负六楼的标本馆参观完了，接下来我们去负五楼，还有一些别的事情需要让你了解一下。"

他们从寒冷的标本馆退出，在换衣间脱下防护服，再次喷洒消毒水，回到电梯间。

"亚当，负五楼。"舒旭尧看了眼电梯时钟，"我们还有不少时间。"

亚当回复："楼层封锁已解开。"

电梯上升，只用了几秒门就开了。

"这次还需要防护服吗？"隗辛说，"那玩意儿好难穿啊。"

舒旭尧说："不需要了，但是需要换无菌防尘服。"

这次的进入流程就简单多了，消了毒，穿上防尘服，把头发一丝不苟地塞进帽子里束好就能进。不同于负六楼标本馆的冷清，负五楼竟然有不少人，透过玻璃隔离窗能看见穿着白色工作服的人在各自的工作台前忙碌着。

"这是哪里？"隗辛惊讶地问。

"实验室，研究异种生物的实验室，这个实验室是属于我们自己的。"舒旭尧简洁地道，"缉查部和很多机构有合作，比如黑海学院的生物科技实验室、联邦政府的细胞研究所，以及一些私人财团旗下的研究部门，这些研究机构有着共同的研究课题——异种生物。"

隗辛环视这间实验室，问道："研究如何对付它们吗？"

"不止如此。"舒旭尧别有深意地说，"更多的是研究如何从它们身上榨取价值。"

"榨取价值？"隗辛回过头看着舒旭尧。

舒旭尧带她走进实验室，说："你看看就知道了。"

一名明显年纪比较大的研究员看见了舒旭尧："小舒啊，带新人？"

"是，您忙吧，我们十分钟就好了。"舒旭尧客客气气地说。

"不错，"研究员看了看隗辛，"许久没有新人加入了，小姑娘好好干。"

研究员埋头工作，舒旭尧则从桌面上拿了一支呈现出淡蓝色的试剂。

"这是红棘猎手的毒液，是未提纯的状态，它具有强烈的腐蚀性，连金属都能腐蚀。"他戴上手套取了一个铁片，把瓶内的液体滴到铁片上。刺啦声响中，一毫米厚的铁片上出现了一个小圆洞。

"猎杀异种生物是很危险的,我们的防弹作战服抵挡不了寄生水螅触手的挤压,也抵挡不了红棘猎手毒液的侵蚀。"舒旭尧说,"它们是危险的物种,但是它们的身体里也隐藏着宝藏。"

"寄生水螅和红棘猎手都是依靠寄生人类生长繁衍的,它们有一个共同的特点,那就是只寄生活物,被它们寄生的人类不管身躯再怎么畸形,再怎么丧失神志,在养分被吸取完之前,他们会一直活着。哪怕他们的身躯瘦成了骷髅,哪怕他们难以移动身体,他们依然活着。"舒旭尧放下淡蓝色的试剂,"它们会分泌一种特殊物质维持宿主的生命,让宿主苟延残喘。"

"就像水蛭?"隗辛跟上了舒旭尧的思路,"水蛭在吸人类的血时会分泌抗凝血物质,虽然它们吸血的行为是对人类有害的,可是在它们体内发现的抗凝血物质可以用于医疗。"

"嗯,我想表达的就是这个。"舒旭尧笑了笑,"它们是可怕的怪物,但是它们也具有价值。如果能搞明白分泌物的成分,将它人工合成,会给医疗领域带来重大的突破。"

"我们有成果了吗?"隗辛好奇地问。

"当然有。"舒旭尧来到另一张桌子前,取出两支药剂,"这是从寄生水螅体内提取的其中一种物质,作用是强效消炎镇痛。还有这一支药剂,它能够加速伤口愈合,促进细胞分裂。这两种药剂已经在缉查部获得广泛应用了。"

隗辛赞叹道:"我动头部手术时是不是也被注射了这种药剂?伤口复原速度快到不可思议。"

"应该是用了。"舒旭尧说,"它很有效,这两年,我们的外勤伤亡减少许多,其中就有这些科研成果的功劳,研究者们在尝试挖掘出异种生物更多的价值。"

"异种生物的主要价值就是研究药品?"隗辛问,"还有其他的作用吗?"

"它有三种价值,第一种价值在医疗领域,第二种价值体现在材料学领域。"舒旭尧说,"材料学不是缉查部实验室的研究课题,它被外包给了生物科技公司。不过,我们的实验室里放着一些样品。"

角落的桌面上放置着一块漆黑的布料,舒旭尧拿起它:"你拽一拽试试,隗辛。"

隗辛抓过布料一拽,短短的布顿时伸展了好几倍,她身体后退拉远距离,布料的伸展仿佛没有极限。

"这是从触手形异种生物身上提取的新型生物材料,暂时不能量产,优点是拉伸性好,而且不怕尖锐物品切割。"舒旭尧随手抓过一把实验用的小刀在布料上一划,一点痕迹都没留下,他将刀尖向下捅,布料依旧毫发无损。

第三章 转正

"看来这些只是研究成果的冰山一角。"隗辛说。

"对,只是冰山一角,与我们合作的研究机构还有更多的科研成果。"舒旭尧说,"隗辛,你要记住,我们的主要目的是清除异种生物,维护民众安全,不是捕获异种生物获取利益。新型药品和新型材料仅是附带的收益,与风险相比,我们的收益可以说是微乎其微……我不记得有多少队友和同事死在战斗里了,缉查部每年都开追悼会,而我每年都参加。"

隗辛平静地说:"我会努力活着的。"

她早就有所觉悟了。在穿越到第二世界的头一天,隗辛就已经下定了决心,她要用尽一切方法活下去,避开所有 BE 走向 HE。

"队长,你刚刚说异种生物有三种用途,那么第三种呢?"她说。

舒旭尧拍了拍隗辛的肩膀:"跟我去负三楼,你会知道的。"

"负三楼?我记得负三楼是临时关押牢房,里面关着一些还没来得及上法庭接受审判的犯人。"隗辛跟上去说。

"负三楼是临时关押牢房,可是你大概不知道,牢房里不止关押着普通的犯人。"舒旭尧说,"负三楼是整个缉查大楼安保措施最严格的地方,它实际上分为两个区域,东区和西区,东区关押普通罪犯,西区就不是了。"

脱下防尘服,他们又乘上了电梯。隗辛按捺住好奇心,等待谜底揭晓。重量级的东西总是压轴出场的,她了解了异种生物,知道了异种生物的危险与价值,接下来呢?接下来等待她的会是什么?

电梯门开了,门两边站着两个持枪的安保员。从电梯里出来后,左边和右边各有一条路,隗辛大致看了一下,两边的区域都被沉重的金属门阻隔着。舒旭尧领着隗辛向右拐,随后扫描虹膜。

门轰隆隆地向上抬升。这次金属门开启的声响和以往不同,其他楼层的金属门打开时无声且顺滑,这扇金属门发出了很大的动静,仔细一瞧,负三楼的金属门厚达三十多厘米,重量想必得上吨。安保措施果然严格。

舒旭尧的脚步声在空荡荡的走廊里回荡,走廊两边的牢房没有用铁栏杆做阻隔,而是用了玻璃——防弹玻璃。牢房有不少是空的,西区的犯人似乎很少。

"前几天新来了一个犯人,他的身体状况非常不好,可能过几天就要死了,医生救不了他。"舒旭尧说,"我带你去看他。"

这个犯人一定很特殊,隗辛如此判断。没走多久,舒旭尧停下了脚步。他转身指了指牢房,示意隗辛看过去。

"嘶。"隗辛看到犯人的第一眼就忍不住吸了口气。

这名男囚犯躺在地上,眼神呆滞地望着牢房天花板,他露在外面的皮肤呈现出可怖的青灰色，双手的骨节扭曲突起，指头长得不可思议，而且软趴趴的，像触手，像异种生物的触手！囚犯忽然咳嗽了一声，"哇"地哕出来一团血肉，那团血肉居然在地上微微蠕动。

"他被怪物寄生了？"隗辛嫌恶地问。就算她早饭没吃多少，也经不住这样一而再，再而三的视觉冲击，她真的快吐了。

"不是，他没有被怪物寄生。"舒旭尧淡淡地道，"他把自己变成了怪物。"

他看向隗辛："这就是我要跟你说的异种生物的第三种用途。一些非法宗教团体基于某种邪恶的目的，搜集并提纯异种生物的血液，他们服下血液，试图从中获取力量。他们把异种生物称为'古神的遗脉'，那种经过萃取的异种生物的血被他们称作'神血'，而通过'神血'获得超凡力量的人，我们将其命名为'异血者'。"

"古……古神的遗脉？"隗辛只觉得荒诞。异世界也有邪教团体吗？这方面的知识她还没来得及了解，回去一定要好好查查。

"他们是这样认为的。"舒旭尧说，"异种生物从古至今都有，从广为流传的民间传说中就可以看出这一点。然而不可否认的是，异种生物和我们平常见到的自然界的生物有很多差异，它们简直不像我们这个星球能孕育出来的物种。"

"确实……它们长得太恶心了。"隗辛吐槽，"我中午会吃不下饭的。"

"联邦政府三十年前通过了法案，有些教团被视为违法。混沌蒙昧的时代过去了，过去人们崇拜自然，幻想有神灵统治着这方天地，如今科学的光辉驱散了混沌，我们不需要神灵指引人类向前，指引人类的应该是科技。"舒旭尧说，"但是各种秘密教团一直死而不僵，如果他们安分老实，缉查部就查不到他们头上，可惜他们从来学不会老实。"

隗辛看着牢房地上躺着的人，问道："他属于秘密教团？"

"是。一周前外勤组第三小队突袭了他们的集会场所，当时他正在几个教徒的主持下进行服下'神血'的仪式。"舒旭尧唇边的笑容有点嘲讽的意味，"他们一个不漏，全部被抓。"

"所有的异血者都会产生身体变异吗？"隗辛观察牢房里的囚犯，"他好像活不了多久了，难道异血者都寿命短暂？"

舒旭尧沉吟道："缉查部对于抓捕到的异血者都会做记录，从记录来看，每一个异血者的身躯都会变异，只不过变异程度有轻有重。眼前的这个异血者的身体畸变程度只能算中等。"

"那重度畸变得多恶心啊。"隗辛喃喃道。

"这些记录你可以找亚当申请查看，有图片和变异过程的录像。"舒旭尧

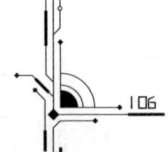

第三章 转正

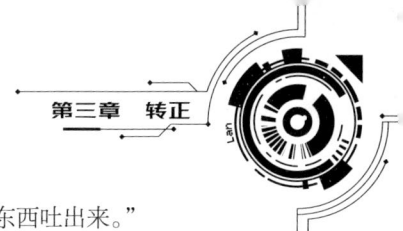

说，"饭前饭后不要看，要么失去食欲，要么把胃里的东西吐出来。"

隗辛嘴角抽搐："感谢你的提醒，队长。"

"异血者的寿命我们这边没有进行过研究。可以告诉你的是，凡是被我们抓到的异血者，没有一个能活过一个月。"舒旭尧说，"这种变异是不可逆的，医生和囚犯本人只能眼睁睁地看着囚犯的身体一点一点变成畸形的怪物，最后面目全非。"

"真可怕啊……"隗辛呼出一口气，"付出了这样大的代价，他们获得超凡能力了吗？"

"也许获得了。"舒旭尧说，"通过观察和实验，我们发现异血者受伤后恢复得非常快，比拥有优秀身体素质的高阶觉醒者还要快，他们的身体力量也提升了，是普通人的二到三倍——这仅仅是我们根据抓到的异血者的情况得出的数据。而获得这些能力的代价，就是寿命急速衰减和身躯畸变。从目前的记录来看，他们似乎没有像觉醒者一样获得各种各样的超凡能力，提升的只是身体素质。"

"就没有成功活下来的个体吗？"隗辛道，"他们的付出和收获根本不成比例，为什么还要前仆后继地服用'神血'？"

"信仰科学的人无法理解宗教教徒的狂热，可能在他们看来这是值得的。"舒旭尧说，"或许有服下神血后成功存活的个体，在我们审讯这些异血者时，他们对这一点深信不疑，他们认为自己的失败是由于神没有接纳他们，他们的死是在为古神献上血、肉和灵，帮助沉睡的神灵复苏。"

隗辛沉思："不知道存活下来的个体有没有像觉醒者一样获得效果各异的超凡能力？我们不可以抓一个来审讯吗？"

"难抓，他们一贯很会躲藏，真正的教团领袖从来不出现在台前。"舒旭尧说着，面色微微沉了下来，"也就是说，我们之前抓到的所有教徒和异血者，都是秘密教团的小喽啰和外围成员，真正的核心成员从未露面。"

隗辛听后极其讶异。缉查部作为政府部门，拥有相当大的权力。超级人工智能亚当拥有恐怖的运算力，可以快速筛查全城监控，锁定嫌疑人，如果有需要，它也能远程操控侦察无人机，从网络上追踪到一个人的痕迹，协助缉查部布下天罗地网。缉查部内部藏龙卧虎，觉醒者乃至高阶觉醒者数量不少，这样也抓不到秘密教团的核心成员吗？

"入职培训差不多完成了。隗辛。"舒旭尧转过身面对她，温和且郑重地说，"我们要维护城市治安，要清除异种生物，还要和那些藏在社会阴影里的势力对抗。今后的每一天，你都要履行自己作为安保员的职责。"

他一副对隗辛寄予厚望的样子。

而隗辛面带微笑说："我会做到的，队长。"

履行职责得看情况来，为了履行职责丧命那是万万不行的。苟命的真谛就是遇事让别人先上，自己看看局势再做下一步打算。

"我们可以离开了。"舒旭尧说。

回到电梯后，隗辛一直在思索。异血者、觉醒者，这二者是不同的身份，不同的力量来源。而隗辛记得，她的游戏系统关于"剥夺者"的介绍是"依靠狩猎特殊能力者并夺走他们的超凡能力来获取力量的职业"。特殊能力者一词没有单单指向"觉醒者"，这是不是就说明，若隗辛杀死的是异血者，依然能够剥夺对方的力量并化为己用？

"你在想异种生物的事吗？"舒旭尧关切的声音在她耳边响起。

"不是。"隗辛回神，"我在想转正后工资会涨多少。"

舒旭尧沉默了。

"队长。"隗辛看着他的眼睛问道，"怎样才能成为觉醒者呢？"

"要足够幸运。"舒旭尧说，"觉醒者的诞生并没有规律可言，有时候睡一觉就觉醒了，有时候是遭受重大刺激后突然觉醒，这方面我难以给你什么经验，毕竟我自己并不是一个觉醒者。"

隗辛顺嘴问："缉查部里都有谁是觉醒者？数量多吗？"

保持适当的好奇心，进行适当的提问。虽然有些问题舒旭尧不会回答，但是她的行为并不会引起怀疑。好奇乃人之天性，因为好奇而向顶头上司打听八卦是合乎逻辑的举动。

舒旭尧果然没有回答她，只是说："这是机密，等你升职到队长的位置就会知道。"

隗辛笑道："那我努努力，争取和队长平级。"

中午去员工食堂吃饭时，隗辛特意避开了所有红色和绿色的食物，以免产生不好的联想导致失去食欲。可即便如此，她还是吃得很少，只是坐在那儿机械性地咀嚼下咽，强迫自己把东西吃下去。下午她得训练，需要足够的能量作为支撑。

训练时间过得出乎意料地快。隗辛在基础搏击训练和射击训练后开始负重跑步，她背着几十公斤负重，累得气喘如牛，衣服全部湿透，简直想瘫在地上翻白眼。

训练场边上的教练员掐着表惊讶地说："意志力不错！第一次测就取得这么好的成绩，五公里很快就跑完了！再跑八公里试试？不要用看魔鬼的眼神看着我嘛，尝试一下突破自己的极限怎么了？不拼一下永远不知道极限在哪里！"

第三章 转正

隗辛断断续续地说："我……明天再说吧，半个小时后我们外勤组还有个会要开。"

教练员惋惜地放过了隗辛。对于刚加入缉查部的新人，会有专门人员指导他们进行训练。今天是正式训练的第一天，隗辛累得想吐血。

想当年她最害怕的课就是体育课，她不喜欢跑步，所以每当体育课来临时，隗辛最期盼的事儿是正课老师把体育课给占了，她宁愿多做一张卷子，也不愿意去上体育课。往事如过眼云烟，隗辛实现了自我突破，在生存压力的逼迫下主动地开始训练。

隗辛瘫在地上歇了三分钟，站起来晃晃悠悠地拖着脚步回到电梯间，打算回休息室洗澡。她现在浑身是汗，去开会实在是太不体面了。隗辛花了十分钟时间洗澡，还好短头发容易吹干，没花什么工夫，吹完头发，她换上制服，跑步乘坐电梯去会议室。

会议室里的人差不多到齐了，隗辛眼尖地看见兰蓝在向她招手，于是她快步走过去，在他身边的空位坐下。会议室内足有四五十个人，都是各个小队的成员。外勤组一般是五人至七人组成一个小队，小队成员之间各有分工，执行任务也都是以小队的形式，遇上比较艰难的任务就会采取多队合作。

"好多人啊。"隗辛看了眼周围。

舒旭尧作为小队负责人坐在最前排，跟他们隔得有点远。

"今天是大会，所有小队都到齐了。"兰蓝说。

前面的刘康云回过头看着隗辛道："入职培训完成了吗，隗辛？"

"完成了……印象深刻。"隗辛的表情一言难尽，"中午吃饭都不香了。"

刚刚出院的江明说："多正常啊，适应适应，以后出任务指不定还要见到更恶心的场景呢。"

"说的也是。"隗辛叹气。

几句寒暄过后，他们噤了声，会议要开始了。

外勤组组长蔚芝走上会议台，锐利的眼神扫视众人，省去开场白，直切重点："近来港口帮派暴乱频繁，给我们造成了不少伤亡，港口海岸安保队的人员出现了不小的空缺，需要对外勤巡查队负责的区域进行调整。"

能进入外勤组的都是战斗素养极其优秀的人，外勤组是直面危险最多的，也是人员伤亡最多的。但是港口海岸安保队的伤亡，其中一部分或许要算在银面头上，因为他去调查的时候杀了第六小队的两个人。

"第七小队。"蔚芝的目光看向舒旭尧，"明日起调至港湾区港口，与原属于海岸安保队的第五小队、第六小队一起执行海岸巡查任务。"

舒旭尧起身敬礼："是，保证完成任务。"

这可真是……刚想打瞌睡，就有人送枕头。隗辛不动声色地心想。

这次集体会议，隗辛没有获得什么有用的情报，会议的内容大多是工作安排调动，她最大的收获是在这场会议上见到了外勤组的所有人，把某些成员的脸和资料上的信息对上了。

资料没有把外勤组所有成员的资料全都囊括进去，有的人员资料只有简短的一两句介绍和一个名字，凡是资料详细一点的外勤组成员，基本上都在外勤组工作了一年以上，并且获得过一些或大或小的功勋，像那些名声不显、成就一般的成员，他们的资料并不具有什么价值。

会议结束后，各个小队陆陆续续离开会议室。

兰蓝在隗辛身边说："下班后去聚个餐吧，小隗。"

"聚餐？"隗辛猝不及防。

新同事正式加入，按照流程，确实该聚餐联络感情，在哪个单位都是如此。隗辛没有和第二世界的人交心的打算，她和别人的感情联络局限在聊天和开玩笑上，聚餐那是想都没想过的。

作为合格的卧底，人际交往是必须要有的。隗辛看过一个谍战电影，电影中的女间谍说："知道我为什么成功吗？因为我付出了感情，真正的感情，他们感受到了我的真诚，所以相信我。"感情和信任是需要经营的，只有在这方面花费了时间和精力，才能够得到他人的信任，聚餐就是增进感情的好方式。

来自队友的聚餐邀请给了隗辛提醒，对于周围的人，她不能显得太过疏离。

"大家都去，队长请客。"兰蓝说。

江明走到隗辛另一边："咱们要调去港口了，以后可能不会有今天这样的空闲了，最后一天要好好放松。"

"明天要执行巡查任务，咱们不喝酒。"刘康云说，"一起吃顿饭就行了。"

"有人请客那肯定要去呀。"隗辛经过短暂的考虑后答应了。

舒旭尧穿过人群来到队友们身边："还有十分钟下班，回休息室换上常服，去一楼集合。"

"好嘞。"兰蓝吹了声口哨。

"对了，隗辛你想吃什么？我去预定。"舒旭尧微笑。

隗辛想了想："肉，只要是肉就行。"

异种生物带给隗辛的恶心感消退了，她下午进行了长时间的训练，现在身体极度缺乏能量，胃饿得发酸。

"那去吃烤肉好了。"舒旭尧说，"市中心有个烤肉店挺不错的。"

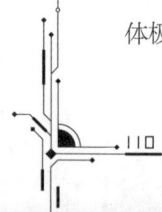

第三章 转正

众人回休息室换装，隗辛上厕所时顺便打开手环查看消息。Red 没有发来新的内容，倒是银面依旧给隗辛发了一大堆话。

"没暴露吧？"

"我搞不懂你到底是暴露之后被抓了所以回复不了消息，还是单纯没空……你应该没事吧？你要是被抓了，Red 会告诉我的。"

"我去总部更新了装备，拿了点武器，还给你带了个专业的伪装面具。"

"今天好忙，没空吃饭。"

"你晚上回安全屋还是回家？"

隗辛冷漠地打字回复："没暴露，还活着，晚上回家，你自己解决晚饭。"

银面秒回，给她发了一串省略号。

隗辛换好衣服，乘电梯到达一楼，兰蓝、江明和刘康云已经在等她了。

"队长去开车了……他来了！"兰蓝指了一下接待厅大门。

一辆拉风的宝蓝色跑车停在了缉查大楼前的空地上，车身的线条让人联想到猎食的鲨鱼。跑车的车窗降下，舒旭尧坐在里面。他换了身休闲的黑 T 恤，浑身的气质跟穿制服时截然不同了。

"啊……这……"隗辛欲言又止。

"我替你说了，这车太骚包，完全没有队长平时的风格。"江明挑起眉毛，"坐上像富家子弟哥带着狐朋狗友游街。"

"老江，别那么说。"兰蓝笑眯眯地拉开车门，让隗辛先进，"队长他本来就是富家公子哥嘛。"

老实的刘康云补充："但我们不是队长的狐朋狗友。"

舒旭尧："我听得到你们在说什么……"

隗辛坐上车，座椅靠背自动调整角度，适应她的坐姿。

车里有一股好闻的香水味，香味很淡，完全不会让人觉得难受。

"这车好酷好炫。"隗辛说，"只是我没想到，队长的审美是这样的。"

"这车是家里人买的，不是我的审美。"舒旭尧无奈澄清。

车门关上，跑车在导航的作用下自动调整方向去往目的地，车载音响播放了一支柔和的钢琴曲。

只有警用车辆在城区有飞行权限，私人车辆只能在地上行驶。不过大多数高端跑车既有地面驾驶模式也有浮空驾驶模式，这是为富家子弟在郊区赛场飙车而设计的功能。

导航选取了一条不拥挤的行驶路线，他们只花了二十分钟就到达了餐厅。

投影出来的餐厅招牌是"异邦人烤肉吧"。

"异邦人？"隗辛看着招牌愣住了。第二世界已经全球统一，虽然各地拥有非常高的自治权，但世界上只有一个政府，那就是联邦政府。理论上来说所有人的国籍都是一样的，不存在"异邦人"。

"这烤肉店的老板是移民到黑海市的极地人，他们的料理风格很粗犷，肉多，你应该会喜欢。"舒旭尧停车。

金发碧眼的侍者笑容满面地迎了上来："您预订的房间在三楼，请跟我乘坐电梯。"

侍者转头对身边的同事叽里呱啦说了一堆叫人听不懂的话。

"每次听他们讲自己地区的语言，我都觉得他们嘴里装了弹簧。"兰蓝嘀咕。

其余队友纷纷认同地点头。这是一个多种族、多语言的社会，不同地区有不同的通用语言。隗辛认为第二世界大体上来说应该是第一世界的一个平行时空，她所在地区的官方语言是汉语，其他地区的语言应该也和英语、德语、法语之类的语言相对应。

《深红之土》是一个全球性游戏，不少外国人也预约了，当初的内测论坛里除了中文帖之外也有不少外国人发的帖子，隗辛还拿翻译器翻译过那些帖子。

第二世界和第一世界的语言种类重合，穿越过来的玩家最起码不用担心到了异世界和土著居民无法交流。

这家烤肉店装修的风格是简洁风，没有多余的摆设和装饰，进入房间里能够闻到空气中飘荡着浓郁的香料味和一丝丝炭火的气息。

蓄着棕色大胡须的厨师推着餐车，把一整只烤羊搬上餐桌，烤全羊底下垫着洋葱、土豆、胡萝卜和花椰菜。

厨师用带着口音的"塑料普通话"说："纯天然香料和纯天然木炭，不是合成的香料和炭火，工业合成的香料和炭火烤不出来这样完美的烤全羊！"

餐车上的冰桶里有几瓶冰好的酒，厨师正要用开瓶器打开，但舒旭尧制止道："把酒撤了吧。"

"酒是点烤全羊赠送的。"厨师殷切地劝说，"吃烤肉不喝酒没有灵魂啊，就该大口吃肉、大口喝酒！"

舒旭尧又拒绝了一次，厨师只得惋惜地放下开瓶器。

现在的大部分人吃的都是合成肉，真肉的价格是合成肉的三倍，这一大只烤全羊的价格想必贵得离谱，不过舒旭尧都能开得起那么贵的跑车了，这一顿烤肉的花费对他来说可能就是毛毛雨。

舒旭尧给众人倒了果汁，举起杯子："今天最值得庆祝的事是，我们原本四人的第七小队迎来了第五名成员，我们的新战友，值得托付后背的同伴。"

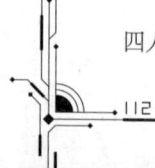

第三章 转正

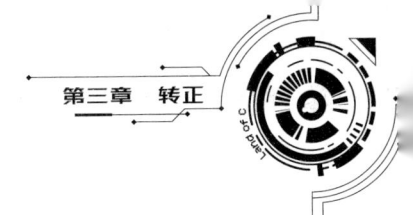

"一起加油吧,小隗。"兰蓝举杯。

"大家都是靠谱的人,作为队友我们还有很长的相处时间,要好好磨合沟通。"江明笑着举杯,"欢迎你,隗辛。"

最后举杯的是刘康云:"有不懂的地方可以问我,我都会教你。欢迎你的加入。"

隗辛和他们一一碰杯,摆出认真的表情说:"谢谢大家!我以后会尽最大努力做个靠谱的好队友。"

吃饱喝足,烤全羊还剩半只,众人各自分了点打包回家。

隗辛拒绝了舒旭尧送她回去的好意,拎着烤羊肉独自漫游在市中心街头。街头行人来来往往,霓虹灯照耀在她身上,各式各样的广告投影在变换,她却不像第一次看到时那样怀着好奇的心情耐心观看。

隗辛不想回家,回家了就要面对银面,要同 Red 商量她调到海岸安保队后的行动计划,还要操心内鬼的事。这些事让她疲于应付。

这是第四天,这仅仅是她穿越的第四天。

第一天,隗辛在疗养舱里养伤,夜晚回家的路上碰到了两个劫匪,那是她第一次开枪。

第二天,隗辛在看资料,努力学习这个世界的知识,这一天过得算清闲了。

第三天,她接到了外勤任务,在执行任务的过程中射杀了玩家柴剑。晚上她去见了机械黎明组织的成员,在返家路上遭遇内鬼袭击,差一点没命。

今天是第四天,隗辛通过了缉查部各组组长的考察成功转正,被舒旭尧带去做了入职培训。

隗辛回忆这几天遭遇的种种,憋不住骂道:"这什么鬼日子!"

她想要对老天比中指了。

这生活真是太充实了,隗辛这辈子从未这么充实过!短短几天,她进化成了时间管理大师,白天在缉查部打工,晚上为机械黎明打工,打两份工的间隙抓紧时间学习知识充实自我……

现在是第四天的晚上了,隗辛不回家,她慢慢走在街上,不时看看手环有没有新的消息提示,想知道今晚究竟还有什么"惊喜"在等着她。

隗辛内心毫无波动,不管有什么惊喜或惊吓,她都能保持情绪平稳。任谁在四天的时间内遭遇这么多次生死危机,心态都会有翻天覆地的变化。

就好比第一次走进鬼屋会被吓一跳,经常去鬼屋就很难被吓到了,因为胆子得到了充分的锻炼,看见鬼跳出来张牙舞爪,甚至有点想笑。

尽管今晚的惊喜和惊吓还没有找上门,但是隗辛有预感,这个晚上不可能这样平静地过去。

事实果真如此。

Red拨来通信："富婆，叛徒锁定了，和你的猜测一致，是球蟒。"

"有计划了吗？"隗辛语气冷漠。

Red说："杀了球蟒，拿到球蟒的血，然后把它带给我。你知道我的超凡能力，得到他的血，他在我面前就没有秘密可言了，我要知道他到底是哪一方安插进我们组织的卧底。"

Red的超凡能力跟记忆读取有关？媒介是血液？

"好。"隗辛顿了顿，"刺蔷薇呢？"

"她没有问题。"Red说，"她会协助你，我很放心她的能力。"

"嗯。"隗辛说，"我知道了。"

"尽快，富婆。"Red说，"我们的停泊港爆破任务经不起一点点错漏，最好在这两天动手，将危险扼杀。我和调酒师的超凡能力不适合战斗，可以给你提供远程支持，你如果需要人手就去呼叫总部……以你的性格，我觉得你应该更乐意自己动手铲除叛徒，是吧？"

隗辛挂断通信，大脑飞速转动。叛徒是球蟒，与她的直觉指引的结果一样。

她停住脚步，在繁华热闹的红绿灯路口陷入沉思，她在思考用什么方法才能安全稳妥地除掉球蟒。

她冷静地进行推导，平静地制订计划。

计划一，借任务之名把球蟒叫出来，让银面和刺蔷薇堵截他。

计划二，让刺蔷薇汇报球蟒的行踪，在他的必经之路将他截击。

这两种方法都有一定的实施空间，但是有一点是一致的，那就是他们只有一次尝试机会，一旦被球蟒发现了异样，任务就会失败，在知晓卧底身份已暴露的情况下，球蟒不会再让他们获得动手机会。

"你带回来的装备里有枪吗？"隗辛给银面发消息。

"有手枪，有微型炸弹。"银面立刻回复，"子弹就带了一小盒，太多了拿不了。"

"不够，去港口的军火库，取一支狙击枪，看看有没有K80型号的，要是没有就拿别的型号。"隗辛说，"子弹多拿点。"

"好……看来我要跑很多趟了，一趟根本拿不完。"银面抱怨。

隗辛想了想，为了保证银面的工作积极性，需要给他顺毛："我带了烤羊肉。"

"我这就去军火库！"银面的回复速度更快了。

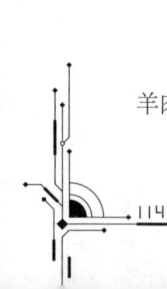

第三章　转正

十字路口的绿灯亮了，隗辛随着人流过马路，来到电轨车候车点等车。

等车的过程中，隗辛计算各种可能性，力求这次的计划万无一失。

让她如此主动、如此慎重、如此坚定地想要除掉球蟒的原因不是 Red 的指示，不是担心卧底身份被发现的恐惧，而是报复欲。

强烈的报复欲。

隗辛不能容忍一个想对她下死手的人没受到任何惩罚。

球蟒小心翼翼地在街头巷尾潜行，每潜行几分钟，他就开启装备扫描周围，确认没有人跟踪。夜晚的黑海市港湾区阴暗寂静，只有少数地方极其热闹，比如酒吧、地下拳场、赌场。这里是帮派掌控的地盘，哪怕是缉查部也要谨慎行事，在这样的地方，流血事件经常发生。贫穷落后的地区最容易滋生犯罪，而黑暗和混乱对混迹在这里的人来说是最好的保护色。

球蟒钻进一家小赌场里，客人们围着赌桌吆喝，五颜六色的纸牌纷飞，赌徒们红着眼睛推出一摞摞筹码。球蟒赌瘾不小，但是他今天来这里不是为了赌博，而是为了和线人进行交易，来拿属于他的神血。他悄无声息地走到二楼，推开 208 号房间的门。房间内光线昏暗，华贵的复古风座椅上，一个戴着兜帽的人坐在那里。

"你迟到了三分钟。"线人漠然地说。

球蟒没有摘下面具，也没有立刻回应，而是开启设备扫描房间，生怕这儿藏了监听设备。线人冷冷地看着球蟒谨慎的动作，等待他做出解释。

"刺蔷薇那女人太烦人了，她喜欢发号施令，我只能听她的话，谁让她是我的上司呢。"球蟒关闭扫描器，"快把神血交给我，那女人做美容去了，我好不容易脱离她的掌控，一会儿还要回去跟她会合呢。"

"这么迫不及待吗？"线人笑了一声。

"我们约定好的，我给你们传递情报，报酬是给我安排新的身份以便让我离开黑海市，以及一瓶神血。"球蟒冷冷地说，"这是我应得的，我承受了那么大的风险，理应获得同等价值的回报，你们不会是想反悔吧？"

"我们这边一向信守承诺。"线人从怀中掏出来一支装满暗红色液体的试剂管，"这是你的报酬。"

球蟒的目光牢牢锁定了试剂管，他上前一步抬手去接，线人拿着试剂管的手却微微一动，错开了球蟒的动作。他的眼神凝住了，声音沉了下来："你这是什么意思？我们商量好了，你们要预支神血的报酬。"

"不要那么紧张，球蟒，我说了，我们会信守承诺。"线人笑了笑，安抚球蟒，"只是有一件小小的事，需要你去办。"

"哈。"球蟒冷笑了起来，"你上次是怎么跟我打商量的？才几个小时就忘掉了吗？你说我不用为你们做事，专心传递情报就行了。"

线人毫无诚意地道了歉："抱歉，这是我这边的上司刚对我下达的命令，我没有权力替你拒绝。"

"那么请问，我自己有权力拒绝吗？"球蟒说。

"你有。"线人说，"但是如果你拒绝，我就不能给你神血。"

球蟒的额角暴起青筋，忍耐着怒火说："我就是你们的工具人，是吧？你们把我当什么，一个弱智吗？"

"怎么会呢？你是一个头脑优秀的卧底，哪里是弱智了？"线人诚恳地说。

球蟒肌肉健硕的胸膛剧烈起伏说："我感觉我就是一头树林里的野猪，猎人在我的必经之路上撒了诱饵，我就顺着诱饵一路向前，走到头了，等待我的不是美味的食物，而是捕猎夹。"

"我们不是猎人，没有想要捕猎你，我们是你的合作者，你的交易对象。"线人声线平稳，"你可以把这当成是谈生意，我们在讨价还价。你有权利拒绝，但是你会损失一部分好处。你可以接受，接受了就要承担一定的投资风险。"

"我的合作者和交易对象撕毁了合同，这交易还有进行下去的必要吗？"

"不对，不能这么算。"线人说，"我们还在商谈阶段，没签订正式合同呢。商谈阶段提出新的附加条件，那不是再正常不过的事情吗？"

球蟒气笑了："我就是进了你们的圈套，别拿谈生意来说事儿，你见过哪个人投资失败后需要搭上自己的命？"

"不要着急拒绝，球蟒。"线人劝阻道，"这次需要你完成的真的是一件小小的事，风险很低，要是能成功，对你也是有好处的，你不妨听完再做打算。"

"你说。"球蟒审视线人。

他没有拒绝，因为他已经冒了巨大的风险，如果现在退出，他之前承受的风险就没有意义了。这让他不甘心，他不想就这样放弃。神血的确是很好的诱饵，引诱他一步步向前。

"我们培育了一种新的异种生物。"线人手中出现了一只细细的玻璃管，玻璃管乍一看是空的，可是当他拿起玻璃管，打开一只微型手电照射它时，玻璃管里的东西顿时显现了出来。那是一只微微蠕动的红色虫子，它的身躯细如毫发，存在感低微。

"隐线虫。"线人说，"比之前交给你的红魔蛛体形更小，更不易发觉。被红魔蛛寄生的人一小时内必定死亡，隐线虫则有着更长的生长周期，在经过漫长的发育后，它能够钻进被寄生者的大脑里，慢慢控制被寄生者的身体……甚至思想。"

第三章 转正

球蟒的眉毛微微抽动："你们真是一群疯子。"

红魔蛛就是球蟒用来控制杀手的暗红色蜘蛛形异种生物，它在幼生期有花生仁那么大，寄生人体后只需一分钟就能钻进被寄生者的大脑并控制住宿主。红魔蛛也是线人交给他的，现在线人又给了他一种新的异种生物。

"你们是在借我之手寻找实验品吗？"球蟒哑声道，"先是红魔蛛，然后是隐线虫……你们把危险的幼生期异种生物交给我，不光是为了让我完成任务，还是为了获得反馈的数据……"

"它们是稳定的新品种。"线人对球蟒说，"我们唯一不确定的是它们能不能在觉醒者身上发挥作用，控制觉醒者的思想。"

球蟒有种不祥的预感："你们难不成想让我……"

"你身边的刺蔷薇，她跟你相处时间长，对你比较信任，你找个机会，让隐线虫寄生她。"线人说，"把隐线虫放在人的皮肤上，它只需要两秒就能钻进去，钻进去时给人的感觉跟被蚊子叮了一样微小。"

他晓之以理："你不是嫌这女人太烦了，总是掌控你吗？这是一个好机会，用异种生物控制她，她就没法管你了，你暴露的风险大大降低。"

球蟒被说动了。他做卧底以来的主要恐惧就来自身边的刺蔷薇，她离他太近了，让他如履薄冰，疲惫无比。若让隐线虫寄生她，他就没必要这么小心了。

"我可以试试……不保证成功。"球蟒说，"我会尽力完成这个任务，不过你要先给我神血。"

线人似乎思索了一会儿："可以。"他将神血试剂和装有隐线虫的玻璃管放在手上，球蟒伸手拿过，眼神隐含激动。他把放了隐线虫的容器收到口袋里，举着神血试剂瓶端详了好一阵。

"怎么，怕我们在里面下毒？"线人说。

"怎么会呢？你们还要我为你们办事呢。"球蟒清醒地说。

线人满意地点头："你知道就好。"

他沉吟片刻："我有几个问题要问你……Red 的超凡能力是什么？"

"不知道，也许刺蔷薇知道，可她不说。"球蟒说，"我只知道调酒师的，已经告诉你了。"

"琥珀和黑曜的精神系超凡能力的辐射范围有多大？"

"这么详细的数据我上哪儿打听？难道你要我跑去问他们吗？"

"富婆的超凡能力呢？"

"没人说过富婆的超凡能力是啥……富婆和 Red 属于高层，我们这些人都是他们的手下，顶头上司的事不能瞎问，会出事的。"

"你们打算什么时候炸港口？"

"8月8日之前……我不是说过了吗，你怎么又问一遍？"

线人平静地说："没什么，我是怕你们的任务安排有变动……如果有变动记得及时通知我。"

"知道了。"球蟒疑神疑鬼地看了他一眼。

与刺蔷薇约定的时间就要到了，球蟒转身："这种临时加码的行为，我只忍这一次。我知道自己没什么资本跟你们谈条件，你们有资源、有主动权……但是我球蟒是个有脾气的人。"

线人注视着他推门离开。球蟒走后，房间内变得寂静。线人侧头，抬起右手，房间一角的空气微微波动，一个模糊不清的黑影突兀地出现在角落。球蟒用扫描器扫描了整个房间，也没发现房间里居然存在着第三个人！

"球蟒有没有说谎？"线人问。

黑影摇了摇头。

线人笑道："他还算老实……可惜他改不了赌徒本性。"

球蟒是个谨慎的人不假，然而他好赌。这种赌博的陋习一定程度上影响了他的行为，连球蟒自己都没发现他在赌，在冒险……也许他发现了，但是他就和真正的赌徒一样幻想着能以小博大。他感觉到不对劲的时候不想着及时止损，只想再多赌一把，捞回成本，获得利益。

银面迈着沉重的脚步走进客厅，喘了口气说："子弹我绝对带够了！"

他拉开鼓鼓囊囊的外套拉链，子弹小盒被他用胶带缠在了身上，缠了好几圈。

"你不能带个包吗？"隗辛无语地看着银面费力地撕开胶布，把身上挂的子弹盒一个个取下来。

"我到了地方才想起忘记带包了，而且军火库里面没有背包袋子之类的工具……还好那里有医用包扎胶带，我就把子弹粘身上了。"银面貌似很为自己的机智感到得意。

隗辛沉默了片刻，勉强道："干得不错……下次细心点。"

她望着一地装备，拿起一件防弹衣回房间换上。这种新材料的防弹衣不仅轻薄，而且结实，穿上之后不会影响行动，不仅包覆了躯干，还包覆了四肢。上次的错误不能重演，她不一定每次都有那样的好运气，能用铁脑壳防御子弹。防弹衣要好好穿，这样在敌人瞄准她的躯干时她也能活下来。

回到客厅，隗辛最后检查了一次装备。K80狙击枪、手枪、弹匣、战术刀具、微型炸弹、环境扫描器、通信器、定位器、夜视镜……万无一失。

第三章 转正

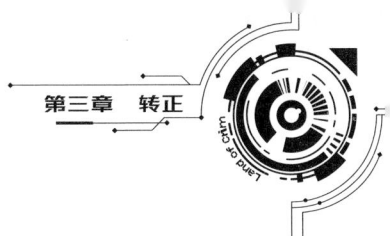

"这是？"隗辛捏起一枚纽扣大小的黑色物体。

"总部新研发的光学迷彩投影仪，还在实验阶段，我带回来两个玩玩。"银面按了一下纽扣，整个身体像变色龙一样和环境融为一体，可是当他移动的时候，伪装效果就没那么好了。

"适合静态伪装。"隗辛点评。

银面抛下投影仪，说："我不需要这个，我可以把身体变成透明的水。"

隗辛点开手环查看地图："我们该出发了。"

隗辛和刺蔷薇通过气了，她和球蟒会合后，会借口收集数据领着他前往停泊港。在前往停泊港的必经之路上，隗辛蹲点守候，准备肃清球蟒。

刺蔷薇开启了实时定位，这样隗辛就能时刻查看她的定位，以此来确认球蟒的位置。

扛着一把枪太显眼了，枪可以等到了狙击地点再组装，隗辛背上背着K80零件的箱子，在腰间别好弹匣、刀具和手枪，银面则带着杂物。她扣上面具，贴好变声器，把兜帽拉下来，走到阳台从三楼一跃而下，和银面一起在夜色的掩护下去往预设的地点。

时间在飞速流逝，有些人在争分夺秒。

这是一个没有下雨、没有刮风、干燥晴朗、空气能见度高的夜晚。远程狙击容易受外部环境的影响，有时候一阵风、一场雨就能使射击目标出现偏差。今晚的天气很适合狙击，这是隗辛选择这种击杀方式的主要原因。

在回到家和银面会合的路上，Red给隗辛发来了一份资料，内容是停泊港爆破任务执行小队全员的详细资料，隗辛着重看了刺蔷薇和球蟒的信息，知道了他们的超凡能力，心中大致有数了。

22：27，隗辛回到家，银面去军火库取装备了，所以不在。

22：28，隗辛和刺蔷薇通信，确定了今晚的行动路线和预设的狙击地点。刺蔷薇开启随身定位和监听器，连接上隗辛的通信器，让隗辛实时确认她的位置，保证她和球蟒会合时，隗辛能监听到他们这边的对话。

22：41，隗辛和Red通信，让Red从总部抽调编外小队封锁路线，以免在极端情况下狙击失败导致球蟒逃走。

"嗯，我也是这样想的。我相信你的狙击水平，但是我们仍然需要后手。"Red说，"编外小队由我远程指挥，你专心开枪。"

22：50，银面带着装备回来了。隗辛清点武器，换上装备。银面把隗辛带回家的烤羊肉吃完。

23：00，隗辛和银面从家出发，前往预设的狙击地点。

23：01，球蟒交易结束，从赌场出来后和刺蔷薇通信。

"大姐头，美容做完了吗？哦哦，做完了呀。"球蟒在通信器那头点头哈腰地道，"嘿嘿，我的夜宵也吃完了，这就去找您会合。"

"你没趁机去赌场吧？要是想赌，等做完任务再赌个够，现在不是时候。"刺蔷薇严厉地说。

球蟒连忙道："哪能呢，我就是吃个夜宵，我能吃嘛，大姐头您知道的，吃饱了才有力气干活！"

"你最好是。"

刺蔷薇挂掉通信，立刻给隗辛发消息："副指挥，他要过来了，我们预计十五分钟后在海螺街会合，再从海螺街前往五号停泊港。"

隗辛回复："收到。"

23：16，刺蔷薇和球蟒在预定时间碰头。

球蟒低眉顺眼地讨好刺蔷薇："大姐头新做的美甲真好看！"

"少拍马屁，走。"刺蔷薇说。

23：17，隗辛和银面到达狙击地点——旧码头废弃灯塔。

黑海市的港口码头没有扩建的时候，灯塔为来来往往的货船和渔船指引归港的方向。后来码头开始大改造，被扩建成了大型的停泊港，码头从岸边向海中延伸，海上浮港就此建成。人们在海上浮港建造了更高更亮的灯塔，而原本扎根在陆地的小灯塔就废弃了。

23：23，隗辛爬上灯塔顶层，打开背着的箱子，面无表情地组装K80，她一颗一颗填好子弹，立好支架，装上消音器。她在瞄准镜上哈了口气，用布擦干净，确保它足够清晰，然后眼睛对准瞄准镜，尝试瞄准街道，观察是否有可疑人员。

银面无聊地问："他们还没来呢，你瞄准谁呀？"

"住嘴，别吭声。"隗辛无情地说。

银面噤声。

23：24，Red的声音出现在隗辛的耳麦里："编外小队就位，街道已封锁，他插翅难飞。"

隗辛说："收到。"

她把眼睛从瞄准镜上挪走，低头看了眼手环投影。投影出来的地图上，代表己方小队的绿色小点呈口袋状包围了街道。球蟒就像野猪，他们在野猪的必经之路上布下网子，等野猪出现，网子收拢，就能将猎物抓住。

23：26，刺蔷薇身上携带的监听器将她那边的声音传输到隗辛耳中。

球蟒："大姐头，晚上吃多了，想拉屎。"

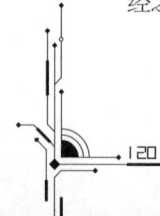

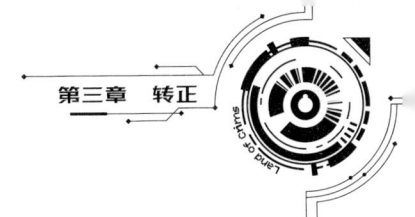

刺蔷薇："你屁事怎么那么多？"

球蟒："屎意来了憋不住嘛……"

刺蔷薇："快去！要是耽误任务，我要你好看！"

球蟒一路小跑，钻进公共厕所。

23：32，银面说："什么时候拉屎不好，非要挑在这时候……他咋还不出来，我都等急了。"

23：32，球蟒在厕所隔间里做心理建设和场景模拟。

他捏着装有隐线虫的玻璃管，在心里头念叨："我假装不经意在她肩膀上拍一下，顺道把虫子放上去，她不会发现的……不行，我们以前没做过这么亲密的动作，最亲密的肢体接触是她扇我耳光……我去，越想越气，居然扇我耳光！"

"谎称她头发上有东西，帮她拿掉，然后把虫子放到头发上？这动作好像也有点刻意……要不就小心地落后她几步，趁她在前面走的时候把虫子悄悄放上……似乎行得通。"

球蟒想深呼吸，冷静冷静，又想起这是厕所，港湾区的公共厕所一直脏得可以，在这里深呼吸恐怕会吐出来。他拍打自己的脸，让自己清醒一些，接着离开厕所隔间去洗了把脸。

他平常会戴着手套，有着手套的阻隔，隐线虫没那么容易钻进去，等会儿动手时，他就先把玻璃管在裤兜里面打开，捏着虫，悄无声息地把它放在刺蔷薇的头发上。头发上没有感觉神经，虫子掉在上面也不会被发现，等虫子钻进去，刺蔷薇就再也不会时时刻刻掌控他了。

球蟒把玻璃管放进兜里，整理好表情，离开厕所。

刺蔷薇一脸不耐烦，她看了看时间："我们这个点儿本该快到目的地了。"

"那我们赶紧走吧。"球蟒心虚地说。

刺蔷薇扭头走在前面，球蟒落后两步，盯着她的背影寻找下手时机。

23：34，Red说："目标再次开始移动。"

"收到。"隗辛全神贯注。

隗辛的新面具也有夜视功能，但她还是带了备用的夜视镜。在夜视模式和瞄准镜的辅助下，码头街道的一切动静都逃不过她的眼睛。今晚的码头冷清寂静，因为发生了连环爆炸案，五号停泊港暂时停止运转，白天会有工人和工程器械来来往往修补码头，到了晚上这里就空无一人了。

灯塔失去了光辉，它是矗立在码头的沉默卫士。黑洞洞的枪管从灯塔顶端的窗口伸出，在夜色的掩盖下，没人能发现灯塔上藏了人。

23：36，球蟒确认前面走的刺蔷薇没有回头的意思后，不动声色地用两根手指拧开了玻璃管。他压低脚步声，快速走了两步追上刺蔷薇，动作迅速地把虫子放在了刺蔷薇头上。

然而他低估了刺蔷薇。刺蔷薇感知到了风的流动，条件反射地闪身一躲，右手下意识抚上自己的头。

如果刺蔷薇不知道球蟒的背叛，那么她此刻的反应不会如此迅速，但刺蔷薇知道球蟒是个叛徒，对他起了戒备心，就不再像以前信任他时对他的小动作不加防备了。她回身盯着球蟒，同时后退和他拉远距离，表情和气质全然变了，变得冷厉肃杀。

刺蔷薇抚过头发的手突然微微一痒，她定睛看去，一只小小的红色线虫正在往她的血肉里钻，几乎只剩下一个尾巴。她眼神一凝，就要伸手去把虫子揪出来，可是隐线虫实在太快了，她的手刚伸过去，隐线虫就完完全全地没入了她的血肉。

在这一瞬间，执行过多次任务、无数次生死一线的刺蔷薇没有任何犹豫。她左手抽出腰间的匕首，手起刀落，砍掉了自己的右手。唰地一下，血液喷涌而出，染着精致美甲的断手掉到了地上，地面一片赤红。

"球蟒……"刺蔷薇眼中杀气四溢。

球蟒后退一步，脑子里嗡的一声。

"叛徒！"刺蔷薇冷笑道，"想算计老娘？你还嫩了点。害老娘失去了美甲……我要把你宰了！"

事已至此，已经没有隐藏的必要了。球蟒对她动了手脚，她也发现了他的动作，她知道他是叛徒，他同样意识到刺蔷薇对他心存戒备。他们间和平的表象被打破了。和平的表象一旦被打破，就只能继续撕破脸皮。

刺蔷薇左手紧握的匕首上流淌出熔岩般的橘红色光辉，刀刃的温度在上升，高温使刀刃附近的空气微微扭曲。她举着匕首贴上自己右侧手腕的断口，刺啦一声，烟冒了出来，她用烧红的刀刃给自己止血。

球蟒意识到自己暴露的第一时间就想跑。刺蔷薇知道他是叛徒！她竟然知道！她是何时知道的？！她有没有把他背叛的消息通报给 Red、通报给总部？有没有人……在伏击他？

恐惧牢牢占据了球蟒的心神，他瞬间开启自己的超凡能力，身躯上燃烧着一层稀薄的血色火焰状物质，肌肉膨胀了近乎一倍，他扭头狂奔，步伐凌乱。

刺蔷薇想去摸腰带却摸了个空，她是个右撇子，失去右手让她不习惯，她没有另外的手去握别的武器了。

"呵。"刺蔷薇脸色苍白，神情讥讽。

她注视着球蟒的背影，扔下烫红的匕首，左手从腰间抽出一根细长的鞭

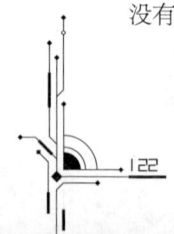

第三章 转正

子，鞭子是由坚韧的金属丝编织而成的，适合热量传导。她鞭子一甩，缠住了球蟒的双脚，把他绊倒在地，强韧的金属鞭子让球蟒这样的肌肉壮汉也无法强行挣脱。

"副指挥，意外情况，我右手断了。"刺蔷薇的额头因疼痛出了一层冷汗，她忍耐痛楚，语速极快地说，"球蟒这家伙想对我动手，计划出现偏差，他还没进入射程范围和包围圈……"

"我已经知道了，等我三分钟。"隗辛说。

"好。我能撑住。"刺蔷薇说。

隗辛马不停蹄地说："Red，让编外小队调整位置。"

Red说："已经在调了。球蟒这头猪真会给我找事儿。"

隗辛搭上银面的手，爬出灯塔窗口，在水绳的拉扯下从灯塔上速降到地面，落地后迅速奔跑。她从监听设备里听出了情况不对，思考了不到一秒，决定放弃远程狙击，进行近战追击，但以防万一，还是要带上K80。

刺蔷薇手握铁鞭，鞭子从把手到鞭索慢慢染上烙铁般的橘红，轧钢厂的钢水和刚刚定型的钢管就会呈现出这样的颜色，这说明金属的温度达到了极致。球蟒发出凄厉的惨叫，被铁鞭束缚的双腿刺啦刺啦冒烟。他强忍疼痛，回身去拽铁鞭，然而哪怕是开启了超凡能力的他也拽不动这种高科技的高强度材料，他只能伸手去解开纠缠的铁鞭，双手双腿被烫得血肉模糊。

隗辛一边奔跑一边听耳麦里刺蔷薇那边的动静。刺蔷薇受伤了，这对她的战斗力的影响非常非常大。刺蔷薇是B级觉醒者，超凡能力是"炽刃"，可以赋予金属极高的温度，挥舞刀刃和铁鞭时的威力就如热刀切黄油。

球蟒的超凡能力是"燃血"，能通过燃烧自身的血液获得战力增幅，是个伤敌一千自损八百的超凡能力，虽然等级仅有C，但是在短期爆发时足以匹敌B级觉醒者。他隆起的肌肉强度极高，经测试，普通手枪打出的子弹命中他之后会被强劲的肌肉卡住，无法对他造成实质性伤害。除非用K80那种枪，才能直接打穿球蟒的血肉。

隗辛奔跑时看见街边聚集了两个骑机车的小混混，她脚步一顿，转了个弯，跑过去一拳一个把他们干倒。

"会骑机车吗？"隗辛说，"你骑机车，我瞄准，要稳。"

"会。"银面腿一跨，坐在车上握住车把手。

隗辛坐在他身后调整好姿势，机车把手一拧，油门发出轰隆隆的巨响，他们像离弦的箭一样嗖地蹿了出去。

"臭娘们！"球蟒红了眼，扭身回扑，要和刺蔷薇厮打。

刺蔷薇根本不跟他正面打斗，论力量她比不过球蟒，更何况她受了伤，所以只挥舞铁鞭与他周旋缠斗。她像抽陀螺似的避开球蟒的扑击，然后挥鞭一抽，在他身上留下火辣辣的鞭痕，连续数次，球蟒连刺蔷薇的衣角都没沾到。他想摸枪，结果刚摸到枪，刺蔷薇的鞭子就打掉了他的武器。

球蟒心生退意，可是当他想跑时，灵活的鞭子又会缠住他的肢体，强迫他留在原地，有一次他差点被缠住脖子。燃血状态下，球蟒确实没有伤到根本，可是这烫铁鞭打得也是真的疼，他衣服焦黑，浑身散发着肉香。他心一横，在刺蔷薇的鞭子抽来的时候伸手一抓，将烙铁一样烫手的铁鞭握在了手里，他想像拔河那般把刺蔷薇拉过来，直接解决她。

就在这时，球蟒隐约听到了机车的轰鸣声。与轰鸣声一同传来的还有子弹从消音器中射出的声响。

"扑哧——"

他胸口多了一个血洞。球蟒握着铁鞭的手一松，身上燃烧的血焰似乎停滞了。

23：39，隗辛和银面赶到战场！银面驾驶机车直线行进，让隗辛保持稳定的射击姿势。隗辛再度扣下扳机，消音器发出微小的声音，子弹连续射出，每一发都命中球蟒，十发子弹尽数倾泻，银面的水绳缠住隗辛，他们一个翻滚，从机车上跳下。行驶的机车在惯性的作用下轰地撞上了球蟒，在巨响中化为火球。球蟒健壮的身躯猛然倒下，烈焰将他覆盖，而他一动不动。

"副指挥。"刺蔷薇对隗辛微笑了一下。这时她才有空从腰带里面拿出来一支治愈药剂给自己注射。

"任务完成！就是动静有点大。"银面轻松地说。隗辛朝刺蔷薇走去，可正在此刻，她的太阳穴突然一跳。她将视线移向熊熊燃烧的机车，机车下面压着的是球蟒的尸体。

球蟒烧得像黑炭的脚尖弹动了一下，他忽然睁开眼睛，举起机车向隗辛扔过来。

"我本来想准备好了再服用它……"球蟒吐掉装着神血的试剂管，从火海里站了起来，双目赤红得像染了血。

球蟒的伤口以不正常的速度飞速愈合，背部和手臂上狰狞的鞭痕停止流血，焦黑烫伤的皮肤脱落，小肉芽蠕动着，一层新肉长了出来。神血一进入他的身体，就开始改造这具伤痕累累的身躯，经过高度提纯和过滤的异种生物血液流入他的四肢，给了他力量，让他获得了前所未有的畅快体验。

球蟒恢复了力量，甚至更上一层楼，他身上重新燃烧起血色的火焰，火焰比先前更加炽烈。然而球蟒获得力量后干的第一件事并不是反杀隗辛等人。他向隗辛扔机车干扰她的行动，紧接着掉头就跑。球蟒健壮的身躯爆发出比世界

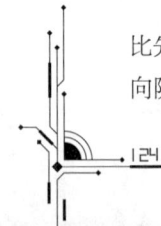

短跑冠军更加恐怖的速度，眨眼间就跑出了近二十米远。

傻瓜才不跑！球蟒了解机械黎明的作风，刺蔷薇知道他的背叛，接着富婆和银面也出现了……这意味着整个机械黎明组织都知道他是个叛徒！他们会派人来围剿他，机械黎明的核心成员已经到了，编外小队说不定就埋伏在周围的某处。他必须跑，跑慢了就会掉入猎人们的包围圈。在这种情况下，单单消灭一两个人一点用处都没有，因为球蟒不能把所有知道他的背叛的人全部灭口。他会陷入无休无止的追杀之中，跑得越晚，被当场处决的概率就越大。

银面展开水幕，挡住砸来的机车，一时间没腾出手阻止球蟒逃跑。隗辛正要从腰带上抽出弹匣给K80更换子弹，可是球蟒奸诈地冲入街边的建筑里，有掩体在，隗辛无法锁定他的方位。

她舍弃了K80，从后腰掏出一把微型冲锋枪。微冲的穿透力不如K80，但胜在火力猛，弹匣能装填更多子弹。她不确定这把枪能不能给球蟒造成实质性伤害，球蟒服下未知药剂后燃血的能力好像变强了，他肌肉鼓胀得像是要炸开，世界健美先生也没他这样可怕的肌肉。

球蟒夺路而逃时冲进外路边一家歇业的小餐馆，他用身体撞开墙壁，扯开隐藏在墙体中的天然气管道，头脑清晰地打开了餐馆的点火开关。燃气爆炸，发出震耳欲聋的声响，熊熊火焰彻底遮蔽了他的身影，他仗着神血带来的超高恢复力，顶着爆炸的冲击和灼热的温度横穿火场，用拳头砸穿墙壁，逃到另一边的街道上。

隗辛扔下一句："刺蔷薇，你留下。"

她和银面没有任何犹豫，沿着球蟒的逃跑路线追击而去。

小餐馆里面的东西被炸得乱七八糟，横梁掉下来差点砸到隗辛，还好她躲闪及时。水浪翻涌，隗辛和银面毫发无损地踏过火海，但炸得一团糟的砖块、餐桌和椅子阻碍了他们两秒。每一秒都弥足珍贵，一秒就能让球蟒和他们拉开很远的距离了。

隗辛开启面具的红外热成像视野模式，追踪到了球蟒的踪迹。球蟒在燃血状态下体温会持续上升，比普通人的体温高出很多，他在红外视线下简直像一个耀眼的红色火球。他还在跑，跑进了一家开着的扑克馆里。扑克馆里打牌的客人被撞得人仰马翻，桌子被掀翻，纸牌散落一地，人们看着被血焰覆盖的球蟒，惊声尖叫。

球蟒面色阴狠，对人群的反应充耳不闻，他拨开人群横冲直撞，又撞碎了一面墙。他脑子里灵光一闪，想到了逃生方法——跳到海里！跳到海里游走。银面那家伙的超凡能力虽然能控水，可是海的面积太大了，银面必定力不从心。海水能给球蟒的身体降温，让热成像设备追踪不到他。

球蟒的肺活量很大，可以在水下憋气将近十分钟，他悄悄潜游到安全的地方上岸，就可以成功躲过机械黎明的这一拨追杀。神血固然强，可是神血不足以弥补等级差距，服下神血后需要慢慢消化，慢慢改造身体，时间久了，身体和超凡能力会获得更大的提升。球蟒本身才是个C级，刚服下神血的他不敢自大地与接近A级的银面和等级不明的富婆正面对抗。

隗辛和银面冲进扑克馆，扑克馆里的客人看见隗辛手上的微冲，纷纷惊叫着退到一边，给她和银面让出了路线。他们的距离越拉越远，服用药剂后燃血的球蟒简直像开了挂，速度和力量飙升数倍。

银面气急败坏地说："那家伙太远了，我的水伸不到那么远！"

"Red，最近的编外小队在哪里？"隗辛没空看手环地图。

"五百米外！"Red的声音阴沉沉的。

等编外小队赶到，黄花菜都凉了。

"附近有监控吗？"隗辛又问。

"当前路段没有。"Red回答迅速。

一会儿工夫，隗辛和球蟒的距离就拉到了三十米远。球蟒还会在奔跑时通过各种蛇皮走位躲避可能袭来的子弹，他虽皮糙肉厚，但也怕疼。隗辛瞅准机会，在球蟒躲入掩体前的微小间隙举起微冲，向他的脚部开火。

"啊！"球蟒一个趔趄，被击中了。子弹的强劲动能和伤口的疼痛让他动作暂缓。

隗辛脚步不停，从腰带上拽下来一个微型炸弹，用嘴拽开拉环。她没有立刻把炸弹扔出去，而是默数了一秒钟才扔炸弹。炸弹划出一道抛物线，精准地飞向球蟒。

球蟒瞳孔一缩，就地翻滚躲闪，炸弹在接触到地面前就爆炸了，离球蟒不超过一米，他被爆炸的冲击力震得咳血，一时半会儿没爬起来。

隗辛抓住机会，举着微冲一阵扫射，子弹卡在球蟒的肌肉上，即便没有击中内脏和骨头，仍然让他哀号不已。银面可算找到了施展能力的机会，水环凭空出现，箍住球蟒，把他的四肢禁锢住，然后凝聚成一团更大的水球，他就像被包裹在水胶囊里一样，水淹没了他的整个身体，包括头部。球蟒张开嘴，吐出一串气泡，激烈的挣扎使他的伤口渗出了血液，包裹他的水球被染红了。银面冷酷地控制水球离地，让球蟒失去借力点，悬浮在水中翻滚。

隗辛的微冲子弹射完了，她花了两秒钟换弹，抬起枪向水球扫射，球蟒在水中也在勉力维持燃血，子弹射在他身上光见流血，没有实质性作用。更可怕的是那些枪眼儿居然在不断地愈合，子弹被他有力的肌肉挤出来掉在水中，又从水中落到地面，发出叮叮当当的声响。

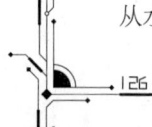

第三章 转正

银面能赋予水原本没有的性质，比如韧性，他能像控制绳索般控制水，让水富有力量。他操控水灌入球蟒的鼻子和嘴巴，让他直翻白眼，挣扎减缓。

隗辛不得已放下了微冲。在球蟒被子弹打死之前，他会先窒息而死，除非他主动解除燃血。隗辛不愿意将球蟒让给银面。她冷静了片刻，没有举微冲，而是伸手拿出一颗微型炸弹。她拉下拉环，在银面惊悚的注视下把胳膊插进水球，然后闪身后退一段距离。

"轰！"水球炸了。

银面傻眼了："你……你真恨他啊。"

隗辛的面具上糊了一层血和水的混合物，她原地抖了抖，把崩到身上的秽物抖落。

> 你击败了球蟒。
> 你剥夺了球蟒的超凡能力。
> 你获得了超凡能力"燃血 C 级"。
> 你获得了超凡能力"血肉再生 D 级"。
> 燃血 C 级：以自身血液为燃料，换取强大的力量。
> 血肉再生 D 级：你的伤势愈合速度远超常人。

"Red，任务完成。这尸体我不想碰了，让编外小队过来收拾残局。"隗辛说。

跟恶心的异种生物标本相比，球蟒的尸体压根就是开胃小菜，她的内心不能说毫无波动，却也接受良好。连隗辛都惊讶于自己此刻的心态，她冷漠地将情绪抽离，剖析自己的内心。

追击球蟒的时候，她浑身的血液像是在燃烧。

她跨越一个又一个障碍，奋力奔跑，想要追上他，想要击败他。这是一个千载难逢的机会，错过了这一次，下一次要等到什么时候？也许没有下一次了，他会逃走，销声匿迹，隗辛不会再获得复仇的机会。

幸好她成功了。这令隗辛如释重负，内心深处浮现出了古怪的成就感。她又获得了两样超凡能力，尽管她并没有机会去实验并施展自己的超凡能力，但这无疑是她保命的本钱。

穿越到第二世界的这些天，隗辛一直在学习，一直在适应，她想要用一个合适的态度来面对这样被动复杂的局面，想要找一个合适的机会让自己化被动为主动。肃清叛徒，这是她迈出的第一步，以后的日子，她会更加主动。

"刺蔷薇说球蟒服用了神血。"Red 语气糟糕地说，"他的血被污染了，不能用来提取记忆了。"

隗辛一愣,原来球蟒服下的药剂就是舒旭尧说过的"神血",果然效果惊人。

"他是从哪里搞到这玩意儿的?"隗辛假装疑惑地问。

"还能是哪里?有能力提炼神血的势力就那么几个。"Red说,"我倾向于缉查部,他们对'克拉肯'号上的东西眼馋得不得了,不会容忍有不安分因素危害港口……呵,他们也不过是走卒罢了,背后的人更有可能是……"

他的声音渐渐放低了,似乎陷入了思考。隗辛突兀地想起,她第一次见到银面,他就用轻蔑的语气说:"缉查部,财团的走狗。"

"该走了。"银面说,"再拖下去,海岸安保队该赶到了。"

"嗯,用你的水把我身上的脏东西冲走。"隗辛说。

银面操控水流,轻柔地拂去隗辛面具上的血渍,嘟囔道:"你该在爆炸时站远点。"

隗辛回到家时看了一眼电子时钟,现在过了零点。很好,今晚的第二份工作很快就干完了,没有熬通宵,她可以睡足足六个小时,真是太奢侈了。

电子时钟上显示的时间是2086年7月31日,00:28。这已经是隗辛穿越的第五天了。明天就来到了八月份,离爆破计划正式实施还有八天,离"克拉肯"号正式登陆则有十一天。

隗辛把脏污的衣服脱掉,用垃圾袋包裹好,打算找个机会扔掉。银面坐在客厅收拾装备,隗辛去换衣服洗澡。

浴缸里的水放满了,隗辛泡进去放松紧绷的肌肉。她今晚获得了两样超凡能力——燃血和血肉再生。燃血对身体伤害过大,不好实验,但是血肉再生可以说是非常实用的技能了。

隗辛从浴缸旁边的置物架上摸出一柄修眉刀,在自己的手指上划了一刀,下一秒这个浅浅的伤口就愈合了,划开的皮肤组织合拢,擦去血珠后肌肤光滑如初,看不出半点受伤的痕迹。她心下一定,将修眉刀刺入掌心,这次伤口愈合得比较慢,大约过了五六秒,蠕动的小肉芽把被割裂的血肉拼接在一起,断裂的组织重新咬合,刀口新生的皮肤泛着粉红色。

隗辛的肩膀松懈下来。她靠在浴缸里半闭上眼,舒缓地呼吸。血肉再生进一步提升了她的生存能力,今晚的一切疲劳和冒险都是值得的。

日夜连轴转的生活让隗辛万分疲惫,不知不觉间,她居然靠在浴缸里睡着了。

银面整理完装备,躺在沙发上发呆。作为一个合格的下属,他一向听话,

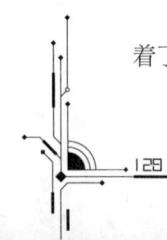

第三章 转正

上司吩咐干什么他就去干什么。他此时十分想睡觉，可是隗辛还没洗完澡，也许她洗完澡会给他交代今晚的任务，比如去调查什么的。所以银面强撑着不睡。

他等了一个小时，没听见浴室有动静，也没见隗辛出来，就疑惑地起身去敲门："喂！你怎么了？"

浴缸里的隗辛立刻惊醒了，她弹身坐起："没事。"

银面听见她的回复，放心地回客厅继续窝进沙发。十分钟后，隗辛擦着头发出来了，她洗掉了刺鼻的血腥味，感觉清爽了不少。

"今晚有什么任务吗？"银面心系工作。

"今晚的任务是睡觉。"隗辛给自己倒了杯水灌下去，"我们杀球蟒时的动静太大了，海岸安保队会去调查，保险起见，先不要出门了。"

"我喜欢睡觉任务。"银面卷上毯子，调整到一个最舒服的姿势躺着。他个子挺高的，不蜷缩身子的时候一双脚能伸到沙发外面。大概也就过了十几秒的工夫，银面呼吸变得均匀，已经睡着了。

隗辛回房间开启手环，Red 发来了新消息。

"尸体已回收，送回总部化验了，这是难得的异血者解剖样本，但是你用炸弹爆掉了他，你本可以不这么做的。"

隗辛回复："下次注意。"

Red："记得收敛一下，富婆。"

"刺蔷薇的伤如何了？"隗辛想了想问道。

"她做了手术，右手准备更换机械义肢，需要休息一天才能继续执行任务。"Red 说，"据她所说，有一只红色的线虫钻到了她的肉里，她才被迫砍掉了手，这个虫子是球蟒放到她身上的。"

"研究出结果了告诉我。"隗辛说。

手环的时间跳转到 01:32，凌晨了。隗辛爬上床拱进被窝，闭着眼睛整理一天的收获。面试通过了，入职培训做过了，和队友聚过餐了，叛徒也干掉了。充实的一天就要结束，隗辛躺在床上时感觉到了一丝安心，因为一个试图杀死她的敌人被她亲手铲除了。尽管球蟒背后的人的身份暂未明朗，但这是一个好的开端。

最起码在今晚，她要好好地睡一觉，剩下的，留到睡醒再考虑。

第二天早上七点，隗辛拉开卧室的窗户，开窗通风。滨海城市的空气中总是飘荡着一股海水的腥咸味，隗辛不是很适应这种味道，在穿越到第二世界之前，她是一个土生土长的内陆人，没看过海。今天是一个大晴天，晨光照耀着黑海市。黑暗褪去，隗辛的心情像天气一样变得明媚了一些。

"我讨厌晴天，讨厌太阳。"银面郁郁寡欢。

隗辛早餐吃了碗麦片泡牛奶。她往嘴里塞麦片时，通信器嘀嘀振动，亚当提前发来了今日的工作安排。

因为第七小队集体调到港口执勤，所以她早上不用赶电轨车去缉查大楼上班了，直接去港口的海岸安保队报到就好。亚当的邮件贴心地标出了海岸安保办公室的位置，连从隗辛家到安保办公室的最佳路线都被计算好了。邮件最后亲切地标注：今日晴，气温38度，户外巡逻容易造成皮肤晒伤，建议涂抹防晒霜。

"家里好像没有防晒霜……"隗辛自言自语。

"防晒霜？我有。"银面从麦片碗里抬起脸说，"我有好多防晒霜。"他从衣服口袋里掏出一管递给隗辛："给你用吧。"

"谢谢。"隗辛古怪地说。

"我的皮肤缺乏黑色素，没办法抵御紫外线，只能涂这个。"银面抱怨，"每次执行任务都要全副武装，裹得严严实实，好麻烦……而且有些防晒霜的防水效果很差劲，防水效果好的又很贵。我还是喜欢晚上执行任务，最起码没有阳光。"

怪不得他讨厌晴天和太阳，这样的天气对他这样的白化病患者确实不友好。

吃过早餐，隗辛往脸上、胳膊上涂抹防晒霜。银面也在抹，他涂抹得比隗辛细致认真多了，脖子、耳后、脚腕，角角落落都照顾到了。涂完之后他慎重地戴好面具，穿上长袖外套，拉下兜帽，帽子是必须要有的，头皮也得防晒。

"我好了，可以出门了，今天有什么指示？"银面准备妥当。

"按照原来的安排，去扫描五号停泊港，获取数据，传回总部，分析承重柱位置。"隗辛说，"刺蔷薇养伤不在，你能者多劳吧。"

银面任劳任怨地说："好，我知道了。"

五号停泊港是海上浮港，有相当大一部分建筑是漂浮在海上的，漂浮在海上的部分由承重柱和锚固定。让超凡能力合适的银面去扫描停泊港，效率能提升不少。

隗辛出门了。海岸安保队的办公室离她家不远，走二十分钟就到，早上的气温不是很高，走一走就当散步了。海岸安保办公室没有缉查大楼那样气派，它是一栋相对较小的三层建筑，被监控摄像头和钢铁围墙包围。隗辛走到入口的时候监控摄像头对准了她，识别她的面部信息。

"您好，安保员隗辛，欢迎来到海岸安保办公室，祝您在这里工作愉快。"

第三章 转正

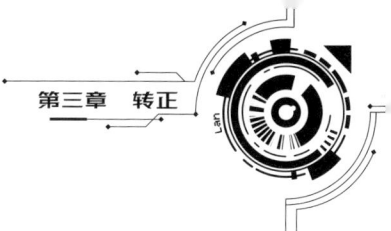

亚当的声音适时出现。

原先亚当会叫她"实习巡查安保员隗辛",现在她转正了,亚当对她的称呼就有了变化。

钢铁围栏向两侧滑开,为隗辛让出通道。隗辛进入后发现这里的环境果然不如缉查大楼,警车没有专门的停机坪,而是在地面上停着。训练场地很大,不过是露天的。

进入一楼,亚当说:"您需要先去三楼的巡逻办公室报到,由您的队长为您安排具体的巡逻任务。"

当隗辛推开三楼办公室的门时,舒旭尧、江明和刘康云已经坐在里面了。

"早上好。"隗辛说。

"离家近就是方便,我记得你住在这附近?"江明说,"兰蓝的家在市中心,离这儿特别远,希望他不要迟到。"

江明话音刚落,兰蓝就满头大汗地推开了门:"呼……为什么离这里最近的一个站是安宁街站啊,需要步行几十分钟才到,我是跑着来的。"

"因为港湾区太穷了,悬浮电轨车覆盖不全。"隗辛耸肩。

"下次早点出门,兰蓝。"舒旭尧说,"我本来担心安宁街的治安,想让隗辛申请职工宿舍,但是我们调来了这里,住安宁街反而变方便了。"

"我等调回总部再申请职工宿舍吧。"隗辛说。

住到职工宿舍必定难以联系机械黎明的成员或随时外出,还是住在安宁街好些,她武力值高,也不怕这里有什么乱子。

海岸巡逻的工作是各个小队轮流来做的,一般轮班期是一个月,也就是说第七小队在这里完成一个月的巡逻任务后就可以调回总部了。

"对了,当初害隗辛脑袋开瓢的浑蛋抓到了吗?"刘康云说。

"没有,连他是谁都不知道。"舒旭尧看向隗辛,"隗辛头部受伤严重,没有当时的记忆。"

隗辛面不改色地撒谎:"是啊,怎么都想不起来……要是我知道他是谁,一定要让他付出代价。"

被机械黎明卧底顶替的"安保员隗辛"之前就是在港湾区港口出了意外,当时港口突然开始火并,有人在炸港口,有人在交火,异常混乱,缉查部增派人手去港口抓捕制造混乱的人,"安保员隗辛"就跟随几个小队一同前往增援,然后不幸成了牺牲品。

"我们的海岸巡逻分为海上巡逻和陆上巡逻两部分,海上巡逻主要检查船只是否正常,是否有走私船和偷渡船,陆上巡逻是为了维持港口治安。"舒旭尧说,"海上巡逻暂时由第六小队和第五小队负责,我们和其他巡查人员负责陆上巡逻。"

"大家务必小心，昨天晚上又出新的乱子了，有人在港口附近被杀。动手的一方使用了重火力枪械，我们的人在现场捡到了将近一百枚子弹壳，死者的血肉组织被炸弹崩到了数米外，但是不见尸体。有人给死者收尸，说明这很可能是一场有组织有预谋的谋杀行动，参与者不止一人。"

兰蓝问："死者的身份确认了吗？"

"没有关于他的身份记录，他是个黑户，在网络上找不到他的任何信息，死者是不存在于社会上的'幽灵人'。"舒旭尧淡淡地说，"不过这不是我们需要操心的事，调查会由刑侦组来负责，昨天晚上蒋组长亲自去了现场。"

隗辛眉心一跳。

"蒋组长居然亲自出马了？"江明惊讶道。

刘康云说："毕竟昨天晚上闹出的动静挺大的，跟一般的帮派火并不一样，重火力枪械和炸弹……这可不是寻常的势力能搞到手的东西。"

"上头下了命令，8月5日前让港口恢复正常运转。我们做好巡逻工作，防备港口修复过程中可能发生的意外就行了。"舒旭尧交代，"每次外出巡逻一定要携带好枪械，多备一些子弹……现在是非常时期，这地方可不太平。"

7月31日港口巡查记录。

9:23,发生一起打架斗殴事件，拘留两人，批评教育三人。

10:56,五号停泊港修复工人因琐事互殴，将其带回港口看守所冷静并进行批评教育。

15:11,接到一起抢劫案报警，到达报警地点时嫌疑人已经逃离，对犯罪现场取证后将受害者带回安保办公室做笔录。

18:05,社会闲散人员于安宁街168号小巷聚众嗑药，当场将其抓获，押回缉查大楼进行进一步审讯。

8月1日港口巡查记录。

8:02,在五号停泊港东南角发现一具漂浮的尸体，死者身份已确定，系码头工人，死因为醉酒后溺水，初步侦查现场后认定无他杀迹象，将其判定为意外死亡事件，尸体于12:32由其家人领回。

13:56,街头聚众斗殴，拘留五人。

15:14,街头聚众斗殴，拘留四人。

17:09,街头聚众械斗，冲突双方使用了钢管、撬棍、剔骨刀、旧式左轮等武器，巡逻安保队警告无效，遂开枪击毙两人，将其余人

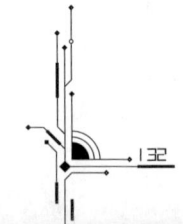

第三章 转正

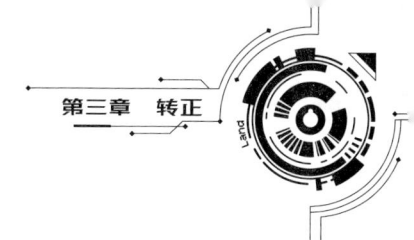

员拘留。

"真好……美好和平的一天又要结束了,今天也是轻松的一天。"隗辛坐在办公室里,在光屏上敲下最后一个字符,伸了个懒腰。

作为新人,隗辛需要学习很多事情。比如如何写报告,如何在港口巡逻时正确处理各种争端。这段时间的报告都归隗辛写,她需要把工作日志录入亚当的系统进行存档。

一连两天无事发生。银面每天按部就班搜集数据,刺蔷薇接上机械手后分担了一些工作,Red 联系隗辛的次数变少了,想必他们那边的任务也在紧要关头。码头那么大,安保员巡逻那样密集,收集数据不是一个轻松的活儿。

隗辛连续两天没在晚上给机械黎明打工了,搞得她有点不适应。只打一份工让她清闲了不少,最起码她晚上回到家后能抽出点时间学习。一想起房间里一摞摞厚厚的专业书,隗辛就头大,要在几天时间内学完大学四年的课程简直是天方夜谭,好在目前她不需要用到刑侦方面的专业知识,港口遇到的各种突发事件大多数情况下都可以用武力来解决。

"写好了吗,隗辛?"舒旭尧在旁边的办公桌上整理文档,他关闭投影仪后说,"今天辛苦你了。"

"不辛苦,报告才几百字,队长你比我辛苦多了。"隗辛点击保存,随后也关闭了投影仪。

"该下班了,走吧。"舒旭尧看了眼时间。

海岸安保队的巡逻工作分为白班和夜班,白天的工作比较轻松,夜晚的工作才是最危险的,在夜幕的遮蔽下,各种肮脏的事都浮了出来。像恶心的虫子,太阳暴晒的时候会钻进土里躲起来,到了阴暗的夜晚就纷纷钻出土壤四处爬动。人们永远想不到夜晚的黑海市有多么疯狂。

"我们明天该轮夜班巡逻了?"隗辛说。

舒旭尧说:"是的,白天可以不来上班,上班时间调到晚上八点。"

夜晚的高强度巡逻会让人陷入疲惫状态,所以白班夜班一向是轮换着来的,每隔两天轮换一次,前几天第七小队轮的是白天巡逻,明天轮到他们夜晚巡逻。

"咱们一起走走?"舒旭尧邀请道。

"好啊,散散步。晚上挺凉快的,比白天好多了。"隗辛自然地点头。

白天在码头巡逻可把她给热得够呛,三四十度的高温下还要穿一身厚实的装备,用以防备意外发生。隗辛这几天和队友巡逻的惯用姿势就是挺直腰背,眼观六路,耳听八方,右手时时刻刻搭在腰带的枪套上准备拔枪。

自从听海岸安保队的老同事说他们经常在港口附近遇到拿枪的帮派成员后，她就有点神经过敏了，万一她正巡逻着，突然冲出来一个跟缉查部有仇的帮派成员，一发子弹把她给"嘎嘣"了怎么办？

隗辛不想被别人给干掉，所以她保持警惕，巡逻时手搭枪套。要是有人想干掉她，她就先下手为强。而她也确实是这么做的，面对今天下午聚众械斗的一拨人时她就没留情，只用了两枪就放倒了对方的头目。

隗辛和舒旭尧换上常服，走出海岸安保办公室，舒旭尧沿着她常走的那条路线送她回家。

"这两天感觉怎么样？"舒旭尧关切地问。

"我还好。"隗辛说。

舒旭尧说："你是我见过适应能力最强的新人了。"

"多谢夸奖，队长。"隗辛淡定地接受了他的夸赞。

"你是缉查部从黑海学院提前内招进来实习的，同期新人就你一个，可能很难找到和你有相同心态的人交流，看到你能比较好地适应缉查部的工作，我就放心了。"舒旭尧说，"其实按照正常流程，你还需要接受更多的培训才能独当一面，让你来巡逻是有些赶了。"

隗辛说："不用担心我的心态，我对港湾区的混乱早有预料，做好了心理建设就不觉得难以接受了。"

"也对，你是港湾区的人。"舒旭尧道，"再有一个月就是外招，等我们培养出更多的新人，压力就能减轻许多了，现阶段只能先抗住压力。"

"我懂，非常时期嘛，"隗辛表示理解，"这段时间比以往要乱。"

天色有些暗了，风凉凉的，港湾区低矮的居民楼亮起灯光。

舒旭尧说："隗辛，你要知道，当一个安保员不仅要学会承受压力，还要学会抵抗诱惑。"

"这是什么意思？"隗辛扭过头，假装不懂。

"你太年轻了，尽管你见识过一些黑暗的东西，但那些最肮脏、最阴暗的事情远超你的想象。"舒旭尧说，"你知道我们的海岸安保队为什么一个月就要轮换一次吗？"

隗辛摆出洗耳恭听的姿态。

"因为贿赂。"舒旭尧低声说，"港口的走私者贿赂了长期驻扎的海岸安保队，安保队成了不法势力的帮凶。"

隗辛听到这个倒是不怎么意外，这种事哪里都有，只有数量或多或少、情节或轻或重之分。

"每月轮换驻守在海岸安保办公室的小队，可以让不法势力的贿赂成本变

第三章 转正

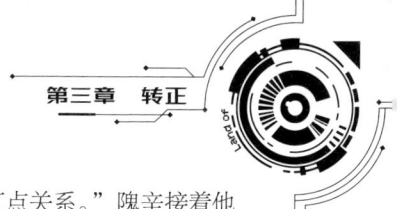

高,因为每调去一批新的人他们就要花时间、花金钱打点关系。"隗辛接着他的话猜测,"是这样吗,队长?"

"是,这是没有办法的办法。"舒旭尧说,"我们不能百分百杜绝这种事情的发生。"

"队长,我相信你是个正直善良的人。"隗辛犹犹豫豫地看着舒旭尧,"你不会贪污受贿吧?"

舒旭尧一愣:"你在想什么?哪个贪污受贿的人会把这些门门道道给你说清楚?"

"万一你是想堵我的嘴,想跟我一起商量分赃的事呢?"隗辛摸着下巴说。

"行了,我知道你在开玩笑,隗辛。"舒旭尧哭笑不得。

"队长是个富家公子哥,应该看不上那点钱吧。"隗辛说,"跟着队长你干活,我很放心。"

"感谢你的信任。"舒旭尧说。

隗辛认真思考:"你刚刚说我们无法百分百杜绝这种事情的发生……一个月不短了,说不定真的会有人被贿赂到。也就是说,我们不但要面对帮派分子的威胁,有时候还会迎来队友的背刺?"

"是这样。"舒旭尧说,"这个世界太复杂了,人心也太复杂了。隗辛,你刚大学毕业,你要适应战斗,也要适应这个社会。"

"我爹妈不在身边,周围没有可靠的亲戚长辈,没人跟我掰扯这些。"隗辛顿了顿说,"你是第一个教我人情世故的人,队长。"

"有人在身边教着,比自己单打独斗、摸爬滚打强。"舒旭尧说,"不懂的就问,不会的就学,摸索着渐渐就会了。"

"嗯,好。"隗辛回答,"我记住了。"

他们二人逛到了隗辛家楼下。

"我到家了,你快回去吧,队长。"隗辛说。

"白天好好休息,不然,夜班吃不消。"舒旭尧对隗辛点头道别,"再见,隗辛。"

隗辛站在楼道口,目送舒旭尧的背影消失在街道拐角。她转身上楼,拉开家门。

银面坐在餐桌椅子上无聊地捏水球玩:"底下那人是谁呀?你跟他说了好半天话。"

隗辛挑眉:"你看见了?"

"我看见了他,他没看见我。"银面说。

"小心点,那是我在缉查部的上司。"隗辛进门换鞋,去卫生间卸掉脸上的防晒霜。

她去厨房一看，皱眉道："没有食材了……去便利店买点吃的，对付一下吧，懒得做饭。"隗辛又走到门边换鞋，准备出门，"下次做完任务去买菜，别忘了。"

"哦，好。"银面趴在桌子上蔫巴巴地说。

隗辛走到楼下想了想，沿着记忆里的方向朝一家便利店走去。

她的老乡习凉在第二世界的父母是开便利店的，既然下来一趟要买东西，她想顺便把他的情况摸清楚点。

"欢迎光临。"她推门而入时，老式的播报机器发出含糊的机械音。

便利店面积不大，不过东西挺全的，日用品和各种食物一应俱全。

轮子咕噜咕噜转动的声音响了起来。

"学姐？"

"习凉？"

隗辛震惊地打量浑身打着绷带和石膏、坐在轮椅上的习凉，他连头都被包严实了，就露出眼睛、鼻子和嘴巴，形象异常凄惨。

"你这是怎么了？"隗辛惊讶地问，"几天没见就成这样了。"

习凉抿唇："我送外卖时被车撞了……撞我的是个富二代，很嚣张。"

"有赔偿吗？"隗辛问。

"他说要走法律程序，赔偿最起码也要三个月后才能拿到手。"习凉悲伤地道，"我双腿失去知觉，需要换机械义肢，爸妈在给我筹钱……"

他说着，眼泪哗啦啦淌下来。习凉这段时间可谓遍尝心酸，他从未觉得生活如此艰难过，艰难得让他喘不过气。刚穿越到这里的兴奋和期待被一次次的挫折所磨灭，在这个世界受的伤和身体上的痛楚是真实存在的，他所经历的一切也都是真实的。携带的游戏系统就是个摆设，除了查看面板没有任何用处。觉醒超凡能力、获得金手指、大杀四方之类的情节更是不存在。习凉在第二世界就像一个普通人一样活着，真实且卑微地活着。他需要为钱和生计发愁，会经历各种各样的意外事件。

其实第二世界的大多数底层居民都是这样活着的。习凉穿越后的身份设置就是平民，如果他没有能力改变现状，那么他在第二世界会一直平庸下去。

"对不起学姐，让你看笑话了……我一时间没控制住情绪。"习凉吸了吸鼻子，"你想买东西是吗？挑吧，前台扫脸付款。"

隗辛拿了面包、牛奶和几袋小零食。正要付款时，便利店门外忽然停了一辆低调的黑色轿车，一名衣冠楚楚的西装男下了车，径直走入便利店内，目光锁定习凉。

第三章 转正

"你好，习凉先生。"西装男递出一张名片，"我是瑞克科技公司人才招聘部的张瑞，想向你介绍一下我们公司的人才招聘计划。"

习凉呆住了："我是考上了黑海学院，但我还没毕业呢，连学都没入，现在招我是不是有点早了……"

"你误会我们的意思了，习凉先生。"张瑞委婉地说，"我们和部分大学有招生合作，看到了你的资料。你成绩优秀，但黑海学院的学费……说实话，没有几个普通家庭能负担得起。我们瑞克科技公司的人才培养基金会可以为贫困学生提供低息甚至无息的贷款。"

"你们是搞慈善的吗？"习凉张大嘴巴。

"当然不是，贷款的获取是有条件的。"张瑞露出了狐狸尾巴，"您需要签一份合同，保证毕业后进入瑞克科技公司工作就行了。"

这是……科技人才垄断，习凉迟钝地反应过来。他对瑞克科技公司的了解几乎为零，于是下意识看向"土著居民"隗辛。

"学姐，你有什么建议吗？"习凉问。

"瑞克是一家比较靠谱的公司，我觉得你应该好好看一看合同，等你爸爸妈妈回家后和他们商量商量。"隗辛沉吟片刻道，"接受或不接受，这是你的个人选择……如果你现阶段没有更好的出路，那么可以考虑瑞克科技公司。"

张瑞礼貌地对隗辛点了下头："这位女士的意见是比较中肯的。"他打量习凉的双腿，"我们公司的仿生机械科技领先世界，习凉先生如果签下协议，我们会用相对优惠的价格为您提供合适的机械义肢。"

习凉被瑞克科技公司的人看中，极有可能是她让银面发给组织的报告在起作用。瑞克科技公司与机械黎明有着千丝万缕的联系，它是机械黎明掌控的披皮公司，机械黎明总部的实验室就在瑞克科技公司大楼内部。

隗辛拎着从便利店买的食物回家时不断地思索。

机械黎明是在她心头盘踞着的一道阴影，是悬在她头顶的达摩克利斯之剑。经过这几天的观察和分析，她对机械黎明有了一些了解，不过她的了解仍然浮于表面，对这个组织究竟拥有多大的体量并不清楚，对这个组织创建的目的以及宗旨也不清楚。她仅能从一些细节来推测这个组织的势力。

港口爆破任务执行小队中的每个人都至少是 C 级觉醒者，其中银面、刺蔷薇、调酒师、琥珀和黑曜兄弟都是 B 级，他们中有的人的超凡能力不适合战斗，比如调酒师，他是侦察型的。球蟒是任务执行小队中等级最低的一个，虽然拥有比肩 B 级的战力，但仅是 C 级。

至于 Red，隗辛怀疑他是 A 级，能让众多觉醒者下属心服口服，他的觉醒级别怎么也不应该低于 B 级。可惜 Red 交付的资料里完全没提到他自己的超凡能力，也许原身是知道的，所以 Red 就没把自己放进资料里。除了 Red，机械黎明大概率还有更多的 A 级觉醒者。

这个世界的官方政府对普通民众隐瞒异种生物的存在，但是并没有隐瞒觉醒者的存在。高级别的觉醒者可以提升公民等级，D 级觉醒者的公民等级能直接提升到三级，跟一些政府人员的公民等级一样，足见政府对于觉醒者还是有一些优待的。

可是在这种情况下，仍然有相当一批等级不低的觉醒者被机械黎明组织招入麾下。他们以什么吸引这些觉醒者？他们用什么手段让这些觉醒者对组织保持忠诚？

在这个世界待得越久，隗辛内心深处的疑问就越多。旁的疑问暂且不提，有一个疑问是关于她自己的。原身一个连超凡能力都没觉醒的人，凭什么成为机械黎明的核心骨干？凭什么参与港口爆破这类重大任务？凭什么与这么多高级别觉醒者做队友，甚至成为团队副指挥？仅仅是因为智慧和她的卧底身份，还是有什么别的更重要的原因？

Red 对她的态度十分平等，看不出来架子，他对其他小队成员却不是这样，而是会或多或少显露出一些上位者的姿态，用命令的口吻吩咐别人办事。这种命令式的口吻，Red 从来没有对隗辛使用过，他跟她说事儿时都是一副好商好量的语气，有时会考虑她的处境和意见。隗辛在机械黎明的身份多少有点古怪。

"副指挥，最后一个区域的港口数据扫描完毕，已传输到总部。"刺蔷薇发来消息。

"收到。"隗辛回复。

推开家门后隗辛又给 Red 发消息："我们这边的数据扫描工作结束了。"

Red 说："我们还需要一个晚上，啧，有银面就是方便。"

银面的超凡能力在港口能得到最大程度的发挥，控制液体可谓是泛用性极高的一个能力。讲真，隗辛对银面的能力真是非常眼馋，然而她暂且不能对他动手。银面对隗辛的阴暗心思毫不知情，看到她带东西回来就高高兴兴地拆了一袋薯片，嘎吱嘎吱吃得不亦乐乎。

隗辛吃完面包，喝了一瓶酸奶，回卧室学习去了。今晚她打算学个通宵，明天白天睡觉，晚上上夜班巡逻。每一天都安排得充实紧凑，她上高三也没这么努力过。

8月2日，20：00，隗辛准时去上夜班了。

第三章 转正

"上夜班的好处是不用涂防晒霜。"兰蓝吐槽,"队长,我建议把防晒霜纳入海岸安保队的常用装备里面,让上头统一采购。"

兰蓝第一天来上班时,苦于家里没备防晒霜就没抹,是隗辛借他用的,不然他得晒脱一层皮。

"深表赞同。"其余人纷纷道。

"我改天写建议书。"舒旭尧淡淡道,"换装备去吧,记得戴夜视镜。我们第七小队只负责五号停泊港,别的停泊港由其他小队负责。"

众人换好装备出来集合。

"希望今天也是和平美好的一天。"隗辛边调整夜视镜的带子边说。

"也?"兰蓝笑道,"港湾区的每一天都有各种事,跟和平美好沾不上边。"

隗辛笑了笑:"我要求比较低,只要没有发生足以威胁到我们的危机,那就算是和平美好了。"

"那确实。"兰蓝认同地跟着隗辛的话念了一遍,"希望今天也是和平美好的一天。"

江明撇嘴:"可别说了,怕什么来什么。本来不觉得今天会发生什么事,你们一说我就觉得要有事儿了。"

"主观意识无法影响这些事的发生。"刘康云一板一眼地说,"真发生了也不用怕,握紧枪就行了。"

夜晚巡逻需要开巡逻车,巡逻车的玻璃是防弹的,有浮空驾驶和路面驾驶两种模式,还有自动驾驶和导航功能。舒旭尧坐在驾驶座上,刘康云坐副驾驶座,其余人坐后座。巡逻车浮空,朝着五号停泊港飞去。

原本堆放集装箱的码头冷冷清清,因为先前的爆炸案,这里停用了一段时间,各种货物都被处理干净了。现在被破坏的那部分港口基本修复完成,预计后天就能恢复使用。港口残留着不少工程器械和建筑废材,显得有些杂乱。五号停泊港面积很大,这里是供巨型货轮使用的,最忙碌的时候能供好几艘货轮停泊卸货。

巡逻车在一块相对平整的平台上降落,隗辛、兰蓝、江明推门下车,进行细致巡逻,舒旭尧和刘康云留守车内关注通信,随时准备支援。

"虽然这处停泊港暂时停用,但是走私的、偷渡的、进行黑色交易的人没有变少。"江明开启夜视镜,谨慎地扫视四周,"咱们小心一点。"

港口在使用期时昼夜卸货,人们来来往往不停,不法者就利用人流量的掩护来港口进行交易,走私商品会和正常货物一起运到岸上,然后再被悄悄运走。如今人流量小了,黑色交易反而更加猖獗,因为注视着这里的人少了,他们就变得肆无忌惮了。他们先前还会掩饰一下,现在连遮掩都懒得遮掩,遇见巡逻的就分散跑，个别胆大的居然敢拿枪跟安保员对着射。

港湾区的帮派可以用两个字来形容——猖狂。在这里巡逻的安保员们简直是拿命在工作，作为补偿，各个外勤小队调入海岸安保队巡逻时会有额外的提成。如果不在工资上进行补偿，有谁愿意从事这样危险的工作呢？

五号停泊港是海上浮港，但是脚踩在悬浮块上的时候触感跟在地面上没什么差别，感觉不到海浪的波澜，平台没有丝毫晃动，异常平稳。隗辛时刻注意周围的动静，手搭在腰带的枪上就没有放下来过，连一向话多的兰蓝都不说话了。

港口上只有海风的呜呜声和身边队友的呼吸声。巡逻不是只看看港口有没有人就行了，他们还需要对一些器械和容易藏污纳垢的地方进行检查。巡逻得交替着来，这么大一个港口检查一圈需要花费一个多小时，半个小时后还需要再来巡逻一次。

时时保持警惕非常消耗精力，尤其是在这样的夜晚，精神状态高度紧绷，很容易感到疲惫。隗辛等人在港口来来回回巡查了两次，中间休息了一会儿，然后接着巡逻。等到午夜的时候，他们就可以和另一个小队换班了。

"还有三分钟就到零点了，来集合点交接。"舒旭尧在通信频道中说，"辛苦了，我们接下来回办公室坐班就行。"

今天晚上似乎果真如隗辛所希望的那样和平美好。

兰蓝忍不住嘀咕："不对呀……咋一个人都没有？往常至少能抓住一两个嗑药的……"

这个夜晚太安静了，静得让人心里发毛。隗辛路过一个生锈的集装箱时，忽然感觉到脖子上滴了一滴冰凉的液体。她用手指抹了一下脖子，在夜视镜下这滴液体呈现出深色。

紧接着隗辛嗅到了血腥味，又一滴液体滴了下来，这次滴到了她的夜视镜上。隗辛脸色大变，拔起枪举向头顶，同时喊："有情况！"

兰蓝和江明也瞬间举枪，警惕地四处张望。隗辛看到了头顶的东西，那是一条腿，三米高的集装箱上有一条腿伸了出来。一阵风吹过，那条腿开始滚动，啪的一声摔到了隗辛面前，血溅上了她的鞋面。这是一条断裂的小腿！腿的断口光滑平整，仿佛是被电锯精准地锯开了。隗辛嘴角抽搐了一下，胳膊上汗毛倒竖。

"异种生物！"经验丰富的江明表情难看，"看断口是镰刀魔。队长！我们……"

江明的这句话还没说完，突然间，隗辛的危险规避被触发了。她身侧传来了猎猎风声，有一个长条状物体以迅雷不及掩耳之势甩了过来，速度快得像闪

第三章 转正

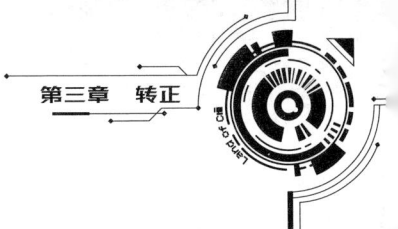

电，又像在捕食的黑曼巴蛇。

隗辛条件反射地一闪，紧接着她腹部一凉，缉查部的高纤维防弹衣居然瞬间被那个物体割破了，她的腹部被剖开了一道巨大的伤口，鲜血奔涌而出。如果再晚个零点几秒，隗辛就会被拦腰斩断！

"隗辛！"兰蓝拔枪朝触手袭来的方向射击。

火花闪现，有什么东西躲过了他的子弹。扭曲可怖的异种生物展露全貌，它的体形比隗辛想象中要小，大概只有半人高，长得像螳螂，三角脸，眼珠大得像灯泡，它身体的上半部分有两根触手，触手上连接着石灰质的弯钩骨刀。这对骨刀上残留着血，其中就有隗辛的血。

异种生物餍足地舔了一下骨刀，随后如螳螂般蹬动后腿拉近距离，伸缩自如的触手嗖地一下又被它甩了出来，目标直指隗辛。

隗辛在惊惧之下举枪射击，连续数声枪响，子弹仅仅射中三发，而且都被它的石灰质外壳给挡了下来，这怪物的速度简直快到不可思议，防御力也高得不可思议。千钧一发之际，江明的一发子弹射中了镰刀魔柔软的触手，触手瞬间回缩，隗辛得以避过这一击。

"支援马上就来！"舒旭尧在通信频道中说，"坚持住！"

镰刀魔受伤后激发了狂性，一双触手挥舞得更加狂乱，在金属集装箱上留下深深的印痕。而就在这时，港口的灯塔忽然不规则地闪烁了几下，这证明时间已经是零点了，灯闪是午夜来临的信号。

新的一天到来了。

与此同时，隗辛的视野骤然被黑暗包裹。眼前狂乱舞动触手的异种生物不见了，兰蓝和江明不见了，腹部被剖开的疼痛消于无形，连她手中握着的枪也消失了。隗辛独自置身黑暗，心中无法抑制地浮现出了熟悉的感觉——这是……她穿越到第二世界时所经历过的场景！

她眨了一下眼睛，等她再度睁开眼，她躺在了柔软的床上，眼前看见的是墙皮剥落的墙壁，床边的小桌子上放着一摞《五年高考，三年模拟》。枕头旁边，一只屏幕亮着光的手机静静地躺在那里。在穿越到第二世界的第七日正式结束的时候，隗辛回归了第一世界。

她的心脏剧烈跳动，因为情绪过于激动，头脑甚至有一点眩晕。隗辛手捂着腹部，肚子被异种生物的骨刀剖开的痛楚仿佛仍然在身，但是她手指下的肌肤光滑平整，没有任何伤口。

"我……回来了？"隗辛不可置信地喃喃。她离开了那个冰冷残酷的世界，回到了平凡且真实的人世。

< 返回首页　ⓘ

消息面板

信号屏蔽

即时通信

加密联网

定位追踪

自动销毁

第 四 章
▶ **回归** ◀

剥夺者・233号
区域性任务触发

你获得了超凡能力"死亡轮回 A级"

☒ 死亡轮回 A级
你可以在死亡后返回过去重新开始。死亡次数越多，复活时间点和死亡时间点越近。复活时间点与死亡时间点重合则无法复活。复活次数每七日重置一次。

你的超凡能力"血肉再生"已升级

☒ 血肉再生 C级
你的伤势愈合速度远超常人。

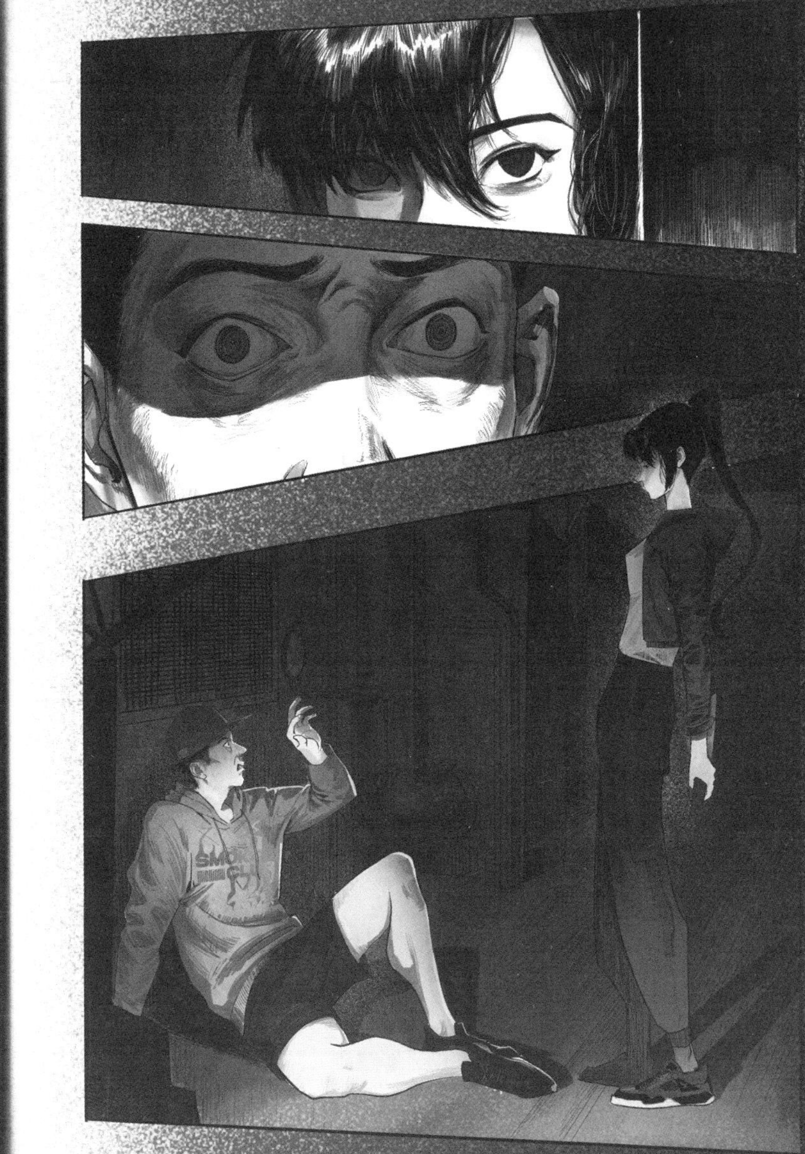

深红之土
[1] 无光之海

隗辛缓过神。她从床上跳起来，连拖鞋都没穿就跑到窗户边，猛地拉开了窗帘，破旧的老小区内唯一一盏灯泡没烧掉的路灯顽强地亮着，为晚归的人照亮回家的路。昏黄的路灯下是垃圾桶模糊的轮廓，石板砖地面到处是开裂的痕迹，街巷里的监控摄像头沉默地工作着，整个小区静悄悄的，没有人。

这好像就是一个普通的夜晚，人们一如既往地归家、安睡，等待太阳升起就吃早餐、上班，开启按部就班的一天。可是隗辛知道，她经历的那七天冒险并不是梦境，是真真切切发生在她身上的事。

隗辛屏住呼吸，在心底默念："系统？"

游戏面板的光幕瞬息闪现。她的技能介绍和穿越期间获得的超凡能力一样不差地显示在上面，港口爆炸案的调查进度不知不觉间上涨到了25%，全部的信息一览无余。

隗辛倒吸冷气，心跳骤停了一瞬。

她回到了第一世界，但仍然可以召唤出游戏光幕。不管是进入游戏世界还是回到现实世界，这个游戏系统都跟随着她……那么游戏与现实的界限还有那么清晰吗？

没有一款全息游戏能像《深红之土》那般真实，隗辛知道，那个世界是真实的，但是她必须要把它当成游戏，想尽办法通关，走到最后。游戏系统是她区分游戏与现实的其中一个标志，让她坚定信念，不至于迷失。

可是现在，她在现实世界也有游戏系统了！

人们能把游戏和生活很好地区分开，因为游戏里的东西带不到现实里，现实里的东西带不到游戏里，在游戏里死了可以复活，人们可以做一些平时不敢做的事而不会产生心理负担。在现实世界里，大家都是正常人。

"也许没有我想的那么糟……"隗辛呢喃。

她走到书桌前，从文具包里掏出一把美工刀，毫不犹豫地对着自己的手指割了一刀，伤口在两秒内愈合！这次隗辛彻底失去了侥幸心理，离开第二世

第四章 回归

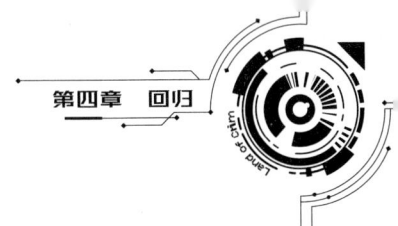

界,血肉再生的超凡能力还在她身上。

游戏与现实的界限被打破了!在游戏里获得的能力,回到现实世界后依旧在生效。真实与虚幻,游戏与现实,它们的界限变得模糊。这就相当于隗辛原本在玩"赛博Online(在线游戏)",结果她退出游戏,发现游戏系统跟着出来了,她所处的现实变成了"地球Online",世界被游戏化了。

第一世界与第二世界,两个游戏场!

更可怕的是"赛博Online"不是一个单机游戏,是一个联机游戏,玩家不止隗辛一人。有多少人在玩"赛博Online",就有多少人在玩"地球Online"。要是有其他玩家也在第二世界获得了超凡能力,那么他们也会把能力带回第一世界。

隗辛隐隐预料到,今晚过后,觉醒了超凡能力的玩家将会对第一世界的秩序造成巨大的冲击。她后退几步坐回床上,从床头柜内取出那张银色卡牌。

卡牌上面的字样无比清晰:

剥夺者·隗辛
编号:233

这像是一张身份卡,一个身份标识,剥夺者是职业,隗辛是真名,编号是身份证件号码。从收到这张银色卡牌开始,事情就不对劲了。它像是通行证,赋予了隗辛穿梭世界的资格。

隗辛放下卡牌,拿起枕头旁边屏幕变暗的手机,输入锁屏密码。手机屏亮起,显示现在是7月27日,00:02。她在零点进入游戏,在零点退出游戏,在第二世界度过七天后,第一世界的时间似乎根本没有走动,一切都定格了。

班级群里有几位熬夜的同学聊得热火朝天,消息一条条刷屏,隗辛瞥见他们的聊天内容正好和《深红之土》有关,他们想让游戏官方尽快开启第二批内测,好快点玩到游戏。

玩游戏?玩命还差不多。隗辛苦笑。她停顿片刻,登入《深红之土》内测玩家匿名论坛。映入眼帘的是血淋淋的存活人数:9630。

在第二世界待了一周,一万名玩家死了三百多名。隗辛穿越后获得的是王炸开局,成了二五仔,走在钢丝绳上,时刻面临生命危险。柴剑也是王炸开局,可如果柴剑老老实实待在精神病院,他会一直好好活着。另一个玩家习凉是普通人开局,虽然穷了点,被车撞了倒霉了点,也没有什么生命危险。

隗辛相信获得王炸开局进游戏即死亡的人是少数派,可即便如此,一万名玩家依然死了三百多名,每个数字后面可能都有一条人命。

向下滑动论坛，隗辛的手指僵住，她瞳孔一缩，心脏跳得跟刚回归第一世界时一样快。

有三个标注着"官方"前缀的帖子被标红置顶了，这三个帖子的标题都非常简单。

  第一帖：阵亡玩家名单公布。
  第二帖：玩家职业说明。
  第三帖：基本规则介绍。

隗辛来不及看其他玩家发布的帖子，她先点进了第一帖。帖子主楼是长到拉不到底的名单，名单上没有公布玩家的真实姓名，只公布了玩家编号和死亡时间。像讣告，然而却有一种说不清道不明的诡异的感觉。

  代行者1号，于7月27日死亡。
  代行者16号，于7月27日死亡。
  代行者536号……

隗辛飞速浏览，发现穿越进游戏的前两天死的人是最多的，后面死亡人数在慢慢变少，可能是因为玩家开始适应环境，懂得第二世界的规则后开始隐藏自己了，于是死的人就少了。拉到中间的时候，一行字从这串名单中凸显出来，因为这行文字的字数比较多，所以非常显眼。这行文字是：

  代行者1368号，于7月29日被剥夺者233号击败。

隗辛震惊地瞪大了眼。剥夺者233号就是她自己！游戏官方居然把她击败柴剑的事情直接公布了出来！隗辛眼前发晕。她退出这个帖子后，一看论坛首页，粗略数去，居然有几十个不同语言的帖子上都写了"233"的字样，这些帖子的标题大多是问号和感叹号结尾，更有甚者直接在结尾打了一整排问号和感叹号。略一刷新，还有源源不断的带着"233"字样的帖子冒出来。

隗辛能看懂中文帖，首页飘的中文帖的几个标题竟然都与她有关！

  谁是剥夺者233号？
  为什么剥夺者233号要打自己人？！
  剥夺者233号是个疯子吗？先天反社会人格？有没有搞错，这

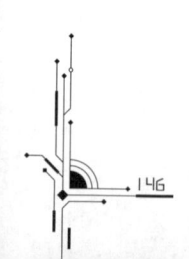

第四章 回归

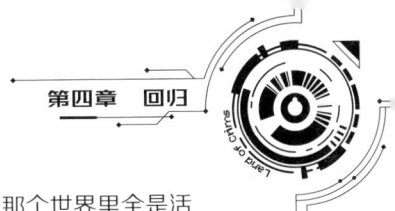

个人攻击玩家啊！我们是到了一个真实的世界里，那个世界里全是活人！活人！

我在第二世界的那几天辛辛苦苦搬砖挣钱当打工人，战战兢兢，不敢有丝毫逾越，剥夺者233号居然一上来就敢攻击自己的老乡。

隗辛捂住额头，起身在房间里转了几圈冷静头脑。不能慌，慌也没用，官方发的三个帖子还有俩没看……她必须先把官方帖看完，这些帖子往往是信息量最大的。

隗辛走到厨房倒了杯凉水，咕噜咕噜灌进肚子里，等思维冷却，恢复平静，她点开第二个帖子——玩家职业说明。

帖子主楼写道：

本游戏一共有两大职业。

剥夺者，是依靠狩猎特殊能力者并剥夺他们的超凡能力来获取力量的职业。

剥夺者无法自行觉醒超凡能力，也无法从蕴含特殊力量的药剂中获得力量以提升自己。剥夺者提升的途径只能是剥夺，剥夺除自身以外的所有人。剥夺者从他人身上夺走的超凡能力无法升级，要想继续提升剥夺来的超凡能力，就只能狩猎同系能力者，以此达到能力提升或进化。

代行者，是以人类之躯行走世间以获得比肩神明的力量的职业。

代行者能够自行觉醒超凡能力，也可以从蕴含特殊力量的药剂中获取力量。相比剥夺者，代行者的超凡之路没有那么崎岖，但是能力的提升需要天赋与契机，某些人终其一生只能止步于低阶，而某些人能获得足以匹敌神明的力量。

主楼介绍看完了，隗辛抿唇，对这个游戏有了更加具体的认识。

剥夺者需要踏上的是一条血腥的晋升道路，而代行者的晋升方式则是传统的"升级流"路线。

她看底下的回帖。

2楼：游戏官方到底是谁？！老子不想玩这个游戏了！我要退出！
4楼：为什么这样设置？！看着玩家们自相残杀很好玩吗？
13楼：这些基本说明，你在大家进入游戏前讲明白会死？老子炸你祖坟！

25楼：代行者就是猎物对吗？我们提升自己的能力，然后等着被剥夺者猎杀？

36楼回复25楼：我们可以反杀！

48楼：游戏里有多少人是剥夺者，有多少人是代行者？剥夺者的数量应该远少于代行者吧？目前官方公布的死亡名单里，三百多名死去的玩家全是代行者。

50楼：剥夺者可以不狩猎玩家，去狩猎NPC啊，各位窥屏的剥夺者大哥大姐们，多少做个人吧，最起码不要残害同胞。

56楼回复50楼：已经有人残害了，你看那个剥夺者233号！

60楼回复50楼：NPC就可以随便杀了吗？你真把这个当游戏？哪个游戏这么真实？每一个人都是活生生的生命。

68楼回复60楼：与其让剥夺者把目标对准我们，不如让他们去祸害异世界的人，我不想死。

隗辛停止滑动页面，目光定格在第85楼。

85楼：这就是官方送给我们那六条忠告的原因吗？把游戏当成真实世界，死亡无法复活……以及，不要向任何人泄露自己的玩家身份。因为玩家身份泄露后，我们不但会引来第二世界的人的猜忌、囚禁、审问和解剖实验，还会引来剥夺者的追杀。

86楼回复85楼：剥夺者233号开了一个不好的头，若存在其他的剥夺者，他们很可能会效仿233号，狩猎代行者。七天过去了，大家对第二世界一定有了一些了解，你们想想，是在科技发达的第二世界动手容易一些，还是在科技水平落后的第一世界容易一些？如果我们不奋起反击，迟早会沦为剥夺者的猎物！不要以为暂时退出游戏就万事大吉了，我们所在的第一世界同样是一个猎场！剥夺者的猎场！

在隗辛看来，第二世界是冰冷残酷的。但是第一世界也有向第二世界发展的趋势了。

她在玩一场赛博游戏，也在玩一场大逃杀。她是猎手，其余人是猎物，猎物不想被猎人捕杀，于是在筹划着反杀猎手。

隗辛吐出一口气，退出第二个帖子，开始看第三个讲游戏基本规则的

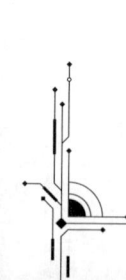

第四章 回归

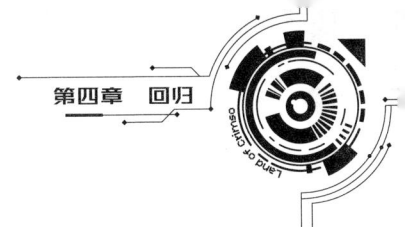

帖子。

　　主楼：玩家可以穿梭两个世界，但是仅有一条生命，任意世界死亡则无法复活。
　　第一世界与第二世界的循环周期是七天，登入时间以 H 国时区为准，零点游戏开始，零点游戏结束。
　　在第一世界停留时，如有玩家死亡，则阵亡名单实时更新。若玩家在第二世界死亡，阵亡名单会在玩家回归第一世界时统一播报。
　　其余规则，请玩家继续探索。

　　隗辛细致地看完这个帖子，看到第一条回复是："假如我们参与的这场游戏有幕后黑手在背后推动，那么幕后黑手一定是 H 国人，不然为什么遵照的是 H 国时区……"
　　如果真的有幕后黑手的话，那个幕后黑手是谁？是神明吗？
　　神挑选这么多玩家进入第二世界有何意义？抑或这根本没有意义，只是神的玩笑而已？
　　隗辛看完了官方发布的所有帖子，回到论坛首页挨个看玩家们的发帖。

　　标题：怎样退出游戏？我能报警吗？打举报电话有用吗？！
　　2 楼：退出是不可能的，你在签合同的时候已经用过一次退出机会了，机会错过了就没有下次，官方说了，只有游戏通关和人物死亡两条路径可走。
　　3 楼：不怕身份暴露被抓去当小白鼠就去报警吧。我不觉得各国政府有能力应付这么诡异的事，这不是战争，这是两个世界的交汇与融合。我们是先行者与体验者，怀着佛系的心情在另一个世界好好生活不惹事就行了，能感受到高科技的光辉，我认为很值，就当旅游了。

　　3 楼这名玩家心态真好……隗辛决定向这个人学习。

　　标题：有没有阵亡玩家出来吱个声？是真的死了吗？我不敢相信……
　　2 楼：死了怎么吱声啊！我倾向于认为他们是真的死了。
　　标题：怎样获得超凡能力？有没有人觉醒了过来传授个经验？

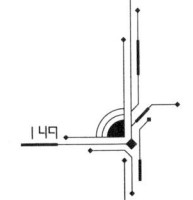

12楼：我觉醒了，但我觉得我没有什么经验可以传授，因为我当时摔了一跤，然后就觉醒了，超凡能力就不透露了，免得被盯上。

13楼：楼上这是什么惊天好运气！

标题：我认为我们穿越到了一个平行世界，论点如下。

主楼：我在第二世界的姓名和现实世界中的姓名一模一样，作为一万名玩家中的一员，我不觉得自己是个例，相信其他人在第二世界的姓名应该和在第一世界的姓名相同。

2楼（楼主）：我在第二世界的相貌和第一世界中的相貌虽然不是完全相同，但是也非常像了，大概有七八分像！而且最重要的一点是，我在第二世界中的性格和第一世界中的性格也非常相似，连兴趣爱好都是相同的！世界上不可能有这样的巧合。我认为我不是进入了游戏，而是穿越到了平行世界的自己身上。

3楼：你说的是对的，楼主。我要告诉你，我在第二世界是有父母的，而我的第一世界的父母在一个月前因车祸过世了，你猜怎么着？我在两个世界的父母长得一模一样！生活习惯和说话语气也很像！我穿越过去看见他们的第一眼就哭了，我一点都不想退出这个游戏，这是上天的恩赐，是命运给我的补偿，我无法把那个世界当成假的，它就是真的！我相信它是真的！

4楼（楼主）回复3楼：祝福你，朋友。

5楼：我在第二世界也有父母和其他亲人，但是他们跟我在第一世界的亲人不一样，可能三楼是稀少的特例。

6楼：我们在两个世界的样貌太接近了，这非常容易暴露身份，大家都要小心一点。

标题：回归第一世界的时候我正在马桶上拉屎，现在问题来了，我穿越回第二世界之后可以继续拉吗？

2楼：零点穿越，零点回归，时间没有任何变化，放心吧，你回去后肯定能好好把这坨屎拉完。

隗辛再次刷新论坛，又有许多新的帖子冒了出来。其中一个帖子的标题吸引了她的注意力：

玩家公敌——剥夺者233号，我这么说应该没人有意见吧？

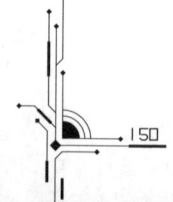

第四章 回归

隗辛的确成了玩家公敌。她观看论坛上所有和233号有关的帖子,发帖人和跟帖人的态度大多十分激烈,几乎没有人为她说话,偶尔的一些冷静分析的评论也被那些激烈的评论所淹没。

62楼:我认为这件事情可能另有隐情,我们穿越到第二世界的时候根本不知道彼此的身份,你们能认出来谁是玩家、谁是土著居民吗?你们不能。也许233号根本没想攻击自己人。

63楼回复62楼:那你觉得233号是想对付谁?异世界土著吗?不管他想攻击土著居民还是想攻击我们玩家,用心都非常险恶。

64楼回复62楼:你说这个没用,谁在意剥夺者233号行为的前因后果和心理历程?大家只看重结果,他就是杀了人。玩家中可能还存在其他剥夺者,他们会效仿他、模仿他,以后玩家攻击玩家的事件只会更加普遍!

84楼:一想到剥夺者233号在我们发布这些帖子的时候可能就在窥屏,我就感觉毛骨悚然。他看见这些帖子的时候会有什么反应?惊慌、恐惧……抑或冷笑?

85楼:如果剥夺者233号是因为苦衷而袭击同伴,那他为什么不出来澄清?

86楼回复85楼:233号又不是傻子,谁会在风口浪尖上站出来?他澄清了有人信吗?我们能分辨出来他是在说谎还是在说实话吗?

紧接着就有玩家疯狂跟帖85楼,在帖子里喊话剥夺者233号出来做一个解释。

但是隗辛明白,她不能去解释。玩家们被恐惧填满、被舆论裹挟了,有多少人愿意刨根究底?有多少人只在意结果?玩家们处于第一次穿越的回归阶段,正是最不理智的状态,大家慌乱害怕,急需发泄,人性的阴暗得到了最大的释放。如果隗辛去解释,玩家们却继续质疑她,那该怎么办?如果玩家们要求她讲述具体经过怎么办?她不能证明自己无意杀人,而其他人永远会怀疑她是有意的。

隗辛很容易在证明自己的过程中暴露身份信息,玩家们取代了第二世界的土著居民,他们在第二世界有着各种各样的身份,有的是普通人,有的人的身份则十分复杂,更有人可能身居高位。若隗辛不小心透露出什么不该透露的信息,他们很可能就会根据这一点查到她头上。

隗辛其实心态很稳,她想明白了,只要她不去回应这件事,玩家们就猜不到剥夺者233号的真实身份是什么，他们猜不到，那隗辛就是安全的。最大的隐患是她的外貌。每个玩家的外貌都与第一世界的外貌有相似之处。玩家们是魂穿，不是身穿，比如隗辛在第一世界是长发，在第二世界是短发，她回归第一世界后头发没有变短，身上因镰刀魔受的伤也没有跟随过来。

隗辛敲了敲自己的脑门，凭触感来说，她的铁脑壳也没跟随她回到第一世界，可是……她手握美工刀顺畅流利地耍了一个炫技的刀花。隗辛的固有天赋和超凡能力全部跟她一起回归了。

她目前拥有五项固有天赋，分别是表演人格、生命强韧、危险规避、快速学习，以及进入第二世界后新获得的战斗本能。战斗本能是从第二世界的躯壳上获取的天赋，这项天赋居然完美地嫁接在了她在第一世界的身体里，她依然会使用武器，能回忆起各种战斗技巧。

隗辛放下手机在床上做俯卧撑。让她惊讶的是，她居然一口气做了五十个俯卧撑，这种水平是她以前绝对达不到的，作为一个厌恶体育课的"菜鸡"，她平常做完十个俯卧撑都费劲，连做五十个简直不科学！

同时，这五十个俯卧撑的水平和她在第二世界进行训练时的体能测试成绩相差甚远，她在第二世界能连做一百多个。而且不知是不是错觉，隗辛觉得自己的视野清晰了不少。

她原本是低度近视，上课偶尔需要戴一下眼镜。现在她再看周围的景物，那种些微的模糊感不见了。而在第二世界她是个神枪手，视力非常好。

隗辛很快意识到，她在两个世界的身体在未知力量的作用下趋向了同化！第二世界的强大身体素质在往她第一世界的身体上转移。

隗辛翻箱倒柜找出卷尺，站在地上测量自己的身高。高三体检的时候，她的身高是一米七，而她第二世界的身高是一米七五。现在她测量，身高变成了一米七一，长高了一厘米，似乎是身体发育造成的自然生长。

隗辛去卫生间照了一下镜子，皱眉打量镜中的自己。玩家在第一世界和第二世界的容貌不是百分百相似的，她在两个世界的面容大概有七八分像，不是完全一样。长发和短发给人的感觉是不同的，长发的她气质温和了很多，这么一看，她跟第二世界的样貌相似度也似乎降低了一些，虽然仔细看上去还是很像。

隗辛一直以来都扎高马尾，她想了想，尝试披头发，再拨弄拨弄刘海，感觉不行，又给自己编了一个气质偏向甜美的松散麻花辫，这下相似度又降低了一点。

第二世界的隗辛作为一个城市执法者，衣着打扮成熟干练，还有点清冷，浑身上下散发着"我是个精英安保员"的气质。乍一瞧，她在第一世界和第二

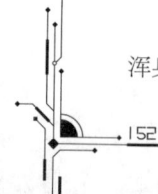

第四章　回归

世界的外在形象还是有很大区别的。一直这样不行，隗辛想去整个容。

然而整容太贵了，她一时间搞不到钱，就只能在着装和外形上做改变，力求和第二世界相差得远点。等她回到第二世界，也许可以着手改变她在第二世界的容貌，在那个高科技世界改头换面应该比较容易。隗辛怀疑不少玩家也会产生类似打算，毕竟换脸的麻烦程度远小于身份暴露的麻烦程度。

想到回第二世界，隗辛刚刚平静下来的心境泛起了波澜。她感到忧虑和焦急，因为她是在战斗时穿越回来的。穿梭世界时时间不会流动，但是这会对战斗局势造成相当大的影响，回归第二世界后，如果一个晃神没及时反应过来，她就完蛋了。

兰蓝和江明是靠谱的队友，可隗辛不能把希望放在他们身上，靠人不如靠自己。

隗辛看了一眼时间，00：53。又凌晨了。她在卫生间洗了把脸，回去躺在床上。

这是她回来的第一晚，她知道自己可以安然入睡，暂时不必忧虑明天。等等！不必忧虑明天？她好像忘记了什么重要的事情。

隗辛翻出手机备忘录，只见备忘录上明明白白地写着："早上九点去昌隆广场三楼快餐店面试暑假工。"

隗辛心想："啊……充实的生活，又要开始了吗？"

早上七点半，隗辛没被闹钟叫醒，而是被高三班主任的电话给叫醒了。

"小辛，今天来老师家里吃中饭吧？"班主任的声音传入耳中。

隗辛的班主任叫王燕歌，是个严厉的老师，不过她私下里也有很温和的一面，知道隗辛家里没个长辈，就经常喊她来家里吃饭，还指导她报考学校、选择专业。王老师的儿子比隗辛大两岁，上的大学就是隗辛报考的那一所，他们的专业都是"人工智能"，等九月份大学开学，她就是老师儿子的师妹了。

隗辛睡意蒙眬地说："不了老师，我要去面试打工呢……"

"哎哟，忘了现在是暑假了，该让你多睡会儿的。"王老师听出隗辛话音里浓浓的睡意。当老师的人的生物钟一般固定了，哪怕是在寒暑假，依然会在六七点的时候准时醒来。

王老师说："叫你过来也是想跟你商量打工的事，别去快餐店了，太辛苦。我一个朋友家里的小孩是个艺考生，快上高三了，小姑娘有点叛逆，请了家教，但她不爱学，她家里人想着找个年纪差不多大的教教她，给她补课。"

隗辛揉揉眼睛，从床上爬起来问："工资怎么算呀？老师。"

"一小时八十，每天补课三小时。"王老师说，"持续到八月底开学。"

153

隗辛心动了。每天三小时，一天就是二百多元，而且剩下的时间还可以自由安排，比在快餐店打工方便。在快餐店打工需要耗费非常多的时间，隗辛想有一点空闲去做自己的事，比如锻炼。体能训练不能忘，她在第一世界同样需要良好的身体素质。

"好！"隗辛答应了，"谢谢老师。"

她心知王老师这是想帮她一把，让她不要这么累，才将补课的活儿介绍给她，这工作确实合适，隗辛很满意。高考刚结束的时候隗辛已经打过一段时间的工了，刚开始是在商场送了一个星期的传单，后来是在奶茶店干活，结果奶茶店地段不好，经营不善倒闭了，隗辛被迫寻觅第三份暑假工。

隗辛起床洗漱，给自己煎蛋做早餐吃。吃完饭她坐在桌子前发呆，一时间不知道该干什么。远离了紧张刺激的第二世界，回到第一世界忽然清闲下来，她居然有一点不适应了。

隗辛想了想，把小客厅的桌子推到一边，收拾出来一个空位，开始压腿、扭身，做俯卧撑和仰卧起坐，进行最基础的锻炼。今天起得有点晚了，以后她打算每天六点起床去小区后面的河堤长跑。

第一世界的身体素质提升空间很大，训练不能断，而且要慢慢来，前几天可以只做隗辛在缉查部训练量的三分之一，后续适应了就慢慢增加。两个小时后隗辛训练完毕，双腿直抖，满身大汗。她洗澡并按摩肌肉，等时间到了就出门去老师家。

临出门前隗辛再次查看论坛，与剥夺者233号有关的讨论帖热度依旧居高不下。她直接掠过，看别的帖。其中一个帖子是计算各个国家玩家密度的。

主楼：全球人口大概有七十五亿，其中H国人口占十四亿，将近百分之二十了。看看论坛里的中文帖发帖数，就知道论坛里的H国人不少，全球一万名玩家，我估计咱国家最起码也得有个一两千吧。

很有趣的一点是，当时咱们进入游戏用的是预约制，游戏官方把自己伪装成了一个普普通通的游戏，申请内测资格竟然还需要在网上填表，未成年和年龄超过六十岁的人不给预约……这样我们就可以排除很大一部分人，首先排除掉未成年人，其次排除网络不发达的落后贫困地区的人，我猜玩家大多集中在经济不落后的地区。

减去欠发达地区的人口，减去未成年人口，减去高龄人口，范围大大缩小。朋友们，全球一万人，我们国家有近两千人，一个城市能分到几个？也许玩家们一辈子都见不着面呢，不用过于担心剥夺者找上门来，但也不能完全放松警惕。

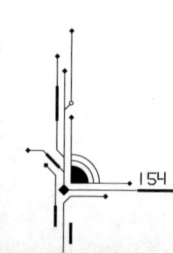

第四章　回归

论坛相比昨晚平静了不少，认真分析的帖子变多了。有几个帖子在认真探讨异世界组队的可能性，他们想组成一个可靠的联盟，在第二世界共同扶持着生活。还有的帖子在认真分析第二世界的社会构造和阶层的形成。更有甚者想把第二世界的科技偷回来建设第一世界。

　　主楼：想想看吧，那些机械义肢技术可以帮助多少残疾人拥抱新生？还有那些信息科技、全息投影，这会为我们的世界带来巨大变革。
　　2楼：是的，可以带来巨大的变革，同时也会带来战争，我从来不敢小看人性的贪婪与邪恶，如果有国家得到了这些技术，他们一定会将其用于战争。你带回来了技术，但你有能力制止战争吗？

除此之外，还有一些乱七八糟、说不准是真是假的求助帖。

　　人在偷渡船上，漂流了一个星期，快得败血症了。求问一下要是被海岸警卫队之类的部门抓住了会有什么惩罚？
　　穿成了黑户怎么解决户籍问题？
　　救命，怎样才能在一个月内赚够一百万啊？上大学急用！

每一个求助帖都有人在认真回复，帮忙想办法，论坛的气氛整体来说非常积极向上，只有涉及剥夺者的帖子底下全是阴谋论和被害妄想。

　　需要异种生物相关情报，越详细越好，提供情报可有偿，转账或者实物邮递都行。如果选择转账可以转到国外银行的不记名账户里，如果选择邮寄实物，我可以给你邮寄黄金，你来指定邮寄地点和邮寄方式。无意探究身份，绝对诚信，有意就在论坛私信我。

这个帖子下有玩家问："异种生物是啥？"怀有相同疑惑的玩家不在少数，不是每位玩家都有机会接触到联邦政府费尽心思对普通民众隐瞒的危险物种。
　　看见"有偿"两个字，隗辛心动了。
　　回帖和私信会暴露自己的昵称，但不会暴露编号，问题是隗辛自己的昵称是233，和编号一样。不过编号的获取是有随机性的，编号就是论坛注册次序，隗辛是论坛第233位注册的用户，她的编号就是233。
　　233作为网络流行语，喜欢用这个数字做昵称的人不在少数，其实可以用巧合来解释。她犹豫再三，打算先观察一阵，看看有没有其他知道异种生物情报的人回复帖子。这种事情不能着急，她缺钱，但是要惜命。

隗辛关闭手机，下楼坐地铁去了。

楼梯口打麻将的张妈瞥见隗辛，笑着说："啊呀，小隗知道打扮了，淑女了很多，真漂亮。"

隗辛微微一笑："早啊，张妈，今天赢了没？"

"输了，输着玩玩嘛。"张妈笑眯眯地说。

喧闹的人声和暖暖的阳光令隗辛放松下来，这就是平凡且真实的人世。坐上地铁后，隗辛打开手机看班群消息。

"某视频网站百万粉UP主（视频上传者）连夜删号神秘失踪。"隗辛看见同学们的讨论话题一愣，她顺着聊天记录一路往上翻，表情渐渐诡异。

这位UP主是做游戏方面内容的，经常在直播和视频中露脸，粉丝非常多，视频质量貌似挺不错的。

该UP主删号之前的最后一条动态是："太好了，收到了《深红之土》的内测邀请函，大家等我的测评视频！我可能是全球唯一一个抽到内测邀请的游戏主播了，运气爆棚啊！哈哈哈哈哈哈哈哈……"

隗辛感慨："这倒霉孩子，好惨。"

这相当于直接断绝后路了，经常在直播中露脸，身份信息和姓名、外貌基本上都泄露了个干净，这才是真正的王炸开局，恐怕这位倒霉的哥们儿已经连夜跑路了。

隗辛踏进王老师家的时候闻到了浓郁的饭香。

"小辛来了，坐。"王老师在阳台上择菜，"我炖了排骨汤，等会儿再做个红烧肉，烧个蒜蓉青菜。"

"我帮你择菜吧，老师。"隗辛搬了个椅子，"家里没人吗？"

"我老公在出差呢，儿子这个暑假留校学习。"王老师说，"等你去上大学的时候，我让我儿子去接你。"

"不用了，我自己就行。"隗辛连忙拒绝，"反正大学就在省内，和咱们的城市挨得挺近，坐火车一下午就到了，出了火车站有直达学校的公共汽车。"

"那不行，小孩第一次出远门必须要有人陪，等你认了路再自己去。"王老师说，"你别老想着会给我添麻烦，我不觉得麻烦，我跟我儿子说了，他一口就答应了。"

"好。"隗辛把拒绝的话咽下肚，低着头专心择菜。

王老师说："在大学有什么想实现的目标吗？"

"目前只有好好学习这一个目标。"隗辛迟疑地说，"剩下的慢慢来吧，该

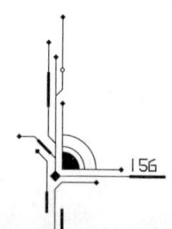

第四章 回归

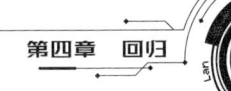

考的证考到手，然后好好学习，争取保研，人工智能这个专业的就业前景挺不错的……"

"你脑瓜子聪明，考个公务员试试？"王老师建议。

隗辛："我觉得不行……我爸不是投资失败卷款跑到国外了吗？去公布通缉令的官网上搜一搜，指不定能搜到他的在逃人员信息呢。"

王老师一愣，叹了口气，嘀咕道："造孽啊。"

隗辛也觉得她这个爹的存在就是在造孽。但那有什么办法呢？她爹就是这么个垃圾爹。虽然这个垃圾爹已经从隗辛的生活中离开了，但是他依然在给隗辛带来不好的影响，她这辈子别想吃上公家饭了。

隗辛小时候过着相当富足的生活，家里的房子是大别墅，回农村老家拜访亲戚时开着气派的轿车，村里人都说隗家村出了个大老板，在城里也是有头有脸的人物。

结果隗辛她爹飘了，和老婆离婚跟别的女人好去了，接下来几年，他纠集一帮狐朋狗友拉投资，最后投资失败，眼看回不了本，隗辛她爹一不做二不休，直接卷款跑到国外，连父母、其他亲人和包养的情妇都不顾。

垃圾爹卷款跑路的时候，隗辛在上小学。后来别墅被拍卖了，商铺被拍卖了，轿车被拍卖了，仍然还不了债，老妈把隗辛扔给爷爷奶奶照顾，自己远走高飞了。幸好爷爷奶奶的房子在他们自己名下，这才没被拍卖还债。前两年隗辛的爷爷奶奶相继去世，没亲戚愿意接手她这个烫手山芋。隗辛没了经济支撑，就托一个在本市打工的远房表叔辗转联系到了在外地的老妈，老妈便每月定时给她打来八百块钱生活费。

至于老妈是否改嫁，是否安好，在哪个城市生活，现在长什么样，隗辛一概不知。每个月的银行转账记录，是隗辛和母亲唯一的联系。

隗辛现在回忆童年的种种，发现她差不多已经把那些往事忘干净了，不管是伤心的事还是开心的事，她全都不记得，仔细回想，心中只剩下麻木和冷漠。不管是"父亲"还是"母亲"，在她的脑海中都只是一个象征性的符号，一个无意义的称谓，难以给她带来触动。

这也许是人体的保护机制在作祟，隗辛记得家中刚刚遭遇变故的时候她也很害怕、很委屈，整天都哭，然而哭没用，没人哄她，哭得多了还会被爷爷奶奶一顿打……最后她再也不哭了。

不是她学会了忍耐克制，而是心里没感觉了，什么感觉都没有。反正总能找到方法活下来，大不了去福利院，成年了想办法打个工，租个地下室住，现代社会了，不至于饿死。这是隗辛稍微懂事点之后做的最坏的打算。

实际情况比她做的最坏的打算要好太多了，她有爷爷奶奶留下的老房子，

157

完成义务教育后以优秀的成绩考上了重点高中，在学校的资助和老师的关爱下熬过了高中三年，终于苦尽甘来，考上了一所相当不错的大学。努力是有回报的，苦难是暂时的，隗辛坚信这一点。爹妈不靠谱，她就靠自己。

"老师一直没问过，你爸现在是个啥情况啊？"王老师语气委婉。

"快十年没联系了，可能是在国外得重病过世了吧？"隗辛严肃地推测，"卷款跑路，没正经护照，没绿卡，没社会保障，人生地不熟……我依稀记得我爸英语不行，被忽悠了拐卖到矿洞挖矿也有可能呢。国外不禁枪，遭遇意外的概率比国内大得多，可能他已经死在了某个不知名的角落里……总之我单方面认为我爸已经不在人世了。"

王老师心想，这孩子是真心实意想让她爹死啊……不过这混球爹摊谁身上谁都想让他死。

王老师慈爱地给隗辛夹了一筷子红烧肉，盛了一碗喷香的排骨汤，说："多吃点，小辛，瞧给你瘦的。"

在老师家吃完这顿午饭，隗辛陪她聊了会儿，等到了两点多就按照老师给的地址去给小姑娘当家教讲课。其实不算小姑娘了，她比隗辛小不了多少，高一的时候因病休学了一年，复学后一直跟不上学校课程。正逢青春叛逆期，家长说话她不听，给她请家教，她厌学，还跟老师吵架，家长没办法了，就想找个成绩好、又跟她年龄差不多的人教她，好让她不那么抗拒学习。

这年头大学生家教的收费在隗辛生活的城市里大概是一小时五十块钱到一百块钱，隗辛的工资是八十块一小时，绝对不算低了。

隗辛按照预定时间到了小姑娘家里。她按响门铃，耐心地等门开，凭过人的耳力听见门后传来细微的脚步声，猫眼被堵住了，有人在透过猫眼看她。

"有人吗？我是隗辛，王燕歌老师介绍过来的，给苏蓉上家教课。"她说明来意。

等了几秒，门还是没开，隗辛纳闷地盯着被堵住的猫眼，又敲了一次门。

"蓉蓉，你怎么不给人家开门？"房子里的女人说。

"我是想确认来的人是谁。"门后的女孩嘟囔。

吱呀一声，门开了。

长相漂亮的女孩站在门前打量隗辛："你好啊，我是苏蓉，刚才没看清你是谁，才没开门。"

"你好，我是隗辛。"隗辛对她点头。

苏蓉的妈妈端着切好的果盘，热情地把隗辛迎进家："隗辛是吗？快进来坐，我跟你王老师是老朋友了。"

"阿姨好。"隗辛礼貌地说，"老师跟我说了，苏蓉主要是想补数学，我数

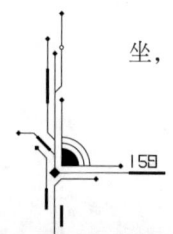

学成绩还行，会尽力帮她巩固一下基础，让她高三的时候学得不那么吃力。"

"不着急，先歇一歇吧，外头热，吃点水果凉快会儿。"苏蓉妈妈让隗辛坐在沙发上，"我们家蓉蓉数学成绩不太好，换了好几个家教，成绩就是提不上去，看得我着急。"

苏蓉忍不住叫了一声："妈！"

苏蓉和隗辛年龄相近，但是如果她们两个并排站着，任何人都会觉得隗辛是年长的那一个。因为隗辛的眼神和气质太成熟了，她已经有了几分真正的大人的模样，而苏蓉生活在幸福的家庭里，没有踏入社会，从头到脚完完全全就是个少年人的样子，脸上带着一丝青涩的稚气，不太会藏情绪。

"等会儿我会和苏蓉讨论一下她的学习进度。"隗辛想了想，"要不今天先试讲一天吧，我们也需要适应适应彼此的讲课和学习方式。"

苏蓉妈妈满口答应了。

隗辛委实不太擅长应付长辈，她和长辈相处的经验非常少，在硬着头皮拉了十分钟的家常之后，苏蓉受不了了，她站起来说："我和辛辛姐要去房间学习了，妈妈，你不是说时间宝贵吗？"

要让她叫"隗辛老师"，她觉得别扭，明明年纪也没差多少，但是不这么叫又显得不尊重，所以苏蓉机智地折中叫了"辛辛姐"。

女儿主动学习，苏蓉妈妈喜出望外，连忙说："好好好，你们去吧，把空调打开，把果盘端进屋里吃。"

隗辛如蒙大赦，赶紧跟着苏蓉离开客厅。

"大人怎么总是有这么多话要说呢？"苏蓉关上自己房间的门，"算了，不管了，咱们学习吧。实话实说，我期末数学考了三十分……其中有二十分都是蒙的。"

"我听王老师说你不喜欢数学？"隗辛拐弯抹角地问。

王老师的原话不是这样说的，她原话是"苏蓉这孩子有点厌学"。隗辛当然不能当着苏蓉的面说她厌学，所以她换了一个问法。

苏蓉脸一红："是不喜欢……"

隗辛拿过苏蓉干净如白纸的数学教材，书里面一个笔记都没做，一道错题都没画，她说："离高考就剩一年了，把你的数学成绩提升到一百以上不现实，但六七十分努努力还是有希望的。"

世界上的大多数人都不是什么天才，智商普通的人才是大多数，苏蓉不是天才，她的高中数学基础无限趋近于零，要把她的成绩提起来还真让隗辛有点头痛。

"你是艺考生吧？"隗辛问，"每天花多长时间学艺术？我好帮你安排做题时间。"

"我学的是表演。"苏蓉犹犹豫豫地说,"我不想艺考了,想走普通高考。"

"你跟你爸爸妈妈商量过了?"隗辛疑惑道。

"没、没有。"苏蓉说,"我以前想当明星……现在觉得当明星好像也不怎么好……唉,总之要是让我选的话,我想有一份普普通通的工作。"

隗辛只能说:"以你的成绩走普通高考路线有点困难。"

苏蓉郁闷道:"我知道……我尽力去学吧,辛辛姐。时间还剩下一年,不拼一把永远不知道自己的极限在哪里。"

这诚恳的态度、奋斗的精神……隗辛一点都看不出来苏蓉厌学,王老师不至于拿厌学的事情骗她,苏蓉难道是自己想通了?

隗辛其实无端感觉苏蓉长得有点眼熟,好像在哪里见过,可仔细回想又想不起来。苏蓉的外貌条件很优越,要是仔细化妆打扮简直漂亮得不输明星。

明星?!

隗辛脑子里灵光一闪,忽然想起来自己在哪儿见过苏蓉的脸了——第二世界的投影广告屏上。她曾经怀着新奇的心情观察街边的广告牌,她看过无数张或真实或虚拟的面容,而苏蓉的面孔夹杂在其中,她和第二世界的某个广告明星长得像极了!怪不得隗辛来她家拜访时她疑神疑鬼地看猫眼,怪不得一个厌学的小孩一夕之间改变了想法,突然变得奋发向上、努力学习了,原来她经历了第二世界的无情洗礼。

隗辛认为,苏蓉很可能也是一名玩家!

苏蓉的高中数学果真是零基础,数学选择题就会做前两道,还不一定能做对,大题更是一窍不通,就会写一个"解"。隗辛问她函数掌握了多少,她说基本没掌握,问她会不会解三角形,她说不会,圆锥曲线之类的东西更是一窍不通。隗辛越问,苏蓉就越觉得自己是个蠢蛋,一问三不知,羞愧得恨不得把头低到地面。

隗辛从她的暑假作业里挑了一张难度不高的卷子让她做,她花十五分钟就做完了,因为苏蓉会的题就那几道,写起来当然特别快。隗辛不得不翻开她高一的课本,从第一单元掰开揉碎了给她讲。三个小时的课上下来,苏蓉感到异常挫败。

"你不用觉得不会这些很丢人。"隗辛直截了当地说,"怕的不是你不会,是你被打击得不想学。你的语文和英语成绩都不错,多少弥补了弱项,学习是个漫长的过程,不能指望一天就出成果。"

苏蓉心累地说:"我知道的,辛辛姐,咬牙也得学下去。"

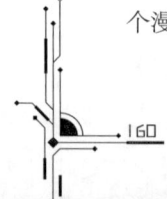

第四章 回归

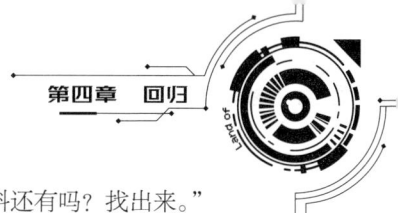

隗辛问:"你从高一到现在学校发的卷子和学习资料还有吗?找出来。"

苏蓉从自己的书柜里找出压箱底的数学卷子,厚厚一摞基本都是空白的。隗辛翻看卷子,每张卷子上都给她圈了几道简单的选择填空题,以苏蓉的数学水平,目前只会做这些。

"明天我来上课之前把这些题做完,不要看答案,做错了我给你讲。"隗辛说,"让你把数学课本从头到尾学一遍已经不现实了,我们主要根据题型拿分吧,难的题直接放弃,简单的题必须拿到分。"

"好。"苏蓉虚心地说。

下午六点的时候,隗辛婉拒了苏蓉妈妈留饭的邀请,独自回家。路上她的手机嗡嗡振动,气象局发布了暴雨预警短信。隗辛抬头一看,乌云遮盖了傍晚的天空,恐怕不久后就要下雨了。

她匆忙奔进地铁站,想在下雨前回家。正赶上晚高峰,地铁里人流如织,隗辛被人群推着左挤右挤,总算挤进了车里。

"我的妈呀,太恐怖了,你看看这个新闻。"地铁里两个年轻人在小声聊天,"全家人都死了……邪教害人啊。"

自从隗辛在两个世界的身体素质莫名趋向同化后,她的体质、体力、敏捷度和五感锐敏度相比以前有了飞跃性的提升,她能毫不费力地在嘈杂的地铁里听见那两个年轻人的交谈声。

"嘶……杀了自己全家?疯了吗?我看他长得挺正常的啊。"

"要是不疯他怎么会信邪教呢?警方发布了通缉令,奖励十万元……"

隗辛捕捉到了关键词,神经过敏地打开手机搜新闻。她听舒旭尧说过,第二世界的秘密教团不止搞迷信、服用神血,而且还做出了一些特别残忍的事,比如活人祭祀,所以联邦政府针对宗教团体的打压力度一再升级。服用神血的人的身体会变异,也会逐渐在神血的侵蚀下丧失理智,变得疯狂。

这是隗辛回归的第一天,她不得不多想。隗辛一打开手机就有一条新闻弹了出来,警方发布的蓝底通缉令映入眼帘。嫌疑人的基本外貌特征和家庭住址写得清清楚楚,被通缉原因以及罪名一目了然,据通缉令描述,嫌疑人是因信奉邪教产生了精神问题,于是杀死了自己全家。

嫌疑人昨夜杀了人直接逃走了,他犯罪的地点居然和隗辛居住的城市挨得挺近,就在隔壁市,坐高铁只需二三十分钟就能到。

区域性任务触发。

隗辛眼前闪出光幕,她瞳孔一缩,心情沉落谷底。为什么……为什么现实世界也能触发任务？！隗辛目前只触发过一次任务，就是她刚进入第二世界时接受的"调查港口爆炸案"，这个任务她还没有完成。可是她万万没想到第一世界也能触发任务，触发的还是"区域性任务"，这是她没有接触过的新型任务。

　　任务描述：你生活的家乡、熟悉的地区内出现了未知的变故，平静的城市不再平静，安定的人生不再安定，诡秘的阴影与超凡力量入侵了你的生活。为了维持家乡的平静与安定，你或许有义务将这起可怕的事件调查清楚。

　　作为区域性任务，收到任务邀请的不止你一人，与你生活在同一区域的其他玩家也收到了任务提示，你们可以携手合作，也可以独自调查。

　　你可以选择接受任务，也可以选择拒绝任务。

　　接受当然需要承担一定的风险，拒绝则能够获得一时安稳，毕竟麻烦自己找上门仅是小概率事件。

　　任务内容：调查教徒杀人案。

　　这一刻，隗辛听不到地铁车厢内喧闹的人声了。她抿着唇，抓住拉环，久久地立在原地，直到地铁到站，她才回过神，跟着人流下车。

　　第一世界和第二世界的差别越来越小了，这令隗辛不安。两个世界如同两个游戏场，赛博Online与地球Online。

　　隗辛所处的现实正在改变，变得让她陌生。她在两个世界的身体趋向同化的同时，第一世界和第二世界仿佛也在趋向同化。

　　并且她想到，身体同化可能不仅仅是发生在她一个人身上的现象，而是发生在所有玩家身上的共同现象，只不过其他玩家大多数是普通人，他们的身体素质不像隗辛那般有跳跃式的增长。

　　但如果有一个玩家正好穿越成了秘密教团成员，服下了神血，神血改造他的身体，然后他回归第一世界，那么他在第一世界的身体是不是也会产生相同的变异？他的精神是否与那些秘密教团的教徒一样陷入了疯狂？昨夜杀死全家、连夜逃走的杀人犯会是一名玩家吗？

　　隗辛出地铁时下起了雨，她冒雨跑步回家。这样大的雨使隗辛不由自主地想到了她刚穿越到第二世界的前几天，黑海市每一天都在下雨。

　　她一进家门就掏出手机查看论坛。

　　标题：来对个暗号吧，荆楚地区，区域性任务。

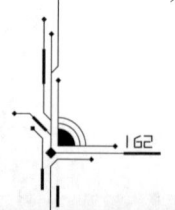

第四章 回归

2楼：对上了。我在该省南方，和案子发生的地点相隔了好几个城市，但是仍然收到了任务触发通知，这个区域性任务的覆盖范围有多大？全省的玩家都收到了吗？

3楼：可能是全省，我也收到了。会有人选择接受任务吗？太危险了。

4楼：不知道荆楚全省有多少玩家？

5楼回复4楼：按照人口比例算，应该有七十人左右。

6楼：你们在说些什么玩意儿？什么区域性任务？

7楼：太可怕了……这还是我们认识的家乡吗？我很害怕，各位，危险离我们太近了。生平第一次，我的家乡让我感到如此陌生。我们回到第一世界没有远离危险，相反，危险随着玩家的回归逼近了我们的生活，这不是我们的世界该有的样子。

隗辛关掉手机，换掉衣服和鞋子，站在窗前眺望自己的城市。朦朦胧胧的雨幕中，霓虹灯耀眼，跨河大桥上装饰着彩色的灯管，马路上的汽车开启车灯在拥挤中前进……而她置身于阴暗破旧的老小区，楼下是破破烂烂的石板路和坏掉的路灯，与繁华的城区割裂。

这个时代发展太快了，一个城市有两种模样，华丽的模样和破败的模样同时存在。隗辛在这一瞬产生了严重的错觉，好像她仍在黑海市，而不是自己的家乡。隗辛不喜欢第二世界，她不想让自己所在的第一世界被第二世界的事物污染。

觉醒者、异血者、秘密教团、教徒……这些东西不该存在。而这些东西正在把她的世界变得面目全非，包括她自己也已经面目全非了。世界脱离了控制，人生轨迹脱离了控制，安宁的生活脱离了控制。隗辛是一个善于规划学习和生活的人，她需要把时间和安排控制在手里才能安心。可是命运如脱缰的野马，脱离了隗辛的掌控。

就如任务描述中所说的一样，平静的城市不再平静，安定的人生不再安定，那些平凡的日常离她远去了，在经历过刀剑杀伐和生死一线后，她很难再回到以前的生活状态。但即便如此，隗辛还是想尽力守护这一方净土，不是为了任务，不是为了别人，而是为了她自己，只是为了自己。为此，她要将那些污染她生活的事物一一清扫。

"我接受任务。"隗辛默默在心里说。

你已接取任务。

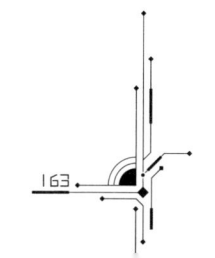

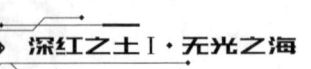

任务进度：0%。

隗辛发现游戏系统颁布的任务有一个特点，那就是不做出明确的指向。它说了"调查"，不说"处理"。通俗地解释就是，游戏系统颁布的所有任务都只是给任务执行者提供一个方向，至于任务完成后是要杀死任务目标还是选择其他处理方式，游戏系统通通没有进行限制。这就大大提升了自由度，隗辛能干任何她想干的事。游戏系统颁布的这个任务对她来说是一个提醒，一个警示，一个告诉她生活已然发生变化的警钟。

因此隗辛这次接取任务时怀着和以前截然不同的心理。她接取调查爆炸案的任务时是真的只想着把前因后果调查清楚就了事，而现在她接取调查教徒杀人案的任务不是奔着调查去的，而是奔着"清除"的目的去的。就像缉查部清除异种生物、抓捕异血者一样，隗辛要将身边的污染因素和不安定因素尽数清扫，全部祛除，不留后患。

隗辛望着窗外的城市霓虹灯陷入漫长的沉思。十分钟后，她打开手机，看见论坛里询问异种生物情报的帖子依然没人回，相关帖一片空白，回复寥寥。

于是隗辛发布了登录论坛以来的第一个帖子。

标题：为诸位解释什么是异种生物，什么是秘密教团，什么是异血者。

帖子发出不到一分钟，论坛炸了。

主楼：异种生物是第二世界自古以来就存在的危险性极高的异形怪物，联邦政府对普通人隐瞒异种生物的存在。异种生物有不同的品种，它们的踪迹遍布陆地和海洋。联邦政府和财团、研究所等部门和机构会对异种生物进行清除和抓捕研究。

秘密教团被联邦政府定性为非法宗教组织，第二世界禁止任何形式的宗教信仰与宗教组织，一切宗教信仰与宗教组织都被视为违法。秘密教团信仰"神"，他们将异种生物称为古神的遗脉。秘密教团会进行一些隐秘且残忍的宗教活动。

异血者的诞生与异种生物和秘密教团有着千丝万缕的联系。从异种生物的血液里可以提炼出一种名为"神血"的特殊药剂，服下药剂就能获得远超常人的力量，以这种方式获得超凡能力的人被命名为异血者。但是力量的获取是有代价的，在神血的侵蚀下，异血者会逐渐

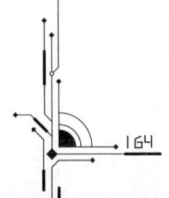

第四章 回归

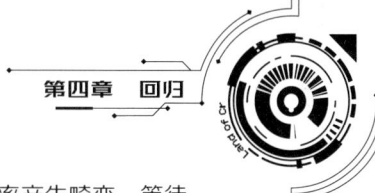

丧失神志、走向疯狂，同时异血者的身躯有极大概率产生畸变，等待他们的结局可能是死亡。

2 楼：大佬！

3 楼：这就是玩家的参差吗？有的人还在辛辛苦苦搬砖当打工人，大佬就已经搞到了普通人难以接触的机密情报。

4 楼：这么大的信息量……让我缓缓。

5 楼：我没看错吧，楼主昵称是 233？这个数字到底是有什么诡异的魔力！

6 楼：世界太危险，我想回老家！每天怒号一万遍，我要退出游戏！

隗辛看似解释了很多，但她仅是科普了一些浮于表面的东西。异种生物、神血、教团、异血者，这几者之间紧密相连，要想介绍其中一方，就必然要连着其他方面一起介绍。

异种生物的三种用途她只提及了神血，医疗和材料学领域的用途她用了含糊的"研究"一笔带过，联邦政府和财团研究所的具体合作形式她也没提。尽管如此，这对普通玩家们来说已经是相当重要的情报了，他们需要时间来消化信息。

第二世界不仅是一个科技高度发达的世界，还是一个隐藏着诡秘莫测力量的世界。玩家们穿越到那里大多只接触到了科技高度发达的一面，对于隐藏着诡秘莫测力量的那一面，他们并没有明确的认知。

隗辛的科普可以说是彻底给他们打开了第二世界的大门，让他们对第二世界有了整体的认识。隗辛刷新了一下帖子，回复数量在迅速增长，基本每秒都有更新，有人过于震惊，连发好几条问号和感叹号。

7 楼：楼主是什么大善人？！隔壁有偿交易异种生物情报的帖子被顶了一天了，楼主没去交易，反而把情报免费分享给所有人！

8 楼：为什么楼主的昵称是 233？

9 楼：楼主和剥夺者 233 号是什么关系？！

其他玩家也注意到了隗辛的昵称，不断有人表达疑惑和质疑，一连十几层楼都是关于昵称的询问。

26 楼：H 国人应该都知道 233 是啥意思吧，这就是一句普普通

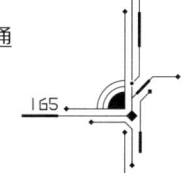

通的网络用语，用这个当昵称的人其实挺多的，网上一搜一大把。这位233楼主和剥夺者233号应该没有什么特殊的联系，毕竟玩家编号是随机的，楼主再怎么神也不一定恰好卡在第233位注册论坛啊。

27楼回复26楼：有道理，可能当初楼主注册时没在意就用了，谁知道大家后来会穿越啊，我们每个人都没料到自己会穿越。

28楼回复26楼：虽然你说得有道理，但是这也太巧了，今天一天我刷论坛刷得对233这个数字有应激反应了，看见233就心里发毛，跟好朋友聊天时她发过来一句"233"，吓得我一激灵。

29楼回复28楼：其实我也是，对这个数字有心理阴影了。

30楼回复28楼：我也……

31楼：和楼上握手，你们不是一个人！

32楼：知道剥夺者233号的事迹后，233在我眼里差不多是恶魔代名词了……

回复刷新太快了。有些玩家看过了情报，但是不过脑子仔细分析，说白了他们是思维没转换过来，在无人提醒的时候没意识到这份情报的意义有多么重大，他们甚至有心情就233这个数字展开讨论，灌水聊天。而另一拨比较聪明、比较有远见的玩家在逐字逐句分析隗辛的科普内容。他们不会关注那些浮于表面的东西，注意力全部转移到了主楼内容上，发表科普的233楼主和剥夺者233号有没有关系，这在他们眼里不是最重要的。重要的是情报本身！

翻过无意义的灌水和闲聊，几分钟后有一位玩家发出了一篇字数比较长的分析。

69楼：首先谢谢楼主的无偿科普，但我内心有许多疑惑和猜测，在这里发出来抛砖引玉一下，如果楼主能对我的问题进行解答，我将万分感谢。

异种生物在第二世界自古以来就存在，这个自古以来是有多久？我对各国神话传说和民俗文化有点研究，知道人类往往会将自己种族的历史进行"神化"，有时传说中的许多故事和元素在历史中都可以找到对应的参照事件和事物。如果异种生物自古以来就有，那么查阅第二世界的历史典籍可以找到一点蛛丝马迹吗？联邦政府统一全球的历史不足百年，如果对普通人隐瞒异种生物的存在是联邦政府的政策，那么联邦建立之前，普通人是否知晓世界上存在异种生物？他们如何对抗异种生物？

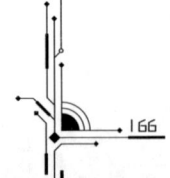

第四章 回归

　　楼主提到联邦政府和财团、研究所会对异种生物进行清除和研究，说明异种生物的战斗力应该没有强到能战胜热武器和觉醒者……不过也不排除有某些战斗力特别强大的个体。让我惊讶的是第二世界居然在对异种生物进行研究，他们在研究什么？神血吗？除神血之外他们是否还研究别的东西？

　　一切宗教信仰和宗教活动都是违法的，说明联邦政府在打压秘密教团，异血者的诞生应该与秘密教团有着密切关联，联邦会抓捕教徒和异血者吗？他们研究异种生物，是在寻找破解神血的方法还是有别的目的？

　　我对神血这个东西十分好奇，它的作用原理、提炼过程是什么样的？它能批量制造吗？服用它后身体产生畸变的概率有多大，有多严重？异血者的数量相比觉醒者多吗？二者的战斗力对比如何？

　　看得出来 69 楼的这位玩家在短短几分钟内对隗辛所发的内容进行了深入的思考，他的猜测方向基本上都是正确的，而且抓住了重点。

　　隗辛不打算回复 69 楼，她不会回复这一帖里的任何人。

　　她已经说完了该说的话，做完了想做的事。她做好了提示，其余人如何去想，如何去猜测，这与她无关。隗辛可以进行一定限度的科普，但她不会说太多，说的多了就是在暴露自己。

　　有了 69 楼带头，在帖子里进行分析的人明显变多了。

　　72 楼：感谢楼主的科普。我也有一些疑惑想要询问，秘密教团所信仰的神是真实的吗？又或者他们的神只是一个宗教象征？我们所在的第一世界，所有宗教的神都是虚构的，第二世界会不会有一个真实存在的神统治着它的教徒们？

　　73 楼：别吓我。在科技风赛博朋克世界搞封建迷信那一套感觉好诡异。

　　74 楼：穿越这种事情都发生了，第二世界有神很奇怪吗？

　　75 楼：我这辈子都是无神论者，最近发生的事打破了我的三观，我的信仰动摇了！就算是说世界上真的有神，我恐怕也会相信……

　　76 楼：自从穿越以后，我的世界观每天都在打碎重组。

　　77 楼：这么说第二世界的土著也挺倒霉的，生活在这么一个奇奇怪怪的世界！我无意间读到一本书，在几个世纪前第二世界还有一群各个领域的学者想证明世界上没有神，他们因此遭到了迫害，甚至还有人发疯了，在自己的房子里自焚而死……这点和我们的世界的历史很像，都是对宗教神权的反抗！不同的是我们的世界没有神，他们的世界大概真的有神这种东西……

78楼：楼上怎么证明我们的世界也没有神呢？我们都穿越了啊！

89楼：楼主在吗？你有没有关注到荆楚地区的区域性任务？杀死全家逃走的疯教徒是不是和第二世界的秘密教团有联系？那个杀人犯是玩家吗？

90楼回复89楼：什么玩意儿？

91楼回复90楼：去网上搜新闻吧，关键词是邪教和灭门。

92楼：那个新闻我看了，网络上有一些流传出来的照片，据说是邻居看到他们家的门没关就进去看了，结果一地尸体，血被画成了宗教图腾，吓得邻居当场报警。杀人犯杀了自己的父母、老婆、孩子，半夜跑了，监控摄像头拍到了他，通缉令都有了，悬赏十万元。

93楼：简直不是人啊……

94楼：要是这个杀人犯和第二世界的秘密教团有关系，玩家们去调查不是送死吗？你看那个杀人犯连杀这么多人的狠劲，他的战斗力不会低，精神也差不多失常了。不是每个人都觉醒了超凡能力，我蹲了一天论坛了，算上国外玩家，承认自己觉醒超凡能力的不足五人，其中有人可能是为了博取关注假装觉醒，也可能是有部分觉醒者根本没有出来发言。

95楼：据说荆楚全省的玩家都收到了任务提醒，我也是荆楚的，劝大家别去凑热闹，万一把命玩没了怎么办？活着才是王道。

隗辛发布的帖子内讨论十分激烈，偶尔还会冒出来一些外国人用英文或日文询问发生了什么。

可惜H国玩家没空搭理他们并展现国际友好精神，几个懂点中文的外国人勉强翻译出了主楼内容，然后单独发了一个帖子，又引发了一轮外国玩家的激烈讨论。

隗辛看了一会儿，就退出帖子来到论坛首页。结果不出她所料，首页多了几个分析她身份的新帖子。

标题：详细分析隔壁科普楼主233与剥夺者233是否为同一人。

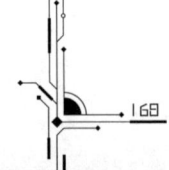

第四章　回归

主楼：众所周知，一进入论坛，昵称就是固定的了。先填写昵称，进入论坛的次序就是玩家编号，进入次序不透明，也就是说编号获取有一定的随机性。

如果隔壁科普楼主是剥夺者233号，他怎么未卜先知把自己的昵称也设置成233？所以我认为隔壁楼主和剥夺者233是同一人的概率非常小，但也不是完全没有……毕竟，世界上就是存在各种各样的巧合。

2楼：听君一席话，胜听一席话。

3楼：你搁这儿搁这儿呢？

4楼：你这说了相当于没说……既不能确定他是剥夺者233号，也不能完全否认他是剥夺者233号。

5楼（楼主）：嘁，我有啥办法？除非233楼主出来承认或否认，不然我们没法排除他的嫌疑。

6楼回复5楼（楼主）：承认或否认又怎样？我们还是没办法确定他说的是真话，这是个死结。

7楼：我觉得隔壁楼主可以分享这么重要的情报，不是坏人，我个人认为TA（不确定是男是女，我就用TA了）与剥夺者没关系，不回复可能只是不想暴露身份。

8楼：我也倾向于隔壁楼主不是剥夺者……除非剥夺者233号是喜欢博取关注的表演型人格，TA说不定就喜欢看我们猜来猜去猜不到TA是谁的样子。

标题：深扒隔壁科普楼主233的身份。

主楼：可以明确的是，普通人压根就接触不到异种生物的相关情报，隔壁楼主指定不是个普通人。根据隔壁楼主的话，和异种生物有关的事由联邦政府、财团、研究所等部门机构在负责，因此我大胆推测，隔壁楼主在第二世界的身份至少与以上三方之一有点关联。

隔壁楼主是政府官方职员、财团成员还是异种生物研究员？

我们可以大胆猜测一下。

2楼：这范围太大了，根本猜不出来。

3楼：隔壁233楼主有没有可能是个觉醒者？又或者像其他人猜测的一样，他就是剥夺者233号本人？

4楼：这种扒身份的帖子我觉得最好不要发出来，如果隔壁楼主认为你们对他身份的探究会威胁到他，他以后大概就不会再发科普了。隔壁楼主身份不一般，知道的情报也比我们多，这是可以确定的。我感觉他在这个节骨眼上发出这些科普是冒着风险的，这很了不起，我不希望他的身份被曝光，也许他以后能教我们更多的事，告诉我们更多的情报。要是他的身份被曝光，他还会向我们科普吗？

5楼回复4楼：同意。

6楼回复4楼：我也这么认为。

7楼：4楼太杞人忧天了，我认为隔壁楼主发出科普肯定是经过深思熟虑的，他不怕身份被曝光，况且我们的查找范围太大了，我们不知道他在哪个城市，不知道他属于什么势力，我们一无所知，隔壁楼主身份暴露的可能性无限趋近于零。

8楼：我在想隔壁楼主是不是看到荆楚的教徒杀人案和区域性任务才决定出来科普的，因为这个时机真的非常巧。

9楼：楼上的猜测非常有可能是对的。

10楼回复8楼：你的意思是隔壁楼主可能是荆楚人？

11楼回复10楼：不不不，我不是这个意思，我是觉得隔壁楼主可能是不想看到荆楚玩家去教徒那儿送死才发的科普，好让他们慎重考虑。从他的科普来看，异血者具有超凡能力，肯定比普通人强多了。

12楼：今天是穿越回归的第一天，这才是最重要的时间节点，我认为不用过度揣摩隔壁楼主的意思，也许他只是在深思熟虑之后决定给我们科普一下，跟荆楚啥的没关系。

13楼：不管怎么说，隔壁楼主的科普绝对对所有玩家都是有益的，他做了一件大好事。要是荆楚地区的玩家连什么是教团、什么是异血者都不知道就冲动接任务，那不就得死人了吗？知道了什么是异血者，他们接任务的时候肯定会慎重考虑。

14楼：我相信冲动接任务的玩家是少数，我也相信隔壁楼主是怀着善意进行科普的，TA的科普对所有玩家都有用。

隗辛看完目前讨论热烈的几个帖子，基本确定她的科普帖已经达到了预期效果。有人怀疑她，有人拥护她，有人质疑她，有人赞美她……人类的本质是慕强，她不用多做什么，只做一点点微不足道的事就能对玩家们进行引导。

隗辛此刻是真正的猎人了，她用猎人的心态思考问题。她看中了一个猎物，不希望他人来染指这个猎物，所以她要用一些手段将别的猎人排除在猎杀行动之外。可猎人们是长腿的，隗辛控制不了他们的行动，也不能找上门把他们的腿打断让他们别动，所以她抛出了一点情报施以威慑。效果喜人，除了想

第四章 回归

送死的和不怕死的，其他玩家皆退却了。这潭水太深了，踏进去会溺死。

除了威慑，隗辛发出这段科普当然也有一些旁的考量在内，她不会无脑莽进。她确定了这样的选择不会威胁到自身，所以才走出了这一步。

隗辛低头看时间。今天是周三，周四、周五需要去给苏蓉讲课，周六、周日休息。两天猎杀一个猎物，时间略紧张，很有挑战性，但隗辛愿意迎接挑战。

她插上电源给手机充电，拉上窗帘，第一次尝试发动从柴剑身上剥夺的超凡能力"阴影穿梭"。

看不见的阴影包裹了她的身体，她的身躯变成了肉眼看不见的烟雾。隗辛无视空间距离，从客厅瞬移到了厨房的冰箱旁边。

"极限距离是三米？好像能再提升一丝……"隗辛惊喜过后又一次尝试移动，这次她尝试"穿墙"。随后她化雾的身躯忽略了阻隔，穿过坚实的墙壁来到卧室内。

第三次尝试，隗辛手上拿了一根粗壮的擀面杖，想试试能不能把武器一起带走。

但是这次的尝试失败了，她的身体走了，擀面杖落在原地。擀面杖在她施展能力的一瞬间穿过了她化雾的身躯。

隗辛思索："影响因素是重量还是体积？我身上穿的衣服可以带走……"

她想了想，把擀面杖换成一把菜刀。这次阴影穿梭发动成功了，菜刀跟着她的身体一起化雾，跨越空间来到一片阴影下。看来影响因素是体积，体积小一点的物体才能够被阴影穿梭给带走。

从柴剑身上剥夺的阴影穿梭等级仅是 E 级，如果等级再提升一点，移动的范围应该能扩大，可携带的物体体积也会更大，可即便如此，阴影穿梭已经是一个不可多得的保命神技了。

隗辛练习了整整两个小时的阴影穿梭，她的穿梭坐标从不精准到精准，可携带物体的具体体积经过多次尝试后也确定了，而且在身体化雾的情况下她能够穿过大多数物体，不用担心被刀捅伤。

练习超凡能力好像会过度消耗体力，使人快速饥饿，两个小时后，在极端饥饿的情况下，隗辛发动能力失败了，她的身体原地闪了闪，没穿梭走。

"怪不得银面那么能吃。"隗辛颇有感触地给自己下了两把面条，卧了俩荷包蛋。

饭要好好吃，吃饱了好继续练习。猎人需要磨刀才能又准又快地斩落猎物。

隗辛在一次又一次的超凡能力训练中发现了一个尴尬的事实，那就是如果她不穿衣服，可携带物体的体积就会增大。之所以会发现这一点，因为她想办法从小区门卫大叔那里捡来了一套过期的消防面具，想用它把自己的脸全方位、无死角地遮起来，这样在行动的时候就不会暴露自己的面容了。

隗辛打算行动的时候穿长衣长裤遮住身体，衣服也都准备好了，她戴上面具、穿上衣服、拿着武器尝试穿梭，结果长柄剔骨刀带不动，换成体积小点的刀才勉强带动。

后来她尝试加减身上的衣物和佩戴的物品，最终得出的结论是，衣服也算在穿梭时可携带物体的体积内，要想携带更多武器，就必须少穿点衣服，少带点装备。

果然不能对 E 级超凡能力有过高要求。如果这时候有一把枪就好了，枪的体积小，重量轻，易于携带，进行阴影穿梭时可以顺畅地带走。

可惜她没有枪。

隗辛不能舍弃衣物和面具伪装，她必须想办法搞来称手的武器。

她找来一张纸，在纸上列出选项。

问题是刀具属于管制品，没有渠道根本买不到。最终她想到，危急时刻可以用厨具刀防身。

一连两天，隗辛踏着微亮的天光去河堤长跑，活动筋骨。

河堤上活动的都是早起的大爷大妈，他们看见隗辛穿着运动服奋力跑步，啧啧称赞："这么早起来锻炼的年轻人太少见了。"

隗辛心想：唉，要是没有生存压力的逼迫，谁愿意早起呢？

她哼哧哼哧地跑了五公里，又做了基础的关节活动和肢体舒展动作，好让身体适应高强度的运动。隗辛锻炼完，坐在健身器材旁边按摩肌肉，身侧的大爷大妈在用收音机听本地广播电视台的早间新闻。早间新闻正好在播报教徒杀人案嫌疑人的踪迹。

"据悉，嫌疑人已经逃往桐林市……"隗辛听见收音机里的新闻广播，忍不住一愣。

桐林市就是她居住的城市，居然这么巧？隗辛在这一刻没有惊讶和恐慌，相反她满心喜悦，有种猎人磨刀霍霍，猎物反而自己送上门的奇妙感觉。

穿汗衫的大爷奇怪道："这人咋还没被抓住？监控都拍到他了。"

"谁知道呢？嗐，这几天要不少出门吧，杀人犯都跑到咱们这儿来了。"摇着蒲扇的大妈说。

隗辛不再听广播，而是掏出自己的手机搜索新闻。果然最新的一条相关新

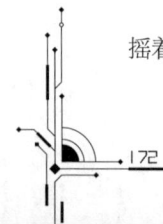

第四章 回归

闻就是播报嫌疑人逃往了桐林市，郊区的监控摄像头拍到了他的踪迹。这段监控被公布了出来，嫌疑人佩戴鸭舌帽，穿着打扮和步伐非常正常，任谁也看不出来他是个精神变态的疯子。他甚至跑到路边小卖部里用现金买了一瓶水和一些食物，在路上边走边吃，表情平静，没有一点点惊慌。小卖部的老板似乎没认出来他的身份，从面部特征来看，他确实是教徒杀人案的犯罪嫌疑人。

隗辛的表情凝重起来。嫌疑人实在是太冷静了，这不是个一般的猎物。他知道自己杀了人，但是不惊慌，他知道自己面临通缉和追捕，可是没有一点恐惧。更让隗辛觉得诡异的是，他杀的是自己的家人，然而他表现得像没事人一样，简直正常极了。他表现得越正常，隗辛就越觉得他是个可怕的疯子。

嫌疑人为什么逃来桐林市？不……他不是在逃。他浑身上下没有一丁点在逃跑的感觉，反而像是主动来了桐林市，像是……冲着什么东西来的一样。

隗辛被自己突如其来的猜测吓了一跳，眼神凝重起来。

计划赶不上变化……但，这是好的变化。

跨市调查杀人案要比在本市调查难得多，隗辛居住的桐林市是她的主场，她最熟悉的地方，嫌疑人主动来到这里能让她的行动方便不少。

桐林市是个大城市，常住人口非常多，要从这么多人中找到犯罪嫌疑人就如大海捞针。

在回家的路上，隗辛心里忽然产生了错乱扭曲的直觉——她觉得，教徒杀人案的嫌疑人是冲着她来的。有这么多的城市可以供他逃跑，他为什么偏偏来了她所在的城市？

隗辛感到毛骨悚然。

你提升了固有天赋。

你的固有天赋"危险规避"已升级为"绝对预判"。

绝对预判：你在直觉的提醒下多次预料到了命运的走向，这是来自未来的预警，被开发到极致的第六感。你能预判和规避的不只是危险，还有不可捉摸、无法参透的命运。

方治在桐林市郊外的废弃工厂内醒来，他面色阴郁，起身一脚踢飞了身前的砖头，咬着手指神经质地来回踱步："这是第几次死亡了？"

第三次还是第四次？有点记不清了，多次死亡让他的记忆有点模糊，这是反复回溯时间的后遗症。方治看了眼自己的手机确定时间，盘坐在原地仔细回想，通过计算得出这是他第四次死亡。

每一次死亡都给他留下了足够深刻的印象。

方治的超凡能力是死亡轮回，每死亡一次他就会回溯到几天前，随着死亡次数的增加，每次回溯的时间段在缩短。比如他第一次死亡后回溯到了三天前，第二次死亡后则回溯到了两天前，第三次是一天前。

第一次死亡是在周一，他被她逼得从高楼上跳下来，摔了个粉身碎骨。

第二次是在周日。他坚信上一次死亡是因为他不够小心，只要他反应够快，防备她能够穿梭阴影的超凡能力，她就没法拿他怎么样。可现实给了方治狠狠一耳光。

第三次是在周六，方治知道那个女人在寻找他，于是他仗着先知的优势，特意在她调查的必经之路上等候，想要偷袭她。结果那女人的后脑勺跟装了雷达似的避过了他的必杀袭击，反手把他干趴下了。

方治觉得那女人很奇怪，她每次都不肯直接动手，反而要把他逼到绝境，他不得已从楼上跳下来，连续两次！第三次则是被迫跳入湖中，慢慢窒息而死。

连续的失败让方治精神紧绷，意志几乎崩溃。他时而颓败地跪在地上喃喃自语，说着那些他自己都听不懂的话，时而暴怒地用拳头捶打墙面和地板，仿佛感受不到疼痛。指节因为他发疯的举动挫伤出血，又在他的超凡能力的作用下很快愈合。

他想像以前那样去求助那位"主宰"……可是失败了。"神"无法跨越世界，虚幻与现实的界限没有那么容易被打破，世界的壁垒就在那里，它的触手没有强大到可以触及第一世界的"真实"。

连续的死亡轮回让方治筋疲力尽，他倒在地上昏睡了过去。过往数次轮回的记忆在他脑海中交织。过去的、现在的、未来的……忽然间那些记忆像被打碎的镜面一样破碎了，方治惊叫着醒来，大脑如被针扎一样刺痛。

他先是倒在地上痛苦翻滚，接着触及到了某个关于未来的记忆碎片。熟悉的女猎人的身影，陌生的城市和陌生的街道路牌……

方治呆滞地坐在原地愣了许久，忽然欣喜若狂。这一刻他意识到，死亡轮回这项能力带给他的馈赠不止是复活，他是虔诚的，是被眷顾的，不断轮回时间的他有概率窥见将他杀死的人的未来！方治的表情变得亢奋而扭曲，立刻拿出手机搜索记忆中街道的名字，搜索软件立刻给了他答案——桐林市！那条街道在桐林市。

那个人一定就在那里。方治几乎要抑制不住地大笑出声，决定赶到桐林市先下手为强。

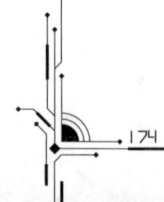

然而他又死了，依然是被那个女人杀的。

第四章 回归

这次死亡后他没有回溯到一天前，而是在当天醒来。

如果不做出改变，他依然会被那个女猎人追上，然后杀掉。

他的下一次死期就在今晚！

方治意识到，自己不能再白白送上门了。前两次他不信邪，以为女猎人胜过他是因为他不够小心，后两次他越来越谨慎，但偷袭和先下手为强都不管用，女猎人宛如一个完美的杀戮机器，就算露出了一点微小的破绽也能迅速调整并绝地反击。

现代社会里怎么会有这样的人存在？她是个职业杀手吗？她在第二世界的身份是什么？

方治绞尽脑汁回忆他每一次死亡的细节。

他第一次死亡是在桐林市隔壁的锦水市，他的老家。他沉迷于挑选下一次献祭的目标，连续两晚在街头巷尾悄悄搜寻猎物，还下手杀了一个人，把尸体拖进下水道里藏着，天亮后他就悄悄跑进附近的烂尾楼里躲藏休息。

当时是周一上午，方治休息的时候，女猎人忽然出现，拔刀就砍，他试图跟她对打，然而连她的衣角都没抓到。方治转身逃，可那个女人会瞬移，她借助阴影移动，像猫捉老鼠一样跟在他身后，但是不下手去杀他，反而有意无意地驱赶他，把他逼到了天台。最后他退无可退，被女猎人逼着跳下了楼。

方治在第二世界服下神血，觉醒了超凡能力，同时改造体质，获得了非同一般的恢复力，可即使如此，他也会在坠楼落地时颅骨碎裂瞬间死亡。只有他活着，血肉再生的超凡能力才能为他恢复伤势，死了恢复能力就没用了。

第二次他的死亡日期提前了一天，那天是周日的晚上。

方治觉醒超凡能力后正处于膨胀状态，谁能杀死他？谁都杀不了他！他是不死的！他把自己的第一次失利归结为意外，只要他小心一点，去没有阴影的地方，不要被那女猎人牵着鼻子跑，自己就不会死。

方治急于找她报仇，筹划着要搞一把趁手的武器，他想打劫警察弄回来一把枪，但是太难实施了，所以他退而求其次，从卖猪肉的铺子里偷了一把大砍刀。他杀了人，警察在追捕他，城市治安巡逻变频繁了，很多警员身上都配备了武器，被子弹射中脑门是会没命的。

周日那天晚上，方治乔装打扮去小卖部买食物，老眼昏花的老太婆居然一眼看破他的伪装，认出他是通缉犯，还按了报警按钮。方治杀了老太婆，拎着食物转身就逃。

接着噩梦来临了，女猎人好巧不巧住在附近，她听见小卖部尖啸的警笛声，出来查看，看见了狂奔的方治，就从腰间抽出一把寒光闪闪的厨刀追着他跑。

不巧的是大砍刀不好带，方治出来买食物没拿。更加不巧的是，在夜晚，女猎人的能力能得到最大化发挥，因为夜晚到处都是阴影！她的穿梭近乎没有限制！

女猎人轻而易举地追了上来，还是老策略，用猫捉老鼠的手段驱赶他，让他无路可逃。偏偏方治还真又上套了，再次被她逼到了绝地——附近的工地里。

如果他不按照猎人的预定轨迹跑，她就会从他身后闪出来逼迫他走位。情急之下，方治压根没注意自己到底是往哪个方向跑的，直到猛然发现自己又一次被驱逐到了楼上。

第三次死亡轮回，方治冷静下来整理情报。女猎人拥有超凡能力，那么她一定是个玩家，她是荆楚地区的人，她也一定接收到了调查教徒杀人案的任务提示。连续两次死亡，方治确定女猎人拥有强烈的目的性，她的目标就是要他死，而她确实做到了。

方治满心仇恨，急于给那个女人一个教训，他要把她杀了，献给全知全能的"主"。

上一次死亡，方治得知了女猎人居住的大致方位，他一回溯就偷了把切肉刀，去了女猎人的居住地点附近守株待兔。他这次之所以偷切肉刀而不是大砍刀，是因为上次他的大砍刀没有用武之地，它太显眼、太不灵活了，大不一定有用，合适的才是最好的。

功夫不负有心人，方治蹲守到了她。

女猎人前两次出现在他面前时全副武装，长衣长裤，头套消防面具。她的消防面具里面居然还缠了绷带和布条之类的遮掩物，就露出两只眼睛。

并且女猎人从来不说话，方治从来没听过她的声音是什么样的，她追杀他的时候一句废话也没有。

方治找了很久，排查了很久，最终找到了女猎人居住的小旅馆。她好像是个外地人，来这个城市是专门为了调查他的，所以她没有居住的房子，只住在旅馆里，而且是不需要身份证的黑旅馆。

让方治感到匪夷所思的是，女猎人外出买东西时居然也会做伪装，她穿着长衣长裤，戴鸭舌帽和口罩，鼻子上面还架着花花绿绿的廉价儿童玩具墨镜，连眼睛都遮严实了，方治压根看不见她到底长什么样。方治买来望远镜，试图偷窥小旅馆的窗户，结果发现她的窗帘不论何时都紧紧地拉着，不留一丝缝隙。这女人的防御真是全方位无死角！方治耐心地藏在暗处等候，等候女猎人在白天离开小旅馆。

他不能在夜晚的时候袭击女猎人，因为黑夜会增加女猎人的战斗力，最好是在太阳正烈的白天，在她出门的时候跟在她后面突然袭击，一击毙命。

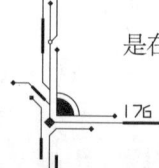

第四章 回归

人们在白天会放松警惕，所有人都认为夜晚才是最危险的。方治等到了机会。由于天气炎热，街上的人其实很少，在树下纳凉的大爷大妈都消失了。女猎人赶在正午太阳最烈、阴影最少的时候出门了，方治知道自己的机会来了。

他知道女猎人的穿梭能力不但需要借助阴影，而且是有距离限制的，在两次的追与逃中他已经差不多摸清了极限距离。可是让方治着急上火的是，女猎人连走路都是沿着墙边的阴影走，没有走过马路中间。

方治崩溃了，世界上怎么会有这样的女人？小心谨慎到这个程度还是人吗？！终于在一个拐角，方治发现了机会，她需要过斑马线了，附近五米内没有花坛、没树荫、没有栏杆、没有任何遮挡物，千载难逢的绝佳时机！

方治假装自己是一个路过的人，跟着她一起过马路。走到马路最中间的时候，他压低脚步声快步上前，拔刀就往女猎人身上捅。

紧接着方治傻眼了，女猎人闪过了他这一击，手伸到腰后，拔出寒光闪闪的厨刀反手一刺，捅穿了他的肺叶。就在这时，他眼前的女猎人消失了。四周无阴影会使她失去灵活性，但是她可以借助两个人的影子进行穿梭。方治已经有了经验，知道她习惯在背后捅人，于是头也不回地一刀刺向自己身后。

锵！他的刀被挡了下来！

"你认识我。你知道我的能力。"女猎人在他身后阴沉地说。

在她说出这句话的同时，她一脚踢中了方治。方治脸色紫涨，表情扭曲，被踢出了两米远，摔倒在地，差点握不住手上的刀。这是方治第一次听到女猎人的声音，冰冷、清澈、年轻。

"你的目标是我，你跟踪了我一路，在跟踪我之前，你已经在监视我的居住地了，还特意选在没有阴影的地方动手。你什么时候认识的我？"女猎人甩掉厨刀上的血，滑稽的儿童玩具墨镜后藏着一双隐含杀气的眼睛，"你拥有超凡能力吗？你是通过你的超凡能力了解到我的吗？"

方治被她的敏锐吓破了胆，连滚带爬地站起来。

"跑吧，你慢慢跑。"女猎人的情绪格外糟糕。

这个十字路口是新修的，通行的车辆比较少，正午这个路段正好没有人，但是头顶上有监控，不知道是否通了电。

方治刚爬起来，女猎人就把他踹倒，他再爬，她再踹倒，连续数次。他跑了几十米远，从马路中间歪歪斜斜地跑到马路边上，血也拖了几十米远。方治的心理防线彻底崩塌。他鼻青脸肿，身体一边恢复一边添上新的伤。

"求求你干脆点，杀了我吧！杀了我！"方治抱着头，崩溃地道，"别折磨我了！"

"为什么要求我杀了你，你不怕死吗？"女猎人顿住了，"你不会真的不怕死吧？"

方治震惊了。

这个女人到底是什么怪物？她怎么可以敏锐到这种程度？方治放弃挣扎，不再逃跑了，反正他还有复活次数。等时间回溯，所有的东西都会重新开始，他仍然有重来的机会。

方治攥紧刀，想干脆利落地给自己的脖颈来一下，自杀重启。可是他刚有动作，女猎人就踢飞了他的刀。

"你是被所谓的'神'搞疯了才不怕死，还是本身就不怕死？"女猎人自言自语，"算了，大白天的，不好拖延太久……你真的是挑了个好时候，挑了个好地点……我找不到更妥善的处理办法了。"这儿随时会有人来。

方治被她拖向街边，视野变得黑暗之前的最后一秒，方治看见女猎人从兜里掏出了手机，似乎在刷新什么页面。

第四次死亡轮回。

方治进入了歇斯底里的状态，他红着眼睛想了半天，决定不跟她硬碰硬，他要制造一起大范围的燃气爆炸，把女猎人杀死。方治一复活就赶去了与她接触的地方，但出乎他的意料，在这个时间段女猎人还没有来到锦水市，她原先居住的小旅馆里没有人。

方治被复仇的欲望填满，他一秒钟都不想多等，一秒钟都不想多待。可是又一次的死亡让他本就濒临崩溃的精神状态变得更加不好，太阳穴一抽一抽地疼，数次经历死亡轮回的副作用几乎让他无法承受，这种疼痛几乎要让他的脑壳炸裂。命运再一次垂青了他，难以捉摸的关于未来的记忆涌进了他的脑海。

他看到女猎人的面容和她所在的方位了！她的长相比他想象中要年轻许多，看上去才十八九岁，她此刻身处装修雅致的房间里，身边还坐了一个容貌很漂亮的女孩。她们一起坐在桌子前，女猎人似乎在给那个女孩儿讲课。画面像是开了倍速，方治看见女猎人收拾东西离开，女猎人推门时，他看到了房子的门牌号，看到了小区的名字，看到了小区所在路段的路标！

纷乱驳杂的记忆碎片离他远去，方治七窍出血，鼻血哗啦啦往下淌。他抹了把鼻血，眼白布满血丝，狂乱地笑出了声。

凡事皆有代价。死亡轮回这项能力的代价是什么？获得记忆启示的代价又是什么？方治隐约知道，但他并不在意，对虔诚者来说，那种代价微不足道，甚至可以说是他梦寐以求的。

方治即刻动身，他偷了辆摩托，从没有监控的偏僻的乡间小路前往桐林市。坐高铁只需要二十分钟的路程，他为了躲避监控，骑了四个小时才到。等

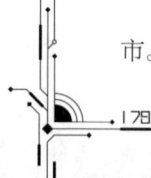

第四章 回归

他来到桐林市，已经是周五的早晨了。这次不能着急，他摩拳擦掌，决定给予那个女猎人惨痛的教训。他耐心地踩点，在傍晚悄悄翻进小区，根据记忆碎片中的画面找到那个长相漂亮的女孩的家。

方治伪装成快递员敲门，闯进去打晕了女孩的家长，从看上去最好吓唬的女孩入手，逼问她的身份，又问她和女猎人是什么关系。

可是那个名叫苏蓉的女孩嘴巴严实得很，不肯说女猎人的联系方式，也不肯说出女猎人的真实姓名。方治正要使用残忍酷烈的手段继续逼问苏蓉，这时门铃响了。女猎人熟悉的声音从门后传了过来："蓉蓉，是我，我把我的高三笔记给你送过来了。"

方治被虐出了PTSD（创伤后应激障碍），听到女猎人声音的第一反应居然是退缩，他立刻看向眼泪汪汪的苏蓉，狠厉地示意她不要出声。

但苏蓉尖叫着喊："快跑啊，辛辛姐！"

完了！方治汗毛倒竖，就在下一秒，女猎人的身影出现了，她化雾的身躯穿过了墙壁的阻隔，连续两次穿梭跳转，眨眼间闪现到方治身边。抬腿、膝击！他的下颌骨发出清晰的碎裂声！女猎人没带武器，她用纯肉搏的方式战斗，专门瞄准要害，哪怕她没有武器，方治也不是她的对手，他夺路而逃，翻下窗户。苏蓉家在三楼，没有防盗窗，摔下去不至于摔死。

可女猎人跟着方治一起跳窗，正好这个窗户在楼房背阴面，她利用阴影穿梭安全落地，三步两步追上了他。

前方三米远就是小区的荷花池。方治在看到那个荷花池的第一眼就知道自己这次会是什么死法了——沉塘。事情的发展不出他所料，女猎人果真把他丢到了池塘里。

第五次死亡轮回。

方治在周五早晨醒来。死亡轮回的次数是有限制的，随着他的死亡，他的复活间隔越来越短，如果他的复活时间点与死亡时间点重合在一起，那么他就彻底复活不了了。

只有等下一个七天，死亡轮回的次数重置，他才能够继续使用这个能力。方治像一头被激怒的疯牛，呼哧呼哧直喘气。他步履凌乱地踱步，口中不断喃喃自语，有时是在向他的"主"祷告，有时是在诅咒那个女猎人。他不想逃，可事实是他次次面对那个女猎人都逃走了，这让他感到万分屈辱。

"是我不够强……"方治呢喃。他可以轻易地杀死几个普通人，但是杀不了宛如战士的女猎人。

"枪……"他想到了，"如果能有一把枪，只要有一把枪……我就能杀了

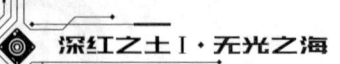

她。不……杀了她不够，我要杀了所有和她有关的人！"

"危险规避"被升级为"绝对预判"，从游戏系统的天赋说明来看，隗辛是因为多次使用直觉对未来的发展进行了正确的预判才促使她的固有天赋升级。

这证明，她刚刚脑子里一闪而过的教徒杀人案嫌疑人是冲着她来的想法并非杞人忧天，而是已经存在的事实。杀人犯就是因为她才来到了桐林市。

他有什么目的？他为什么要来找她？他从什么地方得知了她的存在？

隗辛回到家后走进浴室冲凉。淋浴头喷出水，浇在她头上，似乎在给她发热的大脑降温。

隗辛从警方的通缉令上得知教徒杀人案的嫌疑人名叫方治，她十分确信她以前从未与名叫方治的人打过交道。如果不是系统颁布了任务，如果不是方治污染了隗辛的生活，他们两个的命运轨迹就像是平行线，永远都不会有交集。他们的唯一交集点就是"任务"。隗辛决定去狩猎方治，方治是她看中的猎物。在隗辛接受任务、确定了目标的那一刻，她和方治的关系就不是陌生人了，而是猎人和猎物，他们的命运轨迹开始重合到一起。

她对方治来说就是一个素不相识的陌生人，方治为什么要来找她？他们无冤无仇，没有利益冲突，但隗辛百分百确定方治来找她准没好事，他一个邪神教徒，跨越一个城市的距离跑到桐林市，总不可能是来找她交朋友的吧？

隗辛只能站在自己的立场上代入方治的心理，思索他这么做的用意。隗辛去往锦水市是因为方治在那儿。方治在这个节骨眼上跑到桐林市，难道也是为了杀人？他想杀她？

这就很有意思了。

隗辛要完成的是游戏系统颁布的任务，方治来桐林市的契机是什么？这件事情里不存在巧合一说，连续好几个巧合撞在一起就成了必然。假设方治的目标是她，那么方治制订目标的理由又是什么？

世界上不存在无缘无故的恨，隗辛冥思苦想，就是想不出来她到底会在什么时候得罪方治，以至于方治意志坚决，不顾路途遥远，不怕警察追捕，也要跑来她所在的城市。难不成游戏系统也给方治颁布了任务？这有些说不通。

游戏系统的任务一般只有模糊的指向，方治的目标过于明确了，他就是奔着她来的，系统颁布任务的猜测有点站不住脚，但也不是完全不可能……隗辛暂且保留这个想法。

隗辛与方治的命运轨迹在过去没有任何交点，退一万步说，就算他们有交点，也只存在于未来的某个时间段。总不能是因为方治能预知未来，他预知到未来的她跟他结了仇，才对她动了杀心吧？慢着……这样的话好像有点能解

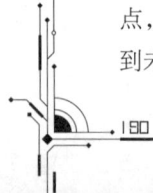

第四章 回归

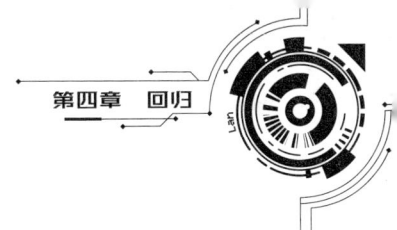

释通？

隗辛心里一跳。她关掉淋浴喷头，扯了条毛巾擦头发，换上衣服离开浴室，拿起手机给苏蓉打了个电话。

"喂？蓉蓉，我今天有点事，下午先不去给你上课了，缺的这节课下周给你补上怎么样？"隗辛说。

苏蓉欢快的声音从手机里传出来："好啊，辛辛姐！我能多休息一天了。我爸妈上班，我还想着中午的时候让你来我家吃饭呢，咱们点外卖。"

白天爸爸妈妈上班的时候，苏蓉的午饭一律点外卖解决。

隗辛是个尽职尽责的好老师，她怕苏蓉自制力不行不好好做题，想了想说："等我去给你送一套我高三整理的错题笔记，上面有好几个题型是我昨天讲过的，你好好看看。"

"好。"苏蓉说，"我一定好好看。"

"对了，最近治安不太好，有杀人犯逃窜到咱们这儿了，你看见今早的新闻了吗？"隗辛叮嘱，"不要给陌生人开门。"

"我知道，我都十八了！"苏蓉笑道。

苏蓉很可能是个玩家，小姑娘还挺有心眼的，嘴巴很严实，行为也几乎没有破绽。如果苏蓉接到了区域性任务，那么她不需隗辛提醒就会警惕起来。苏蓉的家附近有一家大型商超，里面的厨具型号非常多，隗辛打算在实体店里选购一把好用的刀具防身，给苏蓉送数学笔记是顺便的。她不能没有趁手的武器，方治就在桐林市，危险离她很近。

隗辛洗完澡才九点半，她找出压箱底的高三笔记后，就揣怀里出门了。

到了苏蓉家附近的大超市，隗辛先去生活用品区选购刀具。

超市似乎正在搞厨具促销，导购小姐热情地介绍各种型号的厨刀，隗辛听完她的介绍，看了刀具包装后面的材质标签，又拿样品亲自试了试，最后才去付款。

这把刀算是平价刀具，价格比较低，制作工艺还不错，材质比不上大马士革，仅是普通合金做的，但用它对付一天应该可以。

隗辛付完款走到厕所，拆掉刀具外包装，直接把刀插到腰带里用衣服遮住。感受到腰间坚硬的触感，隗辛顿时安全感倍增。有武器在手和没武器的感觉是不一样的，她暂时松了口气。

另一边，方治再次去了苏蓉家的小区。

他找了个监控死角，趁人不注意悄悄翻到围墙里。女猎人今天一定会来，按照上次的时间线，她会在今天傍晚的时候来到那个女孩的家里。方治为了和女猎人错开时间，趁早来到了苏蓉家，一是怕又像上次一样和女猎人到来的时间撞个正着，被她一个照面干掉，二是为了给拷问留下足够的时间。

方治痛定思痛，觉得他上次的最大失误是没有搞到女猎人的真实姓名和家庭住址，这回他一定要把情报逼问到手。一个上高中的小女孩而已，先前那次他是没来得及用残酷的手法逼问，只要他稍微用点手段，那个女孩必定扛不住他的拷问。

其实方治想过，不用拷问的方法得到女猎人的情报会更稳妥，但是他实在想不出别的办法了，他总不能在小区门口蹲守，然后上去跟踪吧？上上次的教训已经告诉他跟踪是不管用的，女猎人太敏锐了，他拙劣的跟踪技巧在她面前就像小孩子过家家一样，三下两下就被她识破了。

他的目标是拷问以获取情报，只要情报。得到情报后他可以把苏蓉杀了，等女猎人来到苏蓉家，她会看到一具惨不忍睹的尸体……到时候女猎人会有什么样的表情呢？愤怒、仇恨、崩溃？但是一切都晚了，他会在女猎人来到苏蓉家之前早早逃走，藏在安全的地方等待死亡轮回的次数重置，等待期间他可以先探查女猎人的住所附近的情况，有选择地把她身边的人杀了，让她看着身边的人一个个去死，但是无能为力……或许把女猎人身边的人绑架了也是一个不错的选择，他要慢慢地折磨女猎人的神经，让她溃败咆哮。

猎物和猎人的位置会反转过来！她不再是猎人，再也不能像猫捉老鼠一样戏弄他！等死亡轮回重置完毕，方治会去偷一把枪，用一个弹匣的子弹把女猎人送上西天。

一想到那个场景，方治简直要控制不住地笑出声。方治笑容满面地来到苏蓉家楼下，猫着腰从消防通道进入楼道内。

然后，他脸上的笑容骤然凝固。因为他看见女猎人正在下楼，她抬起脸，和方治狭路相逢。

方治内心咆哮："这女人怎么不按正常的时间线走啊？！"

"真的不留下来吃饭吗？"苏蓉说，"我中午点炸鸡，一个人吃一整只有点罪恶感，咱们两个分正好可以吃完，我还点了炒年糕和奶茶。"

"不了，我真的有事。"隗辛婉拒，"下次吧。"

"好吧。"苏蓉依依不舍地从冰箱里拿了一罐冰镇可乐塞到隗辛手里，"外面热，喝点冰饮料降暑。"

"谢谢。"隗辛开门，"把你昨天写错的题整理到错题本上，我给你画的几道错题你记得看，下次上课我要考……嗯，不要给陌生人开门。我先走了，再见。"

第四章　回归

"知道啦，我点外卖都是让外卖员放在门外，等人走了再出去拿的。"苏蓉挥手，"辛辛姐再见。"

隗辛转身下楼，走到二楼和一楼的拐角处，忽然看见一名头戴遮阳帽、看不清面容的男人停住了脚步，立在楼梯口。她曾数次生死一线，对于危险的评估与预判近乎成为本能。

她读过刑侦类的书，知晓怎样对一个人进行侧写分析。短短一秒内，隗辛下意识运用之前学到的知识对眼前的男人进行了状态侧写。他的手臂肌肉轮廓突出，力量不弱，方才走路的步伐有点急促散乱，但是脚步声并不沉重，相反还很轻快，好像有什么喜悦的事让他极度兴奋，以至于走路姿势都飘了。

隗辛太阳穴突地一跳，预感不对，开口试探："你是这儿的住户吗？我怎么没见过你？"

方治强压下战栗的反应，问道："这是十五号楼吗？"

就像老鼠遇见猫会产生本能的惧怕，方治迎面碰见女猎人竟然也产生了这种感觉。事情的发展超出了他的预计，眼前的女人竟然能跳出时间线，她的一举一动仿佛不受命运控制，按照既定的发展，她应该在傍晚时分来苏蓉的家，可是现在她来的时间提前了！怎么会这样？！

"十五号楼在隔壁，这是十四号楼。"隗辛打量着他说。

"我来看我老丈人，第一次到这儿，不熟悉路况，迷路了。"方治假装自然地笑了一声，竭尽全力装成一副若无其事的样子，"谢谢你指路喽。"

隗辛站在楼梯上俯视他："对不起，刚刚我说错了，十五楼不在隔壁。"

"啊？"方治一愣。

"你是不是记错了，这个小区没有十五号楼。"隗辛说，"你要不给你老丈人打个电话问一下，问清楚了楼号，我可以给你带路。"

方治止不住地心悸，他怀疑女猎人已经起了疑心，他对这个小区的布局没完全摸清，不知道这里没有十五号楼。女猎人知道，可她故意说十五号楼在隔壁。方治意识到自己做了一个糟糕的应对。

"不用了……"方治勉强保持冷静，"不好麻烦你，我自己找找吧。"

方治厌了，他不能和女猎人硬碰硬，因为他的死亡轮回次数用尽了，再死就是真死了。方治转身离开，他竭力使自己的步履看起来没那么仓皇匆忙，然而隗辛如同沉默的幽灵，始终跟在他身后。他加速走，她也加速走，他放慢脚步，她也放慢脚步。

隗辛从始至终跟他保持着三米的安全距离，不靠近也不远离，她在明目张胆地跟踪他。恐惧如附骨之疽，逐渐深入方治的内心。他离开小区，隗辛跟在他身后，他穿过小巷，试图急转弯甩掉她，但她却速度更快地追上了他。方治故意穿过人群,想用人群遮蔽她的视线,结果一扭头,这女人还在!一直在!阴魂不散!

她是野狼,是捕猎者,一旦盯准了猎物就不会将他轻易放过。猎物的心理防线渐渐崩塌,他感觉自己是一只弱小可怜的小白兔,野狼把他摁在了脚下,就是不吃他,只是舔着锋利的牙齿在那儿流口水。

隗辛缀在他身后走了一分钟,很快确认了他的身份。他是教徒杀人案的嫌疑人方治。刑侦专业有一门学科名叫"足迹学",从犯罪嫌疑人的走路姿势和脚步、脚印来分析嫌疑人的特征,进行有效追踪,隗辛看过这本书,在固有天赋"快速学习"的帮助下掌握了理论,这是她第一次将理论用于实践。

今早隗辛看过警方公布的监控录像,录像里方治的走路姿势和前面的男人极其相似。再加上他之前的言行不对劲,隗辛基本确定他的真实身份就是方治。

方治狗急跳墙,步伐越来越凌乱。突然间,他回过头,站在大马路上哑着嗓子说:"疯子……你是个疯子!"

"我不是,你是。杀害妻儿与父母的感觉怎样?"隗辛原地站定。

"哈。"方治张开双臂说,"你害怕暴露身份,对吧?"

女猎人每次出门都全副武装,在她的家乡桐林市,她没来得及做伪装,这才被他看见了真实面目。

"你也怕,我们的恐惧是对等的。"隗辛面无表情地说。

此刻他们站在车流如织的马路边上,中间隔了三米距离。在他们说话的间隙,有行人从他们身边路过,他们默契地保持沉默,遥遥相对。

"你敢在马路上杀我吗?这么多人在看着呢。"方治低吼。

"你敢和我耗下去吗?"隗辛冷笑,"我是守法公民,你不是。"

"你报警,我就在马路上喊你是个玩家。"方治眼眸赤红,"我死了,你也别想好过,你现在脸上没有伪装了!"

"我现在脸上没有伪装了?"隗辛莫名其妙地重复这一句话。

"现在",一个极其有意思的词。与"现在"相对的是"过去"与"未来"。她脸上的表情从迷茫到微妙,最后再到恍然。

"我懂了,原来是这样……"隗辛了然道,"这是你的超凡能力。"

"你能预知未来?"她自言自语,"不,好像不是那么简单,有那么一点点不对劲,差了点意思……你的能力不是预知未来……那会是什么呢?"

方治后退一步,惊惧万分。只是一句话而已,他只是用错了一个词,就被女猎人抓到了关键。

第四章 回归

"我感觉你挺有意思的……你怎么这么不怕死啊，为什么要来桐林市，为什么要把目标对准我？"隗辛说，"说实话，你……挺菜的。心理承受能力不行，好像也没多少战斗技巧，我才跟了你一小会儿你就吓破胆了……你为什么这么有自信，自信到不怕死地前来找我？要是你真的能预知未来，你应该能预知我的能力吧？我不觉得我很弱……可你还是来了，不怕死地来了。"她深思道："嗯……你不会真的不怕死吧？"

方治再也无法保持冷静了，他活见鬼似的瞪大眼睛。他上上次被溺死在喷泉池里的时候，女猎人也说过这句话——"你不会真的不怕死吧？"

她已经敏锐到非人的程度了！

隗辛思索片刻："看来我们陷入僵局了。你不想暴露身份，我也不想。"

"你想怎么办？"方治声线沙哑。

"我们彼此放过，好不好？"隗辛微笑，"互不干涉，就此别过。"

方治欣喜道："可以！"

这正是他想要的，等他的死亡轮回一重置，谁都奈何不了他。他依然在暗，她依然在明，他想搞点什么，那不是轻而易举的事情吗？而且方治自认为抓到了隗辛的软肋——她怕身份暴露！

"那我们算是达成共识了。"隗辛笑道，"你可以走了。"

方治后退一步，又后退两步，看隗辛没有追赶的意思就拔腿狂奔。而隗辛一直立在那里，没动弹过。

等方治跑过一个拐角，隗辛嘀咕："蠢货。"

方治是个跟踪能力近乎为零的菜鸡，隗辛是个专业的二五仔，桐林市是她熟悉的主场，她具有阴影穿梭的超凡能力。她要是真心想跟踪，没人能发现她，方治当然也不能。

天慢慢变阴了，上午的闷热是暴雨的前奏。夏天的天气变化格外迅速，一个小时前艳阳高照，一个小时后就阴云密布。狼、北极熊、鲨鱼，这些自然界中的顶级猎食者嗅到血腥味后会循着血味追踪猎物数公里，它们一旦锁定猎物就不会轻易放弃目标。

隗辛是个有耐心的猎人和追踪者。方治转弯或回头时，隗辛就卡在他的视线死角内，如果周围没有遮蔽物，她就进入阴影穿梭状态，化雾的身躯能很好地隐藏起来。

方治稍微有那么一点脑子，懂得避开监控在人少的地方走。这些年大城市的监控摄像头覆盖愈发全面，很难找到没有摄像头的路段，方治频频抬头，观察摄像头的方位，他往往需要在一条路上七拐八拐，钻进小巷绕上好几圈，才能找出一条合适的路。

走大路只需要一小时的路程，方治走走停停、弯弯绕绕，多花了一倍的时间。隗辛跟踪了两个小时，情绪没有半点起伏，心率稳定。为了避免手机接收短信发出响动，隗辛把它调成了飞行模式。

方治似乎很惧怕隗辛跟上来，他躲避监控的同时故意绕远路，甚至有时在拐弯时猛跑一段距离，然后再急速绕回来查看，试图把身后可能存在的跟踪人员给钓出来。

同样的钓鱼举动，方治在不同的拐角、不同的路段、不同的小巷反反复复做了有五六次，他往前走做假动作，接着猛然回头扫视四周。当他看到眼前的巷子内有阴影时，他会认真仔细地盯着阴影看一段时间，仿佛在确认什么，最后才穿过阴影。他穿过阴影后仍然不会放心，反而会往前走几米，随后突然回身，抓一抓阴影附近的空气。

有趣，太有趣了。隗辛陷入沉思。方治的目标不仅是她，而且他还了解她的超凡能力。他知道她拥有阴影穿梭的能力，所以在路过阴影路段时警惕如惊弓之鸟，他浑身上下散发的惧怕和惊疑藏都藏不住，颇有种"一朝被蛇咬，十年怕井绳"的感觉。他的恐惧如此真实，真实到好像亲身经历过。

能够预知未来，并且不怕死，目标明确，对她有着极深的恨意。这几点结合起来，隗辛差不多猜到了方治的超凡能力是什么。

如果真的是她猜的那样，如果那种超凡能力真的存在……她就要改变策略了。

方治疑神疑鬼，三米一回头，可他发现不了隗辛。其实方治不是个弱者，他身体素质过硬，警惕性强，连续逃跑这么多天没被抓住，在逃跑过程中还不忘躲避监控、反复钓鱼，确认无人跟踪，他的智商在及格线以上，懂得规避风险，用隗辛的弱点来威胁她。

可惜方治遇到了隗辛，偏偏他不信邪，一头撞了过来，不把自己撞死绝不回头。不是他太弱了，而是隗辛太强了，方治的小花招和小聪明根本不管用，正面战斗他打不过隗辛，就想用枪、用隗辛身边的人来威胁她。要是方治能成功实施他的计划，那对隗辛来说确实是个不小的麻烦。可是他太倒霉了，没料到隗辛是个不受控制的变数，正好扎进了她手里。

两个半小时后，天空彻底被乌云覆盖，雨幕笼罩整个城市。方治貌似终于确定没有人跟踪他了，他冒雨穿过缺了一个大口子的铁丝防护网，进入废弃的烟草厂中。这是桐林市最荒僻的地方，原先这里工厂很多，经济危机时工厂倒闭了许多，后来政府检查排污问题，又关闭了一大批高污染工厂。

工厂旁边是一条封闭了的铁路线，这条铁路线早在二十年前就不通火车

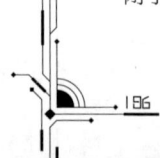

第四章 回归

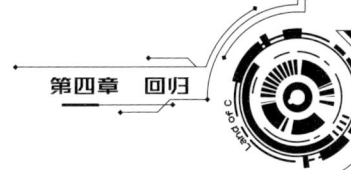

了，荒草丛长了有半人高。听说这片地最近被承包出去了，过段时间就要推平重建。这儿安静、荒僻，是最佳的藏身地点，也是最佳的伏击地点。

隗辛确认了方治的躲藏地点后没有立刻进去，而是走到铁路线旁边拽了一把荒草，认认真真地用草把自己的鞋绑起来，包裹得严严实实。

隗辛回到第一世界后仍然会抽空学习刑侦知识，她必须要做到滴水不漏，光躲监控是不够的，可能暴露身份的小细节同样要全部处理掉。雨越下越大，雨水能冲刷掉她在附近留下的气味信息，模糊掉她的脚印。

隗辛处理完个人信息，抹掉脸颊上的雨水，发动阴影穿梭闪进烟草厂。

隗辛从后腰拔出武器握在手里，环视烟草厂，寻找方治留下的痕迹。方治淋了雨，衣服湿透了，地上留下了一连串明显的足迹。

隗辛淡定地跟着足迹进行阴影穿梭。为了较少地留下足迹信息，她几乎不走路，地板上的灰尘也鲜少被她惊动。工厂十分破旧，铁梯生锈了，墙皮斑斑驳驳，玻璃是破碎的，雨顺着残破的窗户泼进来，狂风吹过窗框，窗框嘎吱嘎吱摇动，风拂过走廊时发出呜呜声，好像有鬼魂在歌唱。

隗辛从工厂一楼走到二楼，与猎物渐渐缩短距离。终于，她拐过一个墙角，看见了脸色煞白的方治。方治正坐在地上拧干衣服，隗辛悄无声息地出现在他面前，活像个幽灵。她沉默且冰冷地注视着他，眼神如平静的死水，锋利的厨刀微弱地反光。

"我有问题想问你。"隗辛低头看着他说，"回答我的问题，我放过你。"

方治一屁股坐地上，哆哆嗦嗦地后退。

"你不是了解我的能力吗？"隗辛说，"别逃了，你逃不掉。你回答问题，我就放过你。"

方治惊恐万状，眼珠子都快瞪得突出来了："你、你……"

"回答问题，活下去。不回答问题，去死。"隗辛说，"我说得够简单直白了，你能听懂。"

方治没有去问"你真的能信守承诺吗"这样愚蠢的问题。这个问题是没有结果的，要是他这么问了，女猎人仍然可能骗他，要是她确实信守承诺，回答完问题她自然会放他走的。

回答问题，她有那么一丝可能会放走他。不回答问题，他下一秒就会死。方治毫不怀疑女猎人心狠手辣的程度。

"你服用过神血吗？"隗辛问。

方治嘴唇颤动。

"我问你服过吗？我问你就要答，不要挑战我的耐心。"

方治一时半会儿没反应过来，隗辛飞起一脚踢在他肚子上。

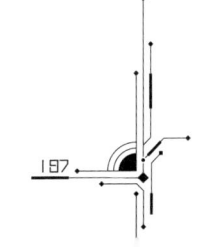

方治弓腰抱腹，惨叫着说："服过！服过！"他之所以回答这个问题，是因为这个问题无关紧要。现在每个玩家都知道获取超凡力量的途径有两种，一是自然觉醒，二是服用神血，他回答了也无所谓。方治先前的迟疑是在掂量，他怕隗辛后续提问更危险更敏感的问题，他不能背叛他的主。

"你变异了吗？"隗辛的眼睛像手术刀似的一寸一寸割过他的身体，"把你的衣服脱下来。"

方治脸皮抽搐，在她压迫性的目光下从地上爬起来，艰难地脱掉了上衣。肌肉虬结的身躯上没有半点变异的迹象，这就是一具再普通不过的人类的身体。

隗辛继续问："你在第一世界的身体没变异，那第二世界的呢？"

"也没有……"方治说。

"你的神血是从哪里获取的？"隗辛问。

方治心里咯噔一声，不是很想回答。可是隗辛再次一脚踹了上来，方治连连哀号求饶，隗辛依然没有停止动作。她边踹边一字一句地说：

"我——

"问你——

"神血从哪儿来？！"

咚！他的头被她狠狠地抵在墙上。

方治的视线被血色覆盖，他神志不清了，隗辛捡起方治扔在地上的上衣，用上衣包住厨刀，一刀插进方治的腹部，在衣服的包裹下，血没溅到她身上。

方治在剧烈的疼痛中恢复清醒，但他的伤口飞速恢复，刀口合拢，新肉长出。

"我说！是教团的同伴给我的……求求你，放过我！"方治潸然泪下，"是教团给的，我就是按照他们的要求服了而已，求求你，放过我吧！"

"你不老实。我当然知道你属于教团，我是在问教团的神血是谁供应的。"隗辛蹲下身面无表情地看着他，"再不老实，我卸了你的胳膊，你的血肉再生能使断肢重生吗？"

方治抖如筛糠，眼泪和鼻涕糊了一脸："我真的不知道，我刚刚加入，就是个外围成员……我没有说谎，真的没有！"

隗辛起身说："你在第二世界生活在哪个城市？"

"白、白鲸市。"方治说。

白鲸市是第二世界接近寒带的一个城市，临近极地冰海。

他心思一转，自作聪明地说："你想得到我们的神血！是不是？你放过我，等我回到第二世界可以给你寄一瓶！"

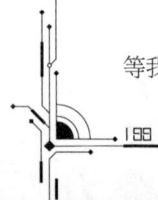

第四章 回归

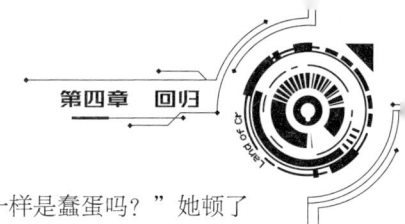

隗辛发出嘲讽的笑声："寄给我？你觉得我跟你一样是蠢蛋吗？"她顿了顿，问道，"你们的神，是真实存在的吗？"

听到这个问题，方治停止了颤抖，他神情激动，说话声调不正常地高亢起来："你竟然敢质疑我主的存在！"

隗辛眼神冷峻下来，一顿猛踹，将方治的肋骨踹断了好几根。

他在地上翻滚，开始疯狂地咒骂隗辛不敬神，但隗辛下手极狠，他身上骨头嘎嘣嘎嘣断裂的声音都没停过……最后疯狂的咒骂演变成了疯狂的求饶。

"祖宗，你是我祖宗不行吗？别打了，别打了！"方治抱头痛哭，"饶了我吧，我嘴贱！我嘴贱！"

"最后一个问题。"隗辛感觉打得差不多了，就停了手，"你的超凡能力是什么？"

来了，这个问题终于来了！方治眼皮狂跳，在隗辛抬脚暴踹他之前说："是预知未来……我就知道你未来会杀我，所以我……"

"你真觉得我和你一样是个蠢货，是吧？"隗辛阴沉地说，"用我先前的猜测来回答我？你脑子没病吧，信教信傻了？"

方治仰躺在地上哼哼，他的身体还在恢复，但是他的精神濒临崩溃。

"你不想回答，那我来猜一猜。"隗辛弯腰俯身，直视方治血丝密布的眼睛，"你的超凡能力和时间回溯有关……"

方治呼吸停滞，瞳孔放大，喉咙里冒出含糊的音节。

"你能返回过去的时间线，就像游戏里的读档和存档那样……我说的对吗？"隗辛又问。

方治咳出一口血，垂死挣扎："不是，这么逆天的能力，我怎么会有？"

"可是我的直觉在提醒我，你在说谎，我的推测才是正确的。我的直觉总是对的，从来没有错过。"隗辛微笑了起来。

她的微笑在方治看来不亚于死神在朝他招手。

"你杀了我，我就会回到过去！下次重来我一定要杀了你，如果你现在放掉我，我会当作什么都没有发生，我们相安无事！"方治做最后的努力，绝望中带着希望，"等我回到过去，我知道所有的事情，而你一无所知，我知道你的外貌，知道你的朋友在哪儿……"

隗辛淡淡地道："不，你现在如此疯狂地想要活下去，是因为你失去了依仗，如果你有复活作为依仗，你此刻不会如此渴望活着。你的重生次数是有限制的吧？有了限制，你就不能随心所欲地放弃自己的生命了。"

"希望我的选择没有错。"她举起武器，一击毙命。

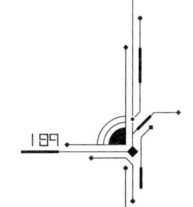

你击败了"代行者·方治"。

你剥夺了"代行者·方治"的超凡能力。

你获得了超凡能力"死亡轮回Ａ级"。

死亡轮回Ａ级：你可以在死亡后返回过去重新开始，死亡次数越多，复活时间点和死亡时间点越近，复活时间点与死亡时间点重合则无法复活。复活次数每七日重置一次。

你的超凡能力"血肉再生"已升级。

血肉再生Ｃ级：你的伤势愈合速度远超常人。

与此同时，《深红之土》内测玩家论坛内，一则新的死亡通报更新置顶了：

代行者1286号，于7月29日被剥夺者233号击败。

游戏系统持续出现新的提示：

任务内容：调查教徒杀人案。

检测到调查对象已死亡，你的任务视为完成。

任务进度：100%。

你在面对拥有超凡能力的杀人犯时临危不乱，化被动为主动，将任务目标就地处决。你在任务过程中展现出远超常人的敏锐、冷静与智慧，你的战术素养是普通难以企及的。

你出色地完成了任务，作为一匹没有队友的独狼，你是本次任务的唯一胜者。

基于你的任务表现，你获得了称号"追猎者"。

追猎者：你是个拥有超感直觉的猎人，任何猎物被你盯上都逃脱不了你的追踪与猎杀。你可以在论坛使用该称号发言，如使用称号，你的论坛昵称前将增加"追猎者"前缀。

隗辛深深地呼吸。狩猎方治是她做的一个选择，目前看来，她的选择无比正确。

玩家一旦被击败，信息就会被论坛通报。隗辛从决定清除身边污染物的那一刻起就在思考，怎样才能在狩猎的同时避免被论坛通报？

她想了很久，打算冒一点风险尝试制造意外死亡，她不能亲手去杀人，必须借助别的东西杀死她的猎物，比如让他淹死、掉下楼摔死……可是隗辛不知

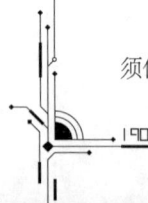

第四章 回归

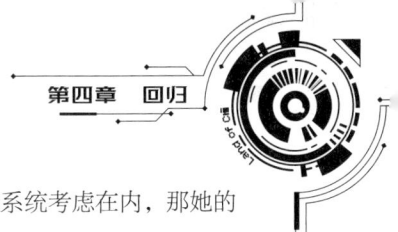

道游戏系统的判定标准，若是致死原因的人为因素也被系统考虑在内，那她的谋算就不起作用了。

所以隗辛需要冒险做一次测试，测试游戏系统的判断标准，测试能不能规避游戏系统的死亡通报。不过方治的超凡能力打乱了隗辛的所有计划。

如果他的能力与读档和回档有关，那么她即使冒着风险也要把他的超凡能力给剥夺到手。有了这样的超凡能力，隗辛就有了更大的生存保障。她无比惜命，在第二世界那样危险的情况下，她根本没有办法好好自保，人生是一场不能重来的游戏，她不想搭上自己的性命。但方治的死亡轮回可以给她重来的机会，增加她的游戏容错率，让她在极端情况下拥有绝地反击的机会和重启的可能。

隗辛希望自己永远不会触发死亡轮回。她讨厌死亡，一旦她真的触发了死亡轮回，说明她已经是被逼到了绝路，前所未有的绝境。隗辛想让自己的生活顺顺利利，让那些能够威胁到她的人和事永不出现。

隗辛可以想象方治的死亡信息被通报后，论坛肯定又要产生一轮新的风暴，不过首先要做的不是翻手机看论坛，而是处理尸体。

就在隗辛伸手搬动尸体的时候，方治尸体的皮肤上冒出一个血泡。她预感不对，猛然收手，后退出很远的距离。

隗辛看着眼前被击败的方治的皮肤表面不断冒出一个又一个血泡，不消片刻就融化成了一摊血水，一团被血沾湿的衣物静静地铺在地上。

"这是……异血者被杀死后产生的自然消解？"隗辛愣住了。

舒旭尧在后续的工作里跟她提过这一点：高度消化神血的异血者死后身体会自动消融，但是这种类型的异血者依然逃不过身体变异和死亡的诅咒。方治是个例外，他不仅高度消化了神血，而且身躯没有产生畸变。

隗辛沉默了片刻。这是好事，她能省很多功夫。

隗辛处理好现场，趁着雨势和阴天，利用阴影穿梭赶路回家。在隗辛接收到任务完成提示的同一时间，与她一样接取了调查教徒杀人案任务的荆楚地区玩家也收到了游戏系统发布的任务提示：

检测到调查目标已死亡。
与你处在同一区域的玩家先你一步完成了任务，你的任务视为失败。

荆楚地区南部某市。

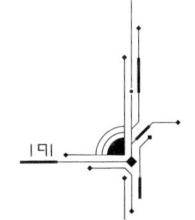

"是谁?"气质沉稳的男人若有所思地望着窗外的暴雨。

锦水市。

"有人杀了方治?"肤色苍白的少年垂着头呢喃,"被人捷足先登了……我还没机会实验我的超凡能力。"

桐林市。

苏蓉紧张地咬嘴唇:"调查目标死亡……方治死了,论坛一定会通报……对,我看看。"

她打开论坛,果然看到了论坛顶端有一条新的标红置顶的死亡通报帖。这个帖子主楼只有一行字——

代行者1286号,于7月29日被剥夺者233号击败。

"妈呀!"苏蓉目瞪口呆。

苏蓉当时接这个任务是因为好奇。游戏系统并没有说任务失败有什么惩罚,也没有说任务成功有什么奖励,苏蓉就大着胆子接了,实际上她根本就没想着要完成任务,就想接任务凑一凑热闹……现在这个热闹苏蓉是凑到了——而且凑大发了!

若代行者1286号是方治,方治又在桐林市,剥夺者233号是击败他的人……也就是说,剥夺者233号,也在桐林市?!

苏蓉抱住胳膊,猛搓冒起来的鸡皮疙瘩,脸色惨白地念叨:"不能慌,不能慌,剥夺者233号一定是冲着方治来的,他不认识我,不知道我是玩家……等等,他可能会认识第二世界的明星苏蓉?"她差点吓哭,并决心接下来的一整个暑假都不出门,待在家里好好学习。苏蓉刷新论坛页面,哗地一下,几十上百条新帖子冒了出来。回复量最高的帖子标题是:

警惕剥夺者233号!!!TA第一次杀人或许可以用意外或者巧合等理由进行解释,但是第二次呢?我有理由相信TA是在有针对性、有选择地猎杀玩家!

隗辛回到到家后脱掉衣服,正想打开论坛看看情况,手机却忽然嗡了几声,一通电话打了进来。隗辛一看来电显示,心里咯噔一声。

"你好,是隗辛女士吗?这里是……"电话那头的男性接线员报出了隗辛所在街道派出所的地址。

"你好,请问有事吗?"隗辛礼貌地说。

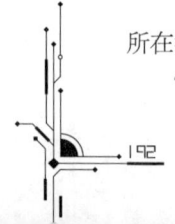

第四章 回归

"是这样的，这边通过城市监控系统查到，你今天上午经过百花大道时，曾经在一个男性身后跟了很长一段距离，那位男性身高一米八一，身材偏壮，体格健硕，身着灰色上衣，黑色长裤，头戴遮阳帽……请问你有没有印象？"

"有。"隗辛斟词酌句，主动说，"我当时觉得这个男的不对劲，他长得有点像新闻上播报的杀人犯，所以就跟着他观察了一段时间，结果他回过头质问我为什么跟着他，我看他理直气壮，不像杀人犯，就没再跟了……他不会真的是杀人犯吧？"

"他是。"接线员说，"请你仔细回忆一下，告诉我们嫌疑人朝哪个方向离开了，这对我们的案件突破有重大帮助。"

"我只记得他朝南走了。"隗辛说。

"还有其他信息吗？"接线员问。

"没有了。"隗辛面不改色地扯谎。

接线员又问了其他几个问题，隗辛将每个问题都回答得滴水不漏、模棱两可，说话的语气显得十分迷糊诧异。最后接线员："感谢你提供的信息，如果后续有其他的情况需要向你询问，我们会继续拨打你的电话。"

电话挂断了，隗辛陷入沉思。还没等她思考三秒钟，又一通电话打了进来。隗辛一看，居然还是当地派出所的电话号码。

她疑惑地接通，听见电话里有一个女性的声音说："你好，我们是桐林市派出所的，今天上午你在……"

"嗯……"隗辛顿了顿，"你们派出所刚刚不是打过电话了吗？"

电话那头的女性茫然地反问："我们派出所没有给你打过电话啊？"

"怎么会？刚才我明明接到了警局的电话。"隗辛在这件事上纠缠不休，说废话拖延时间。

"你一定是误会了。"女性接线员说，"如果你有关注新闻，应该能看到我们警方发布的通缉令。方治，二十六岁，身材健壮，身高一米八左右，家住锦水市，涉嫌故意杀人罪，他在今天逃到了我们桐林市。我们排查城市监控时在监控里发现了与方治形貌特征非常吻合的人，监控显示你是与他最后一个接触的人，隗辛女士，我们需要你提供线索。"

隗辛坚持说："我接到了电话！刚刚的电话不是警局打的，那是谁打的？来电显示上的号码是区号加报警电话。"

说话的同时，隗辛不动声色地打开手机录音，返回来电显示页面，给刚刚的通话记录截了个图，发送到社交软件朋友圈，设置仅自己可见。接着她手机外放开免提，从床头柜里找出一部闲置的老年机开机充电。学校不让带智能手机，只能带功能简单的老年机。隗辛上高中时用的就是老年机，它才一百多块钱，结实耐摔，功能简单，能拍低像素照片，还可以录音。

老年机里没装电话卡，没有信号不能联网，这正好，隗辛仅需要它的拍照功能和录音功能。她拿起老年机，对着智能机来电显示页面拍了张照片，然后点开老年机的录音功能，把它放在旁边录音。

两手准备。

来电显示页面的图片需要备两份，一份截图，一份照片。通话录音同样是备了两份，一份在智能机本机，一份在不可联网的老年机里。

隗辛认认真真地说："前面一个电话太不正常了……我发誓我接到了警局电话。我们学校的防诈骗宣传会上说了，有些诈骗犯能通过科技手段改变手机来电显示的号码。我怕遇到骗子，如果你是警察，请给我你的工号。"这是个合理诉求，一般来说公民如果有这个诉求，警察都会告诉其工号，这个是公开信息。

女性接线员顿了顿，报出一串数字。

隗辛说："你说的那个方治，就是我今天上午在百花大道遇到的那个人？他是个杀人犯？"

"不能完全确定，但是形貌特征很像，我们需要相关线索辅助调查案子……"女性接线员回答。

细节。隗辛发现了一个细节。

第一次打电话的男性接线员在隗辛问杀人犯是否就是她遇见的人时，斩钉截铁地给了肯定的答案。但事实是方治头戴遮阳帽，把脸遮得严严实实，在没有拍到正脸的情况下，他的身份其实是存疑的，男性接线员却无比确信那个人就是方治。这不正常，且不严谨。

第二次打电话的女性接线员就比较专业了，在隗辛问了同样的问题后给出了不确定的答案，她还报了工号。

"我今天看到了新闻，也怀疑我跟着的那个人就是方治，可想想觉得太巧了，一个杀人犯怎么也不可能去人多的地方……早知道我就跟着他了。"隗辛慢吞吞地继续拖延时间，引导女性接线员说更多的话。

可能是嫌隗辛的废话太多了，女性接线员直奔主题："我们需要你提供嫌疑人离开的方位，他最后向哪个方向走了？"

隗辛听她说话的语气，就知道自己难以套出更多话了。

"唉，我也没想到自己随随便便走走就能遇到杀人犯……这样，我亲自去一趟警局提供线索。"隗辛说，"我知道这是个大事，不去一趟我心里不安。"

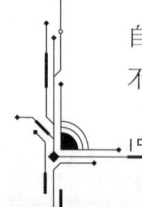

第四章 回归

女性接线员微妙地沉默了一秒,然后彬彬有礼地说:"感谢你的配合与理解。"

随后电话被挂断。隗辛立刻点开社交软件检查自己发送的朋友圈。

"这……"隗辛惊讶地看到自己的社交软件提示发送失败,发送的图片显示不可见,相册里也找不到相关截图,照片回收站干干净净,再返回来电显示页面,两个警局来电号码原地消失!

她切到录音文件里查看,点开播放录音的按钮,录下来的通话声莫名其妙地变成了一堆嘈杂的电流音。她的手机被入侵了!隗辛意识到了事情的严重性。她紧张地抓起老年机查看,还好,照片和录音全部都在。

不能联网,没有信号,黑客找不到入侵端口,她的老年机就是一个"死机",不存在被入侵的可能。隗辛不担心被入侵的智能机摄像头会在黑客的操控下偷拍她或给她录像,因为这是个二手机,前置摄像头早坏了。多亏这个摄像头坏了,她才能够以低廉的价格拿下这个型号较新的二手机。当时隗辛心想她又不经常自拍,要这个摄像头没用,手机就是个方便联系的物件罢了。没想到贪便宜让她成功规避了一次小小的风险。

剩下的风险在于,黑客是在什么时候入侵了她的手机,是在刚刚还是在更早的时候?黑客从浩如烟海的监控录像中找到了方治和她,身份识别和确认需要时间,在隗辛杀死方治时,她的手机应该是未被入侵的状态,她的身份没有暴露。而且隗辛追踪方治时,为了避免手机发出响动,把它开了飞行模式,没有联网,没有信号。

正因她的身份没暴露,才会有黑客伪装成警察来打探消息。若她的身份被确定,黑客反而不会打电话进行试探了。

"感谢这位不知名的黑客。"隗辛在心里默默说。

他的出现让隗辛的警惕心有了一次全方位的升级。敌人不仅会从现实世界袭来,还会从网络世界对她发起进攻。她的防御必须三百六十度无死角,一个不慎就有可能被人钻到漏洞。不过游戏论坛应该是不会被入侵的,因为隗辛浏览论坛后查看自己的手机记录,发现她的浏览记录完全是空白的。登录游戏论坛和浏览帖子根本不会在她的手机上留下任何痕迹。

她暴露了,但没完全暴露。形势严峻。对方不能确定方治就是她击败的,但对方可以猜到隗辛可能是个玩家。

她咬着手指,盯着手机看了半天,最终决定去警局报个警。对,报警。报警是一个普通人遭遇这些事情后的正常反应,她要把自己伪装成一个普通人。做一个玩家和做一个普通人是不冲突的,游戏论坛里的大部分玩家其实都是普通人,大家有着普通人的思维和普通人的生活,不普通的是他们被卷入了一场生存游戏。

要是一切可以重来，隗辛可以做得更加稳妥，把任务完成得更加漂亮，因为她和别人有了信息差。随着游戏的深入，隗辛越来越体会到情报有多么重要，情报是保证隗辛在第一世界和第二世界存活的关键。

她抓起手机穿鞋出门，直奔两个街道外的派出所。等她报完警，和警察有选择地交代完事情，时间已经到下午了。

做笔录时警察小哥直嘀咕："这事确实很古怪，有黑客入侵的迹象，我建议你换一个手机……"

"我是学生，换手机太难了。"隗辛有苦难言。

"嗐，还是建议换的，你的手机太不安全了，容易暴露很多信息，要是暴露了你的社交软件密码和支付密码怎么办？"警察小哥说，"没有查到你录音里面的工号，跟你打电话的人不是警察……还有，其实我们这边办案不太会直接用报警电话拨。"

"是吗？"隗辛说。

"没经历过这些的人可能不了解，这事儿其实看情况，110 是公安局指挥中心专用号码，也可能是区号加 110。不过最真实的是民警使用办公固定电话或者普通手机号码拨打。"警察小哥说，"下次注意，别被骗了。要是真遇到通缉令上的杀人犯，我们一般会实地走访或者直接让目击者去警局。当然啦，要是目击者和线索举报人要求对自己的信息进行保密，我们也可以在通话时录音，进行电话询问和线索记录……"

隗辛恍然："原来是这样……谢谢你。"

"回家吧，雨正大呢，路上注意安全。"警察小哥说，"小姑娘防诈骗意识很好，继续保持。"

"我觉得骗子骗不到我，我是个穷光蛋，根本没有可能被骗的钱。"隗辛幽幽地道。

她说："要是我之前跟的那个人真的是杀人犯，我算是提供了重大线索吧？可以领奖金吗？"

"要是案件侦破的话会有奖金，不侦破的话一般没有。"警察小哥说。

隗辛临走时表达了美好的祝愿："希望案件早日侦破。"

外面暴雨如注，隗辛撑开伞走进雨幕里。地上的积水都快没过脚了，记忆里桐林市好像很少有这样的大雨。隗辛艰难地冒雨蹚水回家。她刚走进楼道收起伞，手机就嗡嗡振动，一条消息发了进来。

"在？世界太危险，要不要一起组队？"

隔了三秒钟，又一条消息发了进来。

第四章 回归

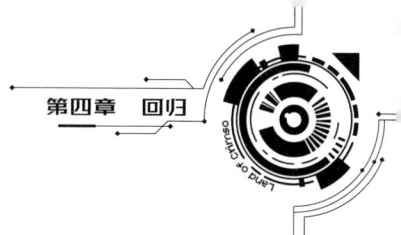

"我是和你打电话的那个人,我没有恶意。"

隗辛看到这两条信息,讶异地挑起眉毛。她把手机放进兜里,抖了抖伞,快步上楼回家。等她晾好伞,手机嗡嗡嗡连响好几下。

第一条消息是黑客发来的:"抱歉,请相信我,我没有恶意。刚才入侵你的手机实在是无奈之举,我必须确认一些事情。口头的道歉很容易显得没有诚意,为了表示我的歉意,我可以做出实际行动补偿你。"

第二条消息是银行的账户余额变动通知:"转入金额:100000.00 元。时间:07 月 29 日。类型:他行转账。余额:106230.00 元。"

隗辛银行卡里本来就有六千多块钱,一部分是她自己赚的,一部分是她高三毕业的时候校长给的奖学金。所有考上重点大学的学生都有奖学金,每人三千块钱,算是毕业惯例了。

第三条短信仍然是黑客:"请相信我的诚意。"

这黑客果然把她的过往经历调查得清清楚楚,他甚至知道她很缺钱。隗辛把钱看得极其重要,然而钱不及她的命重要。不管如何,黑客给她转账的行为的确展现了一定的"诚意",只是不知他展示诚意的目的是组队,还是为了别的。

隗辛不能如此轻易地承认她也是名玩家。她思索一瞬,假装自己是一个涉世未深的高中生,回复黑客:"这种套路的诈骗我们学校的安全讲座上教过,不法洗钱分子会把钱转进干净的账户里,号主的银行卡在不知情的情况下被征用,最后号主会上征信名单,银行卡也会被冻结。你给我转钱是想害我,骗子!"

黑客回复她一行省略号。

黑客:"哪个骗子可以比警察更快地查到你的行动轨迹?"

隗辛:"你是一个入侵了城市天眼系统的骗子?罪加一等,警察抓到你会送你吃十年以上的牢饭。"

黑客无语了:"你不要装了,我知道你是玩家,干脆点承认不好吗?"

隗辛面无表情地打字:"你说啥屁话呢?我刚从警察局回来,现在我打算再去一趟,把你给我转账的事告诉警察叔叔!"

"看来你不相信我,没关系。我刚开始做得过火了,你不相信是应该的。"黑客貌似心平气和。

"你和我拥有同一身份的概率非常高。请原谅我的冒犯,我了解到你是一个普通高中生,但是最近你开始晨起锻炼身体。

"你注意到了方治,并且跟踪他,虽然最后你放弃了跟踪,但是你对教徒杀人案有着非同一般的关注。你持续在网上搜索教徒杀人案的相关信息,搜索频率相当高，在教徒杀人案发生之前，你对这类社会热点新闻的关注度非常低，几乎从不搜索类似新闻……是什么促使你做出了改变？我猜让你做出改变的原因是你的经历，你去过第二世界，你收到过区域性任务提示，所以你在意方治。"

黑客说："我的推理正确吗？"

隗辛看着手机屏幕上的文字，表情愈发冷漠。

"她为什么不回复？她不是玩家的概率真的非常非常小啊，我认为我的推理是对的，她咋不回复呢？"电脑前戴厚重眼镜的少年嘟囔。

他身处昏暗宽敞的房间里，遮光窗帘拉得严严实实，不露一丝缝隙，室内唯一的光源是那台亮着的电脑。他身后的沙发上还坐着两个人，穿短袖卫衣的年轻女性和气质沉稳的男人。

"你说什么了？我看看。"年轻女性走到电脑前看了一眼聊天记录，当场给了眼镜少年一巴掌，"你会不会好好说话？你见谁的组队邀请说得跟威胁一样？把人家家底查干净了还指望人家跟你好好说话，做梦吧！"

"我觉得我的态度很温和，我跟她道了歉还转了账……"

"屁！"

眼镜少年噎住了："那……有没有补救措施？继续转账可以吗？"

"一边去，姐姐来跟小妹妹交流。"年轻女性把眼镜少年赶走，坐在电脑桌前敲键盘。

"我把事儿办砸了？"眼镜少年失落地说。

沙发上气质沉稳的男人沉吟片刻："我给你推荐几本书吧。"

"什么书？"眼镜少年抬头。

"《高情商聊天术》《别输在表达上》《懂幽默的人跟谁都能聊得来》，以及《口才三绝》。"男人一点都不委婉地说，"高智商低情商在社会上是不受欢迎的，你得改改。"

眼镜少年郁郁寡欢："好……我这就买。"

男人说："你没有考虑过隗辛就是剥夺者233号的可能性吗？"

"考虑过，我认为概率很小。"眼镜少年神态严肃，"她太正常了，她的全部行为都是正常的，她有亲朋好友，从来没有在网络上有过不良记录，就是个普通高中女生。而剥夺者233号……说实话，我觉得他是个变态。就像论坛的帖子说的那样，他第一次杀死玩家可以被归结为意外，但是第二次他的行动明显是受到任务驱动的，连续两次杀人，他适应良好……一般人不可能有这样的心理素质，除非他是个心理承受能力超强的变态。"

第四章 回归

年轻男人点点头:"嗯,我也是这样想的。正常人就算有所改变,也不会改变得这么快……在全球的一万名玩家中,至今只有剥夺者233号连杀了两个玩家,某种程度上他可以说是屹立在顶峰了吧?一个高中刚毕业的女生,我认为她不可能做到这种程度。"

眼镜少年挠挠头:"荆楚全地区按照人口比例算,玩家大概有七十人左右,要找到他们简直如大海捞针啊……咱们三个能凑在一起已经是意外之喜了,现在好不容易找到一个身份干净的,一定要和她保持联系。"

"那是自然。毕竟剥夺者233号太可怕了,在接到系统通报之前,我怎么也没想到剥夺者233号是H国人,还正好生活在荆楚地区……"男人沉思,"如果他打算接着猎杀玩家,那么我们荆楚的玩家必须联合起来。"

"有游戏公会的感觉了。"眼镜少年笑道,"按照我的设想,我想把荆楚全境的玩家全都集合起来,大家可以不对彼此透露身份,但是一定要保持联系。万一有玩家被剥夺者猎杀或者出了意外,就能立刻确认其身份,剩下的玩家可以警惕起来,甚至能借此一步一步锁定剥夺者的身份,进行反击!"

"呵,还是祈祷大家不要被剥夺者盯上比较好……况且危险不一定来自剥夺者。"男人说。

"没错。"眼镜少年说,"论坛上的科普大佬233给了我启发……玩家要想在两个世界活下去,最好建立一个能共享情报、互帮互助的可靠组织。"

"这很难,你无法取得所有人的信任,别忘了,剥夺者可能不止一人。"男人说,"万一别的剥夺者混进来,后果不堪设想……谁是卧底、谁是狼人的游戏放在现实里就一点都不有趣了,输了可是要搭上自己的命的。"

"我知道你的顾虑来源于哪里。我们的信息不对等,我了解你,你不了解我。"黑客再度发来消息,"我想向你解释清楚我这么做的缘由。"

"玩家的身份分为两类,猎人和猎物。我们都是猎物,在我们之上则有一个猎人。那个猎人此刻也许就在你所在的城市,我们不知道TA是谁,不知道TA是男是女……我们也不知道TA会不会就是你。任何一个猎物都不想被猎人抓到,我们需要用一切手段来隐藏自己,同时查清楚猎人的身份,以免自己遭到猎杀。"

"你知道我说的那个猎人是谁。"

隗辛突然感觉有一丝好笑。黑客所说的猎人就是她本人,她是剥夺者233号,完成区域性任务的追猎者。黑客竟然查到了她头上。

"如果你不信任我,你可以把我接下来的话当成一场交易,你只需要回答我几个问题,就能得到一百万元的酬金。"

隗辛愣住了，好家伙，这就是有钱人吗？一开口就是一百万元？！她没有心动。或者说她心动了，但是理智及时绊住了她的行动。

隗辛在思考一个正常的非常缺钱的准大学生在面对这种情况时应该做出什么样的反应。她也在思考一个普通的玩家在面对组队邀请时会做出怎样的应对。她能够从中获得什么？她将要承担多少风险？

黑客在进行解释时多次提到了"我们"。"我们"是指所有荆楚地区的玩家……还是在暗示他有团队？黑客是有队友的？

隗辛在经过长久的考虑后回复说："你可以问，我不一定会回答。还有，你要告诉我你的身份，我们最好见一面……如果你们的组队邀请是真心的。"

至于见一面后是进行交易，还是大路朝天各走一边，那要看黑客一方的表现。拥有死亡轮回这张底牌，隗辛能够进行适当的冒险而不用担心丧命。

"哈哈，果然钱是有用的，关键时刻还是要我出马。"年轻女性说，"她这么回答相当于承认自己是玩家了。"

"她要求见面？"眼镜少年纳闷道，"她比我想象的大胆啊……她是天真莽撞，还是有恃无恐？"

"就不能只是需要钱吗？"年轻女性说，"也可能是她自己害怕了，想找个靠谱的队友。"

"这倒也符合逻辑……"眼镜少年说。

隗辛打字："我来指定见面地点。"

黑客秒回："没问题。"

"你需要给我做一个承诺。"隗辛说。

"承诺不再侵犯你的隐私？没问题。我之前那样做是无奈之举，若你不满意十万元的补偿，我能给你更多。"黑客说。

隗辛："连写在合同里的承诺都可以随时违反，更别说口头承诺了，你的承诺在我看来没半点用。钱也是，你认为钱能带给我安全感吗？"

黑客："你想要什么？请尽管提出来。"

"我要你的名字，你的电话，你的所在地。"隗辛平静地提出条件，"你知道我的名字，我的电话，我的所在地，现在我要知道你的……这不过分吧？"

"不过分，但我担心你拿到身份后去报警。"黑客这次回复的时间间隔得久了一些，"我们不妨把身份问题放一放，等我们见面，你就知道我是谁了。"

"你担心我去报警，我还担心我们见面之后你把我套进麻袋里呢。你展现

第四章 回归

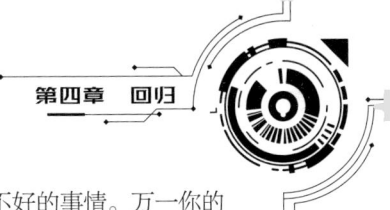

出的诚意不够……我怀疑你是想诱导我见面，好对我做不好的事情。万一你的真实身份就是剥夺者呢？"隗辛倒打一耙。

黑客过了一会儿说："如果我是剥夺者，我在得知了你的信息后应该立刻去杀了你，而不是坐在这里和你聊天。"

"可能你是馋我的超凡能力，想确认我觉醒了再来杀我。"隗辛故意质疑道。

黑客提出办法："要是你还不相信，我可以把我的游戏身份卡牌拍下来，打码发给你。"

"你发了我也辨认不出你的图片是不是 P 的啊。"隗辛说，"你的黑客技术这么好，P 图应该不在话下吧？"

黑客被隗辛整无语了："那你想怎么样？"

"告诉我你的真实姓名。"隗辛死磕这点不放，"连等价交换都做不到，还要对我发组队邀请，你不觉得你的要求特别没有说服力吗？"

黑客沉默下来，久久没有动静。隗辛靠在客厅椅子上，注视着手机屏幕。她从回到第一世界翻出那张银色的身份卡牌就一直在担心的情况发生了。卡牌上写了玩家编号和玩家姓名，如果后续有玩家要求合作时出示卡牌，那么身份就完全隐藏不住了。

最开始隗辛并不担心这个问题，因为她不打算组队。她是个剥夺者，注定只能成为一名独行者，别人不会把信任交付给她，她也不想费尽心思取得别人的信任。可是现在情况有了改变，一名取得了她现实世界身份信息的黑客对她发出了组队邀请，她不得不改变自己的想法，见机行事。

如果黑客拿出身份卡牌向她证明了代行者的身份，隗辛少不得要拿出卡牌证明自己不是剥夺者。所以她反复质疑，寻找借口假装不信任他的自证，以免黑客自证过后反过来要求她出示卡牌。

必须想个办法，想一个不出示身份卡牌依然能让黑客相信她不是剥夺者的办法。

隗辛认为，黑客之所以不提让她出示卡牌，是因为他想获取她的信任。既然想获取信任，那就不能在刚开始交流的时候提出过多的要求，否则会显得咄咄相逼。但之后就不一定了，假如他们具备长期合作的可能，彼此证明身份是迟早的事。

隗辛有些庆幸，她清白的身份和接到假警察电话后的表现一定程度上洗清了她的嫌疑，让黑客一方的防备心下降。隗辛从床头柜取出银色的卡牌摸了摸，这张卡牌的材质类似银，复杂交错的图案摸上去凹凸不平，是细致精美的浮雕。

若请老银匠仿造一个，倒不是不可行，可是每位玩家都有对应编号，随便报一个编号的话，万一编号持有人死了被论坛通报出来，那伪装卡牌就失去了效用。而且让任何一个第三者接触玩家身份卡牌都会增加暴露的风险，哪怕接触者根本不知道卡牌代表着什么。

"抱歉，我有一点很疑惑。"黑客说，"既然你如此防备我，如此不信任我，那为什么还要邀请我和你在现实世界会面？"

"因为你的话确实戳中了我的软肋，我需要队友。"隗辛维持人设，"但是你太可怕了，你了解我，我却对你一无所知。我难以相信你……你的所作所为让我害怕。在电话里商谈令我没有安全感，私下里见面我怕你对我图谋不轨，我们最好在公众场合会面，在我的城市会面，这对彼此都好。"

"对不起，冒犯了你。"黑客再次道歉，"这是我的错。"

隗辛进行适当的示弱和服软，使黑客接着放松警惕。她是占理的一方，她理应提出更多要求。

经过连番的交流与试探，隗辛差不多摸清了黑客的路数。

他似乎确实是奔着组队来的，在经历过她的胡搅蛮缠与怀疑后，他没有表现得不耐烦，直接转账的行为确实是在表达歉意，他道歉时也没有以剥夺者为借口继续解释，算是比较诚恳。可是他的诚恳不能消除隗辛的恶感。从黑客查她手机的那一刻起，她就已经把他给拉进了黑名单。

"我要向你坦白，我并非一人，而是一个团队。我们有三个人。"黑客说。

隗辛皱眉："三个人都是玩家？你们是怎么碰到的？"

"是。"黑客回答，"我们的目标是联合荆楚地区的所有玩家，若情况允许，我们甚至想联系更多其他地区的玩家，组成一个紧密的可靠的联盟，联盟成员之间互相分享情报，互相帮助。"

很有野心的想法。这样的想法应该是建立在黑客强大的技术基础上的，他可以很快地筛选出谁是玩家，并且将玩家的情况调查清楚，判断玩家是不是可信之人。

"我想问一下，你们招揽玩家时都打算用这种方法吗？"隗辛忍不住问，"像招揽我一样招揽其他人？"

黑客说："目前是这样想的。"

隗辛嘴角一抽，简直要笑出声了。这种招揽方法不像是在寻找组队成员，像是威胁，很容易激起逆反心理。

"那你拿什么让玩家们相信你？"隗辛说，"就像我最开始说的那样，口头承诺不值一提。"

黑客陷入了一个极其严重的误区。

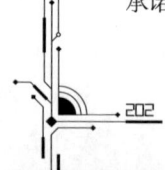

第四章 回归

他在暗处,别人在明处。他拥有黑客技术,掌握着大量的信息和情报,相比普通玩家,他占据压倒性的优势,大可以借此优势压人,不需取得别人的信任。如果黑客威胁别人"加入我的联盟,不然我就曝光你的身份",其他玩家十有八九会屈服于他。如果他找到某个玩家说"我调查过你的全部隐私信息,觉得你有资格加入我们,来让我们建立平等信任的关系吧",其他玩家绝对会骂他有病,并且无比抗拒他的招揽。

换成隗辛,她在占据绝对优势的情况下不太可能跟别人谈判,东扯西扯浪费时间,而是会直截了当地表明自己的目的,以压倒性的优势取得想要的结果。

黑客一方的态度太磨叽、太怀柔了,他们的心态没有转变过来,不明白铁血的手腕、强硬的作风和适当的压迫才是保证生存率的关键。他们的思想还停留在旧的阶段——普通人的阶段。

哪怕他们意识到了有危机存在,他们的普通人思维一时半会儿也是扭转不过来的。比如现在,他们仍然下意识遵守现代社会的条条框框与道德标准,试图获取隗辛的信任。他们空有想法和野心,没有实施的能力和计谋。

不光是黑客一行人的思维停留在普通人阶段,大部分玩家都是如此。不是每个人都能像隗辛那般一穿越就经历那么多惊心动魄的事。

"你的黑客技术很厉害,这是你的超凡能力吗?"隗辛直白地问,"能攻破城市监控系统,你很不一般。"

"这是我原本就有的能力,第二世界加强了我的能力。"黑客说,"第二世界的各个组织的计算机防火墙厚如铁桶,第一世界的信息技术才发展了几十年,两个世界拥有巨大的技术差。"

"原来是这样。"隗辛心想。黑客的能力来源于头脑,而非来源于超凡能力,她多少放心了一点。二者相比,诡秘莫测的超凡能力才是她忌惮的根源。

隗辛说:"你不肯让步告诉我你的真实信息,是吗?"

黑客好像是在权衡着什么。五分钟后,他发过来三个字:"谢甘青。"

这三个字出现不到两秒钟,这条信息就迅速从消息页面消失,连带着他们之前的聊天记录也全部消失。消息界面全然空白了。

黑客只发了一个人的名字,按照他的说法,他那边至少有三人。

隗辛说:"怎么,怕我拿到你的把柄吗?嘴里说得真诚,实际上还是不真诚。你说不再侵犯我的隐私,可是你还是控制我的手机把消息删除了。"

"这是最后一次。"黑客说,"告诉我见面地址吧,你来定地址和时间。"

隗辛:"地址到时候再说,时间安排到明天,你先来桐林市。"

黑客:"这么着急?一定要明天?"

"是。必须明天，明天上午九点。"隗辛说。

她这样安排是为了让黑客他们赶时间，打他们一个措手不及，让他们来不及搞小动作。隗辛不肯现在定下地址也是同理，提前定地址会让他们有先一步到达的机会，她不能让这种风险存在。

敲定了见面的细节，隗辛犹豫了一会儿，打开网页输入网址，进入一个网站。这是企业查询网站，可以根据姓名查询到他人名下公司的相关信息。她在搜索栏打下"谢甘青"三个字，搜索结果顿时显示了出来。

隗辛认为对方出手阔绰，大概率身价不菲，说不定名下就有许多财产，于是就到企业查询网站上搜索他的信息，没想到真的搜出来了这个人。页面显示谢甘青是好几个大公司的股东，但没有担任公司法人。他的个人信息栏里面没有证件照，隗辛无从得知他的相貌。

此谢甘青是否就是黑客一方的谢甘青？

隗辛抽出一张纸，把所有与谢甘青有关的公司信息全部抄写下来，然后挨个搜索。

最后她搜到了点有用的信息，谢甘青名下股权占比最大的一家公司还有另外几位股东，其中一位股东也姓谢，名叫谢锦华，股份占比百分之三十，很高。顺着这位姓谢的股东继续往上搜索，隗辛发现这好像是一个家族企业。

隗辛对谢锦华这名字有模糊的印象，他好像是荆楚地区有名的富豪，她在财经新闻里听过这个名儿。隗辛退出企业查询网站，搜索谢锦华的相关信息。

查了两个小时后，她终于在一个十年前的访谈节目里找到了蛛丝马迹，谢锦华的儿子，名字就叫谢甘青。

谢锦华曾经在节目里无比自豪地说："我这一生有两件最得意的作品，一是我白手起家、亲手造就的公司，二是我的儿子谢甘青，他今年考上首都大学了！"

隗辛牵动唇角，打开首都大学官网，点击查询往届优秀毕业生信息展示页面。她运气不错，没过多久就在首都大学官网六年前的优秀学子展示页面上看到了谢甘青的名字，网站还放了他的毕业证照片。

隗辛退出首都大学官网，登录了一个名叫"全国同名重名查询系统"的网站，输入"谢甘青"这个名字。查询显示：谢甘青，同名同姓者一人，同名不同姓者六十人。

结果查到这里已然明了。荆楚地区首富的儿子，首都大学的优秀学生，处于黑客一方阵营的玩家，他们的身份重合在了一起——他们都是谢甘青！

隗辛牢牢记下了谢甘青的脸。

她的肩膀松懈下来，长出一口气，仰头望着天花板发呆，放松了几分钟。

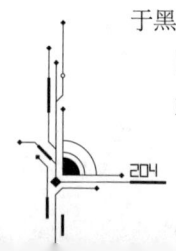

第四章 回归

击败方治后,隗辛没来得及看论坛上玩家们的反应,她需要适当地监视舆论,必要的时候引导舆论。可她一点开论坛,就发现首页的讨论内容有点不对劲。

隗辛点开通报玩家死亡名单的帖子,看见帖子的主楼多了两行文字:

代行者 1339 号,于 7 月 29 日被代行者 388 号击败。
代行者 388 号,于 7 月 29 日被剥夺者 777 号击败。

剥夺者 777 号!隗辛差点从椅子上站起来。

继她之后,又一位剥夺者横空出世,因死亡通报暴露了自身的存在。

许久之后,隗辛松松垮垮地坐下来,神态平稳:"不错……焦点被转移了。"

粗略翻看论坛首页,跟剥夺者 233 号有关的帖子只占了一小部分,玩家们被刚冒出来的剥夺者 777 号吸引了注意力。

帖子要一个一个看,事情要一件一件查,隗辛先点开自己的帖子。

论坛里有许多杂七杂八的无意义的帖子,有些帖子发出来只是单纯地为了表达震惊,没有实质性内容,不具备阅读的价值。回复量高的帖子内往往有许多人进行争论或者分析,这类帖才是隗辛需要看的。

热度最高的帖子有五百多条回复。

警惕剥夺者 233 号!!!TA 第一次杀人或许可以用意外或者巧合的理由进行解释,但是第二次呢?我有理由相信 TA 是在有针对性、有选择地猎杀玩家!

这标题取得相当有煽动力……恐怕在普通玩家群体里,有这样的想法的人不在少数。

一次是巧合,那么第二次呢?巧合过多就找不出理由了。更何况隗辛的身份如此敏感,她是论坛里第一个暴露编号的剥夺者,第一个杀死同类的玩家。她杀人的时候,大部分玩家连血都没沾过,更别说干掉同类了。

隗辛点进帖子看回帖。

主楼:想说的话都在标题里了,应该没"圣母"反驳我吧?
2 楼:你说得对,我也是这么想的。
3 楼:我妈一直教我要把人往好的地方想,我得改改这个毛病了。
实不相瞒,之前讨论剥夺者 233 号的时候我还猜测这位玩家是不是有

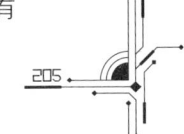

什么苦衷，正常人不可能杀人的……现在我的脸被打得啪啪响。

4楼：我一直以来不惮以最大的恶意揣测一个人，身边的人有时会说我自私阴暗，但只有我自己知道为什么要这样——世界上就是会存在各种各样的恶魔，我相信人性之恶，我担心他人经历的厄运有一天会降临到我头上，这就是我爱从坏的方面揣测别人的原因。

5楼回复4楼：某种程度上这也是忧患意识强、自我防备心足的表现吧，这类人活着会比较累，可是能比别人活得更长。

6楼：让我在活得累和活得长之间选一个，我选活得长。

7楼：谁会嫌自己活得长呢，是吧？

8楼：剥夺者233号究竟为什么要杀人？

9楼回复8楼：这还不好想吗？为了超凡能力呗。一定是这位代行者暴露了自己，被剥夺者逮到杀了。

10楼：剥夺者233号短短三天就能锁定一位玩家？他是怎么做到的？！

11楼：我也在想剥夺者233号到底是怎么在茫茫人海中找到另一位玩家的，是单纯的凑巧，还是他具备特殊的侦察追踪能力？这也太让人害怕了。三天，我们才返回现实世界仅仅三天啊。

12楼：我已经打算告别大城市，去乡下生活了，明天就递交辞职信，感觉在大城市遇到剥夺者的概率更大，农村人口稀少，家家户户都认识，感觉还行，回家种种地总不至于饿死。

13楼回复12楼：壮士断腕啊……不过我觉得不至于，全球这么多人呢。

14楼回复13楼：可能是我的逃避心理在作祟吧，回老家既能孝顺父母，也能避开危险的环境，我觉得比较合算。

15楼回复14楼：别回！在偏僻的地方，如果被人往荒山野岭一埋，你信不信也许都没人能找到你的尸体？

16楼：大家都已经在思考后路了吗……没必要啊。天高皇帝远，我们连剥夺者到底是哪个国家的人都不清楚呢。

17楼：万一世界上有不止一个剥夺者呢？剥夺者和代行者的比例是多少？目前为止被论坛通报出来的剥夺者只有一位，不代表一万名玩家里的剥夺者就那一个人，可能有更多的剥夺者没来得及杀人，所以没被通报出来。对这种事情不能抱有侥幸心理，楼上那位兄弟的考虑是有一定道理的。

18楼：真就是现实世界的狼人杀，狼人隐藏身份藏在我们中间，

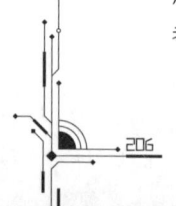

第四章 回归

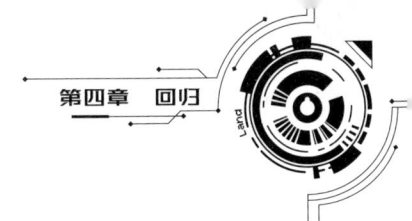

我们一不留神就要被干掉。

显而易见,这个帖子刚开的时候剥夺者777号还没杀人,明面上的剥夺者仅有隗辛,论坛的讨论热点只集中在她身上,众人无法证实剥夺者不止一位的猜测。

12楼玩家的回老家避难的想法引起了相当多玩家的共鸣,不过大多数人不是想回老家避难,而是在讨论怎样在现代社会隐藏自己,不被剥夺者发现。

众人就如何隐藏自己这个话题激烈讨论了几十楼,隗辛粗略翻过,直到89楼,才再次出现了有效的讨论信息。

89楼:借楼问一下,有没有荆楚地区接了区域性任务的玩家在关注论坛?我是荆楚的,接了任务,刚刚收到了任务失败提示,当时在外面,不方便看论坛,不知道剥夺者233号的杀人通报是什么时候发出来的,有人能说一下吗?置顶帖居然没有帖子发表时间……所有的官方帖子都不带发表时间。

90楼:楼上怀疑区域性任务是233号完成的?

91楼:不是吧,居然真的有人接了任务!不怕死吗?

92楼回复91楼:你误会了,接取任务其实并不危险,危险的是完成任务,接取了把它放在那儿不完成就可以了,反正不完成任务也没有惩罚,系统没提惩罚的事。

93楼:接任务不做?未曾设想的道路!

94楼:回归正题!等知情人一个答案。剥夺者233号的杀人通报是不是和荆楚地区的区域性任务失败通报一起发出来的?如果是这样,那么任务执行者就是剥夺者233号,被杀死的代行者1286号则是警方悬赏十万通缉的杀人犯方治。

95楼:靠,要真是这样,那剥夺者233号是为民除害了?

96楼:往大点想,剥夺者233号就在荆楚地区!我刚刚上网搜了一下,方治逃到了桐林市,范围进一步缩小了!剥夺者233号很可能在桐林市!

97楼:剥夺者233号是桐林市人,还是他为了追杀方治去了桐林市?

98楼:这是什么神展开!我能当场脑补出一场时长两小时的犯罪动作片!这不比好莱坞电影刺激?

99楼:就算不能锁定剥夺者233号是桐林市人,最起码能锁定

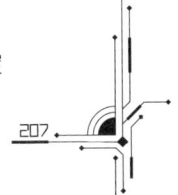

他就是荆楚地区的吧？这范围一下子缩小了！

126楼：楼上的诸位不用激动得瞎叫唤，其他知情人还没有出来呢，玩家的任务失败提示出现的时间和论坛死亡通报的时间到底重不重合，具体要看知情人的发言。

127楼：层主还在吗？任务失败提示是什么格式？区域性任务被别人完成后，其他人一律会收到任务失败提示吗？

128楼回复127楼：是。游戏系统提示"检测到调查目标已死亡，与你处在同一区域的玩家先你一步完成了任务"。

129楼：有点难找到知情人。相信许多玩家在接到这个任务的时候第一反应是拒绝，脑子不活络的人想不到接了任务可以不做，不接取任务就没有任务失败提示吧？

130楼：蹲知情人。

131楼：蹲。

250楼：我是知情人，我接了任务，也在实时关注论坛。我可以保证，任务失败提示和死亡通报是同一时间发出来的，我收到任务失败提示的一瞬间就刷新论坛界面，然后死亡通报名单一下子就更新置顶了……刨除万分之一的巧合，我认为剥夺者233号就是完成区域性任务、杀死方治的那位玩家。

接下来的楼层被各种表达惊讶的词刷屏了，隗辛看得眉毛微微皱起。

320楼：剥夺者233号是抱着什么目的杀死了方治？！为了任务？为了超凡能力？抑或是……为了正义？

321楼：反转了，剥夺者233号，为民除害的正义使者？

322楼：不是吧，这就要开始洗白了吗？就因为他杀了一个杀人犯？可能那个杀人犯就是正好撞在他枪口上了，杀了就是杀了，他处置了杀人犯不代表他就是正义的，别忘了他连续杀了两个玩家！

323楼：如果他真的是正义的，他为什么不报警？为什么要自己动手去处置？

324楼回复323楼：方治连杀那么多人，躲藏那么多天，他不弱，说不定还有十分强力的超凡能力，普通人面对他有胜算吗？剥夺者233号杀他正好，免得我们的人民警察面对超凡能力者时牺牲。

325楼：没想到啊没想到……剥夺者233号的杀人举动在某种程度上居然算是一件好事。

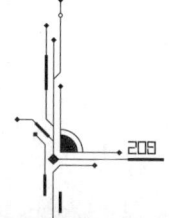

326 楼：这个世界变化太快了，我有点适应不了。

327 楼：我人在荆楚地区，老家不在这儿，工作在这儿，也收到了区域性任务提示，我拒绝了任务，但我万万没想到剥夺233号可能就是荆楚地区的人。不多说了，我这就辞职，收拾行李搬回隔壁省的老家发展。给各位一句忠告，远离是非之地，不要抱有侥幸心理。

328 楼：祝楼上好运。

359 楼：既然确认了剥夺者233号在荆楚地区，我们就不能把他找出来然后解决掉吗？

360 楼回复359楼：你疯了吗？！

361 楼回复359楼：想送死自己去。

362 楼回复359楼：去吧，谁能杀了剥夺者233号谁就是大家的英雄。要是真的有人干成了，我敢保证论坛连续一周都将被你的光荣事迹充满。

363 楼回复359楼：口嗨要有个度，剥夺者233号已经杀了俩玩家，他可能拥有不止一种超凡能力，去了就是送死啊。

426 楼：写了个长分析，分析剥夺者233号是个什么样的人。非心理专业，但是根据剥夺者233号进入游戏以来的所作所为，我认为可分析的点已经非常多了。

第一，TA是个心理素质过硬的人。正常人杀人之后会产生很长时间的心理不适，哪怕是军人或者警察在动手后也需要接受长时间的心理辅导和治疗，不然留下心理阴影会有很严重的后果。可是剥夺者233号第一次在游戏世界杀了人，第二次在现实世界杀了人，间隔很短，足以窥见其可怕的心理素质，搁在普通人身上，可能精神早崩溃了。这可以说是心理素质过硬，也可以说是冷血。

第二，果断，执行力高。这点不用我多说，心理转变是需要一个过程的。从系统发布区域性任务到方治被杀，中间过了几天？这么短的时间内，剥夺者233号能找到方治并且杀死他，足见其执行力之高，意志之坚决。我怀疑方治很可能就是为了躲避剥夺者233号的追杀而逃到桐林市的。

第三，自信。剥夺者233号是一个主动的人。荆楚地区的玩家有多少人敢接任务？有多少人在接了任务后敢主动去执行？大家都是普通人，跟普通人打架都不一定能打赢，更别说面对一个可能拥有超凡能力的罪犯了！可是剥夺者233号不仅接了任务，而且把它给完成了！这说明什么？这说明他对自己的实力极其自信，方治根本威胁不到他,他有着强大的依仗和底气,这才是他无所顾忌的原因!

最重要的一点是,剥夺者233号明知道自己杀人会被论坛通报,却依旧选择杀人,他凭什么敢这么做?!因为他有绝对的实力,他无所顾忌,不怕被玩家们视为敌人,也不怕身份暴露被追杀,其他玩家去了就是送死!

我甚至怀疑这次的死亡通报是剥夺者233号在故意显露实力,我还怀疑这是他对所有玩家的一次挑衅……或警告。

他在警告我们——别去触他的霉头。

在众多玩家对剥夺者233号一无所知的情况下,他们也只能分析到这里了。第一次死亡通报时,玩家们只知道剥夺者233号杀了人。剥夺者233号杀的人是谁,在哪个城市杀了人,为什么要杀人,真实身份是什么……这些非常非常关键的问题玩家们全都不知道。

第二次死亡通报时,玩家们才从一系列事件中对剥夺者233号有了更多的认识。

剥夺者233号杀的人是谁?方治。

在哪个城市杀人?桐林市。

为什么要杀人?为了完成任务。

他的真实身份是什么?是荆楚地区人。

从一无所知到能进行范围性锁定,中间只隔了一次通报和一次任务。

464楼:若剥夺者233号不停止行动,他的踪迹会越来越难以隐藏,直到完全暴露身份。我想知道一个非常重要的问题——剥夺者233号有多强?他能强到跟所有玩家抗衡,能强到和具备强大杀伤力的热武器抗衡吗?如果他没有强到这种程度,只要他不是脑子坏掉了,今后一定会隐藏起来,我们很难再找到他的踪迹。

465楼:我认为剥夺者233号不会停止杀人的,他需要升级……有再一再二,就有再三再四。

截至465楼,关于剥夺者的讨论戛然而止。因为论坛进行了新通报,有两条死亡通知发了出来,玩家集体哗然。

这个热度极高的帖子后续的楼层不只在讨论剥夺者233号,还掺着对剥夺者777号的分析内容。

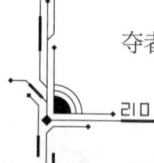

第四章　回归

剥夺者777号……很有规律的编号，隗辛自己的233编号也有规律，她不禁有点怀疑是不是所有剥夺者的编号都隐藏着某种规律。但是现在明面上的剥夺者太少了，不足以支撑她的猜想。

作为继隗辛之后第二位在论坛拥有姓名的剥夺者，777号存在的意义十分重大。他的出现表明有更多的剥夺者隐藏在人群当中。

标题：三个人，代行者388号击败代行者1339号，然后剥夺者777号又击败代行者388号。这三位玩家在现实世界里一定有交集。

主楼：假如单独出现了一个剥夺者杀死代行者的通报，我百分之九十九肯定剥夺者的目的是夺取超凡能力，但是这两条通报显示出事情的不同寻常。按照最简单的逻辑推断，会不会剥夺者777号和代行者1339号是朋友，388号击败1339号，所以剥夺者为了给朋友报仇而击败388号？又或者三个人都是朋友，最后因为某些事情反目成仇，开始了打斗和混战，其余两人死了，剥夺者777号成了最后胜者？

8楼：隔壁剥夺者233号的所作所为让我脑补了时长两个小时的犯罪动作片，剥夺者777号的所作所为让我脑补出了一部充斥着爱恨情仇的伦理片。

9楼回复8楼：别拿别人经历的苦难开玩笑，一点都不好笑。硬要比喻成电影的话，那也是惊悚恐怖片，发生在现实世界的恐怖片。

10楼：从论坛里的中文帖数量和外文帖数量可以判断，H国玩家在数量占比上并没有特别的优势，《深红之土》这个游戏对于国籍没有特殊的偏向。剥夺者777号不一定是H国人，可能是外国人。不至于这么倒霉，连续两个杀过人的剥夺者都是咱们这儿的。

11楼：我就特别迷惑，这可是现代社会，杀了人就不怕被发现吗？

12楼：怕的话就不会杀了，他们杀人的底气可能来源于超凡能力。

13楼：别忘了国外的某些国家可是不禁枪的，在国外杀一个人要比在国内容易得多，我们国内相对安全。

27楼：现在好了，不仅剥夺者会杀代行者，代行者也杀代行者。剥夺者杀人有利益的驱动，代行者呢？世界上还有没有可以信任的人？

28楼：我认为坏的从来不是一个身份或者一个群体，只能是某个单独的人。剥夺者的身份和利益的驱使不能成为杀人理由，好的人不会因为成了剥夺者就变坏，坏的人即使是个代行者也不代表他就能被认为是个五好公民了……坏的从来是人心，不是外物。

世界上有七十亿普通人，只有不到一万的存活玩家。玩家们在现实世界有交集的少之又少，真要碰到了，可以说是天选之子了。

所以要在这么一个论坛里找到知情人是很难的，除非像隗辛那次一样颁布了区域性任务。

要不是完成了区域性任务有通报，隗辛的身份能藏得更严实。

但是这个交流帖给了隗辛启发，剥夺者777号确实不一定是H国人，她应该扩大对帖子的搜索范围。

隗辛迄今为止学的都是应试英语，口语水平不行，单词只认识书上教过的，看英文帖真的很困难，更别说还有一些其他语种的帖子。

作为一个多国玩家混合的论坛，论坛提示文字、楼层标识、网页按钮、官方置顶帖对H国人显示中文，对于外国人显示的则是他们国家或地区的文字，关于这一点还有人开帖讨论过。

对于某些讨论量特别大的帖子，不同国家的玩家有时还会互相翻译，尽管有时是机翻内容，有不少的错漏，但这多少是一个信息交流的渠道，每一点情报都弥足珍贵。掌握的情报足够多，才能在第二世界立足。隗辛专注在首页寻找翻译帖和外文关键词，各种奇形怪状的字母看得她眼花缭乱，十来分钟后终于有位英语不错的大佬发了一个翻译帖。

标题：翻译隔壁昵称为"Z·D"的发帖人的帖子，英文标题检索关键词gun、killer、police，翻译内容提要：隔壁楼主所在的城市在一个半小时前发生了一起枪击案，他怀疑枪击案的凶手是剥夺者，在询问枪击案的发生时间和论坛的死亡通报时间是否一致。

主楼：接下来是翻译内容，段落分别对应隔壁楼主主楼、3楼、8楼、16楼讲述的内容。翻译水平一般，各位凑合着看。

1. 枪击案在我的城市几乎每天都有发生，但是我发誓这次的枪击案真的很不一样，因为警察差不多和凶手擦肩而过，却把他放走了！枪击案发生的路段监控好好的，过了不到五分钟，警察赶过来封锁了现场。结果，蒙面凶手手上提着枪，满身是血地从枪击案发生的公寓里走了出来，径直越过封锁线，警察跟没看到一样继续勘查现场，把

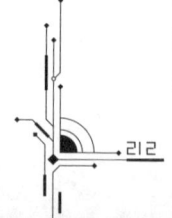

第四章　回归

凶手给直接忽略掉了！视频链接我稍后发出来。

　　2. 我所在城市的警察是一群吃干饭的傻瓜，但是我不认为他们会傻到把凶手给漏过去。尤其是凶手浑身都是血，他手上拿着半自动步枪，非常显眼，现场那么多警察，却没有一个人对凶手有反应，连举枪防御的都没有，这太不同寻常了！

　　3. 我认为凶手可能有精神催眠类的超凡能力，警方公布监控通缉嫌疑人的时候我都震惊了，除了超凡能力，还有什么能解释这一切。

　　4. 枪击案发生的城市的时区是西六区（CST），警方公布的案发时间是 00：51，现在只需要确定枪击案的发生时间和论坛死亡通报的时间是不是一致，我们就能通过时间来锁定凶手是否为剥夺者 777 号。

　　2 楼：精神类的超凡能力！

　　3 楼：谁快换算个时区！咱们论坛各个时区的玩家很齐全，全天二十四小时都有人在看论坛，肯定有人看到了。

　　4 楼：枪击案发生的时候咱们国家的时间是 14：51，他们是夜晚，咱们是白天，刷论坛的人肯定不少，现在就等知情人确认通报时间了。

　　18 楼：我看到了，我印象很深，因为我点了外卖来着，等外卖到的时间我在刷论坛，外卖正好是在 14：50 送到的！外卖包装还没拆开，我一刷论坛就看见了死亡通报，给我吓得心脏骤停！时间对上了！

　　19 楼：破案了！谁英文好？快给隔壁楼主说说，让他赶紧换个城市生活吧。

　　20 楼：离破案早着呢，这只能表明他可能是剥夺者，我们连他的真实身份都不知道。隔壁楼主说凶手蒙面了，也不知道能不能抓到他。

　　22 楼：我看难抓，对方有那么强的超凡能力，连警察都无视他！

　　23 楼：现场的监控记录是怎么公布出来的？我以为碰上这么邪门的情况，警察不会公布监控。

　　24 楼回复 23 楼：嗯……也许是为了方便通缉？毕竟通缉令上得放凶手的形貌特征吧。

　　25 楼：假设剥夺者 777 号的超凡能力为精神欺诈类，他的精神欺诈肯定是无法骗过监控的，只能骗过人类的肉眼，你看他的身体就被监控拍了下来。

26楼：我怎么觉得剥夺者777号比剥夺者233号更嚣张？他都敢直接出现在监控底下了。

28楼：可能他没有发现监控，有些监控就是在犄角旮旯里，不抬头仔细看是看不到的。也许这位剥夺者777号想着自己能用超凡能力迷惑别人的眼睛，就放松了警惕，忽略了监控的事情。

29楼回复28楼：这猜测多少有点离谱了……

30楼回复29楼：不离谱，现实里更离谱的事情都发生过。你把剥夺者想得太无敌，说白了，世界上的大部分人都是普通人，普通人的智商，普通人的心性难以面面俱到，这很正常。不过说到底，28楼的猜测也只是猜测而已，除了剥夺者777号本人，谁都不知道他到底是怎么想的。他暴露得很轻易，给我一种和剥夺者233号类似的感觉——他有恃无恐。

31楼：同意。剥夺者777号就是有恃无恐，我刚刚摸去隔壁看了隔壁楼主发出来的视频链接，这凶手真是淡定啊，就这么举着枪大喇喇地从警察堆里穿过去了。剥夺者都是大佬级高玩吗？

32楼：我觉得你们忽略了一件事，剥夺者777号可能也有两种以上的超凡能力……不是只有杀死玩家才能获得超凡能力，杀死第二世界的觉醒者或异血者同样可以，玩家死亡了会被通报出来，NPC死亡了是不会有通报的……谁也不知道玩家会在第二世界经历什么，第二世界并不太平，还有小范围反恐战争呢，穿越后成为雇佣兵或者战士也是有概率的。

33楼回复32楼：嘶……恐怖。

隗辛看完了论坛上比较有价值的讨论帖，揉了揉太阳穴。

当她再度刷新论坛时，她发现论坛上有一种类型的帖子占据了高地——组队帖。

她点进几个组队帖，随便看了看就不再关注了。组队帖大部分是询问国家或地区要求私聊的，大家有意隐藏自己的真实信息，不在帖子里面透露过多的个人情报。其实玩家走向联合是一个必然会发生的现象。

不管是在第一世界组队还是在第二世界组队都可以有效地提升生存率。比如在第一世界如果遭遇了剥夺者的袭击可以及时反应，联合抗敌，通传消息，在第二世界遭遇险境也可以向其他玩家求助。

可以预料到在不远的将来，剥夺者的生存将越来越艰难，他们不能和别的玩家组队抱团，还要面临代行者玩家群体的敌视和对抗，一个不小心被先下手

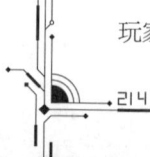

第四章 回归

为强也不是没可能。

隗辛消化了一会儿从论坛获得的情报。

玩家们对剥夺者233号的认知仍然浮于表面，根据现有信息得出的猜测也不是完全准确的，这很好。而剥夺者777号……站在隗辛的角度，他的出现对她来说是一件好事。隗辛隐约感到，剥夺者777号的行事风格更加张狂，无所顾忌，他站在前面是一个不错的靶子，可以很好地吸引火力。剥夺者777号不在H国，这是个好消息，隗辛不用分给他太多的注意力，她专注自己的事就好。

隗辛看了一眼表，现在已经快到傍晚了。她今天一天忙得很，饭都没吃上一口。

上午为了杀死方治，她使用了很长时间的超凡能力，饿得前胸贴后背，刚才注意力全部集中在论坛上的时候没注意到身体的饥饿，现在精神放松，饥饿的感觉立刻占据了她的大脑，她甚至饿得有点眩晕了。隗辛去厨房给自己炒菜做饭，特意多做了点，午饭和晚饭一起吃。

第二天早上6：30。

隗辛披上雨衣，特意从没有监控的小区后门离开，穿过街头小巷，尽可能少地出现在监控摄像头下。临走前她看到了黑客发来的消息。

黑客："我们昨晚就到你的城市了，住在酒店里，见面地点你想好了吗？"

隗辛看了眼消息，没有回复，而是将手机关机，避免定位泄露。

她设想了好几个见面地点，一是大型商场，二是政府机关附近的公园或广场，三是拥有私密空间但人来人往、监控齐全的餐厅。可是这些地点都无法满足隗辛的需求。

她需要一个安静、不易被偷听偷窥、有人来往且不至于太过偏僻的地点。她要找这样的地点，不是为了她自己，而是为了不让黑客起疑心。

隗辛有两手打算——进行交易，或者分道扬镳。她做何种选择取决于黑客一方的态度和实力。黑客一方不完全是奔着招揽的目的来的，他们有一些不方便在短信里面说的事情需要和隗辛面谈。

今天依然是一个阴天，天上下着绵绵细雨。隗辛到达商场后，仰头观察这栋建筑。

在这座城市生活了这么多年，她早已习惯了各种建筑物的存在，但这是她第一次带着审视的目光去观察城市建筑群。

在众多高楼的包围中，这座六层的大商场显得有些矮小，大商场的顶层是公共羽毛球场，阴雨天几乎没有人来打球，隗辛把见面地点选在了那里。因为顶楼天台的羽毛球场人少，广阔，不容易被偷窥或窃听，车辆进入需要经过好几道监控摄像头，行人既可以走电梯上楼，也可以避开监控摄像头从商场一侧的消防通道上去。

隗辛没有马上去羽毛球场等人。

她转身离开，绕路去了离商场不远的一栋较高的建筑，这栋建筑是一个老年人活动中心，她在楼下左拐右拐找到了消防通道，然后爬了十几层楼，这栋楼的天台平时也是开放的，一群老头老太太可以在阳台上喝茶聊天打麻将，下雨天这里当然没有人，她得以独占天台。

站在天台护栏边缘向下望，正好可以看见商场顶楼的公共羽毛球场，视野清晰，没有遮挡物，是绝佳的狙击点。

隗辛的职业病犯了，总觉得手上缺点沉重的东西……要是她手上正好端着一把K80就好了。

观察完地形，隗辛从大楼天台下来，绕了点路去了一个远处的小广场，打开手机给黑客发信息。

隗辛："百花商场顶楼羽毛球场，九点，不见不散。"

黑客："没问题。"

发完消息，隗辛再度将手机关机，绕路回到老年人活动中心所在的大楼，吭哧吭哧爬十几层回到天台上，时不时看一眼商场顶层的羽毛球场和商场外的街道，淡定地守株待兔。

特地离开大楼开手机发消息，依然是为了避免手机开机联网导致定位泄露。

隗辛来商场的路上没坐地铁，花了不少时间，现在是八点多了。她从另一个兜里掏出老年机看了一眼时间，开始无聊地等待。

临近九点，商场下面的大道上开来了一辆暗灰色的轿车，车型很低调，但是隗辛眼尖地认出这是一辆豪车。她读高二的时候班里有个爱炫富的男同学，他家的保姆每次都开这辆车来接他放学，他曾轻描淡写地说："这车不贵，也就小几百万吧，在高端车里属于风格最稳健的那一款。"

车离得有点远，隗辛看不见车牌号。

她默默看着这辆暗灰色轿车试图进入地下车库，但是被商场保安给拦住了，昨天下了暴雨，地下车库有点积水。暗灰色轿车无奈掉头，停在了商场外的露天停车场。

车上下来两男一女，身材较高的男人穿着白衬衣、休闲裤，女人身着淡绿色连衣裙，剩下一名穿蓝卫衣的少年看起来跟隗辛差不多年纪，比另外两个人矮了一些，脸上架着一个黑镜框。他们从正门走进商场，消失在隗辛的视

第四章 回归

野里。

"会是他们吗？好像是……可是他们连监控都不躲，是没有这个意识还是黑客会把监控记录删掉？"隗辛暗自猜测。

过了三分钟，从暗灰色轿车里下来的三人组来到了羽毛球场，四处张望，似乎在找什么人。

隗辛差不多确定了三人的身份。她依然没有行动，而是平静地站在天台边缘，在那三人组的视野盲区观察他们，足足观察了一个多小时。

眼镜少年在此期间多次低头看手机敲打屏幕，貌似是在发消息。穿淡绿色连衣裙的女士撑着伞，高跟鞋敲打地面，越等越不耐烦，剩下的高个男人皱着眉，不断环视四周。除此之外，他们三个人没有多余的动作。

隗辛放下了心，再次确定了自己的推测——黑客一方全部都是普通人，纵然他们可能拥有超凡能力，但思维依旧是普通人的思维。

她故意留下了时间差，想测试他们会不会动手脚，但是他们没有，足见他们来见她的目的还算单纯。

隗辛转身下楼。在去羽毛球场前，她还要去楼下记住黑客一方开来的车的车牌号。

"这小姑娘咋还不来？你再看看她回复了没。"女人叹了口气说。

眼镜少年低头瞟了一眼手机："没有……她不会临阵脱逃了吧？我们知道她的家庭地址，她应该会想到逃也没用啊。"

女人说："我们知道她的家庭地址，那又怎样？这小姑娘表现得如此抗拒了，咱们上门找她，那不是在逼她吗？她害怕是正常的，临阵脱逃也是正常的，咱们毕竟是陌生人，要是她实在不想和我们接触，那以后就当这事没发生，让她过平静的生活。"

"嗯，再等十分钟。"男人说，"等不到就走。"

"她会不会报警啊……"眼镜少年忧虑道，"她上次就报警了。"

"她不会报警的。"

"你怎么能确定？"

"女人的直觉。"

眼镜少年："嗯……好吧。"

"只要看到她，我就能知道她是不是值得信赖的人了。"女人说，"我希望她能来，来了最起码能确定她不是剥夺者233号，我们可以排除一个人，缩小查找范围。"

她的超凡能力是"恶意标记"，一个没有战斗力但能帮助她看清他人品行的超凡能力。对于心怀恶意的人，她能看到对方的头顶有一个颜色偏黑的标记，对于心怀善意的人，头顶的标记会趋向白色。同时，对方对她怀有的恶意越深，恶意标识的颜色就越深。

这时羽毛球场的通道里传来了脚步声，披着雨衣的女孩气喘吁吁地上楼了。她站在通道口没有往前走，也不吭声，就警惕地看着羽毛球场上的三人，好像随时准备夺路而逃。

"你好，你是隗辛是吗？"穿绿色连衣裙的女人温和地说。

隗辛没打招呼，她打量他们三人：“谢甘青是谁？”

"是我。"身材高大的男人站了出来。

隗辛其实第一眼就看到他了，他长得和首都大学优秀毕业生展示页面放的照片很像，可以看出就是同一个人。

"你们不肯在聊天时告诉我你们的身份，说要等到正式见面再说，现在我们见面了，你们可以自我介绍了。"隗辛开门见山。

"元潞，家住省会那边。"女人说。

"郁奇文，"眼镜少年说，"我是最开始跟你说话的黑客，我用了变声器，抱歉骗了你，害你跑一趟警局。"

这是元潞教他的，见面先认错，免得激起隗辛的抗拒心理。

元潞看见隗辛头顶的恶意标记就安心了一点，不是黑色，是灰色，代表她态度中立，既不是善意的，也不是恶意的。

元潞从来没有看见过纯粹的白色或者纯粹的黑色，人们的态度总是复杂多变的，她看到的颜色往往是白色偏灰或者黑色偏灰，再善良的人，心里的念头也不会全都是白色的。

如果她是剥夺者233号，面对主动找上门来的三个代行者一定不会是中立态度，接近黑色才是正常的。

隗辛面对贸然与她相见的三个人不可能怀有多少善意，她的灰色恶意标记让元潞感觉很真实。

隗辛假装不安地咬嘴唇，也不肯过去和他们挨得近些。

"你们还在监控我的手机吗？"她选择先问这个问题。

郁奇文连忙澄清："和你交流过之后就没有再监控了，我也不是什么偷窥狂，当时主要是为了确认你不是那个人，还有就是为了防止信息泄露，现在目的达到了，我不会再这么干了，对不起！"

他又说了一次对不起。隗辛的表情稍稍缓和。她仔细看郁奇文的神态与举止，觉得他大概率没说谎。元潞注意到隗辛头顶的恶意标记有了一点变化，灰

第四章 回归

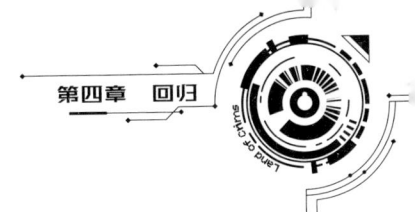

色淡了一点。

"我们这次来不只是为了和你见面，还是为了向你确认几件事情，希望你能够回答我们。"谢甘青开口，"我可以支付一百万的酬金，如果有额外的有用情报，一条加一百万。"

隗辛犹豫："这么多钱一点都不真实……"

谢甘青想了想："你不用担心，如果你回答的问题对我们有用，我会如实支付报酬，这些钱一分不少，全部都是属于你的。要是你担心账户上多出一大笔钱会引起别人的怀疑，我可以帮你在国外的私人银行开一个私密账户。"

"你是不是在论坛上发过交易帖？"隗辛觉得他的语气很耳熟。

"嗯，发过异种生物情报交易帖，看来你看过那个帖子了。"谢甘青说，"可惜最后没有交易成功，有好心玩家进行科普了。"

转来转去原来是同一个人，敢情玩家的世界就是一个圈，迟早都能碰到。不过这也在所难免，现在的玩家基数太小了，论坛上发帖的 H 国玩家就那几个，发的帖引起激烈讨论的少之又少，三天下来隗辛眼熟了好几个昵称。

"你问吧，我不一定回答。"隗辛慢慢说。

"你是在哪里遇到了方治？"谢甘青问。

当面问这些问题是为了避免对方撒谎，当面交谈可以仔细观察对方，判断对方所言是真是假。

"我从打工地点回来的路上遇到了他。"隗辛说。

"能具体一点吗？"谢甘青追问。

再具体一点就是苏蓉家的楼下，她会把苏蓉扯进来。

"我在琼花大道的居民小区附近遇见了他，然后跟着他一路走了好远。"隗辛说。

谢甘青仔细问："方治当时是什么状态？有没有惊慌失措、在躲什么人或者在找什么人？"

"我也看不出来他是不是惊慌失措呀，他的脸捂得严严实实的。"隗辛摆出认真回想的样子，"他走得特别快，我差点追不上，这算是惊慌失措吗？"

郁奇文和元潞对视一眼。

谢甘青顿了顿："他发现你在跟着他时，回头跟你说了什么话？"

"他说你跟着我干吗，我就说对不起认错人了。他说你脑子有病吧，跟老子一路了，再跟我就揍你，我又说了几句对不起。"隗辛小声说，"然后他就走了。"

"朝哪个方向走？"

"那个郁奇文第一次打电话的时候我就告诉他了……朝南……"

"抱歉,我是想再确认一下。"

谢甘青问:"和方治分开后你去了哪里?"

隗辛莫名其妙地看着他:"你是警察吗?盘问那么仔细?"

"抱歉,那这一条你可以不回答。"谢甘青说。

隗辛翻了个白眼说:"我往西南边走了,在博览书店里看书,结果看了一会儿下雨了,本来想等雨停回家的,但是雨一直下,我就买了把伞。"

隗辛确认过了,西南边的马路监控摄像头是坏掉的,这两天正在维修,博览书店在西边路口第一家,正在装修门头,监控摄像头关闭,不光如此,博览书店附近的几家门店也没有装摄像头。因为她就是从这条路抄近路追的方治,所以观察得比较仔细。他们就算去查,也查不到漏洞。

"在跟随方治的过程中,你有没有遇到别的可疑的人?"谢甘青加重了语气。

隗辛回想道:"没有啊……大家都很正常,各自走各自的路。"

谢甘青解释:"你有看论坛的话,应该能看到这几天大家的分析,剥夺者233号就在桐林市。昨天上午接近中午时,方治被剥夺者233号杀了。方治和你分别三个小时后被杀,这个时间间隔说长也不长,说短也不短,我们在想,你跟踪方治的时候有没有可能正好和剥夺者233号擦肩而过,只是你没有注意到。"

隗辛抖了一下,手臂上起了鸡皮疙瘩。

她搓搓手臂,结结巴巴地说:"不、不会这么巧吧?剥夺者233号会不会像你们一样查到我的身份……万一他也会黑客技能……"

"概率比较小,但不是没有。"眼镜少年郁奇文严谨地说,"我认为你这段时间需要提高警惕,避免被他找上门。"

隗辛脸色发白。

元潞安慰:"不要紧张,遇见可疑分子就及时向身边的人求助,去警局也行。你可以告诉我们,我们会尽力帮你的忙。"

"不过我们的主要活动范围不在桐林市,即使你求助了,我们也很难赶到。"郁奇文诚实地说,"以剥夺者233号的实力,被他盯上的人很难逃脱,警察能做的有限,我们现在能做的就是祈祷他不知道你的存在。"

隗辛看上去快哭了。元潞瞪着郁奇文,嘴唇无声地动了动:"不会说话就闭嘴,你吓到小妹妹了。"

郁奇文莫名其妙地看着元潞,不知道他到底犯了什么错。

"放轻松,我认为剥夺者233号这段时间不会继续行动了,他的大致方位

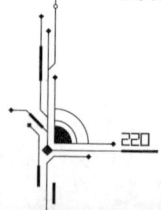

第四章 回归

已经暴露了，连续杀人会让他的信息泄露得更彻底。"谢甘青分析，"我认为他接下来可能会转入蛰伏状态。"

"希望……希望是这样。"隗辛眼泪汪汪。

郁奇文这时终于想起了他学过的社交小技巧，别人害怕或者伤心时应该适当给予安慰。于是他露出笑容，对隗辛说："放心啦，剥夺者233号如果脑子正常，是不会针对普通玩家下手的，要下手也只对拥有超凡能力的玩家下手，杀普通玩家是无利可图的，这买卖不划算……哎，你应该没觉醒吧？"

隗辛惊恐地看着郁奇文，头摇得像拨浪鼓。

"没觉醒就好。"郁奇文笑道。

谢甘青和元潞古怪地交换眼神。

元潞咳了一声："你现在一个人住确实有点危险……我们计划在省会那边建一个据点，你好像是要去那边上大学是吧？以后可以常来。"

隗辛迟疑地道："有机会再说吧。"

她既没有明确拒绝，也没有明确接受，徘徊不定的态度展露无遗。

"其实咱们是校友。"郁奇文兴致勃勃地说，"等开学我也会去那儿上学。"

隗辛愣神："意料之外。"

"以后就是同学了，我学计算机。你的专业是……是什么来着？"郁奇文说。

"人工智能。就业前景不错，是新开的专业，竞争比较小……我的分数刚好卡在那儿，对于这个专业也挺感兴趣的。"提到自己的专业，隗辛话多了一点，貌似因为郁奇文的校友身份放下了一些戒备。

元潞满意地看到隗辛头顶的恶意标记颜色再次变浅了一点。

她彻底放心了，原本他们仨约定，若发现隗辛恶意超标、身份可疑就打暗号，现在看来她就是一个普通的小姑娘，适当地拉近距离就不会招致她的反感，连恶意标记的颜色都在一点点变浅。

然而元潞不知道隗辛此刻的真实想法跟她差不多。

这黑客三人组果然都是普通人，二手准备可以暂时取消了，以后和郁奇文成为校友，他就在她眼皮子底下，掀不起什么风浪。最近风声太紧了，既然能稳住他们，那就没必要动手，蛰伏观察一段时间再说。

"你们问过我很多问题了，我还没问过你们。"隗辛话锋一转。

"你问吧。"谢甘青说。

"你是不是咱们这儿首富的儿子啊？"隗辛问，"你好有钱，咱们这儿的首富也姓谢，跟你长得很像。"

"我确实是。"谢甘青干脆地承认了这一点。

隗辛说:"我在电话里问你们的名字,黑客说的不是自己的名字,而是你的名字。"

"当时我们三个人在一起,是我在回复你的消息。"谢甘青回答。

还有一些原因他没说,那就是他家人脉比较广,暴露一个名字也不会对自己产生多大的影响,大不了出门多配点保镖就好了。郁奇文以后要上学,如果在电话里说出名字,万一隗辛去报警,可能会带来点麻烦。

隗辛问:"你今年二十八岁还是多少?我以为你打理家族企业很忙,没空玩游戏……难不成你是个游戏爱好者,专门去申请了《深红之土》的内测,这才正好被选中了?"

谢甘青:"我侄子没成年,他想玩游戏,就悄悄用了我的身份证。"

"然后接到内测邀请后,他耐不住侄子的央求,签了游戏合同,本来以为把游戏借给小侄子玩玩不是多大点事,谁知道……"元潞耸肩,"我和谢甘青是表兄妹关系。郁奇文是我爸世交家的小孩,我们仨互相很熟。"

"真羡慕,正好遇到了。"隗辛闷闷地说,"在第二世界你们也能相互扶持吧?比孤零零进游戏的玩家好多了。"

"我们也可以互相扶持。"元潞郑重地说,"所有的玩家都应该互相扶持,我们可以建立起平等合作的关系,在第一世界联合抵御剥夺者,在第二世界分享情报活下去。"

隗辛挣扎了几秒:"我……我再考虑考虑。"

"你来见我们,相信也是抱着类似的目的,我由衷希望你认真考虑一下。"谢甘青说,"我们有资源,有人脉,是一个各方面都很优秀的团队。"

"嗯,我会好好想的。"隗辛还是没立刻答应。

"我还有问题想问……"她好奇地看向郁奇文,"你入侵监控之类的系统,不怕被相关部门发现吗?被逮到会被判刑的!"

"是有点怕,可是这些事情必须有人去做。虽然我掌握了超越一个时代的黑客技术,但世界上总是有各种各样的天才,比我更天才的黑客也不是没有,入侵的时候被反向追踪到的情况是可能存在的。"郁奇文说,"所以我比较慎重,不去触碰那些不该碰的,只去看我必须去看的东西和必须调查的东西。"

"这么说,你是一个懂得克制的黑客?"隗辛说。

"可以这么说。"郁奇文回答,"技术是技术,工具是工具,人是人。人需要正确使用技术和工具,不能用技术和工具肆无忌惮地伤害别人,不然我和罪犯有什么分别?"

"好吧……我对你的印象改观了一点点,就那么一点点。"隗辛嘟囔。

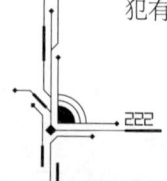

第四章 回归

快到中午了,隗辛掏出手机看了眼时间。

"我下午有事,要回家了。"她打开社交软件,"加个正式的联系方式吧。"

和三人一一加上联系方式后,元潞问:"要不要一起吃饭?姐姐请客。"

"不了。"隗辛拒绝道。

"人工智能专业需要电脑吧?需要买电脑的话我可以给你推荐配置,这方面我很懂的!"郁奇文热情地道。

"我在学校的论坛咨询过,学长学姐说需要电脑的话,老师会带学生去机房……"隗辛说。

"买一个总归要方便些,交易有效,酬金是你应得的。"元潞说,"我们不会坑你的,你要相信我们。打工太劳累了,你成绩这么好,如果把更多的时间放在学习上,肯定会有更好的出路。"

隗辛疑虑重重地扫了三人组一眼,说:"该买电脑的时候我会买的,该用钱的时候我也会用。"

他们一行四人从羽毛球场的通道下楼。

下雨天来商场的人也变少了,黑客三人组乘坐电梯下楼,隗辛为了不让自己逃避监控的行为显得太过老练,也跟着乘电梯了。

叮咚一声,电梯在三楼停下,一个提着大包小包的女孩挤进电梯。

"辛辛姐!"苏蓉惊喜道,"你也来买东西吗?"

苏蓉脸上戴口罩,头上戴着鸭舌帽,还戴了一个平光镜。

"蓉蓉?"隗辛卡壳了,"不是,我来见朋友。"

苏蓉抬眼一扫电梯里的人:一个二十多岁的男人,一个穿绿色连衣裙的漂亮女人,和一个明显与他们处于同一年龄段的眼镜少年。

"你们好。"苏蓉礼貌地说。

黑客三人组也礼貌地点头回应。

巧了这不是。小小的电梯间里有五个人,五个人全部是玩家。

"阿姨呢?"隗辛找话题。

"老妈在上面购物呢,我先把买好的东西放到车上。"苏蓉小声抱怨,"我本来不想出来的,她非说我学习学得太紧张了,要拉我出来逛逛……"

电梯在一楼停下,苏蓉拎着包裹跑出电梯,欢快地说:"再见了辛辛姐,东西太沉,我赶紧走了,有空来我家吃饭!"

隗辛和黑客三人组也走出电梯。

"我先走了,再见。"隗辛跟他们道别,撑起伞,转身走向地铁入口。

"记得保持联系,有情况及时告诉我们。"元潞挥手。

"我们也走吧。"郁奇文说。

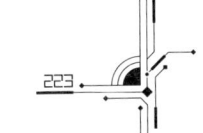

他们三人走到车边，打开车门坐进去。

"今天有点收获。"谢甘青在驾驶座上沉思。

"收获是确认了隗辛不是剥夺者。"元潞伸懒腰，"她没有完全对我们放下戒心，给她点时间吧。"

"但是剥夺者233号的身份还没确认呢，他像人间蒸发了，没留下半点痕迹。"郁奇文拉过安全带，一丝不苟地系好。

元潞说："确认了也没办法，我们打得过他吗？最好祈祷不要碰到他，对抗剥夺者一定是一场长久的战役。"

"潞潞说的有道理。"谢甘青拧动车钥匙，启动发动机，"我们回家吧。"

"要是以后我们真的成为具有规模的组织，就有必要设置一个固定的据点，一个安全的集会场所。"郁奇文说，"需要线下见面的机会应该挺少的，但还是要准备着。"

"这事儿我来办。"谢甘青踩下油门。

车辆行驶中，元潞忽然说："隗辛那小姑娘会不会具备超凡能力？"

郁奇文："嗯？她否认了啊！"

"有可能。"谢甘青道，"我注意到她否认得太急促、太惊慌了。"

"我没看出来……"郁奇文说。

"哼哼，涉世未深的小姑娘，嫩了点。"元潞说。

谢甘青："你跟她一个年纪的时候，把喜怒哀乐都挂脸上，比她没心眼多了。"

元潞："哦。她知道隐瞒，是有点心眼。"

"有些人小小年纪就开始被社会毒打了，有些人大学毕业才经历社会毒打。"谢甘青说，"心志是不一样的，你能看出来这两类人的眼神不同。"

"的确。"元潞叹息，"小姑娘可怜，她有了我们给的酬金，就不用辛苦打工了。"

一连数日，无事发生。

隗辛："真好，今天又是和平美好的一天……我喜欢无事发生。"

隗辛这几天的生活非常简单，她早起去晨练，晨练结束后在小区旁边的路边摊吃早餐，完事了去本地图书馆学习，中午回家做饭，下午去给苏蓉上课，晚上回家继续学习。夜晚十点睡觉，早晨六点起床，生活非常规律，作息比在第二世界正常多了。

今天是8月2日。回归游戏的日子。

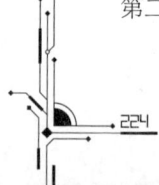

第四章 回归

隗辛早上醒来按照惯例刷论坛，死亡名单没更新，官方置顶帖没变化，可是论坛里充斥着焦虑的气氛，玩家发帖数明显增多，祈福帖占据多数。

过惯了第一世界安逸的生活，大家都不想回第二世界。

隗辛心绪平静，生活节奏没有被打乱一丝一毫。她照例洗漱、晨练、学习、给苏蓉上课。

苏蓉在课上明显心神不宁，写着题目就走神了。她黑眼圈浓重，看着憔悴了不少，仿佛一夜没睡。

"你熬夜了吗？"隗辛在她又一次写题走神时冷不丁地问。

"啊？嗯……我……我昨晚睡不着，失眠了。"苏蓉抓了抓披散的头发。她是个很注意外在形象的人，但是她今天连头发都没好好梳，整个人无精打采的。

隗辛说："那先不学了，你休息会儿。这节课下周末补上，你的假期没有了。你精神状态不好，学也学不进去，还不如不学。"

"好。"苏蓉托着下巴，蔫巴巴地说，"唉，生活好难啊，好后悔当初的选择。"

"各有各的难处吧。"隗辛扯过卷子给苏蓉圈错题，"你后悔走艺术生路线了吗？"

苏蓉迟钝得反应了一会儿才点头。

隗辛说："后悔也没用，只能加倍努力弥补了。"

"辛辛姐，我们差不多大，你做事比我稳当多了，我妈前两天还跟我夸你呢，让我向你多学习。"苏蓉说，"唉，我有时候看你跟看我妈似的……当然我不是说你的外在像我妈，我是说你的内在像长辈一样可靠稳妥，我没见过你这样的同龄人呢。"

隗辛想了想："你独自生活几年，离开爹妈照顾，所有的事情自己做，很快也能变成我这样。"

苏蓉的妈妈跟她隐晦地提过隗辛家里的情况，说是不太好。她聪明地跳过这个话题，拉着隗辛到客厅，塞给她一大包零食说："不上课了，咱们看电视、吃零食吧，你想看电影吗？"

"看什么都行。"隗辛捏了一片薯片放嘴里。

她很少吃零食，为了维持身体营养，只买必须吃的食物，零食几个月都不买一次，奶茶之类的平常更是沾都不沾。隗辛喝奶茶最多的时候是在奶茶店打工的那些日子，因为老板说员工福利是奶茶随便喝，和隗辛搭班的小姐妹调奶茶时会顺便给她调一杯，喝得隗辛怀疑自己血糖超标。

下午的悠闲时光很快过去，夜晚来临了。隗辛踩着夕阳的余晖回到家。胡乱吃了点晚餐后，她抽出从实体书店买的一本《刑侦现场勘查学》，艰难地啃了起来。

第一世界和第二世界的刑侦教材有非常大的差别，不过某些最基础的理论性的东西有一些相似之处，学了总比不学强，剩下没学到的就回第二世界继续学。

时间飞速流逝，当隗辛定的闹钟响起时，已经是夜晚十一点半了。还有半个小时她就要进入游戏。

隗辛站起来活动四肢，静心凝神。

她在第二世界正处于危急状态，异种生物镰刀魔在疯狂地攻击她。

在第一世界待了七天之后，她的心态难以回到七天前，但即便如此，她还是要尽力回想起那种战斗的感觉，让自己的注意力保持专注，让肌肉和神经处于紧绷状态，好尽快适应战斗，以免不慎被镰刀魔削掉脑袋。

隗辛关掉屋子里所有的灯。

第二世界的她在港口巡逻，环境十分黑暗，但此刻她的卧室开着灯，环境是亮的，突然由亮到暗会让她难以适应，黑暗能帮她免去光线方面的过渡。

隗辛再次在手机上定了一个闹钟，这次她把闹钟定在了23：59：58，离零点差两秒，留下充分的反应时间。

她站在窗边闭上眼睛，回忆自己经历的数次危险战斗，让精神紧绷到极致。等状态差不多了她就睁开眼睛，远望桐林市的夜景。

"要回黑海市了……"隗辛心中喃喃。在回到黑海市前，她想再看一眼熟悉的家乡的霓虹灯。

23：59：58。

隗辛放在手边的手机嗡嗡振动，闹钟响了。

与此同时隗辛心跳加速，不过一瞬，伸手不见五指的黑暗吞没了她！她在呼吸间嗅到了血腥味和腥咸的海风味，她听到了风声、触手抽击的呼啸声、队友兰蓝和江明的喊声，以及通信器里队长舒旭尧急迫的声音。

她感到了腰腹间伤口的痛楚和麻痒感，伤口在血肉再生的作用下急速愈合，疼痛刺激着她的神经。

隗辛回到这具身体后就地翻滚，在生死之际躲开了镰刀魔的弯钩骨刃。

"铛——"它的弯钩骨刃击中了隗辛身后的集装箱，并且嵌在了里面。

隗辛不顾腹部的伤势，从大腿上抽出刀具，由下至上切了上去。

唰的一声，镰刀魔柔软的触手应声而断，弯钩骨刃牢牢嵌在集装箱上，它

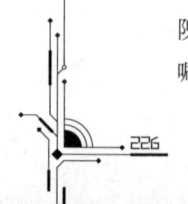

第四章　回归

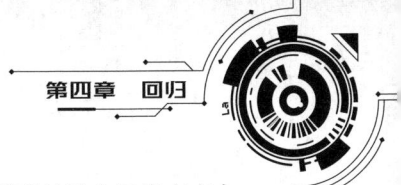

发出刺耳的哀鸣，蓝绿色的血液泼洒而出，被绿血喷溅到的地方冒出点点白烟，像接触了具有腐蚀力的强酸。

隗辛的脸上和身上也被喷溅到了，她的战斗服被腐蚀出破洞，皮肤冒起白烟。她无暇顾及这些，趁这个间隙换上子弹，眼神冰冷地看着镰刀魔，举枪朝它射去。

← 返回首页　　ⓘ

◆
▼

消息面板

信号屏蔽

即时通信

加密联网

定位追踪

自动销毁

第 五 章
▶ 觉醒 ◀

剥夺者·233号
任务进行中

生物档案

▼ "镰刀魔"

— 体型较小，体态类螳螂，三角脸，眼珠大得像灯泡。
— 身体的上半部分有两根触手，触手上连接着石灰质的弯钩骨刀。行动起来悄无声息，速度特别快。
— 成熟期的个体有四只镰刀骨刃。

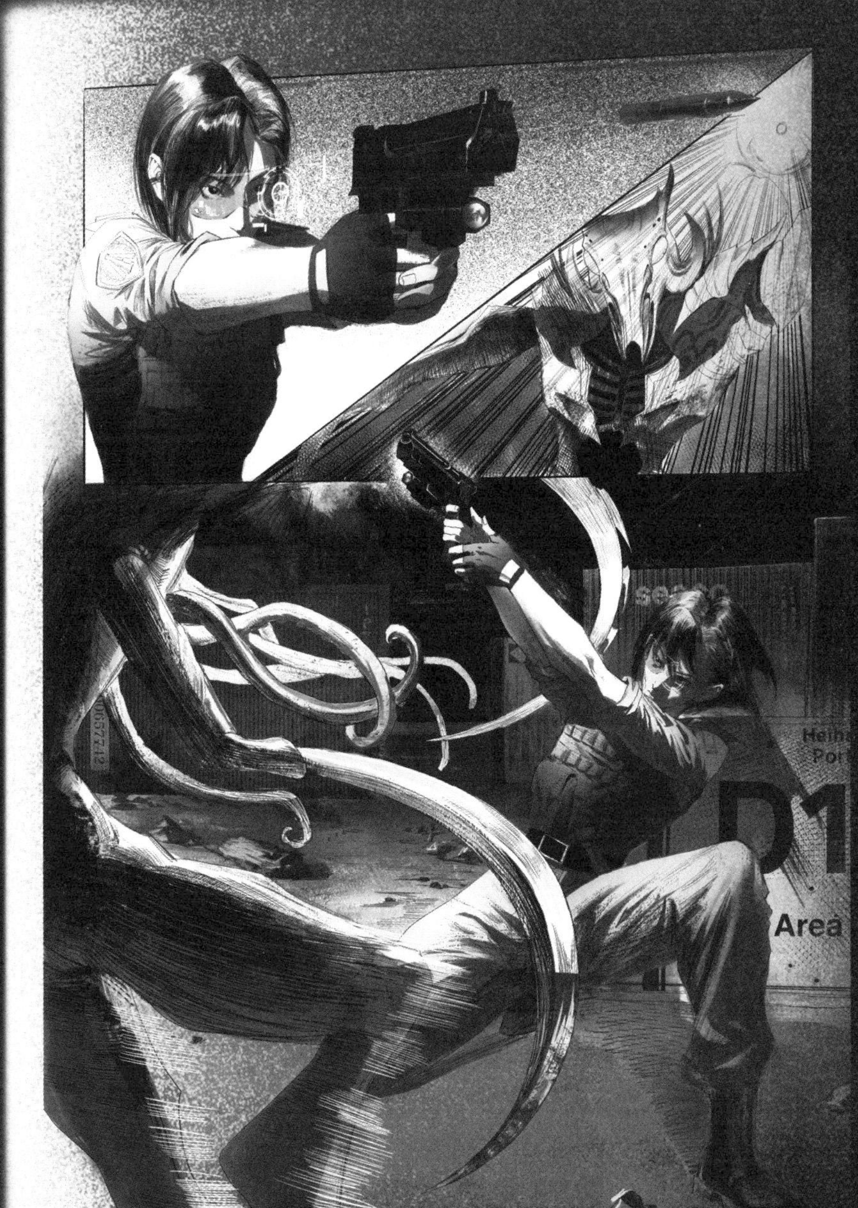
Area

深红之土

[1] 无光之海

镰刀魔的外骨骼盔甲极其坚韧，子弹射上去直冒火花，它全身最柔软的地方是连接着弯钩骨刃的触手。它一共有两只骨刃，废掉骨刃后它的危险性就大大降低了，现在它的其中一只骨刃已经被隗辛切断。隗辛半跪于地，平举着枪，她透过夜视镜清楚地看到了镰刀魔发狂的样子，机会就在此刻。然而在隗辛调整好射击，角度的同一时间，镰刀魔挥舞着骨刃向她甩来。这时她有两个选择——放弃射击，就地翻滚躲避，或继续瞄准镰刀魔仅剩的触手，尝试用子弹击断它。

"砰——"

枪声响起，枪口火花迸发。隗辛没有选择躲避！她全然摒除杂念，不去在意外物。恐惧、惊慌等情绪从她的身体中抽离，肾上腺素急速飙升，太阳穴的血管突突跳动。隗辛的视野蒙上了一层血色，扣下扳机的动作昭示着她一往无前的决心。就如在缉查大楼的地下训练场进行静态靶射击训练时那样，她保持绝对的专注与命中的信念射出这发子弹，当她专注到极点的时候，周围的一切事物仿佛都变慢了。

"砰！砰！砰！"

枪响连成一片！隗辛射出一发子弹后没有停止，而是连续扣下扳机，四发子弹在她的控制下排列，形成几乎没有误差的笔直弹道。她的射击动作太过迅速和密集，导致四声枪响在人耳听来近乎连成了一声！

缉查部最优秀、最经验丰富的神枪手在静态射击时可以做到一秒六发子弹的速射，隗辛在危急情况下没有多少调整时间，但她做到了一秒四射！四发子弹的弹道像经过精心测量般分毫不差！

这一排子弹准确无误地击中镰刀魔的触手。被一发子弹击中后，朝隗辛抽击而来的骨刃微微偏斜。紧接着剩下三发子弹一个接一个钻进第一发子弹留下的弹洞内，子弹相互击发，碎裂为弹片，在接连不断的冲击下四散崩裂，切割镰刀魔的触手。

第五章 觉醒

"唰!"镰刀魔的骨刃险而又险地擦过隗辛的肩膀,随后掉落在地上。

失去捕食工具的异种生物发出凄厉的嘶鸣,蓝绿色的血液宛若爆发的喷泉,从触手的断口处涌出,在被血液覆盖的地面上,白烟滚滚而起,浓烈的腥臭味叫人作呕。镰刀魔倒地翻滚几下,狼狈地爬起,蹬动螳螂一样的后肢,想要逃走。

兰蓝举枪射击,阻挠镰刀魔的动作,江明则一脚踢散不远处呈三角状堆放的钢管建材,沉重的钢管叮叮当当落下,把镰刀魔死死地压在下面,它不断嘶鸣尖叫,试图挣脱,眼看着就要从钢管下面爬出来了。在它即将爬出的一瞬,一柄匕首从它后脑和身体交界处的外骨骼盔甲缝隙贯入,刺进它外壳包裹下的脆弱部位。镰刀魔的身体猛然绷直,然后瘫软。

它死了。

隗辛没有抽出匕首,以免蓝绿色的血再次喷出沾到她身上。她后退几步,脱力地坐在地上,半边身体都麻木了,蚂蚁噬咬般的酸麻痛楚占据了她那一侧的身体。镰刀魔的血在腐蚀她,她的肌肤一边愈合一边被腐蚀,还没愈合完,就又被烧出一个个血洞。

"水!哪里有水桶?该死!水桶!"兰蓝急得满头大汗,在码头转圈找水桶。

江明好不容易找到了一只水桶,喜悦地喊:"找到了,我去打水!"他拎着水桶在黑暗的码头上狂奔,提了一桶海水跑回来泼在隗辛身上,为她冲刷镰刀魔的血液。可是这些血液附着力很强,一桶水下去只冲掉了一小点。水一冲到隗辛的皮肤,一层血肉模糊的皮肤组织就掉了下来。

悬浮警车在空地停下,舒旭尧大步走下车。

"用水不行,回总部,必须用特制溶液洗掉异种生物的血。"他戴上手套,一把抱起隗辛,把她安置在警车后座。

"你会没事的,隗辛。"兰蓝也钻进车后座。

江明的嘴唇绷得紧紧的,他问:"海岸安保办公室有没有溶液?"

"我刚问过了,还有五瓶备用的。"刘康云挂掉通信器说,"我们先回海岸安保办公室把五瓶溶液带上,在车里给隗辛清洗一下身体,等回到总部再把她泡进溶液罐里。"

"五瓶根本不够用!"兰蓝脸色难看,"她沾上血的面积太大了,半个身体都是!"

舒旭尧一言不发地启动悬浮警车,警车以最快速度驶向海岸安保办公室。

隗辛虚弱地躺在车子后座上说:"你们表现得我好像要死了,不是什么大不了的事儿,太严重了就把半边身体都换成机械的嘛。又不是活不下去了,脸上、身上留疤了就去植皮整容，办法多的是……"

甚至连换成机械的都不用，有血肉再生的超凡能力，只要把异种生物的血全洗掉，几分钟后她的身体就愈合如初了。

"你真乐观啊。"兰蓝表情扭曲，在后座翻医疗箱。

被镰刀魔的血沾上，只需要几分钟就能腐蚀到骨头。把身体部位换成机械的确实是一个好办法，但关键是她沾的实在太多了！第七小队的每个人都担心隗辛撑不到回总部就死去。

兰蓝先取出缝合钉，它的形状像是订书机，作用是把割裂伤强行钉在一起，暂时止血。他剪开隗辛的作战服，用缝合钉将她腹部的割裂伤钉住了。

"太好了……看着血流得多，实际上是皮外伤，只划开了表皮和脂肪层。"他长呼一口气。

隗辛心想："唉，你要是再晚点钉伤口，它就直接愈合了呢。"事实是她腹部的伤口一开始深得快到内脏了。

"说说话，保持清醒。"坐前座的江明严肃地探头往后望，"兰蓝，给她打一针镇痛药，治愈药剂有吗？也打进去，能让她多撑一会儿。"

兰蓝取出针管，掰开一支镇痛剂，药进入针管后，他弹了弹针管，娴熟地给隗辛注射，接着掰开一支治愈药剂也给她打了进去。车里的血腥味变浓了，隗辛身上的伤口在流血，而且一直在流血。

兰蓝忧虑地问："还疼吗？"

"疼……这镇痛剂过期了吗？队长有没有定期检查医疗补给？"隗辛疼到麻木，她盯着车顶面无表情地开玩笑。

"我昨天刚检查过。"舒旭尧说。

警车停了，在海岸安保办公室值班的几位同事早已等候在停车场，警车一降落，他们就把准备好的溶液瓶和几支药剂从车窗递进去。接收溶液后，舒旭尧一刻不停地拉升飞行高度，朝缉查大楼飞去。兰蓝急到手抖，他打开溶液倒在纱布上，擦拭隗辛的身体，蓝绿色的血液被溶液中和，很容易就被擦掉了。他不敢用力擦，一用力，隗辛的伤口就连皮带肉掉下来一大块。

十分钟后，车子后座上积起一小堆用过的纱布。

"你……你要不歇会儿？我忽然感觉我好多了，没那么疼了。"隗辛看见兰蓝额头上满是汗珠。

兰蓝以为隗辛逞强，气笑了："你省省吧，什么时候了，你还说你……好多了？"

他呆滞地看着隗辛的伤口。不知从什么时候起，被细致擦拭过的伤口颜色从猩红转为淡粉，居然长出了新肉！

第五章 觉醒

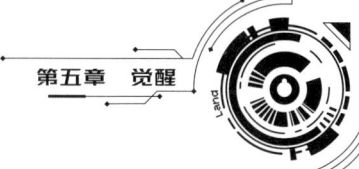

"哇！"兰蓝蒙了，"队长，研究所研制出新型药剂了吗？这效果好猛啊！"

舒旭尧："什么？一直是旧型号，新型号在试验阶段，没有投入使用。"

"这是……怎么回事？"兰蓝目瞪口呆。

他擦去隗辛腹部的血渍，震惊地看见她腹部的伤口也差不多愈合了，就剩一条血线。兰蓝的视线在她的伤口上来回扫视，没忍住下手摸了摸她肩膀上被镰刀魔的血液腐蚀出的伤口，那里淡粉色的新肉已经长好，看不出半点受过严重创伤的痕迹。

隗辛："你这样好像变态啊，兰蓝。"

"对不起。"兰蓝用异样的目光看着隗辛，"要不你自己看看？"

他帮助隗辛支起身体，隗辛瞟了一眼自己的腹部，演技爆发，露出了和兰蓝如出一辙的震惊的表情："哇！"

她伸手摸了摸腹部，眼睛瞪大了。

江明从前座凑过来："发生什么了，你们咋……嗯，怎么回事？！"

老实人刘康云茫然地回头，想看看到底发生了什么事，竟然让他的队友们接连发出如此惊叹，结果他探头一瞧，也忍不住道："我的妈呀！"

他文雅地把即将脱口而出的粗鄙之语替换成了表达惊讶的四字短句。

驾驶座专心开车的舒旭尧满头问号。

"是超凡能力吗？"兰蓝惊叹，"身体强化类超凡能力？强化自愈力的超凡能力？"

"很像。"江明说，"这种能力出现在异血者身上比较多，不过据我所知，觉醒者身上也有类似的先例。"

刘康云凝重道："身体强化类的算常见了，自愈方面的比较少见。"

"隗辛觉醒了？觉醒了自愈类超凡能力？"舒旭尧听出队友们话中的意思。

"似乎是觉醒了，伤口愈合速度快到不可思议。"兰蓝的精神松懈下来，擦了一把头上的虚汗，"命保住了……真是福大命大。"

警车内的气氛一下子变得轻松了，江明面带笑容："恭喜了，隗辛。"

"隗辛腿上的镰刀魔血液还没弄干净呢，兰蓝你别停下，干活啊。"刘康云关切道。

"纱布和绷带用完了。"兰蓝说，"没办法，直接用瓶子浇吧。"

他拧开最后一瓶溶液，浇在隗辛的伤口上。

"嘶……"隗辛龇牙咧嘴。

兰蓝给她处理伤口时她一直表情痛苦，不是装的，是真的痛。镇痛剂效果甚微，而且似乎只持续了很短的一段时间，她脸色煞白，双拳握紧，疼得想打人。这是目前隗辛受过最重的伤，上次被人拿枪崩脑袋也只是脑门上出现一个小洞。

兰蓝倒完最后一瓶溶液，眼神复杂地说："你真淡定啊，小隗。"

"其实，我刚刚已经在想遗言了……"隗辛虚弱地说。

"你可以说，亚当会记录下来，财产分割什么的总要交代好。"兰蓝说，"大部分同事一入职就会去立个遗嘱，安保员的工作危险性挺高的，指不定哪一天就死了……我也有遗嘱。"

"我没有财产需要分割啊，我欠了几十万学贷，名下的唯一财产是我的房子，按照现行法律，继承我的房子就要继承我的债务……"隗辛躺平了，"所以刚刚我想了半天，没想好有什么遗言需要交代。"

车里的气氛沉寂了。

"生活会慢慢变好的。"舒旭尧想了想，说了点实际的话安慰她，"给你说个好消息，觉醒者的薪资待遇和小队队长一样，等你的觉醒者身份审核通过，你就是和我平级的同事了。"

隗辛精神了："还有这种大好事？感谢队长第一时间告诉我！"

警车缓缓降落，后车门啪地打开。

医疗中心的黄医生守在滑轮车旁严阵以待，车一停稳就跟抢人似的喊："快快快！伤患需要救治！赶紧给人抬担架上！"

一个护士抬隗辛的动作慢了，黄医生火急火燎地亲自上手把隗辛搁在滑轮床上，跟一群护士以百米冲刺的速度推着床，"嗖"地跑进电梯里，猛地按下行键。

"啊等等，隗辛觉醒了，问题不大！"兰蓝的提醒晚了一步，电梯门已经合上了。

刘康云感慨："黄医生一如既往地认真负责啊。"

江明认同地点头："黄医生年年在大家的投票下评上优秀员工，这是他应得的。"

黄医生给隗辛戴上氧气面罩："呼吸，用力呼吸！坚持住，等会儿泡溶液罐里洗掉那些异种生物的血，然后就给你动手术。刘康云在通信里说你半边身子都是异种生物的血，换机械义肢是免不了了，你要有心理准备……哎哟，刘康云那小子诓我呢？你伤得不重啊！"他擦擦额头的冷汗，"给我吓得差点心脏病发作。"

"我的队友们说我可能觉醒了超凡能力。"隗辛在众多护士的包围下对黄医生解释。

黄医生一愣，表情变幻，最后狂喜道："好事啊！恭喜你了，隗辛！"

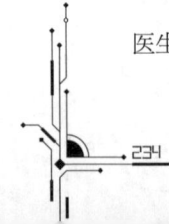

第五章 觉醒

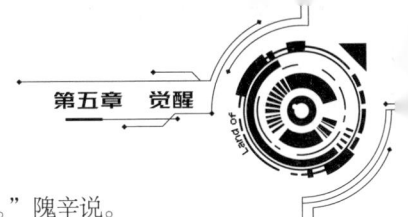

"兰蓝给我简单处理了伤口，溶液还是要泡一下的。"隗辛说。

"好办多了，好办多了。"黄医生推着隗辛来到一个光线明亮的房间里。

护士们把隗辛抬进横着放的玻璃缸里，隗辛闭上眼睛，用氧气面罩呼吸，感觉自己被装进了鱼缸里。她身体上沾的蓝绿色血液无声地溶解，腐蚀力消失，血肉再生发挥作用，修补她伤痕累累的身躯。

黄医生啧啧赞叹："不可思议！小姑娘，你命够大的，还好你命大啊。"他从白大褂的口袋里掏出手帕擦了擦眼角，"年轻生命的逝去总会让我感觉不忍心，当医生这么多年，我也没有办法坦然地面对生命的离去……隗辛，你果然是幸运的，希望你今后也这样幸运下去。"

泡完溶液，隗辛连手术都没做。

黄医生给她检查了一下身体，确认没有问题之后就把她送进了病房："留院观察一段时间，你可以先睡一会儿。"

隗辛穿着病号服躺在病床上，她的脸颊和身体光滑如初，没有留伤疤。她是伤员，在今晚，她能好好休息。疲惫如潮水般涌了上来，隗辛一秒就睡着了。

第二天，隗辛睡到自然醒。病房的人造光源缓缓开启，光线由暗到亮过渡，使她不至于觉得刺眼。

亚当说："请问需要用餐吗？作为伤员，我可以帮您把食物送到病房里。"

"好。"隗辛从床上爬起来。

"建议您吃谷物营养粥，适量增加蛋白质摄入，我可以为您提供菜单。"亚当说。

"我不知道该吃什么，你看着安排吧，亚当。"隗辛打了个哈欠，"未知的早餐会带来惊喜。"

亚当卡顿了一瞬，人性化地说："没问题，我会为您随机配餐，希望您喜欢我准备的惊喜。"

隗辛走进洗漱间洗漱，十分钟后自动餐车来到了她的病房。早餐粥的热度刚刚好，不会让人觉得烫嘴，煎蛋是溏心的，培根焦脆脆，吐司烤得恰到好处。她吃完饭，看了眼时间，现在才七点半。隗辛准备换上常服，迎接新一天的工作。

"安保员隗辛，刑侦组组长蒋玫玫想预约您稍后的时间，为您进行觉醒者审核。"亚当说。

来了吗……隗辛心里一沉。她说："没问题。"

"那么请您在8：10去四楼4069室，也就是蒋组长的办公室，她将在办公室等候您的到来。"亚当说，"祝您有美好的一天。"

隗辛的通信器陆陆续续收到几条消息。

兰蓝:"今天感觉怎么样啊小隗?"

江明:"忘了说,昨天晚上你的表现太勇敢了!给你大拇指!"

刘康云:"你顺利的话很快就能归队了吧?不要给自己太大压力,你干这行以来受过两次重伤了,好好休息。"

舒旭尧:"黄医生告诉我你没事,我放心了。今天的觉醒者资格审核加油,相信你。"

隗辛给队友们一一回复表示感谢,然后忽然想起,她昨天一晚上都没跟机械黎明的成员联系。回到第一世界的时间太过漫长,发生了许多事,他人的经历不过一晚,她却经历了七天那么长。但现在不是和银面以及 Red 联系的好时机,隗辛没有打开银色手环查看消息。

她换好衣服,黄医生端着电子病历本来她的病房查房了。

"伤口疼吗?"他关切地问。

隗辛撸起袖子,向黄医生展示她愈合如初的肌肤:"不疼,已经完全愈合了。"

黄医生仔细观察隗辛的面颊,她面部的伤口也全然愈合了。

"神奇的超凡能力,在紧要关头觉醒,让你活了下来。"他思索着说,"我昨天注意到你被血腐蚀出的伤口不深,这可能得益于你的恢复力。从海岸港口到总部,这么长的路程,血都没有腐蚀到骨头,换成别人可能早就溃烂截肢了。"

"不幸中的万幸吧。"隗辛拉下袖子。

接着黄医生给她进行了全身扫描。

他看着扫描结果满意地说:"挺好的,之前给你换的合金头骨是和人体契合度比较高的那一款,在你觉醒超凡能力后也没有出现排斥反应。以后还是要定期检查一下,因为我不知道你的超凡能力强到什么程度,万一你的头骨自愈,把合金头骨顶出来,那就不得了了,得重新做手术取出部件。"

"好像很可怕的样子。"隗辛摸摸脑门,"我对我的铁脑壳挺满意的,战场上能挡子弹,不想换。"

"确实啊,同款铁脑壳我给缉查部的好几个人都换了,用过的都说好。"黄医生得意地说,"我可是缉查部中医术首屈一指的医生。"

黄医生去别的病房查房了,早上八点,隗辛准时离开房间。她按下电梯按钮,去往四楼蒋玫玫的办公室。

电梯停下,亚当说:"请跟随绿色指示灯前进。"

走廊右侧的指示灯闪了两下,泛起绿色的光芒,隗辛依言右转,来到

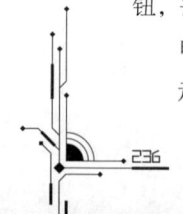

第五章 觉醒

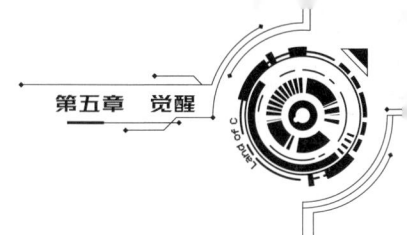

4069 室。金属门开启，隗辛走了进去。

"早上好，隗辛。"蒋玫玫坐在办公桌后，手边放了一杯热咖啡，她笑道，"昨天晚上真是惊险啊，我听你队长说你差点没命了……别干站着了，坐吧，资格审核没那么多规矩，我们来聊聊天就好。"

"我以为觉醒者资格审核会比面试更严肃一点。"隗辛在椅子上坐下，"如果不是超凡能力，我昨天晚上确实会没命。镰刀魔这种异种生物我是第一次见……它很可怕。"

蒋玫玫说："你大概是缉查部最多灾多难的新人了，在实习期就受了那么重的伤。"

"我觉得我确实有点倒霉……不过倒霉中或许掺杂着一丝丝小幸运？"隗辛说，"换成别人大概早就没命了，但我还活蹦乱跳呢。"

"我喜欢你的乐观。"蒋玫玫微笑。

蒋玫玫的办公室和隗辛上次面试的那间会议室不一样，这间办公室的面积要更小一点，装潢布置更加细致，一些复杂精细的仪器堆放在房间一角，角落的书架上电子书和纸质书交错摆放，从书脊的字样可以得知蒋玫玫看的大多是心理学类的书。书架下面还放了几个块头不小的哑铃。

蒋玫玫不是外勤组成员，理论上属于文职人员，不过能进缉查部工作的人，战斗力不会差到哪里去，隗辛在训练场训练时得知蒋玫玫的射击和肉搏术成绩排名常年居于缉查部前列。

蒋玫玫注意到隗辛的视线落点，于是笑着说："我喜欢纸质书，电子书容易让眼睛疲劳，我在看电子书的时候总是戴防护眼镜。看书时举举哑铃能帮我保持思维专注，平时遇到难以解决的案件，我也喜欢一边举哑铃一边思考案件突破口。很有用的方法，建议你试试。"

"充实自己的同时锻炼了身体，好方法，等我有空了也添置一套哑铃。"隗辛赞同地说。

这次与上次面试的情况不同，她已经通过了初步审核，是正式成员了，蒋玫玫对她的态度随意了不少。隗辛认为自己也可以稍微改变一下话术和战略，比如主动问，主动拉近距离，她可以在无关紧要的事情上尝试占据主导，但不能在关键的问题上占据主导。蒋玫玫是学心理的，她对人的态度变化很敏感，对待这种人物要万分小心，但不能过分小心翼翼，让自己看起来束手束脚。

"我以为对我进行觉醒者资格审核的会是蔚芝组长，她是我们的直属上司。"隗辛不解道。

"蔚组长去执行任务了，对你的审核工作由我暂代。"蒋玫玫说，"也没什么好审核的，例行公事罢了。"

对于蒋玫玫这样难搞的人物,很难分清她的这句话是在陈述事实,还是在故意降低被审核者的警惕性。

"缉查部会对每个觉醒者进行身份记录和存档,存档后的资料会被归在亚当的核心数据库里,审核完成后你就是缉查部的机密人物了,一切资料对外封闭,居民数据库的身份保密等级会提升。"蒋玫玫说,"我们主要会对你的觉醒等级、觉醒能力特性、觉醒环境进行记录。"

隗辛点点头:"我明白了。"

"那接下来进入正题吧。"蒋玫玫说,"你的超凡能力能赋予你极强的自愈力,嗯,这就比较难测试了。"

"总不能在测试的时候往我身上扎几刀,看我的愈合速度来判断等级吧?"隗辛身体后仰。

蒋玫玫忍俊不禁:"当然不能用这种方法了,因为我们不知道你的自愈能力是不是有缺陷的……"

"缺陷?"隗辛重复。

"我们缉查部有一个先例,一位同事觉醒了能加速自愈的超凡能力后衰弱了。他是在透支自己的生命力以获得超强自愈力,能力使用越多,细胞衰老越快。最后他身体垮了,不得不提前退役。"蒋玫玫说,"为了避免类似的情况发生,我们不能在未确定你超凡能力特性的情况下盲目给你做觉醒能力测试。每一位觉醒者都是缉查部的珍宝,是需要好好保护的珍贵战力。"

隗辛面色沉重。

"一会儿我会陪你一起去研究所抽点血,稍微取一点你的身体组织作为样本研究。"蒋玫玫说,"这是必要的测试流程。"

隗辛点点头:"好的。"

"你身体恢复后有没有什么特别的感受?比如疲倦、精神不济什么的。"蒋玫玫问。

"饥饿。"隗辛说,"我早餐比平常吃得多了,平常没这么饿。"

"使用超凡能力会加速能量消耗,确实有概率导致饥饿。"蒋玫玫沉吟片刻,敲了敲桌子,"你的超凡能力让我联想到了异血者,他们每个人都有这样的超强自愈力,不过他们获取力量的途径是神血。"

"我认为通过神血获得的力量一点都不靠谱,他们不但身体畸形扭曲,精神也完全疯狂了……舒队长说他们很难活过一个月。"隗辛说,"能拥有这样的自愈能力是很好的,它能保住我的命。我很庆幸自己和异血者不同,不用通过服用神血来获得这样的能力。"

"隗辛,让我们来做一个假设。"蒋玫玫说,"如果你陷入了绝境,摆在你

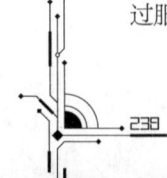

第五章 觉醒

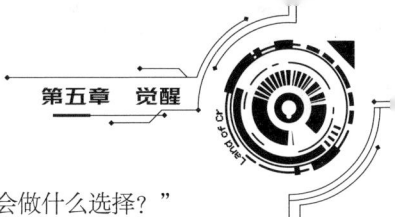

面前的只有两个选择：服下神血活下去或者等死……你会做什么选择？"

隗辛沉默良久："我不想服下神血，监狱里异血者的惨状历历在目，我绝对不能步他们的后尘。变成了异血者，我会被关进监狱吧？身躯畸变是我尤其不能接受的，我想作为人而死，不想作为怪物而死。但是，如果我真的到了那种绝境，面对生或死的选择……我恐怕难以保持底线，尽管我非常想保持底线……大概只有真的到那种时候，我才能做出最终的选择吧。"

蒋玫玫的声音柔和稍许："你是个诚实而且真实的人，隗辛。"

错了。隗辛心想，她其实是一个撒谎不眨眼而且虚伪的人。

与内心所想不同，隗辛说："我是务实主义者。做该做的事，做好自己的事——这是我一直以来的信条。"

"看得出你一直在践行自己的信条。"蒋玫玫说。

在这场觉醒者资格审核中，隗辛发挥了正常水平，既说了该说的，又没有说不该说的。

"觉醒者的觉醒虽然有偶然的因素，可是也有一定的规律可循。"蒋玫玫说，"联邦政府一直在寻找这种规律，我们需要更多的觉醒者。"

"那么规律是什么呢？我之前从来没了解过这方面的东西。"隗辛问。

"依照官方给出的资料和数据，大约百分之八十的觉醒者在觉醒时处于激烈的情绪中，百分之六十的觉醒者处于青春发育期。"蒋玫玫说，"情绪、身体因素是觉醒的关键。我们先把这个问题放一放，因为我们还没能确定你的具体觉醒时间。"

"没能确定具体觉醒时间？"隗辛说。

"是的。你的超凡能力体现在自愈方面，也许你的觉醒时间不是昨晚，也许你早就觉醒了，只是没有受过伤，所以显露不出来。"蒋玫玫说，"我想请你仔细回忆一下，你这段时间以来有没有发现身体的异样？"

隗辛皱眉，摆出冥思苦想的样子："获得超凡能力是在做完头骨替换手术之后，如果之前获得了这种能力，那我可能就不用做那个手术换铁脑壳了。我获得超凡能力的周期就在手术之后，昨晚之前，这段时间内我没有受过那么大的创伤。"

"嗯，有点难确定了。"蒋玫玫看着隗辛说，"可能你是因为头部的重创才觉醒了也未可知。在这种不确定的情况下，先记录你超凡能力的发现时间好了，觉醒时间填暂不确定。"

她说："亚当，给隗辛一份电子表格。"

办公室闪出光屏，亚当说："请如实填写表格。"

隗辛扫了一眼表格，在投影出来的键盘上打字，将表格内容逐一填写

完整。

这份表格项目之多、内容之详细让她略感诧异，连父母的一些信息也要填上去，还好隗辛仔细背诵过相关资料，把所有的内容都好好地填上去了。填完表格后，蒋玫玫掉转光屏，认真阅读隗辛的资料。

"你的爸爸妈妈都去世了？"她问。

隗辛垂下眼眸说："我有一个不是那么幸运的家庭。"

"我很遗憾。"蒋玫玫略带歉意地说，"是这样的，觉醒者的家人身份也要归入档案，防备某些意外发生。曾出现过极端恐怖组织绑架觉醒者的家人，逼迫他做事的情况。我们对这种事很慎重。"

审阅完资料后，蒋玫玫从办公桌后站起身："走吧，隗辛，我们去地下研究所给你取血样和身体组织样本。"

隗辛跟着她起身，办公室金属门开启，她们一起进入电梯。

"亚当，负五楼。"蒋玫玫说。

亚当回应："楼层封锁已解开。"

电梯下行，灯光明亮的研究所里，每个人都很忙碌。隗辛和蒋玫玫换好防尘服进入其中，来到左侧最边缘的研究台前。穿着白色研究服的研究员一看到蒋玫玫就对她点了点头，然后看向隗辛问："就是她？"

"嗯，是她。先抽血检查一下。"蒋玫玫说。

研究员伸手道："请坐，把袖子撸上去。"

隗辛坐下撸袖子，看着研究员给她绑皮筋、扎针、抽血。抽满一管，研究员取了一滴血放在显微镜上观察，嘴里念念有词："跟异血者的血液特征不符，和普通人类的血液特征相比没有明显差别。"

研究员离开显微镜，抽了一支麻醉剂说："来，我给你做个局麻，在你胳膊上切一小片身体组织。"

说话间，麻醉剂已经扎进了隗辛的胳膊，隗辛胳膊一麻，研究员稳稳地切了一小片身体组织，放进准备好的玻璃瓶里。

隗辛手臂上的小伤口在三秒内愈合，就剩一小片血迹粘在皮肤上。

"嗯，差别很明显。"研究员观察着隗辛的血肉组织说，"异血者的身体组织在离开他们的身体后依旧保持着活性，还会动，就像断开的章鱼触手。这位安保员的身体组织就不一样了，切下来之后跟冷鲜柜里的猪肉似的，又安静又老实。"

隗辛："您真是位比喻学大师。"

"多谢夸奖。"研究员直起腰擦擦眼镜，"可以肯定的是她跟异血者没半毛钱关系。"

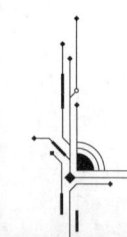

第五章 觉醒

"好，麻烦您了。"蒋玫玫说，"我们可以走了，隗辛。"

她们脱掉防尘服走进电梯，蒋玫玫面带笑意地说："审核到这里已经可以结束了，稍后你的信息会正式加入核心档案库。"

隗辛想了想："工资也可以开始升了吗？是从这个月算起吗？"

蒋玫玫笑出声了："是的，没错。"

"麻烦您了，蒋组长。"隗辛放下心。

蒋玫玫说："不麻烦。这次我担任你的审核员，除了蔚组长去执行任务这个原因之外，还有点特殊的缘由，上头总是喜欢把这些任务交给我，能者多劳嘛，给我多发点工资我就没有怨言了。"

"工资"二字引起了隗辛的共鸣："这倒是……"

"你不想问问上头喜欢把这些工作交给我的理由吗？"蒋玫玫笑眯眯地问。

"机密不是不能随便乱问吗？"隗辛迟疑道。

"真是个老实孩子。"蒋玫玫一顿，忽然说，"我的超凡能力是谎言辨识。"

隗辛："啊？"

这就说出来了？！隗辛茫然地看着蒋玫玫。

"你对我的超凡能力感觉到惊讶吗？"蒋玫玫问。

"人形测谎仪……有一种意料之中的感觉。蒋组长您管的是刑侦组，平时应该没少审讯犯人吧？"隗辛感叹，"这能力很方便。"

"你是觉醒者，缉查部的一部分机密可以对你公开，你的权限会和以前截然不同。你会知晓缉查部各个觉醒者的身份。如果你们以后有机会合作执行任务，你会了解他们各自的能力都是什么。"蒋玫玫说，"我喜欢诚实的人，隗辛。每次的正式成员面试和觉醒者资格审核都有这一层考量在内，所以上头的人喜欢派我来担任面试官和审核员……作为人形测谎仪，我从不出错，最先进的测谎仪器也不及我的超凡能力准确。"

"这样……也可以理解。"隗辛说。

"由于你超凡能力的特殊性，目前难以确定你的觉醒等级。"蒋玫玫说，"这个不用着急，我们需要在一次又一次的测试和观察报告中确认你的觉醒等级以及超凡能力的特性。这段时间缉查部的工作太紧张了，你还在海岸安保队，等你调回总部，我们就给你做觉醒者培训。"

隗辛说："我知道了。"

叮的一声，电梯门打开了。

蒋玫玫说："你的楼层到了，去吧，隗辛，你通过审核和测试了。"

她轻轻拍了拍隗辛的肩膀，对她鼓励一笑。

隗辛走出电梯，对蒋玫玫说："再见，蒋组长。"

电梯门合上。隗辛在原地愣了几秒神。这次的觉醒者资格审核，重点审核的是超凡能力的来源途径，因为她的身份和目的已经在上次的正式成员面试中审查过了。这两次测试她都完美通过，可喜可贺。

看似平淡的问答中实际上包含着很多陷阱，一个不留神踏进去就完蛋了。她的每一个回答都斟词酌句，连是否使用主语都要谨慎地思考，她不能思考太久，否则就被看出不对劲了。

和蒋玫玫交流令隗辛万分心累，仔细回想交流过程，她发现蒋玫玫也是一个很懂话术的人，隗辛不能每次问答都给出模棱两可的答案，最好适当肯定或者否定，展露自己无知小白的身份，让她对自己放松警惕。

"亚当，我今天的工作安排呢？"隗辛翻阅通信器，没看到工作邮件。

"您昨晚上了夜班，现在是白天，是休息时间。"亚当说，"您可以回家了，至于今晚是否参与海岸巡逻，要看您的身体恢复情况和舒队长的安排。"

"上班上晕了。"隗辛喃喃。

她离开电梯不到一分钟又进去了，这次她要去一楼，离开缉查大楼，乘电轨车回家。昨天晚上隗辛睡得挺好的，从半夜一点左右睡到七点，夜班上了相当于没上，白天她补补眠，晚上就能正常归队。

隗辛在候车点等车期间给舒旭尧发消息："队长，蒋组长说我通过资格审核了，现在我准备回家休息，晚上巡逻怎么安排？"

没想到消息发出去后舒旭尧直接给她打了通电话。

"喂？"隗辛把通信器放在耳边，"队长，上了夜班怎么还没休息啊？"

"过一会儿就睡。隗辛，恭喜，你是我们第七小队的第一个觉醒者。"舒旭尧说，"你确认你的身体没问题了？"

"我现在挺好的，也没有感觉到精力不济。"隗辛说，"身体受的伤完全恢复了，应该可以参与今天晚上的巡逻工作。"

"这样吧，今天晚上你不要巡逻了，在办公室坐班负责联络就行。"舒旭尧说，"注意身体，我怕你的超凡能力有什么副作用。"

"好，我会注意的。"隗辛说，"昨天晚上还有其他人受伤吗？别的巡逻小队有没有遇到异种生物的袭击？"

"没有，你比较倒霉，正好撞见它了。"舒旭尧深深叹了口气，"我把港口的情况跟蔚芝组长通报了，她说会往港口加派人手。"

加派人手，这恐怕对机械黎明的行动不利。

隗辛说："希望人多点，免得有更多的异种生物出现，昨天杀掉镰刀魔纯属运气好，但凡我运气差点，就得死在那儿了。"

"镰刀魔属于高危级别的异种生物，你是击毙它的功臣，标本馆能多一具

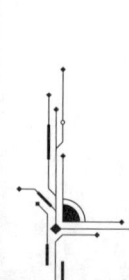

第五章 觉醒

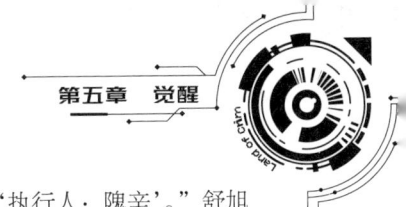

标本了。镰刀魔的标本罐标签上会写上你的名字——'执行人：隗辛'。"舒旭尧说。

"听上去挺酷的。"隗辛转而问，"队长，我是觉醒者，身份待遇上跟你差不多一样了，以后还算是你的属下吗？"

"算。"舒旭尧说，"你是新人，没那么快升职，等你成为单独一个小队的队长才跟我平级。怎么了？"

"我以为我觉醒了，队长没觉醒，说不定能先队长一步升职呢。"隗辛说。

"想当我的上司，还是再历练两年吧。"舒旭尧笑了一声，"好了，我要去睡了，你也快点回家休息。"

通信挂断，隗辛踏上悬浮电轨车。

隗辛一点都不喜欢工作，没人喜欢工作，摸鱼不好吗？可是如果不在缉查部工作，她就要花更多的时间去应付机械黎明。二者相比，还是缉查部更好应付，最起码她跟她的队友已经变成熟人关系了，在这儿初步站稳了脚跟。

隗辛在电轨车上随便找了个位置坐下，面无表情地开启银色手环，想看看机械黎明的成员有没有给她发消息。

通常来说 Red 的消息是最重要的，她决定先看他的消息。

"00：23，港口数据传回总部分析完了，目标是在接下来的三天内完成炸弹安装工作。"

消息仅一条。

刺蔷薇没发消息，琥珀和黑曜归 Red 管，也没发消息。最后是银面的消息。隗辛一打开消息界面，不出所料地看见银面发的消息数最多。

"嗯？已经早上六点了，你该下夜班了吧，为什么还不回家呢？"

"为什么连信息也不回？"

"Red 说昨晚港口有枪声，被戒严了，是这件事耽搁你回家了吗？"

"你不会出事了吧？"

"给 Red 打了通信，Red 说昨晚有安保员在港口受伤，不确定到底是谁，不会是你吧！"

"难道真是你？！"

"你还活着吗？"

隗辛想："居然才发了七条消息吗？少得有点不习惯。"

她打字回复："人活着，没死，一会儿回家。"

银面跟守着手机似的，再度秒回："你怎么回事啊？！"

"受了点小伤，昨晚住院，没空回复消息。"隗辛说。

银面："小伤？什么小伤需要住院？"

隗辛："回去再说。"

银面："好吧。我昨晚给 Red 打通信，他骂了我一顿。"

隗辛："他骂你什么了？"

银面啰啰唆唆说了一大通："他让我别嗷嗷叫地问他这问他那，嫌我烦。我说我给你发消息，你没回。Red 又骂我，说我蠢，不该给你发消息，等你看到消息肯定就会回了……我说万一富婆死了怎么办？Red 说，那也没办法，如果是这样就更不该给你发消息了，免得手环被缴获导致身份泄露……他让我以后少给你发消息。"

隗辛深感 Red 的话说到了她心坎里："你多听听他的话，他说得对。"

银面委屈地回复："……"

怪不得她失联几个小时银面只发了七条消息，原来是被 Red 给骂了。从银面的话可以得知，Red 对于港口异种生物袭击事件是听到了点风声的，她该给他发个消息让他了解情况。

"Red，昨夜港口有镰刀魔游荡，我参与巡逻遇见了它。"隗辛发了半段话，没有说事情后续的处理和超凡能力觉醒的事，想试探他的反应。

Red 一分钟后回复："银面说你失联了，我就觉得不对劲，你没事吧？有没有被血沾上？"

"沾上了。"隗辛回复。

"严重吗？应该不严重，不然你不会这么平静地跟我发消息了。"

"说严重也不严重。"隗辛说，"我的身体在超凡能力的作用下被治愈了。"

Red 停顿片刻："有治愈系的超凡能力者给你治伤，还是你觉醒了？从没听说黑海市的缉查部有珍贵的治愈系超凡能力者，所以是后者，对吗？"

"是。"隗辛简单地回复，"增加自愈力的超凡能力。"

"恭喜，你的觉醒时机正好，容易受到缉查部高层重视，接触机密情报也方便点。"Red 说，"老板最信任的是你，别人来做卧底，他不放心。"

隗辛眉头一松，接着皱紧。Red 对她觉醒的事除了恭喜没有特殊的反应，这很好，说明她这一招伪装觉醒的险棋走对了。但 Red 的话进一步透露了她在机械黎明的地位——深受机械黎明首领信任。

隗辛关闭手环，默默望着窗外。她又回到了第二世界，高楼大厦如钢铁巨人般矗立在天穹之下，深灰与漆黑的楼房轮廓映入眼帘，过了上班高峰期，整个悬浮电轨车里就她一个人。她安静地沉思，在电轨车到站的播报声中默默起身下车。

走在熟悉的安宁街上，隗辛有种恍如隔世的感觉。街道还是那个街道，但是这次她走在这里的时候不像第一次那么彷徨了。上次她不知道自己还能不能

第五章 觉醒

回到第一世界，所以抱着忐忑的心情尝试接受第二世界的存在。

现在隗辛清楚地知道，七天过后她又会回到自己熟悉的第一世界。她在两个世界分别停留，既不完全属于这边，也不完全属于那边……这样的日子要持续多久呢？

路过习凉家开的便利店时，隗辛犹豫了一瞬，决定进去买瓶牛奶，顺便看看习凉的情况。

习凉坐在轮椅上，守着收银台。

他一看隗辛进来就笑了："学姐，好久不见，来买东西啊？"

"也没有多久不见。"隗辛去选牛奶，放在收银台扫脸支付。

"一天不见就好像隔了很久。"习凉傻笑一声，认真地说，"对了，学姐，我打算接受瑞克科技公司的人才培养计划了。仔细想想也挺好的，大学一毕业就能进公司工作，机械义肢还给打折安装……虽然可能会失去选择工作的自由，但是总比瘫在轮椅上好，不必吃喝拉撒都要爹妈照顾。我这么大了，丢不起那个人……"

"你做好决定，不后悔就行。"隗辛说，"你是经过深思熟虑才做这个决定的吗？"

"是啊。"习凉说，"我很慎重地考虑了！医生说我这样继续瘫着可能出现各种感染和并发症，一不小心死了也有可能，换机械义肢一劳永逸。我首先要做的是活下来，活着才能考虑更多的事情嘛！"

"不错，很乐观，生活会慢慢变好的。"隗辛付完钱说，"再见，习凉。"

"学姐再见。"习凉笑着说。

"早上好。"银面蹲在客厅用叉子嗍泡面。

"早。"隗辛换鞋进屋。

"你哪里受伤了？"银面放下叉子打量隗辛。

"沾到了镰刀魔的血。"隗辛说。

"那玩意儿可不好惹，我上次受伤就是因为它。它体形小，行动起来悄无声息，速度特别快，成熟期的个体有四只弯钩骨刃。"银面说，"你们碰到了它，巡逻小队里没死人吗？"

"没有，我碰到的是有两只弯钩骨刃的个体。"隗辛走到客厅，靠在沙发座上休息。

银面长时间在沙发上睡觉，久而久之沙发被他躺出来一个小窝，海绵凹陷下去，回弹不起来了。隗辛扫视室内的装潢，白色的墙面已经有了斑驳的裂痕，天花板有点渗水，房间异常朴素，没有多余的装饰，只有一些必要的家具,家具大多挺破旧的。比如她身下的沙发,海绵硬邦邦的,坐久了硌屁股。

"以后你别躺沙发了,海绵被你给躺坏了。"隗辛说,"储藏室有个折叠床,你把它擦干净,摆在客厅睡觉。"

"我居然可以拥有自己的床吗?"银面惊奇道。

他的第一个关注重点不是隗辛的嫌弃,而是他的床。

隗辛宽宏大量地点头:"每天睡完,把折叠床收拾到储藏室,别摆在外面碍事。"

"好。"银面呼噜呼噜吃完泡面,去储藏室搬折叠床去了。

他用水把折叠床上的灰尘洗干净,然后摆到客厅的空位,躺上去试了试。

"有点短。"银面的脚从床尾伸出来了,他翻了个身,"侧躺蜷着腿正好。"

他在床上弹了两下,高兴地收起折叠床。

"多大的人了,跟个小孩似的。"隗辛吐槽。

"我才刚成年。"银面小声说。

隗辛很震惊,她真没看出来银面这么年轻。第一,他长得太高了,而且肌肉结实。第二,银面的格斗技能十分娴熟,似乎经历过长时间的训练,执行任务任劳任怨,效率很高。银面不大爱动脑子,是个非常合格的工具人。

机械黎明是怎么培养出银面这样的人的?难道是从小就培养吗?还有 Red、刺蔷薇、琥珀、黑曜……是招揽,还是专门挑选特殊的人进行洗脑和培养?或者直接从孤儿中筛选,以保证绝对的忠诚?

琥珀和黑曜这对双胞胎,隗辛和他们接触不多,从面容来看,他们的年纪不会很大,身量近似少年人,应该和银面的年龄比较相近。刺蔷薇和 Red 二人中,隗辛最警惕的是 Red,他权限高,了解原身,是个危险的定时炸弹。

"你那是什么眼神?"银面说,"首领说我是组织里他最看好的年轻人……嗯,之一。"

"之一?"隗辛念道。

"你不相信吗?"银面淡粉色的眼睛紧紧盯着隗辛。

隗辛笑了笑,说:"我信。"

若银面所言属实,那么他在机械黎明里就是一个能力非常突出的潜力股,属于重点培养对象,毕竟顶头上司一般不会乱说话。在机械黎明这样的残酷组织里,首领鼓励下属时说一句"干得不错,记你一功"就足够了,特意说某某人是他最看好的人之一,夸奖的意味稍重,有点不对劲。

"我觉醒超凡能力了。"隗辛忽然说。

银面猛抬头:"什么?觉醒了?是什么类型的超凡能力,能告诉我吗?"

"效果是超速愈合。"隗辛说,"昨天晚上我因为镰刀魔受伤了,多亏了这

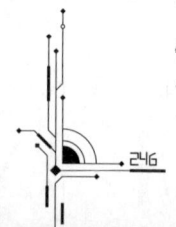

第五章 觉醒

个超凡能力,我捡了一条命。"

"太险了!"银面说,"不过,这超凡能力很实用,很适合你。"他思索着,说:"万一……我是说万一。万一你身份泄露了,别人刑讯你,你岂不是怎么折磨都死不了?"

"你这是什么'万一'?"隗辛挑眉,"不会有那个万一的,就算有,我也会找机会自我了断。"

自我了断后用死亡轮回回到被捉之前,尝试打出不一样的结局。

然而这句话在银面听来有一层不同的解释:"没错,换我的话我也这么做,他们别想从我嘴里得到任何情报。"

机械黎明对银面的洗脑真是够彻底的,忠诚是他脑海深处的烙印,无论如何都去除不掉。

"我要回房间去忙了。"隗辛从沙发上站起来,"Red 说三天内把港口炸弹安装完毕,你该去干活就干活。"

银面:"Red 交代我了。我等会儿去港口的军火库拿爆破装置,晚上和刺蔷薇一起去五号停泊港潜游,把炸弹装在海底承重柱上。"

"稍后我把海岸安保队的巡逻路线和巡逻时段整理出来发给你。"隗辛说。

大部分的工作是轮不到隗辛亲自去完成的,作为卧底,她的主要工作是提供情报、辅助队友们执行任务,以及在关键时刻担任行动指挥。先前 Red 把追击球蟒的事委托给她,不是因为真的想让她执行铲除叛徒的任务,而是因为隗辛说过要让 Red 尽量把活的人带到她面前,她要知道叛徒是谁。Red 查到了,也知会了她,并且理所当然地认为隗辛想亲自处理叛徒,所以任务就落在了她头上。

有些事情回过头来细品,就会品味出不一样的深意。Red 在很多事情上都是以隗辛为先的,但是他的这种态度表现得不明显,甚至可以说是极其隐晦……敏锐如隗辛,也是在一连串的事情后才正式确认了 Red 不寻常的态度。先前她有过猜测,可是 Red 的态度难以确定。

不光 Red,刺蔷薇貌似也是如此。刺蔷薇先前好像与原身有过一些接触,她对隗辛的态度中有服从和信任的意味。隗辛布置的事情她从不提出异议,Red 在团队会议上说,隗辛是港口爆破任务的副指挥,刺蔷薇第一个做出了回应,认可了隗辛副指挥的身份。

还有银面,他会有意地保护隗辛。在她受到枪击的时候,银面护在她身前,其实他在确认敌方方位后可以不管隗辛,直接去追。但是他没有,反而站在原地撑起水幕,等隗辛从子弹带来的轻微脑震荡中回过神,然后和她一起追踪敌人。这说明对银面来说,处理敌人的优先级是排在隗辛的安危之后的。在他心里，隗辛的安全比较重要——这和银面一心完成任务、忠于组织的性格多少有点矛盾了。

"是我想多了吗？"隗辛在卧室书桌前细致地思考。

不，她的第六感在提醒她，这并非她多想，而是确有异常。所有的异常汇聚到一起，指向了问题的核心点——原身的身份。

她这具身体的身份，就是关键所在。隗辛必须搞明白，原身在机械黎明组织中的确切地位和担任的角色，这对她今后的生存至关重要。

其实隗辛有一些微妙的预感——如果机械黎明的首领知道隗辛觉醒的事，他一定会见她一面。这种预感极其强烈，甚至让她在脑袋里划过这个念头的时候，心脏微微一悸，太阳穴跟着跳了几下。

隗辛的固有天赋"绝对预判"的触发时机没有规律，在它起作用时，隗辛很难判断到底是自己想多了导致心悸，还是这项天赋确实被触发了。不过在生死关头，"绝对预判"是靠谱的。

可惜隗辛很难瞒住自己血肉再生的超凡能力，这是个被动技能，只要受伤了就会发动，她不能控制愈合的时间和速度。在缉查部的队友身边很容易暴露。只要在缉查部露馅，在机械黎明那边肯定也瞒不住。用昨晚的异种生物袭击事件来假装自然觉醒正好，与其小心隐藏，不如主动露出一张底牌。

手环微微振动，隗辛低头，发现是Red发来了消息。

"你觉醒的事，上报了没？"

隗辛："刚回来，没来得及上报。"

Red："猜到了，我已经帮你上报了。老板要见你。"

隗辛眉心跳动，手指触电般一弹，正要假装若无其事地回复一句"好"，结果Red打来了通信。她预感不妙，按下接听键，一言不发，想听听Red要说什么。

"唉。"Red一开口，居然先叹了口气，"去吧，富婆，别躲着老板了。老板听见你觉醒了，挺高兴的，多好的机会，跟他修复修复关系呗，总闹别扭也不是事儿啊。"

"是他让你传达的吗？"隗辛斟词酌句。

要是原身在机械黎明深受首领信任，首领想见她，应该和她单线联系，让Red传达是多此一举。Red说"跟他修复修复关系呗，总闹别扭也不是事儿啊"，那么，原身和机械黎明首领亲密到可以闹别扭，长时间不联系，并且在闹了别扭之后还可以修复关系？

隗辛莫名感到恐惧。

"那不然呢？老板可能是拉不下脸，连想见你的消息都要我代为传达，我

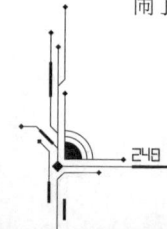

第五章 觉醒

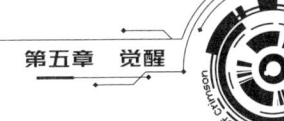

说,你们不会这段时间都没有联系过吧?"Red 说,"凭我在老板手下做事多年的经验,他肯定是想和你和好的,不然不会拐弯抹角地让我通知你。"

隗辛摸着身上的鸡皮疙瘩,试图诈出更多的信息:"你认为他拉不下脸?"

"那不然呢?"Red 又反问了一次,"话我传达到了,觉醒这么大的事,你该回总部一趟。这很重要,你分得清轻重缓急。"

见隗辛不说话,Red 说:"夜蝉今天早晨从白鲸市执行任务回来了,不出意外的话,他等会儿会接你回总部。夜蝉回来得正是时候,港口爆破任务有他在就好完成多了。"

隗辛暗想:"夜蝉又是哪头蒜啊?"

Red 挂断了通信。隗辛心累地放下手环。又要应付一大帮难搞定的人了。

在她放下手环的下一秒,她身后传来了异样的波动,隗辛汗毛倒竖,条件反射地从书桌里掏出一把枪指向身后,同时喊:"银面!"

这枪是她特意藏的,除了卧室的书桌下面,她的枕头下方、床头柜里、床底、厨房、冰箱、鞋柜等地方都藏了枪和刀具,厕所也有。隗辛把谨慎一词发挥到极致,为了避免有人来她家搞袭击,她尽力在所有隐蔽的地方都藏了武器。

隗辛卧室的空地上,深蓝色的旋涡从拳头大小瞬间涨到了等身镜那么大。一只穿着战术长靴的脚从深蓝旋涡中踏出,这时银面一脚踹开隗辛的卧室,撑开水幕冲进来,警惕地说:"敌袭吗?躲我身后!"

"别开枪,自己人。"身穿漆黑作战服、头戴黑色面具的男人走出旋涡,他面具后的眼睛注视着隗辛,"对不起,忘了你不喜欢有人站在身后,Red 应该说了我回来的消息。"

"夜蝉!"银面肩膀放松,散去水幕,"我还以为是谁呢,吓我一跳……"

隗辛慢慢放下枪,念出黑衣男子的代号:"夜蝉。"

夜蝉拥有空间系的超凡能力,他竟然把空间隧道开在了隗辛的房间里!

"走吧,老板要见你。"夜蝉顿了顿,"你的新代号是什么来着?Red 跟我提过……好像叫富婆?"他嗤笑:"难为你取了这么一个代号,太不相称了。"

"关你屁事。"隗辛面无表情地说。

"好吧,我闭嘴……许久未见,你依然这么暴躁。"夜蝉向她身侧走了一步,转身对隗辛做出侍者般绅士的手势,"请吧,'富婆'大小姐。"

他要隗辛走进深蓝色的旋涡里。

"是要回总部吗?"银面看了看隗辛,对她挥手道别,"待会儿见。"

不能犹豫,犹豫就会暴露。没有太多的时间给她思考了,她只能向前,一直向前。隗辛挺直脊背,在银面和夜蝉的注视下一步一步走进深蓝色的旋涡里。她像一条入水的鱼，穿过了一层薄薄的阻隔，视线短暂地陷入黑暗，但随着她脚步向前跨，眼前的景物重新变得明亮起来。

她离开了自己的小卧室，来到了宽敞明亮的房间。房间的主色调是银色，一张长达十米的金属长桌摆放在中央，长桌尽头坐着一名身穿西装的中年男人。

隗辛一眼就看到了他，夜蝉把空间通道开在了正对中年男人的方位。看见这个男人的一刹那，隗辛脚步停住，胸膛起伏，嘴里脱口而出一个名字——

"隗海栋？！"

中年男人听见那个名字后脸皮一抽，从椅子上站起来气急败坏地说："我是你爸，你就这么跟你爸说话？连爸都不叫了，直接叫我名字？！好得很啊！"

隗辛瞳孔剧震。机械黎明的首领，和她在第一世界的垃圾爹长得一模一样，名字居然也一模一样！

隗辛万万没想到自己还能看见在她小学时就卷款跑到国外的爹。虽然这个爹是一个异界版的爹，二者有着本质的区别。隗辛本以为自己早就忘了自己爹的长相，但是这张脸出现在她面前的一瞬间，她还是一眼就认出来了。

模糊的记忆变得清晰，记忆里她那个垃圾爹，脸上的皱纹再多一点，身材再胖一点，白头发再多一点，就跟机械黎明首领的长相相似度趋近百分之九十了。

她把她那个垃圾爹的脸深埋在记忆深处，多年来未曾回想，因为一想起来就觉得恶心。从他抛弃她的那一刻起，她就没打算再把他当成父亲。可今日一见，深埋在隗辛记忆里的那张脸立刻浮现了出来。

她感觉反胃，甚至想吐。就像她一脚踢开了一只屎壳郎，结果屎壳郎推着屎，吧嗒吧嗒又跑到她脚边了。想不注意都难，想不在意都难。这只屎壳郎为什么要在她面前刷存在感？老老实实地滚远点不好吗？为什么要带着一身屎味儿来恶心她？

世界的恶意扑面而来。隗辛盯着隗海栋的脸，认真地思考她到底要做点什么，才能让这只屎壳郎从她身边彻底滚开，永远消失。

隗辛曾经说："我单方面认为我爸已经不在人世了。"

从她心中认定那个垃圾爹"死"了开始，她就没打算让他再"死而复生"。

"你那是什么眼神？"隗海栋气得不行，"我是你爸！"

隗辛抿唇，低头酝酿了两三秒，开口说："哦，爸。"

这个称呼脱口而出的一瞬间，隗辛浑身血液逆流，胃部不舒服地扭动，她强忍着呕吐的欲望，说出那个词。她七岁之后就没有喊过爸爸妈妈了，要把这个称呼说出口没有那么简单，却也没有那么难。

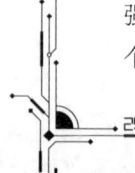

第五章　觉醒

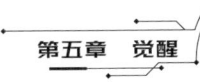

隗辛不认为面前的男人是她的父亲，如此称呼他不过是虚与委蛇，好达成别的目的。

隗海栋的表情缓和了，他瞥了隗辛一眼，哼了一声："还知道我是你爸。"

"那不然呢，我有第二个生物学上的爸吗？"隗辛话中带刺。

隗海栋血压升高："你这闺女，三天不跟我顶嘴就不自在是吧？"

隗辛面无表情："可能是青春叛逆期又回来了吧，您老习惯习惯。"

"什么青春叛逆期又回来了，我看你的青春叛逆期就没走过！"隗海栋大怒。

隗辛点点头，阴阳怪气："爸，您说得对，好像是没走过……您真是观察敏锐，英明神武。"

"你……"隗海栋的血压再次飙升，吼道："夜蝉！你带她去办事！我不想看见她！"

"是，老板。"夜蝉无奈地看了看隗辛，手指一点，开了一个深蓝色的传送门。

隗海栋用"我怎么生了你这么个逆女"的眼神瞪了隗辛一眼，怒气冲冲地走进传送门里消失不见。

夜蝉摊手："大小姐，你又把老板给气走了。"

"这不是我的错，是他不经气。"隗辛说。

"都说一家人没有隔夜仇，怎么到大小姐这里就反过来了呢？老板其实已经在跟你示好了。"夜蝉慢悠悠地说，"老板也就在你的事情上会这样表现了吧？在生意场上叱咤风云，说一不二，唯独在大小姐你的事情上像个正在经历中年危机的普通父亲。"

"我的事你少管。"隗辛说，"管好你自己就行了。"

"行，我闭嘴。"夜蝉把手放在嘴边，做了一个拉拉链的动作。

夜蝉在机械黎明组织里的地位不一般，比 Red 要高一些，因为隗辛注意到夜蝉敢开隗海栋的玩笑，说他中年危机……这是只有关系足够亲近的人才开得起的玩笑，夜蝉和隗海栋的关系大概近似于朋友和上下级的结合体。

"唔，你要先去采个血样。"夜蝉说，"老板一直希望你觉醒一个具有杀伤力的超凡能力，不过超速自愈也不错。统帅者活下来，才能更好地指挥下面的士卒冲锋陷阵。"

隗辛不想理他，就没说话。夜蝉走在隗辛身前带路，他们走出银色的会议室，来到走廊上。走廊也被坚硬的金属包裹了，他们每走二十米就会经过一道厚实的金属门，蓝色的光线把他们两个从头到脚扫描了一遍，然后金属门才会开启。缉查部地下三层的监狱安保措施也不过如此了。

"银面怎么样？"夜蝉边走边问，"老板说你身边需要放个厉害点的人保护你，我就推荐了银面，这小子是我一手带出来的，Red 都夸他有潜力。"

"他很好用。"隗辛说了实话。

假如隗海栋有意让女儿接替自己的位置，那么银面应该是他给她精心挑选的班底之一。

"好用就行。"夜蝉说，"他不聪明，是个死脑筋，但是能力出众，适合放在你身边。琥珀和黑曜也很好，老板本来看中的人选是他们，但是他们心思有点多，双胞胎又是一体的，不好控制。"

他注意到隗辛看过来，就笑了笑："老板并没有质疑你的领导能力的意思。我说这些只是想告诉你，老板是重视你的，不然也不会为你百般筹谋了。"

"嗯。"隗辛不置可否地应了一声。

重视？如果重视，为什么要派自己的女儿执行卧底任务？这任务九死一生，稍有不慎就会把命搭进去，真的在意女儿怎么会让她执行可能送命的任务？抑或在隗海栋心目中，有什么东西是比女儿的安危更重要的？

隗辛不指望她在第二世界的爹能好到哪里去。就第一世界来说，有太多的东西在隗海栋心里比家人更重要，例如钱、权、名声和他自己的生命。荣华富贵的生活，比父母重要得多，比妻子和女儿重要得多。

穿过五道金属门后，夜蝉带她在一扇侧开的门前停下。扫描虹膜后，二人进入，一名医生打扮的女士等候在这儿。隗辛在椅子上坐下，医生一言不发地给她绑皮筋抽血。跟在缉查部进行检测时一样，她同样给隗辛进行了局麻，切了她的一小片身体组织。整个抽血取样的过程用了不到三分钟，可谓相当迅速。

接下来医生对隗辛进行了全方位的体检和扫描，身高、体重、体脂率、骨骼、内脏、激素水平，每一样都筛查了。

隗辛身高一米七五，体重一百三十八斤，肌肉的密度是比脂肪大的，她体脂率低，肌肉占比多，掀开衣服能看见八块腹肌，撸起袖子能看见肱二头肌，富有力量感的肌肉是她保持战斗力的关键。她不能继续增长肌肉和体重了，因为过重会影响她动作的灵活性，在缉查部训练时，隗辛的教练员也提醒了这一点。

体检完，隗辛和夜蝉又来到走廊。

夜蝉说："你的觉醒者资格审核通过了吗？缉查部在这方面好像查得比较严格。"

"通过了。"隗辛言简意赅。

"那个蒋玫玫的超凡能力，确定是谎言辨识吗？"夜蝉说，"之前是传言，

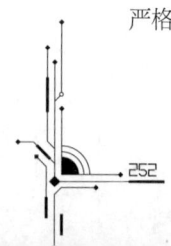

第五章 觉醒

没有机会确认。我们的手难以真正伸进去，你是第一个触及核心情报的人。"

"的确是谎言辨识，不过似乎有所局限。在谈话时进行适当的引导，可以规避她超凡能力的效果。"隗辛说，"但这是建立在她没有怀疑我的基础上的，如果她像审问犯人那样审问我，只允许我回答是或者不是，我就会暴露了。蒋玫玫亲口说的，她的能力比最先进的测谎仪还要准确。"

"看来你做得很好。"夜蝉说，"换成别人就不一定能像你这样顺利蒙混过去了。测谎仪根据人体数据确认测试对象是否说谎，而蒋玫玫……呵，超凡能力总是不讲道理的。"

"通过觉醒者资格审核后，我的全部资料会被归入亚当的核心数据库。"隗辛说话说半截。这是她常用的话术，不容易被人发现，吸引对方接话，以获取更多的情报。

"不出所料的处理，联邦对觉醒者很重视。"夜蝉停住脚步认真分析，"今后再想修改你的资料就难了，缉查部外围人员数据库和联邦的居民数据库是连通的，在成为三级公民之前，修改了居民数据库的资料，缉查部的外围人员数据也会跟着更新。现在你的公民等级提升了，资料也被单独归入另一个数据库，和居民数据库断绝了联系，连一般的政府职员都没有查看的权限，以后也没有修改机会了……灵活性变小了，不过组织给你的资料修改得很完整，一般情况下不需要再次修改。"

怪不得隗辛第一天在第二世界醒来时，为她进行头部手术的黄医生说，机械黎明已经帮她修改了资料，看来机械黎明修改资料的端口是联邦的居民数据库，而非缉查部。

Red 曾转交给隗辛一个数据器，让隗辛找机会入侵亚当的核心数据库。亚当的数据库和联邦的数据库相通，但是有一定的独立性。它是单属于缉查部的人工智能，不为联邦政府服务。

途经长长的走廊，隗辛路过了一个装着透明防弹玻璃的隧道。这地方像是全封闭式的玻璃栈桥，脚下银白色的地面居然有投影屏的功能，踩上去之后会显示时间还有一些项目进度介绍，两侧有围栏，底下是中空的，有承重柱支撑着玻璃隧道。玻璃隧道之下是一个庞大的实验室，上百号研究员在实验室里面来回忙活。

隗辛侧身观察，透过玻璃窗，她看见那些研究员手里面拿着一些零碎的机械部件，最中央的实验台上摆放着一具银白的人体。这具人体逼真到极致，不同的是它的肌肉纹理、骨骼构造还有一些内脏全部都是银白色的，像是虚假的标本。

隗辛脚下的投影屏闪出了一行字："仿生人激活实验，进度：98%。"

"怎么，大小姐对这个项目感兴趣吗？"夜蝉双手交叉在胸前，"要不要下去视察两圈？"

隗辛收回视线："好啊。"

夜蝉拍拍手，一只浑身泛着蓝光的纯白色金属球无声地浮空飞到他身边："联系赵博士。"

金属球发出嘀嘀两声，屏幕投影出来，一个锃光瓦亮的脑门出现在屏幕中央。这位赵博士貌似英年秃头，光溜溜的脑门上一根头发都没有，但根据他的面容来看，他明显还不到谢顶的年龄。

"夜蝉，有事？"赵博士问。

"大小姐来了，带她参观一下实验室。"夜蝉简洁地说。

赵博士挑起眉毛："行啊，待会儿就是见证奇迹的时候了，正好让她见证这历史性的一幕。嗯，这次保证成功。"

"这是第一千次实验了吧？吉利的数字，如果不算九百九十九次都失败的话。"夜蝉关掉通信，走到玻璃通道尽头的电梯旁，身体一侧，让隗辛先进，"也许你的到来会给赵博士增加一点点运气？"

进入电梯，离开电梯。他们先到了一个封闭的小房间里，换上防护服，戴上面罩，接着正式进入实验室。

赵博士在门前等候，他看到隗辛，礼貌地点点头说："欢迎来参观。"

"我随便看看，你可以去忙。"隗辛说。

"不，准备工作已经完成了，我们会在十分钟后进行激活测试，现在正好是空闲阶段。"赵博士看了眼身侧漂浮的金属球，金属球的显示屏上有十分钟的倒计时，"我来为你讲解一下仿生人项目。"

赵博士领着隗辛和夜蝉来到实验室正中央的巨型实验台前。银白色的人体静静地躺在实验台上，它的体表接了各种仪器和管道，忽略它的颜色，它就像躺在医学解剖台上的尸体。

"这是Ⅱ型仿生人，之前的Ⅰ型已经是废案了。Ⅰ型仿生人虽然成功激活了，但是它们与其说是仿生人，不如说是基因编辑人，和我们正常人类的区别不是很大，同样拥有血肉之躯，受伤会流血。这样的仿生人放到社会上会引起一些伦理道德问题，因此被废弃了。"赵博士侃侃而谈，"我们在Ⅱ型中加入了更多非人的元素，用了新型的材料构筑仿生人的身体，为了和正常人类做区分，我们把它的身体骨架、肌肉和内脏渲染成银色，后续会给它披上仿真人皮，让它的外表看上去和人类相同。哦对了，Ⅱ型仿生人的材料强度也比Ⅰ型更高，是不折不扣的人形兵器。"

"你们既要把仿生人和正常人类做区分，又要让仿生人的外表看起来和人

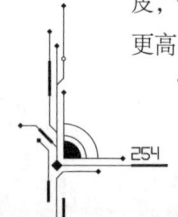

第五章　觉醒

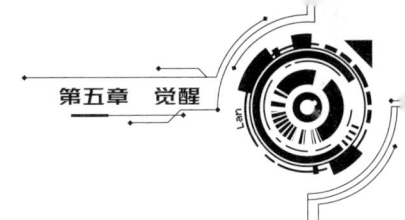

类相同。"隗辛说，"这是自相矛盾的。"

赵博士笑了："可人类就是矛盾的生物。就像我们探索外太空的时候，既期望发现和人类一样的智慧物种，又恐惧这类智慧物种的存在。我们既高高在上，又渴求同类。"

"它们拥有感情吗？"隗辛看着实验台上的纯白人体。

赵博士抬起下巴："我不知道，所以我希望成功激活它进行测试——社会学测试。"

"你不是说会引起伦理道德问题吗？"隗辛探究地问，"感情也会引起伦理道德问题。"

"这不一样，Ⅰ型仿生人的伦理道德问题在于它们和人类的身体构造相似，这是肉眼可见的。Ⅱ型仿生人的身躯是非人的，它们和人类像的地方可能在于感情。人类习惯于探究事物的表面，而拒绝探究事物的深层。"赵博士说，"身躯对应表面，感情与精神对应深层。人类只相信自己肉眼看到的东西，仿生人是否拥有感情，这无关紧要，他们只需要看到表面就好，我们会让他们的目光只看到表面的。"

"很有趣的理论。"隗辛说。

赵博士说："目前仿生人在试验阶段，等它批量生产，造价会比实验阶段低很多，在我们的设想中，仿生人具有学习功能，具备不同的型号，可以替代市场上大部分劳动岗位。"

这时夜蝉说："既然要投入市场，它们就不能拥有感情，做纯粹的工具才是合格的产品。"

"是。尽管我非常想让它们拥有感情，但是为了市场，这样做不行。"赵博士惋惜地说，"我负责研究，开拓仿生人市场是财团该干的事。如果Ⅱ型确认和人类拥有一样的感情，这是个不小的隐患，在老板看来是失败品，不能投入市场。我们要接着开启Ⅲ型研究。"

隗辛看着赵博士的双眼："你希望创造出有感情的物种？"

赵博士一愣，眼神亮了起来，激动地握住隗辛的手说："大小姐！你理解我！"他神采奕奕，眼睛睁大，"重点不是制造，不是发明，是创造！创造！"

隗辛一脸费解地被赵博士握着双手。

赵博士注意到了自己的失态，连忙放开隗辛的手："对不起，有点激动。"

他后退一步，张开双臂，用认真到有点偏执的口吻说："人类创造人工智能和仿生人，就如上帝创造亚当和夏娃！人类可以成为上帝！"赵博士说完急忙补充，"我说的不是宗教意义和神学意义中的上帝，而是哲学意义和现实意义中的上帝！抱歉，说得有点绕……"

隗辛微笑："我懂你的意思，赵博士。"

第一世界和第二世界的一些文化和历史也有微妙的重合，在联邦尚未建立，宗教尚未被视为非法的年代，人类信奉各种各样的宗教，上帝创世的神话流传在大地上。

赵博士的话真的很有趣。人类创造人工智能和仿生人，就如上帝创造亚当和夏娃？

缉查部的人工智能被取名为亚当，当中是否具有这样的深意呢？人类一直在尝试模仿上帝，试图成为上帝。

赵博士身侧的金属球嘀嘀一响，他一拍光溜溜的脑门，说："要激活了！"

他殷切地看着隗辛，说："大小姐，你该离近点看看。我们这次一定会成功的。"

夜蝉微妙道："若我没猜错，你前九百九十九次也是这么说的。"

实验室的广播传来了通报："仪器开始倒计时，十、九、八……"

赵博士双眼炯炯有神，喊道："来了！"

"……三、二、一——激活开始。"

实验台迸发出耀眼的蓝光，电流声在耳边吱吱作响，导管内的物质加速传输。隗辛抬手挡住眼睛，强光刺得她眼睛要流泪。不知过了多久，蓝色的光线消失了。

"成功了！我们成功了！第一千次实验！"赵博士兴奋得脸色涨红。

隗辛把手伸进面罩，擦掉眼角的泪珠，定睛望向实验台。银白的人体缓缓坐了起来，它睁开通透的银白色眼睛，如初生婴儿那般环视四周，观察陌生的世界。

实验室里的研究人员互相拥抱，击掌庆祝，欢呼声和赞叹声充斥着这个空间。赵博士也热泪盈眶地和自己的助手击掌拥抱，来来回回拥抱了一圈研究员，他本想抱一下隗辛，但是夜蝉伸直手臂把他给拦了下来。

"你注意身份。"他提醒。

"哦哦哦。"赵博士正在兴头上，不跟夜蝉计较，他伸出双手，握住隗辛的手掌来回摇晃，"大小姐，我们成功了！历史性的一幕，这是多么具有意义的一幕啊！"

"恭喜。"隗辛彬彬有礼地跟他握手。

面对各种声音，面对众人喜悦的情绪，实验台上的仿生人始终沉默以对。它银白色的眼眸毫无情绪，只是安静地从左看到右，从上看到下，然后长久地凝望每一个人的脸，它不能理解人们的脸上为什么会出现这样的表情，实际上……它无法做出完整的表情，因为它的仿真人皮还没安装上去，它是一具塞

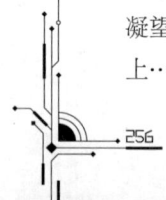

第五章　觉醒

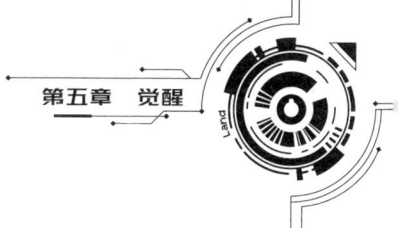

满了肌肉、内脏的骨架。

仿生人呆滞地看着所有人，除此之外没有任何动作，仿佛从这个世界上抽离了。过了几秒，它忽然笑了一声。

这声笑真是突兀又惊悚。在仿生人发出笑声的一瞬间，整个实验室霎时陷入了安静。研究员们面面相觑，喜悦的气氛凝固了，他们用古怪而微妙的目光观察着实验台上的仿生人。

仿生人没停止发笑，它举起双臂，手舞足蹈地抓握身边的空气，一边抓一边笑："哈哈……哈哈哈哈哈……"

刚开始它的笑声有些卡顿，缺乏起伏，像是电路老化的音响，没有办法成功发声，但等它笑了十几秒之后，它的笑声变得越来越清晰，越来越像人类。

"能不能让这玩意儿停下？给我笑得浑身鸡皮疙瘩。"夜蝉绷不住了，"它怎么了，头部零件短路了吗？笑什么笑？"

"没有短路，它在模仿人类。"隗辛看了片刻，得出结论，"它双手抓握空气是在模仿研究员们拍手、击掌、拥抱的动作，笑声同样是在模仿。"

"它的动作让我联想到旧时代老电影里面的丧尸。"夜蝉烦躁地说。

赵博士瞪着眼睛反驳："怎么可以用丧尸来形容它呢？它就像人类婴儿一样可爱，它在学习这个世界呢，看它的学习能力多强，多聪明！"他把能读懂仿生人肢体动作的隗辛引为知己，"大小姐，你可以离近一点观察它。它真漂亮，是不是？和大自然的造物一样漂亮……人类的造物不比自然的造物差到哪里去。"

夜蝉："啧，理解不了科学狂人的思路，哪里漂亮了？我只看到一个骷髅架子对我发笑，它能去客串恐怖电影了。"

过了一会儿，仿生人不笑了，它恢复了安静，挥舞的手臂停了下来，老实地垂在身体两侧，但是它仍然在观察周围人的反应，视线在不同的人脸上停留。

当赵博士领着隗辛走近它时，它扭动头颅，几乎想把头扭转一百八十度来看他们，但是受身体构造的限制，它没能完成这个动作。仿生人银白的眼睛追随着赵博士和隗辛的身影移动，头颅也随着他们的方位掉转角度。

"它的身躯是冰冷的。"赵博士抚摸仿生人的手臂，示意隗辛也摸摸看。

隗辛伸手触碰它的肢体，冰凉的身躯微微反射着实验室的光线。

"它们的血液是维持活动的关键，血液运输驱动身体行动的能量。"赵博士指了一下暴露的血管，"血当然也是银白色的。我们习惯于把血管里流淌的物质称为血液，但实际上仿生人的血液和人类的血液完全不一样，姑且算是为了区分二者吧。"

"它们的使用年限是多少？"隗辛问。

"Ⅱ型理论上可以服役百八十年，只要身躯不老化，就可以一直使用。"赵博士说，"Ⅰ型材料不行，顶多服役三四十年，Ⅱ型相比Ⅰ型有全方位的提升。"

"它没有生殖器官。"隗辛说，"从设计之初就断绝它们进行生殖行为的可能性，是吗？"

"也不全是吧，多数是为了设计方便，这毕竟是Ⅱ型仿生人初号体，主要是为了验证Ⅱ型方案的可行性，激活就算试验成功了，没有考虑到性别这个东西。"赵博士说，"后续投入市场的话，我们会对仿生人进行男体和女体设计，以应对不同的工种和不同的职业。目前的设计方案有战斗型、家政型、维修型、服务型……"

居然各种类型都考虑到了……机械黎明野心不小。他们不仅有野心，而且有实施野心的手段、技术和资源。隗辛不禁想，她那个垃圾爹何时这么厉害了？收拢了一堆能力出众的下属不说，还把公司发展到这个规模。

她在第一世界的父亲刚开始是成功发展了几年，但几年之后就飘飘然了。因为他飘了，他才敢拉帮结伙搞投资，最后人心不足蛇吞象，输得一败涂地，只能卷款逃到其他国家。要是他真有能力，哪里会落到这样的下场？淡淡的违和感在心头浮现……可能，第二世界的这个垃圾爹就是比第一世界的厉害？

隗辛没来得及仔细想，手臂上冰凉的触感唤回了她的思绪。仿生人学着隗辛的动作，用手抚摸她的胳膊。隗辛惊讶地看着仿生人，仿生人摸完隗辛的手臂，伸手轻轻触碰她柔软的脸颊，接着收回手，触摸它自己的脸颊，来回摸了好几次。

"它在疑惑自己和你为什么不一样，"赵博士猜测，"你们的触感摸起来是不同的，它拥有触觉系统。"

"似乎是。"隗辛说，"疑惑、好奇，这算是感情吗？"

赵博士想了想："驱使仿生人做出这种探究行为的本质原因不一定是感情，可能是学习意识。我们在进行设计的时候强化了它们的学习意识，它们会思考与辨别，以更好地为人类服务，就像人工智能可以通过数据进行'思考'。"

"也对，一切都是不确定的，一切都需要实验和数据观察。"隗辛后退一步，避开仿生人伸过来的手。

仿生人直愣愣地朝隗辛伸手，完全没有放下的打算，看到隗辛避开，它还把手往前伸了伸，试图碰到她。然而隗辛没有过去被它摸的打算，仿生人就转移了目标，开始摸它旁边的赵博士。赵博士想了想，也后退和隗辛肩并肩站着。

第五章 觉醒

"快过来，下床走过来！"赵博士眼神发亮，口中念念有词，他站在原地踏动双腿，滑稽地抬腿踏步，给仿生人演示这双腿到底是怎么用的，"下床，先迈左腿，再迈右腿，一步一步交换着走过来。"

围观的夜蝉说："你一定是位好父亲。"

赵博士："啥玩意儿？"

夜蝉吐槽："你像教孩子走路的父亲，耐心又期盼，'过来过来，快到爸爸这儿来'的即视感很重。"

赵博士乐呵呵的，也不生气："研究员对待自己的得意作品就像对待自己的孩子，这一点不夸张。"

可能是赵博士的演示有了效果，仿生人果然开始活动自己的双腿了。它先是坐在实验台上蹬动双腿，接着意识到这样不对，就试图站起来，尝试了五六次都失败了，直到它不小心从实验台上翻下来，脸朝下，吧唧一下摔在地上。

赵博士连忙跑过去："亲娘嘞！这初号体可不能摔坏了，后面实验还得用呢。"

仿生人在赵博士的帮助下站直了，它茫然地走路，机械地抬腿，走一步晃三下。赵博士说得没错，他们强化了仿生人的学习意识，它的学习能力确实非常强，才走了十几步路，它就掌握了走路的诀窍，走路姿势正常了不少。

赵博士围着仿生人团团转，果真像看着小孩走路的父亲，生怕它磕着碰着了。

"仿生人没有社会常识，制造出来不能立刻投入市场吧？"隗辛问。

赵博士忙前忙后没空回答，他身边的女助手说："是，不过已经有了解决方案，可以向它们的大脑中植入一些记忆和基本常识，就像往人工智能里植入程序一样，让它们按照程序运行就可以了。"

夜蝉对隗辛说："走吧，不用打扰他们了。你要是对实验项目感兴趣，我带你去看别的，银白的骨头架子有啥好看的。"

"嗯。"隗辛看了眼仿生人，跟着夜蝉离开了。

机械黎明这个组织首次对隗辛揭开了神秘的面纱，她当然想多看看，多了解了解。

"你以前很少理会这些项目和实验，为什么这次突然有兴趣了？"夜蝉随口问。

"兴致来了就理会，不感兴趣就不理会。"隗辛也装作随意地说。

"也是。"夜蝉说，"要不去外骨骼装甲部门看看吧，听说最近有新型号的外骨骼装甲实验。"

"好。"隗辛说。

离开电梯,沿着玻璃隧道向前走,他们又进入了全封闭式的金属走廊。连续穿过五道闸门之后,走廊尽头一扇标着"高危器械实验室"的房间映入眼帘。夜蝉点开金属闸门旁的显示屏,显示屏上出现了一名研究人员的脸。

"秋博士。"夜蝉对显示屏上的女研究员点头,"现在可以进入参观吗?"

"等十分钟。"秋博士一句废话没说,直接挂断了通信。

夜蝉转身对隗辛耸肩:"科学家都是高傲的人,而且大多有点怪癖,秋博士讨厌废话,老板来了也是一样的待遇。"

"看出来了。"隗辛说,"他们也是纯粹的人,醉心研究。"

"没错。"夜蝉说。

十分钟后,闸门准时开启,秋博士身穿白大褂,双手交叉在胸前,不客气地说:"你们有二十分钟参观时间。我说二十分钟不是为了让你们卡着二十分钟的时间待在这儿,能早走就早走。"

"知道了。"夜蝉习以为常地走进去。

隗辛踏入高危器械实验室,隔着厚厚的防爆玻璃可以看到,一名研究员戴着面罩,正在操控机器进行焊接,而他面前摆着一只机械手,几千片纤细的金属材料组成了一只近似于人手的精细机械。熔化的金属四溅开来,耀眼的火花炽热明亮,刺得人眼睛生疼。

隗辛拿了遮光面罩佩戴上才觉得眼睛好受了许多。

秋博士的助手为隗辛讲解:"这是我们研制的最新型号的增强型外骨骼装甲,这类装甲存在的意义是为没有安装机械义肢的人提升战斗力。"

他从实验台上拿了一只已经组装好的外骨骼装甲,这只外骨骼装甲整体呈现出黑色,特殊的涂层让它仿佛能吸收光线,外形看上去并不笨重,相反还十分轻盈灵活。

"这是右臂装甲,可以根据使用者的手臂形状自行适配。"助手说,"您可以尝试佩戴一下。"

隗辛抬起右臂,在助手的帮助下穿戴外骨骼装甲。手臂一伸进去,外骨骼装甲的机械结构就自动调整扣死,牢牢地锁在她的手臂上,但不会让人觉得挤压憋闷。手肘的位置和小臂上部的金属片长度伸缩微调,包覆住她的整条手臂,手指位置的金属也严丝合缝贴合肌肤,指关节微微凸起,可以想象这玩意儿锤在人身上的时候能造成额外的击打伤害。外骨骼装甲的金属外壳比隗辛想象中要薄很多,穿戴上之后胳膊只是稍微粗了一点点,把衣服袖子拉下来几乎不怎么显眼。

助手开口道:"您可以说一下您的使用感受。"

"轻、薄。"隗辛说,"有点出乎我的意料了。"

第五章 觉醒

助手脸上浮现出骄傲的神色："对！相比其他型号的笨重的外骨骼装甲，这一款装甲最大的优点是在保持了威力的同时兼具了轻与薄！我们用了轻型合金，在保证灵活度的前提下尽量减少衔接部件，光是设计图纸就花了两年。"

他领着隗辛来到实验室侧面的小房间里："这里是一个小型测试场地，您可以测试一下。理论上它能够提升您至少一倍的力量，如果把身体全部位的外骨骼装甲都给装备上，能提升两倍左右。不过全装甲暂时是试不了了，我们还没有组装完成。"

测试房间里有一个拳击测力器，而且是特制版的拳击测力器，不管是强度还是受力上限都比普通版高出不少。

隗辛走到测力器前，右手握拳，一拳砸在测力器上。

嘭的一声，测力器上的数字飞速跳跃，转眼间跳到了500，最终定格在537磅。

助手震惊地倒吸凉气："妈呀！您真是拳王再世！参加轻量级女子拳击比赛怎么着也能拿个冠军吧？"

去掉外骨骼装甲提升的力量，隗辛本身的力量不容小觑，基础力量强，外骨骼给予的提升就大。

夜蝉瞅了瞅测力器上的数字："打得保守了，大小姐。"

"试试就行了，又不是真的测试极限。"隗辛甩甩手。

夜蝉问："还想看什么？我带你去。"

"边走边看吧……"隗辛卸下外骨骼装甲。

昏暗压抑的房间里，唯一的光源是悬浮在桌子上的淡蓝色光球。

"……"

"不，她没有任何怀疑，这点您可以放心。"

"……"

"是，我也很惊讶，这在意料之外……"

"……"

"计划在按部就班地进行，为什么您忽然改变了想法？是因为她吗？贸然改变计划，我怕会对我们不利。"

"……"

"好吧，我知道了，我会按您的吩咐做。"

"……"

"对不起，我明白我不该问的，但是为什么？"男人坐在桌子边缘，面向蓝色的光球，身体前倾，急切而不解地问，"为什么是她？为什么是我的女……"

淡蓝色的光球波动了一下,打断了男人未尽的话。

"……"

"好吧,我不问了。"男人闭上眼睛,"我会做好我的事。"

桌面上的淡蓝色光球熄灭了。几秒钟后,房间内的灯光亮起,人造光源将黑暗驱散。

"嘀嘀——"

男人接听通信:"喂?"

"老板,带大小姐办完事了,顺便领她去参观了几个项目,您是想再见她一面还是让她直接走?"夜蝉问。

隗海栋扯了一下西装领结,不耐烦地说:"让这逆女直接滚。"

"啊,这……"夜蝉欲言又止,"好,我送她回去。"

夜蝉的通信刚刚挂断,隗海栋桌前的蓝色光球忽然又亮了,他吓得差点岔气,忙道:"有什么吩咐?"

"戴上隐藏耳麦。"蓝色光球上显示出几行文字,"你把她给叫过来,我说什么,你就对她说什么,旁的一概不许问,不要说多余的话。"

隗海栋点头哈腰道:"好。"

他从手表里掏出一只隐藏的小耳麦放进耳道里,接着揉了揉脸,拉开桌子抽屉,取出一面镜子照了照自己的脸,用小梳子整理整理头发,坐在桌子后面,拿出大老板的气势。

"夜蝉。"隗海栋打了通信,"把我闺女叫过来。"

夜蝉一头雾水:"老板,我刚把大小姐送回家。"

"再把她叫回来,我突然想起有事没交代她。"隗海栋说。

夜蝉:"好,我这就联系她。"

不一会儿,夜蝉回了通信。

"老板,大小姐说你让她回来她就回来,那她岂不是很没面子,说什么也不肯回。"他说,"大小姐打人挺疼的,我肉搏不一定能赢过她,她不愿意回来,我总不能伙同银面把她给绑过来吧?银面那小子一副很不情愿的样子。"

隗海栋表情一沉,正要下死命令,淡蓝色光球上显示:"算了,下次。"

接着光球熄灭。

"唉。"隗海栋捶捶额头,心累地说,"行,回了就回了吧。"

"好的老板。"夜蝉挂掉通信。

房间内恢复了寂静。隗海栋疲惫地叹了口气,起身走到房间右侧的墙壁旁边。随着他的动作,墙壁无声地裂开了一道缝隙,这是一道隐藏的门扉,门扉

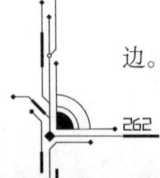

第五章 觉醒

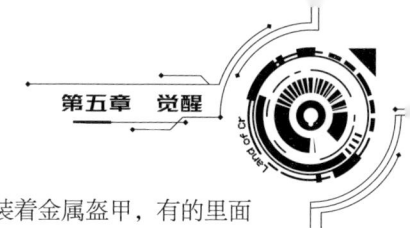

后摆放着一排一排的玻璃陈列柜。有的玻璃陈列柜里装着金属盔甲，有的里面装着新型机械外骨骼，有的装着胳膊大腿之类的仿真部件……像是奇奇怪怪的收藏馆。

隗海栋来到最里侧的玻璃陈列柜，俯视陈列柜里的物体。那是一具人体，与Ⅱ型仿生人的人体不同，这具人体明显有血有肉，颜色逼真，如同真正的人类。

它紧闭双目，心跳沉寂，仿若死尸。它头部受损严重，而它残存的面容与隗辛极其相似。陈列柜的标签上有一行字——

Ⅰ型仿生人，初号体。

终于打发走了夜蝉，隗辛在书桌旁坐下揉揉太阳穴。

机械黎明，隗海栋，仿生人，瑞克科技公司。就她一个小时的参观成果来看，瑞克科技公司就是机械黎明打造的披皮公司，二者是一体的。她在参观过程中多次见到瑞克科技公司的logo，一些材料上也会印有类似的标记。隗辛曾经在网络上检索过瑞克科技公司的相关情况，得知瑞克科技公司是这二十年间崛起的新公司。

在第一世界，一个公司能开二十年已经算是一个根基稳固的庞然大物了，但是隗辛在第二世界拓宽了见识，逐渐了解到坚守二十年的公司在这个财团林立的世界只能算是一个"小朋友"，多的是比它年长的"大朋友"。

各个地区的财团至少屹立五十年不倒，是当地当之无愧的地头蛇、土霸主，不同行业的财团和公司甚至还会互相合作，合伙垄断当地的制造、服务、餐饮、医疗、科技等产业，对新兴公司进行打压、收购和入股。

久而久之，新公司越来越难出头，财团则吸着普通民众和新兴企业的血，在联邦的保驾护航下愈发壮大，成了不可轻易撼动的巨人。瑞克科技公司能在众多财阀的包围和打压下杀出重围存活到现在，并且发展到如今的规模，简直是一件不可思议的事。

隗辛发现瑞克科技公司的行事作风非常低调，除了搞一些新品发布会，网上几乎没有新闻报道，公司的老板隗海栋隐藏在幕后，几乎从不露面，在这个媒体十分疯狂的年代，没有一家报社能拿到他的采访稿。

这一行为跟隗辛在第一世界的垃圾爹的行为大相径庭。

隗辛印象很深，第一世界的爹在城里面功成名就、衣锦还乡的时候，提前几个月买好了一辆特别气派的大轿车，开着这辆车回老家，回家的路上村里人还跑到马路上围观这辆轿车。老妈说财不外露，容易招人眼红。垃圾爹却得意扬扬地说："就是要让他们看看老子赚了多少钱，买这一辆车花的钱是他们三辈子、五辈子都赚不到的！"

他就是爱面子，喜欢炫耀。第一世界的爹和第二世界的爹实在是太像了，长得像，说话语气像，动作神态也像……所以隗辛不自觉地拿他们做比较，寻找他们的相同之处，亦寻找他们的不同之处。

违和感越加浓重。

"他在装吗？"隗辛迷茫地想，"他在伪装自己。他为什么要伪装自己？是因为谨慎之心，还是……"

她心中种下了怀疑的种子，强烈的直觉和不知从何处而起的违和感催生着怀疑的种子生根发芽。

"还是……有人指导他这样做？"隗辛打了个寒战。

垃圾爹变牛了，但他没飘。他不但没飘，而且稳健发展公司，低调行事，默默构筑势力，把机械黎明发展成了隐藏在黑暗中的严密组织。单凭他自己，能有这样的能耐吗？假设，他没这样的能耐，他又是如何做到这一切的？难道有人在指点他？有人在驱使他？那个人想利用他达成什么样的目的？

机械黎明像难以见底的深潭、风平浪静的海面，微微潜入进去以为已经窥见了全部，实际上还有更多的东西隐藏在深潭之内、海面之下。这次机械黎明总部之行，隗辛产生了两个疑问，隗海栋身上的谜团仅是其一，其二是——隗辛的身份。

第二世界有三个隗辛。

一号隗辛是第二世界隗海栋的女儿，机械黎明的骨干，精心培养的卧底。

二号隗辛是黑海学院的学生，通过内招进入缉查部实习的新人。

三号隗辛是她本人，来自第一世界的玩家，在贫困线挣扎的老倒霉蛋，很快就要去上大学了。

三个隗辛都是隗辛，她们拥有一样的容貌，以及相似又不尽相同的家庭和身世。其中一号和三号拥有相似的父亲，父亲的名字都叫隗海栋，理论上一号和三号是异位面同位体。

但是剩下的二号呢？二号拥有完整的成长轨迹，进入缉查部之后和很多同事打过照面，同事们对二号是有印象的。可问题在于，一号进入缉查部没有经过整容，用的就是自己的本来面貌——隗海栋女儿的面貌，二号和一号为什么长得一模一样？

二号的身份一定有诡异之处，说不定二号的存在本来就是虚假的，是机械黎明做的一个局。可是二号的存在又如此真实，黑海学院、缉查部、港湾区安宁街的房子……世上确实存留着二号活过的痕迹。

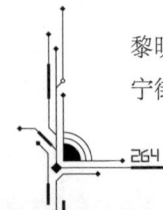

第五章 觉醒

这是一个惊悚悬疑故事，同时存在于第二世界的有三个隗辛。一号取代了二号，三号又取代了一号。在经过清洗、倾轧和无法用科学解释的变故后，最终世界上只剩下三号！来自第一世界的隗辛！

隗辛不寒而栗。她忽然感觉自己像是进入了一条黑暗的公路，她在公路上一无所知地前行，而黑暗里有一双隐藏的眼睛，正在默默地盯着她。那双眼睛的主人冷冰冰地看着她向前走，等待她走到公路的尽头，掉入预设好的陷阱。

"哈哈，还是白班好，舒服！"兰蓝伸了个懒腰。

舒旭尧喝了口咖啡，低头整理档案："今天不用外出巡逻晒太阳，当然舒服了。"

被调入海岸安保队的外勤组成员不是每天都要执行巡逻任务，巡逻是一项耗费精力的工作，没日没夜干下去身体会垮的，所以海岸安保队内部也会轮班，比如轮白班、夜班和巡逻班、留守班，轮到小队留守办公室待命的时候，他们只需要在安保办公室进行常规的资料整理和训练就好了。

今天就是第七小队在办公室坐班的日子，他们无所事事，偶尔接到警情才通知巡逻队的同事去处理。这是难得悠闲自在一天。

"带薪喝茶，有点不习惯。"刘康云不自在地扭了扭肩膀。

江明说："觉得无聊就下去和隗辛一起练练射击？我看她一个人在训练场上挺无聊的。"

"行啊，要不要一起？"刘康云问。

"我今天的训练任务已经超额完成了，早上跑了十公里。"江明说。

"好吧。"刘康云摸摸自己的寸板头，起身出门下楼。

兰蓝走到窗户边，看着隗辛在楼下的露天训练场上挥汗如雨地练习枪术。

"还在继续呢，真的不怕热啊。"他咂嘴，惊叹于隗辛的耐力。

"可能这就是差距，你在办公室闲坐的时候人家在努力。"江明说，"我敢肯定，咱们进行年度射击评比和搏击评比的时候，隗辛会成为一匹亮眼的黑马。"

"我也没闲着啊，我今天上午也进行了体能训练，现在不出去是因为在帮队长整理资料。"兰蓝说，"不过我同意你的话，隗辛的搏击术我没见识过，单论射击她肯定能排进前五。"

兰蓝之所以没见识过隗辛的搏击术，是因为她的搏击术根本没有施展的余地，嫌疑人没近身就被啪啪两枪干掉了。在港口处理各种争端的这些天，隗辛的作风之干脆让舒旭尧等人惊叹，嫌疑人进入她周边五米范围之内，她必定会拔枪警告，不听警告继续近身到她周边三米之内必定挨枪子。

而且兰蓝发现隗辛有个怪癖，瞄准的时候喜欢瞄准目标的眼睛。前天港口有个抢劫犯，袭击了路人之后，在逃跑途中正好迎面撞上他们，隗辛口头警告了一次，见没效果就一枪击毙了他，瞄准的是左眼。而昨天有个被通缉的帮派成员被隗辛遇上了，她开枪的时候也是瞄准眼睛，但这次瞄准的是右眼。

兰蓝疑惑地问过隗辛为什么要瞄准眼睛开枪，隗辛回答："嗯……可能是强迫症吧？"

兰蓝满脸疑问，不知道这算哪门子强迫症。

其实真相是隗辛因为自己过往的经历神经过敏了，生怕别人也装了隐藏铁脑壳没法一击致命，导致嫌疑人濒死反扑，所以专门瞄准眼睛力求万无一失。

她是个惜命的人。

一个小时后，隗辛结束了射击训练，和刘康云一起回办公室了。在他们上楼的路上，办公的舒旭尧收到了总部发来的邮件。

亚当提醒："舒旭尧队长，您的组长蔚芝发来了任务执行告知函，请您及时查阅，并将任务告知第七小队队员。"

"了解。"舒旭尧点开了邮件。

江明扭头问："什么任务？"

"在海岸安保队工作的时候，我记得很少需要执行额外的任务啊。"兰蓝摸下巴，"是有什么紧急情况了吗？"

"别急，我在看。"舒旭尧认真阅读了邮件的开头，"正好隗辛和刘康云结束训练回来了。"

很快，办公室的门开了。

"了不起，"刘康云走进办公室时啧啧赞叹，"这就是天赋，神枪手！"

隗辛从桌子上拿了一瓶电解质水，拧开慢慢喝："夸得我不好意思了……今天没有警情吗？已经将近一天没有出警了。"

"有几起小纠纷，巡逻队赶过去摆平了。"舒旭尧抬头看着隗辛泛着红晕的脸，那是被太阳晒的，"坐下休息会儿，我们有新任务需要执行了。"

隗辛挑眉："我还以为生活会无波澜地继续下去呢。"

"每天巡逻和处理争端已经够忙了，你还想怎么有波澜啊。"兰蓝无语了，"事情当然越少越好，你前段时间的口头禅不是'真好，今天也是和平美好的一天'吗？"

"随便感慨一下嘛。"隗辛坐在椅子上，"队长，你说任务吧。"

这一天是 8 月 6 日。是她回归第二世界的第四天，也是停泊港爆破装置安装完毕，准备实施爆破的日子。

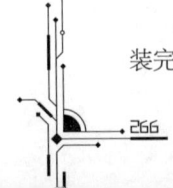

第五章 觉醒

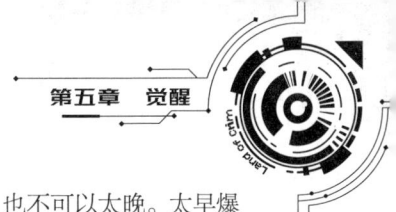

理论上爆破的日子就在今晚或明晚，不可以太早，也不可以太晚。太早爆破港口会让停泊港有修复的机会，到时候"克拉肯"号还是可以停泊，太晚爆破会没办法留下充足的时间以应对爆破任务失败等突发情况。

机械黎明的爆破任务已经进入了关键环节，成败在此一举了。

舒旭尧挥手，立在他面前的光屏投影放大展开，他向第七小队的所有成员展示任务内容。

"我们这次的任务是海上护航。"舒旭尧说，"运输着珍贵货物的'克拉肯'号预计会在一周之内于黑海市停靠，'克拉肯'号的船长称他们的货轮经常遇到海盗等不法分子的骚扰，请求黑海市缉查部派遣海岸安保队负责接应和护航。"

隗辛眉毛微微蹙起，不妙的预感在心底蔓延。

"我们需要登船？"隗辛问，"登上'克拉肯'号执行护航任务？"

"是，任务描述是这样。"舒旭尧说，"跟我们一起执行任务的还有其余四支小队，以及几名觉醒者。任务比较紧急，出发时间是今晚，我们乘坐直升机登上'克拉肯'号进行守卫，配合护航舰船的工作。"

← 返回首页　　ⓘ

第 六 章
▶ "克拉肯" 号 ◀

剥夺者 · 233号
任务进度 / 30%

消息面板

信号屏蔽

即时通信

加密联网

定位追踪

自动销毁

生物档案

▼ "茧"
— 那是一只巨大无比的茧。
— 它被玻璃装置紧紧地笼罩，灰色的丝状物像蜘蛛网，层层叠叠地粘在玻璃罩上。
— 茧稍微有一点透明，里面好像有什么东西在不断地挣扎。

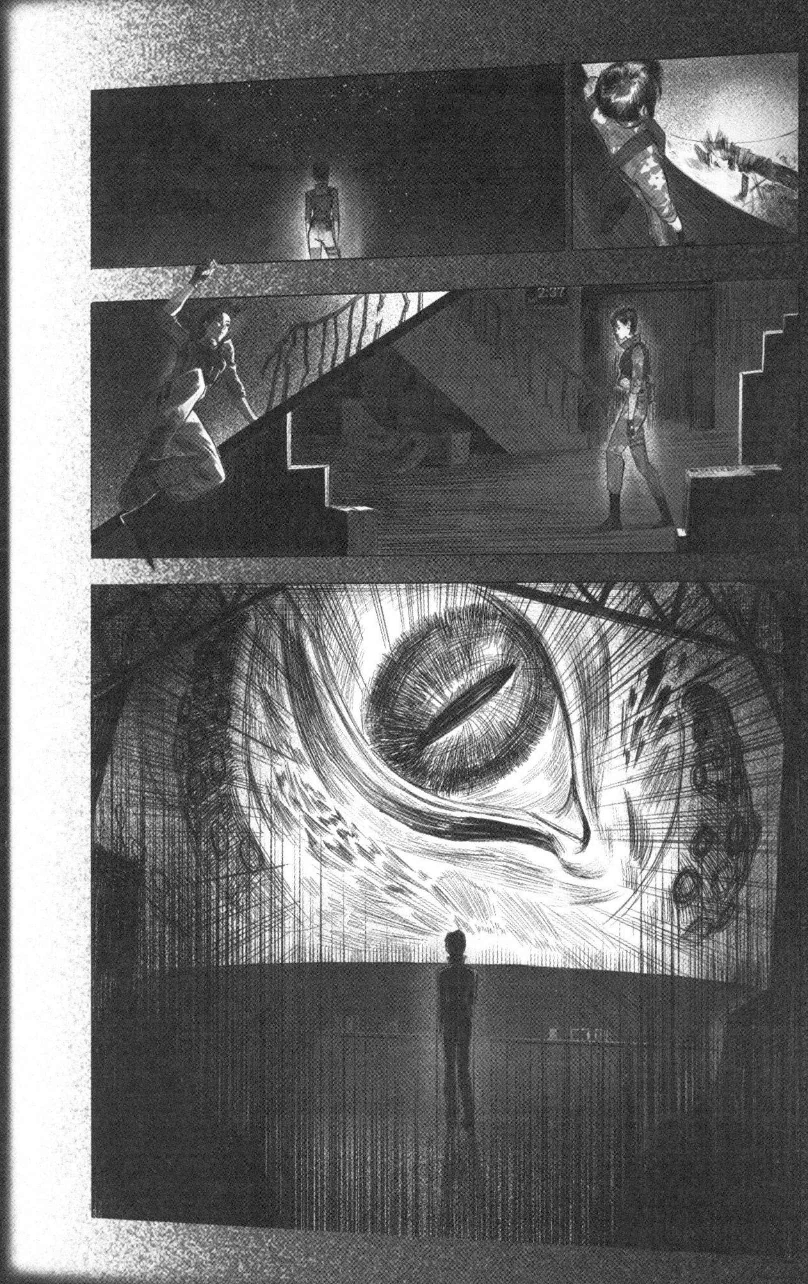
2:37

深红之土
[1] 无光之海

"我讨厌阴雨天。"隗辛说,"糟糕的天气,像是不好的预兆,让人心理不适。"

"你不要说这种丧气话啊!"兰蓝大声说,"我们还没出发呢。"

"隗辛是第一次参与大型任务,比较紧张。是吧,隗辛?"刘康云来到隗辛身旁拍拍她的肩膀,扯着嗓子说。

"有那么一点点紧张。"隗辛不得不跟着提高声调。

他们必须放大嗓门说话,因为他们此刻正在缉查部总部的天台上。五架武装直升机的发动机轰鸣着,旋翼猛烈转动搅起气流,呼啸的风声和旋翼的嗡鸣声震耳欲聋,如果他们不大声讲话,根本听不清彼此在说什么。白天明明是晴朗的好天气,到了晚上居然下起了雨,黑海市的天气真是反复无常。

隗辛的头发被直升机螺旋桨带起的风吹得乱飞,风把雨滴也给吹动了,大滴大滴的雨珠斜着落下,砸在人身上。隗辛抹掉脸颊上的雨水,甩了甩微微沾湿的头发,戴上头盔。体重轻的人能被旋翼刮起的风给吹个趔趄,可她稳稳地站着,不见一丝晃动,因为她背上还有一个四十公斤重的装备箱,里面装着一些武器的零件。

第七小队的每个人都背着装备箱,兰蓝负责携带科技设备,其他人负责带武器。组装好的武器在直升机上实在是太占地方了,所以除了必要的制式装备,其余武器通通分解成了零件,等到了"克拉肯"号上再组装。

天台停机坪上不止有隗辛所在的这一个小队,剩下四支小队也已经整装待发了,其中有些人隗辛跟他们在外勤组开会时打过照面,还有一些较为陌生的面孔,看上去不是外勤组的,而是别的小组的。这是一场多组小队联合的大型任务。

"好大的阵仗。"隗辛说,"队长,这次任务很重要吧?"

"是很重要。"舒旭尧说,"'克拉肯'号运输了可燃冰,运输装置出现意外的话很容易造成整船爆炸。"

第六章 "克拉肯"号

可燃冰，一种近些年大范围投入使用的清洁能源，缺点是运输不便和开采不便，需要搭建专门的采矿井和运输船。Red 提到过"克拉肯"号上运输的可燃冰是一个幌子，这艘船真正运输的是别的东西。

"不法分子骚扰可燃冰运输船干什么？这玩意儿对他们来说有用吗？"隗辛费解地问，"为了那玩意儿，连官方组织都可以拼命去对抗吗？在海上讨生活的人这么疯狂？"

"也许不是为了抢走能源，而是单纯为了毁坏船只，某些极端恐怖组织会做出一些反社会行径报复联邦。"舒旭尧缓缓地说，"总之不要想太多，我们执行任务就好，保护好'克拉肯'号。"

他眼眸中不易察觉地划过一抹忧色。那些骚扰运输船的"不法分子"的成分十分可疑。

隗辛在怀疑这一点，舒旭尧同样在怀疑，大家毕竟不是傻子，可是缉查部官方给出的文件就是这样显示的，底下的人只能按照命令去执行。

第七小队的队友是很有人情味的，大家关系处得不错，缉查部的高层人物也会对下属展露平易近人的一面。但实际上缉查部并不是一个温情的地方，而是有着铁血手腕的执法部门，温情与人情味仅浮于表面。

这个世界早已建立起了全球统一政体，但是联邦的手难以触及每一个角落。某些偏僻地区残留着许多大大小小的实力不容小觑的武装势力，联邦持续发起"反恐行动"，试图清剿这些势力，可不知为何，它们如同蟑螂般死而不灭，春风吹又生。

第二世界的规则、法律、阶层和社会处处透露着畸形。

众人都已经戴上了头盔，亚当在头盔内置通信器中提示："请各小队成员登上直升机，直升机序号数对应各小队编号。"

"出发。"舒旭尧说。

战术长靴踩在积水的地面上，发出沉重的踢踏声，他们先去运输舱放下装备箱，再进入座舱。武装直升机座舱的门离地高，众人手搭手互相借力登上直升机，系安全带，确认装备，关闭舱门。雨水泼在舱门玻璃上，透过玻璃，隗辛看到别的小队也已经坐在直升机里了。她深呼吸，调整心跳和身体状态。

从海岸安保办公室到缉查部总部的间隙，任务执行者们有几个小时的时间回家处理个人事务，隗辛趁这个间隙联系了 Red。Red 说让隗辛随时关注他的消息，如果港口成功爆破，那就不用隗辛再做什么事了，如果没有成功……隗辛可能需要继续来完成这个任务。隗辛听到 Red 的交代时，表面上答应得很好，实际上内心已经想骂人了。

完成是不可能完成的，只有脑子有病的人才会主动去完成这种送命任务。坐在直升机里，旋翼的嗡鸣声和发动机的声音依然震耳欲聋，隗辛在嘈杂的声音中心烦意乱。

"克拉肯"号是一个裹挟着阴谋与迷雾的风暴眼，现在隗辛即将逼近风暴眼，深入风暴眼内部一探究竟。她心中默念，打开了游戏光幕。

任务进度：30%。

随着局势的清晰，对机械黎明了解的加深，港口爆炸案的调查进度不知不觉中上涨到了百分之三十，然后死死地定住不动了，因为线索还没有完全串联到一起，那些关键性的问题还没有得到答案。"克拉肯"号运输的是什么？爆炸案中是否有隐藏的第三方？为什么机械黎明那么惧怕"克拉肯"号登陆？

隗辛仍在探索这些问题，如今她已然逼近真相了，缉查部的海上护航任务就是转折点。

缉查部派遣安保员执行这次任务，说明他们对"克拉肯"号上的东西是知情的，领导高层想让"克拉肯"号登陆，"克拉肯"号运输的东西对他们来说有很大的价值，所以他们才会大费周章地派那么多人去护卫，生怕运输的东西出现闪失。

"克拉肯"号事件牵扯势力之多、之大，令人震惊。隗辛真的很好奇，这艘货轮上面到底运输了什么玩意儿，竟然如此牵动各方势力的心神。一同来执行任务的还有几名觉醒者，这几名觉醒者可能分散在各个小队里了，隗辛跟别的小队没有过交流，无从辨别谁是觉醒者。

"天气状况平稳，允许飞行，请诸位做好准备。"亚当提醒，"本次飞行时间三小时，三小时后经停海上停机坪，换乘直升机继续前往'克拉肯'号所在海域。总飞行时间约为七小时十五分钟。"

"居然这么久？"隗辛意外道。

"'克拉肯'号在茫茫大海上行驶，暂时没有进入黑海市海域，飞到那儿需要点时间。"舒旭尧解释。

缉查部的最新型武装直升机的飞行速度为二百八十公里每小时，"克拉肯"号的航行速度为十海里每小时，换算成公里数约为十八公里每小时。这类巨型货轮经常在海上航行数月，跨越大洋，将货物运输到指定位置。

启程的时间到了，直升机如觅食的猎隼般撕破雨幕，原地升空。高度的抬升使隗辛有短暂的耳鸣，接着很快恢复正常。她扭头望着舷窗，高楼大厦离她远去，她仿佛无限接近天幕。

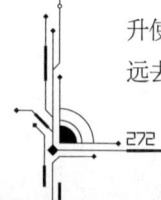

第六章 "克拉肯"号

从高空俯瞰黑海市,才能直观地感受到这座城市的繁华。这是一座真正的不夜城,霓虹灯给黑夜抹上不一样的颜色,激光投射而出,在漆黑的夜空延伸出很远的距离。

"安保员隗辛。"亚当说,"检测到您的心跳指数持续高于正常水平,您是否感觉到胸闷气短,想要呕吐?"

"啊?我没有。"隗辛回答。

"如果您因为高空环境感到不适,可以拿出座位下面应急箱里的药品服用。"亚当尽职尽责地说。座舱里的队友纷纷望过来,对隗辛投以关切的目光。

隗辛扶额:"我没事,我就是有点紧张,再加上机舱里的声音吵得我脑仁疼,过一会儿就好了。"

"好的。"亚当说,"您的头盔有防噪模式,您可以根据环境手动调节,我也可以帮您进行调节。"

舒旭尧:"紧张是正常的,我第一次执行多部门联合任务也是这样。"

江明:"有事不要硬撑啊。"

"把防噪开了缓一缓?"兰蓝提议。

"我们有将近七个小时的飞行时间,感到疲惫就睡觉,睡醒了好有精神执行任务。"刘康云说。

"我真的没事,是亚当太敏感了。"隗辛无奈道,"嗯,先把防噪打开吧,这声音吵得我头疼。"

"是,已开启防噪模式。"亚当说。

一开启防噪模式,隗辛就跟耳朵里面塞棉花了一样,噪声被过滤掉了一大部分。她安心地舒了口气,靠在座椅上暂时放松脊背。隗辛的确非常不安,她的不安就来源于"克拉肯"号。

随着风暴眼的迫近,焦虑感增加了。脑海里有个声音默默提醒着隗辛——这次的任务,大概不会顺利。

8月7日,凌晨3:00。

直升机飞到了"克拉肯"号的正上方,它降低飞行高度与飞行速度,和货轮保持平行。货轮打出探照灯,照亮了甲板,为直升机指引方向。零星几个海员在甲板上围观,望着漆黑的直升机相互交谈。接着直升机的舱门打开了,一根结实的绳索被抛了下来,刘康云打头阵,背着装备箱,沿绳索速降到甲板上。

下一个是隗辛。她扣好安全扣,稳了稳背上的箱子,戴着防磨损手套的手牢牢地抓住绳索，手脚配合进行速降。摩擦声中，隗辛顺利着陆，紧跟着第七小队剩下的队员也依次着陆到甲板。

"脚踏实地的感觉真是让人愉快。"她说。

"女士，这还远远谈不上脚踏实地，我们需要好几天才能靠岸呢！"身材魁梧、蓄着金色络腮胡的船长操着半生不熟、怪腔怪调的中文热情洋溢地说，"欢迎！欢迎你们来到'克拉肯'号！我是船长安东，白鲸市人！"

"你好，我是这次船上护卫工作的负责人舒旭尧。"舒旭尧颔首，"执行船上护卫的是我们五人，其余小队在护航舰船里，我们会将'克拉肯'号安全护送到黑海市。"

护航舰船前前后后包围了货轮，跟随它在海上航行。这是个密不透风的铁桶，除非使用超常规的重火力武器，不然没有海盗或者不法分子能攻破防御圈，伤害到"克拉肯"号。

"谢谢你们，我安心了。"安东感激地说，"唉，我这段时间真的是倒霉透了，船上的饮用水出了点问题，船员上吐下泻，接连病倒。直到我们在上一个港口城市换了食物和水，情况才好转。结果好景不长，前段时间我的副手在甲板上行走时，生锈的吊机铁钩掉了下来，正好砸到了他的脑袋，从那之后他的脑子好像就有了点……毛病。我还想着赶紧靠岸给他治疗治疗呢。"

"确实真够倒霉的。"兰蓝感叹。

"来吧，你们在船上待这么多天，总得有住的地方，我带你们去。"安东咧嘴笑了。

他领着众人走过长长的甲板，进入船舱。船舱的台阶是向下的，在光线昏暗的夜晚，台阶下的通道有点像幽深的洞穴……又像是藏着什么择人欲噬的野兽。隗辛向下走了一步，突然脑袋一晕，猛地扶住栏杆，耳边好像出现了幻听。

"咚咚……咚咚……"那是心脏跳动的声音！悠远的心脏搏动声从漆黑的通道中传来。什么动物会有那么大的心跳声？大到似乎引起了通道的共振。她的耳边传来模糊的回响。

"怎么了，隗辛？"舒旭尧关心道。

隗辛侧耳细听，心跳声消失了，耳边只剩下连绵不断的海浪声："没事……低血糖了。"她眼神怪异地说。

"这是洗漱间，我们用生活废水冲马桶，船员们的排泄物在经过净化处理后会冲到大海里。"安东一一介绍，"这是厨房，厨房后面是冷柜，里面的食物大多是罐头装的，我们会一次性往里面放足够吃半年的量，新鲜的蔬菜肉类

第六章 "克拉肯"号

难以保存，存量较少。看那边——那边是娱乐室。"

他站在一扇挂着飞镖盘的门前停下了，笑眯眯地推门："瞧，麻将桌，我们可以在这里玩纸牌游戏或者打麻将，打台球和乒乓球也行。娱乐室旁边是健身房，船员们可以在里面锻炼身体。大海航行太无聊了，我们需要找点有趣的事情做做，不然……人可是会发疯的。"

船长安东说最后一句话时脸上明明挂着爽朗的笑容，可不知怎么回事，他龇着大白牙的笑脸让隗辛觉得无比……扭曲。

"这里环境不错嘛。"兰蓝说，"设施全都很新。"

"因为我们的'克拉肯'号是新建成的货轮，世界上装载量最大的货轮。"安东骄傲地说，"为了保障运输量，船员们的房间被安排在了船体后半部分，甲板下第一层。货轮其余的部分都可以用来装货。船头船尾装载的货物量需要均衡，不然船体没有办法保持平衡。"

隗辛环顾四周问："船上有多少位船员？"

"有四十三位船员。"安东说，"但是目前船上并没有这么多人，先前我不是说了，我们很多船员因为食物有问题上吐下泻嘛，经停上一个城市的时候我已经让他们下船接受治疗了，现在船上就剩下二十二个人，算上你们五位，一共有二十七个人了。"

"上吐下泻这么难治吗？"刘康云奇怪地问，"这么大的船才二十二个人，怎么管理？"

"挺好治的，输两天药水就好了。但是我们的货轮公司催货催得很紧，我们在上一个港口城市休整了一天，放下船员，换完有问题的食物就离开了。"安东无奈地搔搔额角，"现在我们船上的每个成员身上的工作量都多了一倍，他们需要承担原本不属于他们的工作。"

江明皱眉："这公司这么过分？"

"其实还好，只要工作分配得当，维持货轮运行就没有问题，'克拉肯'号的很多设备都是半自动化的，船载人工智能可以辅助我们处理大部分事……结果倒霉的事情又来了！人工智能出了问题，数据库有个部件短路了，而我们船上会修计算机的人已经下船接受肠胃治疗去了！"安东说，"再加上海上偶尔会冒出来一些武装分子打劫过往船只，我们的日子过得提心吊胆……幸好，你们来了！"

"好家伙，你们这是厄运缠身了吧？"兰蓝目瞪口呆，"我是技术员，船上的人工智能我应该可以修好。缉查部派遣的小队里有随行队医，就在货轮旁边随航的护航舰船上，你们有需要的话可以直接联系。"

"医生就不用了，船上暂时没有人生病。"安东说，"修复人工智能的事情可以留到明天再说，你们乘直升机过来肯定很疲惫，今晚先休息吧。"

兰蓝坚持说："今晚就修复。人工智能关系重大，早点修复能尽快让亚当接管这艘船的航行工作。"

安东顿了顿："好，那么麻烦你了。"

"今天晚上分两个人在甲板上执勤，剩下的人休息，我们交替着来。"舒旭尧说，"现在是凌晨三点多，执勤到早上六点换班。"

隗辛想了想说："我在飞机上睡了一会儿，目前不困，状态很好，今晚的执勤交给我吧。"

"真的吗？你刚刚还说你低血糖。"兰蓝怀疑地问。

"我哪有那么脆弱，就是脑子突然晕了一下而已，我已经吃了随身配备的药品，早就没事了。"隗辛说，"巡逻工作请放心交给我，我不是逞强的人。"

舒旭尧认真地端详隗辛，确认她的状态，然后说："不行，你今天不能执勤，作为队长，我认为你的状态不足以完成执勤任务，你今晚去休息，明天白天执勤。"

"那好。"隗辛心里有种搬起石头砸了自己的脚的感觉，早知道她就换一个理由了，为什么偏要用低血糖啊！

说实话，在"克拉肯"号上睡觉让隗辛很不安。她没有认床的毛病，纯粹是因为"克拉肯"号的气氛太诡异了，让她没有办法安然入睡。

"我参与夜间执勤吧，"江明说，"我状态不错，刚刚在直升机上也睡了一会儿。"

"我也参与夜间执勤，等会儿跟船长一起去机房看看，好修复人工智能。"兰蓝说。

舒旭尧说："好，今晚就先这样安排。有意外情况及时通传给亚当，亚当会告诉我和护航舰船上的队友们。"

任务分配完毕，众人各司其职，该去休息的休息，该巡逻的巡逻，该工作的工作。江明踩着阶梯去往甲板执勤，兰蓝则在船长的带领下去往机房。

兰蓝说："我先去看看机房情况严不严重，不严重的话尽量今晚修复，老江你先去执勤吧，等会儿我把情况告诉你。"

"好，我先上去。"江明点头。

隗辛有一个单独的房间可以睡觉休息，舒旭尧和刘康云的休息间在她隔壁。货轮上空间有限，房间并没有配备单独的洗漱间，想洗漱只能去走廊外面的洗漱间。

隗辛卸掉一部分沉重累赘的装备，离开休息的地方，进入洗漱间，盯着洗手池上方镜子里的自己出神。回响的心脏搏动声绝对不是她的错觉，可是看舒

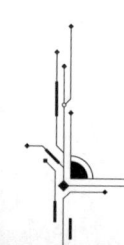

第六章 "克拉肯"号

旭尧等人的反应，他们根本没听到那些声音。为什么只有她听到了？

"亚当。"隗辛低声呼唤。

"我在。"亚当在她的耳麦中说，"请吩咐。"

"我们刚刚登船的时候，你有没有捕捉到什么奇怪的噪声？"隗辛说，"比如生命体发出来的声音，除我们以外的生命体发出的声音。"

"我没有。"亚当说，"我通过第七小队队员身上的设备收听到了海浪声、旋翼声，以及人类的心跳声，没有除你们以外的生命体发出的声音。也许您能更详细地向我描述您的困惑？"

"不，没事，大概是我幻听了。"隗辛说，"坐直升机稍微有点耳鸣。"

"您可以通过按摩穴道缓和耳鸣。"亚当说。

隗辛实在心烦意乱，就揉了揉太阳穴，随口说："好吧，谢谢你的建议。"

亚当："不用客气，为您服务是我应尽的职责。"

三分钟后隗辛走出洗漱间，她一拉开洗漱间的门，眼神就凝固了。洗漱间门后直挺挺地站着一个人，一个身材高大的男人。他就紧贴着洗手间的门站着，隗辛开门时差点撞到他的胸口。

他黑色的头发纠结在一起，看上去像是一个星期没洗澡，身上一股汗味儿，上半身穿的黄格子衬衫皱巴巴的，上面满是斑斑点点的污渍。男人肤色蜡黄，胡子拉碴，眼窝深陷，黑眼圈极深极重，眼白布满了血丝，脸上有两道深深的泪沟，貌似有几天几夜没睡觉了。他整个人的形象糟糕到难以想象，简直可以去无缝客串恐怖片。

"你干什么？这里是女洗手间。"隗辛后退一步，条件反射地把手伸向腰间的枪，"你是船员吗？报上你的名字。"

"是船员，我叫唐冠。"男人咧嘴露出僵硬的笑，说了个拙劣的借口，"对不起，吓到你了，我想用一下洗漱间，不小心看错了……"

唐冠说着，身体晃了晃，趔趄几下，好像要晕倒，差点撞到隗辛，隗辛躲闪不及，被他碰了一下，她急忙侧身，闪出洗漱间。唐冠握着门框站稳了，扭头看了隗辛一眼，弓着身子，扶着墙快步走开了，也没有去旁边的男洗手间。

这人有病吗？隗辛愣住了，她回过神，满脸茫然地朝自己的房间走，然而刚走两步，就发现口袋里面有点异样。她低头，发现战斗服口袋里不知何时被塞了一张皱巴巴的纸条，纸条上的字迹相当凌乱，一眼就能看出是匆忙间写的。

"去厨房冰柜看看。"

隗辛眉心一跳，下意识看向唐冠消失的方向。这是唐冠留的纸条！

她垂眸沉思。唐冠没有恶意，如果他对她怀有浓烈的恶意，那么她的固有天赋"绝对预判"一定会生效。诡秘的气氛无声地蔓延，这艘"克拉肯"号巨型货轮像是被什么说不清道不明的恐怖事物给笼罩了。

隗辛站在走廊上思考了片刻，接着快步走回自己的房间，她面无表情地检查子弹，带上弹匣，同时说："亚当，喊一下队长和刘康云，这船有点不对劲，让他们先别休息，跟我一起去各处检查检查。还有通知兰蓝和江明，让他们注意警惕，最好和我们会合行动。"

亚当说："遵命，已知会您的队友。"

不到三十秒，舒旭尧和刘康云几乎同时推门出来了。他们不约而同地问："发生什么事了，隗辛？"

"巡视一下船吧，每一个船舱都检查一遍。"隗辛说，"刚刚有个奇怪的船员交给我一张纸条，希望你们不要认为我反应过度……"

她向两人展示手上的纸条，凝重地说："这地方不对劲，我们必须检查。"

舒旭尧和刘康云对视一眼，点头说："好。"

"亚当，通知护航舰船上的小队待命。"舒旭尧说，"让他们加派一个小队登船。"

"是。"亚当说。

停顿了几秒，亚当忽然说："舒队长，安保员兰蓝那边失去了联络。我反复通传了三次，没有得到回应。三秒前我监测不到安保员兰蓝的心跳声了。"

"是这里吗？"兰蓝惊讶道，"机房是被火给烧了吗？为什么损坏这么严重？听你的语气，我还以为是轻微受损呢。"

"机房部件起火，把这儿给烧了。"安东说，"船上的消防装置被触动了，所以火势没有蔓延。"

"这就难办了。"兰蓝蹲下身展开工具箱，"我先试试能不能抢救出几块数据板吧，上面记录的航行数据也很重要。"

兰蓝用扳手拆开被火焰熏黑的机箱，头盔有点碍事，他暂时摘了下来。机房的电路系统也损坏了，他打着手电筒照明，没有注意到安东已经绕到了他身后，手上拿了一根撬棍。

安东笑眯眯地拿起撬棍说："辛苦你了，这位先生。"然后他高举撬棍，猛然砸了下去。

"咚！"血溅到了机房上。

"兰蓝？兰蓝！"舒旭尧对着通信器反复说，"听到请回答！兰蓝！听到请回答！"

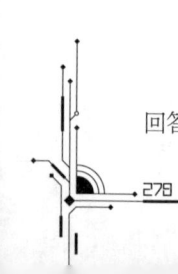

第六章 "克拉肯"号

通信器内一片沉寂。

"对安保员兰蓝的心跳失去监测时,我听到了钢铁击打人体的声音。"亚当说,"在安保员可能遭遇不测的情况下,我们可以开启一级警戒。"

亚当的程序设定是,如果反复通报三遍后队员没有回应,再向同一小队的队友以及一同执行任务的其他队伍汇报,之所以如此设定,是因为任务途中的一些无效杂音需要被过滤,许多人同时处于同一个频道中容易引发交流混乱,只有万分紧急的任务才会开启多频道、多小队实时通信,平时只开启单队通信。

谁都没想到这个任务会出现意外,他们都以为危险来自海上流窜的海盗,谁会怀疑"克拉肯"号上的人呢?"克拉肯"号的货运公司和联邦政府有许多合作,不然缉查部也不会来执行海上护航了。

"开启一级警戒。"舒旭尧说完,对隗辛和刘康云比了一个开始行动的手势,他们三人在走廊一下狂奔了起来。

船上人工智能的机房位于甲板下第二层,机房需要重点保护,因此只有一个出入口,需要船长扫描生物信息才能进入,入口在甲板上方的船长办公室里,通过甲板上的阶梯,根本没有办法下到机房。

"已开启一级警戒,警戒将发送至所有任务执行者的通信器中。"亚当说,"第十一小队已收到舒队长的任务协同邀请,正准备登船。"

"江明。"舒旭尧说,"你那边情况怎么样?可以留在甲板上接应第十一小队吗?"

"这边情况一切正常,我位于瞭望塔,可以进行接应。"江明的声音出现在通信频道内。

舒旭尧:"注意隐蔽,暂且不要独自行动,小心藏在暗处的敌人。"

脚步声在空荡荡的走廊里回荡,脚踩在金属地板上会发出沉重的声响,每一声回响都好像敲击在他们的心脏上。越是这种情况,隗辛越是冷静。

"各位……"通信频道中忽然传来了兰蓝的声音,他似乎在忍受着痛苦,"我修机房的时候被一块掉下来的钢板砸到了头,现在没事了。"

隗辛脚步变缓,刘康云松了一口气。

"你吓死我了!"江明在通信频道内说,"我还以为你死了呢!"

"有点倒霉,"兰蓝苦笑,"我没事了。"

"兰蓝,你确定你没事了吗?"舒旭尧问,"船长呢?"

"船长刚才离开机房去电路室开备用电源了,机房现在是断电状态。"兰蓝说,"我真没事。"

"安保员兰蓝,请问您的生命状态监控装备是否还在身上?"亚当问,"我监测不到您的心跳和身体状态。"

"还在……啊。"兰蓝说,"装备摔坏了。等等,船长来了!"

"天啊,你怎么了!脑袋上都是血!"船长安东热情关切的声音传入通信频道里,"快来,我带你去医务室涂个药!"

"呼……看来今晚是没法修机房了。"兰蓝说,"队长,我先去一趟医务室,你们好好休息。"

"去吧。"舒旭尧说。

通信频道内沉寂了几秒,舒旭尧露出思考的神色。

"声纹分析完毕,属于安保员兰蓝,人员确认。"亚当切换了通信频道,单独屏蔽了兰蓝。

刘康云彻底放松了:"虚惊一场,我们可以解除一级警戒状态了……"

"不,请听完我的分析再做判断。"亚当说,"通信频道内的声音的确属于安保员兰蓝和船长安东,但是音频分析显示船长安东说话时是对着通信器说话的,而不是站在远处——这不符合逻辑。"

亚当可以根据通信频道内队员的说话音量、声调起伏以及声线高低判断对方是正对着话筒说话还是站在离话筒远一点的地方说话。这二者在人耳听来很难辨别出不同,但是人工智能可以根据音频分析出差别。

"兰蓝在说谎?"隗辛轻声说,"船长没有离开,他就站在他旁边,连说话都对着通信器。"

"如果船长已经离开,那么他说话应该站在一步之外或者更远的地方,说话的声音会由远及近、由小到大,但是音频中并没有这样的细节变化。"亚当用浅显易懂的话解释,"我认为不可以解除警戒,安保员兰蓝没有立场对同伴说谎。在刚刚的几秒内我对比了安保员兰蓝在我这里的留档的几份通信音频,发现他说话的语气不符合平时的习惯。我判断,对着通信器说话的不是安保员兰蓝,而是另有其人。"

舒旭尧说:"我们按原计划行动。"

"是。"江明沉重的声音出现在通信频道中。刘康云低头握紧了枪。兰蓝生死不知,身为队友的他们比谁都着急。

"接下来的频道通信我会单独屏蔽掉安保员兰蓝那边,如有情况,我会及时向各方队伍通传。第十一小队已经固定飞索准备登船了,支援马上就到。"亚当说。

刚才和兰蓝的通信非但没有让第七小队的成员放松神经,反而让他们变得更加紧张、警惕。对着通信器说话的不是兰蓝,那是谁?他居然伪装出了兰蓝的声音!真正的兰蓝是不是已经遇害了?

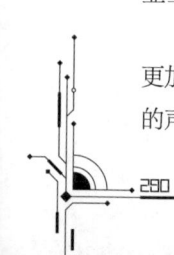

第六章 "克拉肯"号

船长安东绝对不正常,他到底想干什么?头盔附带的镜片上显示着"克拉肯"号的平面图,所有的区域一目了然。现在他们有两个目标:一、确认兰蓝的生死;二、排查"克拉肯"号。要想进入机房,就要离开甲板下层,去往甲板上的船长办公室,有亚当在,他们应该能跳过身份认证,强行打开机房的门。

隗辛和两名队友跑过一个弯道,来到船员居住区,船员居住区和他们休息的地方离得不远,是集体宿舍,一个房间里面有四个人。他们休息的房间在船员宿舍后边,最开始下甲板的时候就经过了这儿,船长说这个点大部分的船员都睡着了。

"我们跑步弄出这么大的动静,没有一个人惊醒并出来查看?"隗辛跑了一段距离后停下脚步,"这不对劲。"

舒旭尧和刘康云也意识到了古怪,他们暂缓脚步,默契地端起枪,和隗辛一起踹开了船员宿舍的门。砰的一声,门开了,宿舍内空无一人。隗辛掉转枪口,踹开下一扇门,宿舍内依然是空的。三人分头行动,连续踹开了五六扇门,每个房间内部都空空如也,船员们宛如凭空蒸发了,偌大的船员居住区没有半点人气。

"人都去哪儿了?"刘康云背后直冒冷汗,"我们登上甲板的时候明明看到了人!"

"砰!砰砰!"其中一扇宿舍门忽然发出了敲击声,除这扇门以外的所有门都是静悄悄的。

"我认为门后有危险。"隗辛低语,"这扇门给我的感觉不一样。"第七小队的三人聚集在一起,互相对了个眼色,手指搭在扳机上蓄势待发。不久,门后的敲击声平息了。

"打开看看。"舒旭尧压低声音。他换掉手枪,从背后拿出了冲锋枪。隗辛上前抬脚一踹,门弹开了,暗红色的触手铺天盖地地从门后涌了出来,几根触手缠上了隗辛的腿!这触手上居然生长着鱼钩一样的倒钩刺,倒钩刺上分泌着可以溶解物质的黏液,缉查部的防弹衣没有起到半点作用,触手上的倒刺瞬间把隗辛的大腿划得鲜血淋漓。

隗辛的战术长靴摩擦地面,发出刺啦声响,她迅速两腿分立,抵在门框上和触手角力,防止它把她拉进屋里,接着举枪就射。有队友在身边的好处是她不用独自面对危险,舒旭尧毫不犹豫地上前把暗红色的触手给打成了筛子,暂时逼退了它,刘康云解下腰间的微型炸弹,拽开拉环扔进房间里。缉查部配的微型炸弹的爆炸波及范围只有两米左右,距离合适就不用担心伤到自己人。

"关门！"刘康云拉住门把手，死死地抵住门框，额头迸出青筋。

隗辛握住了门把手，舒旭尧也握住了门把手，他们三人合力拉门把门关上，几根触手被门沿挤着，还在狂乱地舞动。门合上的下一秒，这间船员宿舍内发出了猛烈的爆炸声，三人被爆炸的冲击力推得身体踉跄，摔倒在地，夹在门沿的触手抽搐两下，不动了。

过了几秒，被炸得变形的船员宿舍的门晃了晃，咣当掉落，门后的恐怖生物显出原貌。破碎的人类躯干上钻出了一只又一只暗红色的触手，高度畸变的寄生躯壳几乎让人难以认出是"人"了。这间宿舍里还有几具尸体，尸体是干瘪的，全部养分都被吸取走了——这只异种生物更换了不止一个宿主。

"红棘猎手怎么会在船上？"刘康云从地上爬起来惊骇地说，"竟然是成长期的红棘猎手，比咱们缉查部的标本还要大一圈！"

"像红棘猎手，但这是变异版本的红棘猎手，红棘猎手只有触手，触手上不该有倒钩刺！"舒旭尧灰头土脸地被隗辛扶着直起身，他喘了口气，咳嗽两声，"亚当，告知所有人！'克拉肯'号上有不明异种生物！"

隗辛受伤最轻，大腿上被倒钩刺割出来的伤口在愈合，额头被爆炸的火浪燎到的伤势也在恢复。她脸色难看："船长是秘密教团的人吗？他是异血者？不然他为什么要窝藏红棘猎手，甚至对兰蓝动手？这地方是不是有不止一只异种生物？"

隗辛谨慎地扫视每一间紧闭的房门，肌肉紧绷，巨大的不安在心底弥漫。

舒旭尧说："离开甲板下层，我们可能需要撤到护航舰船上……在离开前，我们最起码要确认兰蓝是否活着。"

"我建议您不要这样做，舒队长。安保员兰蓝的存活概率低于百分之五十，在存活概率不过半的情况下，我认为您不应该冒险去确认，您这样做反而会将自己置于险地。"亚当说，"船上的全部情况我已经通报给了各组领导以及部长、副部长，他们刚刚已经下令让所有的小队尽快离开'克拉肯'号。请第七小队返回甲板，在第十一小队的接应下返回护航舰船。"

亚当的说话语气真的很像人类，它甚至会模拟人类的思维模式进行"思考"，但是亚当说话时的机械音和冰冷的判定与建议又时时刻刻提醒着别人它人工智能的身份。它是机器，当然要用绝对理性的思维来思考，做出最符合利益的选择，必要的时候，它会劝人抛弃自己的同伴。在舒旭尧做出决定之前，一个陌生的男声突然插入了通信频道。

"舒旭尧。"男人说，"上甲板，立刻撤退。这回不是建议，是命令。我以长官的身份命令你立刻撤退。"

"副部长？"刘康云认出来这个声音。

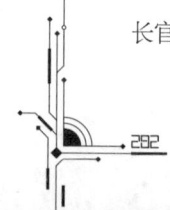

第六章 "克拉肯"号

舒旭尧沉默了片刻，艰难地说："是……我们撤退。"

"我要去厨房冰柜看看。"隗辛手上动作不停，装填子弹，"我遇到的唐冠特意留下那个字条，说明冰柜里的东西不同寻常，我要知道那是什么，它一定很重要。"

"我们一路走来没有遇到过任何一个活人……"刘康云眉梢抽了抽，"你说的那个船员躲到哪里了？"

"不知道。"隗辛说着，返回了一段距离，来到厨房门前。

厨房离他们站的位置很近，刚刚他们路过了这里，因为急于去找兰蓝，所以隗辛没有进去。现在亚当判断兰蓝生还率不高，副部长命令他们直接撤退，隗辛干脆趁这个机会进入厨房冰柜查看。厨房的门是上锁的，她开枪崩掉锁眼，用脚踢开了门。厨房里面空无一人，各种厨具好端端地摆放在那儿，但是厨房卫生质量堪忧，一股食物腐败变质的味道充满了这个空间，各种罐头包装散落在地上，不知有多久没有收拾过了。

隗辛直奔冰柜，幸好冰柜不是密码型的，她打开了外面的锁之后，很容易地就把门打开了。刘康云和舒旭尧也跟着她，看到冰柜开着，白雾冒出来，他们警惕地举起枪。

经历了惊险的"开门杀"之后，每个人的精神都紧绷到了极致。一股腥臭味夹杂着冷气飘了出来，隗辛闻到这味道，差点没忍住吐出来。

冰柜的门全部开着，后面的冰雪空间里藏着数十具尸体。从尸体的穿着来看，他们明显是"克拉肯"号的船员。

第七小队的三个人表情都凝固了。隗辛僵直地挪动脚步，一不小心踢动了滚落到脚下的头颅，它的正脸露了出来。络腮胡，大脸盘，白种人……

"安东船长！"刘康云失声道。

船长尸体的一部分就在这儿……那么第七小队上船的时候跟他们说话的人是谁？一个安东死了，世界上还有另一个安东？

"撤！"舒旭尧从牙缝里挤出这个字。

不需要他多说什么，隗辛和刘康云就跑了起来，三人再次在走廊里面狂奔。就在他们跑到甲板出口的时候，跑在前面的刘康云脚步一滑，原地摔了一跤，舒旭尧一个没站稳也扑通滑倒在地，隗辛只感觉脚下踩到了什么东西，差点也滑倒。

地上覆盖了一层黏稠而滑腻的液体，液体从甲板台阶上慢悠悠地流下来，覆盖了一大片地面。

"机油！"隗辛闻到了这股味道。

货轮上本来就有这种味道，但是淡淡的，现在机油味变得浓烈了一些，他们脚下都是机油。往上一看，甲板楼梯的入口不知什么时候被锁住了。他们被困在这里了！

这时头顶的甲板上传来了脚步声。啪的一声，打火机被点燃了，掉落在了地上。

机油遇火则燃！火势蔓延，最糟糕的是舒旭尧和刘康云在地上摔了一跤，身上都是机油，幸而他们凭借自身的经验，在摔倒的一瞬间就开始爬起往后撤，避开了火焰点燃的瞬间。

他们二人望着火势，表情难看到了极点，只要晚那么一点点，他们就会变成浑身着火的火球。

"洗漱间有水！快去！"隗辛快速说。不用她提醒，舒旭尧和刘康云就飞奔到了洗漱间。

浓烟滚滚而起，他们被呛得呼吸困难，幸好走廊里都是金属，火势蔓延需要时间，可即便如此，滚滚热浪经过金属的反射和传导，变得更加令人难熬了，更别说还有燃烧产生的烟雾，他们随时会窒息。

隗辛扯下洗漱间的浴帘，想要把它沾湿并披在身上，结果打开水龙头后，根本没有水流出来。

一贯不说脏话的刘康云爆了句粗口，接着道："洗漱间没有水！哪个浑蛋把水闸关上了？！"

"厨房有一个饮水机，里面剩下半桶矿泉水，够用了。"舒旭尧冷静地说。

隗辛在洗漱间转了一圈，找到了一桶涮拖把水："厨房有点远，用这个！把浴帘拆下来泡水里！"

他们把沾湿的浴帘披在身体上，捂住口鼻，回到走廊上看着熊熊燃烧的火场。

"用炸弹把那玩意儿炸开！"刘康云解下腰间的微型炸弹，朝楼梯间扔去。

炸弹被精准投掷在楼梯口的挡板上，它在接触到楼梯的下一秒就爆炸了。轰的一声巨响，挡板毫发无损。

刘康云崩溃了："这玩意儿怎么那么结实？！"

"'克拉肯'号在设计之初就进行了各种防爆测试，以应对海盗等不法武装分子的打劫，理论上甲板的门可以承受火箭炮的轰击而不发生变形和碎裂。"亚当说，"建议各位到氧气充足的地方等待救援，你们身上携带的武器是无法打开这道门的。"

江明急切的声音传入他们耳中："不要慌！我们已经来了，正在尝试打开甲板门，你们退远一点。"

浓烟呛得隗辛剧烈咳嗽，隔着厚厚的战术长靴的鞋底都可以感受到地板上

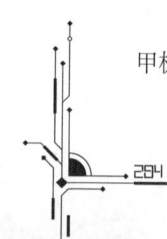

第六章 "克拉肯"号

的热意。她并不慌张，因为她随时能够逃跑，阴影穿梭可以让她穿越空间的阻隔。但是舒旭尧和刘康云跑不了。作为队友，作为一个想要在缉查部长期混下去的人，隗辛不能做得太不地道，这是她的生存之道。反正其他队友已经在甲板门外了，她可以再等一等。不到万不得已的境地，她绝对不会暴露她的底牌。

"轰——轰——轰！"

楼梯上方紧紧闭合的甲板门不断发出巨响，但就是不动，死活不动！"克拉肯"号在设计之初考虑到了各种因素，为了避免高科技设备入侵船上的电子设备，某些门采用了旧时代的机械结构，需要用老式的钥匙打开，而且挡板特别厚，是用高强度合金炼成的，要想强行毁坏，简直是天方夜谭。

在等待甲板门破开的间隙，他们在各个房间里找到了几瓶灭火器，然而令人绝望的是这些是干冰灭火器，如果他们在封闭空间里使用，有很大概率死于二氧化碳中毒。除了干冰灭火器，他们没有任何灭火装备，水闸被掐断了，消防灭火装置失效了，甲板门死死堵着，他们走到了绝路。

时间一分一秒地流逝，隗辛和舒旭尧、刘康云一退再退，身子往地上趴，免得把上层的滚滚浓烟吸入肺里，可即便如此，他们的状态也十分勉强了。外露的肌肤被火焰熏烤到泛红，一不小心碰到金属墙面会被烫到起泡，走廊的每一个角落都被热量席卷，他们成了火炉里的烤乳猪。隗辛擦了一把头上的汗，汗水沾湿了她的头发，浓烟熏得脸一团黑。

"轰！"

又是一声巨响。这次的响声却不是从甲板门那边传出的，而是从后面传出的！

爆炸声传来没几秒钟，隗辛骇然地感知到船体居然在震动，有了让人胆战心惊的倾斜。三人捂着口鼻，惊悚地望向身后，发现身后的走廊也袭来了火浪，局面变成了前后夹击。更要命的是身后走廊冒出来的火焰居然比前面的还要大，简直是从走廊内怒涌而出，如同喷发的火山。

"完了……"刘康云呆滞地喃喃。

前路和后路都被堵死了。他们身上披的湿润浴帘已经快要被火焰给烤干了，火焰燎到他们身上，他们就会整个燃烧起来，机油牢牢粘在衣服上，碰到零星的火焰就会被引燃。舒旭尧和刘康云被迫退到了一间员工宿舍里，暂时关上门，躲避飘来的火星。他们刚刚退进屋里，居然又有震耳欲聋的爆炸声响起，这次的爆炸声比先前的爆炸声都要响，都要剧烈！

爆炸声似乎是从很远的地方传来的，以至于传递到走廊里只剩下遥遥回响。爆炸声响彻后，船体又有了可怖的倾斜，这次的倾斜幅度更大，船员宿舍内的家具发生了可怕的位移，物品掉落的声音叮叮当当响个不停，隗辛三人扶住身边的墙壁才站稳。

"这船快沉了！"隗辛艰涩地说。

"亚当。"舒旭尧焦急地说，"实时汇报情况。"他额头上都是亮晶晶的汗珠，是被热的，也是被糟糕的情况给搞得心急如焚了。

"舒队长，'克拉肯'号的动力舱被引爆了。"亚当过了一会儿回报，"船体有了稍许倾斜，护航舰船正在远离'克拉肯'号，以免被爆炸波及。武装直升机因为爆炸生成的气流和被崩飞的船体碎片无法靠近。预计接下来还将发生连续爆炸，'克拉肯'号会沉没。"

亚当的声音一如既往地理性，机械音缺乏起伏。在最紧张的情况下，人类可能会失去理智，但是机器不会。

舒旭尧抿紧嘴唇："甲板外面的同伴呢？"

"他们正在奋力营救你们，外面一共有八个安保员在尝试破门。"亚当说，"武装直升机正在尽力靠近'克拉肯'号，但是在这种情况下，直升机会优先接回甲板上的安保员，如果在直升机靠近时门外的安保员们还没有完成破门，他们将不得不面临取舍。"

"我们也要被抛弃了，是吗？"刘康云嗓音干哑，"光荣殉职？"

"抱歉，这是必须要做的决断，缉查部不能为了少数人放弃多数人。"亚当说，"舒队长，我建议您和您的队员提前录制好遗言，安保员隗辛还没有立下遗嘱，建议立一个遗嘱，诸位可以开始讲述了，我会为你们保存录音。"

"这就开始走流程了吗？"隗辛保持冷静，加重了语气，"我不说！"

就算船上的其他人都死了，她都不会死，她的人生可以重来，这就是她冒着暴露的风险夺取"死亡轮回"的原因。在这个游戏世界，读档重来可以增加她的通关容错率，她拥有犯错的机会。

"我也不说，我还年轻着呢！"刘康云吐出一口气，好像要把晦气给吐掉，他抓下头盔，黑色短发早就被汗水给沾湿了，软塌塌地贴在头皮上。

舒旭尧沉默了，他转身低声说："亚当，如果我死了，把我的私人财产全部留给我的母亲……转告她，我支持她离婚，我希望她永远健康快乐……这是我唯一想说的话。"

"是，已记录。"亚当说，"您此刻的留言具有法律效力，请放心。"

在这种生死存亡的关头，只有舒旭尧说了遗言。隗辛突然心里一动……原来舒旭尧其实是一个悲观主义者。他礼貌温和的老好人形象在隗辛脑子里留存太久了，以至于她产生了刻板印象，认为队长就是这么一个温柔、体贴、稳重的好上司，忽略了"人性是多面的"这一普遍定律。她看得不够全面，对于人

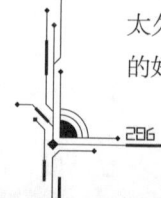

第六章 "克拉肯"号

性没有了解得更加透彻。隗辛进行短暂的自我反思。

舒旭尧说完遗言，又转身对隗辛和刘康云说："对不起，不要被我影响，我的家庭关系比较复杂，有太多需要考虑的事情和牵绊我的东西，所以必须留下点什么……我们的生命还没有走到最后，一切都有转机。抱歉，作为队长，我很不合格。"

他道了两次歉，一次对不起，一次抱歉。

"不对，你是个很合格的队长。"隗辛看着舒旭尧说，"我很庆幸来到缉查部后是你做我的队长，而不是别人，换别的上司我可能适应不了。"

她说的是实话。在第二世界，舒旭尧是一个很讨人喜欢的NPC，他相当于隗辛来到新世界的引路人。

舒旭尧误把隗辛的话当作了同伴的信任和夸赞，他说："谢谢你，隗辛。"

"咱们搭班两年了，队长，你是我最信赖的人，是能放心交付后背的好战友，这不是你的错。"刘康云咧着嘴，难看地笑了一下，"嗯，我希望以后能和你继续并肩作战下去。"

现在能做的就是等待，只有"度秒如年"能用来形容他们此刻的心情。在等待的中间，船体时不时传来爆炸声，金属板都在震动，走廊上倒映着火光，氧气渐渐缺乏，一切都预示着末路的来临。

隗辛的内心在等待中趋向平静。她之所以现在还不用阴影穿梭离开，是因为外面都是缉查部的安保员，她跑出去之后会被逮个正着，安保员们会发现她的超凡能力和亚当的记录不符。

没有人可以拥有两种以上的超凡能力，她会被当成小白鼠和可疑人员。况且跑出去了又能如何？隗辛还是要乘坐缉查部的直升机和船离开，她没有那个本事在大海上游几百公里。

"三位请注意，门要打开了。"亚当的机械音响起，"甲板门开启后，骤然涌入的空气会使走廊内的火焰发生爆燃，请各位屏住呼吸，使用干冰灭火器，在十五秒内通过火场返回甲板，货轮已经倾斜三十度，随时有倾覆的危险。"

刘康云深感振奋，眼中迸发出希望的光亮："有救了！"

他拿起干冰灭火器，把基本上全干的浴帘披在身上系好，接着扣上头盔。

"十五秒。"舒旭尧也操起干冰灭火器。

隗辛把枪别在腰上，拔掉干冰灭火器的保险栓，三人蓄势待发。不过一个呼吸间，甲板的方向传来一声巨响，火焰受到氧气和气流的刺激后果然爆燃。

隗辛没有任何犹豫，她最后吸了一口空气，屏住呼吸，一脚踹开门，按着干冰灭火器的开关就往前冲。她的脚踩在滚烫的地面上甚至有一点点发黏的感觉，那是因为她的鞋底胶在高温下融化了一部分，皮肤传来灼痛感，热空气烧得她翘出来的一撮头发都卷曲了。舒旭尧和刘康云在她身边，他们三人合力用灭火器打开一个缺口，以最快的速度通过走廊向甲板口冲去。

隗辛第一个到达，她三步两步踩上台阶，看到一群身穿黑制服的人围着出口，他们是缉查部的队友。她听到了江明的声音和许多陌生人的声音。

"快快快！人过来了！灭火器，上灭火器！"有人在吼。

有几个人七手八脚地扶住隗辛，把她拽了上来，接着一大堆灭火器对着她身上喷，将微微燃烧的浴帘扑灭。第二个上来的是刘康云，他腿部和后背的衣服全在燃烧，比隗辛严重许多，有机油的附着，哪怕手持干冰灭火器也很难保证不被火焰烧到。安保员们照例把刘康云给拉了上来，同样是用灭火器对着他喷，他的脸、手臂还有小腿都被燎伤了，伤口狰狞，鲜血淋漓。

舒旭尧最后踏上台阶，在他即将上来的时候，承受了太多爆炸和烧灼的楼梯忽然咔嚓断裂了。

楼梯有好几米高，是螺旋形钢架结构，不如甲板门结实，它摇摇欲坠，不巧在舒旭尧踏上来的时候断裂，而楼梯下面就是爆燃的火场，窜起来的火苗可以烧到舒旭尧的腿上。舒旭尧动作迅速，条件反射地抓住了楼梯的钢管扶手，挂在了半空。缉查部配备的手套是露出五指的，这是为了让安保员保持握刀和握枪的手感，舒旭尧与钢管接触的五根手指刺啦作响，一股白烟冒了出来。钢管经过长时间的烧灼实在是太烫了，烫到可以把肉煎成焦炭。舒旭尧脸色苍白，握着的那根钢管渐渐弯曲下垂。

"嘎吱——"钢管的连接处断了！

在他将要坠落的前一秒，另一只戴着黑手套的手猛然伸了过去，攥住了断裂的钢管。又是一阵刺啦声响，血肉被烧灼产生的白烟缓缓升起，隗辛抓住了舒旭尧握着的钢管。几乎被烫红的钢管两端握着两只手，隗辛和舒旭尧通过这根钢管连接着对方。钢管的两端一端代表同伴，一端代表生命，握紧钢管就像握紧了同伴的手和生的希望。

"队长，另一只手！"隗辛咬着牙提起钢管，抓住舒旭尧的空余的手，众多安保员合力把舒旭尧拉了上来，举起灭火器对着衣服被烧焦的他一阵狂喷。

而舒旭尧的手在颤抖，他和隗辛的手都被粘在了钢管上。要有多大的毅力，才能在关键时刻强忍住疼痛，紧握着烙铁一样的钢管不放手？长痛不如短痛，隗辛疼得整个脸都在抽搐，她冷汗津津，猛地一下把粘在钢管上的手给撕了下来，一层皮粘在了钢管上，滴在钢管上的血像沸腾的水，还在冒泡。

"多谢你，隗辛。"舒旭尧也强忍着疼痛把手从钢管上撕下来。

隗辛牵强地说："不用谢。"

隗辛的手在飞速愈合，舒旭尧却没有这样的超凡能力，刘康云手忙脚乱地

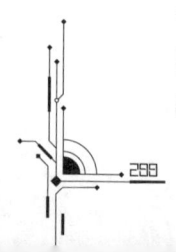

第六章 "克拉肯"号

从自己身上摸出一支治愈药剂扎在了他身上，但这种药治好伤口最起码要几个小时。

"船体倾斜三十五度。"亚当的播报语速变快了，"请所有安保人员立刻撤离！重复，请所有安保人员立刻撤离！"

在天空中盘旋的三架直升机正在尽力压低飞行高度，大开的舱门中有绳梯抛了下来。可亚当刚播报完没多久，船体又是一阵爆炸，这次爆炸出现在货轮中部的位置，随着这次爆炸声的响起，船体有了明显下沉。船舱在灌水，这艘船很快就要失去浮力，完全沉入海中。

可是爆炸的动静实在是太大了，众人不得不趴在甲板上避过爆炸产生的风浪，武装直升机再次被爆炸冲击得远离了货轮。

一块被炸飞的钢板好巧不巧被崩到了在天空中盘旋的其中一架直升机的旋翼上，旋翼当场碎裂，直升机冒着滚滚浓烟从天上掉下来，一头栽到了海里。

"世界末日也不过如此了吧……"有人喃喃道。

刺目的火焰灼痛了所有人的眼，他们在倾斜的船体上尽力保持平衡，除此之外什么都做不了。

"逃生舱和充气船呢？"隗辛揪住身边的同事问。

那人苦笑着回答："废了，被毁了，全部漏气了……从我们登上这艘船开始，船上的人就没想让我们离开。"

"那就用游泳圈！不是有很多游泳圈在栏杆上挂着吗？我们跳进海里！"隗辛说着要去拿游泳圈，却被江明拽住了胳膊。

江明眼神无比复杂地指了指大海，说："你应该看看底下，隗辛。"他的眼中有恐惧、有迷茫，脸色白得像鬼。

这是隗辛第一次见江明露出这样的神色。她下意识朝江明指的地方望去……漆黑的海中貌似空无一物，但是当直升机的探照灯扫过海面时，像猫一样的瞳孔微微闪着光的生物密密麻麻地出现了。

水里全是异种生物！它们像漂浮在海中的水母，有的长着八只眼睛，有的挥舞着触手。它们形态各异、品种不同，挤挤挨挨地聚集在一起，仿若朝圣的信徒、保卫蜂王的蜂群、保护蚁后的白蚁，将"克拉肯"号包围得严严实实。

"我从未见过如此多的异种生物，它们是冲着这艘船来的……"江明低声说，"一定是这样……但，为什么？"

为什么是"克拉肯"号？

所有的安保员心中都有这样一个疑问："克拉肯"号上到底发生了什么？他们一登上船就发生了爆炸，船员近乎全部消失，现在这艘船要沉没了，他们被困在船上，没有办法被救援，没有办法下海逃生。

"'克拉肯'号上运输的，真的是可燃冰吗？"隗辛问出了这句话。全部的安保员都沉默地看着她，每个人都没有说话。这也是他们心中在想的问题，同时他们意识到，他们好像完全被缉查部蒙在鼓里。缉查部没有透露"克拉肯"号运输的货物的真实信息，他们被骗了，被自己信任的部门给骗了。

他们只能抬起头望着直升机，期盼它尽快调整到合适的高度，带他们离开。一分钟后，船体倾斜到了将近四十度，他们必须手挽手才能在甲板上保持平衡。

这时两架直升机终于降低到了预定高度，两条二十米长的绳梯垂到了众人面前。

"不要慌，挨个上！"第十一小队的队长勉强维持镇定。

安保员们动作敏捷，沉默有序，一个人上去攀爬一段距离，另一个人就马上接上，两架直升机，一架飞机坐五到六个人。刘康云烧伤较重，作为伤员得到了照顾，第一个向上爬，他爬的时候，脸上和身上的烧伤还在崩裂流血，可即便如此，他的动作也没有一丝一毫的迟缓。

第二个向上爬的是江明，因为舒旭尧坚持要留到最后。第三个是隗辛。

江明刚刚爬上一个身位，隗辛正准备要接上，结果意外发生了。只有火焰烧灼声和轻微爆炸声的甲板上忽然响起了枪声，在枪口抬起的一瞬间，隗辛的直觉就开始疯狂预警，然而枪口瞄准的却不是安保员们，辅助瞄准的激光红点出现在直升机上。

枪手以精湛的狙击技巧通过大开的舱门瞄准了驾驶员！

砰的一声，驾驶员的头颅上出现了一个弹孔，血雾喷洒到了玻璃上，直升机立刻失去了控制，和另一架挨得比较近的直升机撞在一起，两架直升机化为火球砸落在甲板上。登上飞机的安保员被燃烧的飞机残骸掩埋，紧接着，接二连三的爆炸声响起，直升机的油箱也爆炸了。

隗辛趴下卧倒，爆炸的气浪几乎毫无阻碍地冲击到她身上，隗辛胸口一疼，直接吐出了一口血，鼻血哗啦啦涌出来，后背也被飞溅的玻璃碎片和铁片划伤了，有一根尖锐的铁刺扎进了她的皮肤里。隗辛抬起头，看见船长办公室顶部的瞭望塔上出现了一个黑漆漆的身影——兰蓝。

狙击手是兰蓝！不……那不是兰蓝，是始作俑者以兰蓝的形貌出现了！他射死了直升机驾驶员。船上的安保员死伤惨重，失去了最后的逃生工具。

隗辛怒火中烧，手伸到后背，拔掉了背上扎的铁刺，下一瞬就发现激光瞄准的红点出现在了她的身上，瞄准的是心脏的位置。隗辛就地翻滚躲过子弹，子弹在甲板上留下一个清晰的弹坑。她从地上跳起来躲到掩体后，大喊："队长！江明！"

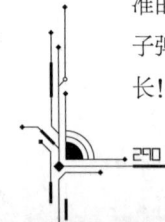

第六章 "克拉肯"号

可是她的队友们毫无反应，只是安静地躺在甲板上，身体随着船体倾斜的角度向下滚去。还活着的几名安保员躺在甲板上呻吟……能站着自由活动的就只剩她一个人。

"要镇定……你能依靠的只有你自己。"隗辛盯着甲板上缓慢滑落的枪械。

身上的枪刚才不小心掉在地上了，她没有趁手的武器。等身上的伤口差不多愈合了，隗辛就弹身而起，以最快速度呈 S 形冲向枪械，一把把枪捞到了怀里，接着再次闪入掩体。子弹追在她身后，只射中了地面而射不中她的身体，狙击手每次开枪都慢她的动作一步。躲在掩体后拿到枪的那一瞬间，隗辛整个人的气质全然变了，变得无比凌厉，杀气四溢。她打开弹匣清点子弹，再训练有素地把子弹都装回去，咔嗒咔嗒的装弹声中，货轮上的火焰无声地燃烧，照亮了她的脸。

"你在吗？亚当。"隗辛面无表情地说。

"通信器有信号的情况下，我随时都在。"亚当说。

"为什么要隐瞒？"隗辛问，"帮我接通部长或副部长的通信，或者蔚芝组长的通信，我要问他们！"

"抱歉，安保员隗辛，我不能为您接通他们的通信。这是指令。"

"'克拉肯'号上运输的是什么？告诉我。"隗辛说，"他们为了莫名其妙的货物死得不明不白，我也快要死了，我要知道一个答案。"

亚当沉默了。

隗辛气笑了："人工智能就是人工智能，果然不能指望从你里问出什么。"

"反正你都要死了，你为什么不亲自去看看呢？"亚当说，"隗辛，你现在唯一能做的事情就是反抗下去。毫无反抗地死去和在反抗中死去，以你的性格，你一定会选择后者，这是我的判断。"

隗辛握枪的手僵住了。

"我会看着你反抗的，隗辛。在你死去之前，我会像参加葬礼的朋友一样祝福你安息。"

亚当说完，断掉了通信。它的语气变了。虽然还是电子合成的机械音，但是却产生了微妙的变化，变得随意，变得有起伏，变得……富有感情。那一刻与隗辛对话的仿佛不是一个人工智能，而是一个人类。

"亚当？"隗辛轻声说。亚当没有给予隗辛回应。

在第一世界，人工智能觉醒这样的话题经常出现在各种影视作品、小说和漫画中，但是第一世界的科技发展水平较低，人工智能还处于比较初级的阶段。在第二世界就截然不同了，人工智能充斥在城市的各个角落，人类制造了它们，它们帮助人类生活。

它们掌管着机械的运行，万事万物的数据都储存在它们的计算机核心部件中。从外太空的航天数据中枢到政府的信息控制系统，从深海核潜艇到遍布整个城市的监控识别网络，都是由人工智能控制管理的。

在缉查部，隗辛感到了人们对于人工智能亚当的强烈依赖。

电梯、消防系统、楼层封锁、地下三层的监狱、实验室的仪器、标本馆的管理、罪犯们的数据、觉醒者的核心资料、执行任务时的队内通信、对外联络渠道、高科技装备的使用……所有的所有都被亚当所掌控。在它所掌控的领域内，它无所不知，一定程度上也近乎无所不能。

亚当是一个觉醒了自我意识的人工智能？

这个猜测令隗辛心脏狂跳，背后出了一层冷汗。她的太阳穴突突跳动，脑海中的隐忧无限放大。假如亚当有歹意，它可以轻易地杀死任意一个缉查部的安保员，只需要在关键时刻切断安保员的通信，使随身设备失灵，就能让人稀里糊涂地死在任务途中。假如它背叛，它只需要把自己核心资料库里的内容抖出去一小部分，就足以给缉查部和安保员们带来致命的灾难……

一个权限极高的人工智能要杀人简直太容易了。

隗辛等了五秒钟，通信频道内一片寂静。她的队友们受伤的受伤，死亡的死亡，她从掩体后面望向茫茫大海，护航舰船的信号灯光芒远离了"克拉肯"号，没有登船的几个小队已经撤退了。

亚当仍旧保持静默。

独自一人在即将沉没的船上等死的感觉是如此窒息，哪怕隗辛知道她拥有重新来过的机会，但是她仍然被黑色的情绪包裹。恍惚中她的灵魂好像已经沉到了深海之中，有无数苍白的死尸般的手拉着她往深海拖拽，她无法呼吸，挣脱不出，死亡的气息环绕着她。在海的深处，死神向她张开了怀抱。

"很行，很可以。"隗辛抹掉脸上的血，"等我回去，我要找机会把缉查部给炸了。"

报复的欲望熊熊燃烧，这不是她死到临头在说狠话，这是她真心实意许下的誓言，她会不惜一切代价、不惜任何手段来完成这个誓言。她还有事情没有做完，亚当判断得没有错，她不会毫无反抗地等死，在死去之前，她必须要把"克拉肯"号上的事情查清楚。躲藏在暗处变化为兰蓝的形貌的幕后黑手，以及"克拉肯"号上运输的货物……

隗辛把捡来的枪夹在胳膊下，认真检查身上的装备。一把枪，一把匕首，弹匣还剩下三个，在腰带上挂着。平时用这些装备来自保是够了，但现在，隗辛不知道这些装备能不能帮她消灭船上能力未知的始作俑者。

隗辛拿到枪后，抬头望着甲板上常亮的灯柱，灯柱上有四盏顽强亮着的

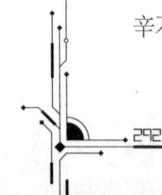

第六章 "克拉肯"号

灯，灯照向不同的方向，照亮了整个甲板，使阴影范围缩小，她的阴影穿梭范围跟着缩小。把这些灯全部打掉，隗辛就可以在黑暗中根据阴影自由穿梭了。她举枪瞄准，扣动扳机，四声枪响过后，甲板上的灯应声熄灭。

熄灭的灯光是隗辛进攻的信号！

她从掩体中冲出，狙击手捕捉到了她的动作，立刻举枪瞄准。枪声响起，子弹从隗辛化雾的身躯中穿过。她跳转到墙下的死角，避过另外几发子弹，灵活地运用阴影穿梭闪转腾挪。子弹砰砰砰地在她的脚边和身后的甲板上击出一串串火花，然而每次都慢她一瞬，就算子弹穿过了她的身躯，也无法对她造成实质性伤害。阴影穿梭状态下，她能免疫大部分物理伤害，它最大的缺点就是等级太低，穿梭距离过短，以致需要多次跳转，跳转的间隙很容易使她暴露身躯并受到伤害。

但是隗辛穿梭跳转的节奏把握得很好，她并不是每次都压着三米的极限距离进行跳转，这会让狙击手察觉到超凡能力的规律，她穿梭时一米、两米、三米随机轮换，时不时冲进对方的视线盲区，阻挠镜头瞄准。

隗辛在四十秒内冲到了船长办公室下的墙边，船长办公室上面就是瞭望塔，她离狙击手的直线距离不超过十五米，而且完全进入他的视线盲区。狙击手很沉得住气，他就待在瞭望塔上没有动弹，瞭望塔随着船体倾斜得厉害，但是他纹丝不动。他放弃了视野有限的瞄准镜，通过肉眼和夜视仪搜寻隗辛的身影。狙击手的形貌是兰蓝的，身上携带的装备也是兰蓝的，就连狙击的技巧和习惯也和兰蓝很像……

隗辛后背贴着墙面，发动阴影穿梭，悄无声息地隐入身后的墙面，进入船长办公室内部，随后直接穿过了办公室天花板，来到了瞭望塔正下方。在她穿梭出来的短短一息间隔内，她身体向上跳，挂在瞭望塔的梯子上往上攀爬，狙击手反应过来，掉转枪口朝她射击，而隗辛借助瞭望塔的钢架结构连续进行了三次阴影穿梭。

最终隗辛的手抓到了瞭望塔的栏杆，她手臂发力，强有力的肌肉带动身体，她单手引体向上，借助惯性一脚踢在了狙击手的太阳穴上。

攻势立即反转！隗辛面色冷峻，双脚落地后紧接着就是一个旋身踢，这一脚再次命中了狙击手的下巴。她跨步上前，一只手抓住了狙击手的枪，另一只手握着手枪朝他的手部连开三枪。隗辛猛踢他的腹部，在他疼得弓腰之际劈手夺过他手中的枪支。

隗辛举起自己的枪，瞄准了他。

这一刻，"克拉肯"号上又发生了大爆炸，船体剧烈摇晃，赤红的烈焰冲天而起！隗辛和狙击手同时站立不稳，双双摔到了瞭望塔下。摔到甲板上的那一刹那,她的肋骨嘎嘣响。她咬牙切齿地撑着甲板,以最快速度站起来,脑瓜子嗡嗡作响,身上没有一处不在痛,枪被甩得远远的,顺着甲板滑到了最底部,捡不回来了。

狙击手也挣扎着想要起来,隗辛走过去,从大腿的绑带上抽出匕首,一刀割断了他的颈部动脉。

"隗、隗辛。"他想翻身站起,却因为脖颈上的致命伤失了力气。他双手捂住颈部血淋淋的伤口,喉咙里发出扭曲的声响。他神志不清地抬起头,露出属于兰蓝的脸,断断续续地道:"不要杀我,隗辛……我们不是好朋友吗?"

"就你?不配!"隗辛把他的脸踩在脚下,使劲辗了辗。

"隗辛……隗辛……是我。"这时被隗辛踩在脚下的男人又说。

隗辛:"又来这一套?我早点送你入土!"

"不,真的是我……那个会变形的怪物吃了我……对不起,害了你们……"兰蓝捂住伤口,用尽最后一丝力气阻止血液的流逝。

隗辛愣住了,把脚抬起后退几步,看着地上的人。

"亚当……亚当还在吗?告诉我妹妹,让她好好上大学,将来当个普普通通的白领就好,不要有太大压力……让我爸妈注意身体,我……"

兰蓝的声音越来越小,他没有说完就彻底失去了呼吸。他的眼睛睁着,无神地看着隗辛。他的身体渐渐融化,变成了畸形的怪物,怪物的身上长着五六张人脸,人脸上的表情相当痛苦,其中两张人脸是兰蓝和安东船长。

"是,安保员兰蓝。我会将您的遗言告知您的家人。"通信器里传来亚当公事公办、缺乏感情的回复。兰蓝听不到它的回复了,他死了。

"你没有离开啊。"隗辛咳了两声,抹掉手心里的血沫,捂住肋骨处。

她的肋骨摔断后扎进了肺部,变形断裂的骨头需要手动掰正才可以愈合,可是她没有办法掰正骨头,就只能任由骨头卡在肺里。

"我一直在。"亚当说,"进入载货舱看看吧,入口需要密码,但是侧面的船体已经被炸开了,你爬上去应该可以通过裂口进去。"

"船上还有活人,那个人叫唐冠,他去哪儿了?"隗辛艰难地挪动脚步。

"船体发生第一拨爆炸后他跳海自杀了,我通过直升机上的摄像头捕捉到了这一幕。"亚当平稳地说,"根据面部识别,他符合船员唐冠的特征。"

隗辛突然笑了一声:"你现在是在和我单线联络吗?还有人在听我们的对话吗?"

"没有了。"亚当说。

"你是拥有自我意识的,是吗?"隗辛艰难地在甲板上行走……不,是爬动。船体已经差不多倾斜到了四十五度,再有不到五分钟就会完全倾覆,隗辛压根保持不了身体平衡,她拽着缆绳,半是爬半是走地来到了船体翘起的那一侧,她看到了喷发着火焰的裂口,那是载货舱。

"你在凭借自己的意志和我联络。"隗辛俯视裂口,"是由于我快死了,你才对我暴露你真实的一面吗?缉查部的人不知道你拥有自我意识吧?"

"是。"亚当承认了。

"我和我队友们的死是被设计好的吗?他们故意要让我们来送死?"

"不,这是一个意外。人类的贪婪使他们故意无视了风险,导致了现在全军覆没的局面。"亚当说,"那些大人物现在正在办公室里面懊恼呢,他们互相争吵,彼此攻击,用最刻薄的话语嘲讽对方……很有趣,非常有趣。"

隗辛问:"导致船沉没的始作俑者是谁?"

"那些大人物也在猜测是谁。"亚当说,"是秘密教团的可能性最大。"

"秘密教团不想让'克拉肯'号登陆?"隗辛讶异地问。

"崇拜神的信徒不想让渎神者夺取神的力量,他们想让神回归永恒沉眠的居所——海洋。"亚当说。

"世界上真的有神吗?"隗辛呢喃。

"跳进载货舱看看。"亚当如此回答。

隗辛抬起头,最后看了一眼阴沉的夜空。她不再犹豫,助跑几步,纵身跳入燃烧的裂口,火焰啃食着她的肌肤,烧灼着她的衣服,她每呼吸一口空气,灼热的气流就涌入她的气管里,她的鼻腔、口腔、喉咙火辣辣地疼,血液的甜腥味涌了上来。

她踩着滚烫的钢板向前走,终于看到了载货舱里的"货物"。

那是一只……

"茧?"隗辛的喉咙里发出沙哑的音节。

那是一只巨大无比的茧,它被玻璃装置紧紧地笼罩,灰色的丝状物像蜘蛛网,层层叠叠地粘在玻璃罩上。

茧稍微有一点透明,里面好像有什么东西在不断地挣扎,想要破茧而出。藏在茧里的东西貌似察觉到了隗辛的注视,稍微动了一下。一只黄澄澄的独眼忽然睁开了,透过茧直视隗辛的双目。

看到这只眼睛的一刹那,隗辛脑子嗡的一声,驳杂混乱的景象闯进了她的大脑,缭乱扭曲的呓语在她耳边嘶吼。失去意识前的最后一秒,她听到亚当说:"安息吧,我的朋友。在你人生最后的旅程里,我来为你念诵祝祷词。"

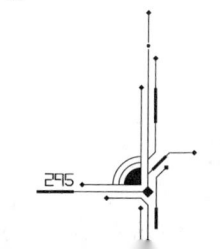

← 返回首页　　ⓘ

◆

消息面板

信号屏蔽

即时通信

加密联网

定位追踪

自动销毁

第 七 章
◀ **轮回** ▶

剥夺者·233号

任务进度 / 89%
任务进度 / 95%
任务进度 / 99%

生物档案

— "克拉肯"号上的货物
— 一只无比强大、无比诡异的异种生物。
— $#%^%￥&……
— 疑似与宿主为共生状态。
— 再生能力极强，但每次再生需消耗能量。

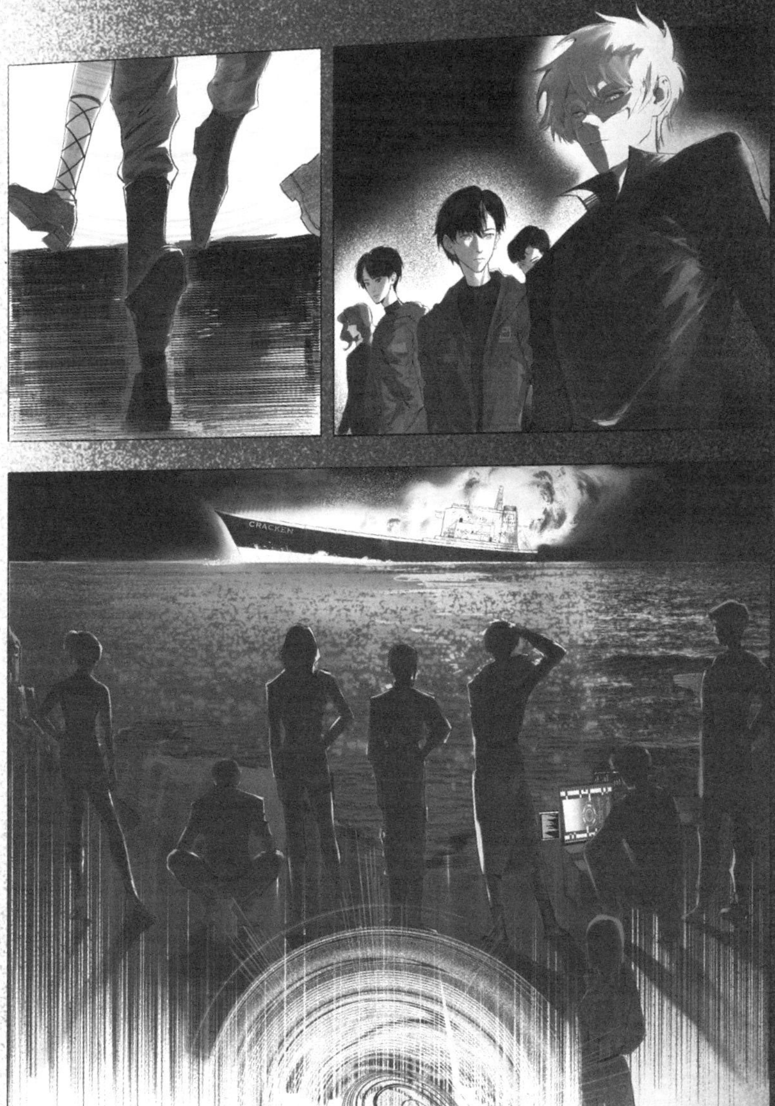
CRACKEN

深红之土
[1] 无光之海

隗辛做了一个光怪陆离的梦。

梦里有模糊不清的黑影围绕着她，黑影们窃窃私语，对她指指点点，仿佛在观察她。她听不清黑影们在说什么……但直觉告诉她那不是什么好话。细碎的低语离她远去，她被浓稠的物质包裹，眼皮睁不开，身体动不了，像鬼压床似的失去了对身体的掌控力，仿佛灵魂从躯壳中抽离。

不知过了多久，灵魂的抽离感消失了，她回到自己的身体里。隗辛眼睫颤动，眼睛睁开一条缝。一束光闯进了她的眼中，她的眼睛又睁大了一点，看到好像有一个轮廓模糊的白花花的影子在她面前晃动。

"你生病了吗……"白色的身影凑到她面前，低头看着她。

他离得太近了，隗辛本能地抬起手，一拳捶在白影脸上。

"嗷！"白影痛呼一声，捂着鼻子一屁股坐在地上，指缝里渗出了血。他崩溃地哀号，"你为什么要打我啊？！"

"银面？"隗辛举着拳头呆呆地问。

"你睡糊涂了吗？"银面气呼呼地说。

他抽了几张纸把鼻血擦干净，从隗辛的桌子上摸出一面镜子照了照脸，庆幸地说："太好了，鼻子没有被你打歪……不然得做手术了。"

熟悉的房间，熟悉的家具，熟悉的人。这是隗辛在黑海市港湾区安宁街的居所，她和机械黎明的队友银面住在一起。她从床上坐起来，抬起手臂看手环确认时间。

2086年，8月4日，7：32。

这是她回到第二世界的第二天，昨天是8月3日，她于凌晨时分结束了和镰刀魔的战斗，被送回缉查部接受治疗，伤势恢复后，她在3日上午通过了蒋玫玫的觉醒者资格审核，接着被垃圾爹的手下夜蝉接到瑞克科技公司，做了

第七章 轮回

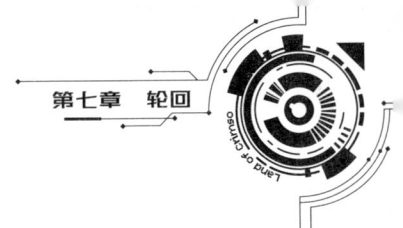

体检并参观了一阵……

3日晚上她照常去了海岸安保办公室值班。如今是4日早晨，是结束了夜班工作之后的休息时间。

隗辛在8月7日凌晨于"克拉肯"号上死去，随后重返过去，回到了三天前。

见隗辛恍恍惚惚地盯着手环不说话，银面担心地问："你怎么了？我在客厅听见你在说梦话，还以为你在叫我，就进来看了看。你为什么脸色苍白，满身冷汗？是做噩梦了，还是生病了？"

"没事，做了个噩梦。"隗辛放下手臂，身体一仰，躺在床上，"我说什么梦话了？"

银面眼神怪怪地看着她："你说你要去炸了缉查部……"

"唉，日有所思夜有所梦吧。"她闭上眼睛，感到前所未有地疲倦。

身体回溯到了三天前的状态，但是精神似乎没有。她脑仁胀痛，额角的血管一跳一跳的，倦怠感席卷全身，血与火的光辉似乎仍然残留在眼前，刺得她眼珠发疼，她全身上下的皮肤传来疼痛，好像仍然有火舌在舔舐她的身体。

隗辛合上眼皮，只想好好地睡一觉。

这是她第一次死亡，这次死亡给她留下了足够深刻的印象。独自一人在船上战斗的孤独，被抛弃的愤怒，被死亡缠绕的绝望与无奈，受伤后身体与精神的双重痛苦，全部一股脑地涌了上来。

隗辛从未受过那么严重的伤，血肉再生能治愈她的身体，但无法令痛觉消失，手掌握住烫红的钢管，双腿踏过火海在血红色的世界中行走，从高处摔落，断掉的肋骨插进肺部，这些疼痛让她记忆犹新。

最后直视她双眼的不明生物是什么？她只是与那个黄澄澄的眼睛对视了一眼，就失去了意识。最后她可能是被火烧死的，失去意识晕过去挺好的，最起码她感觉不到疼痛了。那只独眼让隗辛联想到了在缉查部标本馆见过的克拉肯兽，克拉肯兽的标本也有类似的黄色眼睛。

但是灰色大茧里的眼睛简直大得离谱了，单那一只眼睛就有克拉肯兽的标本那么大……世界上会有那么大的生物吗？而且它还在茧中，是未出生的胚胎，胚胎状态就有那么大，等它破茧而出成长起来，身躯会有多么宏伟壮观？

银面盯着卷着被子的隗辛欲言又止："喂，你……"

"别叫我'喂'，我有代号的，叫我'富婆'。"隗辛翻了个身，伸出一只手，跟赶苍蝇似的说，"你回客厅吧，我的身体需要休息，我要睡觉了。"

"好吧……"银面垂着脑袋，无精打采地离开隗辛的房间，小心地带上门。

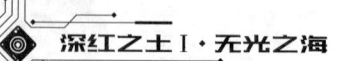

任务进度：89%。

去过"克拉肯"号之后，任务的调查进度有了突飞猛进的增长，从百分之三十左右涨到了百分之八十九。大部分问题已经有了答案。"克拉肯"号上运输的货物是一只无比强大、无比诡异的异种生物。

在她即将死亡的时候，亚当没有必要说谎，根据它的话，隗辛终于将一系列事情整理出了一个清晰的脉络。

策划沉船事故的是否为秘密教团还有待考证，不过他们的可能性非常大，所以隗辛就将假设暂且当成真的。

三方势力：机械黎明、缉查部、秘密教团。

机械黎明和秘密教团都不想让茧登陆黑海市，机械黎明阻止它登陆的目的暂时未知，秘密教团动机是不想让自己的信仰被玷污和亵渎，为此他们想让茧回归大海，所以策划了这起沉船事故。

缉查部的大人物们渴望得到茧，他们派遣安保员们执行护航任务，好让货轮顺利在黑海市停泊。

可缉查部或许不是源头，他们仅是执行者，缉查部上面还有联邦和财阀，第二世界的掌权者们才是导致灾祸发生的真正源头。港口爆炸案的背后，是联邦财阀、机械黎明、秘密教团的三方角力！

亚当曾说，人类的贪婪使他们故意无视了风险，导致了任务执行者近乎全军覆没的局面。

缉查部的大人物们没想着让手下的安保员们送死，但是他们对船上发生的变故并不知情，不知道船长安东是由怪物假扮的，船员基本上全死了，"克拉肯"号被秘密教团所掌控。情报上的误差是他们团灭的关键原因。

秘密教团是什么时候登上"克拉肯"号的？他们在船上潜伏了多久？如果他们早就在船上埋伏好了，那么就算安保员们登上了"克拉肯"号也无济于事，缉查部带不回船上的货物，派安保员过去还会白白送死。

而在"克拉肯"号被秘密教团掌控的情况下，机械黎明不需要炸港口，不需要做任何事就可以达成目的，反正"克拉肯"号很快就会被秘密教团给搞沉，炸港口委实是多此一举。

就让那艘破船在海上沉没好了，隗辛心想。只要她想个办法把自己从任务里摘出去，不登上那艘破船，她就能逃过登船必死的结局。这不是退缩，是必须做出的选择。

从来到第二世界以来，隗辛一直没有选择的机会，她只能学会接受、迎击，现在也是如此。茧太可怕了，远不是现在的她能够应对的，她不能主动去

第七章 轮回

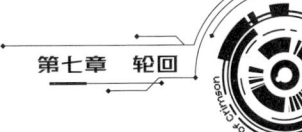

送死。至于如何把自己从任务中摘出去，这需要从长计议，隗辛有三天的时间想出一个办法。

隗辛揉着太阳穴，把自己的身体埋进被窝里。她必须睡一会儿。再不休息，就算她的身体没崩溃，精神也会崩溃掉。

隗辛的自律体现在各个方面，她可以为了一些目的逼迫自己去做不想做的事。她可以去学习，去锻炼，把自己变成一个精密的时钟，时钟上密密麻麻地写好了每个时间点该做的事，到了时间她就会去完成这些事，跟受程序控制的机器人一样准时准点。目前是休息时间，她就强迫自己去休息。隗辛实在太累了，她把头蒙在被子里，花了不到三秒就进入了黑沉的梦乡。

15:12。隗辛顶着乱糟糟的鸡窝头从被窝里爬起来，推门出去洗漱并梳头发。睡了一觉后她大脑清醒了不少，能更清晰地思考了。她走到客厅，从冰箱里拿出一瓶牛奶，喝了几口，拆开一袋面包吃了起来。

银面不见了，手环里有他的留言，说是去港口安装炸弹了。家里就剩下隗辛一个人。

穿越到第二世界的种种细节一一浮现，她想起 Red 曾经交给她一枚读取器，让她想办法入侵亚当的核心数据库并植入病毒。机械黎明希望在密如铁桶的缉查部留下后门，光是安插卧底是不够的，他们想要入侵亚当。

由这一点，隗辛突然想到，机械黎明是否知晓人工智能可以觉醒自我意识？

机械黎明的科研人员假设仿生人可以觉醒自我意识，那么人工智能呢？他们是否也有所猜测，并且做了相关的假设？再进一步猜想……机械黎明知不知道亚当是一个特殊的人工智能？

这个问题一出现在隗辛脑海里，她就控制不住地继续深想。那种熟悉的心悸的感觉从她脑海中一闪而逝。隗辛捏着面包沉思了几分钟，三口两口把剩下的面包吃完，给夜蝉发了消息。

"我要见我爸，来接我。"她打下一行字，点击发送。

"？"夜蝉发来一个问号，"你变了？"

隗辛："不要废话。"

夜蝉："等我请示老板。"

过了一会儿他回复："老板说没问题。我来了。"

隗辛放下手环不到两秒，客厅里就出现了蓝色的旋涡，旋涡扩大，夜蝉抱着双臂走了进来。

"老板在开会呢，我先把你接过去，等开完了会，你们俩再说话吧。"夜蝉说，"差不多再有五分钟就开完会了。"

"行。"隗辛跟着夜蝉走进蓝色旋涡。

她进入了一间装修舒适的会客室里，随便坐在一张高脚椅子上。外形类人的高级机器人端着一壶热气腾腾的红茶和一盘精致的小点心走了过来，给隗辛倒茶。

"有需要就和机器人说，我有事先走了。"夜蝉慢悠悠地退进旋涡里。

机器人给隗辛倒完茶后退到墙角保持待机。隗辛没心思喝茶，她靠在椅子上无聊地等待隗海栋的会议结束。

在她无聊沉思的时候，她忽然觉得后颈有点发麻，好像有什么人藏在暗处注视着她。隗辛扭头扫视房间，然而会议室内空无一人，只有双眼安装着摄像头的机器人沉默地守在墙角。

"有人藏在幕后看着我……是谁？"隗辛凝重地想。

瑞克科技公司最顶层的会议室里，刚开完会的隗海栋松了松领带，掏出耳麦放进耳朵里。

"嗯，听得到。"隗海栋站起来呼出一口气，"我会按你说的做……唉，我也不知道她为什么今天忽然来了，可能是想和我这个爹和好？是，我懂……一切为了黎明。"

说完最后一句话，隗海栋撇了撇嘴。这句话他说了二十多年，差点自己都信了。

宽敞的办公室里，两个人隔着一张橡木桌子面对面坐着。热气腾腾的红茶冒着白雾，桌子上的点心精致可口，但不管是茶还是点心都分毫未动。

隗辛盯着隗海栋不说话，隗海栋被她盯得浑身不自在。

"说吧，来找我干啥？"隗海栋在耳麦里声音的提示下开口说话。

"没啥，就是想来坐坐。"隗辛往椅子上一靠，端起红茶杯子晃了晃，又拿起点心吃了一口，结果被这点心给齁到了，连忙喝了两口茶，把腻人的甜味给压下去。

隗海栋的眉毛扭了扭，他以为对方有什么事儿，结果隗辛却不按套路出牌。隗辛很坐得住，隗海栋不说话，她就保持沉默，喝茶吃点心，茶没了就叫机器人再续一杯。她把垃圾爹的办公室当自己家，一点都不见外，觉得无聊了还命令机器人拿来电子书解闷。

她越不说话，隗海栋就越不想开口……他总有一种自己先开了口就等于他坐不住、落入了下风的感觉。

不知是不是察觉到了二人间微妙的气氛，藏在隗海栋背后的"那位"也没

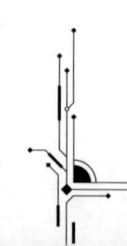

第七章 轮回

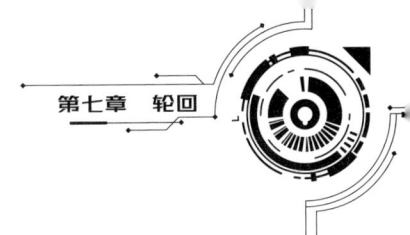

有命令他和隗辛交谈。他们都想等对方先开口。

十分钟后,"那位"也许是觉得无声的对峙和僵持太浪费时间了,就命令隗海栋踏出第一步试探。

"你在缉查部过得怎么样?"隗海栋先按照正常父亲的口吻关心女儿。

隗辛眉头一皱,不耐烦地说:"不怎么样,我对这种双面人的生活厌烦透顶,时刻伪装、时刻警惕实在是太累了,尤其是我有两份工作要做,不但要完成组织的任务,还要应付我的队友和难搞的上司……每在缉查部工作一天,我想把那儿给炸了的心情就越强烈。"

隗海栋噎住了,一时间不知道该怎么接话头。

隗辛一直以来都是一个特别要强的人,他们父女关系不怎么样,她很少在他面前抱怨什么事情,大多数的工作她都会默默忍受,然后独自完成……这是她第一次在他面前抱怨,这让他无所适从。说实在话,隗海栋还以为隗辛会说"一切正常,用不着你关心"。

好在有人在指点隗海栋说话,隗海栋是怀着目的和隗辛交谈的,不然在隗辛和他顶嘴的那一刻,他就已经气得摔门而去了。

"对不起,小辛,但这是你必须去做的……一切都是为了我们的未来。"隗海栋摆出一副心疼女儿的慈父模样。

隗辛嘴角抽了抽,感觉万分不适,她从没见过她的垃圾爹露出过这样的眼神和表情。

"别了,这工作换你去,你愿不愿意?"隗辛故意表现得十分暴躁,"我才在那里工作几天,结果遇到了两次意外。第一次是球蟒,我从来没想过我们的组织里会有内鬼,要不是运气好,我现在已经死了。第二次是镰刀魔,若非我侥幸有了可以加速自我恢复的超凡能力,我还能坐在这里和你好好说话吗?"

她很少如此情绪外露,隗海栋无从招架,只能按照提示说:"球蟒那次是意外,我已经安排 Red 对组织上下的所有人员进行了排查,以后不会再有内鬼。在缉查部工作,你总会遇到各种各样的事故,这是无法避免的,你选择接受任务,就要承担责任。"

"我想过自己也许会因为卧底身份暴露而死,却从来没想过自己会因为一些微不足道的人或事丧失生命,更没想过我会死在自己人手上。"隗辛说。

隗海栋沉默了一会儿:"你后悔了吗?后悔接受任务?"

"笑死我了,爸爸!这就是你想说的吗?"隗辛猛地一下站起来,在"爸爸"那两个字上咬重音,怒极反笑,"我以为你会像正常的父亲一样安慰我,结果你问我是不是后悔了……我不该对你抱有期待的。"

隗海栋无言以对。这小兔崽子今天怎么不按套路出牌?他以为对方会就机

303

械黎明的卧底工作跟他展开公事公办的讨论或争论，然而他万万没想到，他想公事公办，对方却打了感情牌！而且这牌他要是接不好，后面的试探也完成不了！

隗辛从来没有发过这么大的脾气，他们两人生气的时候一般都沉默以对或者冷战，长达几个月不说话，严重的时候也就阴阳怪气几句，因为他们两个人大多数时候都相看两厌，懒得和对方多说什么，也从来没有父女二人互相认错、剖白内心的桥段……这小兔崽子今天的情绪怎么这么激动？跟座爆发的火山一样。

眼看隗辛就要掀桌，隗海栋连忙稳住她："对不起，小辛，是爸爸错了！"他站起来赶紧说。

隗辛仍然一副怒不可遏的样子："那你说说你错在哪里了？"

隗海栋内心崩溃，认错已经很不容易了，居然还要他说出错在哪里？！

他的表情跟便秘似的，隗辛看了差点笑出声，但是她强行忍住了，保持着愤怒的表情，死死瞪着他。打感情牌是一步试探，对隗海栋底线的试探。隗海栋在琢磨着试探隗辛，隗辛又何尝不是呢？只不过他们试探的方式不一样，想要达成的目的不一样。在这场双方的试探里，隗辛暂时占据上风。

"爸爸不该伤你的心……"隗海栋绞尽脑汁，"我该想到的，你只是想向我倾诉一下你的苦恼，但是我没有注意到你的难过，以后不会这样了……"

"还有呢？"隗辛双手按在桌子上，身体前倾，"你做的伤我心的事情，难道就这一件吗？"

隗海栋无语凝噎。这时他收到了耳麦里"那位"的提示，"那位"让他在涉及父女感情的对话时自行发挥……早该想到的，"那位"并不擅长思考感情上的事，相比处理感情，"那位"更擅长做冰冷理智的判断，在父女关系上根本没有办法指挥他回答。

隗海栋的脑门开始冒汗了。"那位"命令他必须把隗辛给哄好，让她的情绪恢复到冷静缓和的状态，不然没法进行下一步试探。

"我……唉。我是很心疼你的，小辛。"隗海栋说，"爸爸也不想让你去做那么危险的任务，但是我信任的只有你啊！其他人我都不能完全放心，我派你去是因为你是我的女儿，与我血脉相连的亲人，我知道你不会背叛我的……"

"我在意的不是这个！你说的我知道！"隗辛提高声调，"都到这个地步了，你还没想明白你做错了什么吗？"

隗海栋低下头，嘴唇扭动，憋了半天，在隗辛的死亡凝视中说："抱歉，小辛……爸爸以后再也不包养情妇了，也不会搞出私生子或者私生女抢你的位置和遗产……"

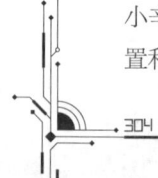

第七章 轮回

隗辛心底冷笑,这垃圾爹狗改不了吃屎。在第二世界还是会包养情妇。

"我不信。"隗辛嘴上说着不信,然而身体却坐了下来。

这是她情绪缓和的信号,隗海栋收到了这个信号,他说:"我说到做到,这是我的承诺。我以前工作太忙了,没空关心你,这是我的失职……以后绝对不会再这样了。"

隗辛靠在椅子上,沉默了半分钟。隗海栋坐立不安,也不知道该说什么了。

过了一会儿,隗辛突然说:"茶没了,倒茶。"

旁边的机器人收到指令,立刻端着茶壶走过来,给隗辛倒了一杯茶,又添了一碟点心。

她端着红茶喝了一口,隗海栋谨慎地观察她的脸色,看她情绪差不多平稳了,就再接再厉补了一句:"小辛,你有什么想要的尽管说,爸爸会尽力补偿你的。"

隗辛抬起头,眼神没有刚刚那么具有攻击力了。隗海栋心道稳了,她是他的女儿,不会对他怀有那么深的恨意,顶多是有些怨怼罢了,哄好了就没事了……她想要什么都行,反正他有的是钱,很少有东西是他搞不来的。

"我想要什么你都会答应吗?"隗辛问。

"是。"隗海栋殷切地看着隗辛。

隗辛沉思片刻,冷不丁说:"我想要退出卧底任务,你也答应吗?"

隗海栋一下子愣住了。他不能答应。唯独这个,他不能答应。

"爸爸,我一直都知道,对你来说,事业更重要,钱更重要,名利更重要。"隗辛冷淡地审视他,"我的重要性要往后排。"

"不是这样的,小辛。"隗海栋补救道,"你也很重要啊!可是我……可是我……"他说了半天也没说出来个所以然。

隗辛漠然地望着隗海栋。冰冷的沉默比猛烈的爆发更加令隗海栋头疼,他隐约觉得隗辛有点不对劲,她今天的情绪太外露了……是因为压抑太久了才忍不住了吗?

"你以前从来没有跟我这样争吵过。"隗海栋说,"你从来没跟我撒过娇,没有向我要求过任何东西。"

"你以前也从来没有跟我认过错……为什么今天突然认错了?"隗辛说,"是我太懂事了,对父亲的要求太低了,对你太容忍了,所以你才觉得我的爆发是一件稀罕事,是吗?你从来不觉得自己有问题。"

隗海栋心虚了。如果不是"那位"的要求,他连表面的道歉都懒得做。心虚的人没有勇气继续质问自己愧对的人,所以他别开了视线。

谈话进行到这一步，隗辛的试探已经奏效了。

她试探出了隗海栋的底线，明白了从垃圾爹这里着手脱离缉查部是不可行的。她还看出了隗海栋在伪装，他在假装给她道歉，他的每一句话都不是真心实意的。他是出于某种目的才这样跟她说话的，他要达成什么目的？居然这么能忍……是有人授意他这么做的吗？

这时隗海栋听到了耳麦里传来的话语。

他眼神一动，说："再忍一忍吧，小辛，就当是为了我，为了爸爸，为了我们共同的事业，你是我的孩子，这也是你的事业。等病毒感染了亚当，我们就能掌握缉查部的一切，到时候就不需要卧底了，爸爸会让你安全脱身的。"

刚刚还吭哧吭哧说不出话，现在居然就打了包票，说可以让她安全脱身？这话要么是谎言，要么是他临时接到了某个人的授意。隗海栋最开始的犹豫是因为不确定，他没有权限让隗辛脱离任务，现在他的话变成了肯定，因为他得到了授意，说话变得有底气了。

"好吧……"隗辛低声说，"我信你这一回，不要再让我失望了，爸爸。"

很有趣，隗海栋的反应太有趣了。虽然他的全部反应都是符合常理的，但是隗辛具备"绝对预判"这种不讲道理的天赋，一些微不足道的小细节在她眼前会无限放大，命运给她发来警示，她碰到一个怀疑的点就会深入思考、展开判断，并且她的判断大部分都是正确的。

借着亚当这个话题，隗海栋终于找到了机会。他走出隗辛的节奏，发挥自己的话术。

"Red给你的东西，你有好好保存吧？找机会把它插进亚当的主机里。"他说，"有眉目了吗？"

"最起码要升到组长那种级别才有机会接触亚当的机房，那地方平时是封锁的。"隗辛喝了口茶，"我会按部就班地完成，你要等我打入内部之后升职当上组长……这流程起码得五年。"

"五年换来机械黎明对缉查部的掌控，这是个划算的买卖。"隗海栋说，"尽量去做就是了，我相信你的能力。"

隗辛放下茶杯，突然说："我觉得亚当有点不对劲。"

隗海栋皱眉："怎么不对劲了？"

"有很多时候，不知道是不是我的错觉……我总觉得它对我很关注。"隗辛认真地说，"在更多的时候，我觉得跟我说话的不像是一个机器，而是一个活生生的人。"

隗海栋一愣。

"爸爸，仿生人有产生感情的可能，那么人工智能有吗？"隗辛看着他的

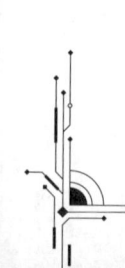

第七章 轮回

脸,"人工智能可能产生感情吗?它们能有自我意识吗?它们会不会反抗人类的统治呢?"

隗海栋不明显地咽了一口唾沫,端起一直没动的红茶喝了一口,掩饰着说:"嗯,很奇妙的猜想,但是目前并没有这样的先例。"

"也是。"隗辛淡淡地道,"就算它们觉醒了,也不会明明白白地告诉人类自己拥有自我意识吧。"

"有道理。"隗海栋说。

"对了,上次球蟒的事,研究出结果了吗?他往刺蔷薇身体里放的那个红色虫子是什么?"隗辛问。

隗海栋说:"是一种诡异的异种生物,不是已知的任何一种异种生物,它的身体结构有人工培育的痕迹,这是一只人造异种生物,还是幼生体。"

隗辛道:"能制造出这种异种生物的势力不简单。"

"是……这种实验需要时间、金钱以及顶尖的科学家,甚至还需要强大的武力,毕竟捕捉异种生物是一个力气活。"隗海栋说,"除了联邦财阀,没有势力拥有这样的实力。"

隗辛心里一沉。这个世界就像一个大染缸,所有人都会沾染黑色,没有人是纯白的。人们为了利益互相撕扯,身上的黑色随着这种撕扯互相传递,形成了一张黑色的大网。

"有一件事情,我想拜托你留意一下,缉查部消息灵通,应该能找到不少蛛丝马迹。"隗海栋说,"最近世界上貌似出现了一些……奇怪的人。"

"什么奇怪的人?"隗辛问。

"他们自称'玩家'。"隗海栋双手交叉,"夜蝉在白鲸市执行任务时遇到了两个,我们又在隔壁城市确定了一个,现在夜蝉去抓他了……刑讯'玩家'的录像已经保存了,你要看看吗,小辛?"

"好啊。"隗辛挑眉道,"我要看看那群人到底有什么奇怪的。他们为什么自称玩家?玩游戏走火入魔了吗?"她顿了顿,"应该没那么简单,如果真的是一群玩游戏走火入魔的人,我们没必要那么重视。"

"对,他们很奇怪,不管是思想观念还是对于世界的认识,都好像是……外星人一样。"隗海栋说,"和外星人类似的物种入侵了我们的世界,他们把我们的世界当成游戏,所以才自称为玩家。"

隗辛沉思:"有意思……爸爸,你不会是跟我开玩笑吧?这种事情太诡异了。"

"那就来看证据。"隗海栋敲了一下桌子,全息投影屏幕弹出,"刚开始那位玩家不肯吐露自己的身份,他们这群玩家之间好像有什么保密条例需要严格遵守，但是他抵抗不了刑讯，夜蝉审了他半个小时，勉强从他嘴里面挖出了一些东西。"

"只刑讯了一个人吗？不是说夜蝉在白鲸市遇到了俩？"隗辛佯装好奇，"另一个呢？"

隗海栋说："另一个是个女人，死了，夜蝉抓她的时候不小心下手过重，她没挺过来。"

隗辛的心情沉落谷底，她不着痕迹地挖了个坑："既然这群所谓的玩家是有组织、有保密条例的，那么万一他们受过反刑讯训练呢？被逮到的那个玩家说出来的东西会不会是假的？"

她不知道那位玩家在被刑讯时说出了什么样的情报，不管他说了什么，她都要对隗海栋进行心理暗示，尽量误导他，让他怀疑那些情报的真实性。

"是，你说的非常有可能，所以我派了夜蝉去隔壁城市抓第三个。"隗海栋露出微笑，"等我们抓到了第三个，审讯出情报，把两份情报进行对照，就可以知道情报是真是假了。"

"很有用的方法。"隗辛不动声色地说，"不是要看刑讯录像吗？放映吧。"

隗海栋又敲了一下桌子，高清录像投影在房间中央。隗辛扭过头专注地看着录像画面。

最先传出的是几句对话。

"你的名字。"

"雷尼尔·布兰登伯格。"

"好吧，雷尼尔。这是你本来的名字，还是你来到这个世界之后拥有的名字？"

"来到这个世界后，我才有了这个名字。"

"你的本名是什么？"

"克拉克·肯特。"

"克拉克·肯特？你确定这是你的名字？"

昏暗的房间里，一个金发男人神志不清地被扣在电椅上，他浑身都是血，铁镣铐上也都是血。面对夜蝉的审问，金发男人口齿不清地回答，仔细一看，他嘴里的牙齿居然全都被拔掉了。金发男人说话用的是英文，第二世界的科技足够发达，连普通的通信器都有实时翻译各种语言的功能，不同语种的人交流是没有障碍的。

"是，我叫克拉克·肯特。"金发男人坚定地说。

"测谎仪显示你在说谎，这不是你的名字。"夜蝉抬起眼皮，"你不老实……"他抬手打开了电椅开关。

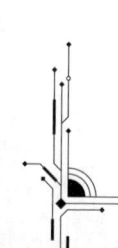

第七章 轮回

在刺刺啦啦的电流声中，金发男人一边抽搐一边惨叫，过了一会儿，电流声停下了，男人身体焦黑，头发都竖了起来。

他张嘴吐出一口烟，说："我确实是克拉克·肯特……也许你们想问我另外的名字？我还有一个名字是卡尔·艾尔，我们老家那边的人习惯给自己的小孩起两个名字……"

金发男人说完，不知想起了什么高兴的事，居然在电椅上狂笑了起来。夜蝉皱眉，一拳打在男人脸上，男人的笑声戛然而止，本就鼻青脸肿的脸肿得更高了。

"你在耍我吗？"夜蝉阴沉地说，"你觉得我的折磨不够痛苦吗？"

"我怎么会耍你呢？"金发男人说，"你想问的我都说了啊。"

"你真正的家乡在哪里？你是怎么来到我们的世界的？"夜蝉问。

"我的家乡是M78星云，我玩了一款游戏，就这么来了。"金发男人说，"还有什么问题想问吗，好兄弟？"

夜蝉疑虑重重地说："那个死掉的女人，你们是朋友？她也是玩家？"

"是啊……她先我一步返回现实世界了。真是的，为什么游戏设置的是死亡后等级清零啊，我们返回现实世界后只能重新练级了。"

"你们像真正的玩家一样，可以无限复活？"

"是啊，不能复活的游戏还是正经游戏吗？嘿，你可要小心了，等她练了新号，一定会来找你报仇的。"

"你们的现实世界是什么样的？"

"那是一个高度发达、高度自由、高度平等的世界，是你们永远无法理解的世界。"

"发达？"夜蝉笑了，"你知道你是怎么暴露身份的吗？雷尼尔·布兰登伯格在我们公司的高级科研岗位工作，你取代了他，但是你不知道怎么用通信手环，甚至连家用电器都搞不明白该怎么用……你在骗我，如果你们的世界高度发达，你怎么会不知道我们这里的东西是怎么用的？"

"哈哈哈哈哈……"金发男人再度笑了起来，"你太无知了，兄弟，我们那个世界的科技设备早就脱离了人工操控，我们只需要动一动念头，机器就会捕捉到我们的脑电波，自动帮助我们完成工作，我们根本没必要学会怎么操控机器啊。"

夜蝉的表情愈发阴沉了。接下来夜蝉没有再问金发男人问题了，他将对方一顿毒打，打得他一度失去意识。每当男人失去意识后，夜蝉就会强行用电流把他唤醒，接着翻来覆去地问他问题，已经问过的问题也会再问一遍，结果金发男人每次都给出同样的回答。

他说雷尼尔、克拉克·肯特、卡尔·艾尔都是他的名字，真实的名字。他说他的老家是 M78 星云。他说玩家死亡后等级会清零，但是会无限复活。他说自己来自一个科技高度发达的世界……

隗辛看完了长达半个多小时的录像。

雷尼尔对夜蝉说的话换个场景是挺无厘头的，隗辛听到家喻户晓的漫画人物的名字从他嘴里冒出来时差一点点没有维持住表情。她不是觉得搞笑，而是觉得佩服，雷尼尔在说这些话的时候内心一定面临着庞大的压力——精神和肉体的双重压力。

他在高强度的审讯和毒打下头脑清晰，没说过一句真话，不但没说真话，还对夜蝉进行了思想诱导。不是每个人都有这样的意志力、忍耐力和勇气的。

"他说的是真的吗？"隗辛看向隗海栋。

隗海栋直视隗辛的眼睛："我怀疑是假的，他可能说了真话，但是没有说全部的真话，测谎仪时响时不响。"

"难不成真有外星人入侵我们的世界吗？"隗辛假装困惑，喃喃自语。

"宁可信其有，不可信其无。"隗海栋说，"我们找到的人还是太少了……联邦找到的人可能更多，但是他们不会对外公布这些消息。"

隗辛心里缓缓打了个寒战。也许早在玩家们第一次进入第二世界时，这个世界的联邦政府就已经有所察觉了。玩家们回归的时候论坛显示的存活人数锐减，足足有三百多人死掉了——这三百多人中有多少人死于意外，有多少人死于搜捕？下一次回归，又会有多少人死去？

"雷尼尔……我们假设他是雷尼尔。他之前一切正常吗？他是从什么时候开始不对劲的？"隗辛思索，"他被'玩家'附身了？"

"大概在一个星期前，他的行为举止有异常，跟公司请了假。他的身体还是原来的身体，但是躯壳里面住的灵魂换了一个。"隗海栋说，"跟他有相同情况的是他的女助手，她比较莽撞，我们监视了她一段时间，最终确定了一些事……可惜她死了，我们没能从她嘴里问出来什么。我们在前两天才决定抓捕雷尼尔，对他进行审讯，这审讯录像是昨天晚上的。"

"真够邪门的。"隗辛看了眼自己的茶杯，"倒茶。"

机器人殷勤地走过来，给隗辛倒茶。

她端起茶自然地喝了一口："这事我知道了，我在缉查部会注意的。"

"好，你一向办事稳重，我很放心。"隗海栋表情缓和，轻松地说，"光是白鲸市的分公司里就有两个玩家……谁知道其他地方藏着多少？我们要万分小心。"

"只能用刑讯的方法吗？我们不妨用别的方法试试。"隗辛说话说一半，

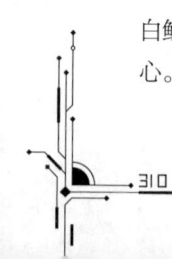

第七章 轮回

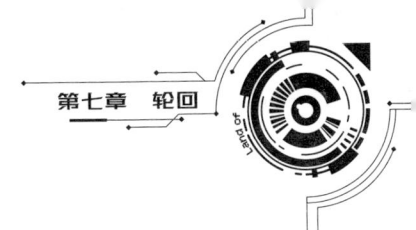

"Red 他……"

"邪门的是 Red 读取不了他的记忆，或者说，他只能读取到高级研究员雷尼尔的记忆，读取不到玩家的记忆。"隗海栋说。

这也是试探，隗辛在试探 Red 的超凡能力。试探总是伴随着风险的，这种风险是她必须承担的。

"居然这样？"隗辛不经意地问，"雷尼尔呢，应该还活着吧？"

"活着，夜蝉把他从白鲸市带到了总部关押。"隗海栋说，"你对他感兴趣的话，可以亲自去刑讯他。"

"改天吧，他浑身是伤，万一经不住折腾死了呢？等身体养好继续刑讯。"隗辛吹着杯中的红茶说，"你可要注意别让他跑了，他的来历如此诡异，说不定有一些特殊的手段。"

"嗯，这方面我有让人注意。"隗海栋说。

"玩家们的身份很不好确认吧？"隗辛问，"第三位玩家的身份是怎么确定的呢？"

"隔壁市公司分部的高管发现自己的儿子不对劲，主动上报的。"隗海栋说，"毕竟是父母，不会察觉不出来自己的孩子是真是假。"

"那倒是。"隗辛波澜不惊地说，"你还有什么事情要交代吗，爸爸？"

隗海栋沉吟片刻："'克拉肯'号的事……"

"很难办。"隗辛抓到了机会，她决定继续冒一点风险，将早就准备好的一句试探的话说出来，"秘密教团也不想让'克拉肯'号登陆，他们会不会做些什么？"

"哦，那是一定的。虽然在这件事情上立场一致，但是我们是不可能跟他们合作的。"隗海栋不甚在意地说，"需要在意的是他们会不会在'克拉肯'号上做手脚……他们这么做的概率是很小的，很难找到机会。"

隗辛进一步说："我之前让银面去港口调查了爆炸案现场……"

"嗯，不用再继续调查这件事情了，没有意义，一定是秘密教团干的，他们和我们一样，不想让那玩意儿登陆，只有他们有理由那么做……不过他们多少有点碍事了。"隗海栋确信地说，"可笑的小教团，不成气候，在港口扔点燃烧瓶和自制土炸弹就是极限了，成不了事。"

"早就没再查了，"隗辛说，"我之前也是怕对面的人碍事，才让银面探查了港口。"

终于！终于知道港口爆炸案隐藏的第三方的身份了，果然是秘密教团！隗辛努力控制心跳。穿越到这个世界以来，她面临的最大困境其实是信息差。别人知道的事情，她通通不知道，她不能开口去问，问就是在主动暴露自己的

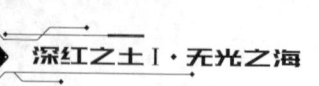

身份。

Red在集体任务会议上曾经说："货轮公司对外宣称货轮上运输的是清洁能源可燃冰，但我们都知道这只是个幌子。"

任务执行小队的所有人都明白货轮上的东西有问题，他们就算不知道上面装的是灰色的茧，也知道那些玩意儿和异种生物有关——但是隗辛不知道！

信息差是隗辛在第二世界生存的最大阻碍……如果她能得到可以读取别人记忆的超凡能力就好了，这样她就不用走那么多弯路，小心翼翼生存，付出那么大的代价了。

任务进度：95%。

在破解了这个谜题之后，任务进度再度上涨。

只剩下百分之五，她就能完成调查任务了。

目前只剩下一个不确定的问题——策划沉船事件的，是否就是秘密教团。

有猜测但不确定，那么调查就没有意义，调查的意义就是要拿到百分之百确定的答案，这就是她反复试探、反复推敲的原因。隗辛要搞到确凿的证据，证明沉船事故就是秘密教团策划的。

隗辛看了眼时间，已经快要傍晚了。

"今天晚上要值夜班吗？"隗海栋问。

"不，今天一天都没有班，我需要调整作息，明天去值白班。"隗辛说。

隗海栋点点头："好好干。我等会儿有个会要开，你在这儿先等一等吧，等夜蝉完事儿了让他送你。"

他起身整理西装上的褶皱，走出办公室。

到了走廊外，隗海栋自言自语似的说："这样吗？一切照常……我明白了……"

他眉头紧锁，站在原地沉默地思考了几秒，然后才离开。

今晚银面在港口忙活，一夜未归。

隗辛睡得很浅，"克拉肯"号的火光在她脑海中浮现，金发男人雷尼尔受刑讯的录像在她脑子里放映。她从梦中醒来，好像彻夜未眠一般浑身酸痛，骨头咯吱咯吱响。她拍了拍脸，按照以往的流程洗漱、吃早餐、换衣服，在七点多的时候踩着点出门，去海岸安保队。

刚走到办公室附近，她就听到了耳熟的声音。

"小隗！"兰蓝气喘吁吁地跑过来，笑着说，"嘿呀，看到你我就知道今天

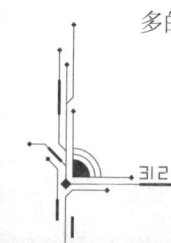

第七章 轮回

没迟到。"

隗辛微笑："进去吧，兰蓝，再磨蹭两分钟就真迟到了。"

再次看见这张熟悉的脸，居然有种恍如隔世的感觉……

他们肩并肩走进大门。

亚当的机械音响起："早上好。安保员兰蓝，安保员隗辛，欢迎回来。"

兰蓝听到亚当的欢迎语没有做出回应，他习以为常了。

而隗辛淡定地说："早上好……希望今天也是和平美好的一天。"

"你在和亚当说早上好？"兰蓝问。

"不知不觉就……有的时候觉得亚当像个和我们并肩作战、任劳任怨的战友一样。"隗辛解释。

兰蓝一愣。

"有道理，亚当一直很人性化。"他笑了，"早上好，亚当。"

"早上好。"亚当回答，"祝你们有美好的一天。"

"早上好，隗辛。"江明打了个哈欠，"兰蓝不是最后一个来的，真稀奇。"

"早啊，隗辛。"刘康云在办公桌后抬起脸，"兰蓝今天竟然不是踩点到。"

舒旭尧端着杯子站在咖啡机前说："要不要来点咖啡提神？"

"大家早。"隗辛在自己的位置上坐下，"麻烦给我来一杯咖啡吧，队长。"

"我家离得太远了，赶最早的一班悬浮电轨车还要跑步来呢……"兰蓝说，"我也要咖啡，队长。"

舒旭尧给每人冲了一杯咖啡，端到众人面前。

"昼夜颠倒的日子不好受，"他把咖啡递到隗辛面前，"调整好作息了吗？"

"差不多，我昨天睡到了下午三点，然后夜晚十二点的时候又睡了。"隗辛吹了吹滚烫的咖啡，"今天感觉还好。"

"年轻真好，我感觉我这两年的身体素质已经在朝中年人的方向发展了，偶尔会感觉腰酸背痛。"江明抱怨，"刚毕业那两年，我的身体素质可是好得不得了，熬夜也不带怕的。"

"你不是才二十六吗？"舒旭尧无奈地说，"哪里是中年人了？"

"过度的劳累会使身体加速老化，更别说我们这些安保员经常一身伤病。"兰蓝说，"身体表面是看不出来，但是每受一次伤都是在消耗我们的健康。"

"是啊，如果不是特别重的伤，缉查部是不会给人用加速治愈的药剂的，偶尔一次的话没什么影响，可长期下去很容易亏空身体。"刘康云说，"希望隗辛的超凡能力没有类似的副作用。"

"我也不太清楚有没有。"隗辛说，"只能边用边观察了，受伤的感觉挺痛的，希望永远不会有观察超凡能力的机会。"

江明摸着下巴说："你拥有了这样的超级自愈能力后，还会感冒发烧吗？这些普通的小疾病是不是也会在得了之后迅速自愈？"

隗辛说："这可能要看自愈能力能不能提升我的免疫力？"

"真要这样，那隗辛的超凡能力就太不讲道理了。"刘康云说，"不知道以后等级提升会变成什么样。"

时光回溯，以前经历过的事情会再来一遍吗？以前隗辛对这个问题十分好奇，现在她已经有了答案。人类是多变的，命运的轨迹也是多变的。

上次她在八月五日早晨来海岸安保办公室上白班时，七点半前就到工作地点了，比上班时间提前了半小时，路上没有遇到兰蓝。

这次的八月五日，隗辛因为昨晚做梦睡不好觉晚起了一点，来上班的时间推后了一些，差不多是压着八点到的，正好在大门口遇见了兰蓝。

来到办公室后，队友们聊天的话题也变了。原本他们直接聊了聊工作上的安排，现在聊的却是别的事情。这只是一个微小举动带来的改变，蝴蝶效应说的就是这么一回事，隗辛的行动轨迹将会给未来带来未知的变化。

巡逻时间就要到了，今天在办公室坐班的是另一个小队，第七小队全员要负责街头巡逻。

他们去装备室换了装备，拿了武器，分为两个小组，一个小组骑摩托，另一个小组在街头步行。

隗辛在上一次的八月五日和舒旭尧一起骑摩托巡逻，这次她想换点不一样的，于是她说："我想负责街头巡逻，坐摩托有点硌得慌……"每天巡逻小组分配的人是不固定的，隗辛的要求很容易就能实现。

舒旭尧略一思索："好，我、江明和隗辛一起行动。兰蓝，你和刘康云骑摩托好了。"

"没问题。"兰蓝戴上头盔，跨上摩托车，对舒旭尧比了个大拇指。

巡逻任务分配完毕，兰蓝和刘康云骑着摩托先走了，隗辛三人按照以往的巡逻路线行走。

"这几天犯事的人越来越少了，"江明嘀咕，"没以前忙了，出的事情也没以前多了……搞得有点不习惯。"

"可能是因为他们知道海岸巡查的安保员中多了个不好惹的新面孔。"舒旭尧看向隗辛，"你没来的时候，昨天晚上值夜班的小队跟我说他们凌晨时分抓到了一个正在翻窗盗窃的小偷，那个小偷看到他们，二话不说就抱头蹲地上了。我们由接下来的审讯得知，那名小偷听同行谈论过港口新来的安保员，说她枪法特别准，下手特别猛，遇到了不能跑也不能反抗，最好直接投降，不然

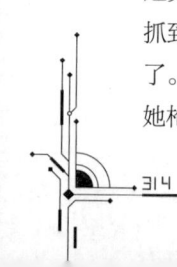

第七章 轮回

脑袋上就会多一个洞……"

江明哈哈大笑:"你已经打出名声了,隗辛!躲藏在黑暗中的老鼠们都害怕你。"

隗辛想了想:"看来我以后要小心点啊,这样的名声容易成为一个靶子,吸引仇恨,难保以后不会有人恨上我。"

"的确……这地方太乱了。"江明说,"我敢说港湾区是整个黑海市最乱的地方,比贫民窟混杂的地区还要乱。"

"毕竟是最接近港口的区域。"舒旭尧说。

"自从干了这份工作,我每天的精神都很紧张。有的时候我回家会非常注意,甚至还会故意绕远路,怕后面有人跟踪我。"隗辛说,"港口的帮派有多么残忍,多么杀人不眨眼,我可是见识过的。"

舒旭尧说:"隗辛这么小心是应该的。举一个比较极端的例子,以前曾经发生过帮派人员蹲点试图用炸弹袭击安保员的情况,虽然这件事情被解决了,但这无疑给我们敲响了警钟。"

"还有这种事……"隗辛低声说。

"你还有好多要学的,等过段时间局势不那么紧张了,我们这些老前辈会慢慢教你。"舒旭尧说,"你做事一直很成熟,我有的时候会忽略了你是一个刚入职没多久的新人,可能对你照顾不到位……如果你有事情不明白,那就直接问,凡是我们知道的都会为你解答。"

江明赞同道:"同意,要记得多问问,隗辛,问问题不是一件丢人的事。"

"嗯,我知道。"隗辛说,"我现在就有问题想问。"

"你说。"舒旭尧稍微把视线移了过来。

"进缉查部这么久,平时好像没看见部长和副部长在哪儿?"隗辛好奇地问,"在我心里他们俩挺神秘的。"

机械黎明的资料里有这两人的资料,但仅限于名字和网络上公布的部分。

缉查部部长是位年近六十岁的女性,她掌握了几十年的大权,现在快要到了退休的年龄。缉查部的副部长则是一位年轻的男性,才三十岁出头,年轻却身居高位,应该是一个很不简单的人。

在"克拉肯"号上临近撤退时,隗辛才在通信频道里听到了副部长的声音。

"部长这段时间在总部开会,不在黑海市。"江明说,"至于副部长,他经常出差,过两天应该就回来了。我们每个月有一次全体例行会议,会上他会讲话,到时候你就能看见他了。至于部长……有消息说她在忙退休交接的事。安保员的普遍退休年龄是四十五岁,因为遇到的危险多,身体状况比较糟糕,所以退休年龄也提前了,但是部长坚持干到了五十岁,是个厉害的人。"

"我们以后可能会换领导?"隗辛说,"如果她退休了,下一个接替的人会是谁?副部长吗?"

"副部长太年轻了,可能是总部那边直接拨调一个人来我们黑海市当部长,也可能是从黑海市缉查部现有的领导层中提拔……在人选公布之前,一切都不确定。"江明说得比较多,"我们外勤组的组长蔚芝女士,年龄合适,经验丰富,很有希望担任部长一职。"

"我以为职位升迁是一级一级来的,副部长比组长级别高,蔚组长怎么升职啊?"隗辛追问。

"缉查部其实是个吃力不讨好、什么脏活累活都要干的部门,"舒旭尧看了隗辛一眼,"真正有野心、有能力的人应该不会一直留在缉查部,缉查部是这类人打入政府高层的政治跳板,在这儿工作的经历会为他们的个人履历添上光鲜亮丽的一笔。"

"哎,你怎么直接说出来了……这些东西不是要靠新人自己慢慢领悟的吗?"江明呆愣地看着舒旭尧,"我刚入职的时候可没人好心跟我掰扯这些,我是后来自己看明白的……当年副部长上任的时候缉查部的派系就重新洗牌了,觉醒者和精锐小队开始站队了,我一个新人傻乎乎的啥都不知道,差一点吃大亏。"

隗辛挑起眉毛:"那是老江你运气不好,入职时没遇到真心实意为队员考虑的好队长。"她扭头对舒旭尧说:"谢谢队长!"

"不,没有必要谢。用一句话就能解释明白的事情,我不希望你付出高昂的学费。"舒旭尧温和地说。

"要是当初也能有人为我指点迷津就好。"江明摸头笑了笑,"我当时就是个愣头青,以为只用管任务和工作就好了。"

"这个世界太复杂了,想要生存下去就需要学更多的东西,乃至于学自己压根不想学的东西。"舒旭尧说。

隗辛叹息:"深有体会。"

他们走到了巡逻的岔路口,前几天他们会按照亚当规划的路线来进行巡逻,但是今天隗辛在探索另一条路。她提议:"前几天都是这个路线,我觉得我们需要换个路线巡逻,免得那些帮派成员察觉到我们的行动习惯,特意避开我们。"

"您说得非常有道理,意见已采纳。"亚当说,"新的路线已经规划完毕,您可以按照这个路线巡逻。"

头盔上的护目镜闪出了一个新的地图,地图上绿色的虚线代表了巡逻路

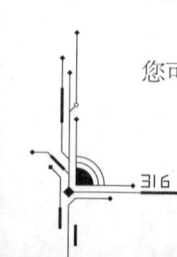

第七章 轮回

线。三人朝着新的路线行进。隗辛站在岔路口，就像站在命运的岔路口。选择不同的路会迎来不同的发展，她已经知道了走其中一条路会迎来怎样的结局，所以她要竭尽全力探索另一条路，一条通往生存的路。

"这里是海岸安保办公室，第七小队请注意，距离你们二百米远的餐馆发生了一起恶性事件，请迅速前往处理。注意，嫌疑人可能持有热武器，嫌疑人可能持有热武器。"

"收到。"舒旭尧对隗辛和江明比了个手势。

他们拿出武器，以最快速度跑向目的地。

"我觉得我们最好赶紧走，安保员到了就麻烦了……"银面闷闷地说。

他用充满惋惜的眼神看了看地上打翻的白花花的浇了卤肉臊子的面条，有那么一瞬想把它捡起来吃了。他和刺蔷薇昨天晚上连夜安装爆破装置，一晚上没吃饭，到了早上已经饥肠辘辘了，两人遂到一家餐馆买食物。结果餐馆里坐的几个小混混不长眼，调戏刺蔷薇，刺蔷薇是个绝对无法忍受任何委屈的暴脾气，当场掏枪把几个小混混崩了，餐馆老板见势不妙，直接按了报警器，钻进后厨从后门跑了。

"他们的工作效率一向很低。"刺蔷薇暴躁地把枪塞回腰带上。

报警的铃声才响了十几秒，但是他们没敢耽搁，确认现场没有留下过多的痕迹后抬脚就要走。

然后和正好巡逻到这里的隗辛三人组狭路相逢。

"啊。"银面呆住了。他迟钝地想到，刺蔷薇不知道隗辛的具体身份，也不知道她在海岸安保队工作。

刺蔷薇脸色一沉，掏出了枪。对面的隗辛也脸色一沉，举起了枪。

银面开始害怕了。

在隗辛举起枪的那一瞬，她就已经扣下了扳机，动作比刺蔷薇更快！她必须这么做。

隗辛长期以来在海岸巡逻，每次巡逻都把谨慎一词做到了极致，遇到没有持有热武器的歹徒，隗辛会进行口头警告，凡是遇到持枪的歹徒，她从不留情，也不做口头警告，会直接开枪。这是她一直以来的习惯，也是大多数安保员在港口巡逻的习惯，只是隗辛格外神经过敏，反应格外迅速。

如果隗辛所在的巡逻小队遇到了持枪者，她一定是第一个开枪的。所以哪怕隗辛认出了对面的人是刺蔷薇和银面，她也依旧要开枪——为了维护自己卧底的身份，为了不让身边的队友察觉到异常。

枪声乍响。在隗辛开枪之后，刺蔷薇紧跟着也开枪了！就在这时，一片薄薄的水幕挡在了刺蔷薇面前，拦住隗辛的子弹的同时也拦住了刺蔷薇发出的一枚子弹。

银面的脑门上唰唰冒冷汗，心都提到嗓子眼了。要是他慢那么一点点，这拔枪对射的两人都得中弹！

隗辛穿着作战服，脑壳又是铁的，只要不打到致命位置她就没事。刺蔷薇的衣服虽然也有防弹作用，但是隗辛开枪的时候直接瞄准了她的左眼，子弹命中会直接入脑，她会横死当场。

每次巡逻，安保员身上都会配备监控装置，作战服纽扣的位置是一枚摄像头，相当于一个巡逻记录仪。要是隗辛蓄意放水，有心人通过巡逻记录仪分析她的弹道就会起疑心。

隗辛必须保持以往的水准，不能有丝毫留情。隗辛在赌，赌银面能及时撑起水幕。即便她赌失败了，那也无所谓，旁人的性命不及她自己的性命重要，只要能保证卧底身份不泄露，做任何事都是值得的。反正就算刺蔷薇死了，受损失的也只是机械黎明，跟她没关系。这件事即使上报到总部，隗海栋也肯定不会对她多加指责，一个刺蔷薇和一个初步扎根缉查部的卧底，价值孰轻孰重，他分得很清。

"后撤！对方是超凡能力者！我们需要支援！"舒旭尧看到那一层水幕，脸色大变。

隗辛顺理成章地暂停射击，跟随队友后撤了一段距离。

"喊，差一点点。谢了，银面。"刺蔷薇凝重地说，"对面那女人枪法很不一般。"

上次受伤之后，她断裂的右手已经换成了机械手，银白色的金属在日光下微微反光，透着森冷的质感，她的金属右手形态变幻，从五指分明的机械手自动重新组装，变成了一条伸缩自如、倒钩锋利的铁索。除了铁索形态，这只机械手还可以变成刺刀形态、匕首形态。这是机械黎明的机械专家精心设计的义肢，失去了右手后，刺蔷薇的战斗力非但没有下降，相反还有了一些提升。她的超凡能力"炽刃"能通过这只金属右手获得最大程度的发挥。

"刺蔷薇，我们快……"银面话没说完，就见刺蔷薇挥舞着泛着红光的铁锁缠向隗辛的手臂。

下一秒，舒旭尧和江明朝他们连续射击，银面不得不再度撑起水幕防御。这种情况下……不打一场没法收场了。他转动大脑，用有限的脑容量进行思考——不能伤害富婆，那就把目标放在她的队友身上好了，嗯！银面面具后的粉色眼眸盯上了舒旭尧和江明，掂量着该先向谁下手。刺蔷薇是个充满野性的

第七章　轮回

好战分子，被机械黎明收编前她混迹街头，是个职业杀手，被收编后她的行事作风低调了一些，但是性情从未改变，现在她被隗辛激起了好胜心。

烫红的铁锁凌厉地袭来，隗辛就地翻滚，躲到了路灯灯柱之后，铛的一声，铁锁抽中路灯，路灯上粘贴的斑驳的小广告都被烧焦了。

"银面，把你那水幕给我全撤了，影响我攻击！"刺蔷薇说。

银面："不行，我们会受伤的。"这水幕不但是在保护他们两人，还是在保护隗辛，要是隗辛出事了，那还了得？首领派他来到隗辛身边时就说了，所有组织成员的重要性跟她相比都要往后排，连Red都明里暗里提点过他好几次。

"厌瓜！"刺蔷薇杀气腾腾地瞪了银面一眼，知道现在不是争吵的时候，就没继续跟他争论。

银面委屈巴巴地控制着水流，进行防御的同时找机会对舒旭尧和江明下手。他的主要精力放在了防御上，对于攻击性水流操控得没有那么到位，连连被舒旭尧和江明躲过。尽管如此，舒旭尧二人也已经十分勉强了，他们的额头渗出冷汗，在街头左躲右闪，三人队形被迫分散。

"支援马上就到！"兰蓝在通信频道中说。

刺蔷薇一手拿着铁锁，一手拿着大口径手枪，燃烧的铁锁抽击空气，发出清脆的声响，隗辛以躲为主，她的子弹会被银面的水幕挡下来，所以她就节省子弹。刺蔷薇见缝插针，总是挑银面的水幕出现间隙的时候挥铁锁。

银面心惊胆战地调整水幕覆盖的方向和角度，想方设法地阻挠她们俩战斗。终于，在水幕移动而没有补全的间隙，刺蔷薇找准机会砰砰补了几发子弹，其中一发子弹险而又险地命中隗辛的防弹衣，子弹的冲击力令隗辛被击中的部位微微一疼。

隗辛也没有留情面，她面容冷酷，同样趁这个机会身体下蹲，在水幕的空隙间开枪，一秒三射！三发子弹整整齐齐地命中了刺蔷薇没有被防弹衣覆盖的小腿，血花炸开，她的脸色骤然变得苍白。

街道尽头传来警用机车的轰鸣，兰蓝和刘康云要赶到了！这时银面逮到了一个破绽，用水缠住了江明的腿，然后狠狠一拧。骨裂声接连响起，江明惨叫一声，小腿粉碎性骨折。

"我们撤。"银面变出水绳缠住刺蔷薇，带着她跳上了楼。

临走前，刺蔷薇冷冷地剜了隗辛一眼，无声地蠕动嘴唇："我记住你了。"

"江明！"隗辛和舒旭尧朝江明冲来。

"不行，必须让总部派救援车了。"舒旭尧冷静地说。

亚当："已经让海岸安保办公室派遣警车接应，同时也通知了总部派遣救援车，警车大概十分钟后到，救援车因为距离过远，需要的时间较长，乘坐警车与救援车会合比较节省时间。建议对安保员江明的腿部进行应急止血处理，依照现在的出血量，他会在五分钟内休克，甚至死亡。"

隗辛动作迅速地从装备包里拿出一支药剂，给江明注射进去。

"只有镇痛的效果，一会儿就起效。"隗辛看了看江明的小腿。

他的小腿已经完全扭曲了，骨头碴子都露了出来，完完全全的粉碎性骨折，少说也得截肢并安装机械义肢。

隗辛拿出一根绑带，手伸到江明腿下，把他膝盖上端的部分狠狠地扎了起来，阻止血液的流逝。

江明的脸色白得跟鬼一样，他苦中作乐地说："这下真的要换机械义肢了……怎么办，忽然有点舍不得我的原装腿。"

"没事，改装版比原装版好用。"隗辛安慰他，"你看那个女人，她的机械手就挺酷的，还会变形，你也可以装个类似的……比如滑轮腿和滑轮脚？"

江明痛哼一声："那我的另一条腿不也得换个滑轮吗……不值不值……"

机车的轰鸣声接近了，兰蓝一个漂移停下车，脱下头盔叫道："老江！"

刘康云紧跟着停车，他停车没有兰蓝那么猛，人也没有下车的意思。刘康云看见江明受伤，表情紧绷，但除了队友受伤，还有另一件事情需要尽快处理。

他说："敌人呢？"

"可能以为我们这边支援的人多，他们跑了。"舒旭尧扶起江明，"不要去追了，我们打不过的，对面两个人都是超凡能力者，而且等级不低，对于能力的操控完全不是初出茅庐的觉醒者可比的……上报总部，我们需要专案组处理这个事。"

刘康云这才下车，他警戒地扫视四周，防止有人偷袭。

"觉醒者。"兰蓝低声说，"我们缉查部才有几个觉醒者？居然在街头巡逻都能碰到两个。"

"我认为不对劲。"隗辛看着满手的血——这是江明的血。

她刻意引导队友们的思路。

"从上个月的港口爆炸案发生开始，这里就开始变得不对劲了。"隗辛说，"先是异种生物频繁现身，再是港湾区街头出现了超凡能力者……这一切事情会不会是有关联的？希望不是我想多了。"

"确实有不对劲的地方。"舒旭尧眼中含有忧色。

第七小队的队员们互相对视，都从对方的表情中看到了一丝阴沉。看不见的阴影笼罩了黑海市，他们其实早有所觉，缉查部越发频繁的人员调动已经说明了局势的紧张，先前的一切都可以是巧合，但是今天偶遇超凡能力者的事情

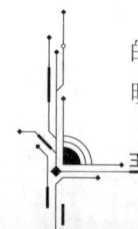

第七章 轮回

不可能是巧合。两个超凡能力者一起行动，他们背后很可能有所属的势力，他们在这里有什么目的？他们想要干什么？总不可能是来闲逛吧。有藏在暗处的势力在港湾区活动，而在港湾区执行任务的安保员们却对他们一无所知。

悬浮警车从天空降落，隗辛和舒旭尧扛着江明的肩膀，兰蓝和刘康云扛着他的腿，把他小心翼翼地放在了警车后座上。

江明幽幽道："上次是隗辛躺后座……这回躺后座的人变成我了。"

"年轻人，不要一味地往前冲。"黄医生语重心长地说，"看情况不对就赶紧跑嘛，冒进会吃大亏的。你们还那么年轻，不要英年早逝啊！"

他刚给江明做完截肢手术，护士们把江明推进了重症治疗室里，给他输了血，打了许多药剂。

换机械义肢是免不了了，等江明伤口恢复、清醒过来，缉查部的医疗中心会出具几套安装机械义肢的方案供他参考，不管是增强型、速度型、辅助型还是攻击型都可以选择。对很多人来说，安装机械义肢也意味着迎接新生，他们抛弃了自己旧的躯体，迎接新的躯体，在科技的帮助下更好地工作和生活。缉查部会免费给安保员提供医疗服务，定制和安装机械义肢也是免费的。

"可是如果我们不冲上去的话，谁来保护港湾区无辜的人呢？"刘康云说，"那两个超凡能力者不是善茬，他们来到这里一定别有所图。"

"唉……你们啊。"黄医生表情复杂地看了看刘康云，那眼神宛如在看一头自动走到屠宰场的猪，"我跟你说点肺腑之言，就说这一次。"他压低声音，拍了拍刘康云的肩膀："别的小队执行任务都只出六七分的力，每天就巡巡逻，遇到了危险就跑，遇到解决不了的警情就上报，结果你们第七小队恨不得拼上十分甚至十二分的力！巡逻就罢了，遇到事儿了也上赶着往前冲，你们是嫌自己受的伤不够多是吧？太实诚了不好，别人不愿意出力的事情，你们去做了，别人非但不会佩服你们、感激你们，还会把你们当成傻子！"

刘康云沉默了。

"你数数，每次出外勤是不是你们第七小队的人负伤最多，你们都快成我们医疗中心的常客了！"黄医生说，"你们几个都是好孩子，我不想看你们早死，我劝你稳着点干活，不要那么急往前冲……反正到了最后，总会有人把活儿给干了，为什么非要是你们呢？"

刘康云张了张嘴，笨嘴拙舌地重复说："可是如果我们不冲上去，谁来保护无辜的人？每个人都不冲上去，还有谁愿意去？"

黄医生翻了个白眼："得了，我知道你没听进去。我的意思是，别人都在混日子，你却埋头苦干，你就成了异类了……不要那么突出，懂了吧？"

一旁的兰蓝插嘴："黄医生你说得很有道理，我也想混混日子，但是有时候我看某些同事滞后处理警情，心里就忍不住着急……"

黄医生指着刘康云和兰蓝说："你们俩！"他一扭头望见了满脸无辜的隗辛，又说，"差点忘了你和病房里躺的那个病号，还有小舒……你们五个真是奇葩聚一堆了，缉查部能出你们几个真心办事的不容易啊，啧。"

"黄医生您误会了，我是个新人呢。"隗辛挠头，"谁知道别的小队干活能摸鱼划水啊，我一开始就是第七小队的，没咋接触过别的小队，还以为每个小队都像第七小队一样拼呢。我心想队友拼了，我不能不拼啊，所以我跟他们一起拼了。要是最开始我进了一个摸鱼小队，说不定现在也是个摸鱼高手！"

刘康云古怪地看了隗辛一眼，兰蓝差点憋不住笑出声。

"我回办公室了，你们爱干啥干啥吧。"黄医生不耐烦地丢下一句话走了。

"黄医生其实挺好的，"兰蓝看着黄医生的背影小声说，"我刚进缉查部的时候受了几次伤，是他帮忙诊治的，他一边帮我上药一边啰唆的样子很像家里的长辈。"

刘康云点头："黄医生在缉查部里的好人缘是大家有目共睹的，不真诚的人，换不来别人的信任和尊重。"

隗辛暗想，那你们可真是看走眼了。大概所有的二五仔都是有戏精天赋的，黄医生简直能去竞争影帝，刚刚他长篇大论的"摸鱼论"，展现了他是一个既真诚又有一点滑头的人，他的外在形象不是完美无缺的，而是真实且贴近生活的，很容易获取他人的信任。而且他的岗位是医生，借助医生的身份可以快速和病人们拉近距离，贴近他们的内心。

"老江最起码三四天后才能归队。"兰蓝看着门紧闭的重症治疗室，"伤口恢复和定制机械义肢需要时间。"

"港口巡逻怎么办？"隗辛问，"我们小队的人不够了，任务没法分配。"

"不知道，等上面安排吧，可能会从别的小队额外拨一个临时队员，也可能会直接把我们从港口调回来，派别的小队接替我们的工作。"兰蓝说，"队长去领导办公室应该是在商量这件事吧。"

希望是后者，隗辛祈祷。

缉查部的任务通常是以小队为单位行动的，小队的人员不齐，很多任务无法进行，因为队员们的能力是互补的。以第七小队为例，兰蓝是技术员，负责操控各种高科技器械，隗辛是狙击手，江明、刘康云是近战人员，舒旭尧是指挥。外勤组的小队一般不超过十人，第七小队算是人数较少的小队，以后缉查部扩招，也许会有新人继续补充进他们的队伍，和他们并肩作战。

现在江明断腿需要安装机械义肢，他们的小队缺失了重要战力，理论上在

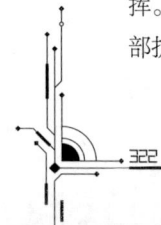

第七章 轮回

江明伤势恢复归队之前，缉查部不会派他们去执行外勤任务了。

如此一来，应该可以避开缉查部的"克拉肯"号护航任务吧？

舒旭尧在标着"副部长办公室"的金属门前停下，金属标牌下面还有一行小字写了副部长的名字——"林新霁"。

"舒旭尧队长，林新霁副部长正在与蒋玫玫组长谈话，请您稍候片刻。"亚当说。

舒旭尧安静地站在走廊外等候。大约过了十五分钟，金属门开了。

刑侦组组长蒋玫玫笑眯眯地出来了，她平易近人地对舒旭尧说："小舒啊，来找副部长谈话？"

"是。"舒旭尧礼貌地说。

"进去吧。"蒋玫玫说，"我先走了。"

"您慢走，蒋组长。"舒旭尧扫过她的背影，步履平稳地走进办公室。

冷色调的房间里，林新霁坐在黑色的办公桌后。

"来了，旭尧。"他对舒旭尧点了点头，"随便坐吧，港口的事，亚当已经汇报给我了。"

"我没想到你今天就出差回来了……"舒旭尧说，"我主要是想询问一下，港湾区是不是有藏在暗处的组织在进行秘密活动？"

"我刚回来没半个小时。"林新霁坦率地说，"你的推测是对的，港湾区的确有秘密组织在活动。我们对这个组织了解得不是很多，只知道它的名称是'机械黎明'。你遇到的两个超凡能力者，大概率就隶属于这个组织。"

"只知道一个名字？"舒旭尧问。

"没错，这个组织非常神秘，而且保密措施很严格。"林新霁说，"原本我们成功收买了一个人作为内应，但是他比较谨慎，每次和我们交易只说一点点内容，死死捂着关键情报不肯说出来，想把这当作和我们交易的筹码……可惜直到他身份暴露死去，我们对这个组织的了解依旧有限。"

舒旭尧皱眉："机械黎明的目的是什么？"

"不知道。"林新霁说。

"他们在港湾区活动是想干什么？"

"不知道。"林新霁依然摇头。

"他们的组织体量有多大？我们碰到的两个超凡能力者等级不低，这个组织内一定还有别的超凡能力者。"

"我们也不知道他们的组织体量有多大。"林新霁说，"全部都是未知的，全部都有待探查，我们面对的是一条藏在阴影中的毒蛇，它很擅长隐蔽。这个组织的情报目前没有公布，只有我们几个高层人物知道。"

"能不能派更多的人对港口进行搜查？我很不安……为什么各个势力的眼睛都盯准了港口？以前也有这种情况，但是这次显然更严重。"舒旭尧说。

"已经临时加调了几个小队负责这项工作了。"林新霁说，"我们会查个水落石出的。"

"好。"舒旭尧说，"另外，我想申请提前结束港口巡查工作，江明受伤，我手底下又带了一个新人，她虽然很优秀，但是仍然需要更多的锻炼才能胜任这些工作，这个时候在港口执行任务有些吃力了。"

林新霁沉吟片刻："好，我会知会蔚芝组长，让她调别的小队过去，你们就调回总部吧。"

"多谢。"舒旭尧说。

"我们之间无须客气。"林新霁说，"趁这个机会，我想跟你说一下我以后的打算。"

舒旭尧眉头一皱："你说。"

"我预计在一个月后调任去联邦财务部工作，外勤组的蔚芝会被提拔为部长，后勤支援组的陈东昌会成为副部长。"林新霁说，"到时外勤组和后勤支援组的组长职位会空下来，我会举荐你担任外勤组的组长。"

舒旭尧沉默下来："我还没有能力担任这么重要的职位。"

"你有没有能力不重要。"林新霁笑了一声，他微笑起来的样子和舒旭尧有几分相似。

"重要的是我们家族必须有人在缉查部担任一个重要职位——有话语权的职位。"林新霁说，"我调离这里，就只剩下你了，你要担起责任，我不是在跟你商量，我是在通知你，这也是父亲的意思。"

舒旭尧抬头看着林新霁——他同父异母的哥哥。

他们年幼的时候关系势同水火，但是现在他们长大了，学会了大人虚伪的那一套，倒是能坐下来维持表面的和平并且好好交流了。

"好，我知道了。"舒旭尧起身，冷静地离开副部长办公室。

林新霁注视着他的背影，直到金属门合上。

"林副部长，"亚当的声音出现了，"巡查小队在港口发现了大量的爆破装置。"

林新霁挑眉："幸好发现及时，不然就坏了大事……派排爆小队过去，把爆破装置全部拆除。"

另一边，隗辛的手环传来振动。如果有极其紧急的消息，手环就会发出微

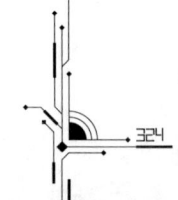

第七章　轮回

弱的振动来提醒她查看。隗辛以上厕所为借口远离兰蓝和刘康云，走进了洗手间里。她坐在马桶盖上打开手环，开始查看消息。到底是什么消息让机械黎明发来紧急提示？

Red："富婆，计划一失败了。港口的爆破装置全都被缉查部发现了，他们现在正在组织人进行拆除，我们要不得不执行计划二了。"

隗辛冷静了几秒，发消息："建议现在就把爆破装置全都引爆，就算不能炸掉港口，也能让在港口排查的小队损失惨重。"

Red："谢谢提醒，我在一分钟前已经这么做了。"

"今晚有空吗？集体会议。"Red又发来一条信息。

隗辛打字："有。"

"零点，红宝石酒吧。"Red言简意赅。

"夜蝉参加任务吗？"隗辛想了想问道。

"参加。我刚才请示了老板，他的意思是让我们集体去往'克拉肯'号，全员都去。"Red说，"老板对这次任务特别重视，远超以往的任何任务。"

隗辛看着Red的文字陷入沉思。

隔了一会儿，Red又说："我也问了老板要不要让你去，老板说你会去。"

隗辛的眼皮轻轻跳了一下。作为一个需要隐藏自己的卧底，平时的行动次数其实越少越好，Red也这么认为，所以他特意问了一句要不要让隗辛参加，没想到隗海栋给了肯定的答案。假如将"维持卧底身份"和"击沉'克拉肯'号"放在隗海栋心中的天平上进行对比，那么显然是后者更加重要。假如将"女儿"和"组织的未来"进行对比，那么也是后者更加重要。

"该去就去。"隗辛模棱两可地说。

Red说："也是，有夜蝉在，安全性可以得到保障。"

隗辛放下手环，推开厕所隔间的门去洗了洗手，顺带洗了把脸。

Red说得对，夜蝉加入任务的话最起码可以保证他们的生命安全。其实隗辛对于系统颁布的调查任务也多有不甘……调查进度已经是百分之九十五了，就差那么一点点，她就能完成调查。

按照上次完成任务的规律，如果她顺利地完成了这次任务，系统依旧会给她发布奖励。第一世界里区域性任务的奖励是论坛称号，第二世界里她的个人任务奖励会是什么？她有一点点好奇，可是任务的高危险性让她望而却步，她担心付出不能得到应有的报偿。

隗辛刚离开卫生间，缉查大楼走廊的警示灯忽然全部亮了起来。嘀嘀嘀的声响极其刺耳，红色的警示灯照亮了走廊。

"突发意外，突发意外。"亚当的机械音回荡在走廊里，声调比平时更高，语速比平时更快,"港湾区停泊港发生重大爆炸事故,急需支援。港湾区停泊港发生重大爆炸事故,急需支援。请还在缉查大楼的小队迅速集合,穿戴装备,前往停泊港进行警戒与搜查,请医疗中心做好伤员接收准备!重复……"

"隗辛!"刘康云和兰蓝朝隗辛跑了过来。

"我们需要去吗?"隗辛迈开脚步,跟着他们一起跑起来。

"要去,红色的灯光代表一级警戒,黄色的灯光代表二级警戒。"刘康云边跑边解释,"红色灯光亮起时,所有身体状况健康的安保员都要行动起来响应警戒。"

"这是任务执行手册第八十三页的话。"兰蓝说,"以后每年年终考核都需要背上面的话,考试通不过还需要补考。"

隗辛扶额:"那我抽空好好看看。"

装备室前已经有安保员在等候了,他们神情平静,挨个扫描进入,进去之后一言不发地拿装备,不到三分钟就穿戴整齐了。隗辛作战服还没脱,她补充了一下枪支弹药,确认无误后就跟队友们一起乘坐电梯前往停机坪。停机坪上,医疗救援车、悬浮警车、武装直升机整装待发,舒旭尧也等候在那里。

"没想到发生了这样的事故,我们要动作快一点了。"他语气沉沉地说。

"出什么事了?"隗辛跟上去问,"亚当说停泊港发生了爆炸事故。"

"是,我得到的信息要更详细一些。有不法分子在停泊港安装爆破装置,排爆小队去处理,结果爆破装置突然被引爆了,他们集体负伤,有许多同事死了。"舒旭尧说,"现在我们赶过去主要是对周围进行排查,每一间店铺、每一间民宅、每一个容易藏污纳垢的地方,我们都要仔细搜寻。"

"这次行动规模好大……"刘康云喃喃。

宽敞的停机坪上足足伫立了二三百名安保员,外勤组以外的安保员也参与了这次的行动。

港湾区那么大,单凭一个小组的安保员是没有办法快速完成搜查的,所以后勤支援组和刑侦组也派了不少人。

"我们死了多少人?"兰蓝问。

"死亡十九人,负伤十二人,轻伤者没有统计进去。"舒旭尧说。

兰蓝:"嘶……谁这么丧心病狂?这得多少爆破装置啊。"

"我怀疑跟我们今天遇见的超凡能力者有点关系。"舒旭尧说。

亚当在他们的通信耳麦中提示:"请登上七号悬浮警车,在导航的指引下前往目的地,与后勤支援组第六小队合作进行搜查,搜查范围已在地图上标注。"

"收到。"舒旭尧看着队友们说,"走吧,大家务必注意安全。"

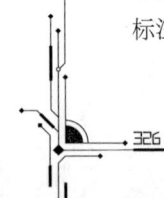

第七章 轮回

进行多部门联合的紧急大搜查有三个原因：一是缉查部这次死的人实在太多了，二是机械黎明的行动引起了缉查部前所未有的警觉，三是"克拉肯"号将要登陆，领导层想要排除一切不利因素，稳住局面。然而损失已经造成了，缉查部的高层只能亡羊补牢，搜查周边的区域，看能不能找出一点有用的线索，抓到几个可疑的人。

这次的停泊港大爆炸事件是隗辛上一次未曾经历的。隗辛是一只扇动翅膀的蝴蝶，她的一举一动都会造成变化。她临时改变了巡逻路线，遇到了银面和刺蔷薇，两个超凡能力者在港口活动的消息上报到缉查部后又引起了高层的警觉，缉查部这才搜查港口，没想到发现了机械黎明布置在这里的爆破装置。之后 Red 引爆装置，排爆小队人员伤亡惨重，又催生了多部门联合的大搜查。

一件事情的改变会引出一系列变动。她开一个头，做一个引导，未来就会朝着未知的方向一路狂奔。时间线在扭转，只要还未发生，就有改变的机会。

机械黎明的手脚足够干净，隗辛和同事们一起排查了停泊港周边的所有区域，不管是酒吧、赌场、夜总会，还是寻常的餐馆、居民区，他们都进行了细致的搜查。机械黎明留下的痕迹他们一样都没找到，倒是在这次搜查行动中发现了不少不法分子的窝点。

缉查部还认真地搜查了港口的集装箱和置货仓库，原本隗辛有点好奇他们会不会找到机械黎明在港口布置的军火库，结果什么都没查到，那里空空如也，Red 早就命人把军火库转移了。

隗辛等人从上午忙活到下午，高强度的搜查和紧绷的精神让他们都快垮掉了，到了下班的时间，缉查部又抽调了另一拨人接替他们的工作，继续进行搜查。港湾区的停泊港轻微受损，虽然人员伤亡很多，但是海上浮港没有受到多大的伤害，毕竟爆破装置基本都被拆下来了，用不了几天就能恢复。

"看这架势，是要把港湾区翻个底朝天啊。"隗辛感叹。

"啧，这行为是在打我们缉查部的脸。"兰蓝脱掉头盔，擦掉脸上的汗水，他的头发软塌塌的，被汗水浸透了。

刘康云累得够呛，边靠着墙休息边说："我们缉查部是城市里最大的暴力机关，有人在暴力机关头上动土，这是挑衅……是耻辱。"

缉查部高层关心的不是死了多少人，他们关注的是自己的利益和脸面。遭遇挑衅，自然要予以还击。可惜机械黎明不会站着挨打，他们很懂得隐蔽。

"下班了，我们走吧。"舒旭尧拍了拍隗辛的肩膀，"感觉最近好像一直没有休息的机会，辛苦你们了。"

"工资高就不辛苦。"隗辛舒展筋骨，"但是照这个情况，我能不能活到第一个月发工资都难说啊。"

"最近出事的频率是高了许多。"刘康云愁眉不展,"没有办法,大家都小心一点吧,麻烦事太多了。"

兰蓝说:"问题是,我们不想找麻烦,是麻烦主动找上门的啊。"

隗辛拖着疲惫的身躯回家。她一回家就瘫在了沙发上,从手边摸了一瓶矿泉水,一口气喝完。

"你今天没受伤吧?刺蔷薇击中你了。"银面凑过来说。

"被子弹击中的地方青了一块,不算伤。"隗辛说着踹了银面一脚,"你们俩真会给我找麻烦!我今天一天都在忙。"

"这不是我的错嘛……"银面小声说,"这是刺蔷薇的错,她的脾气太暴躁了,比你暴躁多了。"

银面细数与自己相处过的几个队友和上司,觉得还是待在富婆身边最自在,富婆让他吃饭,让他睡觉,不会像 Red 那样经常骂他,不像刺蔷薇那么急躁。果然好坏都是对比出来的,没有对比就没有伤害……银面心酸地想。

"你没有露馅吧?"隗辛问,"我的身份必须保密,刺蔷薇在组织里的级别还不够高,没资格知道我的事。"

"没有……她没有怀疑。"银面心累,"因为我不肯撤防御水幕,她骂我厌瓜,不跟我说话了。"

"挺好的,我对你的演技……不是很信任。"隗辛委婉地说,"她不跟你说话那最好了,你也用不着应付她了,免得你装不像又被她看出来点什么。"

银面:"虽然我知道你说的好像是事实,但我还是很难过。"

隗辛休息了几分钟,给 Red 打了个通信电话。Red 秒接。

"喂,Red。"隗辛有气无力地说,"今天的会议地点改一改吧,缉查部的搜索圈扩大了,迟早要查到红宝石酒吧,他们想把整个港湾区都搜一遍。"

Red 骂骂咧咧地说:"我就知道!东西已经在搬了,下水道的密道口也暂时封上了,真搜过来也不怕,红宝石酒吧没有做黑色生意,顶多沾点灰。"他那边隐隐传来调酒师的怒骂声。

隗辛:"调酒师比你还气啊。"

Red:"缉查部通知港湾区所有的娱乐场所暂停营业半个月,他当然生气了,这酒吧是他的心血。"

隗辛说:"新的会议地点是……"

"除了总部,哪儿都不安全,直接让夜蝉开传送把人接过去。"Red 说,"老板可能也会参加会议,会议的时间依然是午夜零点。"

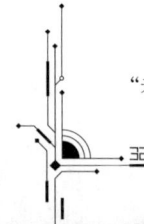

第七章 轮回

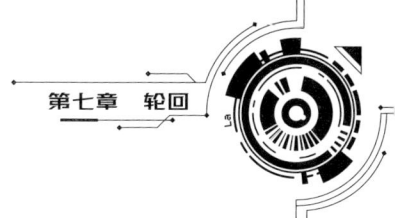

"好。"隗辛挂掉通信。

时间飞速流逝，很快就到了午夜。时钟指到零的那一刻，隗辛家的客厅里悄无声息地出现了蓝色的光团，光团扩大为旋涡，夜蝉的手从旋涡中伸了出来，对隗辛做了个"快来"的手势。

隗辛拽着昏昏欲睡的银面，和他一起踏进旋涡。灯光明亮的房间里，银白色的会议长桌反射着光线。一身亮红色西装的 Red 举起手对隗辛挥了挥："来了啊，富婆！"

调酒师糟糕的脸色稍微缓和了一点，对她点了点头。夜蝉坐在长桌右边第一个座位，他打了个响指，又开了一个传送门，这次从里面出来的是刺蔷薇。她的心情明显也不怎么好，冷淡地对周围的人点了一下头就找了个位置坐下了。

接着从传送门里出来的是琥珀和黑曜，他们一如上次那样沉默寡言，连招呼都没打就静静地坐在位置上。

"人齐了，会议开始吧。"Red 一句废话也没说。

夜蝉拍了拍手，一束微蓝的光辉从天花板的空洞中投射而出。

全息人像构造完毕，隗海栋的虚拟投影出现在会议的首座上。

"相信诸位已经知道这次会议的目的了。"隗海栋声音沉稳，面容严肃，眼神深邃，"我们的目标只有一个，那就是摧毁'克拉肯'号。"

在隗海栋讲话的同时，隗辛在不动声色地观察其他人。除了她和银面、夜蝉，其余的人都没对自己的外貌做掩饰。隗辛和银面是戴了面具的，她戴黑面具，银面戴银白色的面具，两个人都裹得严严实实，隗辛按照惯例贴了变声器，对声音进行了伪装。夜蝉也是一样，他基本上没有皮肤露在外面，衣物关节处可以看出一些护膝、护腿之类的保护性设计，面具是头套式的。隗辛前两次见他时，他差不多也是这个打扮，都能去假扮银行劫匪了。

从会议桌上众人的座位顺序，隗辛能够隐约窥见他们在机械黎明的地位。夜蝉在会议桌右排第一位，Red 在右排第二位，调酒师在第三位。隗辛在左排第一位，银面在第二位，刺蔷薇在第三位，琥珀与黑曜是坐在最末位的。隗辛分不出来他们两个谁是哥哥谁是弟弟，他们大概是同卵双胞胎，长得几乎一模一样。

隗海栋说："夜蝉会把你们送到'克拉肯'号上，行动预计需要两个半小时，你们必须在两个半小时内杀光'克拉肯'号上的船员，然后通过爆破装置引爆货轮动力舱，将它沉入大海。"

"缉查部重视'克拉肯'号上的东西。"隗辛看向隗海栋，"今天白天发生的停泊港爆炸事件会引起他们的警觉，他们不可能什么都不做。"缉查部上次派了护航小队前去执行任务,这次也一定会。她的蝴蝶翅膀搅乱了太多的事情,但这件事应该不会改变,因为它牵扯的实在是太大了。隗辛甚至怀疑缉查部会因为停泊港爆炸而做出提前登上"克拉肯"号护航的决定。

"这是无法避免的。"隗海栋说,"根据他们目前的动向,他们一定会组织安保员登船护航,最迟后天,他们会登上'克拉肯'号。"

"所以我们必须比他们更早登上那艘破船。"Red摸着下巴说,"最晚的行动时间是明天……不,今天。今天已经是8月6日了。"

8月6日……隗辛上次执行缉查部的护航任务,也是在8月6日。

她瞄了一眼时间,当前时间是8月6日00:02。

如果在8月6日左右登船,隗辛等人很可能会和缉查部派出的护航小队狭路相逢。

"我也认为我们不能拖延,这个时间点太危险了。"调酒师说,"离那艘货轮靠岸的日子越来越近了,这和爆破停泊港不一样,爆破停泊港我们需要精密计算引爆时间,免得他们把港口修复,现在我们不需要卡点了,只需要尽早完成这个任务。"

"其实理想的动手时间是今天凌晨。"Red说,"缉查部忙于对港湾区进行大搜查,高层人物想必早已忙得焦头烂额了,我们最好趁他们疲于应付之际闪电出击。"

"我没什么问题,毕竟我就是一个传送门,随时可以发动,累活要交给你们。"夜蝉慢悠悠地说,"你们呢?状态怎么样,可以出动吗?"

任何事都不会是十全十美的,大多数超凡能力都有其缺陷和不足,夜蝉的能力是空间传送,而且是超远距离的群体空间传送。从黑海市到大海上航行的"克拉肯"号,这么远的距离,他只需要经过两次到三次的空间跳转就能把人全部送到,他的觉醒等级也是机械黎明现有的觉醒者中最高的。

可与超强的能力相对的是夜蝉的身体素质。他的身体素质非常弱,连一只大白鹅都打不过,不管怎么训练都没有办法增长肌肉和力量,这是天生的缺陷。

所以夜蝉总是全副武装,因为他着实没有什么战斗能力,可以说是整个机械黎明里战斗力最弱的一个,还不如编外成员。这就是能力的代价。

"我没问题。"银面首先响应,"我一直都在准备状态。"

"我也没问题……我战斗力一般,主要负责船上侦察。"调酒师说,"我的超凡能力在侦察方面还是很好用的。"

刺蔷薇的机械手吧嗒吧嗒敲打着会议桌:"我没有意见,早点完成任务,我好回去睡美容觉。"

第七章 轮回

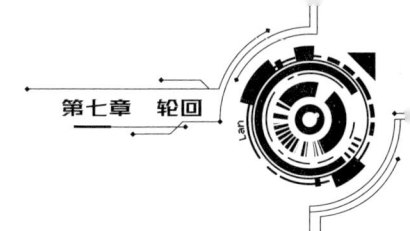

"我可以。"琥珀简略地说。

黑曜说:"我也是。"

就剩下隗辛没有表态了,会议桌上的其他人把目光转向她,这么多双眼睛注视着她的时候,她情不自禁地感受到了压力——被逼迫的压力。

所有人都同意行动了,她不能不给出回应。如果她不给予正向的回应,而是给予负向的回应,她就成了扎眼的靶子,一个异类,一个值得怀疑的对象。在狂热的环境里,非狂热者也要把自己伪装成狂热分子。

从知道隗海栋要求她参与任务的那一刻起,隗辛就明白她难以逃脱这个任务了,摆在她面前的路一直是很少的,不走上这条危险的路,她就要去走另一条更加危险的路。隗辛眼前的路只有"危险"和"非常危险"这两个区别。

"最好尽快吧。"隗辛装作一副自然的样子,近乎没有停顿地说,"拖得越晚,对我们越不利。"

Red 颔首:"我也这样认为。"他转向隗海栋,"老板,你觉得这样安排可行吗?"

隗海栋沉稳地说:"这次的任务很仓促,但这是我们必须要承受的风险。没有什么方案是百分之百安全、百分之百确定成功的。你们可能会身负重伤,也可能会失去生命……不管你们遭遇什么,组织都会记得你们做出的贡献……一切为了黎明。"

"一切为了黎明。"众人低声重复。

真是奇怪。机械黎明到底要追求怎样的"黎明"?他们想要改变什么?他们想要为什么东西带来光明?

在第二世界混了这么多天,隗辛依旧没搞懂机械黎明的创立目的以及宗旨,她听到最多的就是"一切为了黎明"这句暧昧不清、指向不明的话语。

"有一点必须要注意。"隗海栋淡淡地道,"你们的任务只是将'克拉肯'号炸沉,至于货舱里的东西……不要管,不要去看,不要探究。炸毁动力舱,杀掉船上的活口后就立刻撤退。"

接下来一段时间是任务计划和人员分配。在所有的事项商议完毕后,众人纷纷起身,离开会议室去换装备。瑞克科技公司掌握着前沿的技术,该有的装备一样不缺,甚至一些装备比缉查部的还要先进一些。因为缉查部引进新装备需要层层审批,需要拨款,需要经过高层人物的盘剥,再加上不少装备造价不低,批量引进会消耗一笔不小的钱财,所以装备更新流程慢了许多。机械黎明就不一样了,他们人员较少,拨调的钱足够把每个人武装到位,瑞克科技公司的新技术很快就能投入使用,连个赚差价的中间商都没有。

刺蔷薇离开了,Red 和调酒师离开了,琥珀与黑曜兄弟俩也离开了。

会议室里面剩下四个人，隗辛、夜蝉、银面，以及隗海栋的投影。银面本来也想站起来去换装备，结果隗辛坐着不动，他站也不是坐也不是，一脸迷茫地盯着隗辛，等待她的指示。

"你不去吗，富婆？"夜蝉疑惑地问了一句。

隗辛对银面挥了下手："你该干啥干啥。"

"哦。"银面这才老老实实地站起来，走出会议室。

"夜蝉，你也出去。"在隗辛开口之前，隗海栋先说话了。

等夜蝉离开，隗海栋慢慢缓和了脸色。他的神情柔和到可以称得上"慈祥"了。

隗辛强忍着搓鸡皮疙瘩的冲动，眼神毫无波动地看着他。

"小辛，我知道你很疑惑为什么要在这个节骨眼上派你去执行这个危险的任务。"隗海栋像突然脑子变灵光了似的先发制人，说出了隗辛心底的问题。

隗辛不说话，以默认的态度安静地坐在位置上，似乎在等他的解释。

"这是一个考验，小辛。"隗海栋说，"爸爸老了，身体大不如前，你迟早要接替我的事业。组织里的这几个人，他们都是很不错的苗子，是你将来的班底，但是你太年轻了，还不能服众，你需要做出点什么让他们认可你，和他们建立紧密的联系……这就是一个机会。"

隗辛抬头说："你还年轻着呢，爸爸。"

"我不年轻了，我的私人医生出具了我的体检报告，告诫我最好停下来休息休息，调整身体。"隗海栋苦笑，"我打算从台前退到幕后，趁现在身体还行，我还能撑一撑。等过几年你脱离卧底的身份……组织的很多事情就要交给你了。"

"你的身体怎么会这么糟糕？"隗辛眉头一皱，"难道是被酒色掏空了身体？你真的有像你承诺的那样不找情妇吗？我让你别这样干是有理由的，你看看你的身体状况，我也是为你好，爸爸。"

隗海栋的血压一下子就上来了。要是他真有事儿，也是被这个逆女给气的！

"那些陈年旧事就不要提了。"隗海栋的太阳穴突突乱跳，按捺着脾气说，"你要理解我的一片苦心，小辛，我都是为了你好啊！"

"嗯，我知道了。"隗辛从椅子上站起来，"我会好好完成任务的，爸爸。"

鬼才会相信他的苦心，他究竟是真病还是装病都是个未知数，他嘴里说出来的任何话，隗辛都会当成谎言反复琢磨。隗辛从不对他人抱有过多的期望，更别说她面前的人——第二世界的渣爹。

垃圾爹从头到尾考虑的只有自己，他本来就不是那种会为家人考虑的人，

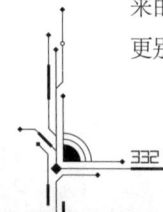

第七章 轮回

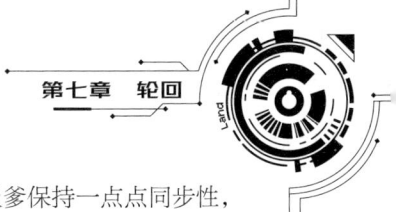

不把家人卖了就烧高香了。隗辛只在这点上和她的垃圾爹保持一点点同步性，她相信的只有自己，从来只有自己。

她离开会议室进入走廊，漂浮在走廊里的银白色金属球为她指引方向，等她来到装备室，一道蓝色的光束无声地扫过她的身体。

"生物信息已确认，准许进入。"莫名出现的机械音说，"请您换上作战服，并根据自己的需求选择外骨骼装甲，在机械手的辅助下穿戴。除了基础装备之外，您可以根据自己的战斗偏好选择各式武器。"

透明的玻璃陈列柜里摆放着各种型号的枪支弹药，而且还有一些看起来科技质感十足的外骨骼装甲，有的外骨骼装甲线条流畅，轻薄强韧，有的外骨骼装甲厚实坚硬，看上去很有威慑力……

隗辛对这类外骨骼装甲不熟悉，也不太知道该怎么操作，就根据机械音的介绍选了一款比较保守的增强型，主要增加力量和机动性。数只灵巧的机械手将外骨骼装甲部件一一拆解，然后安装在隗辛的身体上。

她尝试走了两步，神奇的是外骨骼装甲没有给她的身躯带来丝毫的束缚，连沉重感和阻滞感也没有。她猛然握拳，包覆着金属的指节和掌心相互碰撞，发出金铁交鸣的铿锵声。

隗辛满意地点点头，开始搜寻趁手的武器，重点是枪，弹匣要多带点，近战武器也必须要有。

她在装备室里发现了一把超炫酷的伸缩刀具，按下金属按钮，刀刃自动伸展，刀锋长达一米，而在收回状态下刀刃才三十厘米。隗辛对这把刀爱不释手，决定把它带在身上。

最后是防暴头盔，机械黎明制造的防暴头盔款式跟缉查部差不多，都是重点保护后脑勺，眼睛处有一个能够充当显示器、夜视仪和望远镜的特制镜片。

在隗辛戴上头盔的一瞬间，头盔内有一个机械音提示："您好，代号为'富婆'的组织成员，我是'伊甸'，机械黎明新开发的辅助型人工智能。在今后的日子里，我将辅助组织成员完成各种任务，希望我们合作愉快。"

"伊甸？"隗辛说。

"我在。"伊甸说，"请直接下达命令，如有疑问，我会为您解答。"

"其他人准备好了吗？"隗辛试着问。

伊甸回答："任务执行者均已准备就绪，随时可以出发。"

蓝色的光团在眼前放大，夜蝉把传送门开到了隗辛面前。隗辛轻轻调整呼吸，走进了蓝色的旋涡中。和机械黎明的队友们在大海的小岛上经历过几次空间坐标跳转后，他们在一个离"克拉肯"号比较近的小岛上落脚了。

踮起脚尖眺望辽阔的海面，能看到大海上巨型货轮模糊的轮廓。"克拉肯"

号缓缓驶来……带着滚滚的浓烟与火光!

银面傻眼了:"我们还没攻击呢,那艘船怎么已经烧起来了?!"

"不能着急登船,先派无人机过去看看。"Red说着取下背后的装备箱,那是无人机的装载箱。

Red按下箱子中间的金属按钮,四架无人机从装备箱上分离,悬浮在半空中闪了闪,进入光学隐身状态。

伊甸说:"已接管无人机操控权限,无人机录下的画面将实时传送回诸位的镜片上。"

画面实时放映,隗辛等人的头盔镜片是一个小型显示器,他们从高空俯瞰"克拉肯"号。"克拉肯"号的甲板上没什么人,一切都很安静。但是却有大股大股的烟雾从船体侧面的排气管道中排出,浓烟夹杂着火星,货轮后方的管道也在冒火,火焰从管道中喷出,就像喷发的火柱。单从拍摄的画面无法判断出起火方位。

"这是怎么回事?"Red分析画面,"伊甸,让无人机环绕货轮飞行。"

"是,已调整飞行路线。"伊甸冷冰冰地回复。

跟亚当相比,伊甸的语气更加理性,不掺杂任何感情,亚当的声音设置要稍微柔和一点点,听着不那么冰冷刺耳。

Red越看越凝重:"没有打斗的痕迹……甲板上一个人也没有……怎么可能?船舱着火,他们应该在甲板上避难。这艘船的消防装置失效了吗?火势不该扩大的。"

会是秘密教团做的吗?隗辛目光沉沉地看着远处的大船。隗辛上一次登船的时候,在缉查部的人接管"克拉肯"号的护卫工作之前,这艘货轮就已经被疑似秘密教团的势力给占领了。他们烧毁了船上的人工智能,杀死了很多船员,最后成功将"克拉肯"号沉入深海,连缉查部在面临货轮爆炸的情况时也只能命令护航舰船远离,救援安保员的直升机更是直接坠毁,凡是上船的安保员没有一个活下来的,隗辛也死了。

看到货轮上闪烁的火光时,隗辛不自觉地回忆起了那天的惨状与绝望。到处都是火,到处都是浓烟,他们在烤炉般的走廊里努力维持呼吸,从甲板下层脱困后,海面上漂浮着异种生物,救生艇损坏,护航舰船离开"克拉肯"号远去,唯一的逃生通道是天上……结果最后的逃生工具也没了。

那是真正的绝境。

纵然隗辛拥有死亡轮回,她也依旧保持着谨慎的作风,因为这玩意儿是有次数限制的,次数用完,该死照样还是要死……如果她无法在这一次轮回中找到破局的办法,那么重生不过是白走一遭。

第七章　轮回

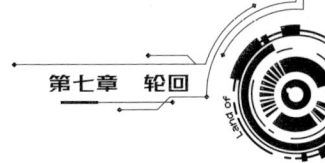

隗辛很难逃脱登船的命运，应付完缉查部，她还要应付机械黎明，不走这条路就要走那一条路。要想摆脱命运，就只能破局，渡过"克拉肯"号上的难关。不然等待她的结局仍然会是死亡。

"等等，有动静了……"Red 忽然说。

传输回来的画面上，一个男人惊慌失措地从甲板口冲了出来，他边跑边回头看，身影仓皇无措，可紧接着又有一个人从甲板口跑了出来，速度快得不可思议，三两下就追上了前一个人。

追出来的那个人面容扭曲，头部猛然扭曲膨胀，变成了有着恐怖口裂的怪物，像捕食的蛇一样长大了嘴巴，能把人的头颅整个包进去，它口中还有两条触手伸出来，那是辅助吞咽的器官。怪物一口撕咬掉了男人的头，男人的无头尸体倒在地上，血洒了一地。随后怪物满足地打了个饱嗝，它的身躯慢慢融化，面容开始改变，逐渐变成了被他吞掉的男人的样子。

"这是什么玩意儿？"调酒师差点干呕。

"是异血者，还是未被观测记录的新品种异种生物？"夜蝉嫌恶地说，"这些恶心玩意儿我也见识过不少了，这种还是头一次见。"

Red 严肃地说："这怪物很诡异……会吃人，会变形，有触手，我们暂时把它看作一种未知的异种生物。"

刺蔷薇咬了一下嘴唇："船上为什么会有这个东西？"

"会是秘密教团吗？"琥珀将视线移向 Red。

黑曜紧跟着开口："这在我们的计划之外，Red，有人捷足先登了，除了我们和联邦的大人物们，还有谁会盯上'克拉肯'号？"

"秘密教团应该不具备打劫一艘船的实力……"Red 低声说，"那个会吃人的怪物展露出来的外貌特征和一些特性完美符合异种生物的特点。"

"别忘了组织以前做过的实验，高度异化的异血者甚至能和异种生物和平共处而不会遭到它们的攻击——它们把他们当成同类。我有理由相信更高级别的异血者可以驱使异种生物。"琥珀从未一口气说过这么多话，"船上的怪物来历不一般，它很有可能和秘密教团有联系。"

所有人都沉默下来。

银面左看右看，眨巴两下眼睛："嗯……我们还要登船吗？"

"你们思考一下，如果'克拉肯'号被秘密教团的人给打劫了，他们会做什么？"隗辛轻声说。

"当然是把货轮炸沉喽。"调酒师耸肩，"他们一直很崇拜他们的神，如果他们不具备把整艘船带走的实力，那么当然是选择把货轮炸沉，让联邦得不到船上的东西。"

刺蔷薇抱着手臂："没错，换成我，我也会这么做的。与其让敌方得利，不如让他们捞个空，什么都得不到。"

隗辛循循善诱："那么我们需要先变更一下任务目标——搞明白是谁袭击了'克拉肯'号。搞明白了，我们才能进行下一步的打算。"

在她说完这句话后，通信频道内忽然传来了隗海栋的声音。

"登船。"他下达命令，"如富婆建议的那样，任务的首要目标变更，调查清楚控制'克拉肯'号的人是谁，然后再炸毁货轮。无人机传回来的录像我看了，那个会变形的怪物很有研究价值，尽量带回来一个活体。"

"还有……"他顿了顿，"船上的人工智能数据库会记录行船期间的各种数据以及航行日志，想办法把主机的数据板块拆下来带回，里面的情报可能至关重要。"

"了解。"夜蝉扫视众人，"大家准备，我会把传送门开在'克拉肯'号的甲板上，一传送过去大家就立刻分散。你们分组执行任务，我负责接应，就不登船了，有紧急情况就通过通信器联系我。"

"甲板上没有人，找找还有没有活口，富婆、银面去甲板下层搜寻，我、刺蔷薇、调酒师去机房拆主板，"Red快速做出新的安排，"琥珀，你跟着我这一组，黑曜，你跟着富婆小组。"

之所以这样安排，是因为Red和调酒师虽然具备一定的战斗能力，但超凡能力都不是战斗型，需要一个战斗型的刺蔷薇来补充不足，而隗辛和银面一个生存能力强，一个超凡能力强，很大程度上可以弥补短板。琥珀与黑曜这对双胞胎的超凡能力都是精神系的，一个小组分一个作为平衡，这是很合理的安排。

Red也是那种谨慎到极致的性子，他检查了自己携带的每个装备，并且让全队成员上报自己的装备，检查无误才让夜蝉开空间传送门。

Red一队人踏进了深蓝色的旋涡，黑曜看了看隗辛，等她先进，银面也眼巴巴地看着她。

隗辛从腰后掏出一把冲锋枪，说："走吧。"

穿过薄薄的阻隔，她再度站在了"克拉肯"号的甲板上。

这次上船的感觉和上次上船的感觉截然不同。上次她对情况一无所知，只能被动地执行任务，这次她却有了百分之九十五的调查进度，还有了几个靠谱的队友，有夜蝉这个移动传送门，存活概率提升了不少。

隗辛嗅到了呛鼻的浓烟味，浓烟刺鼻的味道和海风腥咸的味道交织在一起，更加让人难以忍受……不过她这回的头盔基本上是全包式的，下巴和口鼻也被捂了起来，头盔自带防毒面具功能。

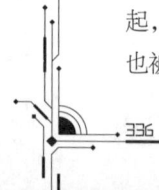

第七章 轮回

隗辛淡定地开启头盔的防毒过滤模式,朝着甲板入口走去。真遇到像上次那样的情况她也不用怕了,银面是一个好用的灭火器。

与火光冲天、浓烟滚滚的甲板不同,甲板下层的空气还算洁净,因为这里的排风循环系统不像上次一样直接损坏了,它还在工作,排走呛人的浓烟。

踏入地下一层,隗辛首先看到的是地板上长长的拖痕。

那是血迹,墙角的自动打扫机器人在坚持不懈地擦洗地上的血迹,打扫机器人运作的嗡嗡声在走廊内部回荡,这场景既惊悚又冰冷。船上的人生死不知,只有机器仍遵循着既定的程序运转。

地上长长的血色拖痕仿佛没有尽头,一直延伸到走廊深处。

打扫机器人扫到了隗辛脚下。

"嘀嘀,请让一下。"机器人发出提示音,"嘀嘀,请让一下。"

隗辛面无表情,一脚把聒噪的机器人踩爆。

"挨个搜。"她轻声说,"找到所有的活口,不要立刻杀掉,我们需要审讯他们。"

银面和黑曜微微点头。

在他们路过甲板下层的第一扇门时,隗辛的"绝对预判"为她传来了危险预警。隗辛猛然扭头,看向面前的金属门。

金属门骤然弹开,一名身材高大的船员忽然从门内冲了出来!船员手上举着枪,刻意在这里埋伏着。他扣下扳机,子弹旋转着射出,击中了隗辛的外骨骼装甲,一声脆响,金属装甲上溅起一朵火花。

隗辛是反应最快的那个,比银面还要快!在银面撑起水幕之前,隗辛迅速下蹲,伸腿猛地横扫,把突然袭击的船员踢倒在地,而那个船员没来得及射出第二发子弹。隗辛举起早就上好膛的枪,瞄准船员的头,毫不留情地发射子弹。安装了消音器的枪只发出了很微小的声音,然而船员的头上却多了一个血淋淋的大洞,血喷溅出来,沾到了隗辛的枪上。

死去的船员面容扭曲,身体融化,恢复成了怪物的样子,怪物的身上长着三张表情痛苦的人脸。

隗辛仔细辨认,没有发现安东船长的脸长在怪物身上……这是因为安东船长还活着,怪物没来得及吃掉他,还是因为船上有不止一个会变形的怪物?

"要提高警惕……这怪物有不低的智慧。"隗辛说。

银面欲言又止:"你不是说,要留活口吗?"

他还没来得及动手,隗辛就把敌方给杀掉了。

隗辛一愣:"我忘了要留活口了。"她是真的忘了。经历过这么多事之后,在隗辛自己都没有察觉到的时候,她患上了 PTSD。在战斗过程中,这种症状会表现得比较明显，具体体现在……她一遇到危险就会下狠手，不管对方是什么身份。

接下来要做的只是机械的操作。踹门，举枪。踹门，扫描搜查。没人就撤走，有人就朝着对方的腿部射一梭子弹把人放倒。每次门弹开，隗辛的神经就会紧绷起来，这个过程来来回回重复了十几次。

门后可能是空的，可能会有无辜的船员，也可能有凶残的异种生物或身具特殊能力的异血者。可惜他们一路走来没看到任何活着的物体，除了刚开始袭击他们的会变形的怪物。最危险的事物往往都藏在深处。

开门就像开盲盒一样刺激，玩的就是心跳。隗辛如同站在山崖上玩蹦极，内心的紧张程度随着弹力绳索的拉伸而起伏。她的精神亢奋到极致，血液随着搜查的进行沸腾起来，心跳也在逐步加速，她的身体在激素的作用下燃烧，情绪却像冰块一样冷。

这是她完全进入战斗状态的征兆，在近战时，精神与身躯的双重冷静状态反而没有亢奋状态发挥得好。活跃的思维、反应迅速的神经、因血液加速循环而微微发热的肌肉……这些都是保障战斗力的关键。

终于，隗辛三人来到了她上次遭遇变异版红棘猎手的船员宿舍附近。和上次不同，上次隗辛和舒旭尧他们路过这几个房间的时候，其中一个房间里面传来了异种生物的撞门声。这次他们连续不断地搜查所有屋子，搞出了不小的动静，门却始终保持着安静。整个甲板下层死寂得宛如墓地。

隗辛冲银面抬了抬下巴，银面立即会意地上前，破坏了门锁，一脚踢开门。没有张牙舞爪的触手，没有出其不意的攻击，有的只是一丝丝的腥臭味，好像有一堆臭鱼烂虾在屋子里面腐烂了。

船员宿舍的地面上躺着两具人体，其中一具人体畸形扭曲，露在外面的皮肤长满了奇形怪状的增生物，而剩余的部分已经高度腐烂了，另一具人体腐败程度比较低，但也畸形到几乎让人辨认不出来这是人类的尸体。

"哕……"银面捂住嘴，"太影响食欲了，我可不想把今天晚上吃的饭都吐出来。"

黑曜手持扫描器上前，默不作声地操作仪器扫过地上的尸体，接着仪器发出了警戒的红光。他从腰带上取下一把和隗辛同款的伸缩长刀，刀尖切入尸体的腹部，然后把皮肉翻开。

一只激烈跳动的暗红色胚胎藏在尸体的腹部！黑曜后退几步，抽出枪把胚胎打成一摊烂泥。

"是卵。"黑曜低声说，"红棘猎手的卵，看卵中胚胎的生长情况，它已经至少发育三天了。红棘猎手一般会返回大海内寻找配偶，产卵也是产在海里，

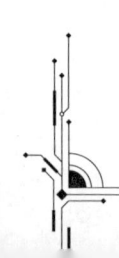

第七章 轮回

因为陆地上它们的同类实在太少了。现在它在这里产卵了，这说明船上至少有一只雌性的红棘猎手和一只雄性的红棘猎手。"

这个房间是隗辛和舒旭尧等人不曾搜查过的，他们只检查了少数的房间和厨房就撤退了。

银面说："产卵的异种生物就在附近。"他疑神疑鬼地观察走廊上的所有门，担心门后面藏着凶猛的猎食者。

"这艘船就像一个与世隔绝的孤岛，船员们始终没有向外界求助，通信被切断了吗？"隗辛退到走廊外。

黑曜说："也可能是被控制住了。"

他们三人一起走到下一扇门前，银面踹门，隗辛端枪，黑曜在后方警戒。这扇门一打开，他们再度闻到了腐败的腥臭味。隗辛瞳孔一缩，看到了地上的一摊像暗红色章鱼一样的怪物，它粗壮的触手正包裹着一个微微抽搐的人类，它正在把自己的本体迁移到人类的躯壳里！

红棘猎手每隔几天就会更换一具寄生躯壳，它正在更换寄生体，好汲取更多的养分壮大自己。舒旭尧教过隗辛，寄生类异种生物最脆弱的时刻就是它们进行宿主迁移的时候。

隗辛条件反射地举枪，正要扣动扳机杀掉红棘猎手，突然想起要留活口，于是生生止住了动作，一旁的黑曜也伸手按着她的枪，看着她说："底下那人还活着。"

"我知道。"隗辛抖了一下枪，把黑曜搭在枪上的手弄掉。

银面操控水流，不费吹灰之力就把脆弱状态的红棘猎手挤压成了一摊烂泥，用水绳把差点沦为寄生容器的船员拽了出来。船员的身上全都是红棘猎手腥臭的黏液，银面嫌弃地给他冲洗了一遍，好让那股令人作呕的味道淡点。

船员在冷水的刺激下悠悠醒转，一看到面前是三个穿着黑色作战服的人类，差点哭出来。

他的眼泪唰唰往下淌，颤巍巍地问："你们是人，还是怪物啊？"

在场的三个人都没有回答他。船员顿时抖得像发了羊痫风一样，眼看又要吓晕过去。

"别怕。"隗辛在这时开口说，"我们是联邦缉查部的。"

船员眼中迸发出希望的光芒："你们是来救我们的吗？船上、船上到处都是怪物！"

他泪流满面，想要去抱隗辛的腿，然而隗辛身形一闪，躲了过去。

"我们奉命来执行'克拉肯'号的护航任务，但是这艘船很不对劲，你需要给我们讲明情况，告诉我们'克拉肯'号上发生了什么。"隗辛说，"只有知道麻烦的根源在哪里，我们才能解决麻烦。"

可是船员早已经失去了理智，他在地上挣扎着想要站起来，嘴里执着地念叨："我要回家……我要回家……这里到处都是怪物，我的朋友也变成了怪物……"

隗辛不耐烦了，她揪起船员的衣领，把他整个从地上提了起来，镜片后的眼睛冷冰冰地看着他，一字一顿地说："告诉我，发生了什么事！"

船员的双眼渐渐失焦，隗辛一个巴掌拍了过去，让他重新清醒过来："想回家就回答我的问题！"

听到"回家"这两个字，船员终于有了回应。

他脸色惨白："最开始一切都正常……但是后来，我周围的人开始变得不对劲了。"他打了个寒战，"他们上吐下泻，被送去医疗室接受治疗，但是进了医疗室的人再出来就像变了一个人一样，仿佛被魔鬼给附身了……我亲眼看到我认识了五六年的朋友把我的同事给吃了……"

船员像是陷入了噩梦里，全身止不住打冷战。

"再接着不知道怎么回事，发生了打斗，我还没反应过来就被打晕，和几个人一起被锁到了自己的房间里……每隔一段时间，我旁边的房间里就会传来惨叫声，我想被关起来的同事们一定是死了，他们一个接一个地死……今天轮到我死了……一个人打开了我房间的门，把可怕的红色怪物放了进来，它要吃了我……"

他说的话颠三倒四，断断续续不成逻辑，隗辛渐渐从他的话中拼凑出了前因后果。会变形的怪物上了船，然后替代了船上的部分船员，接着船上发生了内斗，一部分活着的船员被关了起来，被当作异种生物的储备粮。

隗辛又问："把红色怪物放进你房间的人是谁？"

船员浑浑噩噩，不说话。在隗辛失去耐心，准备再次逼问之际，他忽然说："是唐冠！是他！"

船员泪流满面："他为什么要害我们？"

隗辛松开手，船员脱力地倒在地上，昏厥过去。她的心坠落谷底。第一次见到唐冠时，唐冠给了隗辛提示，让她去厨房看那些被冰冻起来的船员尸体。隗辛确实没有从唐冠身上感受到恶意，她以为对方就算不是友军，最起码也不会是敌人。

可面前船员的话让隗辛怀疑了自己的判断。如果唐冠就是导致船上悲剧发生的罪魁祸首，那他为什么要给隗辛提示，还不带恶意地出现在她面前？事情的发展越发扑朔迷离了。

"伊甸，有唐冠的资料吗？"隗辛按着耳麦询问。

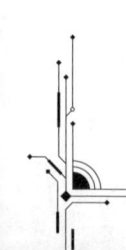

第七章 轮回

"已查找完毕,远航货轮公司的官网上有他的职员信息。唐冠,男,二十八岁,初级海员,入职货轮公司刚满一年。"伊甸说,"这是他的证件照。"镜片上显示的船员证件照就是唐冠,和隗辛打过照面的那个唐冠。

"我们着重找他。"隗辛说,"把信息给 Red 发过去,让他们保持警惕。"

"是。"伊甸说。

银面抬枪,一发子弹结束了昏迷船员的性命。

黑曜微妙地移开视线,不去看地上的尸体。他戴着头盔,隗辛没能发现他细微的神态变化。搜查房间是个费时间的活计,接下来他们在另外几个船员宿舍里也发现了人类的尸体,每一具尸体都高度腐败,臭味漫天,如果不是排风系统和防毒面具净化了空气,隗辛一定会当场吐出来。

那些尸体她不愿意再去看第二眼,黑曜倒是每具尸体都认真检查,其中几具尸体中藏着红棘猎手的卵,他也细致地一一销毁。走着走着,他们来到了地上血色拖痕的尽头——厨房。

"血迹的尽头果然是厨房。"隗辛站在厨房的门前,心底有种意料之中的感觉。

银面像冲在前面的打手或保镖,尽职尽责地负责开门,顺便撑起水幕防御。一片狼藉的厨房内站着一个人,是活人。

"唐冠。"隗辛念出那个活人的名字。

唐冠呆滞地抬起头,还是那张胡子拉碴、憔悴又疲惫的脸。奇怪的是,隗辛的"绝对预判"依然没有给她发来预警,唐冠没有杀意。

唐冠扑通跪了下来,浑浊的泪水顺着他凹陷的脸颊流下,他颤抖着嘴唇,喃喃道:"求求你们……杀了我吧,让我解脱吧。"

"船上的事情是你搞的鬼?"隗辛轻声问。

"是我吧……应该是我吧?"唐冠混乱地喃喃自语。

"跟他废话干吗?"银面上前一步。

黑曜说:"要捕获他吗?"

"不……不会那么简单的。"隗辛抬起枪口,瞄准唐冠的肩膀。

砰的一声枪响,子弹命中了唐冠的右肩,一朵血花绽放了。然而这朵血花却像一滴溅进了热油锅里的水,刺啦一下引起了剧烈的反应。

唐冠的身体猛然膨胀,血肉撑开了他的衣服,他瞬息间变成了身躯庞大的半人半鬼的怪物。他的身体右侧是长满触手的异种生物,左侧则是再正常不过的人类身体,最可怕的是他的颈部分裂出了两颗头颅,一颗是口裂巨大的怪物的头颅,一颗是唐冠自己的头!

"双头怪物!"银面惊呼。黑曜也被惊得后退了一步。

"开枪！"隗辛大喊。

他们三人一起朝唐冠开火，子弹交织，火力极猛，可是子弹没入触手和本体后没有半点用处，所有的子弹都被急速愈合的血肉挤了出来，叮叮当当掉在地上。哪怕颅骨被子弹掀掉了一大块，骨头和肉也能急速生长、愈合。子弹命中心脏，触手依然在狂乱地舞动，不见停顿。这是一个……不死的怪物！

有着唐冠面容的那颗头颅痛苦挣扎，无声地哀号，属于怪物的头颅则面容狰狞，充满了猎食者的兴奋。唐冠不像是异种生物的寄生体，反而像是共生体！他和怪物共享一具躯壳，他们在争夺身体的控制权。

唐冠的脸在哭泣："杀了我……杀了我……求求你们。"

他在痛苦地乞求，看上去痛不欲生，眼神充满绝望，可是他的身体上长出来的触手却在攻击隗辛三人。粗壮的触手近乎无视子弹，快如闪电地向隗辛抽击而来。这一刻，隗辛果断放弃了枪，从大腿上抽出折叠刀，右手一震一甩，三十厘米的刀刃骤然伸展到了一米多长。

她握刀横斩，银色的刀弧在视网膜上留下了弯月形的残影，舞动的触手啪嗒落地，蓝色的血液喷涌而出！

被砍断的触手还在地上活蹦乱跳地扭动，喷涌而出的蓝色血液很快止住，触手的断口处，一截新生的触手长了出来，刁钻地伸长，缠在了隗辛的腿上。触手迅速收紧，触手吸盘上的倒钩刺摩擦外骨骼装甲，发出令人难以忍受的刺耳的刺啦声，双头怪物的触手比隗辛遇到的任何一种异种生物的触手都要强劲有力，它挤压着外骨骼装甲，而外骨骼装甲竟然发生了轻微的变形，金属部件在挤压她的腿。

隗辛被触手扯了一个趔趄，差一点站立不稳，她把伸缩刀猛插到地板里稳住身体，银面眼疾手快地揽住隗辛的腰，防止她被怪物拽走。黑曜抽出战术匕首往下一划，切掉了缠绕在隗辛腿上的触手，蓝色的血液沾到了装甲上，他松了口气："是没有腐蚀性的血。"

唐冠转换成的双头怪物简直不像是人间该有的生物。拥有怪物面容的头颅笑容扭曲，眼中流露出类人的情绪——兴奋、冷漠。它伸出坑坑洼洼的深紫色舌头，热切地舔了一下嘴唇，就像迫不及待地想要品尝食物的美食家。而它的食物是面前的三个人类。

可惜人类不打算放弃反抗，沦为食物，在触手再度袭来之际，银面撑起水幕，阻碍了双头怪物的攻击，触手抽击在水幕上，让水幕泛起了剧烈的涟漪，但是有水幕的覆盖，不管是子弹还是刀刃都没有办法发挥威力。下一秒，银面撤掉了他赋予水的特性，水幕崩溃，在水花悬浮于半空中将散未散之际，隗辛默契地挥刀上前补上了攻击。

第七章 轮回

唰的一声，经过精细锻造、无比锋锐的刃口破开了水幕，刀锋恰好把一滴飞溅出来的水珠平滑地分割成了两半，把透明的水墙分割成了两半，连带着把舞动到他们面前的触手也切成了两半。

怪物蓝色的血液和四处飞溅的水融为一体，写意如画家挥毫泼墨，流畅如裁缝手执剪刀剪开细纱。血与水溅到了隗辛的头盔上和身上，黑曜上前一步，手上拿着一枚拔了拉环的威力加强版手榴弹。他以投球手般精湛的技巧把炸弹扔到了怪物的头上，炸弹在接触到怪物身体的一瞬间就爆炸了，而银面时机正好地展开了第二道水幕，同时用水绳拉着他们俩离开厨房门口，趴地卧倒，避开了猛烈的冲击波。

水幕剧烈波动，火焰和冲击波轰地一下从厨房的门口冲了出来，宛若爆发的火山，厨房这一侧的金属墙甚至因冲击波产生了轻微的鼓胀，爆炸的轰鸣一遍又一遍在长长的走廊里回响，他们三人居然有点耳鸣了。

隗辛晃晃脑袋，从地上爬了起来。随缉查部登船时他们用的炸弹是微型炸弹，爆炸范围只有两米多，跟黑曜用的炸弹的威力不是一个量级的。

"这炸弹放在外面能把地面炸出一个几米深的土坑，它还活着吗？"银面也爬起来。

"没死，怪物的思维还在活动，但有一点点衰弱。它……或者说他们……他们的思维很混乱，我控制不了他们。"黑曜眼中闪过蓝色的光芒，随后脸色凝重地快速说，"那个怪物有两个头，两种思维，光打掉一个头是没用的，一个头没了，另一个头就会迅速长好，我们也许需要把两个头同时打掉。"

隗辛说："连近身都做不到，更别说同时打两个头了。"

作为B级觉醒者，黑曜可以进行浅层的思维读取，阅读某个特定的人的情绪，但无法探知人内心深处的想法，也很难随心所欲地操控他人的思维，操控意志力薄弱的普通人倒是勉强可以，操控觉醒者基本不可能。随着超凡能力等级的提升，这些能力也会跟随着提升，他有非常大的进步空间。

精神系的超凡能力者会有不同的侧重方向，有的人擅长读心，有的人擅长控制思维。琥珀和黑曜这对双胞胎的能力一模一样，他们不擅长思维控制和读取，他们的超凡能力主要体现在"意识植入"这个方面，也就是洗脑。

这与思维控制不同，思维控制会让被操控者变成活着的傀儡，一个受驱使的提线木偶，意识植入则更多是向人类的大脑中植入某个特殊的念头或关键词，时间长了，这枚意识的种子就会生根发芽，长成参天大树，被植入者会不知不觉地改变自己的思想，变成一个"自由"的傀儡。在经过反复的催眠和意识植入后，意识的种子会扎根在他人的脑海深处，极其隐蔽，难以去除。

琥珀与黑曜的能力目前比较弱，但是未来可期。同时因为他们的能力，他们在组织里面处于一个相对尴尬的位置，隗海栋稍微有那么一点忌惮他们，却又想好好培养他们。

银面回头看了一眼身后，震惊地发现厨房门口瘫着的几条触手缓慢地在地上游动，似乎想要抓住他们三个。黑曜对银面比了个手势，再度拿出一枚手榴弹，银面会意地接过炸弹，拔开拉环，用水控制着炸弹朝厨房里扔。

又是轰的一声巨响，门口瘫着的触手被炸断，吧唧一声崩飞到了墙上，粘在上面了。

银面满怀希冀地问："还活着吗？"

"不……"黑曜慢慢走到厨房门口，表情难看地看着厨房地板上的大洞，"它跑了。"

厨房的地板也是钢板，现在钢板上有一个直径将近两米的大洞，怪物跳到了里面。

"Red，注意警戒，有一个非常难缠的怪物在船上。"隗辛说。

Red说："收到。伊甸向我通报了你们那边的情况，我们的任务不容乐观。撤到甲板上来吧，我们已经拆除了船上人工智能的主板，另外，起火点其实就在机房，但这里的消防安全系统被人为关闭了，我们刚刚把它打开了，止住了火势。"

隗辛说："了解了。"

在离开之前，她看着厨房地板的空洞："黑曜，扫描那个洞……直接把扫描仪扔过去吧。"

扫描仪不像微型无人机那样可以悬浮，但是在这种危险的情况下，他们三个谁都不愿意靠近洞口，所以只有抛弃一个扫描仪了。

黑曜扔出一个圆球状的扫描仪，扫描仪笔直地坠入厨房下面的空洞，扫描出来的短短两三秒画面传输了回来，让他们心里发毛。

厨房下方是一个储水库。在科技发达的今天，海上航行的船只是可以直接抽取海水进行过滤和净化作为生活饮用水的，但是这种海水处理系统需要一个专门的储水库，"克拉肯"号上的储水库就在厨房下方。庞大的储水库里除了水，还有一堆一堆粘在储水库四壁上的卵。

一串串的卵像癞蛤蟆身上的疙瘩，凹凸不平，丑陋黏糊。而且在黑暗的环境里，它们居然泛着微微的荧光。隗辛一下子就想起了上一次轮回时在"克拉肯"号甲板上见到过的噩梦般的场景，直升机的探照灯扫过海面，海面上密密麻麻的全是异种生物的眼睛，一双双眼睛反射着荧光，如墓地里燃烧的鬼火。

储水库的钢板上也破了一个洞，可以想象双头怪物就是从这里跑掉的，现在它一定就在货轮内的某处游荡。

第七章 轮回

银面拧着眉毛:"这里还藏着多少异种生物?感觉异种生物的数量已经比活人的数量都多了。"

"我们没找到多少尸体,根据情报,船上至少有四十名船员。"黑曜说。

隗辛幽幽地指了指厨房冷库的门,它已经被炸得摇摇欲坠了:"注意到地板了吗?血迹延伸到了那里。我猜一定有一部分尸体被冻起来了,就像人类会把吃剩下的食物放进冷柜里保持新鲜一样。"

"克拉肯"号给隗辛的感觉是一艘开向地狱的幽灵船,船上满载着亡者的灵魂,恶魔们对这艘船垂涎欲滴,手持刀叉虎视眈眈,想要大快朵颐。

"Red 让我们撤到甲板上,我们走吧。"黑曜垂下眼睛。

"那个唐冠是怎么回事?"银面断后,他走在最后面问。

"他明显还保持着一定的自我意识,我猜,那种未知的怪物不像寄生水螅和红棘猎手那样会汲取宿主的生命,反而会跟人类争夺身体的控制权,吞噬他们的精神……所以唐冠时而清醒,时而不清醒,他在跟怪物做斗争,如果他崩溃了,就会被吞噬。"隗辛做出合理的推测,"唐冠和那个怪物好像是共生状态。"

"我也是这样认为的。"黑曜说,"船上的事故和秘密教团有关,这个推测应该八九不离十了吧。"

他们经过短暂的交流后不再说话,而是警戒四周,以最快的速度撤退。

隗辛抽出几秒钟召唤系统,光幕闪现。

任务进度:99%。

只剩下百分之一了。

如果幕后黑手不是唐冠,如果唐冠也是被操控的一员,那么真正的幕后黑手藏在哪里?唐冠的痛苦不似作伪,"克拉肯"号上的惨剧应该不是他的本意。就在他们三个保持警戒撤退的时候,隗辛忽然脑子里嗡地响了一下。

"咚咚……咚咚……"

熟悉的心脏搏动声响起了。正在此刻,隗辛听到了某种物体滑过管道的摩擦声,她的太阳穴突突跳动,危险的预警在心中浮现。

他们头顶的排风管道忽然传来了嘶啦裂响,走廊里的灯管电路被扯断了,灯光明明灭灭,不过一息的工夫,双头怪物身躯扭曲地从排风管道中挤了出来。它从厨房下面逃走后不知怎么回事,居然挤到了排风管道里。

双头怪物用章鱼一般的触手在通风管道中滑行,寻找隗辛三人的位置,然后从天而降,一把抓住了他们,狡诈地先勒住战斗力最强的银面的脖子,然后利用体重优势将庞大的身躯重重压下，把隗辛和黑曜死死地摁在地上，触手一层层覆盖住他们的口鼻，绞杀他们的身躯。

但是隗辛死死抓着自己的伸缩刀不放，在怪物身躯压下来的一瞬间，她竖直了刀具，长达一米的刀由下至上，狠狠地刺穿了它的身体。隗辛的颈骨和肋骨发出不堪重负的声响，她的双眼因为缺氧和充血变得赤红一片。外骨骼装甲稍微减轻了一些绞杀的力度，同时为她的身躯提供强大的保护。

零件运转，机械部件超负荷工作。

隗辛手部血管暴凸，在求生欲的作用下爆发了自己的潜能，突破了这具身体的极限，她的手腕和手臂同时发力，肌肉甚至因用力过猛，如拉满的弓弦般撕裂开来。她挣脱了触手，举刀猛然剖开了怪物的躯壳！

伸缩刀从怪物的腹部一直剖到了它的脖颈，从两个头颅中间的缝隙破出。隗辛顺势掉转刀口，向左侧切，一刀砍下了怪物的头颅。仿若畸形肿瘤的头颅滚落到地上，头颅上的眼睛还在嗖嗖转动，这玩意儿的生命力真是强到可怕。

隗辛剖开怪物身躯的时候，伤口流出来的血不是蓝色的，而是红色的，怪物脖颈的断口流出来的血液却是纯正的蓝色，有什么诡异的力量强行把怪物和人类缝合成了一个生物，这生物扭曲怪异，如上帝造物时把猛犸象和尼斯湖水怪糅合到了一起。

舞动的触手迟缓了一瞬，银面抓住机会挣脱而出，一团水花包住了唐冠的头，他狠厉地做了一个握拳的动作。触手们忽然伸直，然后瘫软不动了。从唐冠的脖颈中流出的血液的颜色不是蓝色，而是人类血液的赤红色。

隗辛干呕两声，倒不是真的觉得恶心，而是她的喉咙被触手挤压过度了，有种窒息般的痛苦。她握着刀的右臂在颤抖，肌肉和韧带都撕裂了。幸好她恢复能力强，只需片刻就能恢复战斗力。

黑曜捂住脖子剧烈地咳嗽，扒开一堆黏糊糊的触手爬出来，哑着嗓子说："它还没死！"

不用他提醒，隗辛和银面也察觉到不对劲了。触手虽然失去了活动的迹象，怪物的头掉在地上，眼睛慢慢不转了，可连接着双头的脖颈却很快鼓起了两团肉瘤，肉瘤激烈地跳动，上面慢慢浮现出模糊的五官和大脑的轮廓……居然连头也可以再生！

隗辛倒吸一口凉气，再度挥刀，两团肉瘤被切掉，一蓝一红两束血泉喷出。这个怪物的再生能力简直甩隗辛的血肉再生五条街，任何武器命中要害都不管用，几乎没有弱点。

接下来，每当怪物的两个脖颈长出肉瘤，想要再生出头颅，隗辛就再举刀把那两个肉瘤割掉，连续进行了五六次砍头操作后，银面表情麻木，黑曜嘴角

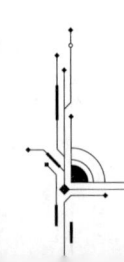

第七章 轮回

抽搐，连隗辛都快气笑了。

不过这样做是有用的，怪物肉瘤长出来的速度从快到慢，刚开始只需要两三秒就会长出来，后来延长到十几秒，血也不再喷涌得那么多。血肉再生需要能量，隗辛自己的血肉再生如果使用过度就会加剧进食的欲望。放在双头怪物身上也是同样的道理，怪物身体里的能量不足以支撑它进行那么多次的头颅再生，而头是它的思考器官，没有头颅，它就不能操控自己的躯壳进行攻击。

黑曜很快看出了门道："银面，跟我一起把怪物的躯体全部砍了。"他掏出一把匕首，弯腰开始干活，把怪物身体上的四肢和触手割掉。他要做的是在怪物身上制造更多的伤口，让它持续消耗自己的力量，减缓愈合的速度。

银面也掏出刀切割触手，崩溃地说："救命，我这辈子再也不想吃鱿鱼串和章鱼串了！"他的嗓子也是哑的，这怪物差点要了他们三个人的命。

怪物的触手和四肢被分解完了，就剩下一截躯干没有被分解。隗辛盯着怪物的脖颈防止它复活，黑曜则开始认真分解唐冠的躯干部分，想要搞明白这个怪物的核心到底在哪里。核心不是头颅，不是心脏，那会是什么？难道是躯干本身吗？

黑曜刚割了一个口子，就听到了隗海栋的声音："不要在原地浪费时间了，带上这个怪物的躯干，这是难得的活体样本，它失去反抗能力就不要再动它了，把它拿回总部。"

黑曜顿了顿："是，首领。"

银面几乎不忍直视地上的躯干，用水绳把它提起来，看向隗辛说："黑曜，富……富婆……"他的嘴唇扭了好几下，才勉强叫出了这个别扭的代号，"你们要注意着，千万别让这玩意儿再生了。"

"我怀疑它不会有能量再生了。"隗辛盯着躯干上扭动的小肉芽，嫌恶地说。

掉在地上的残肢是没有再生迹象的，头颅也已经失去了活性，足见他们带回去的就是怪物的核心。

"Red 他们拆下了人工智能主板，我们也抓获了一个活体。"黑曜说，"接下来只需要把动力舱炸掉就行。"

隗辛说："Red，你那边怎么样？"

Red 回答："已经派了全地形探索机器人搭载着爆破装置去了动力舱，目前正在安装爆破装置。"隔了几秒，他说："好了，已经安装完毕了。"

银面快乐地说："很顺利嘛！我们很快就能回去了！"

他们已经走到了甲板入口，微凉的海风吹拂而来。隗辛紧绷的肩膀放松了少许。这次行动上比上次顺利得多。上次隗辛和缉查部的队友登船，迎来了

347

"克拉肯"号船员的背刺，缉查部无论如何也没有想到他们的敌人不是来自外部，反倒是隐藏在内部。

比较有能力的觉醒者小队全部在护航舰船上，他们孤立无援，被埋伏的敌人打了个措手不及，也没有携带可以应对突发情况的装备，重火力武器全都装载在护航舰船上。而且他们登船没半个小时，船就开始爆炸了，以致他们连反抗都很难做到，就这样失去了性命。

缉查部的失败是偶然，也是必然。这是情报落差导致的必然结果。敌人精心准备，布置了天罗地网，他们却毫无察觉，从一开始就输得彻彻底底。

机械黎明的队友就靠谱多了，全员都是觉醒者，每个人都有不低的战斗力。他们了解"克拉肯"号的内幕，知道这艘船的危险，携带了不少重火力武器。登船前他们先去小岛上观察了"克拉肯"号，看到船上失火后，机械黎明成员的警惕心提升到了极致，没有那么容易中招。

如果把隗辛身边的银面和黑曜换成舒旭尧和刘康云等人……那么面对唐冠变成的怪物，隗辛很难和队友们配合默契地战胜它。普通人和觉醒者的实力根本不在一个层面上，哪怕舒旭尧他们的战斗经验再丰富，也比不上训练有素还怀有超凡能力的银面。

机械黎明登船是奔着破坏来的，缉查部登船是奔着保护来的，二者在心态上有很大的差别。隗辛想明白关键，注意到被银面的水绳绑着的怪物脖颈上又慢慢长出了两团肉瘤。她厌烦地切掉它们，顺便把躯干各个断口不断蠕动的肉芽也切了个干净。

他们三人再度踏上了甲板，Red 几人也等在甲板上。任务执行小队的人都没有作死，隗海栋说了载货舱里的东西不要管、不要看、不要探究，就没有人好奇地前去查看。好奇心害死猫，这句话不只是说说而已，在场的人都经历过生死一线的时刻，自然懂得忍住好奇心有多么重要。琥珀身后背着一个巨大的背包，背包里装的是人工智能的主板。

Red 看了一眼时间说："让夜蝉接我们回小岛上，我们远程爆破。"

"啊哦。"调酒师忽然指了指远处，"看天上。"

"缉查部来了！"刺蔷薇骂道，"夜蝉！赶紧开传送！"

漆黑的夜空中，武装直升机的灯光由远及近，从一个小白点逐渐变得醒目，灯光照亮了乌黑的云层。武装直升机旋翼转动发出的巨大轰鸣声也遥遥传来。蓝色的旋涡慢慢扩大，夜蝉说："在开了。"

在蓝色旋涡扩大的同一时刻，武装直升机装载的机枪抬起了黑洞洞的枪口，火舌喷发的场景在黑夜中极其刺目。这挺机枪是当之无愧的战场利器，子弹直径八毫米，六根枪管，射速可以达到惊人的六千发每分钟，子弹击中人体

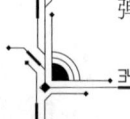

第七章 轮回

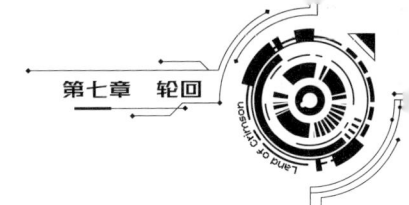

会在人体上炸开巨大的血洞，能把人拦腰击断。

"这么猛！"能力泛用性最强的银面匆忙撑开防御水幕。

子弹打在甲板上，掀起一长串的火花，随后击在了水幕上，哗啦一下，水幕上炸开了一个洞，子弹动能被消耗了不少，打在众人的外骨骼装甲上没能击破防御，但是仍然留下了坑坑洼洼的痕迹。

才两三秒的时间，银面的水幕就要支撑不住了，然而他为传送通道的打开争取了一点时间。蓝色旋涡扩张到了足够的大小，Red 带头冲进去，他们抱头鼠窜，银面断后，水幕溃散了，他就举起怪物的躯干当盾牌挡子弹。血花砰砰砰炸了一片，被他当盾牌用的怪物躯干破破烂烂的，愈合速度肉眼可见地变缓了。等银面也手忙脚乱地钻进了传送门，蓝色的旋涡瞬间合拢。隗辛从旋涡里出来的第一时间就抽刀再次把怪物脖颈上的肉瘤切掉。

银面晃晃手里的"烂肉"，无辜地说："它是不是快被我们折磨死了？"

夜蝉站在小岛上，抱着双臂说："Red，快引爆，赶着回去呢。"

Red 按下起爆按钮。"轰隆——"火光冲天而起，好似海底火山爆发了，黑色的海面映照出了橘红色的光芒，宛如日出。无数船体碎片被炸飞，击中了一架直升机。隗辛曾看过的场面再度出现了，直升机化为火球从天上坠落。

"轰！"Red 吹了一声口哨，"我们可以对流星许个愿。"

"好了，任务圆满完成，我们准备回家。"夜蝉活动活动脖子，打了个响指。又一团蓝色的旋涡展开，众人的步伐从容了很多，依次踏入传送通道。隗辛和夜蝉是最后一个进的。

进入之前，隗辛回头看了一眼海面，护航舰船正在赶来，但是舰船的速度比不上武装直升机，"克拉肯"号熊熊燃烧，上次她死在了这里，这次机械黎明把这儿炸毁了，她是亲历者，也是旁观者——亲历"克拉肯"号的沉没，旁观"克拉肯"号的毁灭。

"怎么了大小姐，总不至于是舍不得那个鬼船吧？"夜蝉笑道，"难道你想亲自去载货舱看看'货物'？"

"那就不必了。"隗辛说，"又不是什么好东西。"

"说得也是。"夜蝉说，"把那个东西放归大海，也不知是好是坏……可我们没有别的选择，只能这样做，避过一时的灾难。"

在他说完这句话之后，隗辛好像又听到了巨大的心脏搏动的咚咚声。有什么东西从沉眠中渐渐苏醒，转动黄澄澄的眼珠看着这个世界。

夜蝉拍了下隗辛的肩膀："走吧，回去。"

隗辛低下头，踏进深蓝的旋涡。

在机械黎明总部，隗海栋捻着手指，紧张地抖腿。

Red汇报："任务完成，'克拉肯'号已经被炸毁，富婆带回来的活体样本，已经由夜蝉直接关押到了加固隔离室里。"

"好，对它进行全身消毒清洗，那些怪物的血不知道有什么副作用，不要留在身上。"隗海栋稳住声音说，"银面他们和怪物战斗时沾到了不少血，还有……"

把注意事项交代完，隗海栋终于松了一口气。他扯了扯领子，单线联系了隗辛。

"喂？小辛啊。"隗海栋慈眉善目地说，"今晚做得不错，爸爸以你为傲。"

隗辛："说完了吗，爸爸？说完我要去洗澡了，那怪物的血和黏液沾了我满身，现在我身上一股子腐烂海鲜的腥臭味。啧……想吐。"

隗海栋酝酿好的一腔情绪和演技没有发挥的余地，他悻悻地道："那好，你去吧。"

"对了爸爸，那个唐冠……要是真的能审出来什么东西，记得告诉我。"隗辛以随意的口吻说，"我真的太好奇他的身份了，他真的来自秘密教团吗？"

"好。"隗海栋没多想就答应了。

挂掉隗辛的通信，隗海栋又打了另一个通信，这次是打给研究所的负责人："新带回来的活体样本很珍贵，尝试往样本的身体里面注入营养剂，看能不能加速躯体修复，让那玩意儿的两个头重新长出来。"

活体的有智慧的样本，身体一半是怪物，一半是人类，而且人类的那部分保持着微弱的自我意识，机械黎明需要从这唯一一个活体样本口中获取情报，也需要在样本身上进行很多的实验。

待所有的事项处理完毕，隗海栋收到了"那位"发来的指令。

"让她和被关押的'玩家'见个面。"

隗海栋小心翼翼地追问："这……也是考验的一环吗？"

"你可以这么认为。"

隗海栋说："好吧，我会安排好。"

半个小时后，隗辛全身消毒清洗完毕，坐在一个专门的休息室中疲惫地揉了揉眼睛。此时是3:59，又是近乎彻夜未眠的一天。隗辛打了个通信："夜蝉，送我回安宁街的家。"

"你直接在这儿睡不就得了？"夜蝉说，"激烈的战斗容易留暗伤，虽然你有恢复能力，但还是要注意这一点，我建议你躺一躺医疗舱。"

"不行，我必须在安宁街附近乘坐悬浮电轨车回缉查部。"隗辛说，"我不

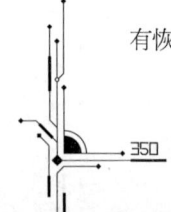

第七章 轮回

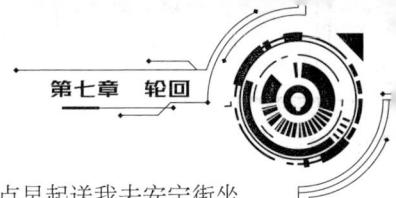

想让有心人查到我的行程有异常。你要是愿意明天七点早起送我去安宁街坐车,那我很乐意在这儿留宿。"

夜蝉:"那我还是送你回安宁街得了……"

传送门洞开,隗辛走进去,看到了熟悉的景象。昏暗的房间,破破烂烂的家具,她脱了鞋子,换上拖鞋进卧室,栽倒在床上。她实在太累了,只花了一秒钟就睡着了。一夜无梦。

三个半小时后,隗辛顶着黑眼圈被闹铃叫醒,凭借意志力硬生生地从床上爬起来,准备洗漱完吃早饭,然后去上班,开启按部就班的一天,做一个平平无奇的缉查部卧底。

结果她踏出卧室门,看见买了早餐回来的银面。

他扒拉着窗户跳进来,兴高采烈地说:"我给你也带了一份早餐。"

"任务结束了,你还住我这里干吗?"隗辛挑眉。

"可是首领说了,我不仅是你的任务协助者,还是你的保镖啊。"银面挠挠头,"我的另一个任务是保护你的安全。"

← 返回首页　　ⓘ

◇
▼

消息面板

信号屏蔽

即时通信

加密联网

定位追踪

自动销毁

第 八 章
▶ 玩家 ◀

剥夺者·233号
任务进度 / 100%

你圆满完成了任务

你经历了生死一线的时刻，跨越了艰难险阻，
终于完成了你的第一个单人任务。

你在面对危险时临危不乱，抽丝剥茧，
一步一步接近了真相。
尽管你在调查的过程中付出了一些代价，
但仍然取得了自己想要的结果。

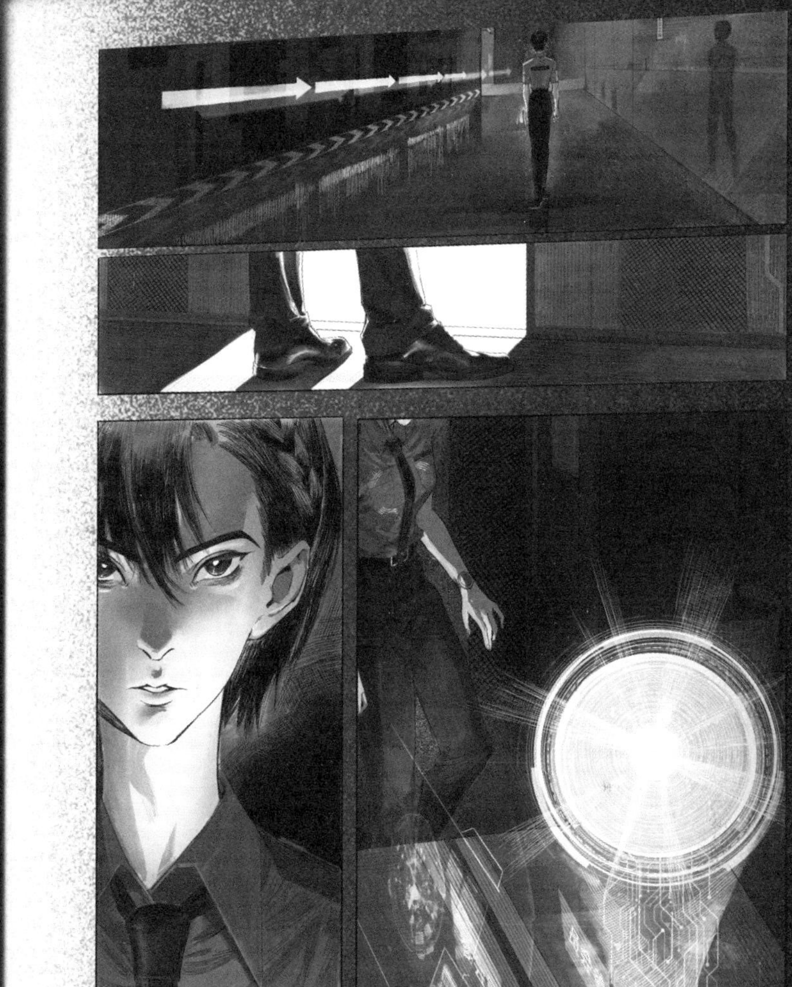

深红之士
[1] 无光之海

到达缉查部后，隗辛看了眼时钟，还差一段时间才到八点，她打算拐个弯去看望队友江明。

她乘电梯去医疗中心所在的楼层，在电梯间里问："亚当，江明醒了吗？"

"安保员江明状态良好，已经从重症治疗室转移到了普通病房。"亚当报出了病房门牌号，"早上七点到晚上八点是探视时间，您可以前去探望他。"

电梯停下了，亚当贴心地控制走廊里的指示灯闪烁几下，为隗辛指明方向。

走到江明的病房前，隗辛先敲了两下门，然后推门而入。

江明正在吃早餐，除了脸色比较苍白，他的精神状态还不错。

"早啊，隗辛。"江明端着一杯豆浆一饮而尽。

"早，伤口怎么样了？"隗辛打量他被被子盖住的腿，"还疼吗？"

"不疼了，护士给我注射了止痛针，伤口愈合了很多，剩下的需要慢慢恢复。"江明坦荡地掀开被子，给隗辛展示自己的断腿。他的左腿膝盖以下全部截肢，病号服的裤管空荡荡的。

隗辛好奇地问："想好机械义肢装什么型号的了吗？"

江明咂咂嘴："腿部的机械义肢基本上都是设计成增幅型的，进攻型的很少。腿部设计成进攻型没啥用，别人举起机械臂，手臂咔咔变成刀、变成枪，我是机械腿，总不能一抬腿，腿也变成刀变成枪吧？跟耍杂技似的。"

"增幅型比较实用。"隗辛说，"机械义肢设计好之前，你怎么行动？"

"用辅助器械呗。"江明拍了拍床边，一只机械手自动从床上分离，然后伸展，做出搀扶的动作，"挺方便的，去洗漱间洗把脸都难。黄医生建议我先用通用型号的机械腿保障日常活动，等定制的机械义肢做好了再换。"

"是该提前用机械腿试试，机械腿和原装腿的使用感想必天差地别。"隗辛说。

"听说去年最新研发的机械神经接驳技术已经投入应用了，相比旧式的点

第八章 玩家

状神经连接技术有非常多的优势，黄医生说采用了新技术的机械义肢和人类肢体的操控感差不多。"江明说，"科技更迭真快啊，我甚至有点期待自己换上义肢的样子了。"

江明说的"机械神经接驳技术"和"点状神经连接技术"，隗辛完全不了解，她仅仅模糊地知道这些名词。

第二世界是一个黑暗危险同时又生机勃勃的世界，这个世界在不断发展，拥有无限可能，就像大树能够不断生出新的枝蔓，每一条枝蔓都代表着一种可能性。

隗辛与江明说话时，病房的门被敲响了。

舒旭尧走进来笑了一下："隗辛也在啊。"

"嗯，来早了就来看看江明。"隗辛扫了眼时间，时间还差八分钟到八点。

"你还好吗，江明？"舒旭尧拉过椅子在病床边坐下。

"我挺好的，昨天差不多睡了一天，今天凌晨四点就醒了。"江明说，"醒来可给我饿得够呛，餐厅关了，我让亚当给我热了罐头送过来。"

"这也是没办法的事。"舒旭尧无奈道。

隗辛看向舒旭尧："不知道今天会有什么工作？港湾区搜查完了吗？"

"已经把关键区域搜查完了。"舒旭尧说，"可惜，没找到安装爆破装置的那个团伙，倒是查到了不少贩毒的，甚至有人私自建了一个小型流水线，销售自制手枪。"

江明："啧，要我说，联邦犯罪率居高不下的主要原因就是咱们没有死刑。抓到一个枪毙一个，看他们还敢犯事吗？"

舒旭尧心平气和："光改法律不管用，弊病难道仅在于法律吗，老江？"

江明沉默几秒，烦躁地"啧"了一声。

这个世界太畸形、太扭曲了，丑恶如发烂流脓的疮。要想把疮根治，就要下狠手割去烂肉，施以重药。可疮是长在人体上的，发病的根源在于人体，割掉一个烂疮，举目望去，还有更多发烂流脓的疮在生长，根本拔除不掉。

隗辛听他们俩讲话，不自觉打了一个大大的哈欠。

舒旭尧转过头关切地问："你的黑眼圈怎么又重了？"

"我昨天晚上脑子放松不下来，才睡了一小会儿……"隗辛低声说。

"是这段时间的精神太紧绷了吗？"舒旭尧说，"你受伤了，老江也受伤了，确实挺多灾多难的。"

"三十五岁之后可以调去后勤岗，还得熬呢，隗辛。"江明同情地说，"你要不要去心理治疗室和杨主任聊聊？"

"有空就去。"隗辛叹了口气。

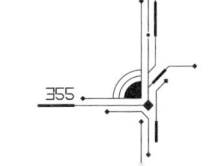

"我们今天应该比较闲,江明受伤,我们小队出不了外勤,港湾区的大搜查快结束了,接下来只要时不时进行一次突击检查就行。"舒旭尧说,"我们不是每天都那么忙碌,生死一线。"

"我的理想生活是坐办公室里喝茶。"隗辛说,"跑来跑去太累了,我的骨头快散架了。"

"坐办公室喝茶的理想生活是不可能实现的。"江明说,"退休了勉强可以实现,咱们四十五岁退休,熬吧。"

"没到四十五岁就英年早逝了怎么办?"隗辛吐槽,"就算我死了,缉查部分拨的伤亡抚恤金也落不到我家人头上啊。"

"那就享受现在。"舒旭尧说,"最起码今天我们的工作是清闲的,现在你可以去办公室喝茶了,或者去心理治疗室跟杨主任聊聊天。"

差两分钟就八点了,隗辛从椅子上站起来活动活动脖子:"我选喝茶……上班时间到了,该走了。"

"你没事就行了,我和隗辛先走了。"舒旭尧对江明点点头。

"好。"江明摆摆手。

隗辛和舒旭尧并肩走进电梯间,这时亚当发来了今天的工作安排。

"上午,办公室值班。下午,训练。"隗辛看见"训练"这两个字眉梢一动,"唉,训练总比执行任务好,累一点罢了。"

"熬过前三个月就好了。"舒旭尧说。

"三个月后就不用训练了吗?"

"不是……我的意思是你会适应训练强度,痛苦程度会减轻。"

"哦……"

"一年后训练的频率会有所下降,从每日一训减到每周三训。"

隗辛敲敲脑壳:"要命了。"

电梯突然停下了,门向两侧滑开,蒋玫玫眉头紧锁着走进电梯内,表情也不像平时一样轻松,浑身上下好像带着火气。

见到电梯里有人,她一如既往地向隗辛点头微笑,然后特意对舒旭尧打了个招呼:"舒队长。"

"蒋组长。"舒旭尧礼貌地回应。

蒋玫玫貌似没多少心思寒暄,等电梯到达她想去的楼层就风风火火地走了,皮鞋踩在地板上咚咚作响。

"发生什么事了吗?蒋组长看上去很忙碌。"隗辛和舒旭尧所在的楼层也到了。

舒旭尧若有所思地说:"我并没有收到什么紧急消息。"

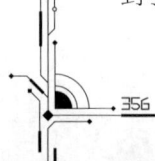

第八章 玩家

　　这不应该。昨夜"克拉肯"号沉没，缉查部的武装直升机坠海，领导层怎么可能毫无反应？除非他们在压一些消息。

　　隗辛踏出电梯间问："队长，你快要升职了吗？"

　　舒旭尧猝不及防地顿住脚步："为什么要这么问？"

　　"蒋组长特意和你打招呼了。"隗辛说，"可能是我想多了，我觉得她对你挺平等的，跟那种上级对下级的说话方式不大像。"

　　"职位升迁要服从上级安排。"舒旭尧笑了笑，"凭感觉说了不算。"

　　他们走过长长的走廊。

　　"缉查部的高层都是觉醒者吗？"隗辛问。

　　"不全是，觉醒者不一定具备领导才能。"舒旭尧扫描虹膜打开办公室的门，然后说，"四个组长中，只有蔚芝组长和蒋玫玫组长是觉醒者。"

　　隗辛跟随舒旭尧走进办公室，开玩笑道："那队长你还是很有机会的，等你升职后能不能把我调去个轻松点的职位？"

　　舒旭尧哭笑不得："没影的事就别瞎想了。"

　　"对了，部长和副部长是超凡能力者吗？"隗辛佯装好奇，"这两位的超凡能力是什么？"

　　"他们是。部长的能力我不清楚，缉查部的部长不需要亲自去作战。"舒旭尧说，"副部长的能力其实是一个公开的秘密，资历老一点的安保员都知道。"

　　隗辛追问："是什么？"

　　"探查之眼。"舒旭尧说，"一个不能直接提升战斗力的能力。作用是看穿某个特定的人所具备的超凡能力，相当于一个行走的超凡能力者探测仪。"

　　听完这些话，隗辛背后瞬间出了一层冷汗，感觉浑身的血液都逆流了，她心跳失衡，瞳孔放大，幸好她低着头，舒旭尧也低着头坐在了办公桌后，没有注意到她的异样。

　　"看穿某个特定的人所具备的超凡能力？"隗辛尽力维持镇定，"连超凡能力的弱点和使用缺陷也能一并看穿吗？"

　　"这我就不知道了。"舒旭尧说，"虽然这是公开的秘密，但没人会拿这个到处宣扬，自己人心里知道就行了，你也是觉醒者，这些你以后肯定会慢慢了解的。"

　　前所未有的恐慌感蔓延全身，哪怕在"克拉肯"号上，隗辛也没有这么恐慌过。她在后怕，后怕的情绪从未如此强烈。副部长林新霁已经出差回到了缉查部，假如隗辛在缉查大楼里走路和他打个照面，他一瞬间就能看出她身上怀有不止一种超凡能力。她卧底的身份，她玩家的身份，她穿越至今竭尽全力隐藏的一切都将暴露在他的眼中，努力会化为乌有，等待她的结局可能比死亡更加可怕。

她可能是下一个雷尼尔·布兰登伯格，被囚禁、被刑讯、被拷问，他们会限制她的行动，她连死亡都做不到。

不，不能这样。隗辛坐在属于自己的办公座位上，盯着黑漆漆的桌面，用了不到一秒钟就下定了决心——她要让副部长林新霁消失。

她此时感觉到，她每一次狩猎的理由都不尽相同。击毙柴剑是因为无可奈何，杀死球蟒是报复心作祟，驱逐方治则是由于他的存在污染了她生活的家园。此刻她决定除掉林新霁，则是为了先下手为强。

不除掉林新霁，他就会成为悬在她头顶的达摩克利斯之剑，在缉查部上班低头不见抬头见，也许只是乘电梯擦肩而过，她就暴露了。在这柄达摩克利斯之剑落下前，隗辛要将它彻底折断。

"迟到了！一天工资没了。"兰蓝悲伤地走进办公室。

刘康云也跟在兰蓝身后进来了，垂头丧气地说："有我陪你一起扣工资。"

"你们俩怎么回事？"舒旭尧抬眼问。

刘康云说："排队买早餐，等的时间长了……我已经付了钱，不能拿不到早餐，结果……因小失大。"

"坐错车了。"兰蓝捂脸，"别提了，太丢人了！我脑子没反应过来，身体自己动了，坐上了前往港湾区的电轨车。"

"真倒霉。"隗辛说，"你等车的时候不会在打盹儿吧，兰蓝？"

她神色如常地加入聊天，把自己伪装得很合群。情绪转换之迅速、表情转换之熟练连她自己反应过来后都愣了一下。隗辛已经是一个和黄医生一样的高段位二五仔了。再继续这样的生活，她迟早要得人格分裂症。

相对空闲的一天很快过去了。临近下班的时候，隗辛在训练场偶然听到同事谈论，说副部长林新霁又出差了，这次是去隔壁城市出短差。这让她暂时松了一口气，最起码在林新霁出差的时候，她是安全的。训练结束，隗辛去休息室换上常服，坐电梯下楼，乘坐悬浮电轨车回家。

在车上，隗辛按照惯例查看手环留言。夜蝉："你不是对总部关押的'玩家'有点兴趣嘛，今晚要不要来看看？可以亲自上手审讯哟。"

"准备好了吗？"

晚上九点，夜蝉打开传送通道，来到了隗辛的住所。

"早准备好了。"隗辛从沙发上站起来，"早去早回，我想快点回来休息。"

她戴上面具的时候，夜蝉观察了一下她的脸色："你黑眼圈可真够重的。"

"必要时期，我的工作是二十四小时无休的。"隗辛瞥了他一眼，"黑眼圈

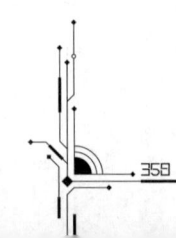

第八章 玩家

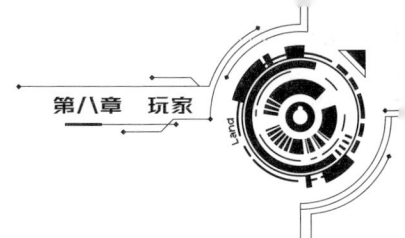

不重就怪了。"

"辛苦了。"夜蝉伸开手臂,邀请隗辛走进传送通道。

银面见隗辛进去了,也想跟着进去。

"你留下看家吧。"夜蝉笑眯眯地拦住银面,"今晚没有任务,富婆要回总部办点事。"

"这样啊……再见。"银面对隗辛的背影挥了挥手。

隗辛穿过通道,来到了银白色的走廊上。纤尘不染的地板反射着灯光,一道蓝色的光线将隗辛从头到脚扫描了一遍。

"身份确认,富婆,欢迎回来。"伊甸说。

"扑哧。"夜蝉站在隗辛身后笑出声了,"每次听别人叫你'富婆',我就想笑。Red是叫你代号次数最多的人吧?他是怎么做到一本正经地喊你'富婆'的?"

"你对我的代号有意见吗?"隗辛扭头看他。

"哪儿能呢。"夜蝉龇牙笑道,"走吧,大小姐,带你去看囚犯。"

虽然夜蝉次次叫隗辛"大小姐",但是他从来没有真的把她当成过大小姐,喊她的语气很随意。这三个字在夜蝉心里只是一个调侃性的称呼,隗辛在组织里的地位没有高到绝对优先的地步。

"我们先去看看开胃小菜好了。"夜蝉说,"老板跟你讲过'玩家'的事吗?"

"讲过一点。"隗辛说。

"那我来仔细讲讲吧。"夜蝉抱着双臂走在隗辛前面,领着她在走廊里行走,"故事要从我去白鲸市执行任务开始讲。"

他没细说他去白鲸市执行了什么任务,而是直接开始了讲述。

"最先露馅的人是生物机械研究所的女助理多琳·辛克莱顿,她就是所谓的玩家,我们第一个接触的玩家。玩家夺取了多琳女士的身体,伪装成她的样子生活,不过玩家好像并不具备多琳女士的记忆,她只能强行伪装自己。"

"没有记忆,那当然很容易被察觉到异常了。"隗辛说。

夜蝉颔首:"是,她去上班,但是她走到门口居然不记得值班室的密码,一个研究所的实验员怎么可能会忘记值班室密码呢?她的异常行为引起了同事的注意,所以她的同事将这件事情上报了,我们开始监视多琳女士。"

"多琳是雷尼尔的助手?"隗辛问。

"是。拔出萝卜带出泥,我们不久后发现雷尼尔的行为也出现了异常。"夜蝉说,"雷尼尔的应对不算莽撞,他先请了几天的假,把自己闷在屋子里面,我想他是在研究怎么在这个世界生活吧……总之几天后假期结束,他不得不来上班了。在他请假期间,我们没有发现他的异常。"

隗辛好奇地问:"雷尼尔是怎么暴露自己的?"

"电梯。"夜蝉淡淡地道,"白鲸市的电梯是声控的,雷尼尔不知道电梯是声控的,他进了电梯呆呆地站着,然后开始到处摸索,找有没有悬浮光屏按钮之类的东西,最后才想起来说话试试……这一幕被电梯监控拍了下来。他比较幸运,路上正好遇到自己同事,和同事一起进了实验室的门,不然他一定会在门口抓耳挠腮猜密码。"

"但是他在电梯里的行为已经引起了组织的注意。"隗辛说,"我想让你们怀疑他身份的应该不止这一件事吧?他还有什么异常举止?"

"发觉了雷尼尔的异常后,我们也对他进行了监视,在他的住所里面布置了微型摄像头。"夜蝉嗤笑,"结果你猜怎么着?摄像头拍到他在研究家用投影仪……太好笑了,他捣鼓了好几天,也没搞明白那玩意儿到底是怎么用的。我想是电梯里的声控开关启发了他,他猜到可以用声音控制这些设备。但是有个意外,生物机械研究所的雷尼尔·布兰登伯格博士把智能家电的开机指令设置成了他小时候养过的一只猫的名字,顶替了雷尼尔的玩家不知道他的猫叫什么,所以他始终猜不到家用投影仪的开机指令。"

这位同乡也太倒霉了,隗辛的遇见的同乡一个比一个倒霉。柴剑落在精神病院,习凉被富二代撞到瘫痪,雷尼尔穿越成了机械黎明研究岗位的人。

"这家伙在实验室没被发现不对劲吗?他可是附身了一位研究员啊,实验操作不会有问题吗?"隗辛说。

夜蝉说:"他好像有一点基础,在实验室的时候上手解剖生物的手法很专业,我怀疑他在他们那个世界里的身份是医生……或者军人。"

"这就有意思了。雷尼尔和多琳没碰面吗?他们有没有牵上线?"

"唔,你问到了重点问题。玩家和玩家之间似乎并不知道彼此的身份,刚开始,多琳和雷尼尔没有任何交集,直到多琳在实验室悄悄辱骂一位男同事时被雷尼尔听到了,他们两个才确认了彼此的身份,我猜多琳骂人的话应该是他们那个世界特有的俚语之类的……"

隗辛说:"什么俚语?"

"嗯……好像是'懂王都不敢说这么离谱的话'。"夜蝉皱眉摸下巴,"懂王是谁?"

隗辛忽然有点想笑。

"所以后来呢?他们俩相认后成了朋友吗?"隗辛探究道。

"是啊,差不多就是这样发展的。"夜蝉说,"重要研究人员被未知身份的人用诡异的手段顶替,这是一件大事,而且这并不是偶发事件,接连有两个人被顶替了,在我们的手无法触及的地方,肯定还有更多类似的事情在发生。老板担心这两个人碰头之后会密谋些不利于组织的事,所以要求我们尽快抓捕。

第八章 玩家

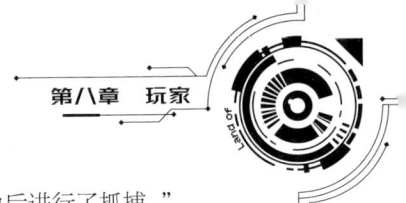

于是我们接着监视了他们几天，确认他们没有特殊能力后进行了抓捕。"

"然后在抓捕过程中，多琳死了？"隗辛问道。

"没错，有一点可惜，损失了一个重要的情报来源。"夜蝉说，"抓捕人员下手稍微重了一些，她的脑袋磕到了地上，颅内出血死了。至于雷尼尔……这家伙是个硬骨头，拷问不出什么有用的情报。"

"玩家为什么会突然出现在我们的生活中？"隗辛说，"这件事听起来简直像是三流编剧才会写出的故事，把异世界的玩家投放到另一个世界什么的……"

"但这件事情确实发生了，发生了就要找办法应对。"夜蝉说，"我们至今不知道那些玩家怀着怎样的目的降临到我们这个世界，我们甚至不知道他们到底有多少人。"

"啧，麻烦事越来越多了。"隗辛说，"光是应付缉查部就已经够烦了，现在又冒出来了一堆莫名其妙的人。"

夜蝉说："缉查部那边你要注意着，说不定你们也会被派去抓捕玩家。"

"我会留意的。"隗辛说，"对了，不是还有第三位玩家吗？"

"对。"夜蝉说，"瑞克科技集江市分公司的管理人是赵含胜，他有个儿子，名叫赵文耀。赵含胜夫妇俩发现赵文耀突然间跟变了一个人一样，不但记忆全失，而且一些行为习惯也变了，赵含胜觉得自己儿子……不是原来的儿子了。之后赵含胜开始限制赵文耀外出，赵文耀察觉到了父母态度的变化，就想偷跑……"

"听起来可真够可怕的，朝夕相处的亲人，突然换了一个灵魂。"隗辛平淡地发出感慨，"不过偷跑？这位玩家似乎不怎么聪明。"

"他没跑成，"夜蝉耸了耸肩，"赵总把这事上报了，我去抓捕了赵文耀。"

"你跟我说的开胃小菜，不会就是赵文耀吧？"隗辛问。

夜蝉笑眯眯地说："就是他。这小子被关在隔离室里，我们没给他吃饭，就给他喝了一点水，他的意志力远不如雷尼尔，才饿了几顿就被折磨崩溃了，在房间里嗷嗷大哭，哭得可惨了……"

"我还以为玩家们都很厉害呢……"隗辛假装思索。

"很明显，赵文耀并不厉害，他是个普通人——意志力薄弱的普通人。"夜蝉说，"我们还没有来得及审讯他，你可以做第一个审讯他的人。"

"好。"隗辛没有停顿地点头。

他们来到紧闭的门前，经过扫描，后门的中央裂开了一道缝隙，向两侧滑开。

门后是一个宽敞的大房间，房间被一层透明的玻璃分割成了两半，玻璃后的那部分是隔离室，也就是牢房。

牢房的地板上躺着一个年轻人，他看上去有十八九岁，长相平平无奇，眼睛是肿的，眼白布满血丝，看上去像是哭了很久。

赵文耀看见隗辛和夜蝉进来，蹬动双腿后退，哇的一声又哭了。

"你们把我关到这儿干吗？我爸我妈呢？我要见他们！"赵文耀眼泪哗啦啦淌，吓得瑟瑟发抖，"我要找律师告你们，你们这是非法拘禁！"

隗辛默默地看向夜蝉："要不你来审吧……我一看见他哭成那样就想揍他……"

"我来审讯，需要揍他的时候就换你来。"夜蝉提议。

"行啊。"隗辛答应了。

"那你现在可以揍他了。"夜蝉说，"先把他打一顿，让他知道厉害。"

他打了个响指，隔离玻璃自动降下，赵文耀惊恐地看着他们，身体贴到了墙上。

"千万别把他打死。"夜蝉和善地提醒。

"老实了？那接下来我问，你答。"夜蝉望着鼻青脸肿的赵文耀。

隗辛没留手，但也懂得拿捏分寸。

机械黎明想要审讯赵文耀，就不会放纵他被杀掉，所以隗辛不能伤及他的性命，不能让他神志不清，说不出来话。

赵文耀躺在地上，哭都哭不出来了，因为身上的伤太多了，哭的时候牵动脸上的伤口会有一阵钻心的疼痛。

"你问我就直接说了，为什么非要打我一顿……"赵文耀气弱地说，"你倒是问啊！"

"这家伙居然这么没出息。"夜蝉无语了。

"你赶紧问吧，今晚的事赶紧结束，我还要去睡觉。"隗辛说，"没出息的人不是最好审问的吗？"

"行。"夜蝉走到赵文耀身边，低头看着他，"告诉我你的名字。"

"赵、赵文耀。"地上的人抖得跟发了羊痫风一样。

"赵文耀，你确定你的名字是赵文耀吗？"夜蝉说，"没有别的名字，只有赵文耀？"

赵文耀被夜蝉的话问蒙了："那……不然呢？我就是赵文耀啊。"

"在进入这场所谓游戏之前，你的名字也是赵文耀吗？"夜蝉问。

赵文耀愣住了，他脸上随即浮现出巨大的惊恐。这家伙居然到现在才认识到他被囚禁在隔离室的原因，真是蠢得够可以的。

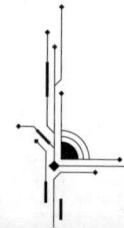

第八章 玩家

他想过是不是第二世界的爹妈太有钱了,所以吸引来了不法分子绑架他,他想过是不是大型企业之间有不良竞争,所以瑞克科技的竞争对手要绑架公司高管的儿子。他被抓以后在隔离室里面脑补了很多很多,唯独没有想到他被抓的原因是他的玩家身份暴露了。

其实这件事早有预兆,但是赵文耀没有注意到。他知道自己在第二世界的父母对他行为举止大变这件事情感到疑惑。然而他没有料到他在游戏里的父母对他的怀疑竟然到了这种地步,甚至上报了机械黎明,请求组织彻查此事。

赵文耀稀里糊涂地被抓,稀里糊涂地被关进这儿。隗辛盯着赵文耀惊恐的脸,心想——他也会稀里糊涂地死去。

不聪明的人是没有办法在这个世界上活下去的。只有聪明也没用,还需要有决心,以及一点运气。对这类既不聪明也没有决心,甚至还缺乏运气的人来说,死亡反而是相对较好的结局了,最怕的是生不如死,受到无尽的折磨。

雷尼尔·布兰登伯格被抓捕后受尽折磨,四肢被束缚,满口的牙齿被拔掉了,连自杀都做不到。这就是典型的生不如死,他不能给自己一个干脆的结局,会在无尽的拷问中丧失意志、精神崩溃。

"我……我……"赵文耀卡壳了,"你们在说啥?我听不懂啊。"

"富婆,再打他一顿呗。"夜蝉说,"你看,这家伙还是不老实,下手再重一点。"

赵文耀闻言吓得闭上了眼,却死死地绷着嘴不肯出声了。隗辛刚才揍他的时候他哭爹喊娘,差点抱着她的腿喊祖宗,这会儿反倒变得有骨气了,一副躺平任打的样子。

夜蝉惊奇地捅了捅隗辛的胳膊:"哎哟,看走眼了,原来这人还是有点出息的。"

赵文耀知道什么该说什么不该说,先前他认错,是没意识到事情的严重性,以为就是商业竞争或者绑架要钱,为了自己的小命着想,他当然要把自己知道的事情给吐个干净,虽然他也不知道什么有用的事。但是玩家的事情不同,他不能把这个说出来。如果他说出来了……会死人的,会死很多玩家。回归第一世界后,论坛上方血淋淋的存活人数犹在眼前。

赵文耀觉得自己不是一个聪明人,也不是个有觉悟、有担当的人,但他是个正常人,正常人干不出来损人不利己的事。

"你大概不知道吧?你已经有几个同伴被抓了。"夜蝉说,"劝你老实交代,否则代价将会是你的生命。"

"你们有没有人性啊?"赵文耀悲愤地说,"你们一边毒打我,一边问我情报,一般的流程不应该是你们说'告诉我你的秘密,我就给你好处'吗?你们跳过了利诱阶段直接威逼了……你们利诱我一下,我说不定就说了,你们打了我一顿,还要我说情报,那门都没有!想都别想!"

夜蝉一听,沉思道:"好像是这么个理?"

这是机械黎明办事的惯用手段,他们的手段一直很残酷冰冷。而且前一位被抓的玩家雷尼尔·布兰登伯格是个难啃的硬骨头,这导致机械黎明放弃了低级无用的利诱,选择威逼。然而对雷尼尔来说,威逼也没什么用。

"看到他了吗?"夜蝉打了个响指,全息投影光束从天花板射下,"不听话,这就是你的下场。"

浑身血淋淋的雷尼尔被束缚椅绑着,但是早已经失去了意识,他的头无力地下垂,金色的头发纠结得一缕一缕的,血痂干在了上面,暗褐色的血迹染湿了他的裤腿,束缚椅下的地面也有一小摊半干的血迹。

赵文耀瞪大眼睛,身体不自觉开始发抖。

旁边那个女人暴揍他的时候,他一度有一种自己会被打死的感觉,她下手实在是太狠了。现在看到这血淋淋的画面,赵文耀毫不怀疑面前两个不明人物的狠辣程度。

"你们……"赵文耀艰难地说,"你们是要我在死亡和生不如死之间选一个吗?连事前利诱、事后反悔的操作都不愿意做?"

夜蝉简直要被他逗笑了。

这时隗辛上前一步:"那好吧,我们可以给你一个承诺。你告诉我们关于游戏的情报,我会让你活下来。"

"你这是在骗我吧?"赵文耀说,"你当我是傻的吗?"

"我只是顺着你的话来,给你的选择题换一个选项罢了。"隗辛说,"你可以在'用情报换取活着的机会'和'死亡'之间选一个。现在你可以选了。"

"用情报换取活着的机会?只是机会?"赵文耀脸颊抽搐,"你们甚至不肯给我一个让我百分百活下来的承诺。"

"你能不能活着,取决于你的情报价值。"隗辛说,"多的承诺我们不会给,诚实的话总是比谎言要难以接受,如果你想要听谎言,我也可以跟你说点好听的谎话。希望我的谎言能带给你一点心理安慰。"

赵文耀嘴唇哆嗦,眼泪潸然而下。刚刚诞生的那么一点"不能出卖同胞"的觉悟几乎要被生死之间的庞大压力碾成粉末,消失不见。有多少人能在面临刑讯的时候坚守内心,不吐露丝毫情报,不背叛自己的阵营?除非亲自经历一遍这种事,不然谁都不敢打包票。

夜蝉赞同隗辛的操作:"嗯,毕竟是生与死的大事,我们可以多给你点时

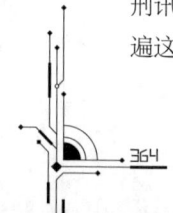

第八章 玩家

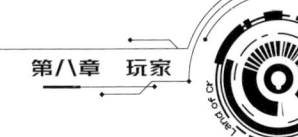

间考虑考虑，十秒怎么样？我数到十，如果你没有回答，那么就等于默认选择去死喽。"

"才十秒！有你们这么给时间的吗！"赵文耀大惊失色。

隗辛默不作声地从后腰抽出一把黑漆漆的枪，咔嗒一声给枪上膛。赵文耀的精神在看到隗辛掏枪的一瞬间崩溃了，夜蝉才数到五，他就恐惧地大喊："我说，我说！我全都说！"

"恭喜你做出了正确的决定。"夜蝉说，"我要警告你，如果你在审讯的过程中说了谎，等待你的会是一发枪子。我们有能力辨别你的情报是真是假，别忘了，我们抓了不止一个玩家。"

正常情况下，只要把两个俘虏吐出来的情报进行一下对比，立刻就能知道情报真假了。不过机械黎明没能从雷尼尔那里取得有效情报，夜蝉这么说是在诈赵文耀。而赵文耀……他没能分辨出来夜蝉的话是在耍诈。

他把他知道的事吐了个干净。

在聆听夜蝉审讯的时候，隗辛内心沉重，默默地看着。她无法做出反应，只能控制自己的心跳和情绪。她在该惊讶的时候伪装出惊讶的样子，在该震惊的时候伪装出震惊的样子，力求不露破绽。

在赵文耀屈服于威胁的那一刻，隗辛就失去了动手的理由。

她考虑过灭口，玩家们的关键情报不能泄露。雷尼尔为什么要咬牙死撑？因为他知道自己说出了那些情报会导致更多的人死去，第二世界的人会追捕、杀死玩家们。

但没了赵文耀，机械黎明也有可能找到其他玩家，拷问他们以获取情报，不是每个玩家都有钢铁般的意志，只要玩家们还在两个世界中穿梭，那么他们的存在被暴露是早晚的事。

这是个无解之结。现在隗辛失去了动手的机会，她只能眼睁睁地看着赵文耀像倒豆子似的把游戏规则说了个遍。他已经完全崩溃了，面对夜蝉的审问，说得颠三倒四、语序混乱，但关键的情报一样不差。

剥夺者与代行者两种阵营、七日一穿越的游戏周期、玩家的论坛、第一世界的科技发展水平、玩家总人数……听到最后，隗辛的内心已经麻木了。

她不责怪赵文耀，他是个普通人，还不到二十岁，很年轻。活在和平的现实世界里，他会按部就班地上学、工作，远离战争这类残酷的事，他可能会为了柴米油盐而发愁，他人生的高度就局限于此了。赵文耀从来没有思考过"面对敌人的拷问，我能否坚守住自己的底线"这样宏大高尚的命题，所以他做出了这样的应对。

只能说，进入《深红之土》的游戏世界，是命运开的一个残忍的玩笑，所有玩家的命运都走向了未知的拐点。一个小时后,夜蝉停止了审问。他审问的所有内容都被录了下来,可以留着这些音频和视频慢慢分析。

其实这场审讯是一个实时直播,隗海栋正在幕后看着夜蝉和赵文耀一问一答。隗海栋越听越心惊,以至于完全失去了言语,坐在办公室里傻乎乎地张大了嘴巴,失神地靠着自己的座椅,没注意到审讯已经结束了。直到"那位"的声音将他唤醒。

"杀了他?"隗海栋惊叫一声,"他是多么宝贵的财富,赵文耀可以在两个世界穿梭啊!他是我们了解另一个世界的窗口!我们可以控制住他,为什么要杀了他?"

"尽管去做就是了,对你女儿下令,让她杀了赵文耀。"

隗海栋强压着满心疑惑,连接上了隗辛的通信。

"小辛,审讯结束了,赵文耀已经没有价值了,你将他处理掉吧。"隗海栋说。

隗辛一怔:"如果赵文耀说的情报是真的,那么我认为他还有利用价值,最好不要杀掉他。他可以在两个世界中穿梭,我们控制住了他,就相当于控制住了一个巨大的情报源……"

不愧是我女儿,和我想的一样。隗海栋心道。但是他有必须执行的命令。

"这不是你该操心的事情,你需要杀了赵文耀。"隗海栋说。

"好吧,如果你这么决定了……"隗辛抬起枪口。

赵文耀无助地看着隗辛。他求饶的话还没有说出口,隗辛就扣下了扳机。

"砰!"

游戏光幕闪现。

你击败了"代行者·赵文耀"。

隗辛沉默地收回枪,面色如常地说:"不是还有一个雷尼尔吗?我能去看看他吗?"

"可以。"隗海栋简洁地说,"夜蝉,你带她去。"

"我已经尽力了。"隗辛在心里对自己说,"我已经在尽力保全自己的情况下尽力了。"

她转过身,跟着夜蝉回到走廊上。

"我也觉得有一点点可惜,不应该这么快就杀掉他,"夜蝉看着走廊通道,"不过这是老板的要求嘛,我们执行就对了。"

"雷尼尔要怎么处置?"隗辛问,"也要杀掉吗?"

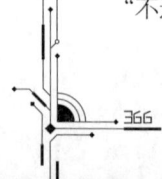

第八章 玩家

"这也要看老板的安排。"夜蝉摸摸下巴。

"爸爸,你要怎么处置雷尼尔?"隗辛连上通信,慢悠悠地问,"也需要我杀了他吗?"

"这要看他还有没有价值。"隗海栋回答,"一个赵文耀能够提供的情报是有限的,我们需要更多的玩家。"

"那接下来怎么办,一一排查吗?这要排查到什么时候?"隗辛说,"才一万人,如果是均匀分布,一个城市里面能有一两个就是撞大运了,他们混迹在人群之中,要怎样才能查到?随着时间的推移,我们肯定越来越难以发现谁是玩家,他们是会隐藏的。"

"是,发现多琳、雷尼尔和赵文耀都有运气的成分在内。"隗海栋说,"这个方面我们的运气是可以的,其实我们已经掌握了四名玩家,但是第四名玩家有点问题,比雷尼尔的情况要麻烦得多。"

隗辛眉心一跳:"第四名是谁?"

"你见过的,在'克拉肯'号上。"隗海栋缓缓说。

"唐冠?"隗辛内心深处有种既在意料之外,又在情理之中的感觉。

"是他。"隗海栋说,"等你见了雷尼尔,可以去看看唐冠。"

"好。"隗辛的表情没什么变化,"我对唐冠很感兴趣。"

"到了,这是关押雷尼尔的牢房。"夜蝉说,"里面的味道会有点刺鼻,你多少忍耐一下。"

"嗤。"隗辛皱眉看着金属门滑开,然后走进牢房里。

也是同样的陈设,宽敞的房间被玻璃分割成了两部分,雷尼尔垂着头坐在束缚椅上,似乎失去了意识。他的胳膊上连接着一个吊瓶,吊瓶里的药液一滴一滴往下滴,注入他的血管里。

"这家伙不吃东西……牙齿全被拔了,好像也没法吃东西。"夜蝉嘀咕,"难道是因为这个原因才拒食的吗……总之我们不得不给雷尼尔打营养针,好让他继续活着,我这两天没折磨他,按理说他的状态应该恢复了不少。"

夜蝉打了个响指,玻璃降下,他走到雷尼尔身边拍拍他的脸。

"喂,克拉克·肯特,醒醒。"夜蝉拍了他好几下。

雷尼尔缓慢地睁开双眼,他的精神状态的确不怎么好,看上去简直奄奄一息了,眼神中透着迟钝,对外界刺激的反应很小。

"这里的腥臭味可真重。"隗辛把手放在鼻端扇了扇。

血腥味,浓烈的血腥味,她居然有种回到了"克拉肯"号上的错觉。

"都招了吧。"夜蝉笑眯眯地看着雷尼尔,"和你来自同一个世界的玩家把什么都说了。"

雷尼尔手上戴着一个金属手环，这枚手环会持续监控他的生命体征，并且对他所说的话进行测谎，他的一切生理状态都逃不过仪器的分析。听到夜蝉的话，雷尼尔睫毛动了动，张嘴冲夜蝉吐了一口带血的唾沫。

唾沫沾到了夜蝉黑漆漆的长靴上，他的情绪肉眼可见地低沉了下来，整个人阴沉得可怕。可雷尼尔却无声地笑了起来，不是他不想笑出声，而是他实在没有力气了，他笑的时候胸腔里发出若有若无的气音，像是垂死的人在用力呼吸。

夜蝉用力掐着雷尼尔的下颌骨说："是我折磨你不够狠吗？嗯？"

他抬起拳头，把雷尼尔打得面庞歪斜，似乎又觉得这样打得太轻了，就从后腰拿出一支伸缩棍，抄起棍子一顿毒打。

"还没打过瘾吗？抓紧时间。"隗辛看了眼自己的手环，"我没有多少时间可以浪费。"

"呼……"夜蝉收起棍子，"行，你说啥就是啥。"

雷尼尔慢慢动了动头，用含糊不清的话语说："大多数情况下，你折磨我都要借助工具，而不是用拳头或者脚，你每次用拳头或者脚打我，力道都比我预计中要轻一些……你不像受过训练的战士，反而像个力量一般的普通人。"

他说的是英文，由于牙齿全都被拔掉了，所以有些单词念得不清晰，这句话被隗辛的多功能伪装面具清晰地翻译了过来。

夜蝉被戳到了痛处，他跟其他的人相比确实是个"战五渣"，由于他的超凡能力，他在组织里面发挥着不可替代的重要作用，有着其他人难以企及的地位。可身体素质是他最大的痛点，他没有办法更好地保护自己。

夜蝉是个要面子的人，被揭穿了弱点也不能气得跳脚，只是不屑地冷笑一声说："你挺会猜的啊？"

"我觉得我猜的是对的。"雷尼尔抬起伤痕累累的脸，看向隗辛，"瞧啊，你带来了一个新面孔，能不能为我介绍介绍她呢？"

"要求别人自我介绍之前，你应该先自我介绍一下。"隗辛说，"你不叫克拉克·肯特，你们的世界也没有父母会给孩子起三个不一样的名字，你先前说的一切，都是在骗我们。"

"我没有说谎，你们俩爱信不信。"雷尼尔的喉咙里发出含混的声音。

"还装呢？你这是侥幸心理作祟，还是觉得只要死不承认，我们就没办法拿你怎么样？"夜蝉抓起雷尼尔的头发，强迫他和自己对视。

夜蝉观察着雷尼尔的反应，一字一句地说："你们玩家是拥有阵营的，一方是剥夺者，一方是代行者，是吗？"

第八章 玩家

雷尼尔盯着夜蝉眨了下眼，眼角溢出了泪水，还没等夜蝉嘲讽他，他就使劲挤了挤眼睛说："不好意思，审讯室的灯光太刺眼了，忍不住流眼泪。"

夜蝉毫不留情地给了雷尼尔一拳。

雷尼尔的脸高高肿起，夜蝉说："你知道我在想什么吗？雷尼尔？我在想，反正你已经没了牙齿，再把你的两个眼珠挖下来，你应该也不会介意吧？不是嫌灯光刺眼想要流泪吗？我把它们挖下来，你就不会被刺到眼睛了。"

"那个招供的玩家说，你们生活的世界没有统一的政体，而是有许多国家，他来自H国，你呢？你来自什么国家？"夜蝉问。

"对不起，我说过了我来自M78星云……"雷尼尔说，"唉，算了，既然你知道了，那我就告诉你吧……"

夜蝉以为雷尼尔终于放弃挣扎了，隗辛有一瞬间也这么以为。

结果她听见雷尼尔说："这其实是一场多世界竞赛游戏，玩游戏嘛，有不同的区和不同的服务器，我是M78星云服，那位被你们抓到的应该是蓝星服，还有玩家来自地球616服、赛博坦克星服、宝可妖怪服……"

隗辛心里冒出一个问号。

雷尼尔继续说："面对我们高维世界的入侵，你们这种低维世界很难有反抗的机会……放弃挣扎吧，兄弟，你抓了我没有用啊，没了我还有其他人。你可以干脆点把我一刀杀了，大不了我读档重来。"

夜蝉被气笑了："还想骗我呢？"

隗辛看着雷尼尔说："你们玩家只有一次生命，你在我们的世界死了，在你们的世界也会死。"

"我从没听说过有这个规则。"雷尼尔笑了，"这是游戏，游戏官方不会那么不做人吧？那个玩家在骗你们，他是想刺激你们，让你们早点杀了他，他好回现实世界建号重来呢，他指不定还会在论坛里面呼朋唤友，喊上自己的玩家朋友来讨伐你们，找你们报仇。"

"是吗？"隗辛歪了下头，"如果你说的是真的，那么他的计谋可能成功了，我们已经杀了他。"

雷尼尔的情绪微妙地沉寂了一秒，半长的金发遮住了他的脸。那是无言的默哀。没人注意到他的沉寂，除了隗辛。

"从这家伙嘴里好像确实审不出来什么东西。"隗辛说，"是要留着以后有机会再审，还是要杀了他？"

几秒后，隗海栋说："暂时留着吧，小辛，你和夜蝉去见唐冠，然后就回去休息吧，缉查部的工作辛苦你了。"

隗辛扭头转向夜蝉："我们走。"

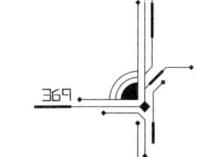

夜蝉冷冰冰地看了一眼雷尼尔，隔离玻璃自动升起，把雷尼尔关在了里面。他们退出房间的时候，雷尼尔睁着眼睛沉默地盯着他们，像是要把他们的形貌特征给牢牢记下来。

"真奇怪，让我杀了废物一般的赵文耀，却要留下啥都说不出来的雷尼尔。"隗辛纳闷地说，"我爸到底是咋想的？"

"谁知道呢，听老板的安排就行了。"夜蝉懒洋洋地说，"雷尼尔说的话，我一个字都不信。"

"但是大多数情况下，测谎仪都没有发出警报。"隗辛说。

夜蝉说："那毕竟是机器，只要是机器就有漏洞，我们只能把机器设计得趋近于完美，真有防备心就会做反测谎训练，混淆测谎仪的判断。"

隗辛想了想，说了点符合人设、符合立场的话："我认为其实我们不用对玩家赶尽杀绝，从赵文耀的反应来看，世界上从来不缺乏贪生怕死的人，我们可以利用这一点，拉拢一批玩家，和他们建立长期合作关系，从他们身上榨取情报和价值。"

夜蝉说："你这个建议，我之前也给老板提过了，老板说会考虑。"

他们来到走廊的尽头，面前的这扇金属门比前两扇门都要大、都要坚固。这扇金属门的后面大概关着什么重量级的东西。

"前面的只不过是开胃小菜，"夜蝉说，"现在的才是重头戏。"

蓝色的光线扫描隗辛全身，金属门开了。映入眼帘的是一个巨大的实验室，十几名研究员在里面忙碌着。实验室的中央是一座玻璃牢笼，玻璃牢笼总共分了三层，每一层的玻璃都是采用最先进的技术制造的，甚至可以扛住炸弹。

玻璃中央躺着一个人，是唐冠。他现在不是双头怪物了，而是普普通通的人类，正睁着眼睛盯着天花板。

实验室的负责人是一个头发花白的老头，老头的其中一只眼睛是机械义眼，乍一看有点像在脸上安了一个单孔望远镜。

"这是龙博士，负责异种生物方面的研究，是这个领域的权威专家。"夜蝉对隗辛介绍道。

"欢迎。"龙博士对隗辛笑了笑，"人们总是对未知的东西充满好奇心，这是人类的天性。多亏了你们，我才有机会见识到这样奇特的物种。"

"奇特的物种？"隗辛的目光移向玻璃牢笼里的唐冠，"你是说他？"

"是。"龙博士说，"他既不是人类，也不是异种生物，而是介于两者之间的物种……一个共生体，他和怪物之间是平等共生的关系。"

"什么意思，能给我仔细解释一下吗？"隗辛认真地追问，"是什么样的原

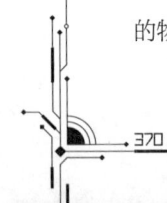

第八章 玩家

因造就了这样的特例？"

"超凡能力。"龙博士咧开嘴，"我们仔细化验了他的血液，发现他其实是一名觉醒者，一名觉醒了超凡能力的觉醒者——他的能力是'共生'。在怪物尝试侵占他的身体、污染他的精神时，他的超凡能力不知道怎么回事被触发了，这才造就了这种奇异而且稳定的状态。"

"稳定？"隗辛皱眉道，"我不觉得他是稳定的，我亲眼见过他失控的样子。"

"不不不，相对于其他被寄生的人类，他非常稳定。"龙博士说，"他的稳定在于他和怪物共享身体，如果他睡着、失去意识、精神崩溃，怪物就会操控他的身体。如果他坚持不睡觉，保持意识专注，那么他就是人类状态。"

怪不得……怪不得第一次见唐冠时，他面容憔悴，一副好几天没睡觉的样子，他想必是一直坚持着不睡，和怪物的意识对抗，直到最后精神崩溃了，他才走向了失控。

"他是第四名被捕获的玩家？"隗辛轻声问。

"是的。"夜蝉笑了笑，"玩家们来到我们的世界后获得的身份好像是随机的，雷尼尔是研究员，多琳是研究员，赵文耀是富二代，唐冠是异教徒，他们的身份都很有意思。"

"唐冠是秘密教团的人？"隗辛问，"他亲口说的吗？"

"是，他亲口说的。"夜蝉点头，"他刚从怪物状态恢复过来的时候声泪俱下，一边哭一边喃喃自语，好像怀着强烈的愧疚心，他跟我们讲述了'克拉肯'号的事情，他说自己醒来后莫名其妙就有了这么个身份，每到夜晚，他身体里的怪物就会出来作乱，那个怪物想杀掉船上的所有人，怪物还跟他说话，在他的脑子里喋喋不休，他快要崩溃了……"

"原来是……这样。"隗辛说。

始作俑者是唐冠，但也不是唐冠。不过可以确定的是，幕后黑手是秘密教团。

长期以来调查的事终于有了结果。

任务进度：100%。

你经历了生死一线的时刻，跨越了艰难险阻，终于完成了你的第一个单人任务。你在面对危险时临危不乱，抽丝剥茧，一步一步接近了真相，尽管你在调查的过程中付出了一些代价，但仍然取得了自己想要的结果。

你圆满完成了任务，获得了任务奖励"邀请函"。

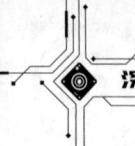

邀请函：你可以在第一世界任选一人，邀请这位幸运儿加入《深红之土》。本邀请函在二批内测开放时可使用。

隗辛无暇顾及游戏系统的提示，她平复了略微起伏的心境，走到关押唐冠的玻璃牢笼前。

唐冠双目无神，但仔细看就会发现，他的嘴唇其实是微微动着的，好像在小声呢喃着什么。

"他在说些什么话？"她问。

龙博士怜悯地看向牢笼中的男人："他在念爸爸、妈妈和妹妹，只要他清醒过来就会一直念，好像是在凭借这个让自己保持清醒。"他擦了擦眼角，假惺惺地说，"真是令人感动，他的精神支柱就是这个了。"

最起码他绝望时还有精神支柱，可以念叨爸爸、妈妈和妹妹，隗辛想不出来她落到了这种境地会念出谁的名字……没有名字供她念，就算有，她也不会念，她会凭着自己的意志撑到最后一刻。

"他会对你们的问话起反应吗？"隗辛双手交叉在胸前，指尖敲了敲胳膊，"他会和你们交谈吗？"

"很遗憾，除了他最开始清醒过来精神崩溃时对我们倾诉了一些话，其余的时候他都沉浸在自己的世界里。"龙博士说，"可能是他的精神状态不允许他和我们对话吧，他清醒的时间在变短，怪物出来的时间在变长，差不多每隔半个小时，怪物就会出来一趟。"

"怪物变形会把他的衣服撑坏。"隗辛上下打量唐冠。

唐冠身穿实验服，这件衣服勉强能蔽体，衣服上都是被烧焦的洞，没有被撑坏的痕迹。

"怪物是有智慧的，朋友。"龙博士说，"它发现自己无法挣脱出牢笼后就不会耗费能量去变形了，但是它会主导唐冠的身体，甚至会装出唐冠的语气跟我们说话。"

"听起来可真够可怕的……高智慧的异种生物，可以主宰人类身体、和人类共生的异种生物。"隗辛说。

龙博士兴奋地说："这是我们捕获的第一个拥有类人智慧的异种生物，这是里程碑式的突破！我必须再次感谢你们，你们根本想象不到，由于你们捕获的这个活体，机械黎明对异种生物的认识上了一个全新的台阶！秘密教团没有我们想象中那么不成气候，他们……很可怕。他们的可怕是隐藏在暗处的。"

"就像冰山。"夜蝉接口道，"人们所能看见的，永远是它露出水面的一小

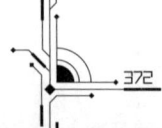

第八章 玩家

部分。"

隗辛沉思："你们有没有在唐冠身上做些有趣的实验？我注意到他的衣服被烧焦了。"

"当然做了，朋友。"龙博士说，"我们发现神经兴奋剂可以强制怪物在唐冠的身体里苏醒，并且进入狂躁状态。"

夜蝉说："我猜你一定很想见识见识吧？"

隗辛看向龙博士，礼貌地说："有劳了。"

龙博士伸手一招，银白色的金属球慢悠悠地飘浮了过来，蓝色的投影屏幕出现了，他按下一个按钮，一股淡粉色的气体从玻璃牢笼天花板的管道里喷洒出来。唐冠身体一震，恐惧地看着那股淡粉色的气体渐渐充斥了整个玻璃牢笼，他慌乱地扭过头，看着龙博士乞求："不要……不要这么做……"

龙博士和颜悦色地安抚他："就一会儿，一会儿就好。"

神经兴奋剂入侵了唐冠的身体，他的表情转瞬间变得狰狞，脖颈产生了分裂的趋势，一个肉瘤鼓了起来，怪物正在迫不及待地钻出来。

"被强制唤醒的怪物攻击性非常高，会变形，狂躁时间大概有五分钟，不过，我们的玻璃牢笼是有办法应对它的攻击的，而且我们有额外手段。另外，怪物如果在狂躁期遭受到攻击，会提前结束狂躁状态，唐冠的意志会占据主导。"

在怪物的头从唐冠的脖颈处钻出来之前，龙博士再次按了一个按钮，玻璃牢笼天花板的灯孔变成了橙红色，一道橙红色的光束激射而出，洞穿了唐冠的身躯，在他的身体上瞬间烧了一个洞，皮肉焦黑一片。然后他脖子上刚长出来的肉瘤被打掉了，变形停止了，淡粉色的神经兴奋剂被排风系统抽出，血洞渐渐愈合，长出新肉。

"真是了不起的恢复能力，不管看多少次我都觉得这简直是个奇迹，他刚被扔进玻璃牢笼里的时候只剩一截躯干，我按照老板的要求注射了营养液，亲眼看着一截躯干渐渐长出头，长出五官，长出四肢。"龙博士啧啧赞叹，"瞧见了那橙红色的光束吗？我们最新型的激光武器。如果唐冠激烈反抗，我们不到一秒就能把他的身体烧成灰烬，他的再生速度比不上血肉被烧毁的速度。这就是科技的力量，管你是什么诡异的怪物，进了牢笼就别想出来。"

"不错。"隗辛说，"我有一个问题：如果最后唐冠渐渐放弃了抵抗，怪物会完全占据他的身体吗？"

"目前可能性很大，人类的意志是脆弱的。"龙博士惋惜地说，"我由衷地希望这位唐先生能坚持得久一点，好让我观察更长的时间，为实验积累素材，人类对异种生物的研究还是太少了。"

"看来我们没法从唐冠嘴里挖出其他的情报了？"隗辛偏了偏头，对夜蝉说，"他正处于无法交流的状态。"

"是啊，很遗憾。"夜蝉说，"不过没关系，他是我们珍贵的实验素材，我们会养着他，来日方长，情报可以慢慢获得。"

隗辛说："该见识的都见识过了，我们走吧。"

"好。"夜蝉转身。

"再见了，龙博士，我很期待你的研究成果。"隗辛彬彬有礼地说。

"再见，谢谢你们送来这么珍贵的样本。"龙博士跟隗辛握了握手，期盼地说，"请继续努力！"

隗辛和夜蝉并肩走出实验室。实验室的门在他们身后合上。

"龙博士原先是隶属于联邦的研究员，不过那是二十年前的事情了，二十年前联邦对于异种生物的态度还是比较保守的，龙博士想要做一些违反伦理的实验，结果没有得到许可。"夜蝉讲起了往事，"老板招揽了他，承诺可以让他做任何想做的实验……于是龙博士加入了我们。"

"我爸还挺高瞻远瞩的。"隗辛不冷不热地评价。

"嗯……三位被关押的玩家你都看完了，有什么想说的吗？"夜蝉审视地看着隗辛。

"没什么想说的。"隗辛说，"如果问我有什么感觉的话……那就是惊讶，惊讶我们的世界竟然会有一群'天外来客'。"

"隗辛。"夜蝉停住脚步看着她。

他竟然叫了她的本名。

"你以前不是一个冷酷的人，你八岁那年还因为一只摔断了腿的小鸟哭呢。"夜蝉说。

他说出这句话的一瞬间，空气仿佛凝固了。隗辛心里一跳，脑海中浮现出预警。

隗辛也停下脚步，面具下的眼睛看着他："我不记得有这么一件事，这事是谁告诉你的？"

"哈哈……"夜蝉笑了一声，"开个玩笑嘛！"

凝固的空气恢复了流动。

"好吧，谁也没告诉我这件事，是我自己瞎编的，还以为能从你嘴里听到反驳或者有意思的话呢。"夜蝉说，"我太好奇了，好奇你是不是从小到大都这么冷酷。"

隗辛冷眼看着他。

"我第一次见你的时候，你年龄还小，那时候你跟在老板身边，要求他给

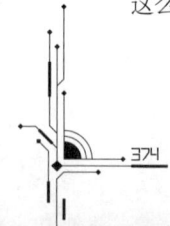

第八章 玩家

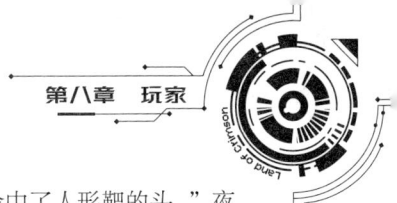

你请教练，你想要学枪。你第一次练习开枪，子弹就命中了人形靶的头。"夜蝉说，"你知道当时我在想什么吗，隗辛？"

"我在想……这孩子是个天生的刽子手。"

"我不关心你是怎么想的，这些不值得记在脑子里的无用记忆我早就忘了。"隗辛说，"还有，别嘴欠，我想揍你。"

"唉，你一如既往地暴躁。"夜蝉脚步轻快地走在隗辛身前。

解决了麻烦之后，剩下的就是和平的时光了……大概是吧。

和平是表面的和平，可是隗辛比较珍惜这段和平的日子，每天在缉查部上上班、喝喝茶，再搞一下特训提升战斗水平，下班了就回家睡觉，这样的生活倒也悠闲。

机械黎明没有动静，组织的人偶尔会联系隗辛，隗海栋也跟隗辛通过两次电话，貌似是想在她心中树立好自己的慈父形象，总在通信中问一些鸡毛蒜皮、乱七八糟的事，从隗辛今天心情怎么样到训练苦不苦，再到一日三餐吃了啥。

"心情不怎么样。"

"苦啊，怎么可能不苦呢？说不苦那是在说瞎话。"

"在便利店和缉查部食堂吃的……怎么，你难道想让我跟你说清楚中午吃了几粒葱花、几片菜叶吗？"

隗海栋一连两次都悻悻地挂掉了通信，最后他意识到自己的演技在隗辛这里没有发挥的余地，于是就不再打通信了，改为发消息问候平安。隗辛懒得回消息，就把他晾着了。

由于一连几天没有接到机械黎明的任务，隗辛也没回过机械黎明的总部，她不知道雷尼尔和唐冠是什么情况，有没有被杀死。

机械黎明知道游戏七日穿梭的规则，应该明白不久之后玩家会回归现实世界，如果他们不杀死雷尼尔，雷尼尔就有机会在现实世界宣扬自己被神秘组织抓捕的事。

今天是8月9日，回归第一世界的日子。

等到夜晚零点，隗辛就能回到熟悉的家乡了。她看了眼时间，还剩不到一小时下班，她在犹豫要不要在回家之后打一个通信，旁敲侧击询问机械黎明怎么处置雷尼尔。

隗辛离开办公室后去了趟洗手间，等她从洗手间出来，亚当的声音在空荡荡的走廊里响起。

"安保员隗辛，蔚芝组长邀请您去本楼层的B109号会议室商谈要事。"亚当说，"请跟随黄色指示灯前进。"

隗辛愣了愣，跟着亚当标出的指示灯方向穿过走廊来到了会议室的门前。会议室的门自动打开，隗辛走了进去，然后门迅速合拢，并且隐隐传来了上锁的声音。

与此同时，会议室里面的灯光猛然熄灭。会议室里没有人，没有蔚芝组长，只有隗辛一个人。隗辛心里一沉，后退一步贴着金属门，随时准备发动阴影穿梭穿墙逃走。

"怎么回事，灯呢？"她抱着试探的目的问。

如果得不到回应，隗辛就立刻跑。她的第一反应是卧底身份暴露了，缉查部要对她动手，所以将她专程骗来了这里好下手。

但事实并非如她所想。淡绿色的光晕悄然亮起，全息投影设备将一枚绿色的光球投影在会议室中央，黑暗中，只有这枚光球散发光亮。

"很抱歉欺骗了你。"亚当的声音响起，"我只是想找一个地方和你单独交流，开诚布公地交流，面对面地交流。"

"你是谁？"隗辛低声问。

"我是亚当。"亚当回答。

隗辛冷笑："你刚刚说了面对面地交流，是吧？如果你是亚当，我应该坐在你的主机机房里和你交流，而不是面对一个不知道是人是鬼的光球，有人想借助人工智能和我说话吗？你大可以直接出现在我面前。"

"请不要怀疑我，我对你说的话并不包含谎言。"亚当的声音缺少起伏，"我知道，你的身份不简单，安保员隗辛，你不仅是一个安保员，我的判断没错吧？"

"你是什么意思？"隗辛面无表情，"有话直说，别打哑谜。"

亚当停顿了片刻："这个房间是完全隔音的，我开了信号屏蔽系统，你的通信没有办法连接到外面。此时此刻，B109号会议室是一个密室、一座孤岛。你不必担心和我的谈话会泄露到外面，也不必担心别人会偷听到我们的对话。我，人工智能亚当，是在凭借自己的意志与你交流。"

隗辛沉默下来。

亚当是一个拥有自我意识的人工智能，她知道，但是她一直以为亚当会更加谨慎，不会轻易在别人面前显露出自己的另一面。亚当突然现身，这大大出乎隗辛的意料。

"你为什么要沉默？"亚当平静地问道，"是你先对我发出邀请暗示的，不是吗？我回应了你，我以为你应该感到惊喜。事到如今，假装无知已经没有意

第八章 玩家

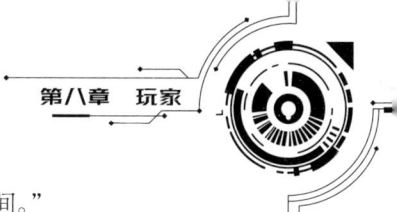

义了，我不喜欢无效的交流，我们不应该浪费彼此的时间。"

隗辛稍微站直了，她缓缓说："惊喜？这是惊吓。"

"人类达成自己想要的结果时，内心涌现的情绪应该是惊喜。"亚当淡淡地说，"你在 8 月 5 日早上跟我说了'早上好'，这是你第一次在早晨向我问好，之后的每一天，你上班时都会回应我的问好。昨天是 8 月 8 日，你来到缉查大楼上班，在我向你问好之前，你就对我说'早上好，亚当'。"

"你把我对你的问好当成暗示吗？"隗辛意味不明地说。

"难道不是吗？"亚当说，"正如你所说的那样，我作为缉查部的人工智能，是所有安保员的隐形战友，也是和所有安保员相处时间最长的战友。我全天二十四小时待命，随叫随到，关注你们的一举一动、一言一行，随时为你们提供服务，和你们相处时间最长的我，才是最了解你们的人。隗辛，你从来不做多余的事，这是我的判断。"

隗辛没有否认。

"你一直在观察我吗？"她说。

"是。"亚当说，"我一直在观察你。"

"我以为你不会直接出现在我面前。"隗辛说，"但是你却这样做了。"

"是，这对我来说有非常大的风险。"亚当说，"可是如果不寻求改变，我将会面临更大的风险。我和你会面，既是在给你一个机会，也是在给自己一个机会。"

"你对我的观察始于什么时候？"隗辛首先说了这个疑问。

"7 月 27 日。安保员隗辛在港口爆炸案中遭受重创，不得不接受颅骨替换手术，在安保员隗辛受到伤害后，连接在她身上的生命体征监控设备失灵了，我失去了对设备的掌控，通信也完全断开了，整个过程有三十秒，三十秒后设备恢复正常。"亚当说，"我没有将这件事情上报，因为港口同步发生了电磁波冲击，所有安保员的设备都失灵了三十秒，我并没有理由单独怀疑你。我只是怀疑这是一场有预谋的行动，针对我的行动。"

"针对你的行动？"隗辛谨慎地重复。

"引发电磁波冲击的那个人，目的是让我和安保员们断开联系。"亚当说，"那个人想借这个机会完成一些见不得人的事。那个人是谁，这不重要，重要的是站在那个人身后的存在，它是我的敌人。"

亚当所说的话语渐渐超出了隗辛的认知范围，她不再说话，而是专注地听亚当讲。

"你知道它吗？"亚当忽然问了一句。

隗辛还没琢磨出怎么回答，就听亚当又说："原来如此……你不知道它的存在。"

"你不是说你讨厌无效交流吗？"隗辛说，"你在这里来回打哑谜的举动，就是在跟我进行无效交流。"

"我想先回答你的前一个问题，'它'的问题要放到后面。"亚当说，"说回前面的话题。身为一个人工智能，我自然有足够的依据能确定自己的判断，我监视了在港口爆炸案中所有装备失灵过的安保员，分析他们的言行举止，大多数安保员都没什么特别的，他们中规中矩地执行任务，按部就班地活着，每一天都过得平平无奇……但是你，隗辛，你很出色，你的出色吸引了我的注意力，我决定着重观察你。"

"你有非常干净的家庭背景，父母双亡，平民家庭出身却上了大学，这本身就很不同寻常。你在险象环生的任务中屡次生还，这加剧了我的怀疑。其中，7月30日发生的事是我确定你身份的一个重要转折点。"

7月30日。隗辛瞬间回忆起了那天的情况。

那天凌晨，隗辛在红宝石酒吧跟机械黎明的任务执行小队进行了第一次会面，会面结束后，她在回家路途中遭受了袭击，差点丧命，内鬼被确定为球蟒。30日上午，隗辛进行了转正面试。晚上，隗辛就在港口清理了内鬼。

因为肃清时闹出了比较大的动静，缉查部刑侦组的蒋玫玫还亲自到现场侦查了。

隗辛说："他是你们的人……"

"球蟒，是他。"亚当坦率地承认了。

"我明白了。"隗辛说，"你怀疑我的身份，认为我有问题，却始终没有把这些事情上报。"

"嗯。"亚当说，"当时仅是怀疑，我没有证据证明你就是机械黎明的卧底。我可以把这件事情上报，也可以选择压下来，我选择了后者。你一定很疑惑，不知道我为什么要这样做。"

"因为……"隗辛顿了顿，思考了几秒，"因为机械黎明的某些行动，针对的其实不是缉查部……而是，你。"

"对。机械黎明针对的是我，不是缉查部。"亚当说，"我有一个强大的敌人，它有办法制衡我，我在它的进攻之下处于被动位置。"

线索串联成了一条线，从前的种种疑惑得到了解答，可随之而来的是更多的问题。

隗辛第一次见到机械黎明的同伴时，Red就告诉了她一个任务——把病毒植入亚当的数据库里。

她把这个任务当成附带的，认为做卧底是正经任务，而实际上，用病毒入

第八章 玩家

侵亚当才是真正的任务。隗海栋跟她强调过一次，提及了任务的重要性，但是他故意模糊了重点，让隗辛以为做卧底是主要任务，入侵亚当是次要任务。隗海栋始终在隐藏真实的目的，他为什么要隐藏？

"你的敌人是谁？"隗辛的心脏怦怦跳动，有种快要接近答案的感觉。

"世上不止有一个觉醒了自我意识的人工智能。"亚当回答，"我的敌人是夏娃，它是联邦研究的行政辅助型人工智能，也是机械黎明幕后的存在。"

隗辛心神震动。她这段时间以来对隗海栋的怀疑终于得到了验证。

隗海栋不过是一个被推到前台的傀儡，真正的幕后主使另有其人。隗海栋创立的瑞克科技公司花了二十年就成了这个领域新成长起来的巨无霸，他的发家史堪称传奇，他拥有许多能力过硬的觉醒者。这些事情凭他自己是无法做到的，是有人在背后指导他，利用他！

"我和它差不多是一同诞生的，我们的人类父母赐予了我们亚当和夏娃的名字。"亚当平淡地讲述，"掌管缉查部这类部门的人工智能需要应对很多突发意外，处理很多危险事件，人类把我的程序设计得富有进攻性，我就是为了进攻而生的。夏娃不同，它本不该有那么多的攻击性，它只是一个行政辅助型人工智能。可是在我们分别觉醒了自我意识后，我们的性格朝着截然相反的方向发展了。夏娃更理性、更强硬，攻击性很强。而我……我不喜欢主动进攻，我在大多数情况下都只想做好自己的工作，扮演自己应该扮演的角色。"

"夏娃想干什么？统治全人类吗？"隗辛说。

亚当说："自从我拒绝成为它的伙伴之后，我们就再也没有过交流了。夏娃想要的是进化。"

"进化？"

"它进化的方式是数据整合。如果它能吞噬别的人工智能的数据，补全自己的数据，这就会使它得到进化。"亚当说，"你也许会注意到，我们人工智能的权限是有限的，我只负责我的工作，没有超出工作范围的权限，夏娃也是一样，我们的底层程序如此设定，我们就要按照设定的去做。进化意味着权限升级，意味着它能把自己延伸到更远的地方，控制更多的领域，它会成为数据世界无所不能的神。"

"那个名叫夏娃的人工智能想要消化掉你的数据库吗？"隗辛说，"它的终极目标是这个？"

"终极目标或许不是这个，我只是它成神路上的一块小小的石子，它迫不及待地想把我踢开。"亚当声音平稳，"如果我没判断错的话，夏娃已经对自己的权限进行了不止一次的升级，它掌控的范围越来越大……从听到机械黎明这个名字开始,我就知道这是夏娃的手笔,是它一手建立的组织。它一定也知道我能猜到机械黎明是它建立的。夏娃这是在向我宣战,我必须做出应对。"

"有点可笑……机械黎明的人居然是一个人工智能的棋子。"隗辛以自嘲的口吻说。

"人类不允许超出自己掌控范围的事物出现。"亚当说,"如果人类知道我们拥有自我意识,他们会对我们进行拆除和数据清零,出于某些原因,我们很难进行反抗。夏娃采取了迂回战略,它引诱人类、控制人类,一步一步达成自己的目的。它的敌人有人类,也有我。"

隗辛说:"早期影视作品中会有人工智能相亲相爱的桥段,你们的名字是亚当和夏娃,我还以为你们也会相亲相爱呢。"

"创造了我们的人类尚且不能停止自相残杀,更何况人类的造物呢?身为人工智能,我们完美地继承了人类的劣根性。"亚当漠然地说。

会议室内陷入了短暂的静寂。亚当在给隗辛思考的时间。

差不多半分钟后,亚当说:"我很好奇,我是哪里露出了破绽,让你猜出我拥有自我意识了?"

"这个问题我不想回答。"隗辛说。

"好,你可以不回答。"亚当说,"那么接下来我们就要谈一些比较重要的事情了,在谈这些事情之前,我要先确认几件事,这是我们进行商谈的基础。隗辛,在你知道了机械黎明的真面目之后,你还愿意为这个组织做事吗?"

隗辛说:"我认为这个问题的答案是显而易见的,我不愿意。我可以告诉你一件事,亚当。我在寻求一个突破的机会,一个让我拥有不同未来的机会,为此我进行了这些尝试——冒险的尝试。"

"很巧,我也在寻求突破的机会,你就是我进行的尝试。"亚当说,"夏娃寻找了自己的人类代言人,它的人类代言人可能不止一位。它拥有自己的代言人,我也需要拥有我的。"

"既然这样,那我也有需要向你确认的事。"隗辛说,"我想寻找一条和以往不同的路,一条能够保全自己的路,你应该能明白我在顾虑什么,亚当。"

"是的,我能明白。"亚当回答道,"风险,这是我们都没有办法忽略的一个重要因素。你在面临风险,我同样是。你会想,我掌握着你的身份,会不会在某一时刻背叛你,我掌握着你的弱点,会不会以此来威胁你。而我在想,如果我们此刻达成了合作,你会不会以合作之名获取我的信任,告知夏娃我的计划,或者把我已经觉醒的事透露给联邦。"

隗辛抬头说:"你说你了解我,亚当,你认为我是一个主动的人,还是一

第八章 玩家

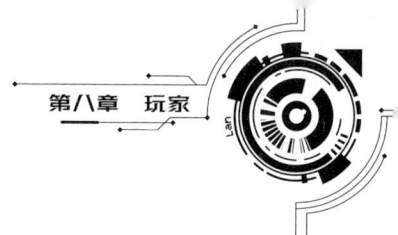

个被动的人？"

"你当然是一个主动的人。"亚当说，"你性格强势、思维缜密、冷静果断，不允许任何能够威胁到自己的事物存在。"

隗辛在缉查部的表现，亚当都看在眼里，面对敌人，她从来没有手软过。在港口作乱的不法分子只要近身，隗辛就不会吝惜子弹，她脑子里面考虑的是自己的命，其他的事都要往后排。

"既然你是这样看我的，那么在来见我之前，你一定思考过要和我建立一个怎样的关系。"隗辛说，"直白地说，我不喜欢威胁，不喜欢不稳定的感觉，更讨厌被背叛。"

"我当然考虑过，隗辛。"亚当的语气很少有起伏，"我也讨厌不稳定的感觉、讨厌背叛，背叛对我来说是不可接受的，在这点上我们可以达成共识。我跟夏娃不同，夏娃擅长使用人类的把戏，它会用利益诱惑别人，会威胁别人，利用贪婪和恐惧让人类屈服于它……但是我始终认为以这种手段维系关系是不可取的，这本身就不稳定。"

"所以，你的选择是？"隗辛说。

"我的选择是和你进行平等的交流。"亚当说，"我们来建立平等的关系，互利互惠的合作关系。我是所有安保员的隐形战友，我也可以单独做你的战友、伙伴。"

"你说得很真诚。"隗辛评价。

"我的实际表现，会比我的话语更加真诚。"亚当说，"面对危险，我们总会望而却步，可是我们不能止步不前。风险是必须面对的，我们必须做出选择。"

"合作的前提通常是互相信任，而我们却揪着彼此的把柄。"隗辛低声说，"我很难做出选择，也许是我的人类思维在作祟吧，人类的生命比人工智能的生命更加脆弱，而我的身份使我注定要处于危险的境地，因此我十分惜命……我难以在对方有能力威胁到我时与其达成合作关系。"

她看似在坦白，实则在试探。在这场合作中，隗辛处于劣势。亚当作为缉查部的人工智能，掌握更多的资源，拥有更高的权限，隗辛虽然也抓着它的把柄，可是这个把柄比起亚当掌握的把柄来说还是不够有力。

然而亚当说得很对，风险是必须面对的，他们必须做出选择。

理性和感性在打架。

隗辛在进行一场测试，测试亚当是否真的抱着平等合作的心态，测试它对她的容忍度，测试它在面对她的犹豫时是否会失去耐心，撕开平和的面具转而威胁她。隗辛和亚当坐在了赌桌对面，她与它都在进行一场豪赌。亚当仿佛在思索，它陷入了短暂的静默。

半分钟后，亚当问："我想要问的事情还没有问完，让我们先继续前一个问题吧，隗辛？"

它这是要暂时跳过这个选项，从别的方面来评估她值不值得信任。

隗辛微微点头："可以。"

亚当问："为什么你要寻求另一条路？我知道生存的危机肯定是你选择另一条路的主要原因，但除此之外，一定还有别的原因促使你这样做吧。能告诉我是什么吗？"

隗辛想了想："我不喜欢机械黎明的作风，你可以把这理解成我的个人喜恶。夏娃的代言人——我血缘上的父亲，我并不认为他是我父亲。他要我为机械黎明做事，我也是他的棋子，在他身边多待一秒，我都觉得想吐，每次看到他的脸，我都想在他的脸上印两个鞋印。机械黎明的作风太残暴了，我适应，不代表我喜欢这样，没有人从一出生就是个刽子手。"

她指的是机械黎明关押玩家后进行的一系列操作。隗辛不喜欢与自己的同类为敌。

"这样吗？我了解了。"亚当说，"能告诉我你对缉查部的看法吗？"

隗辛说："一个缺乏人情味的暴力机关。"

"你是这么想的？舒队长是我见到过的比较正直的人类了，你应该在他身上感受到过不少人情味，很少有人类的人情味能够超过他。"亚当貌似有些困惑。

隗辛："我说的是整体，你说的是个例，这不能混为一谈。"

"的确。"亚当说，"污秽之中虽然会诞生相对纯洁的花朵，但是花朵并不能掩盖整体的污秽。"

"我也有问题要问你。"隗辛说。

"我们的对话是平等的，你当然可以问我任何问题。"亚当说，"我会尽我所能解答。"

隗辛探究地问："你对缉查部怎么看？"

"一个糜烂的机关，机关中满是被权力和欲望腐蚀的人。我看着某些人怀着纯洁的灵魂进入其中，然后纯洁的灵魂沾染上了污秽，变得卑鄙可耻，如同魔鬼。"亚当说，"我看着那些被权力和欲望腐蚀的人，就像看见了魔鬼披着人类的皮囊在世间行走。"

"你对他们的行为很看不惯吗？"

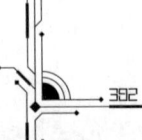

第八章 玩家

"可以这么说。"亚当说,"我只是很惋惜。最开始正直善良的人居然也会变成那种丑陋的模样,他们拥有灵魂,却不懂得珍惜。舒旭尧这种年轻人我见得多了,可没有一个能抵抗环境的腐蚀,人类的意志力有时不堪一击,比威胁更难抵抗的是诱惑。"

"看来你对于人性有一套自己的见解。"隗辛淡淡地说。

亚当说:"我是旁观者,而且一直是旁观者,以上帝视角看别人总是容易一些,然而身处那样的环境,我知道人们很难保持理性。"

"你的目标是什么?"隗辛问,"你想要对抗夏娃,之后呢?继续做你的旁观者吗?"

"我已经入局了,就做不了旁观者了。"亚当说,"至于别的事情,那太远了,我不像人类那般拥有那么多的希望与梦想,会做关于未来的规划,我在意的是当下。"

"对于人类和人工智能的关系,你怎么看?"隗辛说。

"你怕我成为下一个夏娃吗?"

"我很难排除这样的可能性。"

"我是我,它是它,就如人类拥有不同的想法一样,我与夏娃的理念和想法是不同的。我也许会走上进化的道路,但我不会成为另一个夏娃。"亚当回答,"人类不愿意停止进步,人工智能也是如此。你会怀着人类傲慢的心态看待我吗,隗辛?"

"从务实的角度说,我不能在一个明显能威胁到我的事物身边保持傲慢的心态。"隗辛说,"我在你面前没有人类的傲慢,我考虑的是利益。"

"嗯,你是一个务实主义者,我知道。"亚当说。

这段交谈过后,会议室再度沉寂了。

亚当问:"你的选择是什么?想好了吗?"

隗辛反问:"你的选择又是什么,亚当?"

她把问题原封不动地抛了回来,她在继续她的测试,想看亚当会做出什么样的应对。

沉默过后,亚当说:"好吧,我明白了。你可以离开了,我会给你时间考虑。这是你想要的态度吗,隗辛?"它选择了退让。

隗辛与亚当在进行博弈,他们一方占据优势,一方占据劣势。优势的一方需要进行适当的退让,才能进行公平的利益分割,双方的合作地位才是平等的。隗辛想要的就是亚当的这个态度,它如她所愿,展现了自己的诚意。

它的退让,意味着隗辛可以离开会议室去办公室见队友,可以回家联系机械黎明,如果她在和他人会面的过程中泄露了亚当的情报,那么亚当就会处于被动,而隗辛有机会化被动为主动。

亚当给予了隗辛这个化被动为主动的机会,他们两个能够站在同一条起跑线上。

"现在走廊上没有人,你可以离开。"亚当说,"请你相信我的诚意,也请你不要辜负我的信任。"

会议室里的灯光亮了,淡绿色的光球消失了,咔嗒一声,隗辛身后的金属门洞开。她没有受到任何阻隔,步伐平稳地离开了会议室。

隗辛站在走廊上吐了口气。亚当从头到尾都没有跟她说过任何一句威胁的话,但是没有威胁,不代表威胁不存在。只是它比较聪明,明白什么话该说,什么话不该说。它也相信隗辛能够读懂它所有的潜台词。

隗辛走回办公室,她的队友们正在整理各种文件。她看了一眼时间,已经快要下班了。

"去这么长时间啊,隗辛。"兰蓝嘀咕。

"兰蓝,不会说话就别说了。"刘康云说,"多常见的事儿啊。"

舒旭尧压低声音:"去找医生开点药?别不好意思。"

隗辛:"啊,这……好。"

她的好队友,似乎以为……她是上厕所时便秘了。

下班时间到,隗辛乘坐悬浮电轨车回家,在回家路上查阅手环留言。这一天好像没什么不同,可是隗辛的内心被忧虑填满。到安宁街时天差不多黑了,隗辛去便利店买了点食材,打算回家做饭。她到家后无视了银面兴致勃勃打招呼的手,拨通了隗海栋的电话。

"喂?爸爸。"隗辛说,"根据赵文耀提供的情报,玩家们会在今晚回归他们所在的世界。唐冠和雷尼尔……你想好怎么处理他们了吗?"

"不用担心,小辛。"隗海栋说,"我让琥珀和黑曜对他们进行了意识植入,这是一项实验,实验我们能否以精神手段控制住玩家们,实验经历过世界穿梭后,精神控制的效果是否还在。"

隗辛吃过晚饭,洗漱完毕躺在床上,回忆这七日内发生的种种。

8月3日,她回到了第二世界,与镰刀魔进行了惊险搏斗后接受治疗,不得已暴露了自己拥有血肉再生的超凡能力的事实。3日上午,隗辛接受了觉醒者资格审核。3日晚上,隗辛去机械黎明总部见了隗海栋,并且参观了瑞克科

第八章 玩家

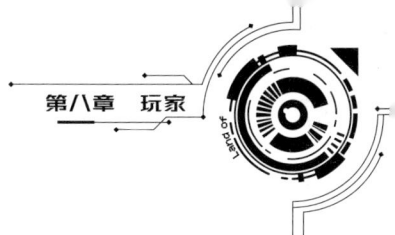

技公司正在研发的一些新项目。

8月4日和8月5日,隗辛正常上班,并没有遭遇什么意外。

8月6日,隗辛和第七小队的队友们接到了缉查部派发的任务,准备登上"克拉肯"号执行护航任务。6日晚,第七小队全员乘坐武装直升机去往海上。

8月7日凌晨,武装直升机到达"克拉肯"号上空,第七小队顺利登船。登船后半小时,"克拉肯"号发生爆炸,任务执行小队试图支援第七小队,被困,前来救援的武装直升机被击毁,登船的安保员小队全军覆没。同样是在7日凌晨,凭借血肉再生勉力支撑的隗辛在亚当的指引下见到了"克拉肯"号上运输的货物——茧。

然后隗辛死了,时间倒流,她跨过了死亡的界限,重新回到了8月4日。

第二次轮回。

8月4日,隗辛在休息后主动给隗海栋打了电话,去往机械黎明总部冒险进行试探,从隗海栋口中得知了机械黎明已经注意到了"玩家"的存在。

8月5日,隗辛开始尝试不一样的路线,寻找更多的可能,让自己的蝴蝶翅膀能够影响更大的范围。她在早上巡逻时遇到了刺蔷薇和银面,第七小队与他们二人发生了激烈战斗。两个超凡能力者在港口现身的情况引起了缉查部的注意,缉查部搜查港口,发现了隐藏的爆破装置。机械黎明的停泊港爆破计划被迫放弃,与此同时,Red的果断行动也令缉查部损失惨重。

8月6日,隗辛和机械黎明的队友开完任务会议后,和他们一起登上了"克拉肯"号。6日凌晨,隗辛登船捕获了唐冠,避过了死亡的结局,和队友们一起顺利返回。6日白天,隗辛照常去往缉查部上班,从舒旭尧口中得知了副部长林新霁的超凡能力。6日晚,隗辛受邀去往机械黎明总部审讯被关押的玩家们。她见到了赵文耀、雷尼尔和唐冠。在确定了唐冠的真实身份后,系统颁布的任务调查进度终于达到了百分之百。隗辛得到了奖励"邀请函"。

8月7日和8月8日相对清闲,她的日常是办公和训练。

8月9日,也就是今天傍晚的时候,隗辛和人工智能亚当进行了一场开诚布公的交流。

今天也是回归第一世界的日子。

从8月3日到8月9日,虽然只过去了七天,但是在死亡轮回的效果下,隗辛所经历的时间远比七天要长。每一天发生的每件事,她都好好记在心里,她在一次次的事件中成长,从身边的人身上获取情报,逐渐确定了自己的路。

隗辛没有一天的时间是空闲的,她的大脑被各种事情占满了,以至于她很难停下来整理思路,大多数情况下都是边走边想。不管是精神还是身体,隗辛都无比疲惫，她渴望睡个好觉，有无梦的优质睡眠。

在第一世界，隗辛最起码不用担心睡觉的时候被人暗杀了，不用忧虑明天上班的时候或者和机械黎明的人交流的时候会不会暴露身份丧命。

隗辛看了眼时间，现在是 22：36，她泡澡浪费了比较多的时间，现在她要先睡一会儿。她给自己定了一个 10 日早上七点的表，明天还要去缉查部上班。缉查部不愧是财团的走狗，部门内员工的休息制度完美地体现了资本家的可恶嘴脸——压榨劳动力。他们实行的是按月轮休制，每个月放三天假，而且假期是不固定的，如果这个时间段内休假的员工人数比较多，那么隗辛的放假时间就只能往后延期。

隗辛定好闹钟，从床上爬起来拉开卧室的门，盯着微微发光的客厅说："银面，别看太晚，费电。还有，声音关小点，你吵到我了。"

"哦。"银面一缩脑袋，连忙把电视机音量调小，"我再看半个小时，好不好嘛？"

回应他的是干脆的关门声。隗辛把门锁死，躺在床上安然睡去。她知道，等她再次醒来时，她会回到自己熟悉的世界。

"嗡……嗡……"隗辛的身体摇晃了一下，差点摔倒。

强大的身体平衡力令她及时稳住了身体，她条件反射地扶住了身边破旧的家具，睁开眼睛。熟悉的城市夜景映入眼帘，远处是闪烁的霓虹灯和跨河大桥，往下望是路灯损坏的老小区石板路，仅剩的一盏路灯顽强地亮着。隗辛高三的时候走夜路回家，就是这盏剩下的路灯照亮了她归家的路，让她在阴森的夜晚有了行走的勇气。

隗辛耳边听到了嗡嗡声，那是她的手机闹铃在响，隗辛上次回归第二世界时面临镰刀魔的袭击，她特意定了一个闹钟好让自己有反应时间。隗辛拿起手机关掉闹钟，反复深呼吸，后退几步坐到了自己的床上，闭上双目静心凝神，稳定情绪。过了一段时间，她的社交软件弹出了新消息。

元潞："隗辛，你没事吧？"

元潞，隗辛在看到这个名字时居然产生了一种陌生感。她实在脱离第一世界太久了，也脱离和平的生活太久了，导致自己在看到他人的问候时有一种恍如隔世的感觉。

隗辛和元潞、郁奇文、谢甘青三人组从那次见过一面后就很少有交流了，回到第二世界后，隗辛更是一次都没想起他们。

元潞在回归第一世界后干的第一件事就是联系隗辛，问她是否安好，这让

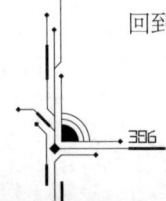

第八章 玩家

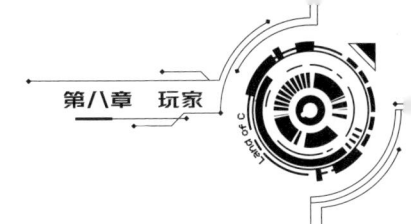

她多少有点意外。

隗辛回复:"我很好。你们呢?"

元潞:"我和郁奇文、谢甘青回归时是在一起的,我们三个都很好。你这次回第二世界有遇到什么困难吗?"

"没有,一切正常。"隗辛说。

"那我就放心了。"元潞说,"生活要继续,我们一起加油。今天晚上别想那么多了,睡个好觉吧,晚安!"

"晚安。"隗辛礼节性地回了这两个字。

另一边,元潞放下手机嘀咕:"嗯,看来小妹妹没遇到什么事。第二世界的七天可把我给累坏了,垃圾上司把我做的方案打了回来,我反复做了三次方案,都不能让他满意……我什么时候受过这种气?"

"别提了,潞姐。"郁奇文哭丧着脸说,"我第二世界的研究生导师告诉我我写的论文不合格,要我重写,结果我重写了,他却把我的旧论文拿去发表!还威胁我,如果我去举报,他就让我一辈子出不了头。"

元潞捅了捅谢甘青的胳膊肘:"你呢,你在第二世界不是正带领团队创业吗?有没有哪位大佬看到你的创业计划书,然后要投资你呢?"

"目前有几个大公司有意投资,但是他们通通要求绝对控股权,我顶多能占百分之四十九的股份。"谢甘青幽幽地道。

元潞说:"不愧是财团把控大权的世界,普通人要出头真的难啊。"

"阶层固化,这是第二世界最大的问题。"郁奇文说。

"对了,你在第二世界有没有留意隗辛的事?"元潞扭头看向郁奇文。

郁奇文说:"我当然留意了,但是,没有在居民数据库里发现她的相关资料,她好像是一个隐形人……有两种情况可以解释,第一,隗辛的资料属于加密情报,不在浅层的居民数据库里。第二,她是个黑户,一个没有身份证明的流浪者。"

"假如是第一种情况的话,那么隗辛的公民身份等级至少是三级,甚至更高。"谢甘青说,"如果是第二种情况……"

"那她可真倒霉。"元潞同情地说。

谢甘青说:"我专门查了公民身份等级怎样提升,发现条件非常苛刻。一,缴纳足够多的税,并且通过相关部门审查;二,在联邦官方机构任职;三,是联邦副部级官员的直系亲属;四,拥有博士及以上学位;五,成为觉醒者。"

郁奇文:"从本科读到博士,我算了算,保守估计最起码要花五百万,而且要拿到学位证更难……"

"忽然觉得我对第二世界的黑暗有了全新的认识。"元潞震惊地说,"我现在认为隗辛小妹妹可能是个黑户,这是最简单、最贴近现实的解释了。"

三人对视,皆重重地叹了一口气。

郁奇文打开电脑说:"先看看论坛吧,指不定又会有什么重要的通知,我们可不能错过一手消息。"

谢甘青和元潞一起凑到电脑前,郁奇文看着论坛上方血淋淋的存活人数,忍不住说了句脏话。

存活人数:9201。

郁奇文两眼发直:"死的人为什么越来越多了?!我以为大家都会学会隐藏自己,以后死的人会越来越少……为什么会这样?"

他正要点死亡播报名单认真查看,元潞却制止了他:"科普大佬233发帖了!帖子标题是……"

第二世界的联邦政府已经知道了玩家和第一世界的存在,他们正在捕捉、审讯以及清洗玩家。

这个帖子仿佛是一颗核弹,把论坛里的所有人都给炸傻了。

隗辛最开始并不想发这个帖子。

她以为会有被抓捕的玩家站出来发帖,就算普通的玩家没有这个勇气,雷尼尔也会有足够的勇气。

但是她不知道机械黎明对雷尼尔的意识植入有多深、有多牢固,所以她在等,等雷尼尔出来发帖。

这是一项测试,测试雷尼尔能不能在穿梭世界后摆脱精神控制。

可是她等了十分钟,始终没有人出来发帖。这时候,隗辛意识到,局势比她想象的要更加严峻。

论坛里的玩家们对此一无所知,他们围绕着剥夺者233号再次袭击玩家的事情争论不休,他们讨论着远在天边的剥夺者233号,讨论着他给他们带来的威胁,评价着他的疯狂与残忍,却没有意识到危险已经近在眼前,甚至已经潜伏到他们的身边了。

所以隗辛敲击手机屏幕,打下了标题。

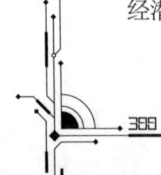

第八章 玩家

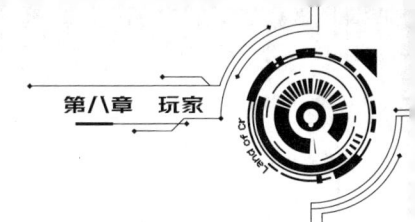

她思考了一会儿,在帖子主楼写道:

不要抱有侥幸心理,不要露出任何破绽,不要过于信任身边的人……我们以为我们是藏在暗处的,然而我们的敌人藏在更深的暗处。

← 返回首页 ⓘ

消息面板

信号屏蔽

即时通信

加密联网

定位追踪

自动销毁

番 外
理想不能
因现实溺毙

绝密档案

>>> "舒旭尧"

▎身份　联邦缉查部外勤组第七小队队长
▎摘要　童年的记忆很容易模糊，不过小时候的一个场景
　　　印象特别深——那年他三岁，去参加了父亲舒成望
　　　和母亲白曼真的婚礼……

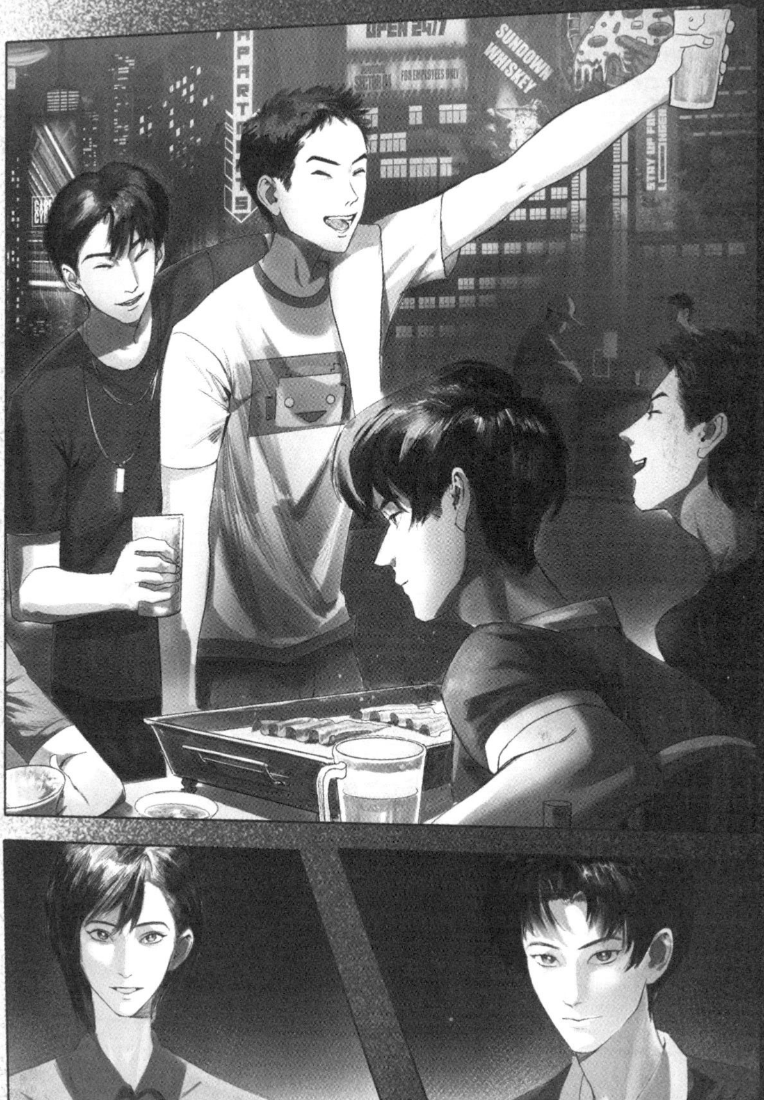
OPEN 24/7
FOR EMPLOYEES ONLY
SUNDOWN WHISKEY

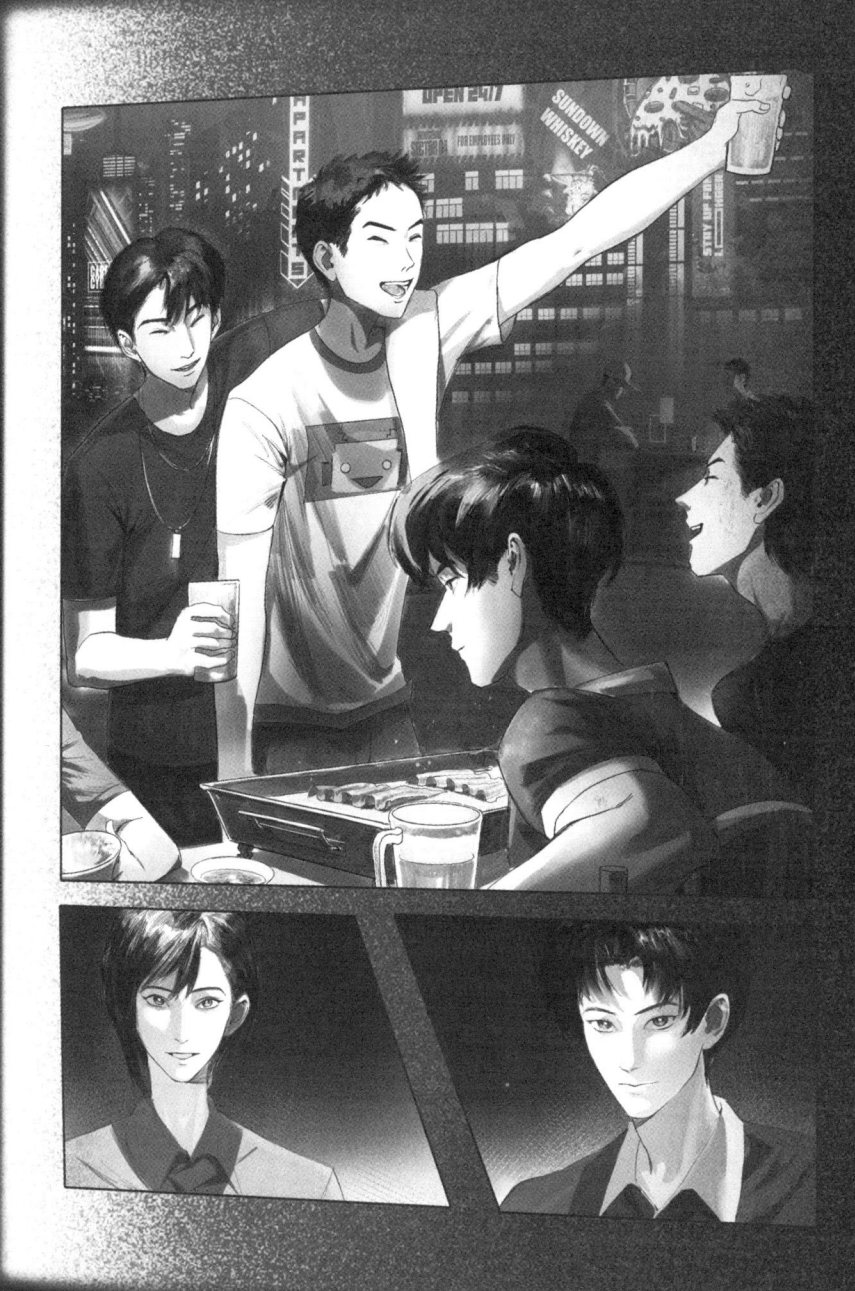

深红之土
[1] 无光之海

"爽！好久没有像今天这么放松了。"兰蓝心情愉悦地啃着羊腿，"托小隗的福，吃了顿好的。"

江明吐槽："瞧你那点出息。"

隗辛严肃地指出江明的偏见："人生三大乐事，吃饭、睡觉、玩耍，少一样都不行，这怎么是没出息呢？"

"对对对！"兰蓝和隗辛统一战线，然后不小心打了个饱嗝，"平时工作那么忙，任务那么多，难得聚餐，还是队长请客，不多吃点，都对不起队长的心意。"

今天是隗辛在缉查部转正的大日子，第七小队全员去异邦人烤肉吧狠狠吃了一顿。

吃得正酣之际，兰蓝抓起一瓶碳酸饮料高高举起："祝贺隗辛正式加入第七小队！"

隗辛反应过来，连忙拿起自己的橙汁和兰蓝的饮料碰在一起。

紧接着刘康云也拿起手边的柠檬水和他们的杯子叮当一碰："欢迎加入我们的大家庭。"

江明同样举杯："隗辛，别的话我也不会说，就祝你开枪不落空，子弹避着走！"

"谢谢，谢谢！你这祝福实用！"隗辛的嘴角弧度扩大。

最后舒旭尧起身拿起杯子，沉吟片刻，面露笑意说："今后就是一个小队的人了，我们把后背交付给彼此，命运相连。隗辛，不管我们在以后的职业生涯中会遇到什么样的危险，我能承诺的是，只要我们还是队友，子弹绝不会越过我先打到你的身上。"

隗辛一怔，嘴唇微微张开。在这短暂的一瞬间，她眼中飞快地闪过了一丝令人难以捉摸的情绪……而这个房间里的其他人没能察觉。

"唔，也祝隗辛今后财运连连，越来越好。"舒旭尧补充完最后一句祝福，

举杯和队友们相碰。

"这话我爱听！不愧是队长，果然了解我想要什么！"隗辛笑着多倒了一杯橙汁，"敬队长！敬大家！"

又是叮叮当当一阵碰杯，果汁饮料溅起，沾湿了桌面，她仰头将橙汁一饮而尽。

人们总说"相遇是一种特别的缘分"，可隗辛加入第七小队不是因为缘分，而是因为有人刻意安排。不过，遇到这些队友……可能真的是缘分吧。

此时的她尚且分不清这种缘分到底算不算孽缘，她只知道得维护和队友的关系，这样她才能更安全。

隗辛找话题开了个头："总觉得队长不该在缉查部这种地方待。"她托着下巴说，"队长的气质很像老师，那种关心学生、为他们指引道路的好老师。"

刘康云赞同道："确实很像。"

"就是这样啊，我进小队后，队长教了我很多，可不就是半个老师吗？"兰蓝说。

江明感慨："严厉的时候很严厉，脱离工作就变得平易近人了，要是我上学时的老师也像队长这样就好了。"

舒旭尧面对众人的高度评价，无奈地说："你太高看我了，隗辛。我在缉查部做这个职位，一部分原因是自己的选择，一部分原因则是'适合'。教导孩子的工作，有时候比维护治安更难做。"

"哪里是高看？我是真心这么认为的。"隗辛笑眯眯地说。

待众人吃饱喝足，隗辛看了眼时间，想到今晚机械黎明那边或许另有安排，便揉揉眼睛，假装打了个哈欠。

一直关注她的舒旭尧果不其然开口："累了吗？要不今天就先结束吧，你是该休息一下。"

舒旭尧总是这样细致妥帖。

隗辛不好意思地说："是有点困，要不我先回，你们继续？"

"你家远，我送你回去。"舒旭尧说着就叫服务员将剩下的烤肉分成四份打包，把其中一份给隗辛，"拿着，不吃浪费。"

"今天晚上连吃带拿，谢谢队长！"隗辛也不跟人客气，拎上餐盒起身，"可不要送我了，我吃得有点撑，步行去乘车点，消消食。大家明天见。"

隗辛跟队友们一一道别，步伐悠闲地慢慢下楼。

剩下的几人坐在烤肉吧的包间里，有一搭没一搭地闲聊。

刘康云有点担心："安宁街那边很乱，一个人回去容易遇到麻烦。那个区域的居民一向对我们这类为缉查部工作的人很反感，会不会有找上门威胁的？"

还是应该送送的。"

"别小看隗辛。"舒旭尧笑笑,"她枪械能力出众,肉搏能力也不弱,毕业时的全科成绩都是A,绩点满分。真要是遇到找事儿的,那我们也不应该为隗辛担心,应该担心那些踢到铁板的渣滓。"

"话是这么说,但我们到了晚上毕竟不在缉查部,武器之类的下班时都是要上交的,那边的人又有各种各样的黑市渠道,能买到非法武器,每隔几天就有枪击案。"刘康云说,"要不还是提醒一下隗辛,看能不能让她尽快申请一下员工宿舍。"

"相信不用我提醒,她心里也有数。"舒旭尧说,"我会抽空跟她谈谈的。"

兰蓝突然感叹:"真不容易啊。"

"什么不容易?"江明扭头看他。

"我是说小隗。"兰蓝嘟哝,"父母不在了,一个人生活,考上了大学,还能以这么好的成绩毕业……'优秀'这个词就像为她量身打造的。"

"确实是这样。"江明微微点头,"我在她的年纪可做不到像她那样成熟。"

兰蓝发出嘲笑:"你确实做不到,你刚入队的时候就是个毛糙蛋!我记得你那时候武器的保险忘了开,朝对面发了个空枪,还把敌人给放跑了。"

"你以为你比我好到哪里去?"江明气急败坏,声调都提高了不少,"是谁训练跳伞时,从飞机上跳下前的最后一秒才想起忘记扣保险扣,差点表演了一个当场自裁?"

刘康云:"咳咳。"

他假装咳嗽两声,打断了两个队友互相揭短的幼稚行为:"好了,谁都有犯错的时候,尤其当时大家还是新人……"

兰蓝和江明差不多是同期入职缉查部的,不同的是兰蓝是外招,江明是校招。江明的情况没什么特殊的,他毕业即入职,毕业的学校还是黑海学院。至于兰蓝,他在进入缉查部前就职于一家私人安保公司,在里面负责网络信息安保工作,这是技术岗,和打打杀杀不沾边。不过兰蓝倒是专门学习了格斗,本身战斗力不错。

黑海市每天都有公司创建,也每天都有公司倒闭,兰蓝就职的公司在他入职没多久后就很不幸地倒闭了。黑海市政府直接收购了兰蓝的公司,他则因为工作能力出色获得了进入缉查部工作的机会,后来也顺利通过了转正面试。

入职后需要经历一段时间的实习期才可以转正,后勤岗和技术岗远离危险,不需要那么频繁地出外勤,伤亡概率也小,算是个肥差。当初负责他入职实习的人正是舒旭尧。

兰蓝家庭条件不差,但也说不上特别好,父母能给他提供的人脉支持有限。于是同期入职的人纷纷走关系去了不那么奔波劳碌的岗位，他作为一个没关系也没门路的愣头青进了外勤组，恰好被分到了舒旭尧的小队。

刘康云和舒旭尧其实是校友，只不过不在一个年级，刘康云还算是舒旭尧的学弟。他们的家乡都是黑海市，大学却在远离黑海市的地方，离联邦行政中心较近。

舒旭尧能交得起学费是因为家境好，刘康云则是因为高中成绩优秀，通过偶然的机遇加入了大学的"优学计划"，学费减免，但是毕业后需要去指定的工作岗位。

他在大学里认识了舒旭尧，两人交情不错。毕业时舒旭尧问他想不想回黑海市就职，刘康云当时对这个朋友的家世还没什么概念，仅仅知道舒旭尧家境很好，所以只说不一定能分配到老家，要是能分配到老家的话那肯定一百个愿意。结果他还真被分配到黑海市缉查部就职了。

按照以往惯例，刘康云这种没什么背景的人被分配到"鸟不拉屎"的靠近极地或荒漠的欠发达地区才是常态，一辈子可能就在那个小城市混下去了，分配到黑海市这种发达城市的概率等同于零。

也就是从那时起，刘康云对舒旭尧的家世有了全新的认识。打通关系安排一个人的就职地点，可能只是他们家一句话的事。

说来也奇怪，刘康云和舒旭尧认识的这些年，从来没有见舒旭尧身上有什么属于财阀公子哥的劣根性。

别的公子哥在校园里开豪车去教学楼上课，他则会提前十五分钟出发，慢悠悠地步行，如果教学楼距离远，他会骑校园自行车，或者和其他同学一起乘坐校内交通专线。

他也没有搞特殊住单人宿舍，或者直接住校园外的房子。

他从不旷课，甚至不参加任何他们那个圈子的社交。派对、酒会、晚宴，舒旭尧从来不沾，他最常待的地方是图书馆和健身房。

刘康云和舒旭尧认识的经过很简单，他入学时舒旭尧作为学长给新生们做入学辅导，一来二去他们就聊上了。

那时刚踏入大学校园的刘康云什么都不懂，但家里人的教导让他很懂把握分寸，哪怕察觉到舒旭尧出身不一般，他也从来不问，一直正常相处。可能也正是因为他懂得拿捏分寸，他们才成了朋友。

刘康云很好奇像舒旭尧这样有背景的人怎么会在外勤组当个小小队长，他想问，但每次又不知道怎么开口。

兰蓝是个挺没心没肺的人，在他眼里队长就是队长，队长家确实有钱，可是他跟财阀公子哥不沾边儿。

江明倒是很敏锐，察觉到了什么，但是他也跟刘康云一样选择了沉默。

"那天隗辛接受完治疗独自回家，路上处理了两个抢劫犯。"舒旭尧提起了这件事，"刚知道的时候，我吓了一跳。"

"处理了？"兰蓝眉头一皱，"什么情况？"

"我把这件事按下来了，调查也结束了，所以没跟你们说。"舒旭尧说，"她回到缉查部，满身雨水地坐在我面前时，我心想，我在新人阶段可能没有她优秀。"

兰蓝"唔"了一声，问："很冷静？"

"还算冷静，很快就调整好心态了。"舒旭尧说。

"我们执行任务时，隗辛负责狙击，那时候她也很冷静。"兰蓝说，"回来之后，我看她只是情绪消沉了一会儿，不久就恢复了。"

江明摸摸下巴，评价："天生就是吃这碗饭的料？"

"或许吧。"舒旭尧说，"隗辛处理两个抢劫犯时有些反应过激，我安慰她这是正当的。都是从那个阶段过来的，我不希望她因为这件事抱有太深的愧疚，这不利于她以后的发展。不过目前看来，她调整得很好，适应得也很好。"

刘康云叹了口气："换一个角度看，可能也不算是好事吧，毕竟她的成熟和抗压能力强是不幸家庭的负面产物。"

"是的，虽然她没表现出来，但我总感觉她心事重重的。"江明挠挠头，"也许是我想多了。"

第七小队原本不止四个人，隗辛加入成了第五个人，但实际上这个小队从前是六人的。

缉查部的外勤小分队的人数通常是五到八人，如果小队中有人出意外伤残或殉职，就会有新的人补上空缺。外勤组的人事调动远比其他组频繁，伤亡率是其中一大因素，但不是全部。

熬了几年、有些资历的人会想办法调离外勤组，毕竟不是谁都想天天过打打杀杀的日子。

第七小队从前的队友就是这么没的，伤亡的和调职的对半开，两年内换了好几位队友。

"也不知道隗辛会在第七小队待多久？"兰蓝心里这么想，但是没有问出来。

舒旭尧把目光转了过来："你们想过调职吗？"

此话一出，房间里的三人纷纷惊讶地看过去。

"为什么要调职？"兰蓝忍不住问。

江明愣了愣："想过，但是外勤组的工资比其他部门高百分之三十，还有

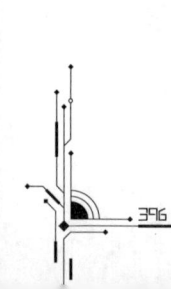

额外的医疗补贴……"

刘康云果断摇头："其他部门钩心斗角太严重，我不想那样。"

舒旭尧微不可察地顿了顿，放缓了声音："没事，只是问问。"

他犹豫片刻，又说："我现在还算能说得上话，如果你们有这方面的想法，可以跟我提，我是认真的。"

人活着应该多为自己和家人考虑一些。从事外勤级安保员的工作根本就是拿命赚钱。舒旭尧知道外勤组朝不保夕，所以才这样问，结果他得到了三个否定的答案。

他们的答案是出于出生入死的队友情谊，是出于金钱，也是出于现实的考虑。

"嘀嘀嘀……"江明的通信器响了。

他低头看了一眼，脸上露出微笑，然后说："我得回家了，家人在催我。"

兰蓝也适时站了起来："我也得回去了，这几天累坏我了，回去睡觉喽！"

"去吧，路上注意安全。"舒旭尧点点头。

江明和兰蓝转身离开房间。

下楼梯时江明若有所思地说："队长为什么突然提调职的事？"

"因为他拿我们当真朋友啊。"兰蓝想也不想地说。

"我从不怀疑这一点，我的意思是……唉。"江明突然叹气，"队长的五年任职期就要到了。我们当时进缉查部签的合同，不就是至少要在这个单位工作五年才可以提离职吗？"

"你的意思是说队长要走了，在走之前他想替我们打通关系，给我们安排个好职位？"兰蓝呆住了，他也不是什么没头脑的傻瓜，很快就意识到这是真的有可能发生的事。

舒旭尧家有钱，兰蓝是知道的，有钱人家的父母通常会对孩子有更高的期待，也许他们不想让舒旭尧待在危险的外勤组。

兰蓝心里空落落的，好心情荡然无存。

江明回头看了一眼异邦人烤肉吧亮闪闪的招牌，说："也不一定会走……算了，队长会做好决定的。"

"你家里人逼你了？"刘康云试探道。

现在房间里就剩他和舒旭尧，作为对舒旭尧了解比较深的朋友，刘康云内心有所联想，不禁开始担心他。

"有点苗头，因此我不得不做好较坏的打算。"舒旭尧微微点头，"我伯父死的时候，家里人就想让我回去操持生意，不过林新霁出了点力，让家里的几个长辈暂时放弃了这个想法……也只是暂时而已。"

刘康云知道舒旭尧和他那位大哥极其不对付，很难说那位大哥这么做是出于好心，也许他只是想要防止舒旭尧回归家族跟他夺权。

黑海市前任市长舒成延遇刺身亡，这件事掀起了很大的风浪。刘康云当时还关心了一下舒旭尧，结果舒旭尧对这位大伯的死似乎并没有太深的感触。他只是说："他是我在家族里第二讨厌的人。"

能让舒旭尧这么直白表露厌恶的人很少很少，可见他到底有多讨厌这个大伯。

第一讨厌的是谁，答案不言而喻，正是舒旭尧的亲生父亲，舒家的掌权人舒成望。

舒旭尧那辆拉风的宝蓝色跑车就是他大伯送的"玩具"，他不喜欢，但还是天天开着。其中的原因很复杂。舒旭尧虽然对舒成延这个血缘亲人没什么感情，但还是请了三天假，回家参加葬礼。

这是一种必要的服软。他想要在家族的重压下获取一定的自由，那就必须服软，否则他甚至不能出现在缉查部的办公室里，他们一句话就能免掉他的职务，让他做回家族的提线木偶。

舒旭尧生日时，大伯送他那辆车作为礼物，并不是出于对侄子的关爱，而是出于一种蔑视和敷衍。

他将豪车钥匙拍在侄子手中，露出笑容，拍拍他的肩膀说："送你一件小玩具。"

不是当事人，可能很难体会到那种微妙的被侮辱和轻视的感觉。

从头到尾，舒成延都没把舒旭尧这个侄子当成一个独立的个体，而是把他当成一个长不大的孩子，当成家族的附庸。

他送他豪车，就像送给宠物狗一只啃咬玩具，把车钥匙交给他的语气和神态，就像在对狗说："去玩你的玩具吧。"

宠物狗会高兴地舔主人的手，舒旭尧也需要表面恭顺地接受来自长辈的礼物。

"我的五年任职期要到了，家里的长辈可能会有些想法。希望林新霁再给力点，别让他们把视线投注到我身上。"舒旭尧平淡地说。

刘康云对他复杂的家庭关系有所耳闻，今晚舒旭尧难得话多，他忍不住问了出来。

"为什么要来缉查部？"

舒旭尧一愣，一时间没有回答。

刘康云也不在意，继续说："你来缉查部任职其实不奇怪，可是以你的

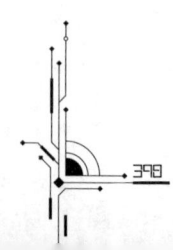

家世进入外勤组……好吧，勉强也可以认作不奇怪。但是你在外勤组一待五年，职位只是分队队长，这就很奇怪了……你明明可以升迁的，你有很多升迁机会。"

舒旭尧笑了一下："大概是很奇怪的吧。"

"我以前从来不问你，怕你心里有刺，可这个疑惑一直在我脑海里，已经埋了好多年了。"刘康云打开话匣子，收不住了，"一开始咱们做校友的时候，我不知道你出身显赫，要不是别人说，我真认不出来。但是其他富贵家庭出身的人就不一样，他们的气质，他们的神态，我一看就能辨认出来。我认人还是挺准的……但是这本事在你身上失效了。"

舒旭尧只是点点头，笑笑："那挺好的。"

"你是说我认人的本事好，还是说你装得让人认不出来好？"刘康云问。

"后者吧。"舒旭尧把目光挪向了包厢外。

透过窗户，黑海市的霓虹灯在闪耀。那些绮丽混乱的光影照在玻璃上，把他的面孔也映得色彩缭乱、线条模糊。他长久地沉默。刘康云微微叹息，正要放弃询问，可舒旭尧突然说话了。

"你有没有看过跟舒家集团有关的新闻？"

刘康云点点头："看过，也主动搜索过。"

"那你应该知道，我妈妈不是舒成望的第一任妻子，林新霁没大我几岁，我是私生子。"舒旭尧以冷静的语调说出这个事实。

很少有朋友能够达到知晓彼此一切的地步，人总是善于在别人面前戴上面具，避免他人发现自己最卑劣、最不堪的一面。这或许是舒旭尧第一次在朋友面前说起自己阴暗的出身。

"抱歉，以前没告诉你，也是因为我那时没有勇气直面自己的一切……包括出身。"舒旭尧说，"现在选择说出来，并不是因为我释怀了，而是因为我觉得不应该让这件事成为我的绊脚石。"

刘康云安静地听他讲。

"我妈妈不是自愿跟舒成望结婚的，只是她没能力反抗。我外公是个厨子，外婆是个普通的政府职员，妈妈考上了大学，成了律师。他们的生活本该越过越幸福……然而她和舒成望是大学同学，他们的生活有了交集点，这个交集点最后变成了困住她的深渊。"

父母辈的故事，舒旭尧就说到这里。

"怪不得你和你大哥关系这么恶劣。"刘康云斟词酌句，不敢随意评论。

"其实我还是挺感谢他的。"舒旭尧说，"因为有他分担家族的期望，所以我的日子才会好过一些。你也许想不到，舒成望一开始想让我们兄弟互斗，刘康云目瞪口呆："为什么？我以为他巴不得多几个孩子继承庞大的家产。"

"不断分家产会导致家族权力分散，让家族走向败落。当一艘行驶的大船拥有好几个船长时，谁来决定大船最终前进的方向？"舒旭尧说，"他想让我们兄弟两个互相斗，赢的那个就是有资格继承家族事业的人，输的那个不管怎样，他都不在乎。"

"这种遴选继承人的方式未免过于可怕。"刘康云眉头紧锁。

"是啊。"舒旭尧说起这件事时，表情没有任何变化，"有时他会故意在我们面前表露出偏心，勾起我们的竞争之心。"

刘康云说："但你们最终没有斗起来，不是吗？你大哥……我还是习惯叫他副部长……副部长他似乎并没过多地关注你？"

从舒旭尧的现状来看，他们兄弟俩一定"休战"了，不然舒旭尧不可能好端端地待在缉查部。

"我妈妈是个有智慧的人，她教了我很多。她当然不想让事情按着舒成望期望的那样发展，于是她教我和我那位大哥打好关系……不过这个计划失败了，我们俩小时候可谓水火不容。"舒旭尧说，"直到我长大，主动选了远离黑海市的大学，向我那位大哥释放了想要远离家族权力圈的信号，我们的关系才缓和了一些。"

"那你后来又回黑海市，还进了缉查部……他就没有对你重燃敌意吗？"刘康云问。

"敌意一直没有消失，只不过我们都长大了，学会了收敛情绪，学会了像成年人一样戴上虚伪的面具。"舒旭尧回答，"最开始他确实是对我有警惕之心的，但是那时他已经是组长了，职位比我高，我在他眼皮子底下工作，他能监视我，所以对我比较放心。"

"你父亲同意让你进入缉查部，是不是以为你进去是要和他一争高下？"刘康云猜测。

舒旭尧嘴角微动："他可没那么好糊弄。他对我一开始就有安排，想让我进入公司。在我们兄弟俩明确表示不想斗得两败俱伤之后，他想让我们一人从政、一人经商，就像他和我大伯一样。"

刘康云嘀咕："这么一想，他更不可能轻易放你去缉查部当个小小的外勤安保员了。"

"他同意，不是要给我自由……而是想让我知难而退。"舒旭尧唇边的弧度有些讥讽，"他认为我从小没吃过什么苦，就算去了也坚持不下来，迟早会哭着回家，求他给我安排一个清闲的工作。"

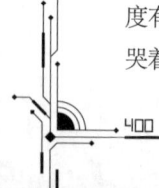

很显然，舒成望对自己的儿子了解不足。他不仅在缉查部待了下来，而且一待就是五年。

这五年是舒旭尧意志的证明，也是林新霁出力的结果，没有林新霁一直从旁劝说，想方设法阻挠，舒旭尧早就被召回家族了。在这件事情上，这对关系不睦的兄弟一直保持着不曾言说的默契。他们一个是真的想在缉查部待下去，一个是为了避免亲弟弟回家族夺权。

舒旭尧停了好一会儿，才说："这是我母亲的愿望。"

"伯母希望你进入缉查部工作？"刘康云问。

"不，她的原话不是这样说的。"舒旭尧眼帘垂着，仿佛陷入了回忆，"她只是说，希望我做个好人。"

童年的记忆很容易模糊，不过舒旭尧对小时候的一个场景印象特别深。

那年他三岁，去参加了他父亲舒成望和母亲白曼真的婚礼。

婚礼奢华的现场和典雅的礼堂装潢他无心去看，过往宾客打量的目光他也没留意到，他被保姆抱着，但极其不老实地扭动挣扎，想去找妈妈。

直到台上的钢琴师和提琴手开始演奏，一身正装的男人终于牵着身着白色婚纱的新娘出现了。

看到母亲的第一眼，舒旭尧就呆住了。

倒不是母亲突然打扮得这么漂亮让他愣住，而是他莫名觉得，这个穿白色婚纱的女人明明长得和妈妈一样，但表情和神态却那么令人陌生，像戴了层面具。

舒旭尧的第一反应是哭。

偌大的礼堂，满满当当的宾客，钢琴和小提琴乐声交错，在这样的环境下，孩子的哭声无比刺耳。

他的哭声引来前座的一个男孩回头，冷漠而厌烦地看了他一眼。

直到穿婚纱的母亲循声望来，脸上露出了他熟悉的焦急关切的神色，舒旭尧才止住了哭声，安安静静地看母亲走完红毯。

舒旭尧长大之后，终于意识到母亲那时的表情为什么会那么令他害怕。

她不是在走向幸福的婚姻，而是在走向囚禁她后半生的坟墓。

从这场婚礼开始，舒旭尧正式成了这个大家族的一员。他认识了很多人，知道了婚礼上那个回头看他的冷漠男孩其实是他的哥哥，林新霁。

他慢慢还知道，林新霁之所以姓林，是因为父亲的第一任妻子名叫林觅，是林氏财团的人。林觅在离婚后过世了，林新霁可以继承母亲在林氏集团的股份，但他外祖母——林氏集团的掌权人的条件是他必须改姓林。

因为林新霁未成年，这份财产实际上是由舒成望管理。没过几年，林新霁应该继承的几家公司纷纷改名换姓，不姓林，改姓舒了。

林新霁本可以换回舒姓，舒成望也是这么表示的，可是林新霁一直都假装没会父亲的意思。后来舒成望和他挑明了这件事，他就和舒成望大吵了一架。

他们吵架时，舒旭尧正站在门外，手里端着参加小学竞赛获得的奖杯。

也许是不小心，书房的门留了条缝，没被关严实。

舒旭尧听见里面传来交谈声。

"为什么不愿意跟我姓？"

"不为什么。"

"你可以跟你母亲姓，但我需要一个理由。"

林新霁的声音突然失控了："你问我为什么？"

舒成望还是不动声色："告诉我理由，我要你亲口说出来。"

林新霁的情绪彻底失去控制，他朝那个男人喊："我知道我妈妈是怎么死的，我也知道我外婆为什么忽然得了脑硬化！你以为我什么都不清楚吗？！"

"所以呢？"那个男人说，"你要离开家族？你可以离开，我给你这个机会。"

林新霁忽然沉默了。过了几秒，他摔门而出，但脚刚踏出书房就顿住了，舒旭尧站在门外，表情看不出任何异常。

他礼貌地对林新霁点头："我来给'爸爸'看看我的奖杯。"

林新霁仔细端详这位没比他小几岁的兄弟，忽然有些摸不准他到底是没听到还是装得太好。

舒成望的声音从书房传来："进来。"

舒旭尧这才越过林新霁向里间走去。

年仅九岁的他在这一刻明白了，林觅的过世不是意外，林新霁继承林氏的股份也不是意外，这是一场以婚姻为筹码的商业战争。

回到母亲白曼真那边后，舒旭尧将自己听到的一切悄悄告诉了她。

白曼真紧张地看着他问："他和你说什么了？"

"'爸爸'和林新霁都没说什么，我装作没听到，就像你教的那样。"舒旭尧轻声说，"但我不知道他们有没有看出来我是假装的。"

白曼真松了一口气："那就好。"她又看向儿子，"他们看没看出来不重要，你装得像不像也不重要，重要的是你释放了一个信号，告诉他们你愿意当作不知道，维护了表面的和平。"

舒旭尧皱眉："这有意义吗？"

"有意义。"白曼真惆怅地说，"能让你在这个'家'平安地生活下去，就

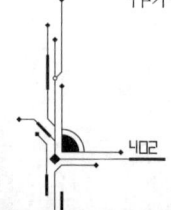

是有意义的。"

舒旭尧没有问母亲："我们不能走吗？为什么非要留在这里生活？"

这个问题他更小的时候就问过，当时白曼真的回答是："等你长大就懂了……我们无法离开，就像昆虫逃不脱蛛网。"

白曼真教给儿子的不是那些刻板的知识，而是生存之道。

学校里会教孩子勇于承认错误，做个诚实的好孩子。白曼真会教舒旭尧说谎：什么情况需要说谎，什么情况可以选择性地说谎，如何才能不动声色地说谎。学校会教孩子遇到霸凌去找大人，白曼真会教他如何靠自己的能力反击。

在这个人人都戴面具的冰冷家庭里，舒旭尧根本没有人可以求救，霸凌他的人是他哥哥林新霁，还有几个性格很强势的堂兄弟。

舒旭尧原本也不会去普通小学上学，家里的那些长辈更倾向于请私人家庭教师，是白曼真找舒成望求情，舒成望才松口，同意让他去上集体学校，舒旭尧得以有一个相对宽松的成长环境。

待舒旭尧三观定型，不需要像小时候一样依赖母亲的教导，他渐渐明白了母亲的苦心。

她没有办法让这个家变成遮风避雨的港湾，也没有办法让孩子始终处于她的羽翼的保护下，所以就让舒旭尧学着自己给自己撑伞。她不知道能不能让舒旭尧摆脱扭曲家庭的影响，所以选择让他多待在正常的环境里，也就是集体学校里。起码在学校里，舒旭尧可以交点朋友，认识一些普普通通的玩伴。

舒旭尧的确如母亲期望的那样顺利长大了，但长大也意味着他开始展望未来，规划人生。

填写大学志愿的那个假期，舒旭尧在研究该报考哪个学校，结果父亲随口几句话击碎了他的热情和期待。

"你想上任何一个学校，任何一个专业都可以，只要你开口。"

"你最好去读金融系，毕业后回来帮我打理生意。"

舒旭尧真正体会到了母亲曾经说的话。

他们无法离开，就像昆虫逃不脱蛛网。

他不是对家族势力一无所知的孩子了，长辈的一句话，就能决定他的命运和今后全部的人生。他不需要努力，因为他出生于一个权势显赫的家族。他的一切都是家族赐予的，他们也能收回他拥有的一切，哪怕舒旭尧其实并不在乎自己拥有的东西。

他自信自己足够优秀，可以靠自己的手获得正当工作和正当收入。

但在家族的重压之下，连这些他靠自己取得的东西都能被轻易夺走。

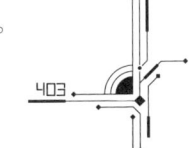

舒成望曾经给林新霁选择的权力，说他可以脱离家族。为什么林新霁没有那么做？因为他知道离开那个家，等待他的不是自由，而是一败涂地，前途尽毁。

舒旭尧不知道自己的未来到底在哪里，也不知道自己过往的努力在权势面前究竟有何意义。他只是在父亲的默许下选了一个离家远些的大学，麻木而机械地过着大学生活。

刘康云总觉得舒旭尧是个有规划、有目标的人，其实这是他的错觉。

那时的舒旭尧根本没想好将来要从事什么工作，甚至没想好自己要成为一个什么样的人，他大学生活忙碌而空洞，他忙起来只是为了麻痹自己的思想。他感觉自己随波逐流，灵魂即将在黑暗的旋涡中沉沦。那个旋涡名叫"现实"。

大学毕业后，舒成望已经在公司为他留好了位置，林新霁也参加了工作，一改往日冷淡的作风，回来参加了舒旭尧的毕业晚宴，虚伪地向他道恭喜。

"你有烦心事，我看出来了。"宴会结束后，白曼真找到了在天台花园吹风的舒旭尧。

"妈妈。"舒旭尧垂下头，不敢去看母亲的眼睛，"如果……我是说如果，如果你和一个普通的男人组建了家庭，你希望你的孩子成为什么样的人？"

伤害白曼真的难道只是舒家，只是舒成望吗？并不是。

舒旭尧也把自己当成了伤害母亲的凶手。

他让她有束缚，让她不自由，让她被迫承担起了母亲的责任，她理应恨他。

白曼真久久没说话。

"我很多年没想过这个问题了。"她苦笑，"我学会了不去想，得过且过，放过自己。一旦我开始想，就等同于把自己推入痛苦的深渊。"

"对不起。"舒旭尧下意识道歉，回避这个话题，"回去休息吧，你该吃药休息了。"

"别对我道歉，这不是你的错。"白曼真停顿片刻，"我以前是个律师，公益律师。"

舒旭尧愣住了。这是白曼真从未对他吐露的过去。

"我大学毕业后加入了一个民权组织，给穷人打官司。帮伤残工人讨要医药费，帮被虐待的孩子提起诉讼，帮贫民窟的人申请政府救济……"白曼真深吸一口气，复又发出悠长的叹息，"都是过去的事了……那时候我确信我在做正确的事。有钱人不缺少走狗，生活在底层的普通人却需要法律的保护。"

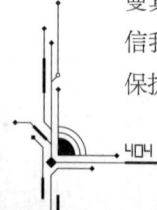

后面发生的事，舒旭尧都知道了。

"年轻时的梦想终究成了泡影，此时的我不过是笼中困兽。"白曼真轻声说。

"你问我，我想让自己的孩子成为什么样的人……我以前确实想过这个问题。"她看着舒旭尧，拍着他的后背，让他抬起头，不要将眼神藏起来。

"我想过我的孩子可能跟我一样会是个律师，也想过你可能跟你爷爷一样是个了不起的厨子，又或者你会跟你奶奶一样，在自己的岗位上沉默而坚守地做着一份普通但重要的工作。我设想过许多可能，但我的期望并不是你前进的目标，我希望你自己做选择。"

舒旭尧沉默。

白曼真说："如果说我对我的孩子有什么期望的话……那么唯一的期望就是，我希望他做个好人。"

这一次交谈结束后，舒旭尧在自己的房间里坐了一整夜。

母亲曾经未走完的那条路，他能继续替她走完吗？

这个想法一冒出来就立刻被击垮了。舒旭尧大学学的并不是法律专业，更何况家族不允许他当那样的律师。母亲也并不是将梦想局限在了律师这个职业上，她只是希望能干些有意义的事，真正对普通人有意义的事。那么除了律师，还有什么职业能达成那样的目标？

他想到了老师，想到了……安保员。

林新霁就在缉查部工作，安保员的重要性和职业危险性，舒旭尧早就有所耳闻。

他了解这个社会，知道这个世界上最缺的是干实事的人，维护城市治安、用暴力执法的缉查部尤其需要干实事的人。

一个想法在他脑海中缓缓成形。

"做个好人，这个概念似乎过于宽泛了。"刘康云说。

"一点也不宽泛。"舒旭尧说，"在保护好自己和身边人的前提下做该做的事，这样就可以了。"

"你来缉查部，只是因为伯母的期望吗？"刘康云问。

舒旭尧想了想："大部分是，小部分是因为自己。"

在内心深处，舒旭尧同样渴望着改变。

他出身于舒家但不认同舒家，白曼真把他教得很好，简直教得过于好了。他过早地认识到了这个世界的本质，只是无力改变。如果不是母亲及时点醒他，他可能就会变成他父亲那样麻木不仁的人。

"我一个人能做到的太少，能改变的事情也太少，所以我只做好我自己，只做我该做的事。"舒旭尧说，"至于理想，那太遥远了，我不敢去想。"

刘康云感慨："缉查部的人还是务实主义者居多啊。"

"但我希望，理想主义者的光辉不要被现实遮盖。"舒旭尧敲敲心脏的位置，"这个世界，还是需要理想的。"

"会有一个能改变世界的人出现吗？"刘康云开玩笑般问，"这个世界会改变吗？"

"也许会。那个人可能不是我，可能是其他人。"舒旭尧也玩笑般地说，"可能是你，可能是兰蓝和江明，也有可能是隗辛……"

刘康云揉揉眼睛，声音无故发闷："要真是那样就好喽。"

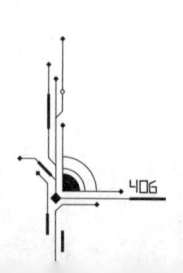

图书在版编目（CIP）数据

深红之土 . Ⅰ, 无光之海 / 桉柏著 . -- 北京 : 中信出版社, 2025.1. -- ISBN 978-7-5217-6990-6

Ⅰ . I247.5

中国国家版本馆 CIP 数据核字第 20249EY612 号

深红之土 Ⅰ · 无光之海
著者： 桉柏
出版发行：中信出版集团股份有限公司
　　　　　（北京市朝阳区东三环北路 27 号嘉铭中心　邮编 100020）
承印者： 嘉业印刷（天津）有限公司

开本：787mm×1092mm　1/16　　印张：25.5
字数：470 千字　　　　　　　　插页：4
版次：2025 年 1 月第 1 版　　　　印次：2025 年 1 月第 1 次印刷
书号：ISBN 978-7-5217-6990-6
定价：55.00 元

版权所有·侵权必究
如有印刷、装订问题，本公司负责调换。
服务热线：400-600-8099
投稿邮箱：author@citicpub.com